LÉGENDES DE LA FANTASY 1

Du même auteur
aux Éditions J'ai lu

L'homme dans le labyrinthe, *J'ai lu* 495
Les ailes de la nuit, *J'ai lu* 585
Jeu cruel, *J'ai lu* 800
Trips, *J'ai lu* 1068
Le chemin de l'espace, *J'ai lu* 1434
Pavane au fil du temps, *J'ai lu* 2631
La saison des mutants, *J'ai lu* 3021
Opération Pendule, *J'ai lu* 3059
Lettres de l'Atlantide, *J'ai lu* 3167
Thèbes aux cent portes, *J'ai lu* 3227
Starborne, *J'ai lu* 4109
Horizons lointains [anthologie présentée par Robert Silverberg], *J'ai lu* Millénaires
Légendes [anthologie présentée par Robert Silverberg], *J'ai lu* 5599
Légendes de la Fantasy 2 [anthologie présentée par Robert Silverberg], *J'ai lu* 8572

ROBERT SILVERBERG

présente

LÉGENDES DE LA FANTASY 1

Six récits inédits par les maîtres
de la fantasy moderne

Traduit de l'américain par
Jean Sola, Simone Hilling, Jean-Pierre Pugi,
Cédric Perdereau, Isabelle Pernot et Michel Pagel

J'AI LU

Titre original :
LEGENDS II
New Short Novels by the Masters of Modern Fantasy
(première partie)
L'édition originale est parue en 2004 aux États-Unis chez Del Rey, une marque de Random House, Inc.

Pour George R. R. Martin,
Qui a amorcé le piège

Et Terry Brooks,
Pour son aide vaillante là où on ne l'attendait pas

Sommaire

Introduction

Légendes, paru en 1999 aux Éditions 84 et repris en poche aux Éditions J'ai lu en 2001, rassemblait onze nouvelles inédites signées de onze des plus fameux auteurs de fantasy, chaque histoire se situant dans l'univers qui a rendu célèbre son créateur à travers le monde. Ce volume avait pour ambition d'être l'anthologie définitive consacrée au genre et, à en juger par l'accueil que lui firent les lecteurs aux quatre coins de la planète, cet objectif fut amplement atteint.

Et voilà que paraît désormais *Légendes de la Fantasy*. Si *Légendes* représentait déjà un aboutissement, pourquoi concevoir un autre recueil du même acabit ?

Pour faire court, disons que la fantasy est un genre inépuisable. Il y a toujours de nouvelles histoires à raconter, ainsi que de nouveaux conteurs pour le faire ; et le terreau fondateur de cette littérature, si vénérable soit-il, ne se tarira jamais.

Comme je l'avais mentionné dans l'introduction de *Légendes*, la fantasy est la plus ancienne branche des littératures de l'imaginaire ; on pourrait même affirmer qu'elle est aussi vieille que l'imagination de l'homme elle-même. Il n'est pas difficile de concevoir que l'impulsion artistique à l'origine des extraordinaires peintures rupestres de Lascaux, Altamira et Chauvet, il y a quinze, vingt voire trente mille ans, est probablement aussi à la source de ces stupéfiants récits de dieux et de démons, de talismans et de sortilèges, de dragons et de loups-garous, de territoires merveilleux par-delà l'horizon – récits que des chamans vêtus de peaux de bêtes narraient autour du feu à des assemblées fascinées, dans l'Europe de l'âge de glace. Mais aussi dans la torride Afrique, dans la Chine préhistorique, dans l'Inde ancienne, ou aux Amériques ; partout, à vrai dire, tant et plus, au fil des temps et depuis des milliers voire des centaines de milliers d'années. J'aime à penser que cette impulsion à raconter des histoires est universelle – et que dès qu'il y eut des êtres que l'on puisse qualifier d'« humains », il y eut des raconteurs d'histoires –, et je suis persuadé que, durant le long chemin de notre évolution, ces raconteurs d'histoires ont en particulier consacré leurs talents et leurs énergies à la création d'aventures merveilleuses et extraordinaires. L'épopée sumérienne de Gilgamesh est un récit de fantasy ; autant que *L'Odyssée* d'Homère, et ainsi de suite jusqu'aux auteurs modernes tels que E. R. Eddison, A. Merritt, H. P. Lovecraft et J. R. R. Tolkien, pour aboutir à tous les grands écrivains de science-fiction, de Verne et Wells à nos contemporains immédiats. (J'inclus la science-fiction car celle-ci, telle que je la conçois, appartient indéniablement au domaine de la fantasy ; c'en est un courant spécialisé, une forme de littérature visionnaire orientée vers la technologie dans laquelle l'imagination a toute latitude pour rendre vraisemblable ce qui est scientifiquement impossible, ou à tout le moins improbable.)

Nombre des écrivains sollicités pour *Légendes* étaient emballés à l'idée de revenir une seconde fois à leur univers de référence. Plusieurs d'entre eux évoquèrent à de si nombreuses reprises le projet d'une nouvelle anthologie que je finis par leur accorder qu'un autre recueil serait une bonne idée. Le voilà donc. Six auteurs – Orson Scott Card, George R. R. Martin, Raymond E. Feist, Anne McCaffrey, Tad Williams et moi-même – participent à nouveau à l'aventure. Quatre autres les rejoignent – Robin Hobb, Elizabeth Haydon, Diana

Gabaldon et Neil Gaiman, quatre écrivains qui, depuis la parution de *Légendes*, se sont révélés incontournables pour les amateurs –, ainsi qu'un grand vétéran du genre, Terry Brooks, qui à la dernière minute avait dû décliner sa participation à *Légendes*, mais nous rejoint pour le présent volume. [1]

Je remercie une nouvelle fois ma femme Karen et mon agent littéraire Ralph Vicinanza, qui m'ont tous deux aidé de bien des façons à la préparation de cet ouvrage, et bien évidemment les auteurs, pour leurs splendides réussites. Je dois aussi confesser ma gratitude toute particulière pour Betsy Mitchell des éditions Del Rey, dont les conseils avisés et les encouragements permanents furent essentiels pour mener à bien le projet. Sans son aide, ce livre n'aurait *littéralement* pu voir le jour.

Robert Silverberg,
février 2003
(Traduit de l'américain par Benoit Cousin)

Né en 1935, Robert Silverberg est l'un des géants américains des littératures de l'imaginaire. Ses principaux romans, L'oreille interne, Les ailes de la nuit, L'homme dans le labyrinthe *ou encore* Le château de Lord Valentin *se sont imposés comme des chefs d'œuvre du genre et ont été couronnés par de nombreux prix. Il est aussi un remarquable anthologiste, comme en témoignent ses ouvrages consacrés aux maîtres de la fantasy et de la science-fiction.*

---

1. Le lecteur trouvera les nouvelles de Terry Brooks, Diana Gabaldon, Elizabeth Haydon, Robin Hobb et Robert Silverberg dans le tome 2 de *Légendes de la Fantasy*, paru chez le même éditeur.

Le trône de fer

George R. R. Martin

Conçue à l'origine comme une trilogie dans son édition américaine, la saga du *Trône de fer* (dont le titre original se traduit littéralement par *Un chant de glace et de feu*) s'est depuis lors élargie jusqu'à devoir comporter finalement six « chants » soit, à terme, une vingtaine de volumes en langue française. Ainsi que l'a dit un jour J. R. R. Tolkien, le conte a crû pendant qu'on le contait.

Ces chants ont pour cadre la vaste péninsule et les archipels de Westeros, dans un univers tout à la fois similaire au nôtre et très différent, dans la mesure où les saisons y durent des années et quelquefois des décennies. Rudement planté face à la mer du crépuscule sur le bord occidental du monde connu, Westeros s'étire depuis les sables rouges de Dorne au sud jusqu'aux montagnes de glace et aux territoires gelés du nord, où des chutes de neige ont lieu même pendant les longs étés.

Les enfants de la forêt furent les premiers habitants répertoriés de Westeros, à l'Aube des Jours : il s'agissait d'une race de petite taille qui avait établi sa demeure parmi la verdure des futaies et sculpté des faces étranges dans le tronc d'un blanc d'os des arbres barrals. Ensuite survinrent les Premiers Hommes qui, originaires des immensités orientales du continent, empruntèrent un pont terrestre, avec leurs épées de bronze et leurs chevaux, et guerroyèrent pendant des siècles contre les indigènes, de race beaucoup plus ancienne, avant de finir par conclure la paix avec eux et par adopter leurs vieux dieux sans nom. L'Accord marqua le début de l'Âge des Héros qui vit les Premiers Hommes et les enfants de la forêt se partager Westeros à l'amiable et une centaine d'infimes royaumes naître et tomber.

De nouveaux envahisseurs survinrent à leur tour. Les Andals franchirent en bateau le détroit maritime puis, par le fer et par le feu, balayèrent les royaumes des Premiers Hommes et chassèrent les enfants de leurs forêts tout en portant la hache à nombre des barrals. Ils apportaient leur propre foi, adorant un dieu dont les sept aspects étaient symbolisés par une étoile à sept branches. Il n'y eut que dans le grand nord que, sous la conduite des Stark de Winterfell, les Premiers Hommes repoussèrent les nouveaux venus. Partout ailleurs, les Andals triomphèrent et édifièrent des royaumes de leur façon. Les enfants de la forêt y déclinèrent et disparurent, tandis que les Premiers Hommes maintenaient leur présence par mariage avec leurs conquérants.

Le peuple de Rhoynar arriva quelques milliers d'années après les Andals, quoique ce n'est pas en envahisseur mais en réfugié qu'il se présenta, après avoir traversé les mers à bord de dix mille vaisseaux pour se soustraire à la puissance grandissante du Domaine de Valyria. Les seigneurs domaniaux de Valyria gouvernaient la plus grande partie du monde connu ; c'étaient des sorciers, d'un savoir prodigieux, et ils étaient les seuls de toutes les races humaines à avoir appris à élever des dragons et à les plier à leur volonté. Quatre cents ans avant que ne débute *Le Trône de fer*, cependant, le Fléau s'abattit sur Valyria, détruisant la ville en une seule nuit. Et, là-dessus, le gigantesque empire valyrien se désintégra, miné par les dissensions, la guerre et la barbarie.

Sur la rive opposée du détroit, Westeros se vit épargner les pires atteintes du chaos qui s'ensuivit. À cette époque-là, seuls subsistaient sept royaumes dans ce pays qui en avait compté jadis des centaines – mais leur existence elle-même touchait à son terme. Un rejeton de la Valyria perdue nommé Aegon Targaryen débarqua à l'embouchure de la Néra avec une modeste armée, ses deux sœurs (qui étaient aussi ses épouses) et trois dragons colossaux. Montés sur ces derniers, Aegon et ses sœurs remportèrent bataille sur bataille et soumirent six des sept royaumes westerosis par le feu, par le fer et par l'intermédiaire de traités successifs. Le conquérant réunit les lames fondues, tordues de ses adversaires défunts et s'en servit pour forger un siège hérissé de pointes, énorme, monstrueux : le trône de fer, du haut duquel il gouverna désormais sous le titre d'Aegon, premier du nom, roi des Andals, de Rhoynar et des Premiers Hommes et suzerain des Six Couronnes.

La dynastie fondée par Aegon et ses sœurs se maintint pendant près de trois cents ans. Un autre roi targaryen, Daeron II, rattacha par la suite Dorne au royaume, rassemblant par là l'intégralité de Westeros sous un sceptre unique. C'est par mariage qu'il le fit et non par conquête, car le dernier des dragons était mort un demi-siècle auparavant. L'action du *Chevalier errant*, publié dans *Légendes* (Éditions J'ai lu, 2001), se déroule pendant les derniers jours du règne du roi Daeron le Bon, soit une centaine d'années avant le début du premier tome du *Trône de fer*, alors que le royaume est en paix et que la dynastie targaryenne se trouve à son apogée. L'histoire évoque la rencontre entre l'ancien écuyer d'un chevalier sans feu ni lieu, Dunk, et l'Œuf, un gamin qui en apparence ne paie pas de mine, ainsi que celle du grand tournoi de la Prairie de Sorbier, non loin de Cendregué. Le conte présenté ici, *L'épée lige*, reprend leurs aventures environ un an plus tard.

L'épée lige

Un conte du royaume des Sept Couronnes

George R. R. MARTIN

Traduit de l'américain par Jean Sola

Au carrefour, deux cadavres d'hommes étaient en train de pourrir dans une cage de fer.

L'Œuf fit halte au-dessous pour les examiner un peu. « Qui étaient-ils, d'après vous, messer ? » Trop aise du répit, Mestre, son mulet, entreprit de brouter l'herbe-au-diable sèche et brunie qui poussait sur les bas-côtés, sans souci des deux énormes futailles de vin qu'il charriait sur son dos.

« Des voleurs », répondit Dunk. Juché sur Tonnerre, il se trouvait beaucoup plus près des morts. « Des violeurs. Des meurtriers. » Des auréoles sombres maculaient sa vieille tunique verte sous les deux aisselles. Comme le ciel était d'un azur sans nuages, et que le soleil, d'un éclat insoutenable, chauffait dur, il avait sué des pintes depuis qu'ils avaient levé le camp, le matin.

L'Œuf retira son chapeau de paille à larges bords avachis, ce qui révéla son crâne chauve et luisant, puis s'en servit comme d'un chasse-mouches. Elles grouillaient par centaines sur les deux charognes, et des milliers d'entre elles voletaient paresseusement dans l'air torride que n'animait aucune brise. « Ça n'a pas dû être une partie de plaisir, pour eux, qu'on les laisse crever comme ça dans une cage à corbeaux. »

L'Œuf pouvait quelquefois se montrer aussi judicieux que n'importe quel mestre, mais il lui arrivait aussi de réagir encore comme un gosse de dix ans. « Il y a seigneurs et seigneurs, observa Dunk. Certains se contentent de trois fois rien pour mettre un type à mort. »

La cage de fer étant à peine assez grande pour contenir un seul condamné, il avait fallu salement tasser pour y en emprisonner deux. Ils s'y trouvaient face à face, les bras et les jambes enchevêtrés, leurs dos plaqués contre les noirs barreaux de fer bouillants. L'un d'entre eux avait essayé de dévorer l'autre, en lui déchiquetant le cou et l'épaule. Les corbeaux s'étaient acharnés équitablement sur le couple. Quand Dunk et l'Œuf avaient commencé à contourner la colline, les oiseaux s'étaient envolés comme une nuée d'encre, en un essor si compact qu'ils avaient effarouché Mestre.

« Quelle qu'ait été leur identité, m'a tout l'air que c'étaient des crève-la-faim », remarqua Dunk. *Des squelettes enveloppés de peau, la peau verdâtre et en putréfaction.* « Se pourrait qu'ils aient piqué du pain ou braconné un daim dans quelque forêt seigneuriale. » Avec la sécheresse qui commençait à sévir pour la deuxième année consécutive, la plupart des lords étaient devenus moins tolérants pour le braconnage, sans que la tolérance dans ce domaine ait d'ailleurs jamais été initialement leur péché mignon.

« Il se pourrait qu'ils aient fait partie d'une bande de hors-la-loi. » À Dosk, ils avaient entendu un harpiste chanter *Le jour où on a pendu Robin-le-Noir*, et, depuis lors, l'Œuf n'avait pas arrêté d'apercevoir d'aimables malandrins embusqués derrière chaque fourré.

Dunk avait croisé sur sa route quelques bandits du temps où il était l'écuyer de feu l'Ancien, et il n'était pas spécialement pressé de renouveler l'expérience. Aucun de ceux qu'il avait connus ne l'avait frappé par un excès de galanterie. Il se souvenait de l'un d'entre eux que ser Arlan avait contribué à faire pendre et dont le dada favori consistait à voler des bagues. Pour se procurer celles-ci, il tranchait les doigts des hommes, mais c'était à coups de dents qu'il préférait procéder avec les femmes. À la connaissance de Dunk, aucune chanson n'avait célébré ce héros-là. *Hors-la-loi ou braconniers, peu importe. Les morts font une piètre compagnie.* Il poussa Tonnerre à faire au petit pas le tour de la cage. Les orbites vides paraissaient invariablement dardées sur lui. L'un des cadavres avait la tête baissée, la bouche grande ouverte. *Il n'a pas de langue*, s'avisa Dunk. Il supposa que les corbeaux l'avaient boulottée. D'après ce qu'il avait ouï dire, ces charmantes bestioles becquetaient d'abord les yeux des morts, mais la langue était peut-être leur friandise suivante. *À moins qu'un lord ne la lui ait fait arracher pour le punir de l'avoir eue trop longue d'une manière ou d'une autre.*

Dunk se passa les doigts dans sa tignasse dégoulinante de sueur. Il ne pouvait strictement rien faire en faveur des deux macchabées, et il fallait rapporter à Piéferme les barriques de vin. « Nous sommes arrivés par où ? » demanda-t-il en regardant tour à tour chaque tronçon des deux routes. « Me voici complètement désorienté.

— Piéferme se trouve par ici, messer. » L'Œuf pointa un index péremptoire.

« Eh bien, allons-y. Nous pourrions être de retour vers le crépuscule, à condition du moins de ne pas rester ici toute la journée à compter les mouches. » Il toucha Tonnerre des talons et fit volter le grand destrier en direction de l'embranchement de gauche. L'Œuf recoiffa son galure avachi et tira d'un coup sec sur les rênes de Mestre. Le mulet renonça à brouter l'herbe-au-diable et obtempéra pour une fois sans discuter. *Il crève de chaleur, lui aussi*, songea Dunk, *et ces futailles de pinard doivent sacrément lui peser.*

La cuisson du soleil estival avait durci la chaussée comme de la brique. Les ornières étant assez profondes pour qu'un cheval s'y brise une jambe, Dunk prit soin de maintenir Tonnerre sur le terre-plein qui courait entre elles. Il s'était lui-même fait une entorse à une cheville le jour de leur départ de Dosk, pendant qu'il marchait la nuit pour bénéficier des heures les plus fraîches. Un chevalier devait apprendre à supporter une existence de peines et de douleurs, se plaisait à répéter l'Ancien. *Ouais, mon garçon, et de fractures et d'estafilades. Cela fait autant partie de la chevalerie que les épées et les boucliers.* Tandis que si Tonnerre devait se briser une jambe..., eh bien, terminé, tout ça, parce qu'un chevalier sans cheval n'était plus chevalier du tout.

L'Œuf le suivait à cinq ou six pas, avec Mestre et ses barriques. Le gamin marchait pieds nus, l'un dans l'ornière et l'autre en dehors, de sorte qu'il se haussait et s'abaissait à chaque pas. Son poignard lui battait la hanche dans son fourreau, ses bottes ballottaient dans son dos en travers de son paquetage, sa tunique brune en loques était retroussée et nouée autour de sa taille. Sous son chapeau de paille à larges bords, il avait le museau crasseux et maculé, de grands yeux sombres. À dix ans, il mesurait près de cinq pieds de haut. Il s'était mis tout récemment à pousser d'un coup, mais il aurait encore un long long chemin à faire avant de rattraper Dunk. Il avait exactement la dégaine du petit palefrenier qu'il n'était pas, et pas du tout celle de l'individu qu'il était en réalité.

Les suppliciés ne tardèrent guère à disparaître derrière eux, mais Dunk se rendit compte qu'il ne cessait pas pour autant de s'en préoccuper. Le royaume pullulait d'hommes sans foi ni loi, ces derniers temps. La sécheresse ne faisait nullement mine de vouloir prendre fin, et les petites gens en étaient venues à se jeter au hasard des routes, en quête de quelque endroit que les pluies n'aient pas encore délaissé. Lord Freuxsanglant avait eu beau leur intimer l'ordre de regagner leurs terres auprès de leurs seigneurs et maîtres, fort peu avaient obéi. Une grande partie de la population les tenait responsables, lui et le roi Aerys, de cette sécheresse. Elle était un châtiment divin, car le parricide est voué à la malédiction. Mais s'ils avaient une once de jugeote, ils se gardaient de le clamer sur tous les toits. *Combien c'est-y que lord Freuxsanglant il en a, de zyeux ?* disait la devinette que l'Œuf avait entendue courir les rues de Villevieille. *Mille, et rien qu'un.*

À Port-Réal, six ans plus tôt, Dunk l'avait vu de ses propres yeux remonter la rue de l'Acier sur un palefroi pâle, à la tête de cinquante Dents de Freux. Cela se passait avant que le prince Aerys n'ait accédé au trône de fer et ne l'ait choisi pour lui tenir lieu de Main, mais il en imposait déjà sacrément, dans ses atours écarlate et fumée, Noire Sœur lui battant la hanche. Son teint blême et sa chevelure d'une blancheur d'os lui donnaient l'allure d'un cadavre ambulant. En travers de sa joue et de son menton s'étalait une marque de naissance lie-de-vin censée ressembler à un corvidé pourpre, mais Dunk n'y avait rien vu de mieux qu'une grosse éclaboussure bizarroïde de peau violacée. Quitte à écarquiller les yeux si fort que Freuxsanglant s'était senti observé. Le sorcier du roi s'était détourné pour l'examiner tout en passant. Il n'avait qu'un œil, et cet œil unique était rouge. Le second se réduisait à une orbite vide, présent que lui avait fait Aigracier à la bataille d'Herberouge. Et pourtant, Dunk avait eu l'impression que tous les deux l'avaient sondé par-delà la peau jusqu'au tréfonds de son âme même.

En dépit de la moiteur, ce souvenir le fit frissonner. « Messer ? appela l'Œuf. Vous ne vous sentez pas bien ?

— Si si, fit Dunk. J'ai aussi chaud et aussi soif qu'eux. » Il désigna dans le champ voisin des rangées de melons qui se ratatinaient sur les pieds de vigne. Le long des talus, des églantiers et des touffes d'herbe-au-diable se cramponnaient encore à la vie, mais les récoltes étaient loin de se comporter aussi vaillamment. Dunk éprouvait précisément la même chose que les melons. Ser Arlan se plaisait à répéter qu'aucun chevalier sans fief ne devait jamais se laisser altérer. « Pas aussi longtemps du moins qu'il possède un heaume pour recueillir la pluie. Il n'y a rien de meilleur à boire que l'eau de pluie, mon garçon. » Sauf que l'Ancien n'avait jamais subi d'été pareil à celui-ci. Dunk avait laissé son heaume à Piéferme. Outre qu'il était trop pesant et mettait la cervelle en ébullition, il n'aurait guère eu à recueillir de précieuse eau de pluie. *De quel recours un chevalier buissonnier dispose-t-il quand les buissons eux-mêmes sont desséchés, grillés, moribonds ?*

Peut-être qu'en atteignant la rivière il lui serait possible de prendre un bain... Il se mit à sourire, rien qu'à penser au formidable plaisir que ce serait de s'y précipiter tout droit et d'en ressortir à tordre jusqu'aux moelles, à l'extase de sentir ruisseler l'eau le long de ses joues et de ses cheveux en broussaille, d'avoir sa tunique imbibée plaquée contre sa peau. L'Œuf en aurait peut-être la même envie, tout frais et sec qu'il apparaissait, plus poussiéreux qu'en nage. Il ne transpirait jamais beaucoup. Il aimait bien la chaleur, lui. À Dorne, il se baladait torse nu et devenait aussi hâlé qu'un Dornien. *C'est à cause de son sang de dragon*, se dit Dunk. *Quiconque a-t-il jamais entendu parler des sueurs de dragon ?* Il aurait volontiers, lui, jeté sa tunique aux orties, mais ç'aurait été de la dernière inconvenance. Un chevalier errant pouvait se permettre de chevaucher nu comme un ver si la fantaisie lui en prenait ; il ne déshonorait personne d'autre que lui-même. Mais il en allait tout autrement quand vous aviez engagé la foi de votre épée. *Lorsque tu acceptes le boire et le manger d'un seigneur, chacun de tes actes engage sa réputation personnelle*, disait toujours ser Arlan. *À toi d'agir toujours au-delà de ses attentes, jamais en deçà. Ne renâcle jamais devant aucune tâche ou aucune épreuve. Et, par-dessus tout, garde-toi de jamais jeter d'opprobre sur le maître que tu sers.* À Pié-ferme, « le boire et le manger » se composaient de bière et de poulet, mais ser Eustace en personne était logé à la même enseigne.

Dunk ne se défit donc pas de sa tunique et continua bravement de suffoquer.

*

* *

Ser Bennis au Bouclier Brun les attendait planté sur le pont de planches vétuste. « Vous voilà quand même de retour », lança-t-il. « Vous étiez partis depuis si longtemps que je vous soupçonnais d'avoir déguerpi avec l'argent du vieux. » Il montait son bourrin poilu et mâchouillait une chique de surelle qui lui ensanglantait la bouche.

« Il nous a fallu nous taper toute la route jusqu'à Dosk pour réussir à trouver du vin, lui répliqua Dunk. Les seiches des îles de Fer ont fait une razzia sur Petit-Dosk. Elles ont raflé les biens, emmené les femmes et incendié la moitié de ce qu'elles n'ont pas emporté.

— Ce Dagon Greyjoy cherche décidément la corde, dit Bennis. Ouiche, mais à qui de le pendre ? Vous avez vu le vieux Pat Cul-pincé ?

— On nous a dit qu'il était mort. Les Fer-nés l'ont tué quand il a essayé de les empêcher d'enlever sa fille.

— Par les sept enfers ! » Bennis se détourna pour cracher. « J'ai vu c'te greluche une fois. Méritait pas qu'on crève pour, si vous me demandez. Et cet abruti de Pat me devait un demi-dragon d'argent. » L'aspect du chevalier brun n'avait nullement changé depuis leur départ ; et, pour comble, son odeur non plus. Il portait tous les jours le même costume : chausses brunes, tunique de bure informe, bottes en cuir de cheval. Lorsqu'il s'armait, il enfilait un surcot brun flottant par-dessus une cotte de mailles rouillée. Son baudrier d'épée n'était qu'une lanière de cuir bouilli, et sa gueule toute couturée aurait pu être bricolée dans le même matériau. *On la prendrait pour l'un de ces melons ratatinés que nous avons admirés au passage.* Même ses dents étaient brunes, sous les bavures rouges laissées par la surelle qu'il se plaisait à mastiquer. De toute cette palette de bruns ne se détachaient que les yeux ; ils étaient d'un vert pâle, petits et louchons, très rapprochés, et étincelants de méchanceté. « Rien que deux barriques..., observa-t-il. Ser Sert-à-rien en voulait quatre.

— Encore du pot qu'on en ait trouvé deux, rétorqua Dunk. La sécheresse a fini par atteindre La Treille à son tour. À ce qu'il paraît, les grappes virent aux raisins secs dans les vignobles, et ces pirates de Fernés ont en plus...

— Messer ? l'interrompit l'Œuf. L'eau a disparu. »

L'attention de Dunk s'était si fort concentrée sur Bennis qu'il ne s'était avisé de rien. Sous les planches de bois déformées du pont ne demeuraient plus que de la pierraille et du sable. *Bizarre, ça. La rivière était déjà basse quand nous sommes partis, mais elle coulait encore.*

Bennis se mit à rigoler. Il avait deux sortes de rires. À certains moments, il gloussait comme une volaille, à d'autres, il émettait un braiement plus tonitruant que tous ceux du mulet de l'Œuf. Là, c'était son rire de volaille. « Complètement tarie pendant votre absence, j'ai l'impression. Ça serait pas le genre de trucs que provoque une sécheresse, des fois ? »

Dunk en fut consterné. *Eh bien, ce n'est pas maintenant que je me baignerai.* Il sauta à bas de sa selle.

Qu'est-ce qu'il va advenir des récoltes ? La moitié des puits du Bief étaient déjà à sec, et l'étiage affectait toutes les rivières, même et y compris la fougueuse Néra et la puissante Mander.

« Une foutue saloperie, l'eau, décréta Bennis. J'en ai bu trois gouttes, un jour, et ça m'a rendu malade comme un chien. Le pinard, c'est mieux.

— Pas pour l'avoine. Pas pour l'orge. Pas pour les carottes, les oignons, les choux. Même la vigne a besoin d'eau. » Dunk secoua la tête. « Comment ça se fait qu'elle se soit asséchée si vite ? Nous n'avons été absents que six jours.

— Pour commencer, y avait déjà pas tant de flotte que ça dedans, Dunk. Dans le temps, je pouvais pisser plus copieux que ce filet-là.

— Pas de *Dunk*, fit Dunk. Je vous l'ai dit cent fois. » Il se demanda pourquoi diable il ne s'en fichait pas. Bennis était une teigne, et ça l'amusait de se gausser du monde. « On m'appelle ser Duncan le Grand.

— Qui ça ? Ton chiot chauve ? » Il dévisagea l'Œuf et rit de son rire de volaille. « Bon, t'es plus grand que quand tu cirais les bottes à ton Pennytree, mais avec la dégaine que tu te paies, eh bien, moi je trouve que *Dunk* te va toujours comme un gant. »

Dunk se frotta la nuque et fixa les galets du lit. « Qu'est-ce qu'on devrait faire ?

— Rentrer le vin et avertir ser Sert-à-rien que sa rivière s'est asséchée. Le puits de Piéferme donne encore, ça l'empêchera d'avoir soif.

— Ne l'appelez pas Sert-à-rien. » Dunk chérissait leur vieil Osgris de maître. « Vous couchez sous son toit, ne lui manquez pas de respect.

— Tu le respectes assez pour nous deux, Dunk, répliqua Bennis. Je l'appellerai comme ça me chante. »

Les planches d'un gris argenté craquèrent méchamment quand Dunk s'avança vers le bord du pont pour aller contempler d'un air renfrogné les bancs de sable et de pierraille qui se trouvaient en contrebas. Quelques maigres flaques brunâtres luisaient dans la caillasse, constata-t-il, pas plus grandes au mieux que sa propre main. « Des poissons crevés, là et là, vous voyez ? » La puanteur qu'ils dégageaient lui remémora les cadavres du carrefour.

« Oui, je les vois, messer », dit l'Œuf.

Dunk sauta dans le lit de la rivière et, accroupi sur ses talons, retourna une pierre. *Sec et brûlant dessus, humide et boueux dessous.* « Ça ne peut pas faire longtemps que l'eau s'est retirée. » Se remettant debout, il balança la pierre d'un revers en direction de la berge, et elle s'y écrasa contre un surplomb qui s'éboulait en y soulevant un nuage d'humus aride et brun. « La terre est craquelée le long des rives, mais molle et bourbeuse au milieu. Ces poissons vivaient encore hier.

— "Dunk le lourdaud", qu'il t'avait surnommé, Pennytree, je me souviens. » Ser Bennis cracha une chique de surelle sur les rochers. Elle luisait dans le soleil d'un rouge gluant. « Les lourdauds devraient jamais essayer de penser, y-z-ont la cervelle foutrement trop épaisse pour ça. »

Dunk le lourdaud, épais comme une muraille de forteresse. De la part de ser Arlan, c'étaient des termes affectueux. Un homme pétri de gentillesse, voilà ce qu'il avait été, l'Ancien, même quand il vous tarabustait. Dans la bouche de ser Bennis au Bouclier Brun, l'expression avait une tout autre résonance. « Ser Arlan est mort depuis près de deux ans, dit Dunk, et on m'appelle ser Duncan le Grand. » Il était sacrément démangé d'envoyer son poing à travers la gueule du chevalier brun et de réduire en charpie ces pourritures de chicots rouges. Bennis au Bouclier Brun risquait salement de lui donner du fil à retordre, mais Dunk avait sur lui l'avantage d'un bon pied et demi, sans compter cinquante bonnes livres. Il pouvait bien être un rustre, il n'avait rien d'un gringalet. Il avait parfois l'impression de s'être cogné le crâne à la moitié des linteaux de porte de Westeros, et ce pour ne rien dire de chacune des poutres de chaque auberge depuis Dorne jusque dans le Neck. Le frère de l'Œuf, Aemon, avait mesuré sa taille, à Villevieille, et trouvé qu'il ne s'en manquait que d'un pouce pour faire sept pieds, mais six mois s'étaient écoulés depuis. Il avait peut-être encore grandi, entre-temps. Grandir était la seule et unique chose que Dunk faisait réellement bien, soulignait volontiers l'Ancien.

Dunk retourna vers Tonnerre et se remit en selle. « L'Œuf, rentre à Piéferme avec le vin. Je vais aller me rendre compte de ce qui s'est passé pour l'eau.

— Les rivières qui s'assèchent, ç'arrive tout le temps, objecta Bennis.

— Je veux juste jeter un œil...

— Comme t'as fait sous ce caillou ? Tu devrais pas aller retourner les cailloux, lourdaud. On sait jamais ce que ça pourrait faire sortir dehors. Nous nous sommes dégotté des paillasses en paille de première bourre, à Piéferme. Il y a plus de jours avec des œufs que sans, et pas beaucoup plus à faire que d'écouter ser Sert-à-rien rabâcher quel type formidable il était dans le temps. Laisse tomber ça, je dis. La rivière s'est asséchée, et c'est marre. »

Mais Dunk était bouché et borné comme personne. « Ser Eustace attend toujours son vin, dit-il à l'Œuf. Dis-lui de quoi je suis allé m'occuper.

— Je n'y manquerai pas, messer. » Le gamin tira sur les rênes de Mestre. Le mulet remua les oreilles mais redémarra sur-le-champ. *Il meurt d'envie qu'on le déleste enfin de ces barriques.* Dunk n'allait certes pas lui en faire grief.

Comme la rivière coulait vers le nord et l'est – lorsqu'elle coulait –, il poussa Tonnerre vers le sud et l'ouest. Il n'avait pas parcouru vingt pas que Bennis le rattrapa. « Autant que je vienne m'assurer que tu vas pas te faire pendre. » Il se fourra de la surelle fraîche dans la bouche. « Au-delà de ce taillis d'aulnes, toute la rive droite est le domaine des araignées.

« Je resterai sur notre bord à nous. » Dunk ne tenait pas du tout à avoir des ennuis avec la Dame de Froide-Douve. Il courait à Piéferme d'effroyables rumeurs sur elle. *La Veuve Rouge*, on la qualifiait, à cause de tous les maris qu'elle avait portés en terre. Le vieux Sam-la-Voussure l'accusait d'être une sorcière, une empoisonneuse et pire encore. Deux ans plus tôt, elle avait expédié ses chevaliers de l'autre côté de la rivière se saisir d'un homme d'Osgris pour vol de moutons. « Quand M'sire est allé le redemander à Froide-Douve, on lui a dit de le chercher au fond du fossé, avait raconté Sam. Elle avait fait coudre ce pauvre Dake dans un sac de pierres et l'avait noyé. C't à la suite de ça que ser Eustace a pris ser Bennis à son service, pour tenir ces araignées à l'écart de ses propres domaines. »

Tonnerre ne se départait pas d'un pas lent et régulier sous le soleil torride. Le ciel était d'un bleu dur, et l'on n'y voyait nulle part le moindre plumet de nuage. Le cours sinueux de la rivière contournait des buttes rocheuses et circulait entre des saules pitoyables, des collines brunes dénudées et des champs de céréales mortes ou moribondes. À une heure de marche en amont du pont, ils se retrouvèrent à chevaucher sur la lisière de la petite forêt d'Osgris dénommée le Bois de Wat. De loin, sa verdure avait un aspect engageant, et Dunk en avait eu la cervelle farcie de perspectives de gorges ombreuses et de ruisselets babillards mais, en l'atteignant, les arbres qu'ils y découvrirent étaient malingres et dépenaillés, membrures en berne. Certains des chênes énormes se dépouillaient de leurs feuilles au petit bonheur, et la moitié des pins étaient aussi bruns que ser Bennis lui-même, leurs troncs cernés de monceaux d'aiguilles sèches. *De pire en pire*, songea Dunk. *Une seule étincelle, et tout s'embrasera comme des sarments.*

Pour l'instant, toutefois, les inextricables taillis qui longeaient l'Échiquetée se trouvaient encore foisonner de ronces grimpantes, d'orties, de buissons d'églantines et de jeunes saules. Plutôt que de s'y frayer passage de vive force, ils traversèrent le lit à sec pour gagner la berge de Froide-Douve, où l'on avait abattu les arbres au profit de pâtures. Au milieu des herbages roussis et calcinés, qu'émaillaient des fleurs sauvages décolorées, broutaient quelques moutons à museau noir. « J'ai jamais connu de bestiau plus bête qu'un mouton, commenta ser Bennis. Ils seraient pas de ta parenté, des fois, dis, lourdaud ? » Dunk s'étant abstenu de répondre, l'autre se remit à rire de son rire de volaille.

Une demi-lieue plus au sud, ils tombèrent sur le barrage.

Sans être aussi massif que la plupart de ses semblables, il avait néanmoins l'air costaud. Deux grosses palissades de bois avaient été plantées d'une rive à l'autre en travers du cours d'eau. Elles se composaient de troncs d'arbre encore pourvus de leur écorce. L'intervalle qu'elles délimitaient avait été bourré de pierres et de terre tassées à mort. En arrière, les flots montaient peu à peu le long des berges et se déversaient dans une tranchée ouverte à même les champs de lady Tyssier. Dunk se dressa sur ses étriers pour un examen plus approfondi. Les chatoiements du soleil sur l'eau trahissaient l'existence d'une vingtaine de canaux secondaires qui s'éparpillaient dans toutes les directions pour former comme une toile d'araignée. *Ils sont en train de nous piquer notre rivière.* La découverte de ce spectacle souleva son indignation, et celle-ci ne fit qu'empirer quand il devina sourdement que les arbres utilisés pour la construction du barrage avaient sûrement dû être prélevés dans le Bois de Wat.

« Voilà ce que t'es allé fabriquer, lourdaud, grommela Bennis. Tu pouvais pas admettre tout bonnement que la rivière s'était desséchée, oh que non. Peut-être bien que cette histoire commence avec de l'eau, mais elle finira avec du sang. Le tien et le mien, c'est plus que probable. » Le chevalier brun dégaina son épée. « Eh ben, c'est du tout cuit, main'nant. Il y a tes maudits terrassiers là-bas, sacrebleu. Tant vaut-y leur flanquer la trouille. » Il fouailla les flancs de son bourrin avec les éperons et fonça au galop à travers la prairie.

Dunk fut bien forcé de suivre, il n'avait pas le choix. La longue épée de ser Arlan lui battait la hanche, et c'était une pièce d'acier fameusement raide. *Si ces creuseurs de tranchées ont un brin de bon sens, ils se contenteront de déguerpir.* Les sabots de Tonnerre faisaient voler de tous côtés des mottes de terre.

L'un des bonshommes laissa bien choir sa pelle en voyant survenir les chevaliers, mais ce fut là tout. Ils étaient une vingtaine à l'œuvre, des courtauds et des échalas, des vieux et des jeunes, tous hâlés comme des pruneaux par la cuisson du soleil. Ils formèrent une ligne de front plutôt décousue, les mains crispées sur leurs bêches et leurs pioches, pendant que le Bennis ralentissait son train. « Vous êtes ici sur les terres de Froide-Douve ! » brailla l'un d'entre eux.

« Et ça, c'est une rivière Osgris, riposta Bennis en pointant son épée pour la désigner. Qui c'est qu'a bricolé cette saloperie de barrage ?

— C'est mestre Cerrick qui l'a construit, répondit un jeune manœuvre.

— Non pas, affirma un homme plus âgé. Le mioche en gris a indiqué des trucs et il a dit : "Fais ci", "Fais ça", mais c'est nous autres qu'on l'a fait.

— Alors, vous pouvez foutrement bien vous le démolir. »

Dans les regards des terrassiers ne se lisait qu'insolence et méchante humeur. L'un d'eux torcha la sueur de son front d'un revers de main. Pas un seul ne souffla mot.

« Vous êtes un rien durs de la feuille, ramassis de gueux que vous êtes..., reprit Bennis. C'est-y qu'il me faut couper une ou deux oreilles pour me faire entendre ? À qui l'honneur d'être le premier ?

— Ici, c'est des terres Tyssier. » Le vieux terrassier était du genre décharné, voûté, têtu comme une mule. « Vous n'avez pas le droit d'y être. Amusez-vous à couper des oreilles, et M'dame vous noiera dans un sac. »

Sans démonter, Bennis se rapprocha. « Je ne vois pas de dames ici, je ne vois qu'une grande gueule de bouseux. » Avec la pointe de sa lame, il asticota la poitrine noiraude du vieillard juste assez fort pour y faire perler une goutte de sang.

Il va trop loin. « Relevez votre épée, l'avertit Dunk. Cette histoire n'est pas de son fait. La besogne leur a été ordonnée par ce mestre.

— C'est pour les récoltes, ser, plaida un type aux oreilles en anses de cruche. Le blé était en train de crever, d'après ce que le mestre a dit. Et les poiriers pareil.

— Eh bien, peut-être leurs poiriers crèvent, ou peut-être c'est vous.

— Causez toujours, vous ne nous faites pas peur, répliqua le vieillard.

— Non ? » Bennis fit siffler sa longue épée qui alla balafrer la joue du bonhomme de l'oreille au bas de la mâchoire. « J'ai dit, leurs poiriers crèvent, ou bien c'est vous. » Tout un côté du visage de sa victime pissait le sang.

Il n'aurait jamais dû faire une chose pareille. Dunk se vit contraint de ravaler sa rogne. En l'occurrence, Bennis était de son propre bord. « Fichez-moi le camp d'ici ! cria-t-il à l'adresse des terrassiers. Retournez au château de votre dame.

— *Et au pas de course* ! » appuya Bennis.

Après s'être carrément débarrassés de leurs outils, trois d'entre eux s'exécutèrent à la lettre, en détalant à toutes jambes à travers les prés. Mais un de leurs compères, aussi bronzé que musculeux, soupesa une pioche en déclarant : « Sont jamais que deux, ces gugusses...

— Pelles contre épées font combat de fols, Jorgen », avertit le vieillard, la main plaquée sur sa figure. Ça ruisselait tout rouge entre ses doigts. « Les choses vont pas en rester là. Vous figurez surtout pas le contraire.

— Un mot de plus, et toi, tu pourrais en tout cas rester sur le carreau, crois-moi.

— Nous ne vous voulions aucun mal, intervint Dunk pour la gouverne du vieillard blessé. Nous ne réclamions rien d'autre que notre eau. Dites-le à votre dame.

— Oh, ça, on va lui dire, ser, promit le balèze, toujours agrippé à sa pioche. Ça, pour sûr. »

*

* *

Pour rentrer chez eux, ils coupèrent par le cœur du Bois de Wat, trop heureux de l'ombre maigrichonne que leur dispensaient les frondaisons. Ils y cuisaient ferme, néanmoins. À supposer que des cerfs hantaient encore le couvert, les seules créatures vivantes qu'ils y virent étaient des mouches. Elles harcelèrent de leurs bourdonnements le visage de Dunk pendant la chevauchée, tout en grouillant sans relâche autour des yeux de Tonnerre qu'elles exaspéraient. L'atmosphère était pétrifiée, suffocante. *À Dorne, au moins, les journées avaient beau être sèches, la température descendait si bas, la nuit, que je frissonnais dans mon manteau.* Dans le Bief, en revanche, les nuits étaient à peine plus fraîches que les jours, si loin que l'on fût au nord.

Profitant d'un moment où il lui fallait baisser la tête pour se glisser sous une branche tombante, Dunk cueillit une feuille et la froissa entre ses doigts. Elle s'y réduisit en poudre comme un parchemin millénaire. « Il n'était pas nécessaire de taillader ce type, dit-il à Bennis.

— J'ai fait qu'y chatouiller la tronche, et pas plus, pour lui apprendre à surveiller sa langue. En fait, j'aurais dû lui trancher sa putain de gorge, seulement, les autres auraient alors détalé comme des lapins, et ça nous aurait obligés à galoper derrière toute la bande pour la liquider.

— Vous auriez trucidé vingt hommes ? demanda Dunk, incrédule.

— Vingt-deux. C' qu'en fait deux de plus que tous tes doigts et tous tes orteils, lourdaud. Te faut les zigouiller tous, autrement ils vont raconter des blagues. » Ils contournèrent un abatis. « On aurait mieux fait de dire à ser Sert-à-rien que c'était la sécheresse qu'avait complètement mis à sec son petit pissadou de rivière.

— Ser *Eustace*. Vous lui auriez menti.

— Ouais, et pourquoi pas ? Qui c'est qu'ira lui dire n'importe quoi d'autre ? Les mouches ? » Bennis s'épanouit en un grand sourire moite et cramoisi. « Ser Sert-à-rien quitte jamais la tour, sauf pour descendre voir ses loupiots dans les buissons de mûres.

— Un homme lige doit la vérité à son seigneur et maître.

— Y a vérités et vérités, lourdaud. Y en a des qui sont inutiles. » Il cracha. « C'est les dieux qui fourguent les sécheresses. Un homme peut pas faire un bordel de tous les diables à propos des dieux. Mais la Veuve Rouge, par contre... Qu'on avertisse, nous, le Sert-à-rien que cette garce de chienne y a piqué son eau, et il va se sentir obligé d'honneur à la lui reprendre. Attends voir un peu. Il pensera qu'il lui faut *faire quelque chose.*

— Tel serait son devoir. Nos petites gens ont besoin de cette eau pour leurs récoltes à eux.

— *Nos* petites gens ? » Ser Bennis y alla de son braiement de rire. « J'étais parti m'accroupir chier, peut-être, quand ser Sert-à-rien a fait de toi son héritier ? Combien de petites gens tu te figures que t'as obtenus ? Dix ? Et encore en comptant le fils à demi demeuré de Jeyne la Bigleuse qui sait même pas par quel bout tenir une hache. Va te bricoler chevaliers chacun de ceux-là, et ça nous en fera deux fois moins que la Veuve, et je t'en fous des écuyers qu'elle a, et de ses archers et de sa séquelle. T'aurais besoin de tes deux mains et de tes deux pieds pour les compter tous, et puis des doigts et des orteils de ton mouflet chauve, en plus.

— Je n'ai que faire d'orteils pour compter. » Dunk en était au bord de l'écœurement, de l'air en ébullition, des mouches et de la compagnie du chevalier brun. *Le bougre peut bien avoir chevauché un jour en compagnie de ser Arlan, mais il y a des années et des années de ça. Il est devenu aussi méchant qu'hypocrite et pleutre.* Il donna des talons dans les flancs de son grand destrier et prit la tête au trot, de manière à distancer la pestilence.

*
* *

Piéferme était qualifié de château par pure politesse. Il avait beau se dresser bravement au sommet d'un piton rocheux d'où on le découvrait des lieues à la ronde, il n'était rien de plus qu'une tour d'habitation. Comme celle-ci s'était partiellement effondrée quelques siècles plus tôt, la reconstruction rudimentaire qui s'était imposée se traduisait au-dessus des fenêtres des faces nord et ouest par un appareillage de moellons gris clair qui tranchait avec la noirceur des pierres antérieures sous-jacentes. Des tourelles étaient venues s'adjoindre à la ligne de faîte pendant la restauration, mais uniquement au-dessus des parties relevées ; aux deux autres angles étaient accroupies d'antiques effigies de pierre fantastiques, si sévèrement amochées par les bourrasques et les intempéries qu'il était à peu près impossible de deviner ce qu'elles avaient pu représenter à l'origine. La couverture en bois de pin se voulait plate mais, grièvement déformée, voilée, elle manifestait une fâcheuse propension à fuir.

Un sentier tortueux grimpait depuis le pied de la butte jusqu'à la tour, si étriqué que l'on n'y pouvait chevaucher qu'à la queue-leu-leu. Dunk mena le train pendant l'ascension, immédiatement talonné par Bennis. Il discernait l'Œuf qui les surplombait, là-haut, juché sur une saillie rocheuse avec son grand chapeau de paille avachi.

Ils immobilisèrent leurs montures devant la minuscule écurie de bric et de broc nichée au bas de la tour et à demi dissimulée sous des plaques lépreuses de mousse violette. Le hongre gris du vieux en occupait l'une des stalles, à côté de Mestre. L'Œuf et Sam-la-Voussure avaient déjà rentré le vin, semblait-il. Des poules baguenaudaient dans la cour. L'Œuf survint au trot. « Est-ce que vous avez découvert ce qui s'est passé pour la rivière ?

— La Veuve Rouge y a établi un barrage. » Dunk mit pied à terre et tendit au gamin la bride de Tonnerre. « Ne le laisse pas trop boire d'un seul trait.

— Non, messer. J'y veillerai.

— Hé, *marmot*, le héla ser Bennis. Emmène aussi mon cheval, tant que t'y es. »

L'Œuf lui décocha un coup d'œil insolent. « Je ne suis pas votre écuyer à vous. »

Cette langue qu'il a finira tôt ou tard par lui valoir un mauvais coup, songea Dunk. « Tu vas t'occuper de son cheval, ou il t'en cuira d'une taloche à l'oreille. »

L'Œuf adopta un air renfrogné mais entreprit d'exécuter l'ordre. Cependant, comme il tendait la main pour saisir la bride, ser Bennis se racla la gorge et cracha. Un molard d'un rouge luisant vola se coller entre deux des orteils du petit garçon. Lequel darda un regard glacial sur le chevalier brun. « Vous m'avez craché sur le pied, ser. »

Bennis dévala pesammment de sa selle. « Ouais-da. Le prochain coup, c't à la gueule que j' te cracherai. Je supporterai plus un seul mot de ta putain de langue. »

Dunk vit la colère flamboyer dans les prunelles du petit. « Soigne les bêtes, l'Œuf, dit-il avant que la situation ne tourne au vinaigre. Il nous faut aller nous entretenir, nous autres, avec ser Eustace. »

Il n'était possible d'accéder à l'intérieur de Piéferme que par une porte de chêne bardée de fer qui s'ouvrait vingt pieds au-dessus de leurs têtes. Les marches du bas étaient constituées de blocs de pierre noire lisse et tellement usée qu'elle formait une cuvette au beau milieu. Ensuite, elles étaient supplantées par un escalier de bois raide comme une échelle qui pouvait se relever à la manière d'un pont-levis en période de troubles. Dunk chassa les volailles qui barraient le passage et se mit à grimper deux à deux.

Piéferme était plus vaste qu'il ne paraissait au premier abord. Ses caves et celliers s'enfonçaient profondément dans une grande partie de la colline qui lui servait de perchoir. Au-dessus du sol, la tour s'enorgueillissait de quatre niveaux. Les deux étages supérieurs possédaient des fenêtres et des balcons, les deux inférieurs ne comportant que des meurtrières. Il faisait plus frais, dedans, mais si sombre que Dunk dut s'accorder le loisir d'accommoder. La femme de Sam-la-Voussure se trouvait agenouillée près de l'âtre qu'elle déblayait de ses cendres. « Ser Eustace est au-dessus ou au-dessous ? la questionna Dunk.

— En haut, ser. » La vieille était tellement contrefaite qu'elle avait la tête plus basse que les épaules. « Il vient juste de rentrer de sa visite aux garçons, là-bas, dans les buissons de mûres. »

Les garçons en question étaient les fils d'Eustace Osgris : Edwyn, Harrold, Addam. Edwyn et Harrold avaient été chevaliers, et le jeune Addam simple écuyer. Ils avaient tous péri, voilà quinze ans de ça, lors de la bataille d'Herberouge, vers la fin de la rébellion Feunoyr. « Ils sont morts d'une bonne mort, en valeureux défenseurs du roi, contait ser Eustace à Dunk, et je les ai ramenés à la maison pour les enterrer parmi les buissons de mûres. » La sépulture de sa femme s'y trouvait également. Chaque fois que le vieux mettait en perce une nouvelle barrique de vin, il se rendait au bas de la colline afin de répandre une libation sur la tombe de chacun de ses rejetons. « Vive le roi ! » lançait-il à pleine gorge avant de se mettre à boire incontinent.

La chambre à coucher de ser Eustace occupait le troisième étage de la tour, juste au-dessus de sa loggia. C'était dans cette dernière qu'à n'en point douter le trouverait Dunk, à ronronner parmi ses coffres et ses futailles. Les massives murailles grises de la loggia étaient tapissées de bannières conquises et de matériel de guerre rouillé, tous butins glorieux de batailles livrées de longs siècles auparavant et dont personne d'autre que le maître des lieux ne conservait plus le moindre souvenir. La moitié des bannières étaient moisies, et toutes, affreusement déteintes, étaient couvertes de poussière, leurs éclatants coloris de jadis s'étant mués en tonalités grisâtres et verdâtres.

Ser Eustace était occupé à décrasser avec un bout de chiffon un machin démantibulé quand Dunk émergea de l'escalier, le capiteux Bennis collé sur ses talons. Les yeux du vieux chevalier semblèrent s'éclairer un peu à la vue de Dunk. « Mon bon géant, déclara-t-il, et ce brave ser Bennis. Venez voir un peu ça. Je l'ai découvert dans le fond de ce coffre. Un vrai trésor, quoique lamentablement négligé. »

Il s'agissait d'un bouclier, de ce qu'il en subsistait du moins. D'assez piètres vestiges, à la vérité. Près de la moitié en avait disparu sous les coups, le reste étant gris et plus ou moins en miettes. La bordure de fer n'était plus qu'un amas de rouille, et le bois plus qu'une dentelle de trous de vers. De vagues écailles de peinture s'y agrippaient encore, mais en trop petit nombre pour suggérer l'ombre d'un blason quelconque.

« M'sire », débuta Dunk. Les Osgris n'étaient plus sires de rien du tout depuis des éternités, mais cela faisait plaisir à ser Eustace de s'entendre décerner ce titre, en écho du brillant renom dont avait effectivement joui jadis son antique maison. « Qu'est-ce que c'est ?

— Le bouclier du Petit Lion. » Le vieux frotta la bordure, et quelques bribes de rouille s'en détachèrent. « Ser Wilbert Osgris le portait lors de la bataille qui lui fut fatale. Je suis certain que vous connaissez l'histoire.

— Non, M'sire, fit Bennis. Il se trouve que non. Le *Petit* Lion, vous avez dit ? C'est donc qu'il était nain, ou quelque chose comme ça ?

— Sûrement pas ! » La moustache du vieux chevalier tremblota. « Ser Wilbert était un homme de grande taille et d'une force herculéenne, ainsi qu'un prodigieux chevalier. Il reçut ce surnom dès sa tendre enfance, en sa qualité de benjamin de cinq frères. De son temps, il régnait encore sept rois dans les Sept Couronnes, et la guerre faisait souvent rage entre le Roc et Hautjardin. Les rois verts nous gouvernaient alors, les Jardiniers. Ils étaient du sang du légendaire Garth Mainverte, et leur bannière royale portait une main verte sur champ blanc. Gyles III emmena ses bannières à l'est affronter le roi de l'Orage, et les frères de Wilbert l'accompagnèrent tous car, à cette époque, le lion échiqueté flottait toujours aux côtés de la main verte quand le roi du Bief partait guerroyer.

» Or, il advint que, pendant que le roi Gyles se trouvait au loin, le roi du Roc se dit qu'il tenait là l'occasion inespérée d'arracher une bouchée du Bief, si bien qu'il rassembla une armée d'Ouestiens et fondit sur nous. Étant donné que les Osgris étaient les maréchaux des marches du Nord, la tâche de se porter à sa rencontre incomba au Petit Lion. C'était le quatrième roi Lancel qui menait les Lannister, si je ne m'abuse, ou peut-être bien le cinquième. Ser Wilbert barra le passage au roi Lancel et lui ordonna de s'arrêter. "Ne va pas plus loin, lui dit-il. Tu es le malvenu ici. Je t'interdis de poser le pied dans le Bief." Mais le Lannister n'en commanda pas moins à toutes ses bannières d'avancer.

» Ils s'affrontèrent toute une demi-journée, le lion d'or et le lion échiqueté. Le Lannister étant muni d'une épée valyrienne avec laquelle ne pouvait rivaliser aucun acier commun, le Petit Lion se trouva durement pressé, son bouclier réduit en charpie. À la fin, grièvement ensanglanté par une douzaine de blessures et n'ayant plus au poing que sa propre lame brisée, il se rua tête baissée contre son adversaire. Le roi Lancel le coupa quasiment en deux, selon les chanteurs, mais, pendant qu'il agonisait, le Petit Lion sut nonobstant trouver le défaut de l'armure du roi au creux de l'aisselle et y plonger victorieusement sa dague. En voyant leur souverain mort, les Ouestiens tournèrent casaque, et le Bief fut sauvé. » Le vieux caressa le bouclier rompu avec autant de tendresse que s'il s'était agi d'un enfant.

« Tudieu, M'sire, coassa Bennis, un homme comme ça nous serait fichtrement utile, aujourd'hui. Dunk et moi, on est allés jeter un coup d'œil à votre rivière, M'sire. Sèche comme un os, qu'elle est, puis pas par la faute à la sécheresse. »

Le vieillard mit ses reliques de côté. « Narrez-moi cela. » Il prit un siège et les incita d'un geste à faire de même. Pendant que le chevalier brun débitait son récit, il se fit tout oreilles, droit comme une lance, le menton dressé et les épaules bien carrées.

Dans sa jeunesse, ser Eustace Osgris avait dû être l'incarnation même de la chevalerie, avec sa haute taille, son torse puissant et la noblesse de ses traits. Le temps et le deuil avaient eu beau lui infliger leur inflexible ouvrage, il n'avait pas plié si peu que ce soit, conservant malgré tout sa forte charpente, ses larges épaules, son torse vaste comme un foudre et une physionomie aussi énergique et acérée que celle d'un vieil aigle. Ses cheveux taillés ras avaient pris la blancheur du lait, mais la moustache drue qui lui masquait la bouche restait d'un gris cendré. Ses sourcils étaient de la même teinte et, d'une nuance de gris plus claire, les yeux qu'ils surmontaient étaient empreints de tristesse.

Leur tristesse parut encore s'intensifier lorsque Bennis aborda le chapitre du barrage. « On connaît cette rivière sous son nom de l'Échiquetée depuis un millier d'années, voire davantage, dit le vieux chevalier. J'y ai attrapé du poisson quand j'étais tout gosse, et mes fils l'ont tous fait à leur tour. Alysanne aimait à y faire de gros ploufs dans les creux, par les journées d'été torrides comme celle-ci. » Alysanne était sa fille, morte au printemps. « C'est sur les berges de l'Échiquetée que j'ai embrassé une fille pour la première fois. Une cousine, que c'était, la plus jeune des filles de mon oncle, un des Osgris de Lacfeuillu. Ils ont tous disparu, maintenant, même elle. » Sa moustache se mit à trembler. « Il n'est pas possible de tolérer cela, messers. La drôlesse n'aura pas mon eau. Elle n'aura pas mon eau *échiquetée*.

— Le barrage est bâti solide, avertit ser Bennis. Trop solide pour que moi et ser Dunk, on l'abatte en une heure, même avec l'aide du marmot chauve. Il va nous falloir des cordes et des pioches et des haches et une douzaine d'hommes. Et ça rien que pour le travail, pas pour le combat. »

Ser Eustace considéra fixement le bouclier du Petit Lion.

Dunk s'éclaircit la gorge. « À ce propos, M'sire, quand nous sommes tombés sur les terrassiers, ben...

— Dunk... ! Embête pas M'sire avec des broutilles, intervint Bennis. J'ai fait que donner une leçon à l'un de ces crétins, rien de plus que ça. »

Ser Eustace releva les yeux d'un air acerbe. « Quel genre de leçon ?

— Avec mon épée, pour tout dire. Un petit peu de raisiné en travers de sa joue, c'est tout ce qu'il a eu, M'sire. »

Le vieux chevalier le dévisagea longuement. « Ce... c'était malavisé à vous, ser. La drôlesse a un cœur d'araignée. Elle a assassiné trois de ses maris. Et tous ses frères sont morts au maillot. Cinq, il y en avait. Ou peut-être six, je ne me souviens pas. Ils se dressaient entre elle et le château. Elle écorcherait à coups de fouet le moindre de ses manants qui lui déplairait, je n'en doute pas, mais que *vous* lui en égratigniez un..., ça, non, elle ne va pas subir une pareille insulte sans broncher. Ne vous y méprenez pas. Elle viendra tout exprès pour vous, comme elle l'a fait pour Lem.

— Dake, M'sire, fit Bennis. Sauf le respect dû à Votre Hautesse, puisque vous l'avez connu et moi jamais, n'empêche, il se nommait Dake.

— Si tel était le bon plaisir de M'sire, je pourrais toujours me rendre à Bocajor pour parler à lord Rowan de ce barrage », intervint Dunk. Rowan était le suzerain du vieux chevalier. Les terres de la Veuve Rouge relevaient également de son autorité.

« Rowan ? Non, n'escomptez aucune aide de ce côté-là. La sœur de lord Rowan a épousé le cousin de lord Wyman Tyssier, Wendell, de sorte qu'il est apparenté à la Veuve Rouge. Au surplus, il ne me porte pas dans son cœur. Il vous faudra faire demain la tournée de tous mes villages, ser Duncan, et y ramasser chaque homme valide en âge de se battre. Je suis vieux, mais je ne suis pas mort. La drôlesse ne va pas tarder à s'apercevoir que le lion échiqueté a encore ses griffes ! »

Deux, songea Dunk avec morosité, *et je suis l'une d'elles.*

*

* *

Les domaines de ser Eustace englobaient trois maigres villages, tous réduits à une poignée de masures, de parcs à moutons et de pourceaux. Le plus important s'enorgueillissait d'un septuaire à toit de chaume dont les murs de l'unique pièce étaient embellis de portraits des Sept frustement gribouillés au charbon. C'était un ancien porcher tout courbé par les ans, Mudge, qui, pour avoir mis les pieds à Villevieille une fois dans sa vie, y assurait les offices religieux tous les septièmes jours. Deux fois l'an, un authentique septon passait absoudre en coup de vent les péchés de l'assistance au nom de la Mère. Si les petites gens se sentaient fort aises de l'absolution, cela ne les empêchait nullement d'exécrer les visites du saint homme, parce qu'il leur fallait à toute force le nourrir.

L'apparition de Dunk et de l'Œuf ne sembla pas les enchanter davantage. On connaissait Dunk dans les villages, ne serait-ce qu'en sa qualité de nouveau chevalier de ser Eustace, mais il ne s'y vit même pas offrir une coupe d'eau. Compte tenu du fait que la plupart des hommes se trouvaient aux champs, ce furent essentiellement des femmes et des enfants que leur intrusion fit surgir des chaumines, ainsi qu'une poignée de croulants trop infirmes pour travailler. L'Œuf trimbalait la bannière Osgris, le lion échiqueté vert et or, rampant sur son champ neigeux. « Nous venons de Piéferme vous apporter les citations à comparaître de ser Eustace, annonça Dunk aux villageois. Il est enjoint à tous les hommes valides âgés de quinze à cinquante ans d'avoir à se rassembler à la tour demain.

— C'est la guerre ? demanda une femme frêle qui avait deux gosses planqués derrière ses jupes et un nouveau-né en train de lui pomper le sein. C'est-y que le dragon noir est de retour ?

— Il n'y a pas de dragons dans cette affaire, ni rouge ni noir, lui répondit Dunk. Tout se passe entre le lion échiqueté et les araignées. La Veuve Rouge s'est emparée de votre eau. »

La femme opina du chef, mais elle prit un air méfiant quand l'Œuf retira son chapeau pour s'éventer le visage. « Ce petit drôle a pas un cheveu. C'est-y qu'il est malade ?

— *Rasé* », fit l'Œuf. Il se recoiffa le crâne et, faisant tourner la tête de Mestre, s'éloigna d'un pas nonchalant.

Il est d'humeur chatouilleuse, aujourd'hui. Il avait à peine desserré les dents depuis leur départ. Dunk ne fit qu'effleurer Tonnerre de l'éperon, et il eut tôt fait de rattraper le mulet. « Tu m'en veux tant que ça de n'avoir pas pris ton parti contre ser Bennis, hier ? demanda-t-il à son écuyer, frappé par sa mine maussade, pendant qu'ils se dirigeaient vers le hameau suivant. Je ne l'aime pas plus que toi, mais il *est* chevalier. Tu devrais t'adresser à lui de façon courtoise.

— Je suis votre écuyer, pas le sien, répliqua l'enfant. Il est sale comme un peigne, il a une langue de vipère, et il n'arrête pas de me pincer. »

S'il se doutait si peu que ce soit de ton identité, il mouillerait ses chausses avant de lever le petit doigt sur toi. « Il me pinçait, moi aussi. » Dunk avait oublié ce détail jusqu'à ce que l'accusation de l'Œuf le lui remémore. Ser Arlan et ser Bennis avaient fait partie d'un groupe de chevaliers recrutés par un négociant dornien pour assurer sa sécurité depuis Port-Lannis jusqu'au Pas-du-Prince. Dunk n'était alors pas plus âgé que l'Œuf, quoique de plus grande taille. *Il me pinçait si violemment sous le bras que j'en avais des bleus. Ses doigts me faisaient l'effet de tenailles de fer, mais je n'en ai jamais pipé mot à ser Arlan.* L'un des autres chevaliers du convoi s'était volatilisé dans les parages de Roche-Septuaire, et il s'était ébruité que Bennis l'avait étripé à l'occasion d'une dispute. « S'il s'avise de te pincer de nouveau, parle-m'en, et j'y mettrai fin. D'ici-là, soigner son cheval ne te coûte pas grand-chose.

— Il faut bien que quelqu'un le fasse, convint l'Œuf. Bennis ne l'étrille jamais. Il ne nettoie jamais sa stalle. Il ne lui a même pas donné de *nom* !

— Certains chevaliers n'en attribuent jamais à leurs montures, lui expliqua Dunk. Comme ça, quand elles sont tuées sur un champ de bataille, le chagrin de leur perte est moins dur à porter. Il est toujours possible de s'en procurer d'autres, alors que la disparition d'un ami fidèle vous fait une peine affreuse. » *C'est en tout cas ce qu'assurait l'Ancien, quitte à se démentir lui-même invariablement. Il a donné un nom à chacun des chevaux qu'il a jamais possédés.* Et Dunk avait procédé de même. « Nous verrons bien combien d'hommes se pointent à la tour..., mais que ce soit cinq ou cinquante, il te faudra t'occuper d'eux aussi. »

L'Œuf prit un air indigné. « J'ai à servir des *petites gens* ?

— Pas servir. Aider. Nous allons avoir à faire d'eux des combattants. » *À condition que la Veuve Rouge nous en laisse le loisir.* « Si les dieux daignent nous favoriser, quelques-uns auront déjà été plus ou moins soldats, mais la plupart seront aussi verts que les herbages printaniers, et le maniement des houes leur sera plus familier que celui des piques. Il n'en reste pas moins qu'un jour peut venir où nos vies dépendront d'eux. Quel âge avais-tu quand tu as empoigné ta première épée ?

— J'étais tout petit, messer. C'était une épée de bois.

— Les gamins du commun se bagarrent avec des épées de bois, eux aussi, seulement, les leurs ne sont que des bâtons et des branches cassées. Ces hommes risquent de te paraître des butors, l'Œuf. Ils ne connaîtront pas les termes spécifiques des différentes pièces d'armure, pas plus que les armoiries des maisons du plus haut parage, et ils ne sauront pas quel est celui de nos rois qui a aboli le droit de cuissage du seigneur lors de la première nuit..., mais traite-les tout de même avec respect. Tu as beau être un écuyer issu d'une noble lignée, tu n'es encore qu'un petit garçon. La majorité d'entre eux seront des hommes faits. Tout homme a sa fierté, quelque humble que puisse être sa naissance. Tu aurais l'air tout aussi stupide et perdu dans leurs villages à eux. Et, si tu doutes de ce fait, va donc sarcler une rangée et tondre un mouton, puis dis-moi, tiens, le nom de toutes les mauvaises herbes et des fleurs sauvages qui poussent dans le Bois de Wat. »

Le gamin réfléchit un moment. « Je pourrais leur enseigner les armoiries des grandes maisons et comment la reine Alysanne s'y prit pour persuader le roi Jaehaerys d'abolir la première nuit. Et eux pourraient m'enseigner quelles sont les meilleures plantes pour concocter des poisons, et si ces baies vertes sont comestibles sans danger.

— Ils en seraient capables, effectivement, lui confirma Dunk, mais avant d'en venir au roi Jaehaerys, mieux vaudrait que tu nous prêtes main-forte pour leur apprendre comment on se sert d'une pique. Et garde-toi de manger quoi que ce soit des trucs auxquels Mestre s'abstient de toucher. »

*
* *

Le lendemain vit une douzaine de guerriers en herbe prendre le chemin de Piéferme et s'y rassembler parmi les poulets. L'un d'eux était beaucoup trop vieux, deux étaient beaucoup trop jeunes, et un adolescent maigrichon se révéla être une adolescente maigrichonne. Ces cinq-là, Dunk les renvoya dans leurs villages, n'en conservant que huit : trois Wat, deux Will, un Lem, un Pat, et pour finir Gros Rob le simple d'esprit. *Un ramassis navrant*, ne put-il s'empêcher de penser. On y aurait vainement cherché les superbes manants vigoureux dans la fleur de l'âge qui conquéraient le cœur des damoiselles de haute extrace dans les chansons. Ils étaient tous plus crasseux les uns que les autres. Lem avait cinquante ans bien tassés, et Pat l'œil larmoyant ; ils étaient les deux seuls à avoir jamais été soldats. Ils étaient partis se battre avec ser Eustace et ses fils lors de la rébellion Feunoyr. Les six autres étaient aussi verts que l'avait appréhendé Dunk. Ils avaient des poux tous les huit. Deux des Wat étaient frères. « À croire que votre mère connaissait pas d'autre prénom », lâcha Bennis dans un gloussement.

Pour ce qui en était du chapitre des armes, ils trimbalaient une faux, trois houes, un vieux couteau, plus quelques gros gourdins de bois. Lem possédait un bâton taillé en pointe qui pouvait tenir lieu de pique, et l'un des Will confessa son adresse à lancer des pierres. « Nous voilà sacrément parés, fit Bennis, voilà qu'on s'est dégotté un putain de trébuchet. » De là vint que sur ces entrefaites on affubla le malheureux du sobriquet de Treb.

« Y aurait-il parmi vous des archers habiles ? » leur demanda Dunk.

Tous les pieds raclèrent la poussière, pendant que les poules picoraient le sol autour d'eux. « Sans offense, ser, mais M'sire nous permet pas les grands arcs. Les cerfs Osgris sont pour les lions échiquetés, pas pour les ceusses de notre espèce.

— On va avoir des épées, des heaumes et des cottes de mailles ? eut envie de savoir le plus jeune des trois Wat.

— Oh mais, bien sûr que tu vas en avoir, dit Bennis, juste aussitôt que t'auras tué l'un des chevaliers de la Veuve et dépouillé son putain de cadavre. Et oublie surtout pas d'enfoncer ton bras jusqu'au coude dans le cul de son canasson, parce que c'est là qu'ils planquent leurs picaillons. » Il pinça le petit Wat sous le bras jusqu'à ce que la douleur le fasse couiner, puis il entraîna l'ensemble de la bande vers le Bois de Wat afin d'y couper des piques.

À leur retour, ils étaient munis de huit piques durcies au feu de longueurs épouvantablement inégales et de boucliers rudimentaires en entrelacs de branches. Ser Bennis s'était lui aussi bricolé une pique, et il leur montra comment les pousser de la pointe et en utiliser la hampe pour parer..., ainsi que les endroits à piquer pour tuer. « Le ventre et le gosier sont ce qu'y a de mieux, je trouve. » Il se martela la poitrine avec le poing. « Y a le cœur juste là, ça peut toujours faire l'affaire aussi. L'ennui, c'est qu'y a les côtes en travers. Le bide, lui, c'est tendre et c'est mou. Faut du temps pour que ça se vide, mais ça pardonne pas. Jamais on a vu un type survivre avec ses tripes qui lui pendent au-dehors. Maintenant, s'y en a un d'assez couillon pour aller vous tourner le dos, foutez-y-moi votre pointe entre ses omoplates ou dans ses rognons. C'est ici que ça se passe. Ils vivent pas longtemps quand vous leur avez une bonne fois épinglé les rognons. »

Le fait qu'il se trouvait trois Wat dans le tas causait pas mal de méprises quand Bennis essayait de leur dire quoi faire. « Nous devrions leur donner des noms de villages, messer, suggéra l'Œuf, comme ser Arlan, votre vieux maître, l'avait fait de Pennytree. » La méthode aurait pu marcher, seulement leurs villages non plus n'avaient pas de noms. « Eh bien, reprit l'Œuf, nous pourrions les nommer d'après leurs cultures, messer. » L'un des villages était sis au milieu de champs de haricots, un autre cultivait surtout de l'orge, et le troisième alignait principalement des rangées de choux, de carottes, d'oignons, de navets et de melons. Comme personne ne voulait pas plus entendre parler d'être un Navet qu'un Chou, les ressortissants de ce dernier devinrent les Melons. Et l'on finit par se retrouver avec quatre Graindorge, deux Melons et deux Haricots. Mais les frères Wat étant tous les deux des Graindorge, une distinction plus poussée s'imposait encore. Après que le cadet eut fait état d'être un jour tombé dans le puits du village, Bennis l'adouba « Wat-le-Mouillé », et le tour fut joué. Et tous furent aux anges de s'être vu décerner des « noms de seigneur », hormis Gros Rob qui ne parvint apparemment pas à se rappeler s'il était un Graindorge ou un Haricot.

Une fois ces braves équipés chacun d'une pique et d'un nom, ser Eustace sortit de Piéferme pour leur adresser un brin de discours. Le vieux chevalier se campa sur le seuil de la porte de la tour, revêtu de sa maille et de sa plate sous un long surcot de laine que les ans avaient plutôt jauni que blanchi. Par-devant comme par-derrière, il arborait le lion échiqueté, cousu en petits carreaux verts et or. « Les gars, dit-il, vous vous souvenez tous de Dake. La Veuve Rouge l'a fourré dans un sac et noyé. Elle a pris sa vie, et maintenant, c'est notre eau qu'elle entend prendre aussi, l'Échiquetée qui nourrit nos récoltes..., mais elle ne le fera pas ! » Il brandit son épée au-dessus de sa tête. « Pour Osgris ! clama-t-il d'une voix retentissante. Pour Piéferme !

— *Osgris !* » reprit Dunk en écho. L'Œuf et les recrues le firent à leur tour en vociférant : « *Osgris ! Osgris ! Pour Piéferme !* »

Dunk et Bennis se mirent à exercer leur escouade au milieu des volailles et des cochons, pendant que ser Eustace contemplait la scène du haut du balcon. Sam-la-Voussure avait bourré quelques vieux sacs avec de la paille souillée. Ils en firent leurs ennemis. Les néophytes commencèrent à s'entraîner au maniement de la pique et Bennis à leur aboyer : « Plantez, vrillez, dégagez ! Plantez, vrillez, dégagez... , mais *sortez-le-moi, ce foutu machin !* Vous en aurez bien assez tôt besoin pour votre adversaire suivant... ! Trop lent, Treb, foutrement trop lent ! Si tu peux pas faire ça plus vite, retourne lancer des cailloux ! Lem, fous-moi tout ton poids derrière ta poussée ! C'est comme une bite que t'as ! Dedans dehors dedans dehors ! Encule-les avec, c'est ça, le truc, dedans dehors, 'rrache-leur-z-y, 'rrache-leur-z-y, *'rrache-leur-z-y !* »

Quand les sacs eurent été bien défoncés, bien étripés par des centaines de coups de pique et toute leur paille éparpillée par terre, Dunk endossa sa maille et sa plate puis s'empara d'une épée de bois pour voir comment les hommes se comporteraient face à un adversaire plus vivant.

Pas trop trop bien fut la réponse. Seul Treb se montra assez rapide pour porter une botte au-delà du bouclier de Dunk, et encore n'y réussit-il qu'une seule fois. Dunk esquivait l'un après l'autre leurs piètres assauts de traviole, repoussait de côté leurs piques et ne savait dans quelle ouverture foncer. Si son arme avait été non de pin mais d'acier, il aurait abattu chacun d'eux dix fois. « Une fois que j'ai dépassé votre pointe, vous êtes *morts* », les prévint-il, tout en leur martelant les jambes et les bras pour mieux faire entrer la leçon. Du moins Treb et Lem et Wat-le-Mouillé apprirent-ils bientôt à céder du terrain. Gros Rob laissa tomber sa pique et prit la fuite, ce qui força

Bennis à lui donner la chasse et à le ramener en larmes par la peau du cou. La fin de l'après-midi vit tout ce beau monde tapissé de bleus et de bosses, et des ampoules toutes fraîches commençaient à cloquer sur tous les points où les mains calleuses s'étaient crispées pour tenir les piques vaille que vaille. Dunk s'en tira pour sa part absolument intact, mais il était à demi noyé dans ses suées lorsque l'Œuf l'aida à se dépecer littéralement de son armure.

Alors que le soleil déclinait peu à peu, Dunk emmena leur modeste troupe dans la cave et contraignit à prendre un bain même ceux de ses membres dont le précédent remontait juste à l'hiver dernier. Après quoi, la femme de Sam-la-Voussure leur servit à tous une écuellée d'un plantureux ragoût d'orge, de carottes et d'oignons. Les hommes étaient fourbus jusqu'à fond de carcasse mais, à les entendre, aucun ne doutait de devenir en un rien de temps deux fois plus meurtrier qu'un chevalier de la Garde royale. Ce leur était un supplice presque insoutenable que de devoir attendre pour administrer la preuve de leur valeur. Ser Bennis s'acharna à les exalter en leur vantant les béatitudes de l'existence soldatesque ; femmes et butin principalement. Les deux vétérans abondèrent dans son sens. Lem s'était ramené de la rébellion Feunoyr un couteau et une belle paire de bottes, à ce qu'il prétendait ; bon, les bottes étaient trop petites pour qu'il les chausse, mais il les avait toujours sous les yeux, suspendues à son mur. Quant à Pat, il n'aurait été que trop intarissable sur certaines des traînées de camp qu'il s'était besognées dans le sillage du dragon.

Sam-la-Voussure leur avait installé huit paillasses dans la cave, et ils ne se furent pas plus tôt rempli la panse qu'ils partirent tous roupiller. Bennis, lui, s'attarda suffisamment pour régaler Dunk de mines écœurées. « Ser Sert-à-rien aurait fallu baiser un tout petit peu plus de bouseuses, tant qu'y lui restait 'core une goutte de jus dans les pauvres vieilles couilles qu'il s'a », décréta-t-il. S'il se serait semé sa jolie moisson de bâtards, à l'époque, peut-être qu'on aurait des soldats, maintenant.

— M'ont pas l'air si pires que n'importe quelle autre levée de paysans. » Dunk en avait vu marcher quelques-uns de ce genre alors qu'il servait d'écuyer lui-même à ser Arlan.

« Ouais, fit ser Bennis. Ça se pourrait que, dans une quinzaine, ils arrivent à pas lâcher pied contre un paquet d'autres culs-terreux. Mais contre des chevaliers ? » Il secoua la tête et lâcha l'un de ses glaviots favoris.

*

* *

Le puits de Piéferme se trouvait au-dessous du cellier, dans une pièce à l'atmosphère humide et glaciale et aux murs de pierre et de terre. C'était là que la femme de Sam-la-Voussure savonnait, frottait et battait le linge avant de le charrier jusqu'au toit en terrasse pour le séchage. Le cuvier de pierre massif servait également de baignoire. Les bains exigeaient qu'on tire l'eau du puits seau après seau, qu'on la mette à chauffer au-dessus de l'âtre dans un grand chaudron de fer, qu'on vide le chaudron dans la cuve et que l'on recommence l'ensemble des opérations. Il fallait quatre seaux pour emplir le chaudron, et trois chaudrons pour emplir la cuve. Le temps que le dernier chaudron parvienne à ébullition, l'eau du premier s'était refroidie jusqu'à n'être plus que tiède. On avait entendu déclarer à ser Bennis que se taper tout ce bordel, c'était foutrement trop d'emmerdes, et cela expliquait assez qu'il grouillât de poux et de puces et qu'il embaumât tout autant qu'un fromage pourri.

Dunk bénéficiait au moins de l'aide de l'Œuf lorsqu'il éprouvait le besoin urgent de s'accorder un bon décrassage, ce qu'il fit ce soir-là. Le gamin tira l'eau sans sortir d'un mutisme maussade, et à peine ouvrit-il le bec pendant qu'elle chauffait. « L'Œuf ? finit par l'interpeller Dunk alors que le troisième chaudron commençait à frémir. Il y a quelque chose qui cloche ? » N'obtenant pas de réponse, il reprit : « Donne-moi un coup de main pour le chaudron. »

Ensemble, ils s'échinèrent à le transporter de l'âtre jusqu'au cuvier en prenant bien garde de ne pas s'éclabousser. « Messer, se décida le petit, qu'est-ce que vous pensez que ser Eustace compte faire ?

— Démolir le barrage et repousser de vive force les gens de la Veuve s'ils essaient de nous interrompre. » Il avait parlé d'une voix forte, de manière à se faire entendre par-dessus les bruyantes cascades de l'eau du bain. Tandis qu'ils versaient s'élevait un rideau blanc de vapeur qui lui empourpra la figure.

« Leurs boucliers ne sont qu'en lacis de bois, messer. Un coup de lance risquerait de passer au travers comme dans du beurre, ou bien un carreau d'arbalète.

— Nous pourrons toujours dénicher pour eux quelques pièces d'armure, quand ils seront prêts. » Il n'était pas possible de rien espérer de mieux.

« Ils pourraient bien se faire tuer, messer. Wat-le-Mouillé est à peine sorti de l'enfance. Will Graindorge doit se marier lors de la prochaine visite du septon. Et Gros Rob n'est même pas capable de différencier son pied gauche de son pied droit. »

Dunk laissa retomber bruyamment le chaudron vide sur le sol de terre battue. « Roger de Pennytree était plus jeune que Wat-le-Mouillé quand il périt sur le champ de bataille d'Herberouge. Il y avait aussi dans l'armée de ton père des hommes qui venaient tout juste de se marier, et d'autres qui n'avaient jamais seulement embrassé une fille. Et il y en avait des centaines qui ne savaient pas non plus différencier leur pied gauche de leur pied droit..., voire des milliers.

— Ce n'était *pas pareil*, affirma l'Œuf. Cela, c'était la guerre.

— Ceci en est une aussi. La même chose, mais en plus petit, voilà tout.

— En plus petit et plus *absurde*, messer.

— Il n'appartient ni à moi ni à toi d'en trancher, l'avisa Dunk. C'est leur devoir de partir en guerre quand ser Eustace les en somme..., et de mourir, si besoin est.

— Alors, nous n'aurions pas dû leur donner de noms, messer. Cela ne servira qu'à aggraver notre chagrin lorsqu'ils mourront. » Il grimaça de tous ses traits. « Si nous nous servions plutôt de ma botte...

— Non. » Dunk se jucha sur un pied pour débotter l'autre.

« N'empêche que mon père...

— Non. » Sa seconde botte suivit le chemin de la première.

« Nous...

— Non. » Dunk retira sa tunique tachée de sueur par-dessus sa tête et la lui jeta. « Demande à la femme de Sam-la-Voussure de me lessiver ça.

— Je le ferai, messer, mais...

— Non, j'ai dit. Il te faut une taloche à l'oreille pour t'affiner un peu l'ouïe ? » Il délaça ses chausses. Dessous, il ne portait rien d'autre que lui-même ; il faisait trop chaud pour mettre des sous-vêtements. « C'est une bonne chose, que tu t'inquiètes pour Wat et Wat et Wat et pour tous les autres, mais il est entendu que la botte, c'est uniquement en cas de nécessité absolue. » *Combien c'est-y que lord Freuxsanglant il en a, de zyeux ? Mille, et rien qu'un.*

« Que t'a commandé ton père, quand il t'a envoyé me servir d'écuyer ?

— De n'avoir les cheveux que rasés ou teints, et de ne révéler mon nom véritable à homme qui vive », répondit le petit garçon avec une répugnance non dissimulée.

Cela ne faisait jamais qu'une bonne année et demie que Dunk avait l'Œuf à son service, mais on aurait dit certains jours que c'en faisait vingt. Ils avaient de conserve gravi le Pas-du-Prince et traversé les hautes dunes de Dorne, les rouges comme les blanches. Une barque leur avait fait descendre à la perche la Sang-vert jusqu'à Bourg-Cabanes où ils s'étaient embarqués sur la galéasse *La Dame Blanche* à destination de Villevieille. Ils avaient couché dans des étables, dans des auberges et dans des fossés, rompu le pain avec de saints moines, des gaupes et des cabotins, suivi cent spectacles de marionnettes. L'Œuf avait tenu le cheval de Dunk bien pomponné, bien franche de rouille sa maille et sa rapière bien affûtée. Il s'était montré d'une aussi bonne compagnie que quiconque pouvait en rêver, et le chevalier errant en était venu à le considérer presque comme un petit frère.

Il ne l'est pas, pourtant. Ce qui avait donné ce poussin-là, c'étaient des dragons, pas des volailles. *L'Œuf* pouvait bien tenir lieu d'écuyer à un obscur chevalier errant, Aegon, de l'illustre maison Targaryen, n'en était pas moins le benjamin des quatre fils de Maekar, prince de Lestival, lui-même quatrième fils de feu Sa Majesté Daeron le Bon, deuxième du nom, qui avait occupé le trône de fer durant vingt-cinq années, jusqu'à ce que le fauche le fameux Fléau de Printemps.

« Pour autant que cela regarde la plupart des gens, Aegon Targaryen est retourné à Lestival avec son frère Daeron après le tournoi de la Prairie de Sorbier, rappela Dunk au gamin. Ton père n'avait pas la moindre envie de laisser savoir que tu étais en train de vagabonder dans les Sept Couronnes avec un rien du tout de chevalier sans fief. Qu'il ne soit donc plus question de ta botte entre nous. »

Pour toute réplique, il dut se contenter d'un regard. L'Œuf avait de grands yeux que son crâne rasé faisait quelquefois paraître encore plus grands. À la lueur de la lanterne qui entamait à peine les ténèbres de la cave, ils avaient l'air noir, mais un éclairage plus vif permettait de mieux apprécier leur véritable couleur : un violet sombre, insondable. *Des prunelles valyriennes*, songea Dunk. À Westeros, rares étaient les êtres qui, sans être issus du sang du dragon, en possédaient d'analogues ou dont la chevelure, entretissée de fils d'argent, avait l'éclat de l'or martelé.

Durant la descente à la perche de la Sang-vert, les petites orphelines s'étaient fait un jeu de tripoter son crâne rasé en guise de porte-bonheur. Ces enfantillages rendaient l'Œuf plus cramoisi qu'une pommegranate. « Les filles sont d'une *stupidité* ! disait-il. La prochaine qui me touche, je la jette à l'eau ! » Dunk fut obligé d'intervenir. « Alors, c'est *moi* qui te toucherai. En te flanquant une telle taloche à l'oreille que tu entendras carillonner des cloches pendant toute une lunaison. » La menace n'eut d'autre effet que d'exacerber l'exaspération du gamin. « Plutôt vos cloches que ces *gourdes* de filles ! » maintint-il, mais il ne balança jamais qui que ce soit dans la rivière.

Dunk pénétra dans le cuvier et s'y plongea jusqu'à ce que l'eau lui arrive au ras du menton. Elle était encore brûlante à la surface, mais nettement plus fraîche vers le fond. Il serra les dents pour réprimer un hurlement qui n'aurait pas manqué de faire s'esclaffer le petit. L'Œuf *adorait* que l'eau soit archibouillante pour ses propres bains.

« Désirez-vous que je vous en mette davantage à bouillir, messer ?

— Ça ira comme ça. » Dunk se frictionna les bras tout en regardant la crasse qui s'en détachait former d'épaisses nuées grises. « Va me chercher le savon. Oh, et puis la brosse à long manche, tant que tu y es. » Le seul fait d'avoir pensé aux cheveux de l'Œuf lui rappela que les siens étaient une véritable dégoûtation. Il prit bravement son souffle et se laissa couler sous l'eau pour les nettoyer comme il faut. Lorsqu'il refit surface dans un geyser d'éclaboussures, l'Œuf se tenait près de la baignoire avec le savon et la brosse de crin à long manche. « Tu as des poils sur la joue, fit observer Dunk tout en s'emparant du savon. Deux. Là, tiens, sous l'oreille. N'oublie pas de les faire sauter, la prochaine fois que tu te raseras le crâne.

— Oui, messer. » Il paraissait enchanté de la révélation.

Il se figure sans doute qu'un brin de barbe fait de lui un homme. Dunk se l'était lui aussi figuré le jour où il s'était découvert un semblant de duvet qui ombrait sa lèvre supérieure. *J'ai tâché de le raser avec ma dague, et j'ai bien failli m'emporter le nez.* « Va prendre un peu de repos, maintenant, reprit-il. Je n'aurai plus besoin de toi jusqu'au matin. »

Il lui fallut un temps infini pour se récurer de toute la poussière et la sueur accumulées. Cela terminé, il mit le savon de côté, s'allongea du mieux qu'il lui fut possible et ferma les yeux. L'eau s'était quelque peu refroidie, sur ces entrefaites. Après l'implacable chaleur de la journée, ce soulagement était le bienvenu. Il se laissa barboter jusqu'à ce que ses pieds et ses mains s'en trouvent tout ridés et que l'eau soit carrément froide et grise, et c'est seulement alors que, non sans regrets, il s'extirpa de la baignoire.

On avait eu beau installer pour l'Œuf et pour lui de grosses paillasses de paille dans le cellier, Dunk préféra grimper dormir sur le toit comme le petit. L'atmosphère y était plus fraîche, et il arrivait qu'un rien de brise y souffle de temps à autre. Ils n'avaient d'ailleurs guère à redouter d'y essuyer la pluie. La prochaine fois qu'il leur pleuvrait là-haut sur le râble serait la toute première.

L'Œuf était assoupi quand Dunk atteignit la terrasse. Il se coucha sur le dos, les mains derrière la tête, et se mit à contempler le ciel. Les étoiles scintillaient de toutes parts, des milliers et des milliers. Ce spectacle lui remémora une nuit de la Prairie de Sorbier, avant que ne débute le tournoi. Il avait vu cette nuit-là une étoile filante. Les étoiles filantes étant censées vous porter chance, il avait fait peindre celle-ci par Tanselle sur son bouclier, mais Sorbier s'était révélé tout sauf chanceux pour lui. Le tournoi n'était pas seulement terminé qu'il s'en était fallu de peu qu'il ne se voie mutiler d'un pied et d'une main[1], puis que trois hommes valeureux y passent de vie à trépas. *J'y ai gagné un écuyer, néanmoins. L'Œuf me tenait compagnie lorsque j'ai quitté Sorbier. De tous les événements qui se sont produits là, c'est le seul heureux qui me soit échu.*

Pourvu qu'il n'y ait pas d'étoiles filantes, cette nuit, se prit-il à espérer.

*

*   *

Des montagnes rouges barraient les lointains, et il avait sous les pieds des dunes blanches. Occupé à creuser, Dunk plongeait une pelle dans le sol aride et brûlant puis rejetait le sable fluide par-dessus son épaule. Il était en train de faire un trou. *Une tombe*, songea-t-il, *une tombe pour l'espoir.* Plantés près de là, trois chevaliers dorniens le regardaient s'y employer tout en se moquant de lui à voix basse. Beaucoup plus au large, les négociants attendaient avec leurs mulets, leurs chariots et leurs traîneaux des sables. Ils n'aspiraient qu'à se remettre en route, mais il leur était

1. Pour crime de lèse-majesté sur la personne de l'agresseur de Tanselle, le prince du sang Aerion, fils de Maekar et frère de l'Œuf, qu'il avait gratifié d'un coup de poing puis sévèrement botté. C'est au cours du « duel » judiciaire à sept destiné à trancher la question de son innocence ou de sa culpabilité (voir *Le Chevalier errant*) qu'avaient péri trois des champions de Dunk, Humphrey Beesbury, Humphrey Hardyng et le prince royal Baelor Briselance, héritier présomptif du trône de fer *(N.d.T.)*.

impossible de partir avant qu'il n'ait fini d'ensevelir Châtain. Et lui, il se refusait à abandonner son vieil ami à la merci des serpents, des scorpions et des chiens du désert.

L'Œuf sur son dos, l'étalon avait succombé à la soif durant l'interminable traversée des sables entre le Pas-du-Prince et Vaith. Ses pattes de devant semblaient simplement s'être ployées sous lui, puis il s'était agenouillé tout de suite et, roulant sur le flanc, il avait expiré. Sa carcasse gisait à côté de la fosse. Elle était déjà raidie. Encore un peu, et elle commencerait à sentir.

Dunk pleurait tout en creusant, et cela divertissait fort les chevaliers dorniens. « L'eau est précieuse dans le désert, dit l'un, vous ne devriez pas la gaspiller, ser. » Un autre déclara en gloussant : « Pourquoi pleurez-vous ? Ce n'était jamais qu'un cheval, et pas bien fameux, en plus. »

Châtain, songea Dunk entre deux pelletées, *il s'appelait Châtain, et il m'a porté sur son dos pendant des années, sans jamais rechigner ni mordre.* Le vieil étalon avait certes fait piètre figure à côté des fringants destriers des sables que montaient les Dorniens, avec leurs têtes élégantes, leurs longues encolures et leurs flots de crinières, mais il n'en avait pas moins donné jusqu'à la dernière seconde tout ce qu'il avait à donner.

« Pleurer pour un canasson ensellé ? dit ser Arlan de sa voix de vieillard. Enfin, mon garçon, tu n'as jamais pleuré pour moi, qui t'ai pourtant juché sur lui. » Il émit un petit rire, afin de montrer qu'il n'entendait pas le peiner avec ce reproche. « Voilà bien Dunk le lourdaud, épais comme une muraille de forteresse.

— Il n'a pas versé de larmes pour moi non plus, dit Baelor Briselance du fond de sa tombe. Et cependant, j'étais son prince, l'espoir de Westeros. L'intention des dieux n'a jamais été que je meure aussi jeune.

— Mon père n'avait que trente-neuf ans, fit le prince Valarr. Il avait tout pour faire un grand roi, le plus grand depuis Aegon-le-Dragon. » Il fixa sur Dunk un regard d'un bleu glacé. « Pourquoi les dieux se sont-ils complu à le prendre et à *te* laisser ? » Le Jeune Prince avait les cheveux brun clair de son père, mais il y coulait une traînée d'argent doré.

Vous êtes morts ! brûla de leur crier Dunk, *vous êtes morts tous les trois, pourquoi ne voulez-vous pas me ficher la paix ?* Ser Arlan était mort d'un refroidissement, le prince Baelor du coup de masse que lui avait assené son propre frère Maekar au cours de l'épreuve judicaire à sept en faveur de Dunk, et son fils Valarr emporté par le fameux Fléau de Printemps. *On ne saurait me faire grief de cette calamité-là. Nous étions à Dorne, et nous n'en avons même pas eu vent.*

« Tu es dément, lui dit l'Ancien. Nous ne creuserons pas de trou pour toi, quand tu te tues toi-même avec cette folie. Au fin fond des dunes, un homme se doit d'épargner précieusement son eau.

— Hors de ma vue, ser Duncan ! s'exclama Valarr. Hors de ma vue ! »

L'Œuf l'aidait à fouir le sol. Il n'avait pas de pelle, seulement ses mains, et à peine étaient-elles parvenues à l'en rejeter que le sable était déjà revenu s'écouler dans la fosse. On aurait dit qu'il s'efforçait de creuser un trou dans la mer. *Il faut que je continue à creuser*, se dit Dunk, en dépit de ses épaules et de son dos tout endoloris par l'effort. *Il me faut l'enterrer assez profondément pour empêcher les chiens des sables de le trouver. Il me faut...*

« ... mourir ? » dit Gros Rob le simplet du fond de la tombe. Couché là, tellement inerte et froid, avec une abominable plaie rouge lui béant au beau milieu du ventre, il ne paraissait plus du tout si gros que ça.

Dunk s'interrompit pour le regarder fixement. « Tu n'es pas mort, toi. Tu es en train de dormir dans la cave, en bas. » Il se tourna vers ser Arlan pour le prier d'intervenir. « Dites-le-lui, ser, le conjura-t-il, dites-lui de sortir de la tombe. »

Seulement, ce n'était plus du tout ser Arlan de Pennytree qui se dressait au-dessus de lui, c'était ser Bennis au Bouclier Brun. Le chevalier brun se contenta de glousser. « Dunk le lourdaud, dit-il, le bide, faut du temps pour que ça se vide, mais ça pardonne pas. Jamais on a vu un type survivre avec ses tripes qui lui pendent au-dehors. » Des bulles rouges lui écumaient aux lèvres. Il se détourna pour cracher, et la blancheur des sables pompa tout. Treb se tenait derrière lui, l'œil percé d'une flèche, et pleurait de lentes larmes rouges. Et il y avait aussi là Wat-le-Mouillé, le crâne fendu presque en deux, tout comme Lem et ce chassieux de Pat et les autres, tous. La première idée qui vint à l'esprit de Dunk, c'est qu'ils avaient dû se mettre à chiquer de la surelle avec Bennis, et puis il finit par comprendre que c'était du sang qui leur ruisselait de la bouche. *Morts*, songea-t-il, *tous morts*, et le chevalier brun se fendit d'un braiement. « Eh ouais, 'lors faudrait mieux te manier le cul ! T'as tout plein d'autres tombes à creuser, lourdaud. Huit pour eux plus une pour moi plus une pour le vieux ser Sert-à-rien plus une dernière pour ton marmot chauve. »

La pelle glissa des mains de Dunk. « L'Œuf ! rugit-il, fuis ! Il faut nous *enfuir* ! » Mais le sable se dérobait sous leurs pieds. Lorsque le petit tenta d'escalader à quatre pattes les bords du trou, leur éboulement permanent s'accentua, et puis ils s'effondrèrent d'un seul coup. Dunk vit le sable submerger le gosse et achever de l'ensevelir alors qu'il ouvrait la bouche pour hurler. Il se démena tant et plus pour essayer de le rejoindre, mais le sable était en train de monter tout autour de lui, l'aspirant à son tour dans la tombe et lui emplissant la bouche, le nez, les yeux...

*
* *

Au point du jour, ser Bennis entreprit d'apprendre à leurs recrues à former un rempart de boucliers. Il les aligna tous les huit épaule contre épaule, bouclier contre bouclier, les pointes de leurs lances dardées au travers comme autant de longues dents de bois acérées. Là-dessus, Dunk et l'Œuf se mirent en selle et les chargèrent.

Mestre refusa de s'aventurer à plus de dix pieds des piques et se pétrifia brusquement, mais Tonnerre avait été entraîné pour ce genre d'assaut. L'énorme cheval de guerre fonça droit devant lui tout en prenant de la vitesse. Les poules détalèrent entre ses jambes en battant des ailes avec des piaulements stridents. Leur panique devait avoir été contagieuse. Une fois de plus, Gros Rob fut le premier à lâcher sa pique et à déguerpir, ouvrant une brèche au beau milieu du fameux rempart. Au lieu de la refermer, les autres guerriers de Piéferme grossirent à qui mieux mieux la débandade. Tonnerre piétina leurs boucliers abandonnés au petit bonheur avant que Dunk ne parvienne à le retenir. Avec des craquements navrants, ses sabots ferrés réduisirent en miettes les entrelacs de branches tandis que ser Bennis égrenait un chapelet malsonnant de blasphèmes et que les volailles et les paysans s'éparpillaient dans toutes les directions. L'Œuf lutta vaillamment pour refouler son hilarité, mais il finit par perdre la bataille.

« Suffit comme ça. » Dunk immobilisa sa monture, déboucla son heaume et s'en décoiffa d'un geste brutal. « S'ils se comportent de cette manière au combat, pas un d'entre eux n'en réchappera. » *Et vous et moi non plus, selon toute apparence.* Si tôt matin, l'atmosphère était déjà torride, et il se sentait aussi sale et gluant que s'il n'avait jamais pris de bain. La migraine lui martelait la cervelle, et le rêve qu'il avait fait la nuit dernière persistait à le hanter malgré lui. *Ça ne s'est jamais passé de cette façon*, tâcha-t-il de se dire. *Il n'y a rien eu de tel.* Châtain était bien mort durant la longue et assoiffante chevauchée vers Vaith, ce détail-là était véridique. L'Œuf le montait avec lui jusqu'à ce que son frère leur fasse présent de Mestre. Mais tout le reste...

Je n'ai jamais pleuré. J'ai pu en avoir envie, mais je ne l'ai jamais fait. Il avait aussi voulu enterrer le cheval, mais les Dorniens refusèrent d'attendre. « Les chiens des sables doivent manger et nourrir leurs portées », lui déclara l'un des chevaliers dorniens tout en l'aidant à dépouiller l'étalon de sa selle et de son harnais. « Sa viande nourrira les chiens ou nourrira les dunes. D'ici un an, il sera proprement récuré jusqu'à l'os. C'est Dorne, ça, l'ami. » En y repensant, Dunk ne put s'empêcher de se demander qui se nourrirait de la viande de Wat et de Wat et de Wat. *Peut-être qu'il y a des poissons échiquetés, en bas, sous l'Échiquetée.*

Il ramena Tonnerre vers la tour et mit pied à terre. « L'Œuf, va aider ser Bennis à les regrouper et à les ramener ici. » Il lui fourra son heaume entre les bras puis partit à longues foulées vers l'escalier.

Ser Eustace se porta au-devant de lui pour l'accueillir dans la pénombre de la loggia. « Ça n'a pas donné des résultats bien éblouissants.

— Non, M'sire, reconnut Dunk. Ils ne voudront pas servir. » *Un homme lige doit à son seigneur et maître service et obéissance, mais là, nous nageons en pleine folie.*

« C'était une première, pour eux. Leurs pères et leurs frères étaient aussi nuls, voire pires, quand ils ont commencé à s'entraîner. Mes fils les ont fait travailler en personne, avant que nous partions seconder le roi. Chaque jour, pendant une bonne quinzaine. Et ils en ont fait des soldats.

— Et quand la bataille a eu lieu, M'sire ? questionna Dunk. Comment se sont-ils comportés, alors ? Combien d'entre eux en est-il revenu avec vous ? »

Le vieux chevalier le considéra longuement. « Lem, déclara-t-il finalement, et Pat, et Dake. Dake nous servait de fourrageur. Il était un aussi brillant fourrageur qu'aucun de ceux que j'aie jamais connus. Nous n'avons jamais marché le ventre vide. Trois sont rentrés chez eux, ser. Trois, plus moi. » Sa moustache se mit à trembloter. « Il se peut que cela prenne plus d'une quinzaine.

— M'sire, objecta Dunk, il se pourrait que la drôlesse se présente ici dès demain avec tous ses hommes. » *Nos gars sont bien braves*, songea-t-il, *mais ils ne tarderont pas à être des gars morts, si leur promotion consiste à affronter les chevaliers de Froide-Douve.* « Il doit bien y avoir un autre moyen.

— Un autre moyen... » Ser Eustace effleura d'une caresse le bouclier du Petit Lion. « Je n'obtiendrai pas justice de lord Rowan, ni de ce roi-là... » Il agrippa l'avant-bras de Dunk. « Il me revient à l'esprit que, par le passé, quand régnaient les rois verts, vous aviez la possibilité de payer le prix du sang, si vous aviez tué l'une des bêtes ou l'un des paysans de quelqu'un.

— Le prix du sang ? » Dunk n'était pas certain d'avoir tout à fait compris.

« Un autre moyen, tu as dit. J'ai quelques sous de côté. Ce n'a été qu'un petit peu de raisiné sur la joue, d'après ser Bennis. Je pourrais verser pour ça un dragon d'argent au bonhomme, plus trois à la gueuse pour l'outrage. Je pourrais, et je le ferais..., si elle consentait pour sa part à démolir le barrage. » Le vieillard fronça les sourcils. « Il ne m'est pas possible d'aller la trouver, néanmoins. Pas à Froide-Douve. » Une grosse mouche noire lui bourdonna autour de la tête avant d'atterrir sur son bras. « Le château était à nous, autrefois. Vous saviez cela, ser Duncan ?

— Ouais, M'sire. » Sam-la-Voussure le lui avait appris.

« Pendant un millier d'années avant la Conquête, nous fûmes les maréchaux des marches du Nord. Une vingtaine de seigneurs de moindre importance étaient nos vassaux, ainsi qu'une centaine de chevaliers fieffés. Nous possédions à l'époque quatre châteaux, ainsi que des tours de guet sur les hauteurs pour être prévenus de l'arrivée de nos ennemis. Froide-Douve était la plus imposante de nos résidences. Lord Perwyn Osgris en fut le bâtisseur. Perwyn l'Altier, on l'appelait.

» Après la défaite du Champ de Feu, Hautjardin passa des rois aux intendants, et les Osgris déclinèrent en s'amoindrissant. Ce fut le roi Maegor, fils d'Aegon, qui nous dépouilla de Froide-Douve, quand lord Ormond Osgris protesta haut et fort contre sa décision de supprimer les Étoiles et les Épées, comme on appelait les Pauvres Compagnons et les Fils du Guerrier. » Sa voix s'était enrouée. « Les portes de Froide-Douve sont surmontées par l'effigie sculptée du lion échiqueté. Mon père me la montra, la première fois qu'il m'emmena rendre visite au vieux Reynard Tyssier. Je l'ai montrée tour à tour à chacun de mes propres fils. Addam... Addam servit à Froide-Douve en qualité de page et d'écuyer, et une... une certaine... affection grandit entre lui et la fille de lord Wyman. Aussi revêtis-je un jour d'hiver mes plus riches atours pour aller proposer à lord Wyman de les marier. Il m'exprima son refus en termes courtois mais, comme je me retirais, je l'entendis s'esbaudir avec ser Lucas Milopin. Après quoi je n'ai jamais remis les pieds à Froide-Douve, sauf une fois, lorsque la drôlesse s'arrogea le droit de me ravir l'un de mes propres sujets. C'est cette fois-là qu'il me fut déclaré d'aller repêcher ce malheureux Lem au fond du fossé...

— Dake, fit Dunk. Bennis prétend qu'il s'appelait Dake.

— Dake ? » La mouche descendait le long de sa manche en s'arrêtant de-ci de-là pour se frotter les pattes, ainsi que le font volontiers ces insectes. Ser Eustace la chassa d'un geste puis se frictionna la lèvre sous sa moustache. « Dake. C'est bien ce que j'ai dit. Un gaillard loyal, je me le rappelle parfaitement. Il nous a servi de fourrageur, pendant la guerre. Nous n'avons jamais marché le ventre vide. Lorsque ser Lucas m'informa de ce qu'on avait fait à mon pauvre Dake, je me suis juré sur ce que j'ai de plus sacré que je ne remettrais plus jamais les pieds dans ce château-là, sauf pour en prendre possession. Ainsi, vous voyez, ser Duncan, il ne m'est pas possible d'aller là-bas. Pas plus pour y payer le prix du sang que pour quelque autre motif que ce soit. Je ne le *peux* pas. »

Dunk comprit à demi-mot. « Moi, je pourrais y aller, M'sire. Je n'ai fait aucun serment qui s'y oppose.

— Vous êtes un homme de bien, ser Duncan. Un brave chevalier, et fidèle. » Ser Eustace lui pressa doucement le bras. « Que les dieux n'ont-ils daigné m'épargner mon Alysanne. Vous êtes exactement le genre d'homme que j'avais toujours souhaité qu'elle puisse épouser. Un véritable chevalier, ser Duncan. Un véritable chevalier. »

Dunk était en train de virer au rouge. « J'irai transmettre vos propos à lady Tyssier, en ce qui concerne le prix du sang, mais...

— Vous préserverez ser Bennis du sort de Dake. Je le sais. Je ne m'y connais pas trop mal en hommes, et vous êtes l'acier incarné. Vous les amènerez à réfléchir, ser. Ils n'auront qu'à vous voir. Quand cette gueuse se rendra compte que Piéferme possède un pareil champion, elle risque fort d'abattre ce barrage de son propre gré. »

Dunk ne sut que répondre à cette assertion. Il s'agenouilla. « M'sire. Je m'y rendrai dès demain, et j'agirai du mieux que je pourrai.

— Demain. » La mouche revint tournicoter avant de se poser sur la main gauche de ser Eustace. Lequel leva sa main droite et écrabouilla l'importune. « Oui. Demain. »

*
* *

« *Un autre* bain ? se récria l'Œuf, abasourdi. Vous vous êtes lavé hier !

— Et puis j'ai passé en armure toute une journée, à mariner dans ma transpiration. Boucle ton bec et remplis le chaudron.

— Vous vous êtes lavé le soir où ser Eustace nous a pris à son service, récidiva néanmoins l'Œuf. Et la nuit dernière. Et, maintenant, vous recommencez... Ça fait *trois* fois, messer.

— Il me faut traiter avec une dame de haute naissance. Tu voudrais peut-être que je me pointe au bas de son siège aussi puant que ser Bennis ?

— Vous seriez obligé de vous vautrer dans un plein cuvier de crottins de Mestre pour puer aussi fort, messer. » L'Œuf emplit le chaudron. « Sam-la-Voussure prétend que le gouverneur de Froide-Douve est aussi grand que vous. Il a beau s'appeler Lucas Milopin, sa taille lui a valu le sobriquet de Double-Flandrin. Vous croyez vraiment qu'il est aussi grand que vous, messer ?

— Non. » Il s'était écoulé des années depuis que Dunk n'avait plus rencontré quiconque d'aussi grand que lui. Il attrapa le chaudron et le suspendit au-dessus du feu.

« Vous voulez le combattre ?

— Non. » Dunk aurait presque souhaité le contraire. Il pouvait n'être pas le plus remarquable bretteur du royaume, la taille et la force n'allaient pas sans compenser des tas de lacunes. *Pas celles de l'esprit, cependant.* Les mots n'étaient pas son fort, et il se montrait encore plus piteux avec les femmes. Le gigantisme éventuel de ce Lucas Double-Flandrin lui coupait deux fois moins les jambes que la perspective du face-à-face avec la Veuve Rouge. « Je vais avoir un entretien avec la Veuve Rouge, voilà tout.

— Qu'est-ce que vous allez lui dire, messer ?

— Qu'il lui faut démolir le barrage. » *Vous devez démolir votre barrage, M'dame, sans quoi...* « Enfin, lui demander de démolir le barrage, j'entends. » *Daignez avoir la bonté de nous rendre notre eau échiquetée.* « Si tel est son bon plaisir. » *Un peu d'eau, M'dame, s'il vous plaît...* Ser Eustace ne voulait pas entendre parler de supplications quémandeuses. *Comment je le dis, alors ?*

L'eau commença bientôt à émettre de la vapeur et des bulles. « Aide-moi à trimbaler ça jusqu'à la baignoire », dit Dunk au gamin. D'un même mouvement, ils soulevèrent le chaudron de l'âtre et traversèrent le cellier vers le grand cuvier de bois. « Je ne sais pas comment on parle aux dames de haute naissance », avoua-t-il pendant qu'ils versaient. « Nous aurions bien pu nous faire tuer tous les deux à Dorne, en raison de ce que j'ai dit à lady Vaith.

— Lady Vaith était folle furieuse, lui rappela l'Œuf, mais vous auriez pu vous montrer plus galant. Les femmes raffolent des galanteries. Si vous aviez à sauver la Veuve Rouge comme vous avez sauvé la jeune marionnettiste des entreprises d'Aerion...

— Aerion se trouve à Lys, et la Veuve n'a nul besoin de sauvetage. » Il n'avait vraiment pas la moindre envie de parler de Tanselle. *On l'appelait Tanselle la Dégingandée, mais elle n'était pas trop dégingandée pour moi.*

« Eh bien, repartit l'enfant, d'aucuns chevaliers chantent des chansons galantes à leurs dames, ou bien ils leur jouent des airs sur un luth.

— Je n'ai pas de luth. » Dunk prit un air morose. « Et, le soir où j'avais trop bu, à Bourg-Cabanes, tu m'as dit que je chantais comme un bœuf vautré dans sa fange.

— Je l'avais oublié, messer.

— Comment est-ce que tu as pu l'oublier ?

— Vous m'avez commandé de l'oublier, messer, répondit l'Œuf avec une ingénuité parfaite. Vous m'avez promis une bonne taloche à l'oreille pour la prochaine fois où je mentionnerais cet épisode.

— Il n'y aura pas de séance de chant. » Même s'il avait eu la voix requise pour ce faire, la seule chanson qu'il connaisse de bout en bout étant *L'Ours et la Belle*, Dunk doutait fort que ce type de répertoire contribue efficacement à emporter l'adhésion de lady Tyssier. Le chaudron fumait une fois encore. Ils le charrièrent jusqu'au-dessus de la baignoire et l'y retournèrent.

Après que l'Œuf eut tiré l'eau nécessaire pour le remplir une troisième et dernière fois, il retourna se hisser sur la margelle du puits. « Vous feriez mieux de ne rien manger ni rien boire à Froide-Douve, messer. La Veuve Rouge a empoisonné tous ses maris.

— Il y a peu de chances que je l'épouse. Elle est une dame de noble parage et, tu te souviens ?, moi, je ne suis que Dunk de Culpucier. » Il fronça les sourcils. « Combien ça fait au juste de maris qu'elle a eus, tu le sais ?

— Quatre, dit l'Œuf, mais pas d'enfants. Chaque fois qu'elle met au monde, un démon vient la nuit ravir le résultat. La femme de Sam-la-Voussure assure qu'elle a vendu ses bébés à naître au Sire des Sept Enfers pour qu'il lui enseigne les arts de sa magie noire.

— Les dames de noble parage ne se commettent pas dans la magie noire. Elles dansent et chantent et font de la broderie.

— Peut-être bien qu'elle danse avec des démons et qu'elle brode des maléfices, répondit l'Œuf qui s'en pourléchait. Et puis d'abord comment sauriez-vous ce que font les dames de noble parage, messer ? Lady Vaith est la seule que vous ayez jamais connue. »

C'était une insolence mais la vérité. « Il se pourrait que je ne connaisse pas de dames de noble parage, mais je connais un galapiat qui m'a tout l'air de réclamer une bonne taloche à l'oreille. » Dunk se frotta la nuque. Une journée en cotte de mailles, ça vous la rendait toujours dure comme du bois. « Tu as connu des reines et des princesses, toi. Est-ce qu'elles dansaient avec des démons et s'adonnaient à la magie noire ?

— Lady Shaïra, oui. La maîtresse de lord Freuxsanglant. Elle se baigne dans le sang pour garder sa beauté. Et, une fois, ma sœur Rhae a mis un philtre d'amour dans ce que je buvais pour que je l'épouse, elle, au lieu de ma sœur Daella. »

L'Œuf parlait d'un semblable inceste comme s'il s'agissait de la chose la plus naturelle du monde. *Pour lui, ce l'est.* Cela faisait des centaines d'années que les Targaryens s'épousaient entre frères et sœurs afin de préserver la pureté du sang du dragon. Et bien que le dernier dragon, au sens littéral du terme, fût mort avant la naissance de Dunk, les rois-dragons persévéraient. *Peut-être que les dieux ne voient aucun inconvénient à ce qu'ils épousent leurs propres sœurs.* « Et le philtre a agi ? demanda Dunk.

— Il aurait pu, décréta l'Œuf, mais je l'ai recraché. Je ne veux pas d'épouse. Je veux être un chevalier de la Garde royale et vivre uniquement pour servir et défendre le roi. La Garde fait solennellement vœu de célibat.

— C'est un parti très noble, mais, une fois devenu plus vieux, tu risques de découvrir qu'une fille te plairait mieux qu'un manteau blanc. » Dunk pensait en l'occurrence à Tanselle la Dégingandée et à la façon qu'elle avait eue de lui sourire, à Sorbier. « Ser Eustace a prétendu que j'étais le genre d'homme qu'il avait espéré voir sa fille épouser. Elle s'appelait Alysanne.

— Elle est morte, messer.

— Je sais bien qu'elle est morte, fit Dunk d'un ton contrarié. Si elle était vivante, il a dit. Si elle l'était, il aimerait bien qu'elle m'épouse. Ou quelqu'un comme moi. Jamais un lord ne m'avait offert sa fille, auparavant.

— *Feu* sa fille. Et les Osgris ont bien pu être lords dans les anciens temps, ser Eustace n'est plus rien d'autre qu'un simple chevalier fieffé.

— Je sais ce qu'il est ! C'est d'une taloche à l'oreille que tu as envie ?

— Eh bien, répliqua l'Œuf, je prendrais une taloche plus volontiers qu'une *épouse*. Surtout une épouse morte, messer. Voilà le chaudron qui fume. »

Ils transportèrent l'eau vers le cuvier, et Dunk retira sa tunique par-dessus sa tête. « Je mettrai ma tunique dornienne pour Froide-Douve. » Elle était en soie sauvage, c'était le plus beau vêtement qu'il possédât, avec peint dessus son orme à l'étoile filante.

« Si vous la portez pendant le trajet, elle va être toute mouillée de sueur, messer, l'avisa l'Œuf. Mettez plutôt celle que vous portiez aujourd'hui. Je vous emporterai l'autre en réserve, et vous n'aurez qu'à vous changer quand vous atteindrez le château.

— *Avant* que j'atteigne le château. J'aurais bonne mine, de me changer sur le pont-levis ! Et qui a dit que tu m'accompagnais ?

— Un chevalier fait meilleure impression, quand un écuyer l'escorte. »

C'était la pure vérité. En telles matières, le gamin avait un tact très sûr. *Rien de plus naturel. Il a servi deux années comme page à Port-Réal.* Malgré cela, Dunk répugnait à le mettre en péril. Il n'avait pas la plus petite idée du genre d'accueil qu'on lui réserverait à Froide-Douve. Si cette fameuse Veuve Rouge était aussi pernicieuse qu'on l'affirmait, il pourrait bel et bien finir dans une cage à corbeaux, comme les deux hommes qu'ils avaient vus au croisement. « Tu resteras ici pour servir d'acolyte à ser Bennis avec nos rustauds, dit-il à l'Œuf. Et ne me regarde pas de cet air grognon ! » Il se débarrassa de ses chausses à coups de pied puis grimpa dans le cuvier d'eau fumante. « Allez, file-moi roupiller, maintenant, que je prenne mon bain tranquille... Il n'est pas question que tu viennes, et un point c'est tout. »

*

* *

L'Œuf était déjà levé et parti quand Dunk se réveilla, le soleil matinal en pleine figure. *Bonté divine ! comment peut-il être aussi brûlant d'aussi bonne heure ?* Il se dressa sur son séant, s'étira en bâillant puis se jucha sur ses pieds et descendit en titubant de sommeil jusqu'au puits, alluma une grosse chandelle de suif puis, après s'être sommairement éclaboussé le museau d'eau froide, enfila ses vêtements.

Lorsqu'il émergea dans la fournaise, au-dehors, Tonnerre patientait près de l'écurie, sellé et harnaché. L'Œuf attendait aussi, en compagnie de son Mestre de mulet.

Le mioche avait chaussé ses bottes. Il avait pour une fois l'allure d'un écuyer digne de ce nom, sanglé qu'il était dans un beau pourpoint à carreaux verts et or et moulé dans des chausses de lainage blanc. « Les chausses étaient déchirées aux fesses, mais la femme de Sam-la-Voussure me les a ravaudées, annonça-t-il.

— C'étaient des affaires d'Addam », dit ser Eustace, tout en extrayant de sa stalle son propre hongre gris. Un lion échiqueté adornait le manteau de soie effiloché qui flottait aux épaules du vieillard. « Le doublet s'est un tantinet moisi dans la malle, mais il devrait tout de même aller. Un chevalier fait meilleure impression, quand un écuyer l'escorte, aussi ai-je décidé que l'Œuf devait vous accompagner à Froide-Douve. »

Embabouiné par un freluquet de dix ans. Dunk lorgna l'Œuf et, en silence, articula les mots : *taloche à l'oreille*. Le gosse s'épanouit.

« J'ai quelque chose aussi pour vous, ser Duncan. Approchez. » Ser Eustace exhiba un manteau qu'il secoua d'un geste théâtral pour le déployer.

La laine blanche en était bordée de carreaux de satin vert et de brocart d'or. Un manteau de laine était bien la dernière chose dont Dunk eût besoin par une chaleur pareille, mais après que ser Eustace le lui eut drapé aux épaules, une telle fierté se lut sur sa physionomie que le bénéficiaire se trouva dans l'incapacité de refuser. « Je vous remercie, M'sire.

— Il vous sied à merveille. Que ne puis-je, hélas, vous offrir davantage... ! » Sa moustache se gondola. « J'ai expédié Sam-la-Voussure fouiller à la cave parmi les effets de mes fils, mais Edwyn et Harrold étaient plus petits, plus étroits du buste et beaucoup plus courts de la jambe. Rien de ce qu'ils ont laissé ne saurait vous aller, c'est navrant à dire.

— Le manteau suffit bien assez, M'sire. Je ne lui infligerai pas d'opprobre.

— Je n'en doute point. » Il gratifia son cheval d'un tapotement. « Je me suis mis en-tête de chevaucher avec vous un bout du chemin, si vous n'y voyez pas d'objection.

— Aucune, M'sire. »

Haut perché sur Mestre, l'Œuf prit la tête pour descendre la colline. « Il lui faut absolument porter ce chapeau de paille avachi ? demanda ser Eustace à Dunk. Ça lui donne une allure un brin ridicule, ne trouvez-vous pas ?

— Pas aussi ridicule que quand son crâne se met à peler, M'sire. » Même à cette heure où le soleil n'avait guère dépassé la ligne d'horizon, il faisait affreusement chaud. *Dans l'après-midi, les selles seront assez brûlantes pour nous faire cloquer le derrière.* Pour élégant que pût actuellement passer l'Œuf dans les atours du garçon défunt, il ne manquerait pas d'avoir une bille d'œuf dur à la tombée du jour. Dunk aurait au moins le recours de se changer ; sa sacoche de selle renfermait sa bonne tunique, et il avait sur le dos sa vieille verdâtre.

« Nous allons suivre l'itinéraire de l'ouest, annonça ser Eustace. On l'emprunte moins souvent depuis ces dernières années, mais c'est encore le plus direct pour se rendre de Piéferme à Froide-Douve. » Le chemin leur fit contourner la colline vers l'arrière, longer le bosquet de mûriers où la femme et les fils du vieux chevalier dormaient de leur dernier sommeil. « Ils adoraient cueillir des mûres dans ce coin, mes garçons. Quand ils étaient tout petits, il me suffisait de les voir revenir le museau barbouillé, poisseux et les bras couverts d'égratignures pour savoir exactement d'où ils provenaient. » Il sourit d'un air attendri. « Votre Œuf me rappelle mon Addam. Si courageux, pour un enfant si jeune... Addam s'efforçait de protéger son frère Harrold, qui était blessé, quand la mêlée les a submergés. Un riverain au bouclier frappé de six glands lui a emporté le bras d'un coup de hache. » Le gris chagrin de ses prunelles chercha le regard de Dunk. « Ce vieux maître que tu avais, le chevalier de Pennytree..., il s'est battu lors de la rébellion Feunoyr ?

— Oui, M'sire. Avant qu'il ne me prenne à son service. » À cette époque-là, Dunk ne devait pas avoir plus de trois ou quatre ans, et il courait à demi nu les venelles de Culpucier, moins en marmot qu'en chaton sauvage.

« Il était pour le dragon rouge ou pour le dragon noir ? »

Rouge ou noir ? était une question dangereuse, même aujourd'hui. Depuis le temps d'Aegon le Conquérant, les armes de la maison Targaryen avaient comporté un dragon tricéphale, rouge sur noir. Daemon le Prétendant avait inversé ces couleurs sur ses bannières personnelles, ainsi que le faisaient nombre de bâtards. *Ser Eustace est mon suzerain*, se remémora Dunk. *Il est en droit de poser la question.* « Il combattait sous la bannière de lord Fengué, M'sire.

— Fretté vert sur champ d'or, un vert clair onduleux ?

— Cela se pourrait, M'sire. L'Œuf risque de savoir, lui. » Le gamin était capable de réciter par cœur les armoiries de la moitié des chevaliers de Westeros.

« Lord Fengué était un *loyaliste* notoire. Le roi Daeron fit de lui sa Main juste avant la bataille. Beurpuits s'était montré si lamentable dans l'exercice de ses fonctions que bien des gens mettaient en doute sa féauté, tandis que lord Fengué s'était distingué comme un inconditionnel de la première heure.

— Ser Arlan se trouvait à ses côtés lorsqu'il tomba. Abattu par un lord au bouclier frappé de trois châteaux.

— Maints braves périrent en ce jour, d'un bord comme de l'autre. L'herbe n'était pas du tout rouge avant la bataille. Est-ce que ton ser Arlan t'a conté cela ?

— Ser Arlan a toujours manifesté une répugnance invincible à parler de cette bataille. Son écuyer y avait également péri. Il s'appelait Roger de Pennytree. Il était le fils de la sœur de ser Arlan. » Du simple fait d'en avoir prononcé le nom, Dunk se sentit vaguement coupable. *Je lui ai volé sa place.* Seuls les princes et les très grands seigneurs avaient les moyens d'entretenir deux écuyers. Si Aegon l'Indigne avait donné son épée non point à son Daemon de bâtard mais à son héritier légitime, Daeron, peut-être que la rébellion Feunoyr n'aurait jamais eu lieu, et Roger de Pennytree serait peut-être toujours en vie. *Il serait chevalier quelque part, un chevalier plus authentique que je ne le suis. J'aurais finalement dû connaître la potence ou me retrouver emballé pour la Garde de Nuit où j'aurais arpenté le Mur jusqu'à mon dernier souffle.*

« Une grande bataille est une chose effroyable, reprit le vieux chevalier, mais, au milieu du sang et du carnage, il y a parfois aussi de la beauté, une beauté à vous briser le cœur. Je n'oublierai jamais de quoi le soleil avait l'air lorsqu'il se coucha sur le champ d'Herberouge... Dix mille hommes y avaient trouvé la mort, l'atmosphère était saturée de gémissements et de lamentations, mais le ciel qui, sur nos têtes, virait à l'or, au pourpre et à l'orange était d'une telle splendeur que j'en ai pleuré de me dire que mes fils ne le contempleraient jamais. » Il soupira. « La partie avait été beaucoup plus serrée qu'on ne vous le fait accroire, actuellement. N'eût été Freuxsanglant...

— J'avais toujours entendu dire que c'était Baelor Briselance qui avait remporté la victoire, suggéra Dunk. Lui et le prince Maekar.

— Le marteau et l'enclume ? » La moustache du vieillard se tordit. « Les chanteurs en omettent tant et plus. Daemon fut le Guerrier par excellence, ce jour-là. Personne n'était capable de lui tenir tête. Il réduisit en pièces l'avant-garde de lord Arryn et tua les chevaliers de Neufétoiles et Wyl Vanbois le Farouche avant d'en venir aux prises avec ser Gwayne Corbray de la Garde royale. On les vit près d'une heure danser ensemble sur leurs chevaux, tourbillonner, se tourner autour et se cingler de coups tandis que des hommes mouraient à la ronde. On raconte que, chaque fois que se croisait l'acier de Feunoyr et celui de Dame Affliction, l'éclat s'en percevait dans un rayon d'une lieue. Cela faisait, dit-on, mi-chanson mi-cri. Mais lorsque, à la fin, se mit à fléchir Dame, Feunoyr fendit de part en part le heaume de ser Gwayne qui perdit la vue ainsi que son sang. Daemon mit pied à terre pour veiller à ce que son adversaire démonté ne se fasse pas piétiner, puis il le fit emporter par Rougeboutoir auprès des mestres de l'arrière. Et ce fut là son erreur fatale, car les Dents de Freux avaient conquis le faîte de Crête-en-Pleurs, et Freuxsanglant aperçut l'étendard royal de son demi-frère qui flottait à quelque trois cents pas de là sur Daemon et ses fils. Il tua tout d'abord Aegon, l'aîné des jumeaux, car il savait qu'en dépit des traits blancs qui pleuvaient à verse, Daemon ne consentirait jamais à abandonner le garçon tant que lui resterait un rien de chaleur dans le corps. Et il n'en fit effectivement rien, quoiqu'il fût percé de sept flèches, décochées autant par des sorcelleries que par l'arc de Freuxsanglant. Mais comme le jeune Aemon s'était emparé de Feunoyr quand l'épée s'échappa des doigts de son père agonisant, Freuxsanglant le tua lui aussi, le cadet des jumeaux. Ainsi périrent le dragon noir et ses fils.

» Il s'en est passé tant et plus ensuite, je le sais bien. J'en ai vu des miettes de mes propres yeux..., les rebelles en fuite, Aigracier retournant la déroute et menant sa charge insensée..., son propre duel avec Freuxsanglant, qui ne survint qu'après celui qui avait opposé Daemon à Gwayne Corbray..., le coup de boutoir du prince Baelor défonçant les arrières de la rébellion, les Dorniens hurlant tous à la fois en faisant fuser des nuées de lances... mais, à la fin de la journée, cela n'avait plus aucune importance. La disparition de Daemon avait signifié la fin de la guerre.

» Une partie tellement serrée... Si Daemon avait abandonné Gwayne Corbray à son sort en poussant son cheval par-dessus, il aurait pu rompre la gauche de Maekar avant que Freuxsanglant ne parvienne à s'emparer de la crête. La journée aurait alors appartenu aux dragons noirs et, avec la mort de la Main, la route de Port-Réal aurait été grande ouverte devant eux. Daemon se serait éventuellement retrouvé installé sur le trône de fer avant que le prince Baelor ne parvienne à se présenter avec ses seigneurs de l'Orage et ses Dorniens.

» Libre aux chanteurs de nous tanner encore et toujours avec leur marteau et leur enclume, ser, mais ce fut bien le parricide qui renversa la marée avec une flèche blanche et un sortilège noir. C'est aussi lui qui nous gouverne à présent, ne vous méprenez pas. Le roi Aerys est sa créature. Il n'y aurait rien de surprenant à apprendre que Freuxsanglant avait ensorcelé Sa Majesté, pour La plier à sa volonté. Pas étonnant que nous soyons maudits. » Ser Eustace secoua la tête et tomba dans un mutisme lourd de ruminations. Dunk se demanda jusqu'à quel point l'Œuf avait entendu, mais il n'y avait pas moyen de l'interroger. *Combien c'est-y que lord Freuxsanglant il en a, de zyeux ?* songea-t-il.

L'atmosphère devenait déjà plus irrespirable. *Même les mouches se sont volatilisées*, remarqua Dunk. *Les mouches ont plus de jugeote que les chevaliers. Elles évitent le grand soleil.* À Froide-Douve, se demanda-t-il, l'Œuf et lui se verraient-ils offrir l'hospitalité ? Une bonne chope de brune bien fraîche ne demanderait qu'à trouver la descente... Dunk était en train de s'abîmer complaisamment dans cette perspective quand il se ressouvint de ce que l'Œuf lui avait rapporté, que la Veuve Rouge empoisonnait ses maris. Sa soif se dissipa instantanément. Il y avait des trucs cent fois pires, allez, qu'un gosier sec.

« Il fut un temps où la maison Osgris tenait toutes les terres maintes lieues à la ronde, de Nonnains, à l'est, à Toits-de-lauzes, poursuivit ser Eustace. Froide-Douve était à nous, ainsi que les monts Fer-à-cheval, les grottes des Bas-Derring, les villages de Dosk, de Petit-Dosk et de Fond-de-Gnôle, les deux côtés de Lacfeuillu... Des damoiselles Osgris épousaient des Florent, des Swann et des Tarbeck, même des Hightower et des Nerbosc. »

La lisière du Bois de Wat se voyait enfin. Dunk s'abrita les yeux avec une main et guigna vers la végétation. Il envia pour une fois le galurin flapi de l'Œuf. *Nous allons avoir un semblant d'ombre, au moins.*

« Le Bois de Wat s'étendait jadis tout du long jusqu'à Froide-Douve », reprit ser Eustace. « Je ne me rappelle pas qui c'était, ce Wat. Avant la Conquête, on pouvait y lever des aurochs, cependant, ainsi que de gigantesques élans de vingt paumes et plus. Il s'y trouvait plus de daims rouges qu'aucun homme n'en pouvait abattre en toute une vie, car personne d'autre que le roi et le lion échiqueté n'était autorisé à chasser ici. Même du temps de mon père, il y avait des arbres sur les deux rives, mais les araignées ont déboisé l'autre bord afin d'y faire des pâturages pour leurs moutons, leurs vaches et leurs chevaux. »

Un petit doigt de sueur lui dégoulinant le long de la poitrine, Dunk se surprit à désirer de toute son âme que son seigneur et maître garde le silence. *Il fait trop chaud pour parler. Il fait trop chaud pour chevaucher. Il y a juste qu'il fait foutrement trop chaud.*

Dans les bois, ils tombèrent sur le cadavre d'un énorme chat sauvage brun grouillant d'asticots. « Pouah ! s'exclama l'Œuf en faisant faire à Mestre un large détour, ça pue pire que ser Bennis. »

Ser Eustace tira sur les rênes. « Un chat sauvage. J'ignorais qu'il en subsistait encore dans ces bois. Je voudrais bien savoir ce qui l'a tué. » Constatant que personne ne répondait, il poursuivit : « Je vais faire demi-tour ici. Vous n'avez qu'à continuer vers l'ouest, et vous aboutirez tout droit sur Froide-Douve. Vous avez l'argent ? » Dunk opina du bonnet. « Bon. Revenez avec mon eau, ser. » Le vieux chevalier s'éloigna au petit trot par le chemin qu'ils avaient suivi jusquelà.

L'Œuf attendit qu'il eût disparu pour déclarer : « J'ai réfléchi à la manière dont il faudrait vous adresser à lady Tyssier, messer. Vous devriez la rallier à votre point de vue grâce à des compliments galants. » Le petit semblait aussi frais et fringant dans sa tunique échiquetée que l'avait été ser Eustace dans son manteau.

Serais-je le seul et unique à suer ? « Des compliments galants, fit Dunk en écho. Quelle sorte de compliments galants ?

— Vous savez bien, messer. Lui dire à quel point vous la trouvez belle et gracieuse. »

Dunk ne fut qu'à demi convaincu. « Elle a survécu à quatre maris, elle doit être aussi âgée que lady Vaith. Si je m'aventure à vanter ses grâces et sa beauté quand elle est vieille et couverte de verrues, elle me prendra pour un sacré menteur.

— Vous n'avez qu'à trouver quelque chose de vrai à dire sur sa personne. C'est ce que fait mon frère, Daeron. Même les putes hideuses et décaties peuvent avoir de jolis cheveux ou des oreilles bien ourlées, il dit.

— Des oreilles bien ourlées ? » Le scepticisme de Dunk ne faisait qu'empirer.

« Ou des yeux charmants. Dites-lui que sa robe rehausse à ravir la teinte de ses prunelles. » Il s'accorda un moment de méditation. « À moins qu'elle n'en ait qu'une seule, comme lord Freuxsanglant. »

Madame, cette robe rehausse à ravir la teinte de votre prunelle. Dunk avait entendu des chevaliers et de nobles damoiseaux débiter de semblables galanteries à d'autres dames. Ils les confisaient tout de même un tout petit peu plus. *Noble dame, cette robe est un enchantement. Elle rehausse à ravir la teinte de vos deux adorables prunelles.* Certaines des dames en question étaient des antiquités décharnées, ou bien de gros tas rougeauds, ou encore des mochetés toutes grêlées de petite vérole, mais elles portaient toutes des robes et avaient deux yeux, et, pour autant que s'en souvînt Dunk, elles s'étaient montrées tout à fait grisées par ces propos fleuris. *Quelle adorable robe, Madame. Elle rehausse à ravir l'adorable beauté de vos beaux yeux teintés.* « La vie d'un chevalier errant donne lieu à plus de simplicité, fit Dunk d'un ton morose. Si je lui dis ce qu'il ne faut pas dire, elle ne manquera pas de me coudre dans un sac de pierres et de me jeter dans sa douve.

— Je doute qu'elle ait un sac aussi grand que ça, messer, objecta l'Œuf. Nous pourrions utiliser ma botte, à la place.

— Non, gronda Dunk, nous ne pourrions pas. »

Lorsqu'ils émergèrent du Bois de Wat, ils se retrouvèrent très en amont du barrage. L'eau avait suffisamment monté pour permettre à Dunk de prendre la fameuse baignade dont il avait si fort rêvé. *Assez profonde pour noyer un homme*, songea-t-il. Sur le bord opposé, on avait entaillé la berge et creusé un fossé pour dévier une partie du courant vers l'ouest. Le fossé courait le long de la route et alimentait une myriade de rigoles qui sinuaient à travers les champs. *Une fois traversée la rivière, nous sommes au pouvoir de la Veuve.* Dunk se demanda dans quel guêpier il était en train de se fourvoyer. Il n'était jamais qu'un homme seul, avec un mouflet de dix ans pour toute arrière-garde.

L'Œuf s'éventa la figure. « Messer ? Pourquoi sommes-nous arrêtés ?

— Nous ne le sommes pas. » Dunk donna des talons dans les flancs de sa monture et se jeta dans la rivière avec un énorme plouf. L'Œuf suivit sur son mulet. L'eau s'éleva jusqu'au ventre de Tonnerre avant de commencer à baisser de nouveau. Ils gravirent tout dégoulinants la rive de la Veuve. Devant eux, la tranchée filait aussi droit qu'une lance, moirée de verts et d'ors sous le soleil ardent.

Lorsqu'ils discernèrent les tours de Froide-Douve au bout de plusieurs heures, Dunk fit halte afin d'enfiler sa bonne tunique dornienne et de faire jouer sa longue rapière dans le fourreau. Il ne tenait pas à ce que la lame y reste collée s'il devait lui arriver de se trouver contraint à dégainer. L'Œuf donna lui-même une secousse à la poignée de sa dague, la mine solennelle sous son chapeau flasque. Ils se remirent en chemin côte à côte, Dunk sur son grand destrier, le mioche sur son mulet, la bannière Osgris flottant plus ou moins en berne en haut de sa hampe.

L'aspect de Froide-Douve leur causa un rien de désappointement, après toutes les grandiloquences de ser Eustace. Comparé à Accalmie ou à Hautjardin comme à telles autres résidences seigneuriales qu'avait pu voir Dunk, c'était un château bien modeste..., mais *c'était* un château tout de même, et non une simple tour de guet fortifiée. Ses murailles extérieures munies de créneaux culminaient à quelque trente pieds, elles comportaient des tours à chaque angle, chacune de ces dernières moitié plus haute que Piéferme. À toutes ses échauguettes et tous ses pignons pendouillaient pesamment des bannières noires Tyssier, invariablement frappées de l'araignée mouchetée sur sa toile d'argent.

« Messer ? dit l'Œuf. Regardez donc sur quoi débouche la tranchée. »

Elle aboutissait sous le rempart oriental et se déversait dans la douve dont le château tirait son nom. Le gargouillis de cascatelle fit grincer les dents de Dunk. *Elle n'aura pas mon eau échiquetée.* « Viens », dit-il à l'Œuf.

Au-dessus de l'arceau de la porte principale se flétrissaient dans l'air immobile toute une rangée de bannières à l'araignée, surmontant le vieil emblème antérieur profondément gravé dans la pierre. Des siècles de bourrasques et d'intempéries l'avaient prodigieusement érodé, mais sa silhouette arrivait encore à se discerner : un lion rampant tapissé de carreaux en damier. Au-dessous, les battants étaient ouverts. Tandis que le pont-levis retentissait sous les sabots de leurs montures, Dunk nota combien le niveau des douves s'était abaissé. *D'au moins six pieds*, estima-t-il.

Deux hommes armés de piques leur barrèrent l'accès de la poterne. L'un d'eux avait une barbe noire, l'autre la figure glabre. La barbe exigea de savoir le but de leur visite. « Messire Osgris m'envoie traiter avec lady Tyssier, lui répondit Dunk. Je m'appelle ser Duncan le Grand.

— Oh, ça, je savais bien que vous êtes pas ser Bennis, intervint le garde imberbe. Lui, on l'aurait senti venir. » Il lui manquait une dent, et il portait un emblème à l'araignée mouchetée cousu au-dessus du cœur.

La barbe continuait de loucher vers Dunk d'un air soupçonneux. « Personne voit Sa Seigneurie que s'il a l'autorisation de Double-Flandrin. Vous venez avec moi. Votre palefrenier a qu'à rester avec les bourrins.

— Je suis un écuyer, pas un palefrenier, s'insurgea l'Œuf. Tu es aveugle ou simplement stupide ? »

L'imberbe éclata de rire. La barbe poussa la pointe de sa pique contre la gorge du petit. « Redis-le-me-le. »

Dunk administra une taloche à l'oreille de l'Œuf. « Non, tu la boucles et tu t'occupes de nos montures. » Il mit pied à terre. « Je vais voir ser Lucas sur-le-champ. »

La barbe abaissa sa pique. « Il est dans la cour. »

Ils passèrent sous la herse hérissée de pointes de fer et sous un assommoir avant de déboucher dans le poste extérieur. Des limiers aboyaient à pleine gueule dans les chenils, et Dunk perçut des chants qui filtraient à travers les vitraux à réseaux de plomb d'un septuaire heptagonal en bois. Sur le pas de la forge, un maréchal-ferrant était en train de ferrer un cheval de guerre, assisté d'un petit apprenti. Non loin de là, un écuyer décochait des flèches à des cibles de tir, tandis qu'une jeune fille à taches de rousseur et longue tresse rivalisait avec lui coup pour coup. La quintaine tournoyait aussi sans relâche, car une demi-douzaine de chevaliers en surcots matelassés fonçaient à tour de rôle la frapper.

Ils trouvèrent ser Lucas Double-Flandrin parmi les spectateurs de la quintaine, en grande conversation avec un énorme diable de septon gras qui transpirait encore plus que Dunk et qui, rond comme un pudding blanc, arborait des robes aussi trempées que s'il les avait gardées pour prendre son bain. Double-Flandrin faisait l'effet d'une lance à côté de lui, par sa roideur et son allure d'un seul jet, sa taille très élevée..., pas aussi élevée néanmoins que celle de Dunk. *Six pieds sept pouces*, estima ce dernier, *et chaque pouce plus hautain que le précédent.* Il avait beau être vêtu de soie noire et de brocart d'argent, ser Lucas avait au surplus l'air aussi frais que s'il était en train d'arpenter le Mur.

« Messire ! le héla le garde barbu. Le lascar que voilà s'est radiné de la tour foireuse pour avoir une audience avec Sa Seigneurie. »

Le septon fut le premier à se retourner, et il émit un ululement de délices si ahurissant que Dunk se demanda s'il n'était pas soûl. « Et c'est quoi, ce pendard ? Un chevalier miteux ? Alors, il y a des mites gigantesques, dans le Bief ! » Il fit un signe de bénédiction. « Puisse le Guerrier toujours combattre à vos côtés. Je suis Septon Sefton. Un nom plutôt malsonnant, mais n'empêche que c'est bel et bien le mien. Et vous ?

— Ser Duncan le Grand.

— Si ce n'est point de la modestie, pour le coup... », reprit le religieux à l'adresse de ser Lucas. « J'aurais des dimensions pareilles, je me qualifierais pour ma part de ser Sefton l'Incommensurable. Ser Sefton le Donjon. Ser Sefton les-Oreilles-dans-les-Nuées. » Sa face de lune était cramoisie, et des taches de pinard maculaient ses frusques.

Ser Lucas examina Dunk. Il était plus âgé que lui, quarante ans au moins, voire la cinquantaine, plus en nerfs qu'en muscles, et il était d'une laideur des plus remarquables. Il avait la lippe épaisse, un fouillis de dents jaunes, un pif épaté, charnu, des yeux globuleux et proéminents. *Et il est en rogne*, pressentit Dunk, avant même que l'autre ne déclare : « Les chevaliers sans feu ni lieu ne sont dans le meilleur des cas que des mendigots affublés d'une épée, que des coupe-jarrets dans le pire. Fous-moi le camp. On ne veut personne de ton engeance ici. »

Dunk se rembrunit. « Ser Eustace Osgris m'envoie de Piéferme entrer en pourparlers avec la dame du château.

— Osgris ? » Le septon décocha un coup d'œil au Double-Flandrin. « Des Osgris au lion échiqueté ? Je croyais éteinte la maison Osgris.

— Bah, c'est tout comme. Le vieux en est l'ultime survivant. Nous lui avons laissé conserver pour habitation une espèce de tour en ruine à quelques lieues d'ici vers l'est. » Ser Lucas fronça les sourcils à l'adresse de Dunk. « Si ser Eustace tient à parler avec Sa Seigneurie, il n'a qu'à venir en personne. » Il plissa les yeux. « C'est toi qui étais avec Bennis au barrage. Pas la peine de le nier. Je devrais te pendre.

— Les Sept nous préservent ! » Le septon se servit de sa manche pour tamponner son front ruisselant. « Un malandrin, que c'est ? Puis pas un gringalet, en plus... Repentez-vous, ser, de vos mœurs à la diable, et la Mère aura de vous merci. » Il lâcha là-dessus un pet qui coupa court à sa pieuse homélie. « Oh là là ! Excusez mes vents, ser. Voilà l'effet que ça produit, manger du pain d'orge et des haricots...

— Je ne suis pas un malandrin », leur affirma Dunk avec toute la dignité qu'il lui fut possible de rassembler.

Sa dénégation n'ébranla nullement le Double-Flandrin. « N'abusez pas de ma patience, ser..., si tant est que vous soyez *ser*. Retournez dare-dare à votre tour foireuse dire à ser Eustace de livrer son ser Bennis Pue-brun. S'il nous épargne l'ennui d'aller le déterrer nous-mêmes à Piéferme, il se peut que Sa Seigneurie se montre plus encline à la clémence.

— Je veux parler à Sa Seigneurie de ser Bennis et de l'incident du barrage, ainsi d'ailleurs que du vol de notre eau.

— Du vol ? réagit ser Lucas. Parlez en ces termes à notre dame, et vous nagerez dans un sac avant le coucher du soleil. Êtes-vous tout à fait certain de désirer la voir ? »

Le seul désir que Dunk fût tout à fait certain d'éprouver, c'était d'envoyer son poing fracasser les chicots jaunes de ce Lucas Milopin-là. « Je vous ai spécifié ce que je voulais.

— Oh, laissez-le donc parler avec elle..., conseilla vivement le septon. Quel mal pourrait-il y avoir à cela ? Ser Duncan a dû chevaucher des heures sous ce soleil abominable pour venir, tant vaut qu'il dise ce qu'il a à dire. »

Ser Lucas détailla de nouveau leur visiteur. « Notre septon est un saint homme. Venez. Je vous saurai gré d'être bref. » Sur ce, il entreprit de traverser la cour à si longues foulées que Dunk n'eut pas d'autre choix que de se précipiter à sa suite.

Les portes du septuaire du château s'étaient entretemps ouvertes, et des flots de fidèles descendaient le perron. Il y avait là des chevaliers et des écuyers, une douzaine d'enfants, plusieurs vieillards, trois septas à robes blanches encapuchonnées... et une grande dame molle et pulpeuse, atourée d'une robe en damas bleu sombre bordée de dentelle de Myr et si longue que ses ourlets traînaient dans la poussière. Dunk lui donna quarante ans. Une résille d'argent couvrait des cheveux auburn coiffés en une espèce de pyramide, mais ce qu'elle avait de plus rubicond, c'était son visage.

« Madame, lui déclara ser Lucas une fois parvenu devant elle et ses septas, ce chevalier errant se prétend porteur d'un message de ser Eustace Osgris. Consentez-vous à en connaître la teneur ?

— Si vous le souhaitez, ser Lucas. » Elle darda sur Dunk un regard si dur qu'il ne put s'empêcher de se rappeler les imputations de sorcellerie dont lui avait fait part l'Œuf. *J'ai peine à croire que cette créature prenne des bains de sang pour conserver sa vénusté.* La Veuve était carrée, trapue, et elle avait un crâne singulièrement pointu que son échafaudage de cheveux ne réussissait guère à dissimuler qu'en partie. Elle avait la bouche trop petite et le nez trop grand. Elle avait en définitive deux yeux, constata-t-il avec soulagement, mais toute velléité de galanteries l'avait déserté pour lors. « Ser Eustace m'a commandé de vous entretenir à propos de l'incident récemment survenu à votre barrage. »

Elle papillota. « Le... barrage, dites-vous ? »

Des tas de gens s'amassaient autour d'eux. Dunk sentait peser sur lui des regards inamicaux. « La rivière, articula-t-il, l'Échiquetée. Votre Seigneurie a édifié un barrage en travers de son cours, et...

— Oh ! je suis absolument sûre que non, répondit-elle. De fait, j'ai consacré toute la matinée à mes dévotions, ser. »

Dunk entendit ser Lucas glousser. « Je n'entendais pas par là soutenir que Votre Seigneurie avait édifié le barrage de ses propres mains, mais uniquement que... que, sans cette eau, nos propres récoltes vont toutes périr..., nos manants ont dans leurs champs des haricots, de l'orge et des melons qui...

— Vraiment ? Je suis très friande de melons. » Sa bouche en cul-de-poule s'arqua joyeusement. « De quelle variété de melons s'agit-il ? »

Dunk promena un coup d'œil inquiet sur les visages de l'auditoire qui les cernaient, et il sentit s'échauffer sa propre figure. *Il y a quelque chose qui cloche, ici. Le Double-Flandrin est en train de se payer ma gueule.*

« M'dame, nous serait-il possible de poursuivre notre entretien dans un endroit moins... plus privé ?

— Une pièce d'argent que le grand benêt se propose de *la baiser* ! » blagua quelqu'un, ce qui déchaîna tout autour une tempête de rires gras. La dame eut un mouvement de recul à demi terrifié, tout en levant les deux mains pour se couvrir la face. L'une des septas se porta vivement près d'elle et lui entoura les épaules d'un bras protecteur.

« Que se passe-t-il ici de si drôle ? » La voix trancha sur l'hilarité générale par son calme et sa fermeté. « Ne se trouvera-t-il personne pour me faire partager la plaisanterie ? Ser chevalier, pourquoi tourmentez-vous ma belle-sœur ? »

C'était la jeune fille que Dunk avait précédemment repérée face aux cibles de tir. Un carquois de flèches lui battait la hanche, et elle tenait un arc aussi grand qu'elle. S'il manquait un pouce à Dunk pour mesurer sept pieds, il en manquait un à la sagittaire pour en mesurer cinq. Elle avait une taille qu'il aurait pu enserrer entre ses deux mains. Ses cheveux rouges étaient coiffés en une natte si longue qu'elle lui frôlait le bas des cuisses, et elle avait une fossette au menton, le nez retroussé, un léger semis de taches de son sur les joues.

« Pardonnez-nous, lady Rohanne. » Celui qui venait de prendre la parole était un avenant godelureau de lord qui arborait le centaure Caswell brodé sur son doublet. « Ce grand benêt a pris dame Helicent pour vous. »

Le regard de Dunk se porta tour à tour de l'une à l'autre. « C'est *vous*, la Veuve Rouge ? » s'entendit-il finalement gaffer. « Mais vous êtes trop...

— Jeune ? » La fille jeta son arc au jouvenceau efflanqué qui lui tenait auparavant lieu de partenaire d'entraînement. « Il se trouve que j'ai vingt-cinq ans. Ou bien c'était trop *petite* que vous vouliez dire ?

« ... ravissante. C'était *ravissante.* » Dunk ne comprit pas d'où lui était venue sa réplique, mais qu'elle lui fût venue le combla d'aise. Il aimait bien le nez qu'elle avait, tout comme le roux mielleux de sa chevelure et les seins, menus mais joliment tournés, que laissait deviner son justaucorps de cuir. « Je pensais que vous seriez..., je veux dire..., on prétendait que vous étiez quatre fois veuve, de sorte que...

— Mon premier époux est mort quand j'avais dix ans. Il en avait douze, il était l'écuyer de mon père et il a péri lors de la bataille d'Herberouge. Mes maris ne me durent guère, je crains. Le dernier est mort lors du printemps. »

Cette singulière expression s'appliquait toujours aux gens qui avaient succombé à l'effroyable Fléau de Printemps, deux années plus tôt. *Il est mort lors du printemps.* Il y avait eu des dizaines de milliers de victimes lors du printemps, notamment un vieux roi plein de sagesse et deux princes des plus prometteurs. « Je... je compatis à toutes vos pertes, M'dame. » *Une galanterie, bougre de lourdaud, sers-lui une galanterie.* « Je trouve que votre... votre robe...

— Ma robe ? » Elle baissa les yeux vers ses bottes et ses braies, sa tunique flottante de lin, son justaucorps de cuir. « Je ne porte pas de robe...

— Votre chevelure, je voulais dire..., elle est douce et...

— Et comment diable le sauriez-vous, ser ? S'il vous était jamais arrivé d'y toucher, je m'en souviendrais, peut-être, j'imagine.

— Pas douce », se reprit lamentablement Dunk. « Rouge, je voulais dire. Votre chevelure est très rouge.

— *Très* rouge, ser ? Oh ! pas aussi rouge que votre figure, j'espère ! » Elle se mit à rire, et toute l'assistance l'imita.

Toute, sauf ser Lucas Double-Flandrin. « Dame, intervint-il, cet individu est l'un des reîtres à la solde de Piéferme. Il se trouvait au barrage avec lui lorsque ser Bennis au Bouclier Brun a assailli vos terrassiers et tailladé le visage de Wolmer. Le vieil Osgris l'envoie traiter avec vous.

— En effet, M'dame. Je m'appelle ser Duncan le Grand.

— Ser Duncan la Buse serait plus plausible ! » décocha un chevalier barbu qu'ornait le triple éclair Bonleu. Les gros esclaffements se multiplièrent. Dame Helicent elle-même s'était à présent suffisamment remise pour émettre un gloussement.

« La courtoisie se serait-elle éteinte à Froide-Douve avec messire mon père ? » interrogea la jouvencelle. *Non, pas une jouvencelle, une femme adulte.* « D'où vient que ser Duncan ait pu commettre une telle méprise, s'il vous plaît ? »

Dunk foudroya Milopin d'un regard mauvais. « Le tort m'en incombe.

— Vraiment ? » La Veuve Rouge étudia Dunk de pied en cap, mais son regard s'attarda surtout sur sa poitrine. « Un arbre et une étoile filante. Je n'avais jamais vu ces armes auparavant. » Elle toucha sa tunique en laissant errer deux doigts sur l'une des branches de l'orme. « Et peintes, pas cousues. Les Dorniens peignent leurs soieries, d'après ce que j'ai ouï dire, mais vous me paraissez trop colossal pour être un Dornien.

— Tous les Dorniens ne sont pas petits, M'dame. » Il percevait le contact des doigts à travers la soie. La Veuve avait aussi la main tapissée de taches de rousseur. *Je gagerais qu'elle en a partout partout.* Il avait la bouche étrangement sèche. « J'ai séjourné une année à Dorne.

— Est-ce que tous les chênes y poussent aussi haut ? » reprit-elle, tout en laissant ses doigts courir le long d'une autre branche autour de son cœur.

— C'est censé être un orme, M'dame.

— Je m'en souviendrai. » Elle retira sa main, solennelle. « Le poste est trop écrasé de chaleur et de poussière pour une conversation. Septon, veuillez conduire ser Duncan dans ma salle d'audience.

— Avec un immense plaisir, belle-sœur.

— Notre hôte doit mourir de soif. Vous pouvez également envoyez quérir un flacon de vin.

— Le dois-je réellement ? » Le poussah rayonna. « Très bien, si tel est votre bon plaisir.

— Je vous rejoindrai dès que j'aurai changé de tenue. » Elle déboucla son ceinturon et son carquois pour les tendre à son compagnon de tir. « J'aurai aussi besoin de mestre Cerrick. Ser Lucas, allez le prier de venir m'assister.

— Je vais vous le ramener tout de suite, Madame », répondit le Double-Flandrin.

Elle gratifia le gouverneur d'un regard glacial. « Pas la peine. Vous avez des quantités de tâches à accomplir pour la bonne tenue du château, je le sais. Il vous suffira de mander mestre Cerrick à mes appartements.

— M'dame, repartit Dunk sur ces entrefaites alors qu'elle s'éloignait déjà. Mon écuyer s'est vu ordonner d'attendre aux portes. Lui serait-il permis de se joindre à nous, lui aussi ?

— Votre écuyer ? » Elle se mit à sourire, et elle eut alors l'air non plus d'une femme de vingt-cinq ans mais d'une gamine de quinze. *D'une gamine ravissante débordant de rires et d'espièglerie.* « Bien entendu, si vous le souhaitez. »

*

* *

« Ne buvez pas le vin, messer », lui chuchota l'Œuf tandis qu'ils patientaient dans la salle d'audience en compagnie du septon. Les dalles de pierre du sol étaient recouvertes de jonchées capiteuses, les murs tendus de tapisseries représentant des scènes de batailles et de tournois.

Dunk émit un reniflement. « Elle se soucie comme d'une guigne de m'empoisonner, chuchota-t-il en retour. Je ne suis à ses yeux qu'un copieux balourd farci de purée de pois entre les oreilles, figure-toi.

— Il se trouve d'aventure que ma belle-sœur aime beaucoup la purée de pois, déclara septon Sefton qui reparut au même instant, porteur d'un flacon de vin, d'une carafe d'eau et de trois coupes. Oui oui, j'ai entendu. Je suis obèse mais pas sourd. » Il emplit de vin deux des coupes et la troisième d'eau. Cette dernière, il la remit à l'Œuf qui la contempla longuement d'un air soupçonneux avant de la repousser de côté. Le septon n'y prit pas garde. « Ceci est un cru de La Treille, expliquait-il à Dunk. D'une extrême délicatesse, et le poison lui confère un piquant tout particulier. » Il fit un clin d'œil à l'Œuf. « Je touche rarement au fruit de la grappe, mais c'est ce que j'ai entendu dire. » Il tendit une coupe à Dunk.

Le vin était épais et sucré, mais Dunk le sirota allégrement, après seulement toutefois que leur hôte eut lampé la moitié du sien en trois lippées glougloutantes et goulues. L'Œuf croisa les bras et persista à ignorer son eau.

« Elle aime vraiment beaucoup la purée de pois, repartit le septon, et votre personne de même, ser. Je suis bien placé pour connaître ma belle-sœur. Dès que je vous ai vu dans la cour, j'ai presque espéré que vous seriez quelque prétendant venu de Port-Réal rechercher la main de ma dame. »

Dunk plissa son front. « Comment avez-vous su que j'étais originaire de Port-Réal, septon ?

— Les Port-Réalais ont une certaine façon de parler. » Le religieux s'envoya une nouvelle gorgée, la fit clapoter dans sa bouche, avala puis poussa un soupir d'extase. « J'ai servi là-bas nombre d'années, comme assistant de notre Grand Septon, au Grand Septuaire de Baelor. » Il poussa cette fois un soupir chagrin. « Vous ne reconnaîtriez pas la ville depuis le printemps. Les incendies l'ont tellement changée... Un quart des maisons parties en fumée, un autre quart désert. Les rats ont disparu aussi. C'est l'aspect des choses le plus extravagant. Je ne me serais jamais imaginé voir un jour une cité privée de rats. »

Dunk en avait déjà eu vent lui-même. « Vous y étiez pendant que sévissait le Fléau de Printemps ?

— Oh, certes ! Une période abominable, ser, abominable. Au petit matin, de solides gaillards s'éveillaient en pleine forme, et ils étaient morts au crépuscule. Il en mourait tellement et tellement vite qu'on n'avait pas le loisir de les enterrer. À la place, on les empilait à Fossedragon, et quand le monceau de cadavres y atteignait dix pieds de profondeur, lord Rivières ordonnait aux pyromanciens de les carboniser. L'éclat du brasier illuminait les baies vitrées de la même manière que lorsque, au temps jadis, des dragons vivants nichaient encore sous le dôme. La nuit, le flamboiement s'en voyait de tous les coins de la ville, le flamboiement vert sombre du feu grégeois. La couleur verte n'a pas arrêté de me hanter jusqu'à aujourd'hui. On assure que le printemps fut affreux à Port-Lannis et pire encore à Villevieille, mais il terrassa quatre habitants sur dix à Port-Réal. Ni les jeunes ni les vieux, personne ne fut épargné, ni les riches ni les pauvres, ni les grands ni les humbles. Notre cher Grand Septon fut emporté, lui, la propre voix des dieux sur terre, avec un tiers de Leurs Saintetés et la quasi-totalité de nos sœurs silencieuses. Sa Majesté le roi Daeron, le doux Mataris et le fier Valarr, la Main..., oh, quelle période abominable ce fut là ! Vers la fin, la moitié de la ville adressait ses prières à l'Étranger. » Il se resservit. « Et vous, ser, où vous trouviez-vous à l'époque ?

— À Dorne, répondit Dunk.

— Grâces en soient rendues à la miséricorde de la Mère, dans ce cas. » Le maudit Fléau de Printemps n'avait jamais touché Dorne, peut-être parce que les Dorniens avaient fermé leurs frontières et leurs ports, ainsi que l'avaient fait les Arryn pour le Val, qui s'en était tiré indemne lui aussi. « Tous ces récits de mort suffiraient à vous faire passer le goût du vin, mais il est de plus en plus difficile de se remonter le moral dans une époque semblable à celle que nous vivons. La sécheresse s'opiniâtre, en dépit de toutes nos prières. Le Bois-du-Roi est une prodigieuse boîte d'amadou, et les incendies y font rage nuit et jour. Aigracier et les fils de Daemon Feunoyr trament des complots à Tyrosh, et les seiches de Dagon Greyjoy sillonnent la mer occidentale comme une meute de loups, poussant leurs razzias jusqu'aussi loin au sud que La Treille. Ils ont emporté la moitié des biens de Belle Île, à ce que l'on dit, plus une centaine de femmes. Lord Farman est en train de réparer ses défenses, mais je suis frappé par la similitude de ses précautions avec celles de l'homme qui renferme dans une ceinture de chasteté sa fille enceinte quand elle a déjà la bedaine aussi joliment distendue que la mienne. Lord Bracken se meurt à petit feu sur le Trident, et l'aîné de ses fils a péri lors du printemps. Ce qui signifie qu'il aura forcément ser Otho pour successeur. Et, comme jamais les Nerbosc ne digéreront d'avoir pour voisin la Brute de Bracken, la guerre finira fatalement par éclater. »

L'antique hostilité que se vouaient Bracken et Nerbosc était connue de Dunk. « Leur suzerain ne saura-t-il pas les contraindre à la paix ?

— Hélas... ! répliqua septon Sefton, lord Tully est un garçonnet de huit ans, et il n'a que des femmes pour entourage. Vivesaigues n'y fera guère, et le roi Aerys moins encore. À moins qu'un mestre n'y consacre un traité, ce sujet-là risque d'échapper entièrement à la connaissance de Sa Majesté. Il est hautement improbable que lord Rivières laisse aucun des Bracken accéder auprès d'Elle. Gardez-vous d'omettre que notre Main est à demi Nerbosc de par sa naissance. S'il agit le moins du monde, ce sera uniquement pour aider ses cousins à réduire la Brute aux abois. La Mère a imposé sa marque sur lord Rivières le jour de sa venue au monde, et Aigracier lui en a imposé une seconde sur le champ de bataille d'Herberouge. »

Dunk n'ignorait pas qu'il entendait par là Freuxsanglant, dont Brynden *Rivières* était le véritable patronyme de bâtardise, puisqu'il avait eu pour mère une Nerbosc et pour père adultérin le roi Aegon IV.

Après avoir lampé son vin, le gros lard reprit, intarissable : « Pour ce qui est de Sa Majesté Aerys, Elle s'intéresse bien plus aux parchemins de jadis et aux prophéties poussiéreuses qu'aux lords et aux lois. Elle ne se remue pas même pour s'engendrer un héritier. La reine Alinor a beau multiplier ses oraisons quotidiennes au Grand Septuaire et supplier la Mère d'En Haut de lui accorder la grâce d'un enfant, son pucelage n'en demeure pas moins intact. Aerys se confine dans ses propres appartements et, s'il faut en croire les commérages, il se plairait à prendre plus volontiers un bouquin dans sa couche que n'importe quelle femme. » Il emplit à nouveau sa coupe. « N'allez pas vous leurrer, c'est lord Rivières qui nous gouverne, avec ses sortilèges et ses mouchards. Il n'y a personne pour s'opposer à lui. Le prince Maekar boude à Lestival, s'y abreuvant de ses griefs contre son royal frère. Le prince Rhaegal est aussi docile que fol, et ses enfants sont..., bref, des enfants. Les amis et les favoris de lord Rivières occupent toutes les places, les seigneurs du Conseil restreint lui lèchent la main, et cette espèce de nouveau Grand Mestre que nous avons barbote autant que lui dans la sorcellerie. Le Donjon Rouge est aux mains d'une garnison de Dents de Freux, et nul au monde ne voit le roi sans son autorisation. »

Dunk se trémoussa dans son fauteuil, on ne peut plus mal à l'aise. *Combien c'est-y que lord Freuxsanglant, il en a, de zyeux ? Mille, et rien qu'un.* Il se prit à espérer que la Main du roi n'ait pas mille oreilles et rien qu'une. Certains des propos que tenait septon Sefton fleuraient la félonie. Il jeta un coup d'œil furtif à l'Œuf pour voir de quelle façon il prenait tout cela. Le gamin luttait manifestement de toutes ses forces pour tenir sa langue.

Leur compagnon se leva pesamment. « Ma belle-sœur va encore se faire désirer un bon moment. À l'instar de toutes les grandes dames, elle doit trouver que les dix premières robes qu'elle essaie ne siéent pas à son humeur. Que diriez-vous de reprendre une goutte de vin ? » Sans se soucier d'attendre une réponse, il resservit les deux coupes.

« La dame sur l'identité de laquelle je me suis mépris tout à l'heure, aventura Dunk, afin de parler coûte que coûte d'autre chose, c'est votre propre sœur ?

— Nous sommes tous enfants des Sept, ser, mais à part cela..., pauvre de moi, non. Lady Helicent était la sœur de ser Rolland Uffering, le quatrième époux de lady Rohanne, décédé lors du printemps. Mon frère en était le troisième, ser Simon Staunton, qui eut le malheur épouvantable de s'étouffer sur un os de poulet. Froide-Douve grouille de revenants, force est d'en convenir. Les maris meurent, mais leurs parents demeurent, aussi calamiteux que des sauterelles roses et dodues accoutrées de velours et de soie, afin de déguster les vins de ma dame et ses sucreries. » Il s'épongea la bouche. « Et néanmoins, elle doit absolument se remarier, et le plus tôt sera le mieux.

— Doit absolument ? fit Dunk.

— Le testament du seigneur son père l'exige. Lord Wyman voulait des petits-fils pour assurer la continuité de sa lignée. Lorsqu'il est tombé malade, il a prétendu lui faire épouser le Double-Flandrin, pour pouvoir mourir avec la certitude qu'elle dispose d'un gaillard solide pour la protéger, mais Rohanne a refusé tout net. Aussi le doux sire s'en est-il vengé dans ses dernières volontés. Si elle n'est toujours pas remariée lors du second anniversaire de la disparition d'icelui, Froide-Douve et tous ses domaines écherront à son cousin Wendell. Peut-être aurez-vous entrevu ce dernier dans la cour. Un homme courtaud, le col agrémenté d'un goître, et qui se signale par une généreuse propension à la flatulence. Encore que je sois mal venu de faire état de ce dernier point, puisque je suis moi-même affligé d'un excès de vents. Enfin..., advienne que pourra. Ser Wendell est stupide et cupide, mais dame son épouse est non seulement la sœur de lord Rowan mais aussi... diantrement féconde, on ne saurait lui dénier cette vertu-là. Elle met bas aussi souvent qu'il pète. Leurs fils le valent en vilenie, leurs filles les surclassent, et ils se sont tous tant qu'ils sont mis à compter les jours. Lord Rowan a soutenu l'exécution du testament, si bien que notre bonne dame n'a plus pour se décider que jusqu'à la nouvelle lune.

— Pourquoi a-t-elle attendu si longtemps ? » s'étonna Dunk à haute voix.

Le septon haussa les épaules. « À parler sans fard, il y a eu pénurie de prétendants. Ma belle-sœur n'est pas précisément d'un aspect répugnant, vous l'aurez remarqué, et un bon gros château assorti de vastes domaines ajoute à ses charmes. Vous penseriez par conséquent que tout un essaim de cadets de bonne famille ou de chevaliers sans terres bourdonnerait comme des mouches autour de Sa Seigneurie. Vous feriez erreur. Les quatre époux défunts les rendent circonspects, et il y a des gens pour soutenir qu'elle est stérile, en plus..., quand ils sont sûrs du moins qu'elle n'entende pas, sauf s'ils aspirent à jouir du confort d'une cage à corbeaux. Elle a porté deux enfants à terme, un garçon et une fille, mais ils n'ont ni l'un ni l'autre assez vécu pour fêter un anniversaire. Quant aux rares galants qui ne se laissent point rebuter par les ragots d'empoisonnement et de sorcellerie, ils renâclent à se frotter au Double-Flandrin. Lord Wyman l'a en effet chargé sur son lit de mort de défendre sa fille contre des soupirants inacceptables, tâche qu'il a pris à cœur d'appliquer à *tous* les soupirants. Quiconque entendrait obtenir la main de lady Rohanne serait d'abord obligé d'affronter son épée à lui. » Il acheva son vin et reposa sa coupe. « Cela ne revient pas à dire pour autant qu'il ne s'en est présenté aucun. Cleyton Caswell et Simon Bonleu se sont montrés les plus persévérants, mais leur passion s'adressait selon toute apparence à ses biens plus qu'à sa personne. S'il me fallait à tout prix gager, je miserais de préférence sur Gerold Lannister. Il en est encore à faire son apparition, mais on dit qu'il est d'une blondeur d'or, plein d'à-propos, qu'il a plus de six pieds de haut...

— ... et que ses lettres occupent infiniment lady Tyssier. » La dame en question se tenait sur le seuil, flanquée d'un jeune mestre dont le trait le plus saillant était un immense nez crochu. « Vous perdriez votre pari, beau-frère. Gerold ne délaissera jamais de bon gré les plaisirs de Port-Lannis et la splendeur de Castral Roc pour une seigneurie de rien du tout. Il exerce plus d'influence en sa qualité de frère et de conseiller de lord Tybolt qu'il n'en pourrait jamais espérer en celle de mon époux. Quant aux autres, ser Simon aurait à vendre la moitié de mes possessions pour payer ses dettes, et ser Cleyton tremble comme la feuille lorsque par hasard le Double-Flandrin condescend à lorgner de son côté. En outre, il est plus joli que moi. Et pour ce qui est de vous, septon, vous avez la plus grande gueule de Westeros.

— Une grosse bedaine réclame une grande gueule, rétorqua Sefton, pas décontenancé pour un sol. Sans quoi elle aurait tôt fait de devenir toute menue.

— C'est *vous*, la Veuve Rouge ? demanda l'Œuf d'un air abasourdi. Je suis presque aussi haut que vous !

— Un autre garçon m'a fait la même observation il n'y a pas six mois. Je l'ai expédié sur le chevalet pour le rehausser. » Une fois que lady Rohanne se fut installée sur le haut siège de l'estrade, elle ramena sa natte en avant par-dessus son épaule gauche. Celle-ci était d'une telle longueur que l'extrémité s'en lova dans son giron comme un chat assoupi. « Ser Duncan, je n'aurais pas dû vous taquiner dans la cour, alors que vous déployiez tant d'efforts pour vous montrer gracieux. C'est simplement que vous aviez rougi de façon si violente... Il ne se trouvait donc pas de jeune fille pour vous taquiner, dans le village où vous avez si prodigieusement grandi ?

— C'était Port-Réal, le village. » Il ne mentionna pas Culpucier. « Il s'y trouvait bien des jeunes filles, mais... » Le genre de taquineries qui se pratiquait à Culpucier avait plutôt des fois de quoi vous couper la chique.

« Je présume qu'elles avaient peur de vous taquiner. » Lady Rohanne caressa sa natte. « Sans doute votre taille les terrifiait-elle. Ne prenez pas ombrage de l'attitude de lady Helicent, je vous en conjure. Ma belle-sœur est une créature un peu simplette mais totalement dépourvue de malignité. En dépit de toutes ses bondieuseries, elle serait incapable de s'habiller elle-même sans le secours de ses septas.

— Elle n'était pour rien dans ce qui s'est passé. Je suis le seul coupable de la méprise.

— Vous mentez le plus galamment du monde. Je sais que tout le mal venait de ser Lucas. La cruauté fait partie de son caractère, et vous l'avez offensé au premier regard.

— Comment cela ? s'ébahit Dunk. Je ne lui ai fait aucun mal de ma vie. »

Elle sourit d'un sourire qui le fit désirer qu'elle se montre plus explicite. « Je vous ai vu vous tenir devant lui. Vous le surpassez d'une main, ou bien peu s'en faut. Cela faisait belle lurette que ser Lucas n'avait croisé personne qu'il ne pût toiser de son haut. Quel âge avez-vous, ser ?

— Presque vingt ans, ne déplaise à M'dame. » Dunk aimait bien faire sonner *vingt*, quitte à se vieillir d'une année selon toute probabilité, si ce n'est de deux. Là-dessus, personne ne savait à quoi s'en tenir au juste, et lui moins que quiconque. Il devait avoir eu une mère et un père comme tout le monde, mais il ne les avait jamais connus, même pas de nom, et nul à Culpucier ne s'était jamais soucié outre mesure de chercher à savoir ni quand il était né ni de qui.

« Êtes-vous aussi fort que vous en avez l'air ?

— J'ai l'air fort comment, M'dame ?

— Oh, suffisamment fort pour enquiquiner ser Lucas. S'il est le gouverneur ici, ce n'est pas de mon fait. Je l'ai hérité de mon père au même titre que Froide-Douve. Avez-vous accédé à la chevalerie sur un champ de bataille, ser Duncan ? Vos façons de parler suggèrent que vous n'êtes pas né de sang noble, si vous voulez bien me pardonner de m'exprimer ainsi.

Je suis né d'un sang de caniveau. « Un chevalier errant nommé ser Arlan de Pennytree m'a pris à son service pour lui tenir lieu d'écuyer quand j'étais encore tout mioche. C'est lui qui m'a enseigné la chevalerie et les arts de la guerre.

— Et c'est ce même ser Arlan qui vous a fait chevalier ? »

Dunk agita les pieds avec embarras. L'une de ses bottes était à demi délacée, vit-il. « Il n'y avait personne de mieux placé que lui pour le faire.

— Où se trouve actuellement ser Arlan ?

— Il est mort. » Il releva les yeux. Sa botte, il pourrait toujours la relacer plus tard. « Je l'ai enterré au flanc d'une colline.

— Est-il tombé en preux au cours d'un combat ?

— Il y avait des pluies. Il a pris froid.

— Les vieillards sont fragiles, je sais cela. Je l'ai appris de mon deuxième époux. J'avais treize ans à notre mariage. Il en aurait eu cinquante-cinq à son prochain anniversaire s'il avait assez vécu pour le voir. Il était en terre depuis six mois quand je lui donnai un fils, mais lui aussi, l'Étranger est venu le prendre. Les septons ont dit que son père voulait l'avoir à ses côtés. Qu'en pensez-vous, ser ?

— Ben..., répondit Dunk sans grande assurance, ça se pourrait, M'dame...

— Des idioties, riposta-t-elle. L'enfant était né trop faible. Une si petite chose. À peine s'il avait assez de force pour téter. N'empêche. Les dieux avaient accordé à son père cinquante-cinq années de vie. On aurait pu croire qu'ils consentiraient à concéder plus de trois jours au fils.

— Ça oui. » Dunk était tout sauf ferré sur les dieux. Il se rendait au septuaire de temps à autre, et il y priait le Guerrier de bien vouloir prêter vigueur à ses bras, mais, à part cela, il laissait les Sept bien peinards.

« Je suis désolée que votre ser Arlan soit mort, reprit-elle, et encore plus désolée que vous ayez pris du service chez ser Eustace. Les vieux ne sont pas tous les mêmes, ser Duncan. Vous en agiriez bien de retourner chez vous à Pennytree.

— Je n'ai pas d'autre chez moi que là où je voue la foi de mon épée. » Dunk n'avait jamais vu Pennytree ; il n'aurait même pas su dire si ça se trouvait dans le Bief.

« Vouez-la ici, alors. Les temps sont incertains. J'ai besoin de chevaliers. Vous m'avez l'air d'avoir un formidable appétit, ser Duncan. Combien de poulets êtes-vous capable d'engloutir ? À Froide-Douve, vous auriez votre content de viande rose chaude et de tartes aux fruits délicieuses. La mine de votre écuyer trahit aussi le besoin de se sustenter. Il est si décharné qu'il en a perdu tous ses cheveux. Nous lui ferons partager la cellule d'autres garçonnets de son âge. Il aimera bien. Mon maître d'armes est capable de l'exercer à tous les arts de la guerre.

— C'est moi qui me charge de l'exercer, rétorqua Dunk, sur la défensive.

— Et qui d'autre ? Bennis ? Le vieil Osgris ? Les volailles ? »

Il était arrivé certains jours à Dunk de faire pourchasser les volailles par l'Œuf. *Cela concourt à le rendre plus rapide*, songea-t-il, tout en sachant pertinemment que, s'il s'avisait d'en parler, lady Rohanne éclaterait de rire. Elle lui ôtait sa présence d'esprit, avec ses taches de rousseur et son nez retroussé. Il lui fallut faire un effort pour se rappeler dans quel but ser Eustace l'avait dépêché en ces lieux. « Mon épée est vouée à messire Osgris, M'dame, répondit-il, et c'est un fait acquis.

— Soit, alors, ser. Venons-en donc à des sujets moins agréables. » Elle tirailla sèchement sa natte. « Nous ne tolérons pas que l'on assaille Froide-Douve ou ses gens. Aussi m'expliquerez-vous pour quelle raison je devrais m'abstenir de vous faire coudre dans un sac.

— Je suis venu parlementer, lui rappela-t-il, et j'ai bu votre vin. » Il en avait encore la saveur riche et moelleuse sur les papilles. Et l'excellent cru ne l'avait pas encore empoisonné pour l'instant. Peut-être même est-ce grâce à lui qu'il osa s'enhardir. « Et vous ne possédez pas de sac assez grand pour moi. »

À son intense soulagement, la plaisanterie empruntée à l'Œuf la fit sourire. « J'en possède néanmoins plusieurs qui seraient bien assez grands pour Bennis. Mestre Cerrick affirme que le visage de Wolmer était tailladé quasiment jusqu'à l'os.

— Ser Bennis s'est laissé emporter par la colère, M'dame. Je suis envoyé par ser Eustace afin de payer le prix du sang.

— Le prix du sang ? » Elle s'esclaffa. « Votre maître est un vieil homme, je le sais bien, mais je ne m'étais pas encore aperçue qu'il l'était à ce point. S'imagine-t-il que nous vivons toujours à l'Âge des Héros, où la vie d'un homme était estimée ne valoir rien de plus qu'une bourse d'argent ?

— Le terrassier n'a pas été tué, M'dame, lui remémora Dunk. Personne n'a été tué, sous mes yeux du moins. C'est d'une balafre qu'il a écopé, pas plus. »

Elle fit courir paresseusement ses doigts le long de sa natte. « À combien ser Eustace estime-t-il la valeur de la joue de Wolmer, je vous prie ?

— À un dragon d'argent. Plus trois pour vous, M'dame.

— Ser Eustace met mon honneur à bien vil prix, même si trois pièces d'argent sont toujours mieux que trois poulets, je vous le concède. Il ferait mieux de me remettre ser Bennis pour que je le châtie.

— Cela impliquerait-il le fameux sac auquel vous faisiez allusion ?

— Éventuellement. » Elle enroula la natte autour d'une de ses mains. « Osgris peut garder son argent. Le sang seul peut payer le sang.

— Eh bien, dit Dunk, peut-être en va-t-il comme vous le déclarez, mais pourquoi ne pas envoyer quérir l'homme qu'a blessé Bennis et lui demander ce qu'il aimerait le mieux : Bennis dans un sac ou un dragon d'argent ?

— Oh ! mais il empocherait l'argent, s'il ne pouvait obtenir les deux choses à la fois. Cela, j'en suis convaincue, ser. Seulement, ce n'est pas à lui qu'appartient le choix. L'affaire présente concerne le lion et l'araignée, pas la joue d'un quelconque manant. C'est Bennis que je veux, et Bennis que j'aurai. Nul ne se permet de chevaucher sur mes terres et de maltraiter l'un des miens pour aller s'en gausser dès qu'il a déguerpi.

— Votre Seigneurie s'est bien elle-même permis pourtant de chevaucher sur les terres de Piéferme et de maltraiter l'un des gens de ser Eustace, riposta Dunk du tac au tac, on ne peut plus à l'étourdie.

— Ah bon ? » Elle se remit à tirailler sa natte. « Si vous entendez par là le voleur de moutons, c'était un coquin notoire. Je m'en étais plainte à deux reprises auprès d'Osgris, mais sans qu'il bouge pied ni patte. Je ne réclame pas trois fois. La loi du roi m'accorde les pouvoirs de cul-de-basse-fosse et de potence. »

C'est en l'occurrence de l'Œuf que lui arriva la réponse. « Sur vos propres domaines, spécifia-t-il. La loi du roi donne aux seigneurs les pouvoirs de cul-de-basse-fosse et de potence sur les domaines qui leur sont propres.

— Petit malin ! dit-elle. Si tu en sais autant, tu sauras aussi que les chevaliers fieffés n'ont aucunement le droit de punir sans la permission de leur suzerain. Ser Eustace tient Piéferme de lord Rowan. En versant le sang, Bennis a rompu la paix du roi, et il lui faut répondre de ce crime. » Elle se tourna cette fois vers Dunk. « Si Ser Eustace consent à me le remettre, Bennis aura le nez fendu, et l'affaire en restera là. Mais s'il me force à venir le prendre, je ne promets plus rien du tout. »

Dunk se sentit brusquement comme barbouillé, au creux de l'estomac. « Je lui en ferai part, mais il n'abandonnera pas ser Bennis » Il hésita. « Le barrage a été la cause de tous ces problèmes. Si Votre Seigneurie voulait bien consentir à le démolir...

— Impossible, déclara le jeune mestre qui se tenait auprès de lady Rohanne. Froide-Douve entretient vingt fois plus de petites gens que ne le fait Piéferme. Sa Seigneurie possède des champs de blé, de maïs et d'orge qui sont tous en train de mourir de la sécheresse. Elle possède une demi-douzaine de vergers, des pommiers, des abricotiers, plus trois variétés de poiriers. Elle possède des vaches sur le point de vêler, cinq cents têtes de moutons à nez noir, et elle élève les plus beaux chevaux du Bief. Nous avons une douzaine de juments sur le point de pouliner.

— Ser Eustace possède des moutons, lui aussi, répliqua Dunk. Il a des melons, dans ses champs, des haricots, de l'orge, et...

— C'est pour la *douve* que vous prenez l'eau ! » proféra vertement l'Œuf.

J'étais en train d'en venir à la douve, songea Dunk. « La douve est essentielle pour les défenses de Froide-Douve, affirma le mestre. Suggéreriez-vous à lady Rohanne de s'exposer à découvert contre des assaillants éventuels, en des temps aussi incertains que ceux-ci ?

— Ma foi, déclara posément Dunk, une douve sèche est encore une douve. Et M'dame possède des murs solides et des hommes plus qu'à suffisance pour en interdire l'accès.

— Ser Duncan, intervint lady Rohanne, j'avais dix ans quand se dressa le dragon noir. Je conjurai mon père de ne pas se mettre lui-même en péril ou du moins de laisser mon époux. Qui donc me protégerait, si mes hommes étaient tous deux partis ? Alors, il me fit monter sur les remparts et me signala les principaux points forts de Froide-Douve. “Maintiens-les forts, dit-il, et ils te maintiendront saine et sauve. Si tu veilles à tes défenses, nul homme au monde ne risque de te malmener.” Le premier qu'il me désigna fut la douve. » Elle se caressa la joue avec la pointe de sa natte. « Mon premier époux périt sur le champ d'Herberouge. Mon père m'en trouva d'autres, mais l'Étranger s'empara d'eux également. Les hommes, je ne m'y fie plus, dussent-ils sembler *plus qu'à suffisance*. Ma confiance, je la mets dans la pierre, dans l'acier, dans l'eau. Je la mets dans les douves, ser, et ma douve à moi ne sera pas sèche.

— Ce qu'a dit votre père est certes bel et bon, rétorqua Dunk, mais cela ne vous donne pas pour autant le droit de prendre l'eau Osgris. »

Elle imprima un coup sec à sa natte. « Je suppose que ser Eustace vous a raconté que la rivière lui appartenait.

— Depuis un millier d'années, confirma Dunk. Elle porte d'ailleurs le *nom* d'Échiquetée. Voilà qui est clair et net.

— Assurément. » Nouvelles saccades, une fois, deux, trois. « Tout comme la Mander porte le sien, bien que les Manderly aient été chassés de ses rives il y a un millier d'années. Hautjardin demeure Hautjardin, bien que le dernier Jardinier soit mort sur le Champ de Feu. Castral Roc fourmille de Lannister, et l'on y chercherait en vain l'ombre d'un Castral. Le monde change, ser. Cette Échiquetée prend sa source dans les monts Fer-à-cheval, qui se trouvaient être intégralement ma propriété, la dernière fois que j'y ai jeté un œil. L'eau m'appartient de même. Montrez-lui donc mes titres de propriété, mestre Cerrick. »

Le mestre descendit de l'estrade. Il avait beau n'être pas beaucoup plus âgé peut-être que Dunk, ses robes grises et la chaîne qu'il portait au col lui conféraient un air de sapience austère difficilement compatible avec sa juvénilité. Il tenait en main un vieux parchemin. « Voyez par vous-même, ser », annonça-t-il tout en le déroulant avant de le présenter à Dunk.

Dunk le lourdaud, épais comme une muraille de forteresse. Il sentit à nouveau s'empourprer ses joues. D'un geste précautionneux, il se saisit du document et loucha sur le texte qui s'y étalait. Pas un seul mot ne lui en était intelligible, mais il reconnut le sceau de cire apposé sous les fioritures du seing – le dragon tricéphale de la maison Targaryen. *Le sceau du roi.* Ce qu'il avait sous les yeux devait plus ou moins être quelque sorte de décret royal. Dunk fit aller et venir sa tête dans les deux sens afin de donner à ses vis-à-vis l'impression qu'il était en train de lire. « Il y a là un mot que je n'arrive pas à déchiffrer », marmonna-t-il au bout d'un moment. « Viens voir un peu ça, l'Œuf, tu as de meilleurs yeux que moi. »

Le gamin se précipita près de lui. « Quel mot, messer ? » Dunk pointa le doigt. « Celui-là ? Oh. » Après une lecture preste, l'Œuf releva les yeux vers son maître et lui adressa un imperceptible hochement.

La rivière est bel et bien à elle. Un papier l'atteste. Dunk eut le sentiment qu'un coup de poing venait de lui défoncer l'estomac. *Le propre sceau du roi.* « Ceci... il doit y avoir une erreur. Le vieil homme a perdu ses deux fils au service de Sa Majesté, pourquoi l'aurait-Elle dépossédé de sa rivière ?

— Il aurait dû perdre la tête par la même occasion, si le roi Daeron s'était révélé d'un caractère moins enclin au pardon. »

Pendant une fraction de seconde, Dunk ne sut plus du tout où il en était. « Que voulez-vous dire ?

— Sa Seigneurie veut dire, intervint mestre Cerrick, que ser Eustace Osgris est un rebelle et un félon.

— Ser Eustace avait pris le parti du dragon noir contre le rouge, dans l'espérance qu'un souverain Feunoyr rétablirait les Osgris dans la possession des domaines et des châteaux qu'ils avaient perdus sous les Targaryens, expliqua lady Rohanne. Tout spécialement dans celle de Froide-Douve. C'est sa trahison que ses fils ont payée de leur vie. Quand il rapporta leurs os chez lui et remit sa fille en otage aux gens du roi, sa femme se précipita du haut de la tour de Piéferme. Ser Eustace vous a-t-il conté cela ? » Elle sourit d'un air affligé. « Non, n'est-ce pas ?

— Le dragon noir... » *Tu as voué la foi de ton épée à un félon, lourdaud. Tu as mangé le pain d'un traître et couché sous le toit d'un rebelle.* « M'dame, reprit-il non sans bafouiller quelque peu, le dragon noir..., c'était il y a quinze ans. Ce dont il s'agit se passe aujourd'hui, et aujourd'hui sévit une sécheresse.

Même s'il fut un rebelle autrefois, ser Eustace n'en demeure pas moins avoir besoin d'eau. »

La Veuve Rouge se leva et lissa ses jupes. « Il ferait mieux de prier pour la pluie, dans ce cas. »

Ce fut à cet instant précis que Dunk se ressouvint des mots d'adieu, *Ramenez-moi mon eau, ser*, prononcés par Osgris dans le bois. « Si vous refusez de lui accorder la grâce de partager l'eau pour sa propre sauvegarde, daignez y consentir en faveur de son fils.

— De son fils ?

— Addam. Il a servi ici même en qualité de page et d'écuyer de votre père. »

Le visage de lady Rohanne demeura de marbre. « Approchez-vous. »

Il ne sut que faire d'autre qu'obtempérer. L'estrade la haussait d'un bon pied, mais cela n'empêchait pas Dunk de continuer à la dominer largement. « À genoux », dit-elle. Il s'exécuta.

Elle concentra toutes ses forces dans le soufflet qu'elle lui administra, et elle était beaucoup plus forte qu'elle n'en avait l'air. À part que sa joue lui cuisait et qu'il avait dans la bouche le goût du sang provenant d'une lèvre entamée, non, elle ne lui avait pas réellement fait bien mal. Pendant un instant, la seule idée qui lui traversa l'esprit fut de l'attraper par cette garce de natte rouge qu'elle vous avait, de se la coller en travers des genoux et de vous la fesser comme un moutard gâté. *Si je le fais, l'ennui, c'est qu'elle va se mettre à piailler et que vingt chevaliers fonceront dedans m'étriper.*

« Vous avez l'audace d'en appeler à moi au nom d'*Addam* ? » Ses narines se dilatèrent. « Retirez-vous de Froide-Douve, ser. Immédiatement !

— Je n'ai jamais eu l'intention...

— *Filez*, ou je trouverai un sac assez grand pour vous, dussé-je en tailler un sur mesure de mes propres mains. Dites à ser Eustace de me livrer lui-même ser Bennis au Bouclier Brun dès demain, sans quoi c'est moi qui viendrai le chercher moi-même par le fer et par le feu. Vous m'entendez ? *Par le fer et par le feu !* »

Septon Sefton prit Dunk par le bras et l'entraîna dare-dare hors de la pièce, l'Œuf quasiment collé sur leurs talons. « Il ne se pouvait plus malavisé, ser, chuchota le gros lard tout en les reconduisant vers l'escalier. *On ne peut plus* malavisé. Mentionner Addam Osgris...

— Ser Eustace m'a conté qu'elle en était amoureuse.

— Amoureuse ? » Le septon souffla comme un bœuf. « Folle de lui qu'elle était, et lui d'elle. Les choses ne sont jamais allées au-delà d'un baiser ou deux, mais..., mais si la bataille d'Herberouge lui a fait verser des torrents de larmes, ce ne fut pas pour l'époux qu'elle connaissait à peine mais bien pour ser Addam. À ses yeux, et à juste titre, ser Eustace est coupable de cette mort. Le garçon n'avait que douze ans. »

Dunk savait trop bien ce que c'était que de porter une blessure. Chaque fois qu'il arrivait à quelqu'un d'évoquer la Prairie de Sorbier, la pensée l'assaillait des trois braves tombés pour sauver sa main et son pied, et elle ne manquait jamais de lui retourner le couteau dans la plaie. « Veuillez assurer M'dame que c'est sans aucune male intention que je l'ai blessée. Conjurez-la de daigner me pardonner.

— Je m'y emploierai de tout mon possible, ser, promit Septon Sefton, mais dites bien à ser Eustace, vous, de venir lui livrer Bennis, et *vite*. Faute de quoi, il en ira mal pour lui. Il en ira très mal. »

*

* *

Il fallut que les murailles et les tours de Froide-Douve se soient totalement évanouies derrière, à l'ouest, pour que Dunk finisse par se tourner vers l'Œuf pour lui demander : « Qu'est-ce qu'il y avait d'écrit, sur ce papier ?

— Il s'agissait d'une concession de droits, messer. À lord Wyman Tyssier, de la part du roi. En reconnaissance de ses loyaux services au cours de la rébellion précédente, lord Wyman s'y voyait attribuer, ainsi que ses descendants, tous les droits sur l'Échiquetée, depuis sa source dans les monts Fer-à-cheval jusqu'aux rivages du lac Feuillu. Il était également spécifié que lord Wyman et ses descendants jouiraient du droit de prélever des lapins, des daims rouges et des sangliers chaque fois qu'il leur en prendrait fantaisie dans le Bois de Wat et d'y couper vingt arbres chaque année. » Le gamin se racla la gorge. « Ladite concession n'était toutefois décernée qu'à titre temporaire. Le document spécifiait encore en effet que, s'il advenait à ser Eustace de décéder sans héritier mâle issu de ses propres œuvres, Piéferme ferait retour à la Couronne, et que par la même occasion seraient abolis les privilèges consentis à la lignée de lord Tyssier. »

Et les Osgris furent les maréchaux des marches du Nord pendant un millénaire... « On n'a donc laissé pour tout compte au vieil homme qu'une tour où mourir.

— Et sa tête, ajouta l'Œuf. Sa Majesté lui a laissé sa tête, ser. En dépit du fait qu'il était tout de même un rebelle. »

Dunk lui décocha un regard. « Tu la lui aurais ôtée, toi ? »

L'Œuf dut s'accorder le loisir de la réflexion. « Il m'est quelquefois arrivé, à la Cour, d'assurer le service au Conseil restreint. On s'y querellait fréquemment sur ce sujet-là. Oncle Baelor affirmait que rien ne valait la clémence lorsqu'on réglait le sort d'un adversaire homme d'honneur. Si un vaincu croit pouvoir compter sur le pardon, on ne saurait exclure qu'il consente à déposer l'épée et ployer le genou. Dans le cas contraire, il se battra jusqu'à son dernier souffle en faisant périr davantage encore de sujets fidèles et d'innocents. Seulement, lord Freuxsanglant prétendait, lui, que pardonner à des rebelles n'équivaut à rien d'autre qu'à semer les graines de la rébellion suivante. » Un profond scepticisme affectait sa voix. « Qu'est-ce qui a bien pu inciter ser Eustace à se dresser contre le roi Daeron ? Celui-ci fut un bon roi, nul n'a grief à son égard. Il adjoignit Dorne au royaume et fit des Dorniens nos amis.

— C'est à ser Eustace qu'il te faudrait poser la question, l'Œuf. » Dunk pensait connaître la réponse, mais elle n'était pas forcément du genre que le petit aurait envie d'entendre. *Il a désiré un château dont la poterne soit surmontée d'un lion, mais il n'a obtenu pour toute récompense que des tombes au milieu de buissons de mûres.* Quand vous avez engagé par serment votre épée à quelqu'un, vous avez promis de le servir et de lui obéir, de vous battre au besoin pour lui, pas de fourrer le nez dans ses affaires ou de contester ses allégeances..., mais toujours est-il que ser Eustace ne l'en avait pas moins floué comme un parfait couillon. *Il m'a bel et bien dit que ses fils étaient morts en combattant pour le roi, et il m'a fait en plus accroire que la rivière lui appartenait.*

La nuit les surprit dans le Bois de Wat.

La faute en revenait à Dunk. Il aurait dû rentrer directement, par le chemin pris à l'aller, tandis qu'il avait préféré passer par le nord afin de jeter un nouveau coup d'œil au barrage. Il avait vaguement dans l'idée d'essayer de le démolir à mains nues. Mais il se trouva que les Sept et ser Lucas Double-Flandrin ne poussèrent pas l'obligeance aussi loin. Lorsqu'il finit par y arriver, Dunk découvrit les lieux gardés par une paire d'arbalétriers sur les justaucorps desquels était cousu l'emblème à l'araignée. L'un d'eux s'était commodément assis pour laisser ses pieds nus tremper dans l'eau volée. Dunk l'aurait de grand cœur étranglé rien que pour cela, mais l'homme les entendit venir et récupéra son arme en deux temps trois mouvements. Son camarade eut encore plus vite encoché un carreau et paré à toute éventualité. Le mieux que put faire Dunk fut de les foudroyer d'un renfrognement menaçant.

Après cela, il ne lui restait rien d'autre à accomplir que de revenir sur ses pas. Il était loin de connaître aussi bien les parages que ser Bennis ; et quelle humiliation ç'aurait été pour lui que de se perdre dans un bois d'une aussi médiocre étendue que celui de Wat... ! Vers l'heure où ils retraversèrent la rivière avec moult éclaboussures, le soleil flottait déjà presque au ras de l'horizon, et les premières étoiles commençaient à poindre, escortées par des nuées d'insectes. Une fois au sein de la noirceur élancée des troncs, l'Œuf retrouva sa langue. « Messer ? Ce gros lard de septon a eu l'audace de prétendre que mon père boudait à Lestival.

— Du vent, les mots.

— Mon père ne boude pas.

— Bah..., décréta paisiblement Dunk, il se pourrait que si. Tu boudes bien, *toi*.

— Nenni. Messer. » Il fronça les sourcils. « Est-ce que je boude ?

— Des fois. Pas trop trop, d'accord. Sans quoi, je te donnerais des taloches à l'oreille plus souvent que je ne le fais.

— Vous m'en avez donné une devant la poterne.

— Ce n'était au mieux qu'une demi-taloche. Si jamais je t'en flanque une tout entière, tu le sauras.

— Eh bien, *vous*, c'en est une tout entière que la Veuve Rouge vous a flanquée. »

Dunk tâta sa lèvre enflée. « Tu pourrais t'abstenir d'en montrer autant de plaisir. » *Personne n'a jamais taloché l'oreille de ton père, au fait. C'est peut-être pour cette raison que le prince Maekar se comporte comme il le fait.* « Lorsque le roi désigna lord Freuxsanglant pour être sa Main, le seigneur ton père refusa de faire partie de son conseil et quitta Port-Réal pour se retirer dans sa résidence personnelle, rappela-il à l'Œuf. Il a déjà passé un an à Lestival, plus la moitié d'un autre. Comment appelles-tu cela, si ce n'est bouder ?

— Je l'appelle être courroucé, décréta l'Œuf d'un ton altier. C'est mon père que Sa Majesté aurait dû choisir pour Main. Il est son *frère*, et le royaume ne possède pas de chef de bataille plus éminent que lui depuis le décès d'Oncle Baelor. Lord Freuxsanglant n'est même pas un lord authentique, ce titre-là n'est qu'un absurde titre de *courtoisie*. Il est un sorcier, et au surplus de basse naissance.

— Né bâtard, oui, mais pas de basse naissance. » Freuxsanglant pouvait bien n'être qu'un lord de pacotille, il était néanmoins d'ascendance noble des deux côtés. Sa mère avait été l'une des innombrables maîtresses du roi Aegon l'Indigne. Les bâtards procréés de la sorte s'étaient révélés un fléau permanent pour les Sept Couronnes depuis la disparition du vieux souverain. Il avait légitimé la totalité de cette engeance sur son lit de mort ; pas seulement les Grands Bâtards, tels les Daemon Feunoyr, Freuxsanglant, Aigracier, qu'il avait engendrés avec des dames du meilleur monde, mais même ceux de rien du tout qu'il avait eus en forniquant avec des putes et des serveuses de taverne, de vulgaires filles de marchands, des batteuses d'estrade et les flopées de paysannes dont le joli minois lui accrochait l'œil par hasard. *Sang et Feu*, telle était la devise de la maison Targaryen, mais Dunk avait ouï dire à ser Arlan, jadis, qu'Aegon aurait plutôt dû faire sienne *Lavez-moi cette gueuse et puis fourrez-la dans mon lit.*

« D'un trait de plume, le roi Aegon a proprement savonné Freuxsanglant de sa bâtardise, remémora-t-il à l'Œuf pour sa gouverne. Exactement comme il l'a fait pour tous ses pareils.

— L'ancien Grand Septon a dit à mon père que les lois du roi sont une chose, et les lois des dieux une autre, riposta le gosse avec opiniâtreté. Les enfants légitimes sont conçus dans un lit nuptial et bénis par le Père et la Mère d'En Haut, alors que les bâtards sont issus du stupre et de la dissolution, a-t-il dit. Le roi Aegon a eu beau décréter que ses bâtards n'étaient pas des bâtards, il n'était pas en son pouvoir de changer leur nature. Le Grand Septon a dit que tous les bâtards naissaient avec la félonie dans le sang... Daemon Feunoyr, Aigracier, Freuxsanglant lui-même. Pour s'être montré plus matois que les deux autres, il disait, lord Rivières n'en finirait pas moins par se révéler tôt ou tard un traître lui aussi. Le Grand Septon donna à mon père le conseil de ne jamais placer la moindre espèce de confiance en lui, pas plus qu'en aucun des autres bâtards, grands ou petits. »

Nés avec la félonie dans le sang, songea Dunk. *Nés du stupre et de la dissolution. Indignes d'inspirer la confiance, grands ou petits.* « L'Œuf, dit-il, est-ce qu'il ne t'est jamais arrivé de penser que je pourrais être un bâtard ?

— Vous, messer ? » L'apostrophe avait complètement désarçonné le gamin. « Vous ne l'êtes pas.

— Je risque pourtant de l'être. Je n'ai jamais rien su de ma mère ni de ce qu'il était advenu d'elle. Peut-être que je suis venu au monde trop gros et que je l'ai tuée. Mais il est plus probable qu'elle était une putain ou une serveuse de taverne. On ne trouve pas de dames de haut parage à Culpucier. Et s'il lui est jamais arrivé d'épouser mon père..., eh bien, qu'est-il donc advenu de *lui*, dans ce cas ? » Dunk n'aimait guère se voir rappeler ce qu'avait été son existence avant que ser Arlan ne vienne le dénicher. « Il y avait une gargote, à Port-Réal, où j'allais vendre habituellement des rats, des chats et des pigeons pour leur ragougnasse. Le cuistot jurait constamment que mon père était un voleur ou un coupeur de bourse. "Y a de fortes chances que je l'aie vu pendre, me rabâchait-il tant et plus, mais, après tout, peut-être qu'on l'a juste expédié au Mur." À l'époque où je servais ser Arlan en qualité d'écuyer, je passais mon temps à lui demander si nous ne pourrions pas un jour ou l'autre monter par là-bas nous faire engager à Winterfell ou dans tel ou tel des châteaux du Nord. Je m'étais imaginé que, si je réussissais seulement à atteindre le Mur, j'aurais éventuellement l'occasion d'y tomber nez à nez avec une vieille crapule, un gaillard vraiment gigantesque qui me ressemblerait. Mais nous n'y sommes jamais allés. Ser Arlan répétait qu'il n'y avait pas de haies dans le nord pour abriter les chevaliers errants, et que toutes les forêts pullulaient de loups. » Il secoua la tête. « Bref, en un mot comme en cent, il y a des chances innombrables pour que tu sois l'écuyer d'un bâtard. »

Pour une fois, l'Œuf en demeura sans voix. Les ténèbres s'épaississaient autour d'eux. Des constellations de bestioles luisantes baguenaudaient lentement à travers les arbres, leurs loupiotes à la dérive comme autant de minuscules météorites. Il y avait également des étoiles dans le firmament, plus d'étoiles que quiconque au monde n'aurait pu se flatter d'en compter jamais, dû-il jouir d'une aussi prodigieuse longévité que le roi Jaehaerys. Dunk n'avait qu'à lever les yeux pour renouer avec des compagnons familiers : l'Étalon et la Truie, la Couronne du Roi et la Lanterne de l'Aïeule, la Galère, le Spectre et la Vierge de Lune. Mais la direction du nord étant voilée par des nuages, il aurait été fort en peine d'y déceler l'œil bleu du Dragon de Glace, l'œil bleu qui désignait le septentrion.

La lune s'était levée lorsqu'ils arrivèrent en vue de Piéferme, sombre silhouette tout en hauteur au sommet de sa colline. Une vague lueur jaunâtre pâlissait les ouvertures supérieures de la tour, constata Dunk. Presque tous les soirs, ser Eustace allait se coucher aussitôt qu'il avait achevé de souper, mais tel n'était apparemment pas le cas, cette nuit. *Il est en train de nous attendre*, saisit Dunk.

Bennis au Bouclier Brun veillait lui aussi dans l'attente de leur retour. Ils le trouvèrent assis sur les marches, en train d'affûter sa rapière au clair de la lune tout en mâchouillant sa surelle. Le lent crissement de la pierre sur le métal s'entendait de loin. Autant ser Bennis pouvait faire preuve de laisser-aller en ce qui concernait sa personne comme ses effets, autant il apportait de minutie à l'entretien de ses armes.

« Voilà le lourdaud de retour, lâcha-t-il. J'étais justement en train d'affiler mon acier pour aller t'arracher aux griffes de cette foutue Veuve Rouge.

— Où sont les hommes ?

— Treb et Wat-le-Mouillé se trouvent sur le toit à monter la garde, au cas où la veuve viendrait nous rendre visite. Les autres sont allés se fourrer au pieu en pleurnichant. Moulus comme des damnés qu'il sont. Je les ai fait travailler dur. J'ai tiré une once de sang de ce grand pendard de simplet, histoire de le rendre dingue, et c'est tout. Il se bat mieux quand il est dingue. » Il se fendit de son sourire rouge et brun. « Jojo, la lèvre en sang que tu t'es dégottée... ! Le prochain coup, va pas te casser la gueule sur de la caillasse. Qu'est-ce qu'elle a dit, l'autre garce ?

— Elle a bien l'intention de garder l'eau, et elle vous réclame également, pour avoir tailladé ce terrassier à elle près du barrage.

— Me doutais que c'était couru d'avance. » Il cracha. « Des tas d'emmerdes pour une racaille de bouseux. Lui qui devrait plutôt me remercier. Les femmes ont un faible pour les types qu'ont des cicatrices.

— Alors, ça vous sera égal qu'elle vous fende le nez en deux.

— Des clous ! Si j'avais envie d'avoir le nez fendu en deux, je me l'y mettrais tout seul. » Il brandit son pouce vers les étages. « Tu trouveras ser Sert-à-rien là-haut, dans ses appartements, à ruminer sur ses grandeurs passées. »

L'Œuf prit subitement la parole. « Il s'est battu pour le dragon noir. »

Sa remarque aurait pu lui valoir une taloche à l'oreille de la part de Dunk, mais le chevalier brun ne fit qu'en rigoler. « 'videmment que oui ! T'as qu'à le regarder. Tu lui as vraiment trouvé la dégaine du gus qui choisit le parti gagnant ?

— Pas plus qu'à vous. Sans quoi vous ne seriez pas des nôtres ici. » Dunk se tourna vers l'Œuf. « Va t'occuper de Tonnerre et de Mestre, et puis monte nous rejoindre. »

Lorsque Dunk émergea de la trappe, le vieux chevalier se trouvait installé en chemise de nuit au coin de sa cheminée, dans laquelle on n'avait pourtant pas allumé de feu. Il tenait à la main la coupe de son père, une lourde coupe en argent qui avait été ciselée pour qui sait quel lord Osgris d'avant la Conquête. Elle était décorée de particules d'or et de jade à l'effigie d'un lion échiqueté qui avait de-ci de-là perdu certains éclats de ce dernier. En entendant le bruit des pas de son visiteur, le vieil homme releva les yeux en papillotant comme quelqu'un qui s'éveille d'un songe. « Ser Duncan. Vous voilà de retour. Votre vue a-t-elle donné à réfléchir à Lucas Milopin, ser ?

— Pas que j'aie remarqué, M'sire. Elle l'a plutôt mis de méchante humeur. » Dunk entra du mieux qu'il put dans tous les détails de sa visite, quitte à omettre dans son récit l'incident survenu avec lady Helicent et qui lui donnait par trop l'air d'un imbécile achevé. Il en aurait aussi volontiers exclu la gifle dont il avait écopé, mais sa lèvre fendue s'était boursouflée jusqu'à doubler de volume, et ser Eustace ne pouvait manquer de s'en aviser.

Ce qu'il fit effectivement, les sourcils aussitôt froncés. « Votre lèvre... »

Dunk la palpa d'un doigt précautionneux. « Sa Seigneurie m'a gratifié d'un soufflet.

— Elle vous a *frappé* ? » Sa bouche s'ouvrit et se referma. « Elle a osé frapper mon émissaire, qui venait à elle sous l'égide du lion échiqueté ? Elle a eu l'impudence de s'en prendre à votre personne ?

— D'une seule main, ser. Nous n'avions pas seulement quitté le château que j'avais déjà cessé de saigner. » Il serra le poing. « Ce qu'elle veut, c'est ser Bennis, pas votre argent, et il n'est absolument pas question qu'elle démolisse le barrage. Elle m'a fait voir un parchemin sur lequel il y avait quelque chose d'écrit, et qui portait le propre sceau du roi. Il spécifiait que la rivière était à elle. Et... » Il hésita. « Elle a prétendu que vous aviez... que vous vous étiez...

— ... rebellé avec le dragon noir ? » Ser Eustace eut l'air de se tasser. « Je craignais qu'elle ne le fasse. Si vous souhaitez quitter mon service, je ne vous en empêcherai pas. » Le vieux chevalier plongea son regard dans sa coupe, sans que Dunk parvienne à deviner ce qu'il pouvait bien y chercher.

« Vous m'aviez raconté que vos fils étaient morts en se battant pour le roi.

— Et tel fut en effet le cas. Pour le roi *légitime*, Daemon Feunoyr. Le-Roi-qui-portait-l'Épée. » Sa moustache grise fut agitée de tremblements. « Les partisans du dragon rouge s'étaient arrogé l'appellation de *loyalistes*, mais nous qui avions choisi le noir, nous étions tout aussi loyaux, dans le temps. Tandis qu'aujourdhui..., tous ceux qui marchaient à mes côtés pour asseoir le prince Daemon sur le trône de fer se sont évaporés comme la rosée du matin. Il se pourrait que je les aie rêvés. Mais le plus probable est que lord Freuxsanglant et ses Dents de Freux leur ont finalement mis la peur au ventre. Il est impossible qu'ils soient tous morts. »

Dunk n'allait pas nier qu'il y avait du vrai là-dedans. Jusqu'à cet instant-ci, il était à jeun d'avoir jamais rencontré un homme qui eût combattu en faveur du Prétendant. *Ç'a bien dû m'arriver, pourtant. Il y en avait des milliers... La moitié du royaume avait pris parti pour le dragon rouge et l'autre moitié pour le dragon noir.* « On s'est aussi vaillamment battu d'un côté que de l'autre, à ce que disait toujours ser Arlan. » Il se figurait que le vieux chevalier serait heureux d'entendre cela.

Ser Eustace berça sa coupe de vin au creux de ses deux mains. « Si Daemon avait laissé son cheval piétiner Gwayne Corbray..., si Boulenfeu n'avait pas été tué au soir de la bataille..., si les Hightower et les Tarbeck et les du Rouvre et les Beurpuits nous avaient secondés de toute leur puissance au lieu d'essayer de garder un pied dans chaque camp..., si Manfred Lothston avait tenu sa parole au lieu de la trahir..., si des tempêtes n'avaient pas retardé lord Bracken quand il faisait voile avec les arbalétriers de Myr..., si Mainleste ne s'était pas fait pincer avec les Œufs de dragon dérobés..., tant de *si*, ser..., un seul d'entre eux mis en sens contraire, et il aurait pu retourner totalement l'issue. Et alors, c'est nous que l'on qualifierait de loyalistes, et c'est la mémoire des dragons rouges que l'on flétrirait en les taxant de gens qui se sont battus pour maintenir sur son trône volé l'usurpateur Daeron l'Hypocrite-né et qui ont échoué dans leur entreprise.

— Il se peut en effet qu'il en soit ainsi, M'sire, lui concéda Dunk, mais les choses ont tourné comme elles ont tourné. Il s'est passé bien des années depuis, et vous avez été pardonné.

— Ouais, nous fûmes pardonnés. Dans la mesure où nous consentîmes à ployer le genou et à lui remettre un otage qui garantisse notre loyauté à venir, Daeron pardonna aux traîtres et aux rebelles. » Sa voix se chargea d'amertume. « Je rachetai ma tête avec la vie de ma fille. Alysanne avait sept ans quand ils l'emmenèrent à Port-Réal et vingt quand elle mourut en sœur du Silence. Je partis la voir, un jour, à

Port-Réal, et elle ne voulut pas même m'adresser la parole, à moi, son propre père. Les mercis royales sont des présents empoisonnés. Daeron Targaryen me laissa le jour, mais il me déposséda de ma fierté, de mes rêves et de mon honneur. » La tremblote gagna ses mains, et du vin se répandit, bien écarlate, dans son giron, sans qu'il y prenne seulement garde. « J'aurais dû prendre le chemin de l'exil avec Aigracier, ou mourir aux côtés de mes fils et de mon souverain bien-aimé. Ç'aurait été là une mort digne d'un lion échiqueté qui descendait d'un si grand nombre de seigneurs altiers et de guerriers puissants. La merci de Daeron m'a rapetissé. »

Dans son cœur, comprit subitement Dunk, *le dragon noir n'a jamais péri.*

« Messire ? »

C'était la voix de l'Œuf. Il était entré pendant que ser Eustace parlait de sa mort. Celui-ci le regarda en clignant les yeux comme s'il le voyait pour la première fois. « Oui, mon garçon ? Qu'est-ce qu'il y a ?

— Sauf votre respect, je vous prie..., la Veuve Rouge prétend que vous vous êtes rebellé pour avoir son château. Ce n'est pas vrai, n'est-ce pas ?

— Le château ? » Il parut perdre pied. « Froide-Douve... Froide-Douve m'avait bien été promis par Daemon, oui, mais... ce ne fut pas pour l'appât du gain, non...

— Alors dans quel but ? questionna l'Œuf.

— Dans quel but ? » Ser Eustace fronça les sourcils.

« Dans quel but avez-vous trahi ? Puisque ce n'était pas à seule fin d'obtenir le château... ? »

Ser Eustace le dévisagea longuement avant de répondre. « Tu n'es encore qu'un petit garçon. Tu ne comprendrais pas.

— Ma foi, dit l'Œuf, peut-être bien que si.

— "Trahison"... n'est rien de plus qu'un mot. Lorsque deux princes s'affrontent pour un siège qu'un seul d'entre eux peut occuper, les grands de ce monde autant que les gens du commun se voient dans l'obligation de choisir. Et quand la lutte aura pris fin, les vainqueurs se verront tresser les couronnes de fidèles et loyaux sujets, tandis qu'on accablera pour jamais les vaincus sous les termes injurieux de rebelles et de félons. Tel fut mon sort. »

L'Œuf prit le temps de méditer la chose. « Oui, messire. Seulement, le roi Daeron était homme de bien. Pourquoi lui avez-vous préféré Daemon ?

— Daeron... » C'est en l'entendant prononcer ce nom presque en bafouillant que Dunk se rendit compte que ser Eustace était à moitié ivre. « Daeron était filiforme, avec les épaules en dedans et un brin de bedaine qui ballottait à chacun de ses pas. Daemon se tenait droit comme un i, fièrement, et il avait le ventre plat et dur comme un bouclier de chêne. Et il savait *se battre*. Tant à la hache qu'à la lance ou au fléau d'armes, il déployait autant d'adresse qu'aucun chevalier que j'aie jamais vu, mais à *l'épée*, là, il était le Guerrier en personne. Quand le prince Daemon maniait Feunoyr, il n'était homme au monde susceptible de l'égaler..., non, dût-il s'agir d'Ulrick Dayne avec Aube, non, personne, pas même le Chevalier-Dragon avec Noire Sœur.

» Tu peux connaître un homme à ses amis, l'Œuf. Daeron s'entourait de mestres, de septons et de baladins. Il y avait toujours des femmes en train de lui susurrer à l'oreille, et sa Cour foisonnait de Dorniens. Et comment en aurait-il été autrement, quand il avait pris une Dornienne dans sa couche et vendu sa propre sœur au prince de Dorne, bien que ce fût Daemon qu'elle aimait ? Daeron portait le même nom que le Jeune Dragon, mais, lorsque son épouse dornienne lui donna un fils, c'est du nom de Baelor qu'il baptisa l'enfant, d'après le roi le plus débile qui ait jamais occupé le trône de fer.

» Alors que Daemon... Daemon n'était pas plus pieux qu'il ne sied à un roi de l'être, et il avait pour entourage naturel tous les chevaliers éminents du royaume. Comme les affaires de lord Freuxsanglant n'en iraient que mieux si leurs noms à tous étaient oubliés, il nous a interdit de leur consacrer des chansons, mais *moi*, je me les rappelle. Robb Reyne, Gareth le Gris, ser Aubrey Ambrose, lord Gormon Peake, Noir Byren Flowers, Rougeboutoir, Boulenfeu..., *Aigracier* ! Je te pose la question, exista-t-il jamais plus noble compagnie, cercle de héros plus insigne ?

» *Dans quel but*, mon garçon ? Tu me demandes dans quel but ? Pour la bonne et simple raison que Daemon était le meilleur prétendant. Le vieux roi s'en rendit compte, lui aussi. C'est à Daemon qu'il donna l'épée. *Feunoyr*, l'épée d'Aegon le Conquérant, l'épée même qu'avait maniée tour à tour chacun des souverains targaryens depuis la Conquête..., c'est cette épée-là qu'il plaça dans la main de Daemon le jour où il l'adouba chevalier, tout gosse qu'il était, n'ayant que douze ans.

— Mon père assure qu'il le fit parce que Daemon était homme d'épée, ce que Daeron ne fut jamais, répliqua l'Œuf. À quoi bon offrir un cheval à un homme qui ne sait pas monter ? L'épée n'était pas le royaume, il dit. »

Les mains du vieux chevalier sursautèrent si brutalement qu'un geyser de vin gicla de la coupe d'argent. « Ton père est un âne.

— Sûrement *pas* ! » s'insurgea le gamin.

La colère tordit les traits d'Osgris. « Tu m'as posé une question, et j'y ai répondu, mais certes pas pour tolérer des insolences. Ser Duncan, vous devriez rosser ce moutard plus souvent. Sa courtoisie laisse beaucoup à désirer. S'il me faut à tout prix m'en charger personnellement, je me...

— Non pas, l'interrompit Dunk. Vous n'en ferez rien. Ser. » Il était désormais résolu. « Il fait nuit noire. Nous partirons dès le point du jour. »

Ser Eustace le considéra d'un air accablé. « Vous comptez partir ?

— Quitter Piéferme. Votre service. » *Vous nous avez menti. Baptisez-le comme il vous plaira, mais c'était forfaire à l'honneur.* Il dégrafa son manteau, le roula en boule et le déposa dans le giron du vieil homme.

Les yeux d'Osgris se rétrécirent. « Est-ce que la drôlesse vous a proposé d'entrer à son service ? Est-ce que vous m'abandonnez pour le lit de cette putain ?

— J'ignore si elle est une putain, répondit Dunk, ou une sorcière ou une empoisonneuse ou quoi que ce soit de semblable. Mais quoi qu'elle puisse être est complètement égal. Nous n'allons pas nous rendre à Froide-Douve mais reprendre la clef des champs.

— Vous voulez dire des fossés. Vous m'abandonnez pour filer courir les bois comme des loups, pour aller détrousser les honnêtes gens sur les routes. » Ses mains tremblaient si fort que la coupe lui échappa des doigts et roula au sol qu'elle éclaboussa de vin. « Déguerpissez, alors. Déguerpissez. Je ne veux pas de vous deux ici. Jamais je n'aurais dû vous engager. *Déguerpissez !*

— Entendu, ser. » Dunk fit un signe, et l'Œuf lui emboîta le pas.

*

* *

Cette ultime nuit-là, Dunk entendit la passer aussi loin que possible d'Eustace Osgris ; aussi descendirent-ils dormir dans le cellier, parmi les maigres vestiges des troupes de Piéferme. Ce fut une nuit des moins reposantes. Lem et Pat aux yeux rouges ronflaient de concert, l'un par accès tonitruants, l'autre avec une impeccable constance. Des vapeurs chargées d'humidité qui s'élevaient de la trappe d'accès aux caves inférieures saturaient la pièce.

Dunk se tourna et se retourna sur sa couche rêche, ne dérivant de-ci de-là dans un demi-sommeil que pour se réveiller en sursaut dans le noir. Les piqûres que lui avaient faites les insectes des bois le démangeaient furieusement, et la paille en plus fourmillait de puces. *Quel bon débarras ça va être de ne plus subir cet endroit, quel bon débarras, de ne plus voir l'autre vieux croûton, ser Bennis et tout le reste de leur bande !* Peut-être le temps était-il finalement arrivé qu'il emmène l'Œuf à Lestival retrouver son père. Il se promit de l'interroger sur ce chapitre le lendemain, sitôt qu'ils se trouveraient bien au large.

Le matin lui sembla terriblement long à venir, cependant. Il avait la tête farcie de dragons, des rouges et des noirs..., farcie de lions échiquetés, de boucliers antédiluviens, de bottes éculées..., farcie de rivières et de barrages, ainsi que de documents frappés du prestigieux sceau du roi mais qu'il était incapable de déchiffrer.

Et elle l'obsédait aussi, *elle*, la Veuve Rouge, Rohanne de Froide-Douve. Il la voyait clair et net, avec son minois constellé de taches de rousseur, ses bras minces, sa longue natte rouge. Il en éprouvait un sentiment de culpabilité. *C'est de Tanselle que je devrais être en train de rêver. Tanselle la Dégingandée, on la surnommait, mais elle n'était pas dégingandée pour moi.* Elle lui avait peint des armoiries sur son bouclier, et lui l'avait sauvée du prince Flamboyant, mais elle s'était volatilisée dans la nature dès avant l'épreuve judiciaire à sept. *Elle n'aurait pu supporter de me voir périr*, se disait souvent Dunk, mais qu'en savait-il, au fond, lui qui était aussi épais qu'une muraille de forteresse ? Le seul fait de penser à la Veuve Rouge en était une preuve plus que suffisante. *Tanselle m'a souri, mais nous ne nous sommes jamais étreints l'un l'autre, jamais embrassés, ne serait-ce que sur la joue.* Rohanne au moins l'avait touché ; il avait sa lèvre boursouflée pour le lui attester. *Ne sois pas stupide. Elle n'est pas pour tes pareils. Elle est trop petite, trop intelligente et beaucoup trop dangereuse.*

Ayant à la longue fini par s'assoupir, il se mit à rêver. Il courait dans une clairière au cœur du Bois de Wat, courait follement vers Rohanne, tandis qu'elle lui décochait des volées de flèches. Chacun des traits qu'elle lâchait volait au but et lui transperçait la poitrine, mais en lui faisant un mal d'une étrange douceur. Il aurait dû tourner les talons et prendre la fuite, mais il n'en courait pas moins vers elle au lieu d'agir de la sorte, courait au ralenti comme on le fait toujours en rêve, comme si l'air lui-même s'était métamorphosé en glu mielleuse. Une autre flèche survint, puis encore une autre. On aurait dit que la jeune femme disposait d'un inépuisable carquois. Ses yeux étaient gris et verts et pleins d'espièglerie. *Votre robe rehausse à ravir la teinte de vos prunelles*, se proposait-il de lui dire, mais elle ne portait aucune espèce de robe, ni la moindre espèce de vêtements. Ses seins menus étaient imperceptiblement éclaboussés de son, et ils avaient des pointes rouges et dures comme de petites baies. Lui, les flèches lui donnaient l'aspect d'un gigantesque porc-épic lorsqu'il vint finalement en titubant s'affaisser à ses pieds, mais encore trouva-t-il quand même la force d'empoigner sa natte. D'une violente saccade, il la fit s'effondrer sur lui et se mit à l'embrasser.

Il se réveilla brusquement. Un cri venait de retentir.

Dans le cellier enténébré, ce fut le comble de la confusion. Des échanges de jurons et de récriminations se faisaient écho, et les hommes trébuchaient les uns sur les autres en cherchant à tâtons leurs piques ou leurs chausses. Personne ne savait ce qui se passait. L'Œuf dénicha le bout de chandelle et réussit à l'allumer pour éclairer les lieux vaille que vaille. Dunk fut le premier à se ruer dans l'escalier. Il faillit de peu emboutir Sam-la-Voussure qui le dégringolait pour sa part en haletant comme un soufflet de forge et en bafouillant de manière incohérente. Dunk dut l'agripper par les deux épaules pour l'empêcher de faire la culbute. « Qu'est-ce qui se passe, Sam ?

— Le ciel, geignit le vieil homme. Le *ciel* ! » Faute de pouvoir lui arracher rien de plus sensé, tout le monde se précipita vers le toit pour se rendre compte. Ser Eustace les y avait devancés, et il se tenait près des parapets en chemise de nuit, le regard tendu vers le lointain.

Le soleil était en train de se lever à l'ouest.

Il fallut un bon moment à Dunk pour comprendre ce que cela signifiait. « C'est le Bois de Wat qui flambe ! » articula-t-il d'une voix étranglée. Du bas de la tour leur parvinrent les jurons retentissants de Bennis qui déversait un flot si insurpassable de termes immondes qu'ils auraient risqué de faire rougir Aegon l'Indigne en personne. Sam-la-Voussure se mit à prier.

Ils se trouvaient beaucoup trop loin pour distinguer les flammes, mais le rougeoiement qui embrasait la moitié occidentale de l'horizon éclipsait peu à peu le scintillement des étoiles elles-mêmes. La Couronne du Roi ne se discernait déjà plus qu'à demi, masquée derrière un voile ascendant de nuées fuligineuses.

Par le fer et par le feu, elle avait dit.

*

* *

L'incendie fit rage jusqu'au matin. Aucun des habitants de Piéferme ne dormit cette nuit-là. Ils ne furent pas longs à percevoir l'odeur de la fumée puis à voir les flammes danser au loin comme des jouvencelles en jupes écarlates. Tous se demandaient si le brasier n'allait pas les engloutir. Planté derrière les parapets, Dunk, les yeux en feu, guettait la survenue de cavaliers dans les ténèbres. « Bennis, dit-il, quand le chevalier brun fut monté le rejoindre en mastiquant sa sempiternelle surelle, c'est vous qu'elle veut. Vous devriez peut-être vous en aller.

— Quoi, m'enfuir ? se mit-il à braire. Sur *mon* bourrin ? Tant vaudrait que j'essaie de prendre l'air sur l'un d' ces putains d' poulets !

— Alors, rendez-vous. Elle se contentera de vous fendre le nez.

— Mon nez me plaît comme il est, lourdaud. Qu'elle essaie seulement de m'attraper, et nous verrons bien quoi c'est qui aura la fente grande ouverte. » Il s'assit en tailleur et, le dos calé contre un merlon, extirpa de sa bourse une pierre à aiguiser qu'il se mit à passer et repasser sur le tranchant de son épée. Ser Eustace resta planté au-dessus de lui. À voix basse, ils évoquèrent les mesures à prendre pour mener la guerre. « Le Double-Flandrin doit compter nous voir venir au barrage, entendit Dunk déclarer par le vieux chevalier. Au lieu de cela, nous brûlerons donc ses récoltes. Feu pour feu. » Ser Bennis trouva que c'était exactement la chose à faire, à ce détail près peut-être que l'on devrait aussi passer le moulin de la veuve à la torche. « C'est à six lieues de l'autre côté du château, le Double-Flandrin va pas s'attendre à nous chercher là. Brûler son moulin et tuer son meunier, ça lui coûtera cher, à la dame. »

L'Œuf était tout oreilles, lui aussi. Il toussa puis regarda Dunk avec de grands yeux blancs. « Messer, il faut absolument que vous les en empêchiez.

— Comment ? » demanda Dunk. *La Veuve Rouge les arrêtera. Elle, et son Lucas de Double-Flandrin.* « Ils font seulement du boucan, mon garçon. C'est ça ou bien compisser leurs braies. Et nous n'avons plus rien à voir là-dedans, maintenant. »

L'aube arriva, les ciels étaient d'un gris brumeux et l'air brûlait les yeux. Dunk entendait lever le camp de bonne heure, mais après leur nuit sans sommeil il ne savait pas jusqu'où ils pourraient aller. L'Œuf et lui déjeunèrent d'œufs durs pendant que Bennis emmenait les autres au-dehors pour un simulacre d'entraînement supplémentaire. *Eux sont des gens d'Osgris, pas nous*, se dit-il. Il s'envoya quatre des œufs, ser Eustace lui devait bien ça, estima-t-il. Le gamin en avala deux. Ils en assurèrent la descente avec de la bière.

« Nous pourrions nous rendre à Belle Île, messer, suggéra le garçon pendant qu'ils rassemblaient leurs effets personnels. Si les Fer-nés sont en train d'y faire des razzias, lord Farman risque d'être en quête d'épées. »

C'était une généreuse pensée. « Tu es déjà allé à Belle Île ?

— Non, messer, reconnut l'Œuf, mais on dit que c'est une belle île. La résidence de lord Farman est belle, elle aussi. On l'appelle Belcastel. »

Dunk se mit à rire. « Eh bien, va pour Belcastel. » Il eut l'impression qu'on venait de délester ses épaules d'un énorme poids. « Je m'occuperai des chevaux, reprit-il après avoir fait un ballot bien noué de son armure qu'il acheva d'arrimer avec une corde de chanvre. Toi, monte sur le toit récupérer nos couchages, écuyer. » La dernière chose dont il eût envie, ce matin, c'était une nouvelle confrontation avec le lion échiqueté. « Si tu aperçois ser Eustace, laisse-le vivre sa vie.

— Bien, messer. »

À l'extérieur, Bennis avait aligné ses recrues armées de leurs piques et de leurs boucliers, et il s'efforçait de leur apprendre à avancer de concert. Le chevalier brun ne condescendit pas à Dunk la plus infime attention lorsque celui-ci traversa la cour. *Il va tous les mener à la mort. La Veuve Rouge pourrait survenir à n'importe quel moment.* L'Œuf franchit en trombe la porte de la tour et dévala bruyamment l'escalier de bois avec leurs couchages. Au-dessus de lui, ser Eustace se roidissait sur le balcon, les mains posées sur le rebord. Quand son regard croisa celui de Dunk, sa moustache se mit à trembloter, et il se détourna bien vite. Des bouffées de fumée brouillaient l'atmosphère.

Bennis avait son bouclier accroché en travers de son dos, un bouclier haut comme un cerf-volant, dont le bois sans peinture, assombri par d'innombrables couches de vieux vernis, était entièrement cerclé de fer. Dépourvu de blason, il ne comportait au centre qu'un ombilic bombé dont l'aspect évoqua pour Dunk celui d'un gros œil hermétiquement clos. *Aussi aveugle qu'il l'est lui-même.* « Comment comptez-vous la combattre ? » demanda Dunk.

La bouche empourprée de surelle, ser Bennis considéra ses soldats. « On peut pas tenir la colline avec si peu de piques. Faudra forcément que ce soit la tour. Tous qu'on sera terrés dedans. » Il désigna la porte d'un mouvement de tête. « Rien qu'une seule entrée. Hissé c't escalier de bois, 'ra plus moyen pour eux de nous atteindre en haut.

— Jusqu'à ce qu'ils fabriquent des marches de leur façon. Ils pourraient aussi se munir de cordes et de grappins puis vous tomber dessus en passant par le toit. À moins qu'avec leurs arbalètes ils ne se tiennent en retrait pour vous truffer de carreaux pendant que vous vous efforcerez de tenir la porte. »

Les Melons, Haricots et Graindorge écoutaient tout ce qui se disait. Toute leur bravoure verbale s'était envolée, bien qu'il n'y eût pas le moindre souffle de vent. Cramponnés à leurs bâtons taillés en pointe, ils stationnaient là, pétrifiés, à guigner tantôt Dunk, tantôt Bennis, et à s'entre-lorgner.

« Vous ne tirerez pas un clou qui vaille de ces malheureux, reprit Dunk en désignant du menton l'armée déguenillée d'Osgris. Les chevaliers de la Veuve Rouge les tailleront en pièces si vous les laissez en plein air, et leurs piques ne serviront à rien si vous les enfermez dans la tour.

— Ils pourront toujours larguer des trucs du haut du toit, rétorqua Bennis. Treb est adroit à lancer des pierres.

— Il se pourrait qu'il réussisse à en balancer une ou deux, le cas échéant, riposta Dunk, avant que l'un des arbalétriers de la Veuve lui fiche un carreau au travers du corps.

— Messer ? » L'Œuf vint se planter à ses côtés. « Messer, si nous sommes censés partir, nous ferions mieux d'être déjà partis, si la Veuve arrive. »

Il avait raison. *À nous attarder davantage, nous nous retrouverons pris dans la nasse.* Dunk n'en persista pas moins à hésiter. « Laissez-les filer, Bennis.

— Quoi, perdre nos vaillants gaillards ? » Bennis loucha sur les paysans et fit fuser son braiement de rire. « Allez pas vous faire des idées, vous autres, les prévint-il. J'étriperai tous ceux qui tenteraient de fuir.

— Ne vous y risquez pas, Bennis, ou c'est moi qui vous étriperai. » Dunk tira son épée. « Rentrez tous chez vous, les gars, leur conseilla-t-il. Retournez dans vos villages vous assurer si le feu a épargné vos récoltes et vos maisons. »

Personne ne bougea. Le chevalier brun fixa Dunk en mâchouillant plus que jamais. Dunk l'ignora. « Décampez », dit-il aux pauvres bougres une fois de plus. Tout se passait comme si quelque dieu le faisait parler de la sorte. *Pas le Guerrier. Y a-t-il un dieu pour les nigauds ?* « DÉCAMPEZ ! répéta-t-il, mais en rugissant, pour le coup. Emportez vos piques et vos boucliers, mais *décampez*, ou vous ne serez plus vivants demain pour voir se lever le jour. Vous voulez encore embrasser vos femmes ? Vous voulez encore tenir vos enfants ? *Rentrez chez vous !* Êtes-vous tous devenus sourds ? »

Ils ne l'étaient pas. Une galopade effrénée s'ensuivit parmi la volaille. Gros Rob écrasa une poule en prenant ses jambes à son cou, et Pat fut à deux doigts d'éboyauter Will Haricot quand il s'empêtra les pieds dans sa propre pique mais, pour décamper, ils décampèrent, et vite fait. Les Melons d'un côté, les Haricots d'un autre, et les Graindorge d'un troisième. Ser Eustace eut beau les rappeler à grands cris du haut de son balcon, aucun d'entre eux ne se soucia si peu que ce soit de lui. *Au moins sont-ils sourds à son endroit*, songea Dunk.

Quand le vieux chevalier finit par émerger de sa tour et dégringola les marches quatre à quatre, il ne restait plus parmi les poulets que Dunk et l'Œuf avec Bennis. « Revenez ! hurla-t-il à son armée qui détalait comme une volée de moineaux. Je ne vous ai pas donné mon congé ! *Vous n'avez pas mon congé !*

— Inutile, M'sire, dit Bennis. Ils sont partis. »

Sa moustache tremblant de fureur, ser Eustace s'en prit à Dunk avec véhémence. « Vous n'aviez aucun droit de les licencier ! *Aucun droit !* Je leur ai dit de ne pas partir, je l'ai *interdit*. Je vous ai *interdit* de les renvoyer.

— Nous n'avons absolument rien entendu de tel, messire. » L'Œuf retira son chapeau pour s'en éventer contre la fumée. « Les poulets caquetaient trop fort. »

Le vieillard s'effondra sur la plus basse marche de Piéferme. « Que vous a offert la drôlesse pour que vous me livriez à elle ? demanda-t-il à Dunk d'une voix blanche. Combien d'or vous a-t-elle donné pour me trahir, pour congédier mes hommes et pour m'abandonner ici tout seul ?

— Vous n'êtes pas tout seul, M'sire. » Dunk rengaina son épée. « J'ai dormi sous votre toit et mangé vos œufs ce matin. Je vous dois encore un certain service. Je ne vais pas me défiler avec la queue entre les jambes. Mon épée est encore ici. » Il en toucha la garde.

« Une seule épée. » Le vieux chevalier se remit lentement sur pied. « Que peut se flatter de faire une seule épée contre cette femme ?

— Tâcher de la maintenir à l'écart de vos terres, pour débuter. » Dunk n'aurait pas demandé mieux que d'éprouver l'assurance qu'il affichait.

La moustache du vieux chevalier tremblotait chaque fois qu'il inspirait une goulée d'air. « Oui, fit-il enfin. Mieux vaut marcher hardiment que se camoufler derrière des murs de pierre. Mieux vaut périr en lion qu'en lapin. Nous avons été les maréchaux des marches du Nord pendant mille années. Je dois endosser mon armure. » Il entreprit de gravir l'escalier.

L'Œuf avait les yeux levés vers Dunk. « Je ne m'étais jamais douté que vous aviez une queue, messer, commenta-t-il.

— Tu veux une taloche à l'oreille ?

— Non, messer. Voulez-vous votre armure ?

— Elle, répondit Dunk, et une autre chose en plus. »

*

* *

Il fut d'abord question de décider si ser Bennis les accompagnerait, mais ser Eustace finit par lui ordonner de rester pour tenir la tour. Son épée ne servirait pas à grand-chose contre les risques qu'ils allaient probablement courir, et le voir ne ferait qu'enflammer davantage encore l'ire de la Veuve.

Le chevalier brun ne se montra pas excessivement difficile à convaincre. Après que Dunk l'eut aidé à débloquer les supports de fer qui maintenaient la partie volante de l'escalier contre la maçonnerie, il grimpa prestement dénouer la vieille corde de chanvre grise et tira dessus de toutes ses forces. Avec des craquements et des grincements sinistres, l'échelle de bois remonta en oscillant se placer dix pieds au-dessus de la plus haute des marches de pierre jusqu'au niveau de l'unique porte d'accès à la tour. Sam-la-Voussure et sa femme étaient déjà réfugiés tous deux à l'intérieur. La volaille en serait réduite à se débrouiller toute seule. D'en bas, juché sur son hongre gris, ser Eustace lança d'une voix forte : « Si d'aventure nous ne sommes toujours pas de retour à la tombée de la nuit...

— ... Je galoperai d'une traite jusqu'à Hautjardin, M'sire, et j'informerai lord Tyrell de ce que l'autre garce a mis le feu à votre bois et vous a assassiné. »

Dunk descendit la colline derrière l'Œuf et Mestre. Le vieux chevalier fermait le ban, dans son armure qui quincaillait doucement. Le vent qui se levait pour une fois permettait d'entendre claquer les pans de son manteau.

Là où s'élevait naguère le Bois de Wat ne s'étendait plus sous leurs yeux qu'un désert fumant. Le feu s'y était largement éteint de lui-même quand ils atteignirent les lieux, mais il brûlait encore çà et là par plaques formant des îlots de fournaise au sein d'une mer de cendres et de scories. Ailleurs, les fûts d'arbres calcinés jaillissaient vers le ciel comme autant de piques noircies. D'autres arbres s'étaient abattus et gisaient en travers du trajet vers l'ouest dans un fouillis de branches brisées et carbonisées, tandis que couvaient au creux de leur cœur de lugubres rougeoiements de braises. Le sol de la forêt était lui-même parsemé de zones incandescentes, et la fumée s'était amoncelée à certains endroits comme par nappes grises de brouillard bouillant. Ser Eustace fut affligé de quintes de toux telles que pendant un moment Dunk redouta qu'il ne soit contraint de rebrousser chemin, mais l'accès finit par passer.

Leur chevauchée leur fit croiser la carcasse d'un daim rouge et, plus tard, les restes de ce qui avait peut-être été un blaireau. Nulle trace de vie de rien nulle part, les mouches exceptées. À croire que les mouches étaient capables de survivre à n'importe quelle espèce de calamité.

« Le Champ de Feu a dû présenter ce genre d'aspect, commenta ser Eustace. C'est là que débutèrent tous nos malheurs, il y a deux cents ans de cela. Le dernier des rois verts périt au cours de cette bataille, avec la plus fine fleur du Bief tout autour de lui. Mon père assurait que le dragonfeu répandait une chaleur si insoutenable que les épées des combattants fondaient entre leurs mains. Après coup, les lames furent regroupées pour aller servir à la fabrication du trône de fer. Hautjardin fut dépossédé de ses rois au profit d'intendants, et les Osgris déclinèrent en s'amenuisant, tant et si bien que les maréchaux des marches du Nord finirent par n'être plus rien que des chevaliers fieffés voués à la féauté vis-à-vis des Rowan. »

Faute de rien avoir à répliquer, Dunk laissa retomber le silence pendant un certain temps, jusqu'à ce que ser Eustace reprenne après une nouvelle quinte de toux : « Ser Duncan, vous vous rappelez l'anecdote que je vous ai contée ?

— Peut-être bien, ser, confessa Dunk. Laquelle ?

— Celle du Petit Lion.

— Je me la rappelle, en effet. Il était le benjamin de cinq fils.

— Bon. » Il toussa de nouveau. « Lorsqu'il abattit Lancel Lannister, les gens de l'ouest firent demi-tour. Sans roi, il n'y avait plus de guerre. Vous comprenez le sens de ce que je dis là ?

— Mouais », convint Dunk, non sans répugnance. *Pourrais-je tuer une femme ?* Une fois n'étant pas coutume, il aurait bien voulu être en l'occurrence *véritablement* aussi épais qu'une muraille de forteresse. *Il faut coûte que coûte empêcher les choses d'en venir là. Je dois coûte que coûte empêcher les choses d'en venir là.*

Une poignée d'arbres verts se dressait encore à l'endroit où le chemin de l'ouest franchissait l'Échiquetée. Leur tronc n'était brûlé et charbonneux que d'un seul côté. Juste au-delà, les eaux miroitaient sombrement. *Bleu et vert*, songea Dunk, *mais il ne reste plus trace d'or.* La fumée avait voilé le soleil.

Ser Eustace fit halte en arrivant au bord des flots. « J'ai fait un vœu sacré. Je ne traverserai pas cette rivière. Pas tant que les terres de l'autre rive seront *à elle.* » Il était revêtu de maille et de plate par-dessous son surcot jauni. Son épée reposait sur sa hanche.

« Et si elle ne vient jamais, messer ? » questionna L'Œuf.

Par le fer et par le feu, songea Dunk. « Elle viendra. »

Et elle vint, au bout de moins d'une heure. Ils entendirent d'abord ses chevaux, et puis le vague cliquetis métallique d'armures tintinnabulantes qui se renforçait progressivement. Il était difficile, à cause des nuées capricieuses de la fumée, de préciser à quelle distance se trouvaient les survenants, et le doute ne cessa que lorsque le porte-étendard de la dame émergea du rideau gris dépenaillé. Sa hampe était couronnée par une araignée de fer peinte en rouge et blanc. Au-dessous pendait mollement la bannière noire des Tyssier. En les apercevant sur l'autre berge, l'homme fit à son tour halte sur le bord de l'eau. Ser Lucas Milopin fit son apparition un clin d'œil après, armé de pied en cap.

C'est alors seulement que lady Rohanne se présenta elle-même, montée sur une jument d'un noir de charbon, parée de fils de soie d'argent qui l'enveloppaient comme dans une toile d'araignée. Le manteau de la Veuve était taillé dans le même matériau. Il virevoltait autour de ses épaules et de ses poignets avec une légèreté aérienne. Elle avait elle aussi revêtu une armure complète aux écailles émaillées de vert et damasquinées d'or et d'argent. Cette tenue lui allait comme un gant, et elle avait l'air de s'être tapissée de feuilles estivales. Sa longue natte rouge lui battait les reins au rythme de sa monture. Septon Sefton marchait auprès d'elle, le teint cramoisi, sur un grand hongre gris. Elle était flanquée de l'autre côté par son jeune mestre, Cerrick, sur un mulet, lui.

Des chevaliers venaient derrière, une demi-douzaine, assistés par autant d'écuyers. Une colonne d'arbalétriers montés constituaient l'arrière-garde, qui se déploya de part et d'autre de la route en atteignant l'Échiquetée lorsqu'elle avisa Dunk qui attendait immobile sur le bord opposé. En tout état de cause, il avait face à lui trente-trois combattants, si l'on exceptait le septon, le mestre et la Veuve elle-même. L'un des chevaliers lui attira tout particulièrement l'œil par son allure de gros baril chauve accoutré de maille et de cuir, sa physionomie coléreuse et l'affreux goître qui lui déformait le cou.

La Veuve Rouge fit avancer sa jument jusqu'au bord de l'eau. « Ser Eustace, ser Duncan, lança-t-elle par-dessus les flots, nous avons vu votre incendie sévir durant la nuit.

— Vu ? riposta ser Eustace d'une voix tonitruante. Ouais, vous l'avez vu... après l'avoir allumé.

— Voilà une infâme accusation.

— Digne de l'infamie commise.

— Je dormais dans mon lit, la nuit dernière, entourée de toutes mes femmes. Ce sont les appels lancés du haut des murs qui m'ont réveillée, comme ils ont réveillé presque tout le monde. Des vieillards ont escaladé les marches abruptes de la tour pour savoir ce qui se passait, et l'éclat rouge de l'illumination a fait pleurer de terreur des enfants au sein. Et voilà tout ce que je sais de votre incendie, ser.

— C'était *votre* incendie, femme, maintint ser Eustace. Mon bois a disparu. Je dis bien, *disparu* ! »

Septon Sefton s'éclaircit le gosier. « Ser Eustace, fit-il d'une voix de stentor, il éclate des incendies jusque dans le Bois-du-Roi, et même par temps de pluie. La sécheresse a transformé tous les nôtres en fagots de sarments. »

Lady Rohanne leva une main puis la tendit alentour. « Regardez un peu mes champs, Osgris. À quel point ils sont desséchés. J'aurais été démente d'allumer du feu. Si le vent avait changé de direction, les flammes auraient risqué tout aussi bien de sauter la rivière et brûlé la moitié de mes propres récoltes.

— Auraient risqué ? brailla ser Eustace. Ce sont mes bois qui ont brûlé, et c'est vous qui les avez brûlés ! Tout laisse présumer que vous avez tramé quelque charme maléfique pour orienter le vent, de même que vous avez recouru à votre magie noire pour faire périr vos maris et vos frères ! »

Les traits de lady Rohanne prirent une expression durcie. Du genre de celle que leur avait vue adopter Dunk juste avant qu'elle ne le gifle. « Balivernes ! répliqua-t-elle au vieillard. Je ne gaspillerai pas un instant de plus à discuter avec vous, ser. Livrez vous-même Bennis au Bouclier Brun, ou nous viendrons personnellement nous emparer de lui.

— Cela, vous ne le ferez pas ! déclara ser Eustace d'une voix tonnante. Cela, *jamais* vous ne le ferez ! » Sa moustache se tordit. « N'allez pas plus loin. Ce côté de la rivière m'appartient, et vous y êtes indésirable. N'y escomptez aucune hospitalité de ma part. Ni pain ni sel, pas plus que d'ombre et d'eau. Je vous défends de poser le pied sur les terres Osgris. »

Lady Rohanne attira sa natte par-dessus son épaule. « Ser Lucas », dit-elle en tout et pour tout. Le Double-Flandrin fit un geste, les arbalétriers mirent pied à terre, tendirent les cordes de leurs armes à l'aide du croc enfilé dans l'étrier, puis retirèrent des carreaux de leurs carquois. « À présent, ser, cria Sa Seigneurie dès qu'elle vit chacun de ses hommes prêts à tirer, quelle est la défense que vous m'avez faite ? »

Dunk en avait assez entendu. « Si vous vous aventurez à traverser la rivière sans y être autorisée, vous allez enfreindre la paix du roi. »

Septon Sefton fit avancer son cheval d'un pas. « Le roi n'en saura rien ni ne s'en souciera, lança-t-il. Nous sommes tous les enfants de la Mère, ser. Pour l'amour d'Elle, écartez-vous. »

Dunk fronça les sourcils. « Je ne sais pas grand-chose des dieux, septon..., mais ne sommes-nous pas également les enfants du Guerrier ? » Il se massa la nuque. « Si vous essayez de traverser, c'est moi qui vous arrêterai. »

Ser Lucas Double-Flandrin éclata de rire. « Voici un chevalier des buissons qui brûle de jouer les hérissons, Madame, déclara-t-il à la Veuve Rouge. Prononcez-en l'ordre, et nous lui mettrons une douzaine de carreaux au travers du corps. À cette distance, ils lui transperceront son armure comme s'il s'agissait là d'un vulgaire crachat.

— Non. Pas encore, ser. » Lady Rohanne considéra Dunk attentivement par-dessus les eaux. « Vous êtes deux hommes et un gamin. Nous sommes trente-trois. Par quel moyen projetez-vous donc de nous empêcher de traverser ?

— Eh bien, répondit Dunk, je vous le dirai. Mais à vous seule.

— Soyez satisfait. » Elle talonna les flancs de sa monture et la fit entrer dans le courant. Quand la jument eut de l'eau jusqu'au ventre, lady Rohanne l'immobilisa pour attendre. « Me voici. Approchez-vous, ser. Vous avez ma parole que je ne vous coudrai pas dans un sac. »

Dunk n'eut pas le temps de répliquer que ser Eustace l'empoigna par le bras. « Allez la retrouver, lui dit-il, mais souvenez-vous du Petit Lion.

— À vos ordres, M'sire. » Dunk poussa Tonnerre dans les flots puis, s'arrêtant auprès d'elle, articula : « M'dame.

— Ser Duncan. » Elle tendit la main et lui posa deux doigts sur sa lèvre enflée. « Est-ce moi qui vous ai fait cela, ser ?

— Personne d'autre ne m'a souffleté au visage dernièrement, M'dame.

— Ce fut mal à moi. Un manquement à l'hospitalité. Le bon septon m'en a vertement grondée. » Son regard se reporta vers ser Eustace sur la rive. « Je ne me souviens pour ainsi dire plus de ser Addam. Plus d'une moitié de ma vie s'est écoulée depuis. Je me rappelle que je l'aimais, toutefois. Je n'ai aimé aucun des autres.

— Son père l'a mis parmi les buissons de mûres, avec ses frères, dit Dunk. Il était très friand de mûres.

— Je me rappelle. Il les cueillait à mon intention, et nous les dégustions dans une jatte de crème.

— Le roi a pardonné au vieil homme pour Daemon, lui repartit Dunk. Il est temps que vous lui pardonniez pour Addam.

— Donnez-moi Bennis, et j'y réfléchirai.

— Ce n'est pas à moi qu'il appartient de donner Bennis. »

Elle poussa un soupir. « J'aimerais autant n'avoir pas à vous tuer.

— J'aimerais autant n'avoir pas à mourir.

— Alors, donnez-moi Bennis. Nous lui couperons le nez puis nous le rendrons, et c'en sera fini de tout cela.

— Non pas, cependant, objecta Dunk. Il reste toujours à régler le problème du barrage, ainsi que celui de l'incendie. Nous donnerez-vous les hommes qui l'ont allumé ?

— Il y avait des insectes luisants dans ce bois, dit-elle. Ce sont peut-être eux qui l'ont allumé avec leurs petites lanternes.

— Veuillez cesser de me taquiner désormais, M'dame, l'avertit Dunk. Nous n'avons pas de temps à perdre à cela. Démolissez le barrage, et concédez à ser Eustace l'eau pour compenser la perte de son bois. Ce n'est que justice, non ?

— Ce pourrait l'être, si j'avais brûlé le bois en question. Ce que je n'ai nullement fait. Je me trouvais à Froide-Douve, au chaud dans mon lit. » Elle abaissa ses yeux vers le courant. « Qu'y a-t-il donc qui puisse nous empêcher de franchir carrément la rivière ? Avez-vous disséminé des chausse-trapes parmi les rochers ? Caché des archers sous les cendres ? Dites-moi ce que vous croyez susceptible de nous arrêter.

— Moi. » Il retira l'un de ses gantelets. « À Culpucier, j'étais invariablement plus grand et plus vigoureux que les autres garçons, ce qui me permettait de les rosser jusqu'au sang puis de les voler. Mon vieux maître m'a appris à ne pas le faire. C'était mal, disait-il, et au surplus il se trouvait quelquefois que des gamins aient pour frères aînés de solides gaillards. Tenez, jetez donc un coup d'œil à ceci. » Dunk fit tourner l'anneau qu'il portait au doigt pour le retirer puis le lui tendit. Elle fut forcée de lâcher sa natte pour le prendre en main.

« De l'or ? fit-elle en en constatant le poids. Qu'est-ce que c'est là, ser ? » Elle le retourna dans le creux de sa paume. « Un sceau. Or et onyx. » Ses yeux verts se plissèrent tandis qu'elle l'examinait. « Où avez-vous trouvé cela, ser ?

— Dans une botte. Enveloppé de chiffons et fourré bien tassé à l'emplacement du gros orteil. »

Les doigts de lady Rohanne se reployèrent dessus. Elle loucha vers l'Œuf et le vieux ser Eustace. « Vous avez pris un énorme risque en me montrant cet anneau, ser. Mais quelle valeur a-t-il pour nous autres ? Si j'ordonnais à mes hommes de traverser...

— Eh bien, fit Dunk, cela signifierait qu'il me faut me battre.

— Et mourir.

— Selon toute probabilité, reconnut-il, et puis l'Œuf retournerait d'où il vient raconter ce qui s'est passé ici.

— Pas s'il mourait aussi.

— J'ai peine à croire que vous tueriez un enfant de dix ans, rétorqua-t-il en espérant qu'il ne se trompait pas. *Cet* enfant de dix ans, non, vous ne le tueriez pas, lui. Vous disposez là de trente-trois hommes, ainsi que vous l'avez dit. Les hommes parlent. Ce gros lard-là notamment. Si profond que vous creusiez les tombes, il n'importe, la vérité finirait par sortir. Et alors, ma foi..., il se pourrait fort qu'une piqûre d'araignée mouchetée soit capable de terrasser un lion, mais un dragon est tout de même une espèce de fauve autrement coriace.

— J'aimerais mieux être l'amie du dragon. » Elle essaya d'enfiler l'anneau sur ses propres doigts. Il était trop large même pour son pouce. « Dragon ou pas, il faut que j'aie Bennis au Bouclier Brun.

— Non.

— Vous avez sept pieds de haut d'opiniâtreté.

— Moins un pouce. »

Elle lui rendit l'anneau. « Je ne puis retourner les mains vides à Froide-Douve. On dira que la Veuve Rouge a perdu son mordant, qu'elle s'est révélée trop pusillanime pour faire justice, qu'elle n'a pas été capable de protéger ses petites gens. Vous ne comprenez pas, ser.

— Il se pourrait que si. » *Mieux que vous ne savez.* « Je me souviens qu'un jour je ne sais quel hobereau des terres de l'Orage prit ser Arlan à son service pour l'aider à combattre je ne sais quel autre hobereau. Quand j'interrogeai mon vieux maître sur ce qui motivait leurs affrontements, il répondit : “Rien, mon gars. Des bisbilles d'emmerdeurs, c'est tout.” »

Lady Rohanne le foudroya d'une mine scandalisée qu'elle ne put contrôler plus d'une fraction de seconde avant que celle-ci ne s'épanouisse en un radieux sourire. « J'ai subi dans ma vie des milliers de politesses creuses, mais vous êtes bien le premier chevalier qui se soit jamais permis en ma présence le terme d'*emmerdeurs* ! » Son visage constellé de son se rembrunit. « Ces bisbilles d'emmerdeurs ne servent aux seigneurs qu'à mesurer leurs forces respectives, et malheur à n'importe lequel de ces hommes qui montre la moindre faiblesse. Une femme se trouve devoir forcément s'afficher deux fois plus emmerdante, si elle se berce de l'espérance de gouverner. Et si le malheur veut en outre que cette femme-là soit toute *petite*... Lord Stackhouse convoite mes monts Fer-à-cheval, ser Clifford Conklyn se prévaut d'anciens droits sur Lacfeuillu, ces minables de Durwell ne subsistent qu'en volant du bétail... et, sous mon propre toit, j'ai le Double-Flandrin. Il ne se passe pas de jour que je ne me réveille en me demandant si ce n'est pas celui qu'il aura choisi pour m'épouser de force. » Sa main se resserra sur sa natte aussi violemment que s'il s'agissait d'une corde qui la retenait en suspens, ballante, au-dessus d'un précipice. « Il veut le faire, je le sais. Il ne se contient que de peur d'essuyer ma colère, exactement comme Conklyn et Stackhouse et les Durwell suspendent prudemment leurs pas sur les chapitres où leurs intérêts risqueraient de froisser ceux de la Veuve Rouge. Si l'un d'entre eux se figurait pendant un seul instant que je me suis amadouée, que j'ai cessé d'être implacable... »

Dunk renfila l'anneau à son doigt puis tira sa dague.

À la vue de l'acier dénudé, les yeux de la Veuve s'agrandirent démesurément. « Que faites-vous là ? se récria-t-elle. Avez-vous donc perdu *l'esprit* ? Il y a une douzaine d'arbalètes braquées sur vous !

— Vous avez souhaité sang pour sang. » Il appliqua la lame contre sa propre joue. « On vous a menti. L'estafilade à votre terrassier, ce n'est pas Bennis qui l'a faite, c'est moi. » Il appuya le tranchant de la lame dans sa chair et la taillada vivement de haut en bas. Lorsqu'il secoua l'arme souillée de sang, quelques gouttelettes éclaboussèrent le visage de lady Rohanne. *De nouvelles taches de rousseur*, songea-t-il. « Et voilà, la Veuve Rouge a son dû. Joue pour joue.

— Vous êtes complètement fou. » La fumée lui avait rempli les yeux de larmes. « Si vous étiez mieux né, c'est vous que j'épouserais.

— Ouais, M'dame. Et si les pourceaux possédaient des ailes, des écailles et crachaient des flammes, ils seraient aussi valeureux que des dragons. » Dunk reglissa le poignard dans son fourreau. Sa blessure commençait à élancer. Le sang ruisselait le long de sa joue et dégouttait sur son gorgerin. L'odeur fit renâcler Tonnerre qui piaffa dans l'eau. « Donnez-moi les hommes qui ont incendié le bois.

— Personne n'a incendié le bois, répliqua-t-elle, mais si l'un de mes gens l'avait réellement fait, ç'aurait été forcément pour me complaire. Comment pourrais-je vous donner quelqu'un de semblable ? » Elle jeta un regard en arrière vers son escorte. « L'idéal serait que ser Eustace accepte tout simplement de retirer son accusation.

— Les pourceaux susdits cracheront d'abord du feu, M'dame.

— Dans ce cas, je me vois dans l'obligation de soutenir mon innocence aux yeux des dieux et des hommes. Avertissez ser Eustace que j'exige des excuses... ou une épreuve judiciaire. À lui de choisir. » Et, sur ce, elle fit volter sa monture afin d'aller retrouver ses compagnons.

*

* *

La rivière leur tiendrait lieu de champ de bataille.

Septon Sefton vint en se dandinant prononcer des prières où il adjura le Père d'En Haut de daigner abaisser ses regards sur les deux hommes en présence et de les juger en toute équité, puis il supplia le Guerrier de prêter sa force à celui d'entre eux dont la cause était juste et véridique, avant de conjurer la merci de la Mère en faveur du menteur et de consentir à ce que lui soient pardonnés ses péchés. Après qu'il en eut terminé dans les formes requises, il se tourna vers ser Eustace Osgris une dernière fois. « Ser, dit-il, je vous en supplie encore un coup, veuillez retirer votre accusation.

— Je n'en ferai rien », répliqua le vieillard dont la moustache tremblotait.

Le gros septon s'adressa pour lors à lady Rohanne. « Belle-sœur, si vous avez commis ce forfait, confessez votre culpabilité et offrez à l'honorable ser Eustace quelque réparation pour la perte de son bois. Sans cela, le sang devra couler.

— Mon champion va établir la preuve de mon innocence sous les yeux des dieux et des hommes.

— Il existe d'autres recours qu'un duel judiciaire, repartit le septon, immergé dans l'eau jusqu'à la ceinture. Rendons-nous à Bocajor, je vous en implore tous deux, et soumettons votre différend au jugement de lord Rowan.

— *Jamais !* » riposta ser Eustace. La Veuve Rouge secoua la tête elle-même en signe de dénégation.

Les traits empreints d'une fureur noire, ser Lucas Milopin dévisagea lady Rohanne. « Une fois terminée cette pantalonnade, il vous faudra bien m'*épouser* ! Ainsi que monseigneur votre père en avait exprimé le désir.

— Messire mon père ne vous a jamais aussi bien connu que moi », répliqua-t-elle.

Dunk mit un genou en terre auprès de l'Œuf dans la main duquel il replaça le sceau : quatre dragons tricéphales, deux par deux, les armoiries de Maekar, prince de Lestival. « Remets-le dans la botte, dit-il, mais s'il se trouve que je succombe, va trouver le plus proche des amis de ton père et fais en sorte qu'il te ramène à Lestival. Garde-toi d'essayer de traverser l'ensemble du Bief par tes seuls moyens. Veille à t'en souvenir, ou mon fantôme viendra te talocher l'oreille.

— Oui, messer, fit l'Œuf, mais je préférerais que vous ne mouriez pas.

— Il fait beaucoup trop chaud pour mourir. » Dunk coiffa son heaume, et l'Œuf l'aida à l'arrimer fermement à son gorgerin. Ser Eustace avait eu beau déchirer son manteau pour contribuer à réprimer l'hémorragie de la plaie, le sang lui empoissait la figure. Il se releva pour aller enfourcher Tonnerre. La fumée s'était presque entièrement dissipée, constata-t-il en sautant en selle, mais le ciel demeurait extrêmement sombre. *Des nuages*, songea-t-il, *des nuages noirs.* Les premiers depuis une éternité. *Peut-être est-ce là un présage. Mais un présage en faveur de qui, de lui ou de moi ?* Dunk n'était pas calé, en matière de présages.

Sur la rive opposée, ser Lucas s'était également juché sur sa monture. Celle-ci était un coursier alezan ; une bête splendide, vive et vigoureuse, mais moins haute que le destrier. Les points qu'elle lui rendait pour la taille étaient cependant compensés par son armement ; elle était équipée d'un chanfrein, d'une cervicale et d'un caparaçon en chaîne de mailles légère. Quant au Double-Flandrin, il était revêtu de plate émaillée de noir et de maille annelée argent. Une araignée d'onyx s'agrippait d'un air malfaisant sur son heaume, mais ses armoiries personnelles figuraient sur son bouclier : une barre de bâtardise échiquetée de noir et blanc sur champ gris clair. Sous les yeux de Dunk, ser Lucas le tendit à son écuyer. *Il n'a donc pas l'intention de l'utiliser.* En voyant un autre écuyer lui remettre une hache d'armes, il comprit pourquoi. Elle était d'une longueur mortelle, avait un manche cerclé de métal, une tête massive munie d'une effroyable pointe à l'arrière, mais c'était à deux mains qu'elle se maniait. Le Double-Flandrin allait devoir ne compter que sur son armure pour le protéger. *À moi de l'amener à se repentir de ce choix.*

Lui-même avait son bouclier au bras gauche, le fameux bouclier sur lequel Tanselle avait peint l'orme et l'étoile filante. Une comptine puérile résonna dans sa tête :

Chêne et fer,
Gardez-moi fort
Ou bien suis mort,
Bon pour l'enfer.

Il fit glisser sa longue épée hors du fourreau. Le seul fait d'en éprouver la pesanteur lui procura un singulier bien-être.

Il pressa des talons les flancs de son grand destrier pour le faire descendre dans la rivière. De l'autre côté, ser Lucas en fit autant. Dunk biaisa vivement vers la droite, de manière à ne présenter au Double-Flandrin que son flanc gauche, protégé par le bouclier. C'était là une chose que ser Lucas n'était pas disposé à lui concéder volontiers. Il fit promptement volter son coursier, et tous deux en vinrent aux prises dans un grand fracas d'acier gris et d'éclaboussures vertes. Ser Lucas abattit sa hache d'armes, ce qui força Dunk à pivoter sur sa selle pour faire encaisser le coup par son bouclier. La violence de l'assaut lui rabattit le bras en le faisant grincer des dents. Son épée vola riposter par une taillade latérale qui atteignit l'autre au-dessous de son bras dressé. L'acier sonna contre l'acier de façon stridente, mais ce fut tout.

À coups d'éperons, le Double-Flandrin fit décrire un cercle à son coursier pour essayer de se porter vers le flanc découvert de Dunk en le tournant, mais Tonnerre vira de bord pour se porter à sa rencontre en tâchant de mordre son congénère. Ser Lucas assenait sans discontinuer des coups formidables, dressé sur ses étriers pour porter toute sa force et tout son poids derrière la hache. Dunk levait son bouclier pour parer chaque attaque au fur et mesure. À demi pelotonné derrière son bois de chêne, il taillait cependant aux bras, aux jambes et aux côtes, mais la plate de

Milopin dérivait tous les coups. Ils tournèrent ainsi, tournèrent, tournèrent l'un autour de l'autre, l'eau leur clapotant furieusement aux jambes. Le Double-Flandrin multipliait les offensives, Dunk se maintenait toujours sur la défensive, à l'affût du moindre point faible.

Qu'il découvrit finalement. Chaque fois que ser Lucas brandissait sa hache pour l'abattre une fois de plus, une faille se discernait au creux de son aisselle. Il s'y trouvait bien de la maille et du cuir, sans compter le matelassage au-dessous, mais pas l'ombre de plate d'acier. Tout en maintenant brandi son bouclier, Dunk s'attacha dès lors à guetter la seconde propice à l'attaque. *Bientôt. Bientôt.* Après s'être abattue dans un boucan d'enfer, la hache se dégagea, reprit l'air. *Là !* Dunk enfonça ses éperons dans le ventre de Tonnerre pour l'obliger à se rapprocher puis, d'une brusque détente, fit jaillir la pointe de sa longue épée droit sur la faille.

Mais la faille s'évanouit aussi vite qu'elle s'était montrée. La pointe de l'épée n'égratigna qu'une rondelle, et Dunk, en surextension, fut à deux doigts de perdre son assiette. La hache redescendit et, dans un fracas épouvantable, prit en biais le cerclage de fer du bouclier de Dunk, grinça contre la paroi latétrale de son heaume et finit par aboutir obliquement le long de l'encolure de Tonnerre.

Avec un hennissement suraigu, le destrier se cabra sur ses deux jarrets, roulant un œil blanc de douleur tandis que l'atmosphère se chargeait de l'âpre senteur cuivrée du sang. Il battit l'air de ses sabots ferrés juste au moment où le Double-Flandrin repartait à la charge. L'un d'entre eux prit ser Lucas en pleine figure, l'autre sur l'épaule. Après quoi le lourd cheval de guerre vint s'écraser par-dessus le coursier.

Tout se passa dès lors en un clin d'œil. Les deux chevaux s'effondrèrent enchevêtrés, ruant et se mordant l'un l'autre, barattant l'eau et la boue du fond.

Dunk tenta de se jeter à bas de sa selle, mais l'un de ses pieds s'embarrassa dans un étrier. Il tomba face en avant, tout en aspirant désespérément une goulée d'air, avant que la rivière ne se rue dans son heaume par la fente de la visière. Son pied était toujours emprisonné, et il ressentit une secousse atroce quand les soubresauts désordonnés de Tonnerre manquèrent lui déboîter la jambe. Et c'est encore en un éclair qu'il se retrouva libre, libre de tournoyer, de couler à pic. Pendant un moment, il se démena vainement dans les flots. Le monde était bleu et vert et brun.

Le poids de son armure l'entraîna vers le fond jusqu'à ce que son épaule vienne heurter le lit de la rivière. *Si c'est là le bas, c'est dans l'autre sens qu'est le haut.* Ses mains gantées d'acier farfouillèrent parmi les pierres et le sable, et il finit qui sait comment par rassembler ses jambes sous lui et par se relever. Il était titubant, dégouttant de vase, de l'eau ruisselait par les ventaux de son heaume cabossé, mais il était bel et bien debout. Il se gorgea les poumons d'air.

Il avait toujours, passablement amoché, son bouclier accroché au bras gauche, mais son fourreau était vide, et son épée avait disparu. Il y avait dans son heaume aussi bien du sang que de l'eau. Lorsqu'il s'efforça de déplacer sa masse, un élancement douloureux fusa de sa cheville jusqu'en haut de sa jambe. À force de se débattre, les deux chevaux avaient fini par se retrouver sur pied, s'aperçut-il. Il tourna la tête en louchant d'un seul œil au travers d'un voile sanglant pour essayer de repérer son adversaire. *Bernique*, songea-t-il, *il a dû se noyer, ou bien Tonnerre lui a écrabouillé le crâne.*

Ser Lucas surgit brusquement de l'eau juste devant lui, l'épée au poing. Il lui décocha un coup formidable à la hauteur du col, et Dunk ne dut de garder la tête sur les épaules qu'à l'épaisseur de son gorgerin. Il ne possédait plus de rapière pour répliquer, rien d'autre que son bouclier. Il céda du terrain, harcelé par le Double-Flandrin qui vociférait en taillant à tout va. Le bras levé de Dunk écopa d'un coup qui l'engourdit au-dessus du coude. Une blessure à la hanche lui arracha un grognement de douleur. Comme il continuait à reculer, une pierre se déroba sous ses pieds, et il s'effondra sur un genou, plongé dans l'eau jusqu'à la poitrine. Il brandit son bouclier pour se couvrir mais, cette fois, ser Lucas y assena un coup d'une telle violence que le chêne massif se fendit en plein milieu et qu'il en repoussa les vestiges jusque dans la figure de Dunk. Les oreilles toutes bourdonnantes et la bouche pleine de sang, celui-ci n'en entendit pas moins, quelque part, au loin, l'Œuf piauler : « Sus à lui, messer, sus, sus, il est *juste où il faut !* »

Dunk plongea en avant. Ser Lucas avait dégagé son épée pour frapper à nouveau. Dunk lui rentra dedans à la hauteur de la taille et lui fit perdre l'équilibre. Les flots les engloutirent à nouveau tous deux mais, cette fois, Dunk était prêt. Enlaçant d'un bras inexorable le Double-Flandrin, il l'attira de force vers le fond. Des flots de bulles avaient beau s'échapper de derrière sa visière martelée, tordue, l'autre persistait tout de même à lutter. Il dénicha une pierre dans le lit de la rivière et se mit à en marteler Dunk à la tête et aux mains. Dunk tâtonna du côté de son ceinturon. *Aurais-je aussi perdu ma dague ?* songea-t-il. Non, elle était bien là. Son poing se referma sur la poignée de l'arme qu'il dégaina au plus vite avant de l'enfoncer lentement au sein des remous puis au travers des mailles de fer et des cuirs bouillis sous le bras du Double-Flandrin, vrillant la lame au fur et à mesure qu'il la poussait plus avant. Ser Lucas sursauta en se tortillant, puis ses forces l'abandonnèrent. Dunk s'écarta d'une poussée pour remonter à la surface. Il avait la poitrine en feu. Un poisson lui fila sous le nez, un poisson blanc et mince, tout en longueur. *C'est quoi ?* se demanda-t-il, *c'est quoi ? c'est quoi ?*

*

* *

Il se réveilla dans le mauvais château.

Quand ses yeux s'ouvrirent, il ne sut pas où il se trouvait. Il régnait là une fraîcheur exquise. Le goût du sang lui gâtait la bouche, et il avait un linge en travers des yeux, un linge pesant qui embaumait une variété d'onguent. Il lui sembla reconnaître l'odeur – un parfum de clous de girofle.

Dunk leva une main tâtonnante vers sa figure et en retira le linge. Au-dessus de lui, la flamme d'une torche se jouait des ombres d'un plafond très haut. Des corbeaux qui arpentaient les poutres de celui-ci l'épiaient de leurs petits yeux noirs en lui adressant des *croâ croâ*. *Au moins ne suis-je pas aveugle.* Il occupait la tour d'un mestre. Sur les murs s'alignaient des rayonnages encombrés d'herbes et de potions contenues dans des pots de terre cuite et dans des fioles de verre vert. Une longue table à tréteaux toute proche était surchargée de parchemins, de livres et d'instruments bizarres en bronze, le tout éclaboussé par les déjections des oiseaux logés dans la charpente. Il entendait nettement ces derniers se marmonner des choses.

Il essaya de se dresser sur son séant. Ce qui se révéla être une belle bévue. La tête se mit à lui tourner, et sa jambe gauche hurlait au martyre pour peu qu'il lui imposât le poids le plus infime. Sa cheville était enveloppée de bandages en lin, s'aperçut-il, et des bandages similaires lui entouraient également le torse et les épaules.

« Ne vous agitez pas. » Un visage apparut, qui se pencha vers lui, un visage jeune aux traits tirés, dont les yeux marron sombre flanquaient un nez crochu. Ce visage-là n'était pas un inconnu pour Dunk. L'homme auquel il appartenait était entièrement vêtu de gris, et un collier en forme de chaîne ballottait autour de son cou. Une chaîne de mestre aux maillons forgés en toutes sortes de métaux. Dunk lui attrapa le poignet. « Où... ?

— À Froide-Douve, répondit le mestre. Comme vous étiez blessé trop grièvement pour regagner Piéferme, lady Rohanne nous a ordonné de vous transporter ici. Buvez-moi ceci. » Il éleva une coupe de... quelque chose... jusqu'aux lèvres de Dunk. La potion avait une saveur aussi âpre que du vinaigre, mais qui avait en tout cas le mérite d'évacuer celle du sang.

Dunk se contraignit à l'absorber jusqu'à la dernière goutte. Ensuite, il ploya, déploya les doigts de sa main d'épée puis fit pareil avec ceux de l'autre. *Au moins mes mains marchent-elles encore, ainsi que mes bras.* « Que... je me suis amoché quoi ?

— Quoi pas, plutôt ? » Le mestre émit un reniflement. « Une cheville brisée, un genou foulé, une fracture de la clavicule, des quantités d'ecchymoses... La partie supérieure de votre poitrine ne lésine guère sur le vert et le jaune, et votre bras droit est d'un noir violacé. Je vous croyais le crâne également fêlé, mais il se révèle que non. Il y a aussi cette plaie au visage, ser. Elle vous laissera une cicatrice, j'en ai bien peur. Oh, et puis vous étiez noyé quand on vous a finalement retiré de l'eau.

— Noyé ? s'étonna Dunk.

— Je ne m'étais jamais douté qu'un seul homme puisse ingurgiter autant d'eau, dût-il être aussi gigantesque que vous, ser. Tenez-vous pour chanceux que je sois fer-né. Les prêtres du dieu Noyé savent comment s'y prendre pour noyer un homme et pour le faire revenir à lui, et je me suis fait une étude de leurs croyances et de leurs pratiques. »

J'ai été noyé. Dunk fit une nouvelle tentative pour s'asseoir, mais il n'en eut pas la force. *Je me suis noyé dans de l'eau qui ne m'arrivait même pas jusqu'au cou.* Il se mit à rire avant de pousser un gémissement de douleur. « Ser Lucas ?

— Mort. Vous en doutiez ? »

Non. Dunk doutait de bien des choses mais pas de celle-là. Il se rappela de quelle manière toute vigueur s'était retirée des membres du Double-Flandrin, d'un seul coup. « Œuf, hoqueta-t-il. Œuf, je veux.

— La faim est un bon symptôme, riposta le mestre, mais c'est de sommeil que vous avez besoin pour l'instant, pas de nourriture. »

Dunk secoua la tête et s'en repentit sur-le-champ. « *L'Œuf.* C'est mon écuyer...

— Vraiment ? Un gamin courageux, et plus costaud qu'il n'en a l'air. C'est lui qui vous a retiré de la rivière. Il nous a aussi aidés à vous désarmer, et il a tenu à monter dans la charrette à bord de laquelle nous vous avons amené ici. Il a refusé de dormir lui-même et s'est installé à votre chevet, votre épée en travers de ses genoux, au cas où quelqu'un tenterait de vous faire du mal. Même *moi*, ses soupçons ne m'ont pas épargné, et il a exigé que je goûte la moindre des choses que je prétendais vous faire avaler. Un enfant singulier, mais d'un dévouement... !

— Où est-il ?

— Ser Eustace l'a prié de l'assister pour le festin des noces. Il n'y avait personne d'autre pour ce faire de son côté. Il aurait été discourtois au petit de se récuser.

— Le festin des noces ? » Dunk ne comprenait pas.

« Vous ne sauriez être au courant, bien sûr. Froide-Douve et Piéferme se sont réconciliés après votre combat. Lady Rohanne a prié le vieux ser Eustace de lui accorder la permission de traverser ses terres pour aller se recueillir sur la tombe d'Addam, et il a exaucé son vœu. Elle s'est agenouillée devant les buissons de mûres et s'est mise à pleurer, et il en a été si bouleversé qu'il est allé la réconforter. Ils ont passé la nuit entière à parler du jeune Addam et du noble père de ma dame. Lord Wyman et ser Eustace avaient été amis intimes jusqu'à la rébellion Feunoyr. Leurs

Seigneuries ont été mariées ce matin par notre cher septon Sefton. Eustace Osgris est désormais le maître de Froide-Douve, et son lion échiqueté flotte à côté de l'araignée Tyssier sur chaque tour et chaque muraille. »

Le monde de Dunk se mit à tourner lentement tout autour de lui. *Cette potion. Il m'a poussé à me rendormir.* Il ferma les yeux et laissa toute la douleur s'écouler hors de lui. Il pouvait entendre les corbeaux faire *croâ croâ* et se piailler des tas de choses, il entendait sa respiration personnelle et quelque chose d'autre encore..., un bruit plus doux, plus régulier, plus dru, qui avait un je ne sais quoi d'apaisant. « Qu'est-ce que c'est ? murmura-t-il d'une voix endormie. Ce bruit-là... ?

— Ça ? » Le mestre prêta l'oreille. « Ce n'est que la pluie. »

*

* *

Il ne la revit que le jour où ils prirent congé.

« C'est de la démence, ser », se lamenta Septon Sefton, lorsque Dunk traversa la cour appuyé sur une béquille en balançant son pied cassé qui le faisait terriblement boiter. « Mestre Cerrick est formel, il s'en faut encore de plus de moitié que vous ne soyez vraiment guéri et, avec ce déluge..., vous n'allez pas manquer de prendre un refroidissement, si tant est que vous ne vous noyiez pas derechef. Attendez au moins que la pluie s'arrête.

— Cela peut prendre des années. » Dunk était plein de gratitude à l'endroit de ce gros lard de septon qui lui avait rendu visite presque chaque jour..., afin de prier pour lui, selon l'affiche officielle, quitte à consacrer plus de temps, semblait-il, à le régaler d'histoires et de commérages. Il allait regretter sa langue vive et bien pendue, tout comme le réconfort de sa compagnie, mais cela ne changeait rien à l'affaire. « Il me faut absolument partir. »

La pluie cinglait les alentours et lui flagellait le dos de mille froides lanières grises. Son manteau était déjà à tordre. C'était le manteau de lainage blanc que ser Eustace lui avait fait naguère endosser, liséré de carreaux alternativement verts et or. Le vieux chevalier avait expressément tenu à l'en draper une fois de plus en guise de cadeau d'adieu. « En hommage à votre bravoure et à vos loyaux services, ser », avait-il spécifié. La broche qui le lui agrafait à l'épaule était elle aussi un présent ; elle figurait une araignée d'ivoire à pattes d'argent que mouchetaient des semis de grenats sertis sur son dos.

« J'espère que vous ne projetez pas là de vous lancer follement à la poursuite de Bennis, reprit Septon Sefton. Vous êtes tellement meurtri et contusionné que je craindrais franchement pour vos jours, si vous tombiez dans un pareil état sur cette espèce de canaille. »

Bennis, songea Dunk avec amertume, *putain de Bennis.* Tandis que lui-même était en train de se battre pied à pied dans la rivière, Bennis avait ligoté Sam-la-Voussure et sa femme, mis Piéferme à sac du haut en bas, puis décampé en emportant tous les objets de valeur qu'il avait pu trouver, depuis les chandeliers, le matériel de guerre et les vêtements jusqu'à l'antique coupe d'argent d'Osgris et à un petit magot d'espèces que le vieillard avait dissimulé dans sa loggia derrière une tapisserie moisie. Dunk espérait bien qu'un jour le remettrait en présence de Bennis au Bouclier Brun, et que ce beau jour-là... « Bennis attendra.

— Où comptez-vous aller ? » Le septon soufflait comme un bœuf. Tout branlant qu'était Dunk avec sa béquille, le gros homme était beaucoup trop gras pour soutenir l'allure.

« Belle Île. Harrenhal. Le Trident. Il y a des haies partout, pour un chevalier errant. » Il haussa les épaules. « J'ai toujours eu envie de voir le Mur.

— Le Mur ? » Le septon s'arrêta en sursaut. « Je désespère de vous, ser Duncan ! » s'écria-t-il, planté dans la gadoue, les deux mains grandes ouvertes sous la pluie qui s'acharnait à l'environner. « Priez, ser, priez l'Aïeule d'éclairer vos voies ! » Dunk poursuivit sa marche.

Elle l'attendait à l'intérieur des écuries, debout près des balles de foin jaune, vêtue d'une robe aussi verte que l'été. « Ser Duncan », dit-elle quand il franchit tant bien que mal le seuil. Rejetée par-devant, sa natte rouge lui balayait les cuisses. « C'est un bonheur de vous voir sur pied. »

Vous ne m'avez jamais vu sur le dos, songea-t-il. « M'dame. Qu'est-ce qui vous amène aux écuries ? Voilà une journée bien pluvieuse pour monter à cheval.

— Je pourrais vous dire la même chose.

— L'Œuf vous a prévenue ? » *Je lui dois une autre taloche à l'oreille.*

« Soyez heureux qu'il l'ait fait, sans quoi j'aurais expédié des hommes à vos trousses pour vous ramener de force. C'était cruel à vous que de prétendre vous esquiver sans ne serait-ce qu'un mot d'adieu. »

Elle n'était jamais venue le visiter pendant qu'il se trouvait confié aux bons soins de mestre Cerrick, jamais, pas une seule fois. « Ce vert vous va bien, M'dame, dit-il. Il met en valeur la couleur de vos yeux. » Il déplaça gauchement sa masse sur la béquille. « Je suis ici pour récupérer mon cheval.

— Rien ne vous oblige à partir. Il y a une place pour vous ici, quand vous serez parfaitement remis. Capitaine de mes gardes. Et l'Œuf peut se joindre à mes autres écuyers. Son identité ne regarde personne.

— Je vous remercie, M'dame, mais c'est non. » Tonnerre occupait une stalle à dix ou douze places de là. Dunk se dirigea clopin-clopant vers lui.

« Ravisez-vous, ser, je vous prie. Ces temps sont périlleux, même pour des dragons et pour leurs amis. Restez jusqu'à ce que vous soyez guéri. » Elle s'était mise à marcher à ses côtés. « Cela ferait également plaisir à lord Eustace. Il a beaucoup d'affection pour vous.

— Beaucoup d'affection, convint Dunk. Si sa fille n'était pas morte, il aurait voulu me la voir épouser. Vous pourriez dès lors être dame ma mère. Je n'ai jamais eu de mère, et à plus forte raison de mère *dame*. »

Le temps d'un demi-battement de cœur, lady Rohanne parut sur le point de le souffleter une seconde fois. *Peut-être va-t-elle envoyer simplement baller ma béquille au diable d'un coup de pied.*

« Vous êtes en colère contre moi, ser, dit-elle à la place. Vous devez me permettre de faire amende honorable.

— Eh bien, répondit-il, vous pourriez toujours m'aider à seller Tonnerre.

— J'avais autre chose en tête. » Elle tendit la main pour saisir la sienne, une main toute mouchetée de son, aux doigts minces et vigoureux. *Je gagerais qu'elle a des taches de rousseur partout.* « Vous vous connaissez bien en chevaux ?

— J'en monte un.

— Un vieux destrier dressé pour la bataille, lent d'allure et d'humeur ombrageuse. Pas un cheval fait pour se rendre de place en place.

— S'il me faut me rendre de place en place, c'est avec lui ou avec eux. » Dunk désigna ses pieds.

« Vous avez de grands pieds, observa-t-elle. Ainsi que de grandes mains. M'est avis que vous devez être grand de partout. Trop grand pour la plupart des palefrois. Ils auraient l'air de poneys, avec vous perché sur leur dos. Néanmoins, une monture plus rapide vous rendrait de réels services. Un puissant coursier, qui aurait en plus l'endurance d'un destrier des sables dornien. » Elle pointa le doigt vers la stalle qui faisait face à celle de Tonnerre. « Un cheval comme elle. »

D'un bai rouge sang, elle avait l'œil étincelant et une longue crinière de feu. Lady Rohanne tira de ses manches une carotte qu'elle lui donna tout en la flattant au chanfrein. « La carotte, pas les doigts, lui signifia-t-elle avant de se retourner vers Dunk. Je l'appelle Flamme, mais libre à vous de lui donner un autre nom. Amende honorable, si vous préférez. »

Il demeura un moment sans voix. Appuyé sur sa béquille, il contempla le bai rouge sang avec des yeux nouveaux. C'était une véritable splendeur. Un meilleur cheval qu'aucun de ceux qu'avait jamais possédés l'Ancien. Il suffisait de regarder ses longues jambes nettes pour voir de quels galops d'enfer elle était susceptible.

« Je l'ai élevée pour sa beauté et pour sa vitesse. »

Il retourna vers Tonnerre. « Je ne puis la prendre.

— Pourquoi donc ?

— Elle est trop bien pour moi. Vous n'avez qu'à la regarder. »

Une rougeur envahit le visage de Rohanne. Elle empoigna sa natte et se mit à la tortiller entre ses doigts. « Il fallait coûte que coûte que je me marie, vous le savez. Le testament de mon père..., oh, ne soyez donc pas bête à ce point !

— Que devrais-je être d'autre ? Je suis épais comme une muraille de forteresse et bâtard de naissance, en plus.

— Prenez la jument. Je refuse de vous laisser partir si vous n'emportez quelque chose en souvenir de moi.

— Je me souviendrai de vous, M'dame. Soyez sans crainte à cet égard.

— *Prenez-la !* »

Dunk attrapa la natte pour attirer son visage contre le sien. C'était une entreprise malaisée, vu la béquille et leur différence de taille. Il faillit se casser la figure avant que ses lèvres ne se plaquent sur les siennes. Il l'embrassa avec violence. Un des bras de lady Rohanne lui enlaça le cou, l'autre les reins. Il en apprit en un moment sur le baiser plus qu'il n'en avait jamais su par la seule observation. Mais lorsqu'ils se séparèrent finalement, il tira sa dague. « Je sais ce que je veux emporter en souvenir de vous, M'dame. »

L'Œuf l'attendait à la porterie, monté de neuf sur un beau palefroi alezan et tenant la longe de Mestre. En voyant Dunk venir les rejoindre au trot de Tonnerre, il ne cacha pas sa surprise. « Elle disait qu'elle voulait vous donner un nouveau cheval, messer...

— Les grandes dames elles-mêmes n'obtiennent pas tout ce qu'elles veulent », affirma Dunk tandis qu'ils franchissaient le pont-levis. « Ce n'est pas d'un cheval que j'avais envie, moi. » La douve était si haute qu'elle menaçait de déborder. « J'ai pris quelque chose d'autre en souvenir d'elle à la place. Une mèche de ces fameux cheveux rouges. » Il fourragea sous son manteau, puis exhiba la natte et sourit.

*

* *

Dans la cage de fer du carrefour, les cadavres s'étreignaient encore. Ils avaient l'air navrés de solitude et de désespoir. Les mouches elles-mêmes les avaient abandonnés, les corbeaux aussi. Il ne restait plus sur les os des morts que de vagues lambeaux de peau et quelques touffes de cheveux.

Dunk fit halte, les sourcils froncés. Sa cheville lui faisait mal à cause de la chevauchée, mais cela n'avait pas d'importance. La douleur faisait tout autant partie intégrante de la chevalerie que les épées et les boucliers. « De quel côté se trouve le sud ? »

demanda-t-il à l'Œuf. C'était difficile à savoir, quand le monde n'était que déluge et que boue, le ciel aussi gris qu'un mur de granit.

« Le sud est par là, messer. » Le gamin pointa l'index. « Par là, c'est le nord.

— Lestival est au sud. Ton père.

— Le Mur est au nord. »

Dunk le dévisagea. « Il y a un sacré bout de route à faire...

— J'ai un nouveau cheval, messer.

— Effectivement. » Dunk ne put s'empêcher de sourire. « Et pourquoi aurais-tu envie de voir le Mur ?

— Ma foi, répondit l'Œuf, il passe pour être singulièrement grand. »

La Ballade de Pern

Anne McCaffrey

Mécontents de leur vie sur Terre – où la technologie est fortement avancée –, des centaines de colons franchirent l'espace jusqu'à l'étoile Rukbat, entourée de six planètes, dont cinq à l'orbite stable, et la sixième follement erratique. La troisième planète se révéla habitable : les colons s'y installèrent et la nommèrent Pern. Ils cannibalisèrent leurs vaisseaux spatiaux pour en récupérer tous les matériaux utilisables et commencèrent à construire leurs maisons.

Pern était idéale pour la colonisation, à une exception près. À intervalles irréguliers, l'orbite de la sixième planète l'amenait au voisinage de Pern, libérant des nuées de spores mycorhizoïdes qui dévoraient toutes les matières organiques et stérilisaient pour des années tous les sols où elles atterrissaient. Les colons cherchèrent immédiatement des moyens de combattre les Fils, ainsi qu'ils nommèrent ces spores. Pour leur défense, ils se tournèrent vers des dragonnets, petits lézards volants qu'ils avaient apprivoisés après leur arrivée. La capacité de ces reptiles à cracher le feu les avait beaucoup aidés lors de la première Chute de Fils. Par un élevage sélectif et des manipulations génétiques poursuivis pendant des générations, les colons parvinrent à créer une race de grands dragons.

Grâce aux dragons et à leurs maîtres travaillant de concert, les colons purent combattre efficacement les Fils et établir leur domination définitive sur la planète.

Ils créèrent une société agricole quasi féodale, construisant des Forts pour les administrateurs et les agriculteurs, des Ateliers pour les artisans, et des Weyrs pour les dragons et leurs maîtres.

Bien des romans de Pern exposent la politique des Forts et des Weyrs entre les Chutes de Fils. La série s'étend sur deux mille cinq cents ans, depuis l'atterrissage des colons jusqu'à la découverte, par leurs descendants, de l'ordinateur du vaisseau-maître des siècles plus tard. *Le Vol du Dragon*, premier roman de la série, se place deux mille cinq cents ans après l'arrivée des colons. Les Fils ne sont pas tombés depuis quatre cents ans, et la population commence à ne plus croire à leur existence. Trois chevaliers-dragons – Lessa, F'lar et F'nor – croient que les Fils vont bientôt revenir, et s'efforcent de mobiliser les défenses de la planète. Lessa, sachant qu'il n'y a plus assez de chevaliers-dragons pour combattre efficacement les Fils, remonte dans le temps, juste après la fin de la dernière Chute de Fils, où les chevaliers-dragons de l'époque commencent à s'impatienter et à s'ennuyer par manque d'activité. Lessa convainc la plupart d'entre eux de l'accompagner à son époque pour combattre les Fils. Ce qu'ils font.

Le second roman, *La Quête du Dragon*, débute sept ans après la fin du précédent. Les rapports entre les Anciens, ainsi qu'on nomme les chevaliers-dragons venus du passé, et la nouvelle génération commencent à se détériorer. Après s'être battu avec un Ancien, F'nor est envoyé sur le Continent Méridional de Pern pour se remettre de ses blessures. Il y découvre une larve qui neutralise les Fils après qu'ils se sont enterrés dans le sol. Comprenant qu'il vient de découvrir une nouvelle arme puissante contre les Fils, F'nor entreprend de faire des plans pour répandre la larve sur le Continent Septentrional.

Entre-temps, une Chute de Fils inattendue agit comme catalyseur d'un duel entre F'lar, Chef du Weyr de Benden, et T'ron, le chef des Anciens. F'lar en sort vainqueur, et bannit tous les chevaliers-dragons qui ne l'acceptent pas pour chef de tous les Weyrs. Les bannis vont s'installer sur le Continent Méridional. Le livre se termine sur l'élevage des larves, en vue d'une distribution sur toute la planète.

Le troisième roman, *Le Dragon blanc*, raconte les épreuves du jeune Jaxom qui élève le seul dragon blanc de Pern, lequel représente une anomalie génétique. Jaxom est en butte aux préjugés et au dédain des autres chevaliers-dragons, parce que son dragon est plus petit que les autres. Héritier d'un des plus anciens Forts de Pern, il est également prévu qu'il en deviendra le souverain, et certains doutent de ses capacités à gouverner. Mais Jaxom et son dragon Ruth relèvent le défi, et réussissent à prouver que la taille ne fait pas nécessairement la supériorité ; Jaxom gouverne son Fort, conquiert la jeune fille qu'il aime, et tout est bien dans le meilleur des mondes.

La *Trilogie de l'Atelier des Harpistes* : *Le Chant du Dragon, La Chanteuse-Dragon* et *Les Tambours de Pern,* est destinée à de jeunes lecteurs et raconte l'histoire de Menolly, assez dédaignée dans sa famille, qui s'élève au rang de Compagnonne Harpiste et maîtresse de plusieurs lézards de feu.

Dans bien d'autres romans ultérieurs, et dans la nouvelle proposée ici, McCaffrey examine d'autres aspects de la vie sur Pern, depuis les premiers jours de sa colonisation par les humains.

Au-delà de l'*Interstice*

Anne McCAFFREY

Traduit de l'américain par Simone Hilling

AVANT-PROPOS

Quand des colons s'installèrent sur Pern, la troisième planète du système de Rukbat, dans le Secteur du Sagittaire, ils n'accordèrent pas grande attention à l'orbite excentrique de la planète sœur qu'ils baptisèrent du nom d'Étoile Rouge. Après tout, ce système solaire avait été exploré et déclaré sûr, et les colons terriens, tous vétérans de guerres planétaires, s'intéressaient avant tout à l'instauration d'une société agraire pacifique et de basse technologie, pour eux-mêmes et leurs enfants. De sorte que, huit ans plus tard, ils n'étaient pas préparés à la catastrophe qui s'abattit sur eux, sous la forme d'un danger venu de l'espace : un organisme dépourvu d'intelligence qui tombait du ciel en minces filaments, consumant toute matière organique sur leur passage. Les colons leur donnèrent le nom de « Fils », et même s'ils pouvaient être détruits par l'eau ou le feu et ne pouvaient pénétrer la pierre ou le métal, ils tombaient en telle abondance qu'ils semblaient virtuellement invincibles.

Puis une solution fut trouvée : faisant appel à l'ingéniosité de leur ancien monde, les colons modifièrent une forme de vie indigène qui ressemblait aux dragons de la légende. Les énormes « dragons » qui en résultèrent devinrent leur arme la plus efficace contre les Fils. Capable de mastiquer et digérer une roche riche en phosphine, les dragons pouvaient littéralement cracher le feu et calciner les Fils en plein ciel avant qu'ils n'atteignent le sol. Capables non seulement de voler mais aussi de se téléporter, les dragons pouvaient manœuvrer rapidement pour éviter les blessures pendant leurs batailles contre les Fils. Et leur lien télépathique avec leur cavalier humain – l'Empreinte conférée au moment de l'Éclosion – permit aux dragons et aux humains de travailler en parfaite harmonie durant leurs campagnes.

Les chevaliers-dragons devinrent les héros de Pern, et bien des enfants rêvèrent de devenir chevaliers-dragons, de partager cet incroyable lien mental et émotionnel avec les grands dragons. Mais ce lien avait un inconvénient : la Mort était une épreuve que ni l'un ni l'autre ne pouvait supporter. Si le cavalier mourait, le dragon se suicidait. Si le dragon mourait, son maître cherchait souvent à attenter à sa vie, ou, au mieux, était désormais condamné à mener une vie qui avait perdu tout intérêt.

Quand se termina la première attaque des Fils, qui dura cinquante ans, trois sociétés différentes se développèrent sur Pern : les Forts, où des hommes et femmes de caractère géraient les terres et veillaient à la sécurité de la population pendant les Chutes de Fils ; les Ateliers, où se pratiquaient et perfectionnaient tous les métiers d'artisanat ; et les Weyrs, où vivaient les dragons et leurs maîtres.

En 1543, pendant le Sixième Passage des Fils, le troisième jour du dixième mois, une situation insolite se présenta, à laquelle les archives méticuleusement tenues des Weyrs et de l'Atelier des Harpistes ne trouvèrent aucun précédent. Une épidémie fit rage sur tout le continent. Les Guérisseurs développèrent un vaccin préventif devant être administré dès que les dragons et leurs maîtres l'apportaient dans tous les Forts et les Ateliers, d'une mer à l'autre. Et pour effectuer ces livraisons inhabituelles, les dragons et leurs maîtres s'en remirent à la capacité peu connue – et peu comprise – des dragons de se téléporter n'importe *où* mais aussi n'importe *quand*, selon les visualisations de leurs maîtres.

Il est cependant très dangereux de traverser non seulement l'espace, mais aussi le temps et, fatigués et troublés, même les meilleurs peuvent commettre des erreurs.

*

* *

Quand les bêtes de course commencèrent à s'agiter, Thaniel n'y prêta pas grande attention. Comme cela lui arrivait si souvent, il rêvait de son épouse bien-aimée, qui lui manquait toujours malgré sa disparition depuis plusieurs Révolutions. Ils avaient été comme les deux moitiés d'une personne qui, une fois réunies, constituent un tout parfait. Il tira de sa poche un petit mouchoir élimé et le froissa avec émotion, tâtant du doigt les fleurs bleues et vertes brodées dans un coin – une broderie délicate typique du travail de sa femme. Il poussa un profond soupir. La Mort semblait si injuste... et si terriblement définitive.

« Pourquoi les plantes et les arbres reviennent-ils à la vie après chaque hiver, alors que *notre* existence est si brève ? » gémissait-il quand ces funèbres pensées le submergeaient.

Thaniel était d'âge mûr, encore mince et musclé après des décennies passées à monter et à soigner les bêtes de course. Trois Révolutions plus tôt, un coup de sabot dans un genou l'avait laissé boiteux. Désormais trop lent pour manœuvrer les coureurs, il avait été forcé de laisser ses enfants s'occuper d'eux, tandis qu'il reprenait les travaux de sa femme, faisant le ménage du fortin et préparant les repas pour sa famille. Bill était le plus jeune, celui dont la difficile mise au monde avait coûté la vie à sa mère. Maynar était l'aîné et le plus compétent pour débourrer et dresser un coureur. Jerra était une solide jeune fille qui bientôt se marierait avec un jeune voisin, espérait-il. Brailli, la plus jeune des deux filles, était intelligente et irait à l'Atelier des Tisserands apprendre le métier dès que l'épidémie serait passée. Destry, le plus rêveur de ses enfants, voulait devenir Maître Éleveur.

Les hennissements perçants de sa monture favorite, le vieux Rusty, le tirèrent de sa rêverie et, branlant du chef, il ramena son attention au présent. Qu'est-ce qui pouvait perturber ainsi le vieux coureur ? Rien ne terrifiait Rusty comme les dragons, mais la probabilité de l'arrivée d'un dragon était pour le moins réduite. Puis Thaniel se rappela : son fortin devait recevoir le vaccin contre l'épidémie qui se répandait à travers tout le continent. Il savait que *quelqu'un* livrerait le vaccin avec les instructions pour son emploi. Un chevalier-dragon ?

Muni de la tasse de klah chaud et sucré qu'il venait de se servir, Thaniel sortit de son fortin. Inspectant le paysage, il ne vit rien d'inhabituel, juste les prairies vallonnées émaillées de bouquets de ces arbres résistants capables de survivre dans ces étendues balayées par le vent et souvent glacées. Tout près se trouvait leur modeste écurie – pas une « vraie » écurie, telle qu'on pouvait en construire à Crom ou à Nabol, avec les pierres dont les fermiers prétendaient qu'elles étaient leur unique récolte, mais qui suffisait pour abriter les animaux. À côté, une clôture conduisait au paddock le plus proche, constituée de solides pieux qu'un homme vigoureux avait mis toute une journée à enfoncer dans le sol dur. Près de l'entrée se trouvait un abreuvoir qu'un ancêtre ingénieux avait relié au Point d'Eau, à douze longueurs de dragon de là, qui l'alimentait constamment en eau fraîche. Sans aucun doute, un dragon s'apprêtait à atterrir dans l'espace découvert proche de l'abreuvoir. Ce bon vieux Rusty n'en ratait pas une, pensa Thaniel, gloussant mentalement de l'étrange capacité du vieux coureur de détecter la présence d'un dragon.

Thaniel pressa le pas à la rencontre des arrivants, veillant à ne pas se renverser du klah sur la main. Ce qui lui parut bizarre, c'est que le dragon, d'une pâle couleur dorée, baissait la tête, ce qui donnait à penser qu'il était fatigué. Au moment de l'atterrissage, son nez toucha presque le sol, mais il se redressa et reprit son équilibre avec un long soupir de soulagement. Les reines dragons étaient les dragons les plus grands et les plus vigoureux de Pern, mais il n'en avait jamais vu une aussi gauche, même après une longue Chute de Fils.

« Thaniel », dit la cavalière, et il fut ébahi de reconnaître Moreta, la Dame du Weyr de Fort.

Il l'avait déjà recontrée à des fêtes auxquelles les gens venaient de très loin, mais Thaniel dépendait du Weyr d'Ista et, en général, c'était de la responsabilité d'Ista d'empêcher les Fils de tomber sur ses terres.

Moreta prit le sac attaché sur le cou de son dragon, et lui tendit deux paquets. Thaniel s'empressa de les prendre et lui tendit sa tasse de klah.

« Il est tout chaud, et tu sembles en avoir plus besoin que moi.

— Tu n'as pas idée du plaisir que tu me fais », dit-elle, avec un sourire reconnaissant, avant de se mettre à déguster le breuvage.

Après la première gorgée, elle remua les épaules, comme pour se détendre. Elle regarda le soleil couchant, et eut un nouveau soupir, de satisfaction cette fois, mais sans en expliquer la raison. Les maîtresses de reines et les Dames de Weyrs n'étaient d'ailleurs nullement obligées de partager leurs pensées avec de simples fermiers comme lui.

« Ce sont les vaccins pour tes coureurs, et aussi pour toi et tes gens, Thaniel. Un guérisseur devrait arriver bientôt pour vous l'injecter, si vous ne voulez pas le faire vous-mêmes. »

Thaniel frissonna au mot « injecter », mais il prit le paquet en la remerciant.

« Ce doit être fait ce soir au mieux, et demain au plus tard », dit-elle, lui montrant comment enfoncer l'aiguille dans le gras du bras ou de la cuisse.

Elle regarda autour d'elle, comme étonnée de le voir seul. Thaniel comprit son regard.

« Ils sont tous en train de s'occuper des yearlings, expliqua-t-il, inspectant le plus mince des deux paquets et les petites fioles qui les protégeraient tous de l'épidémie. Il y en a assez pour tous. »

Il leva les yeux sur elle avec gratitude, puis s'aperçut qu'elle était totalement épuisée. Il se souvenait d'une jolie jeune femme aux cheveux blonds coupés court et aux yeux profondément enfoncés dans les orbites. Maintenant, des cernes noirs de fatigue entouraient ses yeux, son corps était avachi, et sa peau grisâtre la faisait paraître plus âgée qu'elle n'était à sa connaissance. C'était Leri, la doyenne des Dames du Weyr de Fort, pas Moreta. C'était peut-être juste un effet de la lumière du soleil couchant. Mais sa reine était fatiguée elle aussi, c'était incontestable. Sa peau pendait toute flasque au garrot et sur les hanches, et la lumière de la vie brillait à peine dans ses yeux à facettes.

« Pourquoi fais-tu le travail d'une verte, Dame du Weyr ? » demanda-t-il, se permettant un ton légèrement critique.

Sans doute que des dragons moins importants qu'une reine auraient pu se charger de la livraison dans un fortin aussi insignifiant.

« J'ai grandi à Keroon. Je connais le Point d'Eau. Aucun des chevaliers-dragons d'Ista ne connaît la région aussi bien que moi. Vaccinez-vous tous dès que vous serez rentrés à la maison, Thaniel. »

Elle lui rendit la tasse vide, et il remarqua que, de l'autre main, elle se tenait à la crête de cou de sa reine, comme pour s'empêcher de tomber.

« Ça m'a fait du bien, Thaniel. Merci.

— Merci à toi aussi, Dame du Weyr. »

Il recula, remarquant, même si elle ne s'en apercevait pas, que sa reine tremblait sous elle.

« C'était notre dernier arrêt, Thaniel, dit-elle en lui souriant, tout en caressant le cou de sa vieille reine. Nous avons livré tous les vaccins de notre tournée. »

Une fois de plus, elle regarda le soleil couchant.

« Que les cieux te soient cléments, Dame du Weyr. La nuit tombe vite.

— Un dernier saut dans l'*Interstice*, c'est tout ce qui nous reste à faire, Holth », dit-elle d'un ton encourageant, orientant son dragon vers la droite.

Thaniel entendit le soulagement dans sa voix, et la reine sembla retrouver son énergie, car elle bondit vers le ciel et disparut. Un saut maladroit, plutôt trop proche du sol, mais qui était-il pour en juger ? Il remporta chez lui la tasse et les vaccins, posant soigneusement les deux paquets au milieu de la grande table où il prenait ses repas avec tous ses enfants.

Il se servit une autre tasse de klah, le sucra, fier d'avoir servi à la Dame du Weyr une tasse de son meilleur breuvage. Il faisait un bon klah. Tout le monde en convenait et, aujourd'hui, la Dame du Weyr l'en avait complimenté également.

Il s'assit, entourant de ses mains calleuses la tasse de poterie, ce qui lui réchauffa les articulations.

« Holth ? » dit-il tout haut, étonné.

Alors ça, c'était bizarre. Non que tout dans cette journée n'ait pas été bizarre – comme une reine dragon livrant des paquets – mais il n'y avait rien à redire à sa mémoire ni à sa connaissance des Forts et des

Weyrs. Moreta, Dame du Weyr de Fort, était maîtresse d'Orlith, non de Holth.

Orlith avait cependant pondu récemment, et c'était peut-être la raison pour laquelle Moreta ne chevauchait pas sa propre reine. Les reines dorées avaient tendance à se montrer très possessives à l'égard de leur couvée. Et on disait que celle-là comprenait vingt-cinq œufs, dont sans doute un œuf de reine.

Holth était la reine de la vieille Leri. Il en était certain, car il l'avait toujours connue Dame du Weyr, depuis qu'il avait reprit la gestion des terres de sa famille. Il avait entendu dire qu'elle souffrait beaucoup des articulations, et que son état de santé s'était détérioré au point qu'elle ne pouvait plus diriger le Weyr pendant les Chutes de Fils. Et si Moreta chevauchait Holth, c'était peut-être la raison pour laquelle la reine avait semblé si pâle et fatiguée : séparée de sa partenaire de toute une vie, une partenaire qui ne l'aurait jamais poussée au-delà de ses forces, il en était certain.

À cet instant, le troupeau, qui s'était remis à paître, recommença à s'agiter, galopant jusqu'à l'est du paddock. Le vieux Rusty émit un nouveau hennissement à glacer le sang, comme s'il était attaqué par un serpent. Curieusement, les serpents plats de la plaine n'effrayaient jamais Rusty. Il semblait même prendre plaisir à les écraser sous ses gros sabots. Mais cette fois, son hennissement fit frissonner Thaniel, comme s'il était arrivé quelque chose de terrible et qu'il ne comprenait pas.

Thaniel ne vit aucun nuage de poussière, dans aucune direction, annonçant le retour de ses enfants à la maison. Et rien d'étrange dans le ciel ne pouvait justifier l'émoi du vieux Rusty. Il regarda le grand lac peu profond dont son fortin tirait son nom. Ce lac n'était jamais à sec – alimenté en son milieu par une source souterraine – et il fournissait de l'eau à tous ceux qui en avaient besoin. Il y avait toujours la

Rivière Keroon, mais le Point d'Eau était plus proche de ses voisins occidentaux, et tout le monde disait que son eau était meilleure.

Il haussa les épaules et évacua le malaise provoqué par le tapage de Rusty, puis s'approcha de la cheminée pour remuer le ragoût. La marmite se réchauffait tout doucement. Il se servit un nouveau klah, en réfléchissant aux événements de la journée.

Une pointe d'inquiétude continuait à le tarauder. Thaniel resserra ses doigts autour de sa tasse. Pourquoi Moreta faisait-elle désormais les livraisons ? Et pourquoi chevauchait-elle un autre dragon que le sien — Holth, avait-elle dit, trop clairement pour qu'il se trompe sur le nom de la reine ?

Enfin, ce n'était pas à lui de critiquer les Dames du Weyr. Quand le guérisseur arriverait, il pourrait peut-être éclairer sa lanterne. Il remua le ragoût, humant son fumet avec plaisir, et attendant avec impatience le retour de ses enfants à qui il raconterait ce qui venait de se passer.

Maynar, Jerra, Brailli, Destry et Bill arrivèrent juste comme le crépuscule faisait place à la nuit. Ils ne tarissaient pas de commentaires sur la croissance et la vigueur des yearlings, et avaient trouvé des tas de repères qui permettraient de remettre facilement la main sur les troupeaux plus jeunes. Thaniel leur raconta que Moreta en personne avait apporté les vaccins. L'idée qu'une Dame du Weyr s'était déplacée jusqu'à leur petit fortin souleva la stupéfaction, cependant après une discussion, brève mais animée, il ramena leur attention sur les paquets posés sur la table. Dès que le Guérisseur arriverait pour faire le nécessaire, ils seraient tous protégés contre la maladie.

« Sottise, père, dit Jerra. Je vais vous faire les injections moi-même. Nous sommes censés agir immédiatement. L'épidémie pourrait nous atteindre avec le prochain coup de vent, ajouta-t-elle, et nous aurions l'air fin avec le remède encore sur la table et devenu inutile. »

Nous n'aurions pas l'air fin, nous aurions juste l'air mort, pensa Thaniel.

« Nous allons dîner, puis je ferai les injections, reprit Jerra d'un ton sans réplique. J'ai vu comment fait le Guérisseur. Il suffit de planter l'aiguille dans le bras. »

Jerra était peut-être un peu trop autoritaire par moments – contrairement à sa mère – mais elle avait toujours en vue le bien de la famille, se dit Thaniel. Alors il accepta de la tête, et toute la famille s'assit pour dîner, aucun ne quittant des yeux les petits paquets pendant le repas.

Un nouveau hennissement de Rusty faillit faire tomber Thaniel de son tabouret.

« Qu'est-ce qui se passe ? s'exclama-t-il. La pauvre bête s'est paniquée toute la journée. »

Maynar, le plus proche de la fenêtre, se leva pour regarder dehors. Thaniel le rejoignit.

« Des visiteurs ? Et il ne reste même plus assez de ragoût pour remplir le fond du plus petit bol, constata Jerra, embarrassée.

— C'est encore des dragons », annonça Thaniel.

Il prit le panier de brandons à son crochet, ouvrit la porte, et sortit pour accueillir leurs hôtes comme il se devait. Il fut stupéfait de voir trois dragons et leurs maîtres, chacun avec un passager, qui mirent pied à terre.

« Le Point d'Eau ? Nous sommes bien au Point d'Eau ? cria un homme.

— Oui. Et vous, qui êtes-vous ?

— Je suis le Maître Harpiste Tirone, et voici Kamiana, maîtresse de la reine Pelianth, et Desdra de l'Atelier des Guérisseurs... Et aussi A'dan, maître de Tigrath, et D'say, maître de Critith. Nous voulons savoir si Moreta est venue ici cet après-midi.

— Elle est venue juste avant le coucher du soleil, et nous a laissé des vaccins, répondit Thaniel dont la voix porta bien dans la nuit. Entrez donc, nous avons du vin et du klah. »

Tout en leur faisant signe de le suivre, Thaniel n'avait pour seule pensée que l'une de ces personnes était une Guérisseuse, pouvant les vacciner et leur épargner les tentatives bien intentionnées mais inexpérimentées de Jerra. Heureusement, il y avait du klah tout frais passé, et Jerra et les autres avaient sorti les précieux verres du fortin et débouché à la hâte une bouteille de vin, un rouge buvable des collines de Crom.

« Vous êtes gentils, Thaniel, Jerra, mais nous n'avons pas de temps à perdre, quoique nous appréciions votre hospitalité, fit Tirone, entrant dans le fortin avec les autres. Dites-nous simplement ce que vous savez de Moreta et Holth. »

Son regard, et celui de ses compagnons, était morne et comme éteint par le chagrin.

La peur frappa Thaniel en plein cœur, car Moreta et Holth auraient dû être rentrées au Weyr de Fort depuis longtemps. Depuis des heures ! C'est ce qu'il leur révéla.

« Je lui ai donné une tasse de klah pour la route, ajouta-t-il, espérant avoir agi comme il fallait.

— Qu'est-ce qu'elle a dit ? demanda Kamiana.

— Elle m'a remercié, répondit Thaniel.

— Elle a déclaré autre chose quand elle a décollé avec Holth ?

— Oui, et j'ai plaint la pauvre reine. Elle était toute pâle de fatigue. Elle avait l'air si vieux, vous comprenez. »

Thaniel se tut, craignant d'avoir fait une remarque déplacée.

« Elle a dit, et j'ai bonne mémoire : “Plus qu'un saut dans l'*Interstice*, Holth, c'est tout ce qui nous reste à faire." Ça m'a semblé bizarre, parce que je suis sûr que la reine de Moreta s'appelle Orlith. »

Personne ne le contredit.

« Elle a sûrement visualisé le Weyr de Fort, murmura Desdra aux autres dans le silence soudain. »

Les visiteurs se regardèrent nerveusement.

« Elles devaient être épuisées en arrivant ici, s'enquit Kamiana. Moreta avait chevauché Orlith toute la matinée. Et tous ces arrêts à Keroon ont dû être très fatigants pour une vieille reine comme Holth. »

Guérisseuse dans l'âme, Desdra attira à elle le petit paquet et regarda à l'intérieur.

« Vous verriez un inconvénient à ce que je vous vaccine tous ?

— Non, non, répondit vivement Thaniel. Nous ne savons pas quand notre propre Guérisseur passera – nous sommes à l'écart de toutes les grandes routes – même si ma fille Jerra soutient qu'elle a vu comment il faisait. »

Si Jerra fut contrariée de renoncer au plaisir d'inoculer le remède à sa famille, elle n'en laissa rien paraître et fut la première à déboutonner et rouler sa manche.

« Thaniel, Holth était-elle ferme sur ses pattes au décollage ? demanda anxieusement Kamiana.

— Assez ferme, oui, mais elles étaient toutes les deux très fatiguées, je dirais. »

Kamiana soupira.

« Très fatiguées. Peut-être trop fatiguées pour faire l'unique chose qu'un cavalier doit faire avec son dragon, surtout un dragon qui n'est pas le sien.

— Moreta connaissait très bien Holth, protesta le Maître Harpiste Tirone. »

Kamiana écarta l'objection du geste.

« En tant qu'amie, car Moreta était souvent dans le Weyr de Leri, mais pas en tant que cavalière. Je crois que cela a fait plus de différence que nous ne le pensions.

— Et toutes ces remontées dans le temps, il y avait de quoi brouiller les idées de n'importe qui », affirma Desdra, appuyant fermement un petit bout de coton sur le bras de Jerra après avoir procédé à l'injection.

À ces paroles, tous les assistants se turent, angoissés. Pourtant, Thaniel et ses enfants s'en aperçurent à peine ; leur attention était braquée sur la seringue et le vaccin. Thaniel prit la place de Jerra près de la Guérisseuse, et roula sa manche. Desdra lui pinça le gras du bras et y planta l'aiguille. Il grimaça un peu à l'instant de la piqûre, puis sourit quand le vaccin se répandit dans son corps. Ils avaient de la chance qu'une Guérisseuse se soit trouvée avec les autres.

Quand toutes les injections furent terminées, les visiteurs se levèrent, s'excusant de leur hâte à partir et remerciant leurs hôtes du temps qu'ils leur avaient consacré et de leur hospitalité.

« Je pense qu'elles sont mortes dans l'*Interstice*, déclara Kamiana, et Thaniel, qui éclairait leur chemin jusqu'à leurs dragons, l'entendit. Les dragons ont psalmodié leurs lamentations funèbres.

— Quelle perte ! dit Maître Tirone. Il faut protéger les autres du même sort, Kamiana.

— Ne crains rien. Les Weyrs vont prendre immédiatement les mesures qui s'imposent. Je ne comprends pas comment une cavalière expérimentée comme Moreta a été incapable de visualiser sa destination. Ou pourquoi Holth n'est pas retournée automatiquement auprès de Leri. Leur mission était accomplie.

— Où allons-nous maintenant ? demanda doucement Tirone, s'asseyant derrière le chevalier bleu.

— Retour au Fort de Fort, car vous devez être épuisés vous-mêmes, Maître Tirone, Compagnonne Desdra, dit Kamiana. Je vous ramène sains et saufs à vos Ateliers. »

Les chevaliers-dragons ayant clairement mentionné leur destination, les dragons décollèrent. Un instant plus tard, ils disparurent dans l'*Interstice*, laissant Thaniel seul avec la lune qui se levait et les coureurs qui s'agitaient.

Le soir qui suivit la disparition de Moreta, Thaniel était tout seul au Point d'Eau. Ses enfants étaient tous partis vacciner les coureurs, et rentreraient tard. Soudain, Rusty hennit plus fort que jamais. Pensant qu'un wherry attaquait sa vieille monture, Thaniel écarta prudemment le rideau pour regarder par la fenêtre. Rusty était le seul à s'agiter ; toutes les autres bêtes étaient calmes, quoique paraissant s'étonner du comportement de l'animal. Thaniel se demanda si Rusty n'était pas un peu trop vieux et ne perdait pas un peu la tête. Il serait peut-être forcé d'abattre le vieux coureur.

Un étrange frisson d'appréhension parcourut Thaniel. En proie à une terreur irraisonnée, il laissa retomber le rideau. Haletant, le cœur battant, il alla à la porte, l'entrouvrit et jeta un coup d'œil dehors. Il ne vit rien de bizarre, à part le vieux Rusty paniqué. Il écarta tout grand le battant et sortit dans la nuit.

« Qui est-ce ? Qui est là ? » cria Thaniel marchant vers le paddock.

Rusty hennit et Thaniel se tourna vers lui.

« Stupide animal ! Il n'y a personne », dit-il, embrassant l'espace du geste.

Rusty continua à hennir, roulant des yeux blancs et les narines palpitantes, en galopant autour du paddock, terrorisé.

« Arrête ce tapage ! cria Thaniel à Rusty. Les chevaliers-dragons qui cherchaient Moreta sont tous retournés dans leurs Weyrs, et il n'y a pas trace de dragon dans le ciel. »

Soudain, Thaniel eut l'impression d'avoir été touché au bras par un rayon glacé. Il croisa les bras sur sa poitrine en grommelant :

« Qu'est-ce que c'est que ça, qui me fait frissonner comme si on était au milieu de l'hiver et que j'étais en train d'attraper un rhume ? »

Puis, encore plus fort, frappé d'une idée terrifiante, il ajouta :

« Ou est-ce l'épidémie ? »

Agité de violents tremblements, Thaniel tourna les talons et rentra chez lui en courant, claquant la porte derrière lui.

Peu après, Jerra, Maynar et les autres arrivèrent et trouvèrent leur père totalement bouleversé, assis près du feu, chancelant sur son tabouret, les mains jointes crispées entre ses genoux.

« Qu'est-ce qu'il y a ? questionna Jerra, l'air inquiet.

— Rien, rien.

— Tu as vu quelque chose ? demanda Maynar.

— Je n'ai rien vu du tout », répondit sèchement Thaniel, les yeux braqués sur le feu.

Le lendemain, deux chevaliers-dragons vinrent au Point d'Eau, pour vérifier qu'humains et bêtes avaient été vaccinés et que personne ne souffrait d'effets secondaires. Bien évidemment, leur arrivée fut ponctuée par les hennissements terrorisés de Rusty. Les assurant que toute sa famille avait été vaccinée par la Compagnonne Guérisseuse Desdra en personne, Thaniel eut envie d'ajouter que le seul effet secondaire était le comportement de son vieux Rusty, qui hennissait tous les jours à l'apparition d'un dragon. Mais il tint sa langue, conscient du chagrin qu'ils éprouvaient. Il ne pouvait s'empêcher de penser qu'il était la dernière personne à avoir vu Moreta et Holth. Cette idée le rongeait et l'angoissait.

Son anxiété n'échappa pas à ses enfants, de sorte que les jours suivants l'un d'eux resta avec lui au fortin pendant que les autres allaient s'occuper des troupeaux. Mais un soir, juste avant la nuit, Bill arriva au galop sur son petit coureur, annonçant qu'une bête s'était prise au piège dans une étroite ravine, et ne trouvait aucune prise pour poser ses sabots et se libérer. Tous les bras étaient nécessaires pour la délivrer et la mettre hors de danger, alors Jerra, qui était restée près de son père ce jour-là, devait repartir avec son frère. Thaniel et Bill rassemblèrent des cordes, des courroies et des lanternes, et les attachèrent sur la monture de Bill. Jerra et Bill répugnaient à laisser leur père tout seul, mais Thaniel les rassura, disant qu'il pouvait se passer d'eux et qu'il fallait bien sauver la bête en danger.

La poussière soulevée par les montures de Bill et Jerra était à peine retombée que Thaniel ressentit une terrible angoisse, accompagnée d'un hennissement terrifiant de Rusty. Le cœur battant la chamade, Thaniel s'approcha lentement de la porte, armé d'un lourd bâton long comme son bras. Il ouvrit et inspecta les alentours, à la recherche d'un dragon. Mais il ne vit que Rusty, cabré sur ses jambes postérieures, et qui frappait des antérieures un ennemi invisible. Au bout de quelques instants, le coureur retrouva son calme, pour se remettre à hennir presque immédiatement. Il était tellement terrorisé qu'il s'éloigna de la clôture aussi vite que ses jambes purent le porter. Puis il s'arrêta pile, fixant intensément devant lui... le vide. L'animal terrifié se mit à piaffer nerveusement, et, l'inquiétude surmontant la peur, Thaniel quitta la sécurité de sa maison et s'approcha de l'enclos, faisant signe à Rusty d'approcher. L'animal l'ignora, oreilles dressées et yeux braqués devant lui sur quelque chose que lui seul pouvait voir.

« Qu'est-ce qu'il y a, mon vieux ? Qu'est-ce qui te tracasse ? » demanda Thaniel, regardant les muscles de Rusty agités de spasmes.

Il lui passa la main sur les yeux, les frictionna, avant de rediriger son regard vers l'espace vide qui fascinait Rusty. Soudain, le coureur recula brusquement, manquant s'asseoir sur son arrière-train dans sa précipitation. Puis, après une violente ruade et de nouveaux piaffements, l'animal éperdu se mit à galoper ventre à terre autour du paddock, comme un yearling non dressé, virant et ruant, comme si les Fils ou quelque autre danger impensable s'abattait sur lui.

La mâchoire de Thaniel s'affaissa.

Il ne fait ça que lorsqu'il y a un dragon dans les parages, se dit-il. *Peut-être que le vieux Rusty a fait son temps et qu'il serait charitable de l'abattre. On ne peut pas le garder à hennir comme ça toutes les nuits !*

Branlant du chef, il se retourna et rentra dans sa maison.

Et l'étrange comportement de Rusty continua, nuit après nuit, jusqu'au cinquième soir après la disparition de Moreta dans l'*Interstice*. Ce soir-là, Thaniel l'observa au bon moment. Et, à sa totale stupéfaction, la pleine lune illumina les formes éthérées d'un dragon et de sa maîtresse.

Hurlant plus fort que Rusty, Thaniel lâcha son bâton, se retourna et rentra chez lui en courant, claquant vivement la porte derrière lui.

CINQ JOURS PLUS TÔT...

Moreta se sentit mieux après le klah du vieil éleveur. Elle ne se rappelait plus quand elle avait mangé pour la dernière fois, et pourtant, cela ne devait pas remonter très loin car son estomac ne criait pas famine. Mais elle était très fatiguée, et même la Chute la plus longue ne lui avait jamais paru aussi interminable et épuisante. Encore un dernier saut dans l'*Interstice*, et Holth pourrait se reposer, elle aussi, car la vieille reine avait été très vaillante. Quittant le sol pour cette dernière étape de la journée, Moreta commença sa litanie contre sa peur de l'*Interstice* :

« Noir, plus noir, le plus noir... »

L'*Interstice* ne lui avait jamais semblé si froid, même avec le klah chaud pour la réchauffer. Croisant ses bras sur ses épaules pour lutter contre le refroidissement, elle ferma les yeux contre les ténèbres implacables de l'*Interstice*. Puis elle les rouvrit, et, du coin de l'œil, son cerveau enregistra quelque chose de différent dans son environnement, quelque chose d'inattendu.

Est-ce une lumière ? Elle se tourna vers la clarté, secouant la tête, attendant que l'obscurité de nouveau la submerge. Mais une sorte de grisaille s'étendait devant elle, se fondant progressivement dans le noir de l'*Interstice*. Elle ressentit le désir irrésistible de s'éloigner de cette grisaille, et s'aperçut brusquement que Holth était immobile. Les huit secondes habituelles étaient largement passées, c'était certain. Elle avait presque terminé sa litanie, et elles étaient immobiles – irrévocablement – dans l'*Interstice*...

Holth ? s'écria-t-elle. *Qu'est-il arrivé ? Nous ne sommes pas rentrées au Weyr de Fort !*

*Nous sommes dans l'*Interstice. *Je n'ai pas « vu » où nous devions aller,* répliqua Holth d'un ton querelleur, avant de trompeter de détresse.

La panique s'empara de Moreta, et elle s'efforça de se rappeler ce qu'elle avait dit à Holth *avant* que la vieille reine fatiguée ne décolle. Elle secoua la tête.

J'ai dû visualiser le Weyr de Fort pour toi, protesta-t-elle, forçant son esprit fatigué par les remontées temporelles à se rappeler exactement ce qu'elle avait dit. *Je suis Dame du Weyr depuis trop longtemps pour commettre cette faute d'apprenti.*

Nous sommes fatiguées toutes les deux, répondit Holth d'un ton morne. *Nous avons plongé dans l'*Interstice, *comme tu l'as dit. C'est tout.*

Pourquoi ne m'as-tu pas demandé où ? l'apostropha durement Moreta, évaluant comment un dragon aussi expérimenté avait pu oublier une chose aussi élémentaire.

*Tu m'as dit toute la journée où aller et à quel moment y arriver. Tu m'as toujours donné les directives. Des instructions spécifiques, axées sur le soleil. Cette fois, tu m'as simplement dit d'aller dans l'*Interstice, expliqua la vieille reine, d'un ton où pointait le désespoir.

S'efforçant frénétiquement de réprimer sa panique, Moreta se souvint qu'effectivement, elle avait seulement dit à la vieille Holth fatiguée de plonger dans l'*Interstice*, supposant qu'elle l'avait aussi entendue dire que c'était le dernier saut de la journée. Ce qui signifiait, bien sûr, de rentrer à la maison par l'*Interstice*, c'est-à-dire au Weyr de Fort, où elles pourraient se reposer après cette journée éprouvante. Près de Leri, d'Orlith et de ses œufs. Elle resserra ses mains sur ses épaules, et regarda derrière elle avec nostalgie, comme en contemplation de son passé. Un passé qu'elle ne pouvait pas changer.

Bouge, Holth ! Nous pourrons peut-être retrouver le chemin du Weyr !

Holth émit un grognement incrédule, et ne bougea ni aile ni patte.

Je ne peux aller nulle part, déclara la créature, soulignant légèrement le « aller ».

« Que veux-tu dire par "aller nulle part" » ? s'écria Moreta tout haut.

Pas maintenant, et pas avec toi.

Telle fut la réponse énigmatique de Holth.

Nous devons rentrer à la maison. On nous attend. Leri s'inquiétera à ton sujet, et Orlith sera dans tous ses états.

Je sais, répondit la reine. *Je ne parviens pas à les contacter,* ajouta-t-elle après une courte pause.

Effrayée, Moreta projeta sa pensée pour trouver le contact réconfortant d'Orlith, toujours présent au fond de son esprit – et souvent plus fort quand elles étaient séparées. Pour la première fois, le contact ne s'établit pas, et Moreta en eut le souffle coupé. C'est impossible ! pensa-t-elle, alors que des larmes involontaires lui inondaient le visage. Un indicible chagrin l'accabla.

ORLITH ! cria-t-elle.

À cet instant, elle vit quelque chose bouger, une silhouette plus sombre se détachant de la grisaille, mais en forme de chevalier monté sur son dragon.

« Hello, là-bas ! » cria une voix masculine.

Il agita le bras à son adresse. Moreta se figea un instant, puis essuya vivement ses larmes. Elle était la proie d'un impossible cauchemar, et voilà maintenant qu'elle avait des hallucinations auditives aussi bien que visuelles – dans l'*Interstice* !

« Attends-moi ! » cria l'homme.

Stupéfaite, Moreta attendit machinalement tandis qu'un dragon brun, exceptionnellement petit, s'approchait et s'arrêtait devant Holth. La vieille reine avança son museau et toucha celui du nouveau venu, en la salutation courtoise habituelle. Puis Holth recula avec beaucoup plus d'énergie qu'elle n'en avait affiché jusque-là.

Duluth ? demanda la reine dorée, surprise.

« Que se passe-t-il ? Qui êtes-vous ? Pourquoi puis-je vous voir et vous entendre ? » s'écria Moreta.

De nouveau, la panique montait en elle. La vieille reine recula un peu plus.

« Je suis Marco Galliano », dit le jeune chevalier-dragon d'un ton posé, rassurant.

Ou du moins, Moreta pensa-t-elle qu'il était jeune. Ce devait être un nouveau, car Moreta ne connaissait aucun dragon nommé Duluth.

« Ne vous inquiétez pas, je peux vous aider. Vous avez froid ? Vous frissonnez toutes les deux.

— Oui, mais pas de froid », dit Moreta, s'efforçant de dominer l'angoisse qui s'entendait dans sa voix.

Mais qui n'aurait pas réagi de même, bloqué dans l'*Interstice* ?

« Écoute, je sais que c'est tout nouveau pour vous, de vous retrouver là. Duluth et moi, nous faisons une ronde tous les jours pour repérer les égarés.

— Une ronde ? Les égarés ? » répéta Moreta en écho, incrédule.

Elle avait l'impression que la grisaille se refermait sur elle et se cramponna à son harnais de vol, craignant d'être en train de perdre connaissance. Si elle tombait de Holth maintenant, elle tomberait dans l'*Interstice*. Un gémissement involontaire lui échappa.

« Allons, je vais vous emmener en un lieu où il fait chaud. »

Duluth se retourna.

« Attends ! Où vas-tu ? » cria-t-elle.

Suivez-moi, c'est tout. C'est facile, affirma le dragon.

« Je ne sais pas comment c'est possible, dit Marco avec désinvolture, mais je réussis toujours à retourner à Paradis. »

Duluth courut et décolla, si bien que Moreta encouragea vivement Holth à le suivre. Holth décolla très vite comme si, à l'instar de Moreta, elle avait envie d'être n'importe où sauf là, où que se trouvât ce « là ». De nouveau, la vision de Moreta se brouilla, la panique continuant à la broyer dans ses griffes. Elle se sentait totalement désorientée.

Ils volèrent en ligne droite pendant ce qui leur parut un long moment puis, soudain et sans préavis, Marco et Duluth perdirent de l'altitude, le dragon replia ses ailes et plongea à travers le « sol » noir de l'*Interstice*. Un trou apparut où ils s'engouffrèrent, et Moreta incita Holth à les suivre.

Ils émergèrent au-dessus d'une mer bleu azur, en face d'une plage de sable blanc bordée de grands arbres. Le bruit du ressac emplit les oreilles de Moreta. Duluth atterrit sur la plage, suivi par Holth qui, avec un puissant soupir, redéploya instinctivement ses ailes pour absorber la chaleur qu'aiment tant tous les dragons, et enfonça ses pieds dans le sable chaud.

Nous sommes sauvés ! Nous pouvons rentrer à la maison maintenant, Holth ! s'écria-t-elle avec soulagement.

Holth ne lui répondit pas. Moreta essaya vivement de s'orienter, mais la chaleur, jointe à l'épuisement, la terrassa. Elle se mit à glisser sur le flanc de Holth, mais tomba à mi-course, atterrissant à quatre pattes dans le sable chaud.

« Bon, vous êtes toutes les deux affreusement fatiguées. Ton dragon a raison », dit Marco, la remettant sur ses pieds avec aisance.

Moreta aurait voulu rectifier, lui dire que Holth n'était pas sa reine, mais sa bouche refusa de prononcer ces mots. Il la prit doucement par le bras et la pilota vers l'ombre des arbres. La chaleur était accablante, et elle ouvrit machinalement sa veste de vol. Le choc et la fatigue l'ayant rendue muette, elle suivit Marco sans un mot, regardant par-dessus son épaule pour s'assurer que Holth était confortablement couchée dans le sable. Holth émit un grognement, remua les épaules, laissa retomber sa queue sur la plage, et exhala bruyamment en un ronflement sonore.

« Là, assieds-toi un moment ; tu te sentiras mieux après un peu de repos. »

Marco balaya des feuilles mortes tombées des arbres sur l'herbe vivace.

Alors il l'obligea pratiquement à s'asseoir par terre. Elle n'avait plus aucune vigueur. Quand il prit la veste de vol de sa main sans force et lui en fit un oreiller, elle s'allongea docilement. Fermant les yeux, Moreta espéra que, quand elle les rouvrirait, elle serait de retour dans son Weyr, et que tout ça n'était qu'un mauvais rêve.

L'étrange jeune chevalier-dragon lui murmura des paroles rassurantes qu'elle n'entendit pas, car elle sombra presque instantanément dans un profond sommeil.

Quand Moreta se réveilla, soudain consciente du bruit que faisait Holth en changeant de position, Marco était toujours là. Il lui posa une main sur l'épaule, et lui parla avec la calme assurance d'un homme de cinq fois son âge. Curieusement, elle n'était plus en proie à la panique qui l'étreignait avant de s'endormir. Un grand calme s'était insinué en elle.

« Ce n'était pas un rêve, comme tu l'aurais souhaité. C'est la réalité. Vous êtes entrées dans l'*Interstice*, et vous n'en êtes pas sorties. Mais je vous ai trouvées », dit-il d'un ton rassurant.

Marco lui fit signe de s'asseoir et de s'adosser à un tronc d'arbre. Elle remarqua pour la première fois qu'il avait une tenue de vol bizarre, mais son inquiétude au sujet de Holth la poussa à diriger son regard sur la reine, qui changeait de position sur le sable.

« Elle va bien, dit Marco. Je crois qu'elle veut réchauffer son autre flanc au soleil. C'est la première fois qu'elle bouge depuis qu'elle s'est couchée, à part ses ronflements. Très sonores, comme tu le sais sans doute. »

Marco était un jeune homme séduisant – quoique beaucoup moins qu'Alessan, se dit-elle. Mais elle écarta l'idée de son amant. Cette situation terrifiante était assez difficile à comprendre sans y ajouter l'angoisse d'être perdue pour lui.

« Où sommes-nous, Marco ? l'implora-t-elle. Car, si nous ne sommes pas sorties de l'*Interstice*, qu'est-ce que tout cela ? demanda-t-elle, embrassant du geste la plage et les eaux bleues clapotant doucement sur le rivage.

— Holth dit que tu t'appelles Moreta, et que tu es la Dame du Weyr de Fort, déclara-t-il calmement, la regardant avec respect. Duluth est impressionné.

— À quel Weyr as-tu dit que tu appartenais ?

— Je n'ai rien prétendu de pareil, car je n'ai jamais appartenu à un Weyr. Tu ne connais pas ton histoire des chevaliers-dragons ? »

Il avait l'air déçu.

Moreta, stupéfaite de cette accusation, le foudroya du regard.

« Bien sûr que si.

— Alors, qui étaient les premiers chevaliers-dragons ? » l'interrogea-t-il très doucement.

Elle braqua les yeux sur lui, consciente que sa mâchoire s'affaissait. Elle savait qui étaient les premiers chevaliers-dragons et... elle s'efforça de comprendre le concept.

« Toi et Duluth..., dit-elle, extirpant les faits de sa mémoire, furent le premier couple à entrer dans l'*Interstice* pour éviter une collision avec un aérotraîneau au Comptoir de la Rivière Paradis... »

Elle se tut, regardant autour d'elle.

« Naturellement, ce n'est que plus tard qu'on maîtrisa la technique pour entrer et sortir sans danger de l'*Interstice.* Duluth et moi n'avions agi que par instinct.

— Et vous êtes dans l'*Interstice* depuis lors ? demanda Moreta, sentant ses entrailles se nouer.

— Plus ou moins. Il m'a fallu un bon moment pour réaliser que je pouvais revenir à la Rivière Paradis quand je voulais. Naturellement, le temps que je m'en aperçoive et y revienne, toute l'armada de Jim Tillek avait déménagé. J'ai volé dans la direction où je savais qu'ils allaient, mais une violente tempête se leva et faillit me désarçonner, alors j'ai renoncé. Duluth s'était froissé un ligament de l'aile droite. Heureusement, il me restait assez de baume calmant pour soulager sa blessure. Le temps que nous puissions reprendre nos recherches, nous nous sommes dit que la tempête avait dû les malmener eux aussi. Il y avait même des épaves de bateaux parmi les débris rejetés par la mer sur la plage. Pas de cadavres – nous avons bien regardé. Alors, nous sommes revenus à la Rivière Paradis et en avons fait notre quartier général. Il y a encore quelques bâtisses là-bas. Au début, j'y entreposais les débris rejetés par la mer, pour le cas où quelqu'un reviendrait les chercher. Mais personne n'est jamais revenu. Et après, j'ai trouvé d'autres dragons et leurs maîtres piégés comme nous.

— D'autres ? Où sont-ils ?

— Sans doute à la chasse. Les dragons aiment toujours chasser, tu comprends. Mais une fois qu'ils ont tué, ils ne se soucient même pas de saigner la bête. Il y avait beaucoup de bonnes têtes de bétail abandonnées lors de la Seconde Traversée. Pendant l'évacuation vers le Continent Septentrional, il n'y avait pas assez de place pour tous sur les bateaux, seulement pour les meilleurs reproducteurs. Ils se sont multipliés, et les chats...

— Les chats ?

— Oui, les chats. Les grands félins que Ted Tubberman élevait et qu'il a relâchés ici avant de partir.

— Oh, mais ce sont ces créatures qui ont provoqué notre épidémie. Ne les laisse pas approcher de vous ! »

Marco éclata de rire, et les entrailles de Moreta se dénouèrent doucement.

« Pas la moindre chance, Moreta. Pour commencer, ils ont généralement peur des dragons ; et ensuite, nous n'avons pas d'armes, dit-il, ouvrant les mains toutes grandes, alors, nous gardons nos distances. Comment pourraient-ils provoquer une épidémie ?

— Ils le peuvent, crois-moi, affirma Moreta. Je ne sais pas combien de morts il y a eu. Mais les Guérisseurs ont développé un vaccin.

— Comment les chats sont-ils arrivés dans le nord ? » demanda Marco.

Moreta fit claquer sa langue.

« Certains marins échoués sur la côte en ont trouvé et rapporté, pensant se faire un peu d'argent en les exhibant dans les fêtes. Et avant que nous remontions jusqu'à eux pour découvrir l'origine de la maladie, beaucoup de gens avaient été infectés.

— Vous ne connaissez donc pas les quarantaines ? demanda Marco, stupéfait.

— Bien sûr que si, mais l'épidémie s'est propagée trop vite. D'abord, personne ne savait comment elle a commencé. Des maladies contagieuses apparaissent de temps en temps, mais en général, elles sont saisonnières et n'affectent qu'un petit nombre de gens. Alors que cette épidémie a touché presque toute la population.

— Des dragons et leurs maîtres sont morts également ?

— Oui, répondit-elle avec tristesse. Comment le sais-tu ?

— J'en ai vu pas mal ces temps-ci, grimaça-t-il. Plus que n'en aurait justifié une grosse Chute de Fils.

— Mais si tu les as vus dans l'*Interstice*, alors tu dois avoir vu où ils allaient ! »

Moreta sentit l'espoir renaître en elle.

Il secoua lentement la tête.

« Je ne sais pas où ils sont allés. Je ne m'y suis pas encore rendu. »

Une curieuse expression passa sur son visage. Duluth émit un roucoulement réconfortant.

Moreta le fixa intensément, ayant calculé que lui et les premiers chevaliers-dragons devaient tous avoir dans les dix-neuf ou vingt Révolutions à l'époque où ils avaient conféré l'Empreinte aux premiers dragons.

Et maintenant, il devait donc avoir plus de mille cinq cents Révolutions ! Enfin, s'il existait réellement ! Elle eut envie de tendre la main pour le toucher.

« Je ne comprends toujours pas... »

Sa voix trembla d'incertitude, et elle sentit les larmes lui monter aux yeux.

« Comment puis-je être là et *dans* l'*Interstice* en même temps ? »

Il secoua la tête.

« Je ne comprends pas non plus, mais c'est un fait. *Cogito ergo sum*.

— Je te demande pardon ?

— Cela vient d'une très ancienne langue de la vieille Terre, le latin. Cela se traduit par : “Je pense, donc je suis.”

— Oh !

— Et ce n'est pas tout, Moreta. En quelle année – je veux dire, en quelle Révolution sommes-nous ? »

Moreta braqua les yeux sur lui en répondant :

« En mille cinq cents quarante-trois. Nous serons bientôt à la fin du Sixième Passage. »

Il hocha la tête, contemplant un point distant à l'horizon. Un soupir s'échappa de ses lèvres.

« Mais *comment* as-tu survécu ?

— Je n'ai aucune certitude, mais je suppose que le temps doit être différent dans l'*Interstice*. Ce qui confirme mon idée que l'*Interstice* se situe dans une autre dimension, à un autre niveau ou autre chose.

— Tu ne te sens pas... »

Moreta s'interrompit, répugnant à blesser ce sympathique jeune homme par son indiscrétion.

« ... seul ? termina-t-elle.

— J'ai Duluth. »

Il regarda son dragon, qui se prélassait dans le sable près de Holth. Quand il établit le contact mental avec son partenaire de vie, Moreta vit ses yeux briller de cet attachement indéfectible que connaissent bien tous les chevaliers-dragons. Elle n'en ressentit que plus fortement l'absence d'Orlith.

Duluth émit un grondement affectueux à l'adresse de son maître, et Holth remua brièvement sur le sable chaud.

« Qu'est-ce qui vous est arrivé, à Holth et toi ?

— Malchance, mauvaise visualisation. Provoquées, je peux le dire honnêtement, par la fatigue et trop de changements temporels.

— Changements temporels ? »

Moreta prit une profonde inspiration, pour se préparer à raconter son histoire. À mesure qu'elle relatait les événements de ces derniers jours, le calme qui s'était insinué en elle s'évanouit. Quand elle conclut son récit, l'émotion la submergea.

« Je lui ai dit seulement : "Nous n'avons plus qu'à faire un saut dans l'*Interstice*, Holth, c'est tout." Et nous nous sommes retrouvées bloquées là où tu nous as trouvées. »

Moreta éclata en sanglots à l'idée qu'elle n'avait pas visualisé clairement l'endroit où elle et Holth auraient dû retourner.

« Je n'ai jamais dit adieu à Orlith, s'écria-t-elle en larmes.

— C'est là que je peux t'aider », souligna-t-il gentiment, changeant de position pour lui entourer les épaules de son bras.

Il la berça doucement jusqu'à ce qu'elle ait repris son calme.

« Tu as livré des vaccins dans quarante endroits différents en l'espace d'un après-midi ? fit-il, incapable de réprimer l'incrédulité qui transparaissait dans sa voix. Mais atterrir et décoller, ça prend beaucoup de temps.

— C'est que... nous avons fait en sorte que chaque heure compte double ou même triple. Les dragons peuvent se déplacer dans le temps, tu comprends.

— Les dragons peuvent se déplacer dans le temps ? répéta Marco, stupéfait.

— Oui, mais comme tu vois, cela peut être dangereux et totalement désorienter le cavalier. Je l'ai fait avant aujourd'hui, je suis même allée dans l'avenir, mais uniquement parce que l'urgence de combattre cette épidémie l'avait rendu indispensable. Nous manquions de chevaliers-dragons. Comme j'étais celle qui connaissait le mieux les plaines et les fortins de Keroon, j'ai offert de faire la tournée. Je me suis guidée sur la position du soleil, mais pour livrer tous les vaccins dès aujourd'hui, j'ai eu à reculer dans le temps. Au moment d'arriver à la dernière livraison, nous étions épuisées toutes les deux. »

Il lui toucha l'épaule, scrutant son visage avec tant de compréhension qu'elle cligna les yeux de surprise.

« Marco, pourquoi es-tu ici depuis si longtemps ? »

Il haussa les épaules.

« Je ne peux aller ailleurs ni revenir autre part.

— Mais n'as-tu pas essayé de suivre d'autres chevaliers-dragons quand tu les vois dans l'*Interstice* ? demanda-t-elle.

— Oui, j'ai essayé, mais tout s'est terminé dans la grisaille. Nous avons volé pendant des heures, des jours ! Mais c'est toujours la même chose. D'abord, j'ai cru que nous pourrions arriver au bout de cette grisaille et en sortir, mais je n'ai jamais pu. Elle reculait toujours à mesure que nous avancions, Duluth et moi. »

Il prit une profonde inspiration, puis ajouta tout à trac :

« Parfois quand même... je vois des dragons, généralement avec leur maître, qui s'éloignent – quelquefois en mouvement ascendant... »

Il agita vaguement la main au-dessus de sa tête.

« Ils ne se dirigent pas vers l'*Interstice*, parce qu'ils y sont déjà. Ils visent quelque destination située... *au-delà de l'Interstice.*

— Au-delà de l'*Interstice* ? »

Un frisson lui parcourut l'échine.

« Mais il n'y a rien au-delà de l'*Interstice*. »

Un lourd silence tomba entre eux, et il se passa un long moment avant qu'aucun ne reprît la parole.

« En es-tu sûre ? demanda doucement Marco.

— Tu devrais le savoir. Tu es arrivé ici dans un vaisseau spatial, alors tu devrais avoir vu tout ce qu'il y a à voir sur Pern.

— Tu peux le dire, soupira-t-il avec nostalgie. Ils projetaient les vues de la planète sur tous les écrans, pour que nous puissions tout voir pendant l'approche. La plupart d'entre nous avaient été réveillés, en préparation à l'atterrissage, et je crois que très peu se sont souciés de manger ou de dormir avant l'arrivée. Nous n'avions d'yeux que pour ce monde, poursuivit-il, les yeux brillants. Plus beau que la Terre, avec des mers d'un bleu magnifique et des étendues verdoyantes, et aussi quelques déserts. Tout cela était merveilleux – *et à nous !*

— Et avez-vous vu l'*Interstice* ? »

Il la regarda, pensif, avant de secouer lentement la tête.

« L'*Interstice*, c'est quelque chose que les dragons devaient découvrir pour nous. C'est quelque chose qu'*eux* peuvent faire. Pas nous. Leur lieu réservé.

— Les dragons vont dans l'*Interstice* pour mourir, affirma Moreta, d'un ton catégorique.

— Ils peuvent traverser l'*Interstice*, rétorqua-t-il, mais ils n'y restent pas. Pas de cadavres. J'ai eu l'occasion de vérifier, quand je vois un dragon dans la grisaille.

— Tu en es sûr ?

— J'en suis sûr. »

Moreta, elle, n'était plus sûre de rien, mais elle se tut. Elle savait que les dragons disparaissaient dans l'*Interstice* à la mort de leur maître. Elle savait que, parfois, un dragon et son maître disparaissaient ensemble dans l'*Interstice*, quand la vie de l'un d'eux était devenue insupportable. Elle redressa brusquement la tête, en proie à un sentiment d'urgence accablant.

« D'une façon ou d'une autre, je dois retrouver Orlith et ramener Holth à Leri.

— Je comprends, concéda Marco.

— N'as-tu pas dit que je pouvais revenir à l'endroit d'où je viens ? Au Point d'Eau ? »

Elle se leva, époussetant le sable de ses vêtements.

Il posa les yeux sur elle, le visage presque dénué de toute expression.

« Tu peux retourner au Point d'Eau, oui, mais je ne crois pas que ça t'avancera à grand-chose.

— Et si je peux retourner au Point d'Eau, peut-être que je pourrai retourner au Weyr de Fort. »

Il pencha la tête, l'air ironique.

« C'est sans doute là le problème. Tu es morte, tu comprends. »

Elle le regarda, l'horreur le disputant à l'incrédulité.

« Par les éclats de la coquille de mon dragon ! Alors, pourquoi suis-je ici avec toi ? »

Elle inclina la tête, le regardant droit dans les yeux, et lui tendit la main pour l'aider à se relever. Il fixa la main tendue puis, serrant et desserrant les mâchoires, soutint son regard. Moreta retint son souffle, sans détourner les yeux.

« Tu n'es pas avec ton dragon. Tu aurais dû entrer dans l'*Interstice* avec Orlith, pas avec Holth ! dit-il, lui aggripant finalement la main.

— Je ne pourrais pas trouver un moyen d'envoyer un message à Leri ? »

Il eut un sourire bizarre.

« Je ne crois pas qu'on te verrait, dit-il d'un ton posé. Et je ne suis pas certain non plus que ça marcherait d'écrire un message.

— Pourquoi ? »

Il soupira.

« Le problème est de le rendre visible. »

Paniquée, elle regarda le soleil, très bas sur l'horizon.

« Il faut que je m'en aille, maintenant, lança-t-elle, enfilant sa veste de vol. »

Elle allait appeler Holth quand Marco posa lourdement la main sur son épaule pour l'empêcher de bouger.

« J'aurais dû faire demi-tour immédiatement et attendre, dit-elle, se baissant pour se dégager.

— Non ! » la rabroua-t-il fermement d'une voix forte.

Holth releva la tête, et Duluth, sortant de sa somnolence au soleil, le regarda, calmement, une verte brillance dans ses yeux à facettes.

« Cela n'aurait rien amené de bon. J'en suis certain. »

Elle se soumit, plus par confusion que par conviction. *Il sait quelque chose qu'il ne veut pas me dire*, pensa-t-elle. Marco scruta le visage de Moreta.

« J'ai eu beaucoup de temps pour réfléchir, Moreta. Plus de temps qu'aucun homme ne devrait en avoir. Et je commence à croire que les dragons sont immortels. Je crois que c'est pour ça que je suis encore là avec Duluth.

— Immortels ?

— Ils ne vieillissent pas comme nous, je veux dire, et leur corps ne se décompose pas. Ils peuvent vivre des centaines de Révolutions.

— Mais les dragons peuvent être blessés pendant les Chutes, et aussi tomber malades, protesta Moreta, se raccrochant à l'unique fait qu'elle connaissait.

— Bien sûr, mais leurs organes ne dégénèrent pas ; alors, techniquement, ils peuvent vivre aussi longtemps qu'ils le veulent. En général, ils vivent aussi longtemps que leur maître ; parce que le lien entre eux est si fort qu'ils ne veulent pas vivre sans lui. »

Marco fit une pause, puis prenant une profonde inspiration, et s'efforçant de trouver les mots justes, il reprit :

« Les chevaliers-dragons, et, je suppose, d'autres personnes sur Pern, dirigent leur vie selon certaines règles et traditions. Là d'où je viens, nous avions pas mal de systèmes de croyances. Certains étaient très utiles, d'autres plutôt nuisibles. Je ne vais pas m'étendre là-dessus pour le moment. Mais l'un des principes auquel mes contemporains étaient le plus attachés, c'est qu'il y a en nous quelque chose qui survit à la chair et au sang. »

Moreta secoua la tête, plus troublée que jamais, tandis qu'il poursuivait :

« Ne crois-tu pas qu'il y a en nous quelque chose de spécial, de différent ? demanda Marco. Une essence qui rend chacun différent de tous les autres ?

— Je ne suis pas tellement différente de toutes les personnes que je connais, rétorqua-t-elle, presque sur la défensive.

— Tu es maîtresse d'une reine, dit-il, et ton essence – ta puissance – et celle de ton dragon sont intimement liées pour l'éternité. Vous ne serez jamais séparés. »

Une grimace de douleur déforma le joli visage de Moreta. Les paroles de Marco la troublaient. Toute cette histoire de croyances, de chair et de sang, lui donnait le tournis. Il fallait qu'elle fasse quelque chose. Maintenant ! Elle craignait d'être en train de perdre son temps.

« Je suis séparée de mon dragon en ce moment, affirma-t-elle, s'avançant vers Holth. Si je peux retourner au Point d'Eau, je dois partir tout de suite. »

Il la suivit, jetant un regard à Duluth, qui quitta aussitôt à regret son confortable nid de sable. Holth se réveilla en sursaut, ses yeux à facettes flamboyant, alarmés.

Qu'est-ce qui ne va pas ?

« Rien, ma chérie, rien, tout va bien, dit Moreta. Nous retournons au Point d'Eau. Il faut absolument que j'essaie de rejoindre Orlith. D'une façon ou d'une autre, j'arriverai à faire passer un message à Leri, et lui demander de nous rejoindre. »

Leri, répéta Holth en écho, d'un ton mental empreint de pitié.

Moreta se retourna vers Marco.

« Tu es sûr que je peux retourner là-bas ? »

Marco hocha lentement la tête.

« Chacun de nous peut retourner à son dernier point d'entrée. Mais nulle part ailleurs – sauf, pour vous, à la Rivière Paradis, bien sûr, parce que je peux vous y conduire. »

Il soupira et lui toucha le bras en un geste de sympathie.

« Sauf que *maintenant* vous ne pouvez pas sauter à l'endroit où vous aviez l'intention d'aller *tout à l'heure*. »

Il enfila sa veste de vol élimée.

« Nous allons venir avec vous – pour vous guider dans l'*Interstice*. »

Holth s'avança pesamment, jusqu'au moment où Duluth se pencha vers elle et la toucha de son museau, ce qui revigora la vieille reine. Moreta se mit en quatre pour la réconforter, lui caressant le cou et lui murmurant des paroles affectueuses et rassurantes. Elle se hissa alors sur son dos.

« Maintenant, visualise bien le Point d'Eau juste au crépuscule, conseilla-t-il, bouclant son casque après avoir lissé ses cheveux. Duluth et moi, nous t'attendrons dans l'*Interstice*, pour t'aider à revenir ici. »

Moreta maintint fermement l'image du Point d'Eau dans sa tête, avec les clôtures des trois champs se rejoignant en un point, le fortin sur la gauche, et le soleil couchant qui saupoudrait d'étincelles les ardoises bleu-gris des toits.

« Allez-y ! dit Marco, levant les deux mains, pouces en l'air.

— Retournons au Point d'Eau, Holth », lança Moreta.

Et la reine, glissant un peu dans le sable humide, parvint à décoller plus énergiquement que les deux dernières fois.

« Noir, plus noir, encore plus noir, marmonna Moreta par habitude, sentant le dragon prendre de l'altitude.

— Tu es prête à sortir, Moreta », lui cria Marco.

Mais avant qu'elle ait eu le temps de reprendre une inspiration, Holth et elle sortirent de la grisaille dans un air frais et revigorant. Timor, la plus petite des lunes de Pern, se levait. Un coureur hennissait de toutes ses forces, un rouan au museau grisonnant. Les autres coureurs du paddock galopaient follement dans l'enclos, en proie à une terreur panique. En l'absence de Marco et Duluth, cela fit peur à Moreta.

Holth parvint à atterrir – avec grâce – à l'intersection des trois clôtures. La lumière chaude et amicale des paniers de brandons brillait dans le fortin tout proche. Moreta entendit des cris d'effroi. Toutes les lumières s'éteignirent, et la porte fut claquée et verrouillée. Elle allait demander à Holth de marcher jusqu'au fortin pour voir ce qui avait tant effrayé ses occupants, quand la porte s'entrouvrit et que la silhouette d'un homme se dessina dans la lumière.

« Qui est-ce ? Qui va là ? »

Moreta reconnut la voix de Thaniel.

« Moreta, bien sûr, Thaniel ! » cria-t-elle, mais il ne parut pas l'entendre.

Rusty se remit à hennir, et Thaniel se tourna vers la créature.

« Stupide animal ! Il n'y a personne. »

Du bras, il décrivit un large arc de cercle pour montrer qu'il ne voyait rien qu'un espace vide. Un espace vide que Moreta était sûre de remplir.

« Thaniel, c'est moi ! Tu ne me vois donc pas ? » cria-t-elle aussi fort qu'elle le put, encourageant Holth à avancer.

Rusty hennit de plus belle, galopant follement dans l'enclos, roulant des yeux blancs de terreur.

« Arrête de braire comme ça ! rugit Thaniel à Rusty. Les chevaliers-dragons qui cherchent Moreta sont repartis depuis longtemps dans leurs Weyrs. Il n'y a pas trace de dragon dans le ciel. »

Moreta en resta comme frappée par la foudre. Elle aurait dû revenir plus tôt. S'il entendait cette misérable créature, il pouvait sûrement l'entendre hurler, elle ? Elle mit vivement pied à terre, courut vers Thaniel, et se planta juste devant lui. À tel point que, quand il tourna la tête dans sa direction, elle dut reculer, sinon leurs nez se seraient touchés. Elle tendit la main pour lui saisir le bras, et Thaniel fut parcouru d'un violent frisson, de ses bottes poussiéreuses à ses longs cheveux.

Il marmonna quelque chose que Moreta n'entendit pas, et croisa les bras sur ses épaules.

« Est-ce l'épidémie qui m'atteint aussi, finalement ? cria-t-il tout haut.

— Non, vieux fou. J'essaie juste de faire ce qu'il faut pour que tu me voies », répondit Moreta.

Mais il ne sembla pas l'entendre, même si Rusty continuait à hennir et à arpenter le paddock en tous sens, excitant les autres bêtes. Thaniel se retourna brusquement, tremblant de tous ses membres, et rentra en courant dans son fortin, claquant la porte derrière lui.

« Marco avait raison. Comment puis-je communiquer avec lui s'il ne me voit ni ne m'entend ? » s'exclama Moreta, retournant vers Holth et sautant sur son dos.

Par les fenêtres éclairées du fortin, Moreta vit que Thaniel avait toujours les bras croisés sur les épaules – posture classique pour écarter la peur.

Ils ne nous voient pas, Moreta, constata Holth d'un ton lugubre. *Nous sommes entrées dans l'*Interstice, *mais nous n'en sommes jamais ressorties.*

Alors, pense très fort au Weyr de Fort, Holth, et ramène-nous-y. Pense aux montagnes derrière le Weyr. Pense à la corniche sur laquelle tu t'es reposée tant d'années, protégeant Leri. Pense à la maison. « Retournes-y ».

Ces derniers mots étaient un souhait en même temps qu'un ordre. Puisant des forces au plus profond d'elle-même, Holth se projeta vers le ciel, battant vaillamment des ailes ; puis elles plongèrent dans l'*Interstice*. Il faisait gris et froid... mais pas aussi glacial qu'avant. Et la litanie de Moreta ne fit rien pour l'assurer qu'elles allaient déboucher au soleil couchant au-dessus du Weyr de Fort, avec ses montagnes familières, son bassin familier, et les corniches où les dragons aiment se dorer au soleil.

Partant de sa nuque, un frisson se propagea le long de sa colonne vertébrale jusqu'aux orteils de Moreta. Elle se coucha sur le cou de Holth, sentant la chaleur du dragon à travers ses gants et la joue qu'elle posa contre une crête. Elles restèrent dans l'*Interstice*, la grisaille s'étendant tout autour d'elles et se fondant au loin dans l'obscurité.

« Pas de chance, hein ? »

Marco apparut devant elles, chevauchant Duluth.

« Thaniel parlait tout seul, ou à son coureur terrifié, peut-être. Il a dit que des chevaliers-dragons sont venus à ma recherche, précisa-t-elle, s'efforçant de ne pas laisser sa panique transparaître dans sa voix. Mais il ne m'a pas vue. »

Un nouveau frisson la parcourut.

« Retournons à la Rivière Paradis – il y fait plus chaud. On réfléchira à ce qu'on peut faire, proposa Marco, d'un ton légèrement optimiste.

— Tu as une idée ? demanda Moreta, d'une voix qu'elle espéra pas trop tendue.

— Tu as dit que Thaniel parlait tout seul, ou à son coureur. Et la bête était terrifiée ? »

Moreta hocha la tête.

« Thaniel ne t'a pas vue, mais ce n'est peut-être pas le cas de l'animal. Si tu continues à retourner au Point d'Eau et à terrifier ce coureur, peut-être que Thaniel finira par se demander pourquoi. »

Il semblait réprimer une sorte d'amusement intérieur.

« Continuer à retourner au Point d'Eau ? Pourquoi ?

— Laisse-moi t'expliquer. Sur la Terre, certains croyaient qu'ils voyaient l'“essence”, si l'on peut dire, d'une personne qui était morte. Certains prétendaient même que l'“essence”, ou le “fantôme” revenait sans cesse en un lieu favori. »

Il fit une nouvelle pause, tandis que Moreta le regardait sans comprendre.

« Les fantômes, prétendaient-ils, apparaissaient aux vivants pour qu'ils exécutent leurs ordres.

— Je ne sais absolument rien sur les fantômes. Mais je sais que je ne veux pas passer ma vie à effrayer les gens, dit-elle d'un ton péremptoire.

— Bon sang, ma fille, tu as déjà fait la moitié du travail ! Tu as terrorisé la bête, et tu as sans doute aussi fait une peur bleue à Thaniel. Ils savent que tu es morte ! Tu *dois* continuer à retourner là-bas.

— Quoi ?

— Si tu y retournes souvent, peut-être que Thaniel finira par te voir. Et alors, tu trouveras peut-être un moyen de lui faire savoir ce que tu veux. D'après moi, c'est la seule façon de te réunir avec ton dragon.

— Est-ce que je devrais retourner au Point d'Eau tout de suite ?

— Hum, non, je ne crois pas. Tu devrais plutôt y retourner à la même heure chaque jour – ou mieux, chaque soir. Sinon, Thaniel pensera que son coureur est devenu fou. Retourne là-bas demain soir à la même heure. Maintenant, revenez avec moi sur la plage, toi et Holth. »

Moreta ne voyait pas comment le plan de Marco pourrait fonctionner, mais elle le suivit quand même. Marco fit décoller son dragon, puis, avec l'assurance d'un vieux chef d'escadrille, piqua du nez et disparut à travers le sol inégal de l'*Interstice*.

« Fatiguée, oui, elle devait être très fatiguée », dit Leri, et Kamiana se demanda combien de fois la vieille Dame du Weyr rappellerait les événements tragiques qui l'avaient laissée sans sa reine bien-aimée.

Cette tragédie l'avait beaucoup vieillie.

« Mais l'épidémie était si virulente, et nous manquions de dragons et de chevaliers. Orlith répugnait à quitter ses œufs, et mes articulations me faisaient souffrir. Elles se sont proposées pour terminer les livraisons, et je les ai encouragées. Mais... – et ses yeux brillèrent autant de colère que de larmes – elles auraient dû rentrer au Weyr de Fort *toutes les deux*. »

Leri gémit et prit la tasse qui n'était jamais loin de sa main droite déformée par les rhumatismes. Elle soupira avant de boire une longue gorgée, puis attendit que le liquide adoucisse ses douleurs.

« Je désire tellement en finir avec tout cela, soupira Leri avec lassitude. Je suis fatiguée de ce vieux corps. Orlith me soutient que si je vis jusqu'à ce que sa ponte soit prête à éclore, elle m'emmènera avec elle dans l'*Interstice*. »

Kamiana baissa la tête, ne trouvant rien à répondre. Elle s'assit en silence, posant doucement la main sur le bras de Leri.

Des pas retentirent dans le passage dallé menant à l'appartement de la Dame du Weyr, et Kamiana entendit quelqu'un s'éclaircir la gorge. Elle quitta doucement le chevet de Leri et alla à la porte.

« Nous venons voir Leri », annonça Sh'gall.

Il montra Desdra, Lidora, Levalla et le Maître Harpiste Tirone, qui attendaient en silence derrière lui, les visages tous empreints d'inquiétude et d'angoisse.

« Entrez donc, dit Kamiana, leur faisant signe d'avancer. Elle est fatiguée de ses souffrances, lasse de la vie, pourtant je crois que votre visite sera la bienvenue – pour l'aider à passer le temps... »

Elle les précéda dans l'appartement, et la vieille Dame du Weyr les salua de la main.

« Je ne cesse de me faire des reproches, confia Leri au groupe assemblé autour d'elle. Je n'aurais pas dû encourager Moreta et Holth à livrer ces vaccins. Les Hautes Terres devaient couvrir Tillek et les petits fortins des plaines de Telgar. Mais M'tani a refusé de s'en charger, et nous avons partagé les dernières livraisons. Avec toutes les reines entrant et sortant du Weyr, Orlith a craint pour ses œufs et n'a pas voulu les quitter... »

Elle fit une pause, la douleur terrible de sa perte l'empêchant de continuer.

« Et Holth, poursuivit Kamiana, baissant la tête avec respect, s'est portée volontaire.

— À mon instigation, rappela sèchement Leri, et Kamiana hocha respectueusement la tête. Holth a dit qu'elle pouvait remplir cette mission. Elle savait que j'étais fourbue après notre tournée du matin, et elle voulait aider Moreta à terminer les livraisons. Elle a insisté. »

Elle fronça les sourcils à ce souvenir.

« Je lui ai souhaité bonne chance. »

Ses larmes débordèrent et inondèrent ses joues ridées. Kamiana lui tendit un mouchoir.

« Holth était peut-être vieille, mais elle était fiable et solide. »

Kamiana échangea un regard avec Tirone et Desdra. Personne ne saurait jamais exactement ce qui était arrivé à Holth et Moreta. Quelle qu'en fût la raison, elles avaient disparu toutes les deux.

Leri redressa les épaules, ne voulant pas qu'on prenne sa dernière remarque comme une critique.

« Non que Moreta ne fût pas l'une des meilleures cavalières de notre Weyr. Vous vous rappelez le jour où elle a sauvé V'sen, quand l'aile de son dragon fut si grièvement brûlée ? Moreta et Orlith s'approchèrent si près d'eux que V'sen n'eut qu'à sauter de son dragon sur Orlith. Et elles purent aussi amortir l'atterrissage de Kordeth. Seule une cavalière émérite pouvait accomplir un tel exploit ! »

Tout le monde acquiesça : ce sauvetage en plein ciel avait été un triomphe total. V'sen et son dragon bleu servaient toujours le Weyr.

Leri noua nerveusement ses draps, de nouvelles larmes dans les yeux.

« Serai-je à jamais perdue pour Holth, et Orlith pour Moreta ? »

Le regard suppliant que la vieille Dame du Weyr promena autour d'elle fut trop dur à supporter pour le groupe. Les hommes se balancèrent d'un pied sur l'autre, et les femmes se masquèrent les yeux précipitamment. Kamiana ne fut pas la seule à réprimer ses sanglots.

« Il y a une chose à laquelle j'ai souvent pensé, murmura doucement Sh'gall. Quand notre vie de chevalier-dragon est terminée, commençons-nous une autre vie avec nos dragons, ou tout est-il fini ?

— J'aime à penser qu'il y a autre chose pour nous, ailleurs, dit Leri avec espoir, à travers ses larmes. Une autre vie. Mais je ne suis qu'une vieille folle, espérant retrouver sa bien-aimée dans l'*Interstice*.

— Quant à cela... »

Maître Tirone s'éclaircit la gorge, se dandinant d'avant en arrière en une posture professorale.

« Quant à ça, nous savons seulement que c'est une sorte de néant, qui sépare le "ici" du "là". Mais il y a... »

Il fit une pause théâtrale.

« ... autre chose que nous ne connaîtrons jamais. Une autre dimension, peut-être, à travers laquelle seuls les dragons peuvent se déplacer.

— Une autre dimension ? questionna Lidora, l'air stupéfait.

— De même que la hauteur, la largeur et la profondeur sont des dimensions, l'*Interstice* en est peut-être une également.

— Mais nous n'en savons rien, n'est-ce pas ? affirma Levalla, la Dame du Weyr de Benden, d'un ton perplexe.

— Non, nous n'en savons rien, et je ne suis pas sûr que cela s'applique à cette... situation, concéda Sh'gall.

— Orlith a-t-elle entendu Moreta ? demanda Tirone avec espoir, tournant la tête en direction de l'Aire d'Éclosion.

— Elle dit que non, répondit Leri. Je l'ai interrogée tout de suite, ajouta-t-elle d'un ton suggérant que Tirone n'aurait pas dû insinuer qu'Orlith n'avait pas été consultée. Elle est anéantie. »

Leri prit alors une profonde inspiration.

« Orlith et moi, nous irons dans l'*Interstice* dès que ses œufs auront éclos. »

Cette déclaration provoqua une furieuse dispute parmi les assistants.

« Et pourquoi devrais-je rester ? demanda Leri quand Sh'gall eut rétabli le silence d'un signe de la main. J'avais prévu de partir de toute façon. Sans mon dragon, je n'ai aucune raison de rester – mais beaucoup de m'en aller.

— Chère Leri, si tes douleurs ont empiré, je peux augmenter les doses de jus de fellis qui te sont administrées, proposa Desdra, mais Leri la regarda dans les yeux.

— Tu n'as pas d'antalgique assez puissant pour adoucir la perte de Holth, rétorqua-t-elle, presque avec colère. Ce n'est pas le moment de pleurer, ajouta-t-elle, avec un regard à Lidora qui sanglotait sans retenue. Il y a un œuf de reine qui va éclore, et vingt-quatre autres. Ils sont notre avenir et méritent tous nos soins et notre dévouement. Vos soins et votre dévouement. »

Elle considéra durement Kamiana, dont les yeux brillaient de larmes. La jeune Dame du Weyr prit doucement la vieille femme dans ses bras, veillant à ne pas serrer trop fort son corps endolori.

« Tu es plus courageuse que nous, chère Leri. »

Le second soir où Moreta et Holth retournèrent au Point d'Eau, la Dame essaya une autre tactique. Elle mit pied à terre et se dirigea droit vers le paddock de Rusty, qui, jambes antérieures écartées, hennissait bruyamment à l'annonce de la proximité d'un dragon.

« Hou, hou ! » cria Moreta, se penchant vers le coureur par-dessus la clôture.

Avec un hennissement strident, qui força Moreta à se cramponner à la clôture, Rusty rua violemment et partit au galop, projetant dans sa hâte à s'enfuir de la terre dans toutes les directions.

Entendant ce vacarme, Thaniel parut sur le seuil. Rusty se cabrait et frappait de ses jambes antérieures un danger que lui seul pouvait voir.

À présent que Moreta avait un auditoire, elle recula de quelques pas, attendant que Rusty se calme. Puis, craignant que Thaniel ne rentre dans la maison, elle s'avança en courant jusque sous le nez de Rusty.

« Hou ! » répéta-t-elle.

Il émit un nouveau hennissement strident, et recula aussi vite qu'il le put. Alors Moreta suivit son mouvement, ce qui troubla tellement le vieux coureur tout tremblant qu'il se contenta de la fixer, à l'évidence effrayé de ce qu'elle allait faire maintenant.

Il se mit à piaffer, comme pour la mettre au défi d'approcher. Mais ce fut Thaniel qui s'avança, faisant signe à sa monture.

« Allons, Rusty, fais ton numéro ! cria Moreta. Tu ne vois donc pas Holth là-bas ? Tu hennis toujours quand il y a des dragons dans les parages. Alors, hennis pour la vieille Holth ! »

Toujours prête à rendre service, Holth s'avança. Ce qui eut l'effet escompté. Rusty faillit s'asseoir sur son arrière-train dans sa hâte à mettre de la distance entre lui et ce qu'il ressentait instinctivement comme le fléau de son existence. Protestant contre la présence du dragon, il exécuta quelques figures pour le moins déroutantes au sol et en l'air.

Moreta vit l'air incrédule de Thaniel.

Mais il lui tourna finalement le dos et rentra dans son fortin.

Moreta fut convaincue que Rusty avait senti sa présence, et avait regardé *vers* elle, et non à travers elle. Alors il devait y avoir un moyen de faire comprendre à Thaniel ce qu'elle voulait.

Cette fois, Marco ne l'attendait pas dans l'*Interstice*. Elle prit quelques profondes inspirations pour dominer son inquiétude, mais un frisson de peur ajouta encore au froid qu'elle ressentait déjà.

Holth, est-ce que tu sens Duluth quelque part dans les parages ?

L'inquiétude de Holth accrut encore celle de Moreta. Que leur arriverait-il si elles étaient forcées de rester dans l'*Interstice ?* Où était Marco ?

Holth, peux-tu nous ramener à la Rivière Paradis ? demanda Moreta, qui connaissait déjà la réponse.

Non, répondit Holth d'un ton lugubre. *Si je pouvais aller dans l'*Interstice *comme je le faisais sans problème autrefois, je pourrais nous y emmener en vol normal, mais c'est très loin du Point d'Eau.*

Moreta frissonna, aspirant avec ardeur au réconfort que lui prodiguerait la Rivière Paradis. Que deviendraient-elles toutes les deux, si Marco ne revenait pas ?

Puis, brusquement, elle sentit un mouvement dans l'air sur sa droite, et une forme sombre se dirigea vers elles.

« Désolé, fit Marco. Vous n'avez pas mis aussi longtemps que je le pensais.

— Où étais-tu ? demanda-t-elle d'un ton accusateur. (Puis, d'une voix contrite :) J'ai eu peur.

— Allons, Moreta, tu sais que je ne vous aurais pas abandonnées là, dit Marco, montrant la grisaille autour d'eux. Je suis allé vérifier certains mouvements que j'ai vus. »

Par-dessus son épaule, il montra la direction d'où il venait.

« Rien. »

Il haussa les épaules.

« Désolé de vous avoir fait peur, à Holth et toi. »

Elle accepta ces excuses d'un hochement de tête.

« Alors, comment s'est passé votre numéro de fantômes ? demanda Marco après l'atterrissage à la Baie de la Rivière Paradis.

— Numéro de fantômes ?

— C'est une expression qu'on utilisait sur mon monde natal pour décrire ce que vous essayez de faire.

— Ah, je vois, répondit-elle, et elle se mit en devoir de tout lui raconter. »

Il s'amusa beaucoup de ses « hou ! » destinés à Rusty, et la gronda d'avoir été si dure envers le pauvre vieux coureur.

« Pour le moment, je suis contente que quelqu'un me voie, dit-elle, se frictionnant le visage. Si seulement je pouvais faire passer un message à Thaniel. »

Ils contemplèrent leurs dragons languissamment allongés sur le sable chaud. Puis il lui fit signe de s'asseoir sur les pierres entourant un foyer où, lui avoua-t-il, il allumait un feu tous les soirs parce que c'était réconfortant.

« Si je pouvais faire qu'il me voie une seule fois, Marco, je parviendrais peut-être à lui faire comprendre que je suis moi-même un message, dit-elle, fouillant machinalement le sable avec un bout de bois calciné.

— Je me demande si ça marcherait.

— Il faut bien que quelque chose marche. Je ne peux pas jouer au "fantôme" éternellement. Thaniel est censé être plus intelligent que Rusty. »

Marco se pencha et lui prit le bout de bois des mains, avec lequel il traça un grand « M » dans le sable.

« C'est la première fois que je vois ça. Aucun chevalier-dragon n'a jamais été bloqué dans l'*Interstice* avec le dragon d'un autre. »

Il se frotta les yeux et reprit :

« Je ne sais vraiment pas si ça marchera, mais tu pourrais essayer d'écrire un message à Thaniel sur le sol. Qu'est-ce que tu veux lui dire ?

— Va chercher Leri. Moreta.

— C'est court, gentil et direct. Espérons qu'il le verra », dit Marco.

Et donc, Moreta retourna au Point d'Eau tous les soirs à la même heure. Cela devint une telle routine que Thaniel sortait de son fortin et se tenait près de l'enclos de Rusty comme s'il l'attendait. Et tous les soirs, Moreta faisait peur à Rusty, puis écrivait son message dans la terre. Pour Moreta, il était clair que le coureur la voyait, la fixait pendant qu'elle griffonnait quelques mots, mais Thaniel continuait à regarder à travers elle, sans voir ce qu'elle écrivait.

Elle ne savait plus quoi faire quand, le cinquième soir, la pleine lune surgit brusquement de derrière les nuages, silhouettant sa forme juste le temps que Thaniel la voie gratter son message dans la terre.

« Moreta ! » dit-il en un souffle, puis il partit en hurlant encore plus fort que Rusty et rentra dans son fortin, claquant la porte derrière lui.

« Maintenant, je crois qu'il m'a vue, déclara-t-elle avec satisfaction, grimpant sur le dos de Holth.

Jusqu'à quand allons-nous continuer à faire ça, Moreta ? demanda Holth d'un ton plaintif.

Plus pour longtemps, Holth, répondit-elle, caressant affectueusement le cou de la vieille reine. *Retournons près de Marco dans l'*Interstice.

« Tu l'as sans doute tellement terrorisé qu'il croit qu'il devient aussi fou que son coureur. »

Marco eut un grand sourire.

« Mais je crois que tu touches au but », ajouta-t-il.

Le Maître de la Station de Messagers porta en personne le message à Leri, de la part de Thaniel du Point d'Eau. Tout le monde le lut : « Elle vient tous les soirs à la même heure, juste après le coucher du soleil quand il commence à faire nuit. Elle demande Leri. Qu'est-ce que je dois faire ? »

« Ha ! Nous sommes vraiment *stupides* ! dit Leri d'un ton cinglant. Orlith, tes œufs ont-ils assez durci ? »

Un grondement lui répondit, venant de l'Aire d'Eclosion, où Orlith s'affairait à faire un petit tas de sable pour poser son œuf de reine au-dessus des autres. Elle se déplaçait avec tant de soin et de lenteur qu'elle semblait mettre chaque grain de sable en place individuellement, et c'était trop pathétique pour la regarder faire bien longtemps.

« C'est sa façon de passer le temps », avait remarqué Leri quand on lui avait signalé ce comportement.

Elle remercia courtoisement le Maître Messager d'être venu en personne, et lui donna pour sa peine un crédit entier de l'Atelier des Harpistes.

« De rien, Dame du Weyr. Puis-je rapporter un message pour toi ?

— Ce serait très gentil de ta part », répondit dignement Leri.

Et le Maître Messager de sortir vivement de quoi écrire.

« Remercie-le de ma part, et dis-lui que nous viendrons bientôt. Il ne peut rien faire, comme nous, jusqu'à ce qu'Orlith décide que ses œufs sont prêts à éclore. Merci pour ta peine. »

Le Maître Messager sortit du Weyr en saluant bien bas.

Peu après, un matin, juste avant l'aube, Orlith informa Leri que ses œufs écloraient sans doute dans la journée. À petits coups d'ailes précautionneux, elle roula l'œuf de reine sur son piédestal, tandis que Leri attendait dans son Weyr, vêtue de ses vêtements les plus chauds.

« Non que des vêtements chauds m'aident beaucoup dans l'*Interstice* », remarqua-t-elle d'un ton acerbe, puis elle boitilla jusqu'à l'entrée de son Weyr sans jeter un regard en arrière.

Elle leva les yeux vers le ciel : une aube magnifique allait bientôt se lever.

« C'est le jour rêvé pour attaquer la dernière étape de mon voyage », dit-elle.

J'espère que ce jour ne sera pas gâché par une tristesse inutile, Orlith. Un Jour d'Éclosion, on doit regarder vers l'avenir, non regretter le passé.

Ce jour-là, Thaniel était resté à son fortin pour faire du pain. Il avait besoin de s'occuper. Ses cheveux avaient blanchi mais, quand le Maître Messager lui avait transmis le message de Leri, il avait senti que son épreuve tirait à sa fin. Ignorant ses enfants qui lui demandaient de venir faire la tournée des troupeaux avec eux, Thaniel était bien décidé à rester au fortin pour attendre Leri. À la suggestion de son père, Maynar sella le vieux Rusty et partit avec les autres.

Rusty absent, Thaniel ne s'aperçut pas qu'une reine et sa maîtresse avaient atterri près du Point d'Eau. Mais quand il leva les yeux de son travail, il vit la grande reine dorée et Leri, emmitouflée dans des fourrures, sur son dos. Il prit vivement un morceau de pain tout chaud et une tasse de klah qu'il apporta à la Dame du Weyr, laquelle mangea et but de bon appétit. Il remarqua avec peine ses pauvres mains déformées, et son vieux corps gauchement juché sur sa monture.

« Si je peux faire autre chose pour toi, Dame du Weyr, tu n'as qu'à m'appeler, et je viendrai, dit Thaniel.

— Je n'ai besoin de rien », répondit Leri avec entrain en lui rendant l'assiette vide.

Thaniel retourna à son travail, mais continua à les surveiller par la fenêtre, tout en pétrissant la pâte de sa deuxième fournée. Il finissait de nettoyer son plan de travail quand il remarqua que le soleil commençait à décliner. Alors il se servit une tasse de klah, se demandant s'il devait en apporter une autre à la vieille Dame du Weyr, quand il s'aperçut qu'il en avait déjà rempli deux. Il en apporta une à Leri, qui le remercia, et se mit à boire si lentement que Thaniel, fatigué par une journée de boulange, retourna à la maison pour se reposer en prévision de la suite de ce jour pas comme les autres.

C'est environ une heure plus tard que le deuxième dragon apparut. Thaniel poussa un profond soupir quand il entendit les femmes pleurer de joie et les dragons trompeter d'allégresse.

Debout sur le seuil de son fortin, Thaniel sentit les larmes lui monter aux yeux. Moreta sauta à bas de Holth et courut vers Orlith. Elle caressa la tête de sa reine, touchant le cou doré avec une tendresse infinie tout en plongeant un regard adorateur dans les grands yeux à facettes où tournoyaient des lueurs bleues de bonheur. Leri lâcha sa tasse et marcha aussi vite qu'elle le put à la rencontre de Holth, enlaçant sa reine avec ferveur, comme l'aurait fait un apprenti qui vient de conférer l'Empreinte. Par la suite, Thaniel raconta que son cœur avait failli se briser devant la joie de la vieille Dame du Weyr.

« Je croyais ne jamais te revoir, mon cher cœur », dit Leri, à travers ses larmes de joie, tandis que ses doigts palpaient doucement le cuir de sa reine.

Les deux Dames du Weyr se parlèrent à voix basse aux premiers rayons de la lune. Thaniel ne sut jamais ce qu'elles se dirent, mais quand il vit Leri s'installer, avec quelque difficulté, sur son dragon, il se hâta de les rejoindre.

« Merci, Éleveur Thaniel, d'avoir eu l'intelligence de comprendre ce qu'il fallait faire. Les Weyrs vous en seront éternellement reconnaissants, à toi et à ta famille, de même que Holth et moi. »

Moreta, d'une voix à peine audible mais chaleureuse, remercia le vieil éleveur en le regardant intensément. Puis elle ramena son attention sur Leri.

« Maintenant, nous sommes correctement accouplées », dit-elle, d'un air d'intense satisfaction.

À cet instant, Orlith releva brusquement la tête, dirigeant son regard vers le Weyr de Fort. Elle trompeta d'un ton triomphant, et Holth répondit en écho.

« L'œuf de reine a éclos ; elle s'appelle Hannath et sa maîtresse est Oklina ! Oh, comme je suis contente ! Une bonne nouvelle facilite le plus long des voyages.

— La jeune sœur d'Alessan a conféré l'Empreinte ? s'enquit Leri. Je disais bien qu'il y avait de la graine de chevalier-dragon au Fort de Ruatha !

— Je suis contente aussi », affirma Moreta.

Elle redressa les épaules, écartant toute autre idée de son esprit. Elle ne pouvait pas penser à Alessan en ce moment.

Elle se tourna vers Leri.

« Nous pouvons partir ensemble maintenant, toi et moi, Holth et Orlith. »

Elle fit avancer sa reine.

« Juste un dernier voyage dans l'*Interstice*, Orlith, dit-elle. Vraiment le dernier. »

La reine hocha la tête, une fois, et, s'éloignant de Holth, fit quelques pas en courant avant de s'élancer vers le ciel. Holth la suivait de près, et accrocha d'un ongle la tasse que Leri avait lâchée, dispersant les tessons autour d'elle. La vieille reine fatiguée décolla péniblement, encouragée par sa maîtresse impatiente. Les deux dragons eurent bientôt pris assez d'altitude pour commencer à battre des ailes en s'élevant majestueusement. Silhouettées dans le clair de lune, les deux Dames du Weyr dressèrent le bras droit au-dessus de leur tête, serrant triomphalement le poing. Thaniel retint son souffle quand les deux dragons disparurent dans l'*Interstice*.

Thaniel ne contint plus ses pleurs, et leur souhaita bonne chance, le visage inondé de larmes. Il se baissa pour ramasser l'anse de poterie, seul vestige de la tasse. Soudain, il se sentit rassuré pour la première fois depuis des années. Peut-être existait-il un autre lieu où il irait après sa mort, un lieu qu'il ne connaissait pas encore. Un lieu où il reverrait peut-être même son épouse bien-aimée. Il glissa l'anse brisée dans la poche de son tablier et la tapota – un précieux souvenir qui lui rappellerait toujours Moreta.

Autremonde

Tad Williams

Les personnages des divers volumes d'*Autremonde*, cette série de Tad Williams dont l'action se déroule dans un avenir très proche, découvrent dans les méandres du réseau informatique mondial un univers parallèle au nôtre... un milieu artificiel fantastique contenant une multitude de mondes virtuels imbriqués les uns dans les autres.

Il s'agit d'Autremonde, un réseau créé par la Confrérie du Graal qui regroupe les individus amoraux les plus riches et les plus puissants de la planète. On y trouve tout ce que l'argent et l'informatique peuvent offrir de mieux. Bon nombre de ces mondes sont des reconstitutions fidèles de périodes de l'histoire de l'humanité, d'autres sont inspirées d'œuvres aussi célèbres que *Le Magicien d'Oz* ou *Le Seigneur des Anneaux*, et d'autres encore – comme la Maison sans fin et la Cuisine de dessin animé – sont des créations propres à ce milieu. Les magnats de la Confrérie du Graal souhaitent non seulement aller se divertir dans ces salles de jeux excessivement onéreuses mais s'y installer de façon définitive... Ils ont l'intention de se débarrasser de leur corps vieillissant pour vivre en tant que dieux immortels de ces univers de poche.

Mais de nombreux enfants qui se connectent au réseau Autremonde sombrent dans un coma profond. La Confrérie du Graal ne ménage pas ses efforts pour le dissimuler, y compris en commettant des assassinats, quand un personnage mystérieux, un certain Sellars, réunit en ligne plusieurs personnes originaires du monde entier et les charge de s'aventurer dans la virtualité pour y chercher les causes du mal qui frappe ces enfants. Mais, sitôt après avoir pénétré à l'intérieur du réseau, ces volontaires constatent qu'une force mystérieuse empêche leur esprit de regagner leur corps... et que ce dernier, plongé dans le coma comme celui des jeunes victimes qu'ils tentaient de sauver, est également vulnérable aux périls que recèlent les mondes virtuels. Quiconque se fera tuer en Autremonde mourra dans la réalité. Ainsi bloqués dans des milieux surréalistes où souffle un vent de folie, il leur faut échapper au Jabberwock de Lewis Carroll pour se retrouver à l'intérieur de la ville de Troie assiégée ou dans un désert torride, où un dieu égyptien ivre de rage les pourchasse.

Et les mystères propres au système sont encore plus déconcertants que les mécanismes qui gardent ces explorateurs prisonniers. Nos héros malgré eux pénètrent de plus en plus loin dans les entrailles du réseau et prennent progressivement conscience de son impensable complexité. Ils découvrent qu'il contient en son cœur une chose vivante... une entité qui s'est fixé des buts lui étant propres.

Finalement, ces explorateurs de l'imaginaire sont mêlés à des bouleversements inouïs. En plus de devoir affronter la richissime et toute-puissante Confrérie du Graal, son tueur à gages John Terreur et les impensables dangers que recèlent les mondes virtuels, il leur faut surmonter leurs propres peurs et faiblesses. Le jeune Orlando Gardiner, un invalide atteint d'une maladie incurable qui n'a véritablement l'impression d'exister que lorsqu'il vit de folles aventures sur le net, se sacrifie pour sauver son amie Sam Fredericks et les autres explorateurs d'Autremonde pris comme lui dans les rets du réseau. Et – en grande partie grâce à son abnégation – ces aventuriers de la virtualité remportent une victoire inespérée. Le prix à payer a été élevé, car Orlando a perdu la vie avec tant d'autres...

Mais, en Autremonde, même la mort peut n'être qu'un commencement.

Le plus heureux de tous les enfants décédés

Tad WILLIAMS

Traduit de l'américain par Jean-Pierre Pugi

Tharagorn, le conservateur des mondes, s'entretenait avec Elrond le Semi-Elfe dans les ombres paisibles de la Salle du Feu. L'homme venu d'occident rentrait de ses pérégrinations et il n'avait pas eu un entretien digne de ce nom avec le seigneur elfe depuis longtemps. Ils étaient préoccupés par des faits d'actualité, dont la brusque recrudescence des incursions de gobelins dans le secteur des Monts Brumeux. C'est pour cette raison que le porteur de messages, méfiant et gracieux comme la plupart des représentants de son espèce, resta sur le seuil pour attendre patiemment qu'un des deux personnages le remarque.

« Un visiteur qui souhaite s'entretenir avec Tharagorn vient de se présenter, répondit le jeune elfe à la question que lui posa Elrond. Il a tout d'un hobbit.

— Ouais, c'est tout moi ! »

La nouvelle voix était sonore et nul n'aurait pu contester qu'elle manquait du raffinement généralement de mise dans la Dernière Maison Simple. L'individu qui se dressait sur le pas de la porte était deux fois moins grand que les autres, et ses pieds étaient couverts de poils si drus et emmêlés qu'il paraissait s'enfoncer jusqu'aux chevilles dans les charognes de deux bouquetins.

« Bongo Fluffernutter, à votre service, dit-il en s'inclinant bien bas. C'est pas mal, chez vous, Elrond. J'adore l'artisanat du vieux monde. Pouvez-vous m'accorder une seconde, Tharagorn ?

— Oh, pour l'amour de Dieu, Beezle ! laissa échapper le conservateur à mi-voix avant de se tourner vers le maître des lieux. Je suis sincèrement désolé. M'excuserez-vous un instant ?

— Bien entendu... (Quoique programmé pour minimiser les anomalies dont il ne pouvait faire abstraction, le simul était déconcerté.) S'agit-il vraiment d'un hobbit ? Nous n'en avons pas revu un seul, je crois, depuis que Gandalf nous a amené son ami, ce Bilbon Sacquet de la Comté, voici quelques années.

— Oui, eh bien, il s'agit... d'une autre sous-espèce de hobbit, fit Tharagorn en baissant la voix. Une catégorie un peu moins réussie que les autres, si vous saisissez le fond de ma pensée.

— Eh ! J'ai tout entendu ! »

Elrond et le messager se retirèrent, laissant Tharagorn, autrement dit Orlando Gardiner, seul dans la salle au plafond élevé en compagnie du petit visiteur à l'aspect si peu engageant.

« À quoi rime tout ceci, Beezle ?

— Je n'ai rien à me reprocher, patron ! C'est vous qui avez insisté pour que je me mette dans la peau d'un personnage local avant de me manifester. »

Il leva un pied pour le contempler.

« Qu'est-ce que vous en pensez ? Beau poil, hein ?

— Bongo Fluffernutter ?

— N'est-ce pas le genre de noms qu'ils portent, dans le coin ? Vous savez que l'espace mémoire alloué à ce type de données m'est compté, bon sang ! »

Orlando ne pouvait détacher les yeux de l'abomination miniature qu'il avait devant lui. Que son aspect actuel fût plus en harmonie avec cette simulation que son corps de scarabée de dessin animé aux nombreuses pattes n'était pas une certitude, mais il ne faisait aucun doute que Beezle Bug était le Pied-Velu le plus laid de l'histoire. Orlando estimait que le sens de l'humour de son compagnon informatique s'était sérieusement altéré, alors qu'il n'était plus couvert par la garantie d'origine. Peut-être aurait-il dû restreindre ses possibilités de téléchargement de mises à jour.

« Entre nous soit dit, patron, c'est l'hôpital qui se fiche de la charité... Tharagorn ? *Tharagorn ?* Vous comptez attendre ici le Retour du Throi ou quoi ?

— Ha, ha ! Tes lignes de code sont décidément impayables ! J'ai opté pour ce nom parce qu'il sonne comme Thargor. »

Orlando se référait au personnage virtuel sous l'identité duquel il avait joué en ligne pendant une grande partie de son enfance, ce barbare bretteur tout en muscles qui avait conquis une multitude de royaumes à l'époque où Orlando Gardiner avait encore un monde matériel à regagner à la fin de chacune de ses aventures. Ce qu'il trouvait un peu gênant, désormais.

« Écoute, il me fallait un nom que je ne risquais pas d'oublier. Sais-tu seulement combien j'en porte, dans ce réseau ? »

Il prit soudain conscience d'essayer de justifier ses choix face à ce qui n'était après tout qu'un cadeau d'anniversaire, et certainement pas le plus coûteux de tous ceux qu'il avait reçus cette année-là.

« Qu'est-ce que tu veux, au fait ? » demanda-t-il avec une brusquerie qui parut vexer son compagnon informatique.

« Faire mon boulot, patron. Tenir mon rôle d'agenda électronique, d'ailleurs inestimable compte tenu de votre emploi du temps chargé. Je vous ai rappelé ce dîner avec vos vieux et je présume que vous ne l'avez pas oublié, mais vous devez voir Fredericks avant d'aller chez eux.

— C'est prévu, Sam me retrouvera ici.

— Oh, parfait ! Je suis certain que vous allez vous amuser comme des fous. Puis-je vous conseiller de vous isoler dans la Salle du Chant Nostalgique Infini ? Ou encore le Salon des Gloussements Cristallins ?

— Je te trouve bien sarcastique. »

S'il arrivait également à Orlando de se moquer un peu de l'univers de Tolkien, c'était pour lui ce qui se rapprochait le plus d'un authentique foyer. Au tout début de sa vie à plein temps dans le réseau, quand il était encore sous le choc de son trépas, la Terre du Milieu – et plus particulièrement Fondcombe – avait été pour lui un havre de sérénité, un lieu familier et aimé où il pouvait se détendre, reconstituer ses forces, assumer ses responsabilités et admettre qu'il était potentiellement immortel... autant de choses que le décor de la vieille résidence d'Elrond lui rappelait constamment.

« Par ailleurs, c'est le premier vendredi du mois dans le Londres de Wodehouse, ajouta Beezle. En avez-vous tenu compte ?

— Oh, *Fenfen* ! Non, j'avais oublié. J'ai combien de temps devant moi ?

— La réunion débutera dans à peu près trois heures.

— Merci. J'y serai. »

Mais Beezle demeurait planté là, à attendre, et Orlando finit par lui demander :

« Quoi, encore ?

— Eh bien, pour me permettre d'être à mon aise dans la peau de mon personnage, sortir de cette pension de famille grand modèle et quitter cette simulation en empruntant le pont, vous pourriez au moins me dire : “Va et que le soleil brille sur ton chemin,

Bongo Fluffernutter !" ou d'autres salutations elfiques de ce genre. »

Orlando le foudroya du regard.

« Tu plaisantes !

— Ce serait la moindre des choses.

— Fenfen ! »

Mais Beezle ne semblait pas disposé à en rester là.

« Chizz... Va et que le soleil brille sur ton chemin, Bongo Fluffernutter.

— Vous avez oublié : "Et puissent tes orteils se recourber harmonieusement."

— Décampe !

— Comme vous voudrez, patron. Que le soleil brille également sur votre chemin, Tharagorn, aimable protecteur des Elfes. »

Il fut alors démontré qu'un Pied-Velu pouvait se déplacer très vite, en cas de besoin.

*

* *

Sam Fredericks avait près d'une heure de retard, mais ce n'était pas ennuyeux. À Fondcombe, les invités trouvaient de quoi se restaurer et se désaltérer pratiquement à toute heure, s'ils ne faisaient pas la fine bouche à cause du choix limité. Les informaticiens qui avaient programmé ce monde virtuel, bien des années plus tôt – une équipe néerlandaise, avait découvert Orlando –, s'étaient ingéniés à respecter scrupuleusement le modèle. Dans ses livres, Tolkien ne parlait nulle part de viande servie à Imladris, le nom elfique de la somptueuse demeure d'Elrond, et pour cette raison on ne pouvait se procurer dans les cuisines que du pain, du miel, des fruits, quelques légumes et laitages. Orlando, qui avait passé de nombreux jours dans cette simulation au début de son séjour dans le réseau, se souvenait avoir fréquemment envisagé de s'aventurer subrepticement en Mordor pour y chaparder quelques saucissons secs.

Lorsqu'elle arriva, Sam avait exactement le même aspect que lors de sa dernière visite. Elle portait une tenue d'elfe mâle et avait un teint café au lait radieux, de magnifiques cheveux crépus uniquement retenus par un bandeau de toile qui lui donnait un air de pirate. Ils s'étreignirent. Sam le lâcha la première.

« Tu veux manger quelque chose ?

— Je n'ai pas faim, répondit-elle. Mais ne te gêne pas pour moi.

— Tu sais que cette nourriture ne calera pas ton estomac et que je n'ai aucun besoin de m'alimenter, que c'est une simple question de savoir-vivre. »

Il la précéda sur un des balcons couverts. Si les lanternes de Fondcombe n'illuminaient que la cime des arbres, ils entendaient les gargouillis de la rivière qui coulait loin en contrebas, au fond de la vallée.

Sam s'assit sur un banc. Orlando s'installa près d'elle et étira ses longues jambes. Il était conscient d'avoir pris cette habitude pendant sa maladie. Il ferait tout son possible pour ne jamais se retrouver dans un corps impotent d'invalide.

« Alors, ça va ? s'enquit-il.

— Très bien. Et toi ?

— Oh, tu sais... Je me promène, je surveille tout ça ! Ce boulot est différent de ce que j'avais imaginé. Quand j'ai accepté de devenir une sorte de garde forestier, je croyais... Je ne sais pas, prévenir des guerres, accomplir des exploits de ce genre. »

Sam sourit.

« Comme Superman ?

— Ou Dieu, ouais ! Pourquoi restreindre ses ambitions ? (Il attendit le rire de Sam, qui tarda à se faire entendre.) Mais, depuis que Sellars et Kunohara ont convaincu les autres de laisser les situations locales évoluer librement, mes fonctions sont plus proches de celles d'un anthropologue, quelque chose comme ça. »

Patrick Sellars avait réuni tous ceux qui avaient empêché le réseau d'être utilisé à ses fins originelles, autrement dit pour offrir l'immortalité aux membres de la Confrérie du Graal, ces individus aussi riches qu'exécrables. Kunohara, qui avait été au départ un des leurs, s'était retourné contre ces misérables et allié à Sellars pour sauver le réseau... et les simuls qui y vivaient. Orlando, dont l'esprit avait été copié dans les mémoires d'Autremonde avant sa mort physique et qui n'existait plus que sous forme de données, en avait lui aussi bénéficié. Sellars avait également abandonné son corps agonisant pour entamer une nouvelle vie virtuelle, mais – contrairement à Orlando – il l'avait fait de son plein gré.

« Anthropologue ? répéta Sam.

— Ouais, enfin, sauf pour corriger les bugs qui sautent aux yeux. Comme ils sont assez rares, je me contente de rédiger des piles de rapports et de tenir à l'œil les trucs les plus intéressants ou inattendus. Je me demande un peu qui prend connaissance de tout ça, à présent que Sellars est au loin et que Kunohara est débordé. À qui s'adressent mes comptes rendus ?

— Au reste d'entre nous, je présume. Et aux gens qui auront la possibilité d'étudier tout ça un jour. (Sam haussa les épaules.) Il te manque ? Je parle de Sellars.

— Ouais ! Je ne peux pas dire que nous étions très proches, note bien. Ce n'était pas comme nous deux. »

S'il avait espéré la voir sourire, elle se contenta de hocher la tête.

« Il était trop... quelque chose. Âgé. Intelligent. Mais je l'ai trouvé très sympathique, quand je l'ai mieux connu. Et nous étions les deux seuls résidents humains à plein temps d'Autremonde. J'étais conscient qu'il ne me tiendrait pas éternellement compagnie... Je savais qu'il était las, qu'il voulait suivre ces glaneurs d'informations dans le grand je-ne-sais-quoi. Mais je devais espérer qu'il resterait encore quelques années. »

C'était un euphémisme destiné à rassurer Sam. L'impact du départ de Sellars avait été bien plus dévastateur qu'Orlando ne s'y était attendu. Il s'était senti abandonné, désemparé. Ce vieux pilote paralysé avait été la seule autre personne de tout l'univers à n'avoir comme lui qu'une existence virtuelle, en sachant que son corps n'était plus que poussière et que la plupart des gens qui l'avaient autrefois connu le considéraient décédé... à juste titre.

En outre, Sellars avait été un homme bon et – à cause ou en dépit de ses propres souffrances – capable d'écouter autrui. Il était le seul à avoir vu un jour Orlando Gardiner verser des larmes, peu après son décès. Orlando ne pleurait plus, désormais. Il n'en avait pas le temps.

Sam et Orlando passèrent une autre demi-heure assis sur le balcon de Fondcombe, à bavarder de choses et d'autres. S'ils allèrent jusqu'à faire quelques plaisanteries, le comportement de Sam Fredericks était toujours empreint de gaucherie. Et ce qu'Orlando perçut en elle était si inattendu qu'il n'identifia de la peur qu'au bout d'un long moment. Il fut à son tour terrifié en pensant qu'elle n'avait peut-être aucune envie d'être là, en sa compagnie, que leur amitié pouvait s'être changée pour elle en pénible obligation.

Leur conversation portait de nouveau sur le réseau, et constater qu'elle tentait de le réconforter le surprit.

« C'est un boulot absolument génial, que le tien... Être le conservateur de tout un univers. Dire que tous ces mondes sont placés sous ta responsabilité !

— Trois cent quatre-vingt-dix-huit à ce jour, mais quelques autres se sont effondrés temporairement et ils réapparaîtront en fonction de leur cycle. Il n'en subsiste qu'un quart, sur tout ce qu'il y avait autrefois, mais Sellars a déconnecté ceux qu'il jugeait trop dingues, violents, terrifiants ou amoraux.

— Je sais, Orlando. J'étais présente à cette réunion, moi aussi.

— Es-tu certaine que ça va, Sam ? Tu sembles... je ne sais pas... triste. »

Il la regarda de la tête aux pieds.

« Et, à présent que j'y pense, tu n'as pas changé de simul depuis près d'un an.

— Et alors ? Bon sang, Gardiner, c'est toi qui as décrété que tous devaient opter pour un simul d'elfe, ici !

— Je ne parle pas de la tenue. »

Il faillit mentionner les facéties vestimentaires que s'autorisait Beezle lorsqu'il venait à Fondcombe, mais il ne pouvait faire abstraction de ce qui le tracassait.

« Qu'est-ce qui se passe, Sam ? Pour quelle raison gardes-tu ce simul ? Tu n'as rien d'un peu plus actuel pour chatter, là d'où tu viens ? »

Elle haussa les épaules – ce qu'elle faisait souvent – mais elle ne soutint pas son regard.

« Si, mais est-ce important ? Notre amitié ne suffit donc plus, Orlando ? As-tu vraiment besoin de constater *de visu* si... si mes seins ont grossi depuis notre dernière rencontre ? »

Il tressaillit.

« Tu crois que c'est pour ça que j'aimerais te voir telle que tu es ?

— Non. Je ne sais pas. C'est quoi, *ton* problème ? »

Il ravala sa colère, ne serait-ce qu'en raison d'une réapparition de la peur. Il avait par instants l'impression que leur amitié était l'unique lien subsistant entre lui et le monde qu'il avait quitté en mourant. La situation était différente avec son père et sa mère – Conrad et Vivien étaient ses parents, bon Dieu, et ils le resteraient toujours ! – et les autres survivants du réseau

Autremonde conserveraient un statut d'amis, mais Sam...

« Bordel, Fredericks, tu ne comprends donc pas ? Tu es... Tu es une partie de moi-même.

— Merci beaucoup. »

Malgré son ton moqueur, elle paraissait plus attristée qu'irritée.

« J'ai toujours espéré avoir un avenir brillant, mais devenir une partie d'Orlando Gardiner... Voilà qui dépasse mes plus folles espérances !

— Ce n'est pas ce que je voulais dire, et tu en es consciente. Fenfen, où je veux en venir c'est que tu es ma... D'accord, tu occupes une place particulière dans mon cœur, même si c'est terriblement cucul la praline d'avouer un truc pareil. C'est grâce à toi que j'ai l'impression d'être en vie alors que, eh bien, nous savons pertinemment que c'est faux. »

Ce fut cette fois Sam qui tressaillit, mais une sorte de mur semblait les séparer.

« Je ne vois pas le rapport avec mon simul. Quand nous avons fait connaissance, tu me prenais pour un garçon.

— Bien des choses ont changé depuis, Sam. »

Orlando hésita avant de poser la main sur le bras de son amie. Les modules de simulation les plus performants du monde reproduisirent les sensations tactiles correspondantes, la peau chaude de son poignet, les plis veloutés de la manche sur les muscles, les tendons et la dureté de l'os.

« Je sais que je ne vieillirai jamais, pas selon l'acception habituelle du terme. Ne plus avoir un corps matériel ne signifie pas pour autant que je veuille continuer de jouer dans le Pays imaginaire de Peter Pan jusqu'à la fin des temps. Regarde-moi, Sam. »

Il savait que c'était un sentiment de culpabilité qui empêchait son amie de soutenir son regard, mais il ne pouvait en rester là.

« Si tu me caches quelque chose parce que tu te dis que je ne pourrai pas le supporter, surtout s'il s'agit d'une chose de ta vie de tous les jours... Eh bien, je ne peux rien imaginer de pire. J'ai toujours été un invalide. Non seulement celui qui a la progéria sait qu'il mourra très jeune, mais il est condamné à voir tous ceux qui le rencontrent détourner les yeux, comme s'ils assistaient à un horrible carambolage. Même les gens qui essayaient de se comporter comme si j'étais normal... Eh bien, disons que leurs efforts étaient évidents. Je ne veux plus être pris en pitié, Sam. Plus jamais. »

Elle était tourmentée et un peu honteuse.

« Je ne saisis pas, Orlando. Quel est le rapport avec mon simul ?

— Tu ne veux pas que je te voie telle que tu es à présent, mais ce n'est pas parce que tu as de l'acné. C'est parce que tu es consciente d'être différente, d'avoir grandi ou changé. Dis-moi que je me trompe. Bon sang, Fredericks, ça va faire trois ans que je vis dans la virtualité. Tu crois peut-être que je m'imagine que tout est immuable ? Te voir telle que tu es ne peut pas me faire souffrir, mais si tu me le caches, eh bien... Eh bien, c'est comme si tu considérais notre amitié trop fragile pour y résister. Comme si nous ne pouvions pas être autre chose que les deux mômes qui allaient jouer ensemble au Pays du Milieu. »

Elle le regarda et il crut revoir la Sam d'antan. De l'amusement vint diluer son irritation.

« Tu ne changeras jamais, Gardiner. Tu te crois toujours omniscient. (Elle inhala à pleins poumons.) Tu veux savoir à quoi je ressemble ? C'est d'accord. »

Le simul dont elle se dotait pour venir à Fondcombe se figea pendant qu'elle se choisissait une autre apparence et que l'information transitait par les chapelets de relais qui isolaient le réseau privé d'Autremonde du reste du web. Puis, comme une épreuve photographique lâchée au sommet d'une pile, une nouvelle image de Sam s'y superposa.

« Satisfait ?

— Tu n'as pas tellement changé », fit-il.

Mais ce n'était pas la stricte vérité. Si elle avait dû grandir de près de cinq centimètres, elle avait surtout acquis des courbes et de la féminité... Ses hanches étaient plus larges, un détail que soulignait sa culotte d'elfe. La Sam d'antan avait été une sportive, effilée comme un lévrier. Il remarqua que son visage s'était allongé. Il la trouvait absolument ravissante, et pas uniquement parce qu'elle était la Sam qu'il aimait tant. Il prit alors conscience d'avoir également tenté de minimiser un autre fait. La voir plus âgée d'une année, à dix-sept ans au lieu de seize, le tourmentait. Avec bien plus d'intensité qu'il ne s'y serait attendu.

« Je te remercie, Sam.

— Oh, Orlando, je regrette ! Je suis au-dessous de tout. Ce n'est pas ça, pas ça du tout ! »

Elle s'affaissa sur le banc et s'inclina pour faire reposer ses coudes sur ses genoux. Elle esquivait de nouveau ses regards.

« C'est que... Je vois quelqu'un. »

Il ne saisit pas immédiatement le fond de sa pensée et crut qu'elle se référait à des simuls et des images.

« Oh ! Et c'est... sérieux ?

— Je ne sais pas. Ouais, sans doute. Nous sortons ensemble depuis deux mois. »

Il inhala à pleins poumons.

« Eh bien, je souhaite que ça colle entre vous. Fen-fen, Frederico, c'est donc ça qui t'a turlupinée toute la journée ? Il y a longtemps que nous avons tiré un trait sur ces histoires de jalousie. »

En partie, devait-il admettre, parce qu'elle avait mis les choses au point dès le début de leur véritable amitié, lorsqu'ils s'étaient avoué qu'elle était une fille et qu'il avait une maladie incurable. Elle avait bien précisé que si l'affection qu'il lui portait était réciproque, ces sentiments ne prendraient jamais une tournure romantique. Il avait alors estimé que c'était en fin de compte préférable, que cela éviterait à leurs sentiments d'être pollués par des histoires de sexe.

Il se demandait fréquemment si les ados du monde réel, ceux de chair et de sang, se berçaient d'illusions aussi pathétiques.

Elle secoua la tête.

« Je ne sais pas, ça me... Ça m'effraie. J'ai parfois la sensation... C'est comme si je n'étais pas une véritable amie, pour toi. Envers toi, se reprit-elle rapidement. Je ne viens pas te voir aussi souvent que je le devrais. Tu dois vraiment mal me juger. »

Il rit, surpris par ses propos.

« Ça ne m'est jamais venu à l'esprit. Sans vouloir t'offenser, Sam, tu aurais tort de croire que je reste assis à me morfondre entre chacune de tes visites. Il y a deux jours, je me trouvais à Edo, occupé à esquiver les flèches des seigneurs de la guerre qui tentaient de renverser la dynastie shogunale Tokugawa. La semaine d'avant, j'ai consacré quelques jours à explorer des ruines sous-marines en compagnie du capitaine Nemo.

— Alors... ça va ? Pour tout ? Tu ne t'ennuies pas... tu ne te sens pas trop seul ? »

Il comprima une dernière fois son bras puis la lâcha. Les elfes avaient repris leur chant dans la Salle du Feu, une méditation sur la lumière des Deux Arbres. Les voix donnaient l'impression de s'élever de la vallée, comme si la nuit, la forêt et la rivière faisaient un trio.

« M'ennuyer ? Pas quand je songe à l'alternative. Non, ne t'inquiète pas pour moi, Frederico... J'ai toujours un endroit où aller, des choses à faire, des gens à voir. Je dois être le plus heureux de tous les enfants décédés. »

*
* *

S'il était tourmenté, ce n'était pas parce que Sam sortait avec un garçon, estima-t-il en s'apprêtant à se connecter au système domotique de ses parents. Pas même parce qu'elle ne lui en avait rien dit. À présent qu'il y réfléchissait, il ne savait même pas si elle sortait avec un garçon ou une autre fille. Sam avait toujours été évasive quant à ses tendances. Irritée par ses questions, elle avait toujours refusé d'aborder de tels sujets, comme si elle craignait qu'Orlando ne la voie sous un jour différent si elle fournissait de telles précisions. Non, il n'était pas ennuyé parce qu'elle fréquentait quelqu'un, parce qu'elle évoluait. Il l'aimait, sincèrement, et il faisait passer son bonheur avant tout le reste. Non, ce qui l'angoissait... c'était le risque de ne pas grandir lui-même, contrairement à ce qu'il avait toujours supposé malgré l'étrangeté de sa situation. Cette pensée le fit frissonner et il se demanda s'il ne se déphasait pas, tant par rapport à Sam qu'à tout son environnement, si en dépit des années qui semblaient s'écouler pour lui dans le monde des Illusions comme pour elle dans le monde réel, tout ce qu'il vivrait dans la virtualité ne pourrait équivaloir au fait de mûrir physiquement.

Il faut peut-être avoir de la substance, pour étendre son expérience. Faire des choses réelles, se ridiculiser en public, trébucher et s'écorcher un genou, tomber amoureux ou seulement... seulement... avoir un cœur qui bat. Ne suis-je pas incapable d'évoluer ? Ne suis-je pas identique à un simul... le simul d'un gosse de quatorze ans ? Pour toujours. Il chassa de son esprit cette pensée angoissante. Il devait régler un problème après l'autre, et celui que posait une Soirée en Famille était bien assez pénible en toutes circonstances.

Il trouvait qu'avoir toujours de telles obligations, même une fois mort, était injuste. Il avait de l'affection pour Conrad et Vivien. C'était d'ailleurs l'amour qu'il portait à ses parents qui rendait ces visites si difficiles à supporter.

Il prit une inspiration aussi profonde que métaphorique – car il n'eut que l'impression d'inhaler – avant de se souvenir que ses parents devaient mijoter quelque chose. Ils lui avaient demandé de se connecter à un port différent de leur demeure, au lieu de l'écran mural. *« Eh bien, Conrad t'a préparé une surprise »*, avait fini par avouer sa mère. Si elle souriait, elle ne paraissait pas pour autant ravie par ce que son mari avait prévu. Elle avait eu la même expression, le jour où Conrad lui avait offert une bicyclette pour son onzième anniversaire. Tous, et Orlando le premier, étaient conscients qu'il avait des os trop fragiles et des muscles insuffisamment développés pour envisager de faire du vélo, mais Conrad Gardiner tenait absolument à le traiter comme s'il était normal.

Lorsqu'il avait été cloué au lit, au cours de sa dernière année d'existence, ses parents s'étaient débarrassés de cette bicyclette afin de libérer de la place pour du matériel médical, dans le garage : filtres de rechange et bonbonnes d'oxygène. Orlando ne l'avait naturellement jamais enfourchée. La progéria, la maladie qui avait gâché et finalement détruit sa vie antérieure, transformait les enfants en vieillards séniles puis les achevait, presque toujours sans leur avoir laissé le temps d'atteindre l'adolescence.

Tout en se connectant, Orlando se demanda pourquoi il ne pouvait les joindre via l'écran mural, comme à son habitude. Il trouvait cela moins stressant car c'était comparable à un appel ordinaire d'enfant à parents, comme s'il avait été envoyé poursuivre ses études dans un autre État au lieu de vivre dans ce qui était en fait un autre univers.

Conrad a dû faire remplacer son vieil écran par un de ces machins hyperréalistes. Il parlait d'investir dans un appareil à cristaux solides.

La liaison fut établie et ses parents apparurent. Ils le virent eux aussi et des larmes firent briller les yeux de sa mère, comme toujours au début de leurs retrouvailles. Son père était rayonnant, débordant de fierté, mais ils avaient tous les deux un aspect inhabituel et Orlando n'en comprit pas immédiatement la raison.

Je les vois par l'entremise d'un autre processeur graphique, conclut-il. *J'avais raison... ils ont changé de matériel.* Mais si ses parents disposaient effectivement d'un nouvel écran, ils l'avaient installé dans la salle à manger et non au salon : il voyait derrière leurs têtes le vieux buffet en chêne et, juste à côté, l'affiche des danseuses de french cancan... à l'emplacement qu'elle occupait depuis des années.

« Salut ! C'est quoi... ce matos ? »

Sans réfléchir, il leva comme toujours la main pour envoyer un baiser à sa mère... Oui, c'était un peu ridicule, mais on changeait immanquablement de comportement quand tout contact physique devenait impossible. Une masse sombre grimpa dans son champ de vision et, même après avoir vécu des années sans posséder un corps, il eut un mouvement de recul. La chose s'immobilisa et resta en suspension devant lui, comme l'eût fait la main d'un simul.

Et *c'était* une main qui n'avait rien d'illusoire. Elle ressortait du côté opposé de l'écran, en suspension devant ses yeux dans la maison de ses parents, une chose brune, lisse et bizarre, comme constituée de plastacier poli. Ayant presque oublié son immatérialité, Orlando tendit les doigts pour la toucher... mais elle s'éloigna simultanément, comme si c'était sa propre main soumise à ses pensées. Tout d'abord déconcerté, il finit par comprendre et en fut fasciné. Il tenta de remuer ces doigts comme ceux d'un de ses simuls. Les appendices de métal bougèrent. Mais ils n'appartenaient pas à un corps virtuel, ils ne se trouvaient même pas à l'intérieur du réseau... Ils s'agitaient dans la salle à manger de Conrad et de Vivien, dans le monde réel.

« C'est quoi, ça ?

— Ça te plaît ? » lui demanda son père.

Il hochait la tête, comme à l'époque où des amis venaient goûter ses bières maison, quand les Gardiner recevaient encore de la visite.

Eh bien, c'est déjà ça ! estima Orlando. *Depuis ma mort, ils peuvent revoir leurs amis.*

« Si ça me plaît ? C'est quoi ? Un bras robotisé relié à ce nouvel écran ?

— Ce n'est pas un écran mais un corps matériel. Tu vas pouvoir te déplacer, tu sais ? Dans la maison, avec nous. Aller où tu veux et aussi souvent que tu le souhaites. »

Orlando venait de découvrir l'autre bras. Il le plia, réunit les mains puis baissa les yeux. L'image défila verticalement pour lui révéler un torse cylindrique lie-de-vin, des jambes rapprochées.

« Un... corps ?

— J'aurais dû y songer il y a longtemps. Je ne sais pas pourquoi ça m'a échappé... Ton compagnon informatique occupait pourtant ce machin hérissé de pattes mécaniques qui lui permettait de se faufiler dans tous les recoins de la maison. J'ai cherché quelque chose qui te conviendrait. Il s'agit d'un robot télécommandé utilisé pour des opérations de reconnaissance... Je crois qu'il a été conçu pour des interventions en Antarctique, à des fins probablement militaires. Je l'ai racheté à un collectionneur et j'ai fait adapter des pieds, parce qu'il avait à l'origine ce qui ressemblait à des mains au bout des jambes. »

Il devenait intarissable, quand sa nervosité prenait le dessus.

« C'est idéal pour l'escalade, les déplacements sur des étendues de glace et d'autres trucs du même genre. Je m'étonne qu'ils ne l'aient pas doté de skis, de chenillettes ou...

— Conrad ! intervint Vivien. Ça suffit. Je t'interdis de parler de ces choses. C'est... Ça me met mal à l'aise. »

Elle jeta un coup d'œil rapide à Orlando, qui était sérieusement ébranlé.

« Et je... je vous regarde d'où ?

— D'un visage, répondit son père. Enfin, en principe. Il te faudra modifier l'image que tu nous adresses. Comme je ne voulais pas gâcher l'effet de surprise, nous avons pour l'instant un Orlando miniature qui se dresse en pied sur l'écran facial.

— J'essaie encore de comprendre. Tu veux dire que, je suis censé... me déplacer à l'intérieur de ce machin ?

— Absolument, avance ! »

Son père était ravi qu'il eût posé cette question.

« Marche, fiston ! Tu peux aller où tu le souhaites, dans la maison !

— Il n'y est pas obligé », intervint Vivien.

Orlando fit jouer ses muscles. Plus exactement, il reproduisit les actions cérébrales qui commandaient leur fléchissement tant dans la réalité que la virtualité la plus perfectionnée. Ses doigts de personnage de BD se tendirent et se refermèrent sur le plateau de la table. Il ramena ses pieds sous lui et se redressa. Son point de vue se modifia, par à-coups. À présent qu'il y prêtait attention, il entendait les gémissements chuintants des fibromoteurs qui se contractaient et se détendaient.

« Besoin d'un coup de main ?

— Non, Conrad, ça va aller. »

Il se leva et fit quelques pas titubants, avant de s'arrêter pour baisser les yeux sur ses pieds... ovales et démesurés comme ceux de Mickey. Occuper un corps aussi lourdaud était déconcertant. Ses simuls d'Autremonde réagissaient exactement comme l'eût fait son propre corps, le rendant plus fort, plus rapide et bien plus leste qu'il ne l'avait été de son vivant.

Il n'avait pas remis les pieds dans la salle de bains depuis sa mort. Pouvoir de nouveau se déplacer dans la maison familiale était intéressant et même émouvant, mais il ne savait trop quoi en penser. Il regarda le reflet de son étrange silhouette renvoyé par le miroir. Il voyait sur l'écran facial l'image de son simul en pied, ce qui donnait à l'ensemble l'apparence de ces robots japonais pilotés par un humain installé à l'intérieur de leur tête. Il modifia le rapport de grossissement pour que ses traits emplissent l'écran et, bien que ce ne soit pas son visage véritable – nul ne l'avait vu depuis sa crémation –, cette touche apporta de la réalité à cette expérience et la rendit bien plus troublante encore.

Est-ce ce qu'ils espèrent ? Que je devienne... ce machin ? Il était conscient que son père était animé de bonnes intentions, que ses parents cherchaient un moyen d'apporter de la substance à sa présence dans leurs vies, mais il craignait que séjourner dans cet épouvantail plastifié à la démarche raide, même pendant de courtes périodes, ne soit au-dessus de ses forces.

Il regarda la face dont il se dotait pour aller voir ses parents, des traits d'ado correspondant à son âge, reconstitués par des programmes qu'utilisaient les médecins légistes, établis à l'échelle de son crâne et incluant diverses caractéristiques faciales de sa mère et de son père. *Le visage du gosse qu'ils auraient dû avoir. Collé au sommet de ce machin comme une sucette au bout de son bâton.*

Orlando fit son possible pour ne pas les décevoir. Il resta patiemment assis tout au long du dîner et tenta de concentrer son attention sur ce qu'ils lui racontaient au sujet de leurs amis et de leurs proches, de leur travail et des petites contrariétés de la vie qu'ils menaient entre les murs protecteurs de la Communauté de Crown Heights, mais il se sentait encore plus étranger à ce monde que de coutume. Les servomuscles de ce corps mécanique étaient imprécis et les coussinets tactiles moins sensibles que ceux auxquels il s'était accoutumé. Il renversa deux fois le verre de sa mère et faillit retourner la table, lorsqu'il se leva à la fin du repas.

« Je ne peux pas m'attarder, annonça-t-il.

— Est-ce que ça va ? s'enquit Vivien. Tu as l'air soucieux.

— Je me porte comme un charme, mais je suis attendu au Club des Faux Bourdons.

— Cette Angleterre façon années 20 dont tu nous as déjà parlé ? fit Conrad. Ça doit être très intéressant. N'as-tu pas dit qu'une guerre avait éclaté, là-bas ?

— En quelque sorte. »

Il avait toujours des difficultés à leur faire comprendre les conséquences des interventions de John Terreur, les épouvantables destructions que ce criminel avait provoquées sur tant de mondes virtuels pendant les quelques jours où il avait gouverné le système tel un dieu du Mal.

« La situation s'améliore, mais nous avons décidé de laisser les choses suivre leur cours plutôt que tout effacer et relancer les cycles. C'est pour cette raison que la folie gagne du terrain dans certains univers. Une question d'adaptation, comme après un incendie de forêt qui chamboule l'écosystème. C'est jappant. »

Il remarqua leurs expressions déconcertées.

« Jappant... Ça signifie amusant. Drôle parce que louftingue.

— Tu sais tant de choses, dit sa mère. Ce réseau est si compliqué et tu as tant appris. Tu as vraiment dû travailler dur pour en arriver là à partir de... »

Vivien Fennis avait failli dire *ton épouvantable situation,* mais elle était trop expérimentée pour commettre un pareil impair, trop avisée pour gâcher ces instants de fierté maternelle.

« Ta vie dans ce nouveau milieu. Ce nouvel univers, en fait. C'est toujours difficile à croire ou seulement à comprendre.

— Tu reçois les bases d'une éducation scientifique hors pair, intervint Conrad. Même si aucun diplôme ne vient les sanctionner. L'expérience de la vie ne compte pas pour des prunes, pas vrai ? Un jour, peut-être...

— Tout ceci doit rester secret. Je parle de moi, d'Autremonde, tout cela. Si l'existence du réseau était révélée, il y aurait procès sur procès pour déterminer à qui il appartient. Sa valeur est inestimable et les militaires le démantèleraient pour y chercher des codes utilisables en tant qu'armes, dans le meilleur des cas. Tu le sais comme moi. »

Orlando devait détruire les espoirs de son père, mais il tentait toujours de le ménager. Conrad échafaudait régulièrement des projets extravagants et, par rapport à certains, le doter d'un corps mécanique lie-de-vin était presque banal.

« Écoute, tout indique que je ne pourrai jamais revivre dans le monde qui est le vôtre. Je regrette. J'aurais aimé mener une vie d'adulte auprès de vous et réaliser tout ce que vous aviez rêvé me voir accomplir. »

Il inspira. Il sentait la colère croître en lui, contre sa volonté. Pourquoi continuaient-ils d'espérer qu'il répondrait à leurs attentes ? Il trouvait cela presque normal de la part de ses parents, mais le comportement de Sam l'avait exaspéré au plus haut point.

« C'est quoi qu'il en soit secondaire. Mieux vaut ça qu'être mort, croyez-moi. Ne vous tracassez pas pour moi. Comme vous l'avez dit, le réseau est un autre univers dont je suis l'explorateur. Je m'estime comblé. »

Comblé ou non, il commençait à se sentir étouffer. Il fit de son mieux pour paraître joyeux pendant leurs adieux, allant jusqu'à laisser sa mère et son père étreindre son corps robotique, bien que ce fût une expérience aussi bizarre que gênante... peut-être même pour Conrad. Lorsqu'il assit le robot dans un fauteuil, pour qu'il ne risque pas de basculer quand il cesserait de l'animer, Orlando avait de sérieuses difficultés à dissimuler sa mauvaise humeur. Sortir de cette affreuse prison bourdonnante pour retrouver la liberté du réseau fut comme retirer l'horrible pull informe et rêche offert par sa tante à Noël, sitôt après son départ.

*

*   *

Il avait une demi-heure à tuer avant la réunion du Cercle des globe-trotters et il en profita pour baguenauder dans les rues du Londres de P.G. Wodehouse.

Avant le règne de Terreur, cette simulation avait été un petit paradis immaculé où la bonne humeur était de mise, un Londres où les pauvres étaient satisfaits de leur sort et où les riches, épargnés par la mauvaise conscience, pouvaient consacrer leur temps à des occupations aussi importantes que prendre un excellent petit déjeuner et fuir des tantes comparées à des dragons (enclines à surgir pour gâcher le petit déjeuner précité ou un millier d'autres passe-temps innocents avec une célérité sidérante). Ce Londres très particulier avait beaucoup changé depuis. Tel un démagogue socialiste que même le plus paranoïaque des conservateurs aurait eu des difficultés à imaginer, John Terreur avait mis en rage puis armé les classes laborieuses... un groupe minoritaire mais pas totalement absent de l'œuvre de Wodehouse. Une horde principalement constituée de jardiniers, de majordomes, de chauffeurs, de livreurs, de femmes de chambre et de conducteurs de fiacre avait razzié les lieux que fréquentait le beau monde. Les riches avaient été assiégés et attaqués dans leurs hôtels particuliers, leurs appartements de Kensington et leurs clubs privés. Des pâtés de maisons bourgeoises avaient été rasés par le feu quand des socialistes et des anarchistes au regard de dément, une menace présente chez Wodehouse mais uniquement sous forme de rumeurs, avaient démontré qu'ils n'étaient pas un simple mythe et que certains d'entre eux étaient de surcroît doués pour allumer des incendies. Il y avait même eu quelques massacres, des exécutions publiques des ennemis de classe – la classe en question étant fonction des individus qui avaient le vent en poupe à tel ou tel stade des affrontements – quoique, compte tenu de la nature au demeurant débonnaire de l'univers de Wodehouse, l'influence néfaste de Terreur se fût dissipée dès que ce misérable avait cessé d'exercer son autorité directe sur ce monde. Néanmoins, le temps que Sellars et Kunohara entreprennent de gommer les conséquences de l'intervention du tueur à gages, quelques semaines après sa destitution, la ville était plongée dans un étrange état crépusculaire. Dans des ruines dignes du Londres de l'après-Blitz régnait l'anarchie incontrôlée de la période élisabéthaine au sein des ombres terrifiantes qui avait caractérisé la ville au XIXe siècle, quand Jack l'Éventreur y perpétrait ses crimes atroces.

Curzon Street était encombrée de chevaux et de chariots – la plupart des fiacres avaient été détruits pendant la Fausse Note, pour reprendre l'euphémisme servant à désigner le règne de Terreur – et Orlando se dirigeait vers Hyde Park en devant constamment regarder où il mettait les pieds. Les campements établis par les squatters pendant les premières semaines de l'insurrection étaient devenus permanents, et des feux allumés pour contrer la fraîcheur du soir brillaient de toutes parts. Traverser Hyde Park était fortement déconseillé – les miséreux transis et affamés avaient depuis longtemps dévoré le dernier écureuil et le dernier oiseau aquatique de la Serpentine, abattu le dernier des arbres magnifiques pour le débiter en bois de chauffage. Plusieurs bourgeois qui avaient imaginé pouvoir retourner faire du cheval dans Rotten Row après la fin de la Fausse Note avaient découvert que si les chevaux pénétraient toujours dans ce parc sur leurs quatre sabots, ils en ressortaient désormais dans l'estomac de ceux qui y avaient établi leurs pénates.

Mais s'il existait une personne capable de s'aventurer dans Hyde Park sans avoir à se soucier de sa sécurité, c'était bien Orlando Gardiner, le démiurge timide de ce système, une divinité qui avait pour l'instant de nombreux sujets de réflexion.

Est-ce que je suis seul en cause ? Conrad et Vivien voulaient bien faire. Pourquoi les contenter est-il si difficile ? Après tout, je suis leur fils unique et il est incontestable que rien ne s'est passé comme ils l'avaient souhaité... pas de diplômes, pas de petite amie, pas de mariage, pas de petits-enfants. Mais il avait beau tenter de se raisonner, ce corps d'emprunt ne lui inspirait que du dégoût et du ressentiment. Destiné à lui permettre de se sentir plus à son aise, il avait eu un effet diamétralement opposé. Il accentuait la distance séparant sa nouvelle vie de l'ancienne, comme si la réalité était un monde étranger, un environnement toxique dans lequel il ne pouvait pénétrer que revêtu d'une armure robotisée cliquetante. Le fait que ce soit la stricte réalité, et ce depuis trois ans, importait peu. Contacter ses parents par visiophone lui donnait presque l'impression d'être parti en mission en Afrique pour le compte des Nations Unies, par exemple, mais le besoin qu'avait son père de tout organiser à sa guise empêchait Orlando de se bercer d'illusions.

Autant de choses qui le tourmentaient bien moins que l'attitude de Sam. Il refusait le rôle de l'éternel jeune homme qui ne mûrirait jamais, qui n'évoluerait pas quoi qu'il puisse connaître. C'était pire que cet exosquelette car il s'agissait d'une mort véritable. Cela ferait de lui l'équivalent d'un spectre.

Un spectre dans un monde mort où rien ne change, pas plus moi que tout ce qui m'entoure.

Il repartit dans le parc en direction de Dover Street et du club. Des jeunes voyous s'étaient regroupés autour de feux allumés dans des poubelles pour lancer des insultes à leurs rivaux. Tout laissait présager une « lecture », une expression locale dérivée du terme « lire et écrire » qui désignait en cockney un affrontement entre bandes.

Ils sont autonomes, se rappela-t-il. *Ce n'est pas mon affaire. Ils se battent à longueur de temps, quoi qu'il en soit, et je ne pourrais pas empêcher toutes ces rixes.*

Il regarda les jeunes gens rieurs portant écharpe, mitaines et hauts-de-forme volés, fringants comme des mauvais garçons de Dickens. Certains affûtaient leurs couteaux et leurs rasoirs. Dans le cadre d'origine de ce monde virtuel ils n'auraient pas commis de pires méfaits que lancer quelques boules de neige sur des pasteurs et des oncles obèses, mais cette preuve des capacités d'adaptation du système ne changeait rien aux sentiments d'Orlando. Même mis au diapason du chaos local, ces hooligans restaient les simples figurants qu'ils avaient été lors des cycles précédents de ce monde. Il sautait aux yeux qu'en dépit des prédictions hautes en couleur de Kunohara et de Sellars, une certaine profondeur de réalité, un sursaut d'imprévisibilité, avait disparu d'Autremonde en même temps que son système d'exploitation d'origine. Ce qui subsistait était extrêmement complexe mais, en fin de compte, privé de vie.

Il n'est pas étonnant que tous me demandent comment je me porte. Ce n'est pas moi, le problème, c'est Autremonde. Tout est immuable et, lorsqu'il y a des changements, ils sont comparables à du lierre qui envahit une cour ou une façade... des choses qui se reproduisent, à l'infini. Ce n'est pas un univers qui évo-

lue mais un jouet cassé et, en dépit de sa complexité, la vie n'y sera jamais identique à ce qu'elle est dans la réalité. Il prit conscience que sa morosité n'était pas due à son statut d'unique humain véritable. Les simuls qui peuplaient les divers mondes virtuels étaient très différents les uns des autres, et ils s'actualisaient sans cesse. Leur programmation interactive était si souple et leur passé préenregistré si détaillé qu'il était dans la plupart des cas impossible de trouver la moindre anomalie dans leur pseudo-existence. Mais Orlando les *savait* irréels, et c'était le fond de son problème. Il était par ailleurs l'être le plus puissant de cet univers de poche, depuis que Sellars était parti et qu'Hideki Kunohara s'absentait fréquemment, ce qui accentuait encore tout ce qui le différenciait des simuls.

Ouais, c'est ça... Voilà ce que je suis, comprit-il. *Je ne suis ni Aragorn ni le Ranger Solitaire. Comme l'a dit Sam, je suis Superman. Je suis le seul représentant de mon espèce sur des mondes où je passe mon temps à intervenir dans l'existence d'individus qui me sont inférieurs... et qui ne me paraîtront jamais tout à fait réels. Des tâches que j'aurai amplement le temps de mener à bon terme, puisque je risque de vivre éternellement.*

Pour la première fois depuis sa renaissance à l'intérieur du réseau, il assimilait son immortalité potentielle à un fardeau bien plus qu'à une bénédiction.

*

* *

La réunion avait débuté, mais quelques retardataires pénétraient encore dans le Salon dédié à la mémoire de Bertram W. Wooster... un membre du Club des Faux Bourdons réduit en bouillie par une foule de porteurs de la compagnie des chemins de fer pendant la Fausse Note. Orlando prit son Coca-Cola et alla s'asseoir au fond de la salle. Ses premières demandes d'une telle boisson avaient déconcerté les serveurs du club, mais le propriétaire était intervenu et depuis ce jour une bouteille du sirop du docteur Pemberton et un siphon d'eau de seltz attendaient toujours ses visites.

Des visites qu'il ne rendait que les soirs de réunion, car les simulations de ce genre n'étaient pas ses préférées et il n'avait jamais souhaité appartenir à une association même de son vivant. Néanmoins, ce cercle était très différent des autres.

« Avant d'accueillir l'orateur de ce soir, nous devons régler les questions inscrites à l'ordre du jour, disait le président. Je vais vous lire les messages des membres qui n'ont pu se libérer mais qui ont malgré tout des informations importantes à nous communiquer. »

Le président du Cercle des globe-trotters, Sir Reginald de Limoux, avait un nez busqué et un physique agréable. Le corps svelte et hâlé de cet homme en milieu de trentaine indiquait qu'il devait être en ce monde un ouvrier ou un aventurier. Et il n'avait aucune autre caractéristique d'un travailleur manuel.

« En raison de l'instabilité qui règne toujours au Pays des Jouets, on nous signale que la porte séparant cette contrée de la Byzance de saint Jean Chrysostome est à éviter. L'armée s'est en effet emparée du poste de commande de ce passage pour y établir son QG, et comme il s'agit de soldats de bois nous conseillons fortement de faire un détour à tous les voyageurs qui n'appartiennent pas à la famille des termites. »

Quelques membres du cercle rirent, par pure politesse.

« Ceux qui veulent se rendre malgré tout au Pays des Jouets peuvent emprunter la porte de la forêt, qui est placée sous la protection d'une faction libre-échangiste. Toujours sur le même sujet, nous avons reçu une dépêche selon laquelle une nouvelle porte aurait été découverte au Bénin, dans une oasis située juste au-delà des remparts de la ville... »

Orlando but une gorgée de Coca-Cola et étudia Limoux qui poursuivait la lecture des communiqués. Il s'interrogeait sur ce qui subsistait de son ancienne personnalité. Le président était en effet une des ombres de Félix Jongleur, réalisée à partir d'une copie de l'ex-maître du réseau Autremonde, à l'époque où ce vieil industriel escomptait vivre éternellement à l'intérieur de ses circuits tel un dieu exerçant son pouvoir sur plusieurs mondes. Comme bien d'autres fondateurs du réseau mis en place par les membres richissimes, puissants et amoraux de la Confrérie du Graal, ce magnat avait effectivement atteint l'immortalité... Même si ce n'était pas comme lui et ses pairs l'avaient escompté.

Au lieu de servir le but pour lequel ils avaient été conçus, ces doubles destinés à devenir les réceptacles des souvenirs des principaux intéressés avaient subi des altérations importantes pendant les derniers jours de folie du système d'exploitation d'origine. Ils avaient été ensuite autorisés à se disperser dans le système et nul n'aurait pu préciser leur nombre, ni quel avait été leur destin, étant donné qu'il n'existait aucun moyen fiable de suivre les simuls à la trace dans l'immense réseau. Et si Orlando Gardiner – devenu le conservateur de ces mondes – s'était inscrit au Cercle des globe-trotters, c'était en partie pour tenir à l'œil ces clones des membres de la Confrérie du Graal que cette association attirait de façon subconsciente.

Orlando avait été surpris que Kunohara et Sellars, les hommes qui connaissaient le mieux Autremonde, ne tentent pas d'éradiquer ces vestiges des anciens maîtres du réseau. Ils lui avaient rétorqué que, même s'il avait été possible de localiser et d'identifier toutes les ombres, elles n'étaient pas plus responsables des actes criminels de leur ancien « moi » que les enfants d'un voleur ne devaient être considérés comme fondamentalement malhonnêtes, et que même les plus malfaisants des fondateurs de la Confrérie du Graal n'étaient pas pires que certains simuls peuplant bon nombre de ces univers miniatures. C'était la puissance conférée par leur richesse et leur capacité de tout contrôler de l'extérieur qui les avait rendus si redoutables. Plongés dans la virtualité, ces clones et ces imitations repartaient de zéro, et si les problèmes de personnalité de certains ressurgissaient dans la plupart de leurs incarnations, d'autres avaient une étonnante tendance à se comporter en citoyens modèles. Tout en observant le président du cercle, Orlando estima que cette version de Jongleur devait se situer entre ces deux extrêmes. Sir Reginald de Limoux était coléreux et de toute évidence ambitieux, mais ce n'était pas un ignoble gredin.

Les ombres des anciens membres du Graal et quelques entités comparables créées par le système d'exploitation précédent – dont quelques copies d'amis et de connaissances d'Orlando, comme cet Anglais de Paul Jonas – avaient hérité de la capacité de se déplacer presque librement d'un monde à l'autre ou simplement de savoir qu'il existait d'autres simulations en plus de celle où elles vivaient. Contrairement à Orlando, ces voyageurs ignoraient quelles étaient leurs origines et dans quel genre d'univers ils évoluaient, mais leurs pensées n'étaient pas entravées comme celles des simples simuls. En fait, ils étaient presque des égaux d'Orlando Gardiner. Rester au Club des Faux Bourdons après une réunion des globe-trotters pour écouter les anecdotes amusantes et les vantardises inconcevables des membres de ce cercle était pour Orlando ce qui se rapprochait le plus du bonheur autrefois éprouvé dans les tavernes du Pays du Milieu fréquentées par les aventuriers de son jeu de rôle préféré.

Et, naturellement, même leurs récits les plus abracadabrants contenaient des bribes d'informations précieuses. Un conservateur aux pouvoirs quasi divins ne pouvait aller piétiner tous les feux de camp laissés sans surveillance sur quatre cents mondes différents.

Quand le président eut terminé la lecture des divers communiqués, le conférencier annoncé s'installa derrière le pupitre pour décrire les découvertes faites au cours de sa dernière expédition. Ce gentleman semblait avoir longuement séjourné à Troie et à Xanadu, deux simulations qu'Orlando connaissait suffisamment pour laisser son attention partir à la dérive. Chercher un moyen de reprendre contact avec Sam l'absorba à tel point qu'il ne prit pas immédiatement conscience que quelqu'un avait toussoté à maintes reprises et tapotait à présent son épaule.

« Monsieur Roland ? Une personne souhaite s'entretenir avec vous au plus tôt. »

Il s'agissait de Jeeves, le propriétaire du Club des Faux Bourdons, un grand individu imperturbable qui, d'après les rumeurs, avait fait partie des gens de maison avant que la Fausse Note ne lui offre une opportunité de connaître une ascension sociale foudroyante.

« M'entendez-vous, monsieur Roland ? »

Orlando eut besoin d'un instant supplémentaire pour se rappeler qu'il se faisait appeler Roland lors de ses séjours dans cet univers.

« Désolé, sincèrement désolé. Quelqu'un veut donc me voir ? »

Était-ce Beezle, qui avait cette fois jugé bon de s'accoutrer d'une large ceinture ou d'un casque colonial aux seules fins de le placer dans l'embarras ? Mais c'était uniquement quand Orlando séjournait à Fondcombe, l'équivalent pour lui d'un havre de paix, que son compagnon informatique n'était pas autorisé à le joindre directement. Il était en effet impossible de se détendre en appréciant les chants paisibles des elfes et les papillotements des feux quand on était dérangé toutes des dix minutes par un Beezle à la voix rauque et aux façons aussi brusques que celles d'un chauffeur de taxi new-yorkais de la vieille école.

« Une visiteuse, plus exactement, précisa Jeeves en se penchant vers lui. Une jeune dame. Très séduisante, si je puis me permettre, mais sans doute un peu... désorientée. J'ai pris la liberté de lui demander de vous attendre dans un des salons désaffectés... Il y a parmi nos membres les plus âgés quelques individus pétris de préjugés envers la gent féminine, malgré l'évolution des mœurs. Vous avoir dérangé me désole, mais cette personne affirme que c'est urgent et j'ai déduit de ses propos que vous souhaiteriez en débattre... en privé. »

Orlando regarda la bouche sévère de l'homme, son front haut et intelligent. Jeeves n'était pas censé savoir qui étaient les globe-trotters – il s'agissait officiellement d'un cercle assez collet monté de voyageurs et aventuriers qui se retrouvaient au Club des Faux Bourdons une fois par mois – et il ne devait disposer d'aucun indice sur le véritable statut d'Orlando, mais il avait toujours traité ce dernier avec déférence et en ayant un regard pétillant de malice... comme s'il le suspectait d'être bien plus important qu'il ne le laissait paraître. Orlando s'était quant à lui fréquemment demandé si le propriétaire du Club des Faux Bourdons n'était pas lui-même une ombre, à ce jour non reconnue en tant que telle. Auquel cas, elle avait trouvé le lieu idéal où se cacher, juste sous le nez de ses semblables.

Orlando prit mentalement note d'effectuer quelques recherches sur Jeeves, lorsqu'il en aurait le loisir, puis il se tourna pour parcourir les lieux du regard. Les membres du cercle avaient entamé une discussion courtoise mais animée ayant pour thème l'organisation d'une nouvelle expédition. Orlando savait qu'ils en débattraient pendant au moins une demi-heure et qu'ils ne prendraient aucune décision avant au moins un mois. Toute aventure de ce genre nécessitait la mise en place de moyens importants et, s'ils étaient pour la plupart très riches dans leurs simulations respectives, ces globe-trotters n'avaient que rarement la possibilité d'emporter leurs avoirs ou autres biens tangibles d'un monde à l'autre. En fait, le seul capital qu'on avait la certitude de garder était la connaissance, une des raisons pour lesquelles la plupart des gens réunis en ce lieu accordaient à leur statut de membre presque autant de valeur qu'à leur vie. Il se leva, convaincu de pouvoir apprendre au bar tout ce qu'il aurait raté.

Jeeves le précéda vers la porte du salon avant de s'éloigner discrètement dans le couloir, aussi silencieux qu'un rat d'hôtel. Orlando pénétra dans une pièce douillette et manqua entrer en collision avec une jeune femme en robe pastel qui se réchauffait devant une cheminée où se consumaient quelques blocs de charbon. Ce fut seulement lorsqu'il tendit la main pour se retenir qu'il prit conscience de toujours tenir son Coca-Cola.

Il posa le verre en équilibre sur l'étroite tablette de la cheminée.

« Désolé. Je m'appelle Roland. On m'a dit que vous me cherchiez ? »

Ainsi que Jeeves s'était permis de le préciser, elle était très jolie avec ses grands yeux et son teint blême, ses cheveux bouclés très noirs et ses joues rougies qui mettaient en valeur la pureté d'albâtre de sa peau. Elle lui retourna son regard et parut s'affoler, comme si elle redoutait qu'il ne l'assaille ou, plus angoissant encore, qu'il n'éclate de rire.

« Je me trompe peut-être. On m'a dit... J'ai cru comprendre que la personne que je cherchais était ici. On m'a conseillé de m'adresser à M. Roland, mais c'est à Orlando Gardiner que je m'intéresse. »

Elle le dévi
comme si elle
avec un paren
« Vous n'ête
première fois.
Qu'un simu
sidéré, et s'e
l'avait presqu
femme lui co
mier regard
d'Avialle Jon
la fille décé
monde, soit
tion en ava
d'activité. L
amoureuse
postérieures
conservé c
amnésique
s'étaient r
rences pou
activemen
compréhe
Mais au
Orlando q
le rencon
vert son i
« Vous
fois ? »
Il lui f
prête à b
lièvre ap
d'Orland
« Je p
connais
merai d
blème.

Il prit consc
Wodehouse. Il
autochtones.
« Oh ! Vous...
Elle paraissait
bien mince, un p
qu'elle bénéficie
lieu d'une interm
« Où puis-je le
— Confiez-mo
en connaîtra la t
Elle leva une
tant. Elle était li
Orlando découv
détermination qu
Elle a pris des ris
Elle doit être aux
« Entendu, dit-e
rait être plus gran
monsieur Roland
en parfait gentlem
je dois le rencon
me retrouve dans
vantable. Je ne sa
contacte pas. (Elle
yeux s'emplirent d
sieur Roland !
— Mais, pourqu
Orlando cherch
elle en sortit un de
ter son visage.
« Je suis désol
crains de ne pas c
voudrais pas ajoute
lument que je sach
Elle le dévisage
avant de prendre

de trembler et ce fut avec une dignité mêlée d'autodérision qu'elle répondit :

« C'est malheureusement une histoire extrêmement banale en ce monde cruel qui est le nôtre, monsieur Roland. Je m'appelle Livia Bard. Je suis célibataire et j'attends un enfant... de M. Gardiner. »

Puis, comme si c'était le clou d'un spectacle de magie, la jeune femme s'évapora sous ses yeux.

*

* *

Retrouver une femme dans près de quatre cents univers virtuels différents, grands comme des mondes véritables et peuplés de quelques millions d'habitants, sans disposer du moindre système de localisation central ? Ouais, pas de problème ! Du gâteau. Il ne se trouvait même plus amusant, à présent.

« Beezle ? Du nouveau sur la contrée des Amazones, ce Monde Perdu grouillant de dinosaures ? Comment s'appelle-t-il, déjà ?

— Le Pays de l'Érable Blanc, patron. Ouais, nous avons une localisation confirmée ! Cette fille a tout d'une autre ombre d'Avialle Jongleur, mais elle paraît différente et elle porte un autre nom – Valda Jackson ou quelque chose d'approchant. Elle est également plus âgée, si notre informateur dit vrai. Et elle n'a pas un comportement de femme enceinte. Elle mène des expéditions à l'intérieur des terres et boit comme un trou.

— Fenfen ! »

Il regarda autour de lui la vaste pièce en fronçant les sourcils. Les murmures de la rivière étaient sonores et l'air avait des senteurs végétales, mais ce milieu n'était pas aussi apaisant qu'à l'accoutumée. Orlando commençait à trouver Fondcombe moins agréable qu'autrefois et, bien qu'il eût autorisé Beezle à le joindre sans pénétrer concrètement dans cette simulation, il ne la considérait plus comme le siège idéal de ses activités. Il n'avait aucun désir de transformer la Dernière Maison Simple, le rêve de son enfance, en quartier général bourdonnant. Peut-être devrait-il envisager de déménager.

« Trois mois se sont écoulés et on pourrait croire que cette femme s'est transférée hors du système, à en juger par ce que j'ai découvert sur son compte. Où peut-elle bien être ?

— Nous procédons à un ratissage, patron. Comme vous le dites toujours, il n'y a ici aucun bureau de l'état civil. Les recherches de ce genre prennent du temps, mais c'est une denrée dont vous ne manquez pas.

— Quand je voudrai de la philosophie de comptoir, j'en téléchargerai un *plug-in*. Une fois que tu auras trouvé Sam, demande-lui si nous ne pouvons pas nous rencontrer ailleurs que d'habitude. Je lui laisse le choix.

— Vos désirs sont des ordres, ô maître vénéré ! »

*

* *

« C'est vraiment mignon, pas vrai ? J'ai toujours adoré les maisons de thé japonaises, ce genre de choses. »

Orlando plissa son nez.

« C'est bien la première fois que je t'entends prononcer ce mot, sauf quand nous étions dans une auberge et que tu commandais un filet mignon. »

Sam Fredericks se renfrogna, une mimique que son simul de samouraï transforma en froncement de sourcils digne d'un masque nô.

« Qu'est-ce que c'est censé signifier ? Que je me mets à parler comme une fille, c'est ça ?

— Non, non. »

Il se sentit brusquement déprimé. Il n'avait revu Sam qu'à de brèves occasions depuis le début de cette histoire avec Livia Bard, et elle lui avait manqué, mais ils étaient toujours sur des longueurs d'ondes différentes.

« Je ne m'attendais pas à ce que tu choisisses un endroit pareil pour notre rencontre, c'est tout.

— Tu disais aimer ça. »

Elle regarda l'extérieur. Les toits de bois de la ville s'éloignaient à perte de vue au-delà des panneaux ouverts de la maison de thé et du minuscule jardin de rocaille, de sable et d'arbres nains parfaitement ordonnés. Du côté opposé du Nihon-bashi, ce pont majestueux qui enjambait la Sumida, le palais d'Edo se dressait dans toute sa splendeur.

« Eh bien, j'aime ce qui se rapporte à la guerre, même si tout se termine pour ce cycle... Le shogun a pratiquement la situation en main. Et l'armure est *ho dzang*, elle aussi !

— *Ho dzang !* Je n'avais plus entendu cette expression depuis une éternité. (Elle remarqua sa grimace et se hâta d'ajouter :) Ouais, cette armure est super, surtout le casque avec des machins qui dépassent de tous les côtés ! Par comparaison, la tenue de tes elfes est un modèle de sobriété. Mais je ne peux pas dire que j'apprécie la musique locale. J'ai toujours comparé ça à des miaulements de chats malheureux. »

Orlando claqua des mains pour renvoyer la geisha qui interprétait en sourdine un jiuta sur son shamisen. Les seuls sons subsistants étaient les appels d'un vendeur d'eau dans la rue en contrebas.

« C'est mieux ?

— En effet. (Elle le dévisagea longuement.) Je regrette que cela ait été si difficile de me joindre. Où en est ta noble quête ?

— Ma noble quête ? Tu parles d'une quête comme celles que nous entamions quand nous étions là-bas, au Pays du Milieu, ou de cette femme enceinte ? »

Il lui avait fallu repousser une onde de panique. Croyait-elle qu'il ne changerait jamais ?

« De cette femme, confirma Sam avant de se forcer à sourire. Et tes quêtes sont nécessairement aussi nobles que ton âme.

— Si ce n'est que j'ai apparemment engrossé cette malheureuse avant de l'abandonner lâchement. Il y a plus honorable, comme comportement. »

Ce fut au tour de son amie de grimacer, mais tout indiquait que ses propos l'avaient irritée.

« Tu n'as rien fait du tout. Ce n'est pas parce que tu as un double maléfique, un clone qui se déplace librement à...

— C'est une explication, mais je doute que ce soit la bonne. Il n'y a aucune trace d'un autre moi-même, pas la moindre. Crois-moi, j'ai envoyé Beezle éplucher toutes les données enregistrées depuis la réactivation du réseau.

— Je croyais qu'il n'existait pas d'archives centrales.

— C'est exact, mais nous disposons du fichier personnel que Kunohara a ouvert quand il a remis le système en marche avec Sellars, sans oublier que la plupart des simulations ont leurs propres registres. Je citerai comme exemple le Londres de Wodehouse où j'ai rencontré cette femme. Il a été dès sa création une copie fidèle de cette ville au début du XXe siècle, avec un état civil où sont consignés les décès comme les naissances. On y trouve aussi des annuaires téléphoniques, ce genre de choses. Les données sont parfois un peu déconcertantes parce qu'il s'agit d'un monde de comédie, mais aucune Livia Bard n'y figure.

— Et tu en as déduit qu'elle doit venir d'ailleurs. Qu'elle fait partie des voyageurs, ces simuls qui peuvent passer d'un monde à l'autre. Je ne m'en souviens pas... Toutes les ombres de la fille de Jongleur étaient-elles comme ça ? »

Il secoua la tête et sentit son chignon osciller au sommet de son crâne.

« Je ne pourrais pas te répondre. Elles ont toujours été des ombres déconcertantes parce que le système d'exploitation les a utilisées pour une multitude de tâches... »

Il laissa son poids reposer sur ses talons pour reculer et occuper ses mains en tripotant son bol de thé. Présumer que cette femme mystérieuse croyait simplement être enceinte était logique, car de nombreuses ombres d'Avialle imaginaient attendre un enfant comme leur modèle. Orlando avait étudié avec soin les écrits de Sellars et les notes inscrites dans la marge par Kunohara, pour tenter de trouver un sens à tout cela. Paul Jonas lui avait en outre fait quelques confidences, et il s'agissait d'une histoire aussi étrange que déconcertante.

« Orlando ?

— Excuse-moi, Sam. Je réfléchissais...

— Je souhaitais seulement te demander... Tu es absolument certain de... de n'avoir rien fait ?

— Faire quoi ? Fenfen, Fredericks, tu veux dire l'engrosser ? »

Il se sentit rougir, ce qui seyait bien mal à un samouraï.

« Je ne voulais pas te placer dans l'embarras », s'empressa de préciser Sam, inquiète.

Il secoua la tête, mais sa gêne était indéniable. Décédé à quatorze ans après avoir toujours été un invalide, il n'avait pas eu d'enfance ni d'adolescence. Ressusciter avec une santé et une vigueur dépassant de loin tout ce qu'il avait connu de son vivant, et sans être soumis à la moindre autorité parentale, l'avait naturellement incité à faire des expériences. Savoir que ses compagnes n'étaient pas plus réelles que celles dont on pouvait louer les services sur les pornosites interactifs les plus lubriques ne l'avait aucunement inhibé, pas plus que l'absence de relief des filles des dépliants centraux des revues érotiques n'avait freiné les ardeurs de ses aînés. Mais l'attrait de la nouveauté avait fini par s'estomper, le laissant plus solitaire que jamais et passablement blasé. Et, parce que leurs origines le mettaient mal à l'aise, il s'était fixé pour règle d'éviter tout rapport avec des membres féminins du Cercle des globe-trotters. Il n'avait donc pas la possibilité d'établir des liens avec quiconque ayant son libre arbitre.

Amour et sexe n'étaient naturellement pas des sujets qu'il avait pu aborder avec Sam Fredericks.

« Présentons les choses de cette façon, lui dit-il finalement. Si je m'étais trouvé dans une situation où nous aurions pu faire une chose pareille, je devrais m'en souvenir. Mais c'est sans importance, Sam. Elle n'a aucune existence réelle et elle n'est pas véritablement enceinte... Tout n'est qu'une illusion !

— Toutes ces – j'ai oublié leur nom – ces filles de Jongleur ne croient-elles pas attendre un enfant, quoi qu'il en soit ? Bon nombre d'entre elles, en tout cas...

— Avialle Jongleur. Oui et, comme je l'ai déjà dit, ce ne sont pas de vraies grossesses. Mais là n'est pas la question. Ce qui m'intrigue, c'est qu'elle connaisse mon identité et qu'elle soit convaincue que je suis le père de cet enfant.

— Ouais ! fit Sam en hochant lentement la tête. Ça craint sérieux. Que vas-tu faire ?

— J'aimerais le savoir. Il y a des mois que je la cherche, et elle a disparu. Beezle voudrait que je l'autorise à créer une meute de mini-Beezle qui pourraient explorer le système plus efficacement... Non seulement pour retrouver des traces de cette femme mais aussi dans tous les autres domaines. Son idée tient la route, mais je n'ai pas l'ambition de devenir le Napoléon d'une armée de scarabées. »

Ce fut au tour de Sam Fredericks de s'asseoir sur ses talons pour jouer avec son bol.

« Tu sembles... je ne sais pas..., avoir meilleur moral que lors de nos deux dernières rencontres.

— J'ai de quoi m'occuper, fit-il en haussant les épaules. Je me disais que c'était toi qui déprimais.

— C'est scannant ! Si je me suis retrouvée embarquée avec toi, ce n'est probablement pas sans raison. »

Orlando sourit.

« Ça se pourrait bien.

— Je t'ai préparé quelque chose. Peux-tu l'importer ? Je l'ai laissé sur le bureau de mon système et c'est intitulé "Orlando".

— Tu m'as apporté quelque chose ?

— Tu ne pensais tout de même pas que j'oublierais ton anniversaire ? »

Ça lui était pratiquement sorti de l'esprit.

« En fait, c'est demain. »

Il était étrange de constater à quel point une chose aussi insignifiante prenait de l'importance lorsqu'on n'allait pas à l'école et qu'on n'avait pratiquement pas d'amis... Pas d'amis normaux, à tout le moins.

« Je sais, mais nous n'aurons pas l'occasion de nous voir.

— Je vais avoir dix-sept ans. Je me fais vieux !

— Vieux ? Tu peux parler, tu es plus jeune que moi ! »

Un petit paquet emballé dans du papier cadeau apparut sur la table basse.

« Parfait, tu l'as trouvé. Ouvre-le. »

Orlando retira le couvercle et regarda l'objet niché dans le coton virtuel de la boîte immatérielle.

« C'est vraiment joli, Sam.

— Joyeux anniversaire, Gardino. Et ne le regarde pas comme ça... C'est un bracelet de l'amitié, pauvre idiot. Tu dois lire ce qui y est écrit. »

Il retourna le bijou d'argent. À ORLANDO, DE LA PART DE SAM, AMIS POUR TOUJOURS. Il en resta un court instant sans voix.

« Merci.

— Je sais que tu n'auras pas la possibilité de le porter partout où tu vas, mais je me suis longuement interrogée sur ce qu'on peut offrir à quelqu'un qui a tout ce qu'il désire... Jetcar, dinosaure de compagnie, il suffit de demander. L'amitié, voilà la seule chose que tu n'as pas déjà en Autremonde. Nous sommes amis, Gardiner, ne l'oublie jamais. Quoi qu'il advienne. Tant que nous serons en vie. »

Orlando se félicitait que son simul soit trop *bushi* pour pleurer... Rougir était déjà bien assez embarrassant.

« Ouais ! Quoi qu'il advienne. (Il inhala à pleins poumons.) Hé, tu veux qu'on aille faire une balade avant ton départ ? Nous pourrons suivre le Tokaido... C'est la rue principale. Il n'y a pas mieux pour le dépaysement. Si nous avons du bol, nous verrons quelques daimyos. Je parle de ces nobles qui ont l'obligation de venir ici en pèlerinage deux fois par an. Certains arrivent avec une suite d'un millier de serviteurs, soldats, chevaux, étendards, concubines et tout le bataclan. Du grand spectacle. Une sorte de Disneyland des samouraïs !

— Tu connais bien cet endroit, à ce qu'on dirait ?

— Faut bien s'occuper. »

*

* *

« Vous n'avez pris aucun engagement pour la soirée, j'espère ? demanda Beezle quand Orlando réactiva son simul de Fondcombe. Vos parents ont des projets.

— Oh, sapristi, mon repas d'anniversaire ! On peut parier qu'ils voudront que je me glisse dans ce corps robotique *tchi seen*. Conrad a dû le doter d'un compresseur pour que je puisse souffler les bougies du gâteau ! »

Déambuler lourdement dans ce machin l'irritait tant qu'il avait réduit au strict minimum les visites qu'il rendait à ses parents, ce qui ne l'avait pas empêché de casser le pied d'une table ainsi que plusieurs vases, et de dégonder accidentellement une porte. Les mains de cette machine étaient précises et délicates, mais le reste avait été conçu pour lui permettre de progresser à l'intérieur d'un puits de mine ou de la cale d'un navire englouti, et il se déplaçait avec la grâce d'un éléphant en patins à roulettes. Orlando ne voulait pas froisser ses parents, d'autant plus que son père était très fier de son initiative, mais c'était malgré tout insupportable.

Comme si je n'avais pas d'autres soucis ! Deux membres du Cercle des globe-trotters étaient actuellement bloqués dans la Maison sans fin, devenue le théâtre d'un soulèvement sanglant ; un bug informatique ou un virus avait entraîné la mutation de la végétation du monde des sœurs Brontë et des cactus carnivores cernaient le presbytère d'Haworth ; et il ne savait toujours pas où se trouvait Livia Bard, et encore moins pourquoi elle avait porté contre lui une telle accusation. *Ouais, j'ai de quoi m'occuper !*

« Avez-vous décidé si je pouvais ou non me constituer une équipe de sous-compagnons, patron ?

— J'y réfléchis encore.

— Veillez à ne pas griller vos neurones. On dit qu'il faut éviter de faire fonctionner son cerveau à plein régime, quand on n'en a pas l'habitude. Êtes-vous prêt à rejoindre vos vieux ? Parce qu'Elrond m'a chargé de vous transmettre un message. Il vous réclame de toute urgence au rez-de-chaussée.

— Bon sang, je n'aurai donc jamais un moment de répit ! Établis la connexion avec ce foutu jouet mécanique qui m'attend chez mes parents, tu veux ? Je me planquerai dans un placard pour un transfert direct dès que j'en aurai terminé avec Elrond. »

— Ouais, il ne faudrait surtout pas ficher par terre la logique de cette simulation, pas vrai ? (Des propos prononcés sur un ton sarcastique.) Faut pas vous biler, patron. Je m'y mets tout suite. Vous pouvez aller voir Elrond. »

Orlando avait dévalé la moitié des marches de l'escalier de bois ouvragé séparant la petite construction où il avait installé ses pénates des bâtiments principaux de Fondcombe, quand une pensée lui fit froncer les sourcils. *Pourquoi diable Beezle m'a-t-il transmis un message d'Elrond ? Il ne sert jamais d'intermédiaire, ici.*

Une question qui reçut une réponse sitôt qu'il pénétra dans la grande salle et vit sa mère, son père et des vingtaines d'elfes, de nains et autres habitants de la Terre du Milieu réunis pour l'attendre.

« Surprise ! s'exclamèrent la plupart d'entre eux. Joyeux anniversaire ! »

Orlando s'immobilisa juste au-delà du seuil, sidéré. La salle était tendue de guirlandes de tissu d'or, et des bougies se consumaient de toutes parts. D'énormes tables à tréteaux croulaient sous la nourriture et les boissons. Sa mère s'avança et le prit dans ses bras, l'embrassa et l'étreignit. Lorsqu'elle recula, elle le regarda de la tête aux pieds en étant à la fois inquiète et rouge de surexcitation.

« Ça va ? Tu as dit que le réseau était capable d'encaisser quelques paradoxes. Ça ne risque pas d'endommager quelque chose, j'espère ?

— C'est parfait, Vivien. Je suis seulement... Eh bien, surpris ! »

Elle portait une tenue d'elfe, une longue robe beurre frais et beige, et elle avait remonté ses cheveux en un chignon retenu par un assortiment d'épingles serties de diamants.

« Comment me trouves-tu ? demanda-t-elle. Je ne me souvenais pas de la charmante jeune fille qui m'a donné ces épingles, Arwen, mais il vrai que j'ai lu le livre il y a très longtemps.

— La charmante jeune fille ? répéta Orlando sans pouvoir s'empêcher de sourire. Oui, tu es magnifique. »

Conrad approcha, tenant un gobelet.

« Les nains sont de grands buveurs, pas vrai ? Alors, qu'en penses-tu ? T'avons-nous surpris ? »

Orlando se contenta de hocher la tête, profondément ému. La fête battait déjà son plein. Quelqu'un lui mit une chope de bière entre les mains. Elrond vint s'incliner devant ses parents.

« Une étoile brille sur l'heure de ces festivités, Thaa-gorn, dit l'elfe. Vous êtes un joyau qui pare cette demeure. »

Il s'était adressé à Vivien, qui se mit aussitôt à minauder. Orlando en fut consterné, mais le maître de maison parut trouver cela amusant. Par ailleurs, Conrad s'était éloigné pour examiner les solives du plafond – il était un menuisier du dimanche –, ce qui écartait tout risque d'une scène de jalousie.

Arwen Undomiel, la fille d'Elrond – celle que Vivien avait qualifiée de « charmante jeune fille » –, était accompagnée par l'amour de sa vie, Aragorn. Il avait un manteau déchiré et semblait rentrer à l'instant d'un très long voyage. L'homme auquel Orlando avait presque emprunté le nom de son incarnation en ce monde laissa son aimée seule le temps de venir prendre sa main dans la sienne.

« Meilleurs vœux, cousin. Nous ne nous sommes pas rencontrés souvent, depuis une longue année. Je ne connais personne qui fête ainsi le jour de sa naissance, hors des terres des hobbits.

— Mes parents en portent la responsabilité.

— Quelle responsabilité ? Ce sont de nobles personnages. »

Aragorn l'étreignit puis retourna auprès d'Arwen, que ses frères Elladan et Elrohir avaient rejointe, apparemment aussi épuisés que lui, comme s'ils avaient dû chevaucher rapidement et longuement pour venir honorer Orlando de leur présence. Orlando en direction duquel la princesse elfe leva son verre, pour le saluer en silence. Il s'en serait senti flatté, s'il n'avait pas su que tout avait été programmé.

« Je ne veux même pas savoir comment tu as organisé ceci, Vivien, dit-il à sa mère.

— Beezle nous a donné un coup de main. »

Elle désigna l'autre côté de la salle où un petit personnage aux pieds velus et à l'air louche tentait de boire plus vite que trois nains originaires de Val.

« Il est presque humain, n'est-ce pas ?

— Qui ne l'est pas, ici ? (Il l'étreignit encore.) Merci. Je ne m'y attendais pas. »

Vivien posait à Elrond une question d'ordre domestique – Orlando crut l'entendre dire « pour dénicher de bons cuisiniers » – quand son attention fut attirée par une silhouette très claire qui se déplaçait au cœur de la foule, au centre de la salle. Pendant un instant, il se contenta de la regarder, en se demandant de quel personnage de Tolkien il pouvait bien s'agir, pourquoi il la trouvait si familière.

« Oh, mon Dieu ! fit-il. C'est *elle* ! »

Vivien ne put lui demander où il allait qu'il avait déjà traversé les lieux et rattrapait la femme en blanc sur le seuil de la Salle du Feu. La clarté vacillante des flammes lui donnait un aspect fantomatique, mais s'il n'avait pas devant lui Livia Bard en personne, il s'agissait de sa copie conforme.

Elle leva les yeux à son approche, surprise et peut-être effrayée.

« Que me voulez-vous ? »

Il prit conscience que son expression devait être terrifiante. La voir passer si près de lui après avoir consacré tant de mois à tenter de la localiser lui avait fait perdre toute retenue.

« Mademoiselle Bard. Livia. Je vous ai tant cherchée. »

Elle se tourna et il eut un autre choc. La courbe de son ample robe blanche indiquait qu'elle était enceinte de plusieurs mois.

« Qui êtes-vous ? fit-elle avant de ciller. C'est impossible ? Seriez-vous... *lui* ? »

Sur quoi, elle disparut une fois de plus.

« Beezle ! beugla-t-il. C'était elle ! Je l'ai abordée et elle s'est évaporée ! Où est-elle allée ?

— Je ne pourrais pas vous répondre, patron. Attendez, le temps de repousser Snori qui s'est affalé sur moi et j'arrive ! »

Quand ses parents et son fidèle compagnon informatique le rejoignirent, Orlando s'était agenouillé sur le sol de la Salle du Feu qu'il martelait avec ses poings. Conrad et Vivien suggérèrent d'interrompre les festivités, mais il ne pouvait les priver de cette joie et il se releva puis se laissa guider vers les convives. Malgré les nombreuses distractions qu'offrait Fondcombe en pleines réjouissances, il remarqua à peine ce qui se déroulait autour de lui et, dès qu'il put s'éclipser sans froisser personne, il regagna sa chambre et s'arrêta en chemin pour dire deux mots à Beezle.

« C'est bon, tu as mon feu vert... Je suis à court d'inspiration. Constitue ta petite armée de sous-fifres. Mais, fais-moi plaisir, abstiens-toi de leur attribuer un corps d'insecte, d'accord ? Je dois aller rendre visite à Kunohara et je crains d'avoir une indigestion de ces bestioles jusqu'à la fin de mes jours.

— C'est noté, patron. »

Orlando alla se coucher. Beezle veilla assez tard en compagnie des nains de Val pour leur démontrer qu'il était possible d'interpréter avec des rots plusieurs couplets du Lai de la Reine Béruthiel, et également qu'il existait une limite que même des buveurs invétérés dans leur genre étaient contraints de respecter.

Les elfes s'abstinrent de maugréer, mais ils eurent fort à faire pour tout remettre en ordre le lendemain matin.

*

* *

« Monsieur Gardiner, vous voir est toujours un plaisir, mais j'espère que vous comprendrez... »

Kunohara lui désigna un des fauteuils du balcon qui s'ouvrait sur une vaste étendue de brins d'herbes hauts comme des arbres et de halliers qui surplombaient le tout comme la lame d'un tsunami brusquement figé dans sa progression. Ce petit Asiatique soucieux de son apparence portait un kimono de coupe moderne et paraissait entre deux âges... ou tout au moins son simul avait-il toujours eu cette apparence avec une barbe et des cheveux poivre et sel.

« J'ai très peu de temps à vous consacrer. Un de mes neveux – guère plus qu'un adolescent – a lancé une OPA contre moi. Mes adversaires me reprochent de puiser dans les fonds de la société pour financer ce qu'ils appellent les “distractions de son P-DG”. Ils parlent naturellement de moi et de cette simulation, dont ils ignorent l'existence. (Son regard se fit menaçant.) Ils veulent me déposséder d'une compagnie qui a pu prospérer grâce à mes brevets ! Je les anéantirai, cela va de soi, mais en plus d'être affligeant sur un plan familial ça m'oblige à gaspiller une grande partie de mes ressources. »

Orlando hocha la tête.

« J'apprécie que vous m'accordiez malgré tout un peu de votre temps. »

Il ne s'était jamais senti des affinités avec Hideki Kunohara, qu'il avait bien moins connu que certains de ses compagnons. Il existait maints domaines où cet homme faisait cavalier seul, et il gardait toujours ses distances même lorsqu'il s'entretenait aimablement avec quelqu'un. Orlando s'était fréquemment interrogé sur le fond de ses pensées et il ne lui avait jamais fait totalement confiance. Mais, depuis le départ de Sellars, nul ne comprenait mieux que cet homme la logique sur laquelle reposait Autremonde.

S'il y a une logique à tout ceci, bien entendu, se reprit Orlando avec amertume.

« J'ai reçu vos messages... »

Kunohara s'interrompit pour suivre des yeux un magnifique papillon noir et orangé gros comme un avion de tourisme qui s'abaissait en voletant dans leur champ de vision. Il effleura le sol puis reprit de l'altitude, et le soleil embrasa ses ailes.

« Un heliconius, annonça-t-il. *Numata*, semble-t-il. Il est agréable d'en voir si près de la station. »

La demeure d'Hideki Kunohara était un bâtiment recyclé qui, dans le monde réel où tout était soumis à des contraintes aussi exaspérantes que les lois de la physique, eût été bien trop vaste pour convenir à autre chose qu'un palais impérial. Mais les dimensions ne posaient aucun problème dans un module privé où les déplacements étaient instantanés. Il avait autrefois loué ces installations scientifiques à des gouvernements et des sections de biologie de diverses universités, parce que les visiteurs venus de la réalité y étaient plus petits que la plupart des insectes et des invertébrés. Ce qu'ils voyaient ici était fascinant, et parfois terrifiant. Les soldats d'une colonie de fourmis nomades avaient détruit la station de recherche et tous les simuls humains avaient été tués lors des bouleversements du système. La propre maison de Kunohara avait été rasée. Le balcon sur lequel il se tenait en compagnie d'Orlando avait été un des postes d'observation aménagés le long de la façade sud du bâtiment principal du complexe. Pendant qu'ils bavardaient, Orlando pouvait voir une multitude de créatures monstrueuses se nourrir ou se faire dévorer sur le terrain qui descendait en pente douce, y compris des oiseaux aussi gros que des avions de ligne qui tiraient des lombrics longs comme des rames de métro hors d'un sol détrempé par la rosée du matin.

« J'ai pris connaissance de vos messages et je n'ai pas grand-chose à vous dire, monsieur Gardiner. Avez-vous envisagé la possibilité que cette femme vienne de l'extérieur du réseau ? Que ce soit une véritable humaine qui a découvert votre nom quelque part ou encore quelqu'un qui vous connaît et qui veut vous jouer un tour ?

— Ce serait encore plus grave que le mystère auquel nous sommes confrontés. Parce que si ce n'est pas un de mes amis, et je n'en connais aucun qui trouverait ça drôle, ça signifie que notre sécurité est compromise. Il est impératif que l'existence d'Autremonde reste un secret.

— Il y a, à l'extérieur, des personnes chargées d'assurer la maintenance du réseau.

— C'est exact, mais elles ignorent tout de moi. »

Kunohara hocha la tête.

« La possibilité pour que ce soit l'œuvre d'un étranger est négligeable, je le concède.

— Il est probable que des ombres de ma personne errent dans le réseau, même si je n'ai rencontré aucune d'entre elles ou seulement suspecté leur existence.

— Ce qui soulève d'autres questions, monsieur Gardiner. Il n'est pas impossible que vous ayez un double et qu'il ait pu échapper à notre vigilance pendant près de trois ans. Ce réseau est très vaste, après tout. Il est même envisageable qu'il utilise votre vrai nom, toujours sans attirer notre attention. Il n'empêche qu'il faudrait répondre à une certaine question avant de pouvoir retenir cette hypothèse.

— Je sais. »

Orlando lorgna deux diptères qui se pourchassaient au-dessus de brins d'herbe aussi hauts que des arbres, des sortes de mouches iridescentes grosses comme des taxis qui exécutaient un *pas de deux* aérien en étant nimbées par les scintillements de leurs ailes transparentes. Il ne s'était jamais senti des affinités avec les insectes, surtout lorsqu'ils étaient plus gros que lui, mais il entrait parfois en résonance avec ce monde, faute de pouvoir le faire avec son créateur.

« Si l'auteur de tout ceci était mon ombre, comment cette femme aurait-elle su qu'il existait un lien entre le père présumé et Orlando Gardiner, lorsqu'elle m'a localisé dans le monde de Wodehouse... et comment m'aurait-elle retrouvé dans l'univers de Tolkien ? Par quel moyen réussit-elle à suivre ma trace ?

— Vous savez déjà que les copies de la fille de Félix Jongleur ne manquent pas d'atouts. Certaines Avialle passent d'une simulation à l'autre sans entraves apparentes. Les autres se déplacent aussi, mais de la même façon que les globe-trotters, en empruntant des portes. Et certaines Avialle ne peuvent pas quitter leur monde d'origine, où elles occupent fréquemment des positions en vue ou déconcertantes.

— Celle que nous avons découverte dans le freezer de la Cuisine de dessin animé, par exemple. Je pense que l'Avialle originelle – celle qui a servi de modèle – avait beaucoup d'importance pour l'ancien système d'exploitation. Et il n'est pas à exclure que ses ombres occupent encore une position privilégiée. »

Quelque chose le titillait, une idée qui refusait de prendre forme.

« Mais, pourquoi ? Ce que je veux dire, c'est que nous avons changé de système d'exploitation.

— En partie, seulement. Rien n'est jamais simple lorsqu'on ne peut pas tout effacer pour repartir de zéro. »

Kunohara fit claquer sa langue.

« Il a été impossible de désinstaller la totalité des composants de l'ancien système, cette entité tourmentée que les membres de la Confrérie du Graal appelaient l'Autre. C'est une des raisons pour lesquelles nous avons pensé que certains de ses essais de création d'une nouvelle forme de vie, comme celle effectuée à partir des données brutes fournies par l'expérience personnelle de Sellars, ont pu imprégner la totalité d'Autremonde et modifier sa nature. Métamorphoser le réseau en entité vivante, capable d'évoluer.

— Mais ce n'est pas ce qui s'est passé. Vous le répétez constamment.

— Il est exact que rien ne paraît le confirmer. Les seuls glaneurs d'informations identifiés sont désormais très loin d'ici. Et il n'y a pas eu le moindre signe de déclenchement d'un processus évolutif de quelque nature que ce soit... pas un seul. Vous pouvez me faire confiance, monsieur Gardiner. Les permutations de la vie, et à présent de la pseudo-vie, sont ma passion et j'ai cherché longuement et méticuleusement toutes les preuves de leur existence à l'intérieur de ce réseau. S'il est d'une complexité extraordinaire, il est redevenu semblable à tout autre système informatique... Il est sans vie. Je crains que suite à la mort de l'Autre et au départ de la totalité de ses glaneurs de données, cette entité ne soit définitivement morte. »

Orlando s'en était douté – l'absence de bouleversements et de changements dignes de ce nom le troublait depuis des mois – mais se l'entendre confirmer par Kunohara équivalait à encaisser un crochet à l'estomac.

— Vous oubliez que les simuls se reproduisent, dans leurs univers respectifs. Ils ont des bébés. Les animaux mettent bas. Prenez vos insectes... Ils pondent des œufs d'où sortent des larves géantes.

— Absolument, mais cela est circonscrit à la matrice de leur simulation. C'est l'œuvre d'un sous-programme destiné à façonner une illusion de vie, sans que ce soit une vie véritable pour autant. Je comparerais cela à l'écriture d'un roman dans lequel un personnage accouche. Ici, toute nouvelle vie est artificielle. Prenez les ombres d'Avialle... Certaines sont perpétuellement enceintes, ce qui s'applique sans doute à celle que vous cherchez. Ce n'est pas une véritable grossesse mais une caractéristique du personnage, comme la couleur de ses cheveux ou la rapidité avec laquelle elle peut courir.

— Elle semblait réellement attendre un enfant, la dernière fois que je l'ai vue ! Aucune autre ombre d'Avialle n'est arrivée à un stade où sa grossesse était visible à l'œil nu. Je l'ai lu dans vos notes. »

Kunohara secoua la tête.

« Monsieur Gardiner, vous êtes un jeune homme très éveillé doublé d'un excellent conservateur des mondes du réseau, et Patrick Sellars peut être fier de vous avoir choisi... Où qu'il se trouve actuellement. Mais vous n'êtes pas un scientifique... pas encore. Pouvez-vous affirmer qu'elle était enceinte de plusieurs mois ou fondez-vous cette conclusion sur ce que vous pensez avoir vu à une distance de quelques mètres et pendant seulement quelques secondes ? Sur un plan psychologique, les simuls sont aussi complexes que nous. Peut-être sent-elle cet enfant en elle, alors qu'elle n'a rien à l'intérieur de son ventre. Elle peut, sans en avoir conscience, glisser un oreiller ou autre chose sous sa robe afin que son apparence soit en harmonie avec ses pensées. Non, monsieur Gardiner, mon ami. C'est uniquement après avoir pu la soumettre à un examen médical en bonne et due forme et nous être assurés qu'elle est effectivement dans un état de grossesse avancée, que nous devrons nous demander pourquoi elle est différente des autres ombres d'Avialle Jongleur. Je vous exhorte entretemps à ne pas formuler de conclusions hâtives. »

Orlando n'appréciait guère les sermons de ce genre.

« Vous dites qu'il s'agit d'un clone d'Avialle hystérique qui est tombé par hasard sur mon nom... rien de plus, et rien de moins ?

— Monsieur Gardiner, je m'abstiendrai de me prononcer sur les causes de tout ceci tant que je ne disposerai pas de plus de données. (Kunohara réunit les extrémités de ses doigts et secoua lentement la tête.) Je vous fais simplement part de mes suppositions et de mes doutes. Des gens ont dépensé des milliards de crédits pour que tout ici *paraisse* aussi réel que possible, mais ce n'est pas une raison pour confondre apparence et réalité. Et il ne faudrait surtout pas prendre une reproduction du cycle vital des hommes, quel que soit son perfectionnement, pour le cycle vital lui-même. La vie est une chose pugnace qui utilise un grand nombre de stratégies pour se perpétuer. Ce que fait ce réseau, c'est imiter ces processus pour leurrer ses visiteurs humains, reconstituer un environnement qui est le plus réaliste possible – un peu comme dans un parc d'attractions. Mais le fossé entre la simulation et ce qu'elle simule est profond. Maintenant, veuillez m'excuser... Mes avocats font le pied de grue depuis une demi-heure. »

Orlando le remercia, mais Kunohara passait déjà des appels et il se contenta de hocher la tête. Orlando le laissa parler seul, en apparence, tout en parcourant du regard son vaste domaine. Des fleurs aussi hautes que des séquoias craquaient et se balançaient sous les assauts de la brise.

*

* *

Beezle Bug avait attendu le retour d'Orlando dans sa chambre de Fondcombe. Loin des regards des elfes, il bénéficiait de l'assouplissement des règles et ne s'était donc pas même donné la peine de se camoufler en hobbit. Il avait repris son corps habituel, une sorte de balai à franges noir avec des yeux, une araignée de dessin animé, voire une tache de Rorschach fort intrigante. Sa prestance naturelle était ce jour-là mise en valeur par un chapeau haut de forme rayé à bords flottants. Quand Orlando entra, Beezle arbora un sourire qui révéla toutes ses dents et exécuta quelques pas de danse.

« Tu es de bonne humeur, à ce que je vois.

— Ce n'est pas votre cas, patron. Kunohara vous a été utile ?

— Il ne m'a absolument rien dit qui pourrait me servir. Il juge ma réaction excessive.

— Eh bien, je sais comment vous remonter le moral ! Je vais vous présenter mon équipe.

— Ta quoi ? Oh, tes sous-compagnons ! Écoute, Beezle, je n'ai aucune envie de sentir une bande d'insectes grouiller sur moi...

— Vous avez dit que vous n'en vouliez pas... »

Beezle ôta son chapeau d'où jaillirent d'innombrables machins minuscules qui eurent tôt fait de recouvrir le sol autour de lui.

« J'ai en quelque sorte chipé l'idée au Dr Seuss. Je vous présente les chatons A1 à A99, B1 à B99, C1 à C99...

« J'ai saisi le principe, fit Orlando qui se retrouvait au cœur d'une mer de petits félins affublés d'un chapeau. Inutile d'aller jusqu'à deux mille six cents. Je suppose que je devrais être heureux que tu te sois inspiré du Chat chapeauté et non du Grinch... »

Il lorgna les chatons qui escaladaient le dessus-de-lit pour aller faire du trampoline sur l'oreiller.

« Comment des trucs de ce genre pourront-ils glaner discrètement les informations dont nous avons besoin ? On ne peut pas dire qu'ils passent inaperçus...

— Patron, patron... (Faute d'avoir un cou qui lui eût permis de secouer la tête, Beezle exécutait une sorte de danse hawaïenne pour boule de poils.) Ce sont mes sous-compagnons. Vous ne croyez tout de même pas que je pars récolter des données sous mon aspect actuel ? Ou toute autre apparence, d'ailleurs. Je suis un logiciel, et un bon. Je m'interface directement avec la cible au niveau du code machine et ils en feront autant. Je me suis simplement dit que ce serait plus rigolo, lorsqu'ils se présenteraient au rapport.

— Je ne te le fais pas dire ! »

En moins d'une heure, Beezle était la deuxième personne – même si ce terme était inadéquat – qui lui reprochait de porter des jugements en fonction des apparences. Se tromper était facile... Tant de temps et d'argent avaient été consacrés pour que ces mondes paraissent réels. Rappelé à l'ordre, Orlando regarda son poignet virtuel. Ou plus précisément le poignet de Tharagorn, étant donné qu'il se trouvait à Fondcombe. Le bracelet de l'amitié avait tout d'une parure matérielle, même si elle ne l'était pas. Il n'avait jamais eu de substance mais sa signification n'en était pas moins grande que celle d'un anneau d'argent ouvragé, parce que ce qu'il symbolisait n'avait rien d'une illusion.

Il tenait là un embryon d'idée, une chose qu'il eût approfondie s'il n'avait pas été distrait par la métamorphose du tapis de chats en tourbillon de félins miniatures qui s'élevèrent puis disparurent à l'intérieur du chapeau de Beezle avec un claquement sonore.

« Hé, patron, j'allais oublier ! Ils vous réclament dans la simulation de P.G. Wodehouse... Quelqu'un a laissé un message dans votre casier du club.

— La prochaine assemblée n'est pas prévue avant plusieurs semaines.

— Ils organisent une réunion d'urgence du comité d'organisation et vous êtes de permanence.

— Je n'en ai pas le temps. Prie-les de m'excuser.

— Ça devrait vous intéresser, patron. Ils veulent virer machin-chose, le président.

— Pourquoi ?

— Tout indique que deux adhérentes attendent un heureux événement et que Limoux est le futur papa. »

*

* *

« Je n'y suis pour rien ! s'exclama Sir Reginald, blême de colère. Ni dans un cas ni dans l'autre ! Je connais à peine Mme Hayes et cette Maisie Macapan ne m'inspire que du mépris ! Ce n'est un secret pour personne. »

Orlando n'avait fait qu'entrevoir la première de ces femmes, une personne effacée et insipide qui devait être le fruit d'un des premiers essais effectués par une des techniciennes du Projet Graal. La seconde était une ombre d'Ymona Dedoblanco, le seul membre féminin du cercle supérieur de la Confrérie du Graal. Si l'original pouvait être qualifié sans exagération de véritable monstre, son ombre n'avait apparemment conservé que des défauts relativement anodins même si son égocentrisme flirtait avec la mégalomanie et la rendait exaspérante. Cette femme et l'ombre de Jongleur, Sir Reginald, se dressaient souvent l'un contre l'autre car ils avaient tous deux une ambition sans bornes.

« Pourquoi les plaignantes ne sont-elles pas présentes ? demanda Orlando. Que Limoux puisse répondre de vive voix à ses accusatrices serait la moindre des choses, il me semble ?

— Vous êtes un homme d'honneur, Roland, déclara Sir Reginald. Oui, où sont-elles ? Pourquoi ces pratiques arbitraires, fondées sur des accusations ridicules ? Tous savent que je suis un mari comblé, heureux en ménage avec ma femme et mes enfants dans le Paris de la Troisième République.

— Tous peuvent avoir un moment d'égarement », rappela un globe-trotter à moustaches.

Orlando reconnut un certain Renzi qu'il suspectait être l'ombre d'un autre concepteur du réseau, s'il n'était pas une version fortement dégradée de son ami Paul Jonas.

« Pas avec cette Macapan ! s'emporta Limoux, sans doute plus choqué qu'on pût l'imaginer folâtrant avec son accusatrice que par l'accusation elle-même. Plutôt entrer dans la cage d'une lionne affamée.

— Ces deux malheureuses ne se portent pas très bien, monsieur Roland, expliqua Renzi. Je dois admettre que leurs récits manquent un peu de cohésion, mais elles jurent leurs grands dieux qu'elles disent la vérité. En outre, s'il est indéniable que Mlle Macapan ne porte pas Sir Reginald dans son cœur, Mme Hayes n'est pas du genre à inventer des choses pareilles.

— Sauf si cette harpie de Macapan l'a soudoyée, gronda Limoux. Elle ne reculerait devant rien pour me nuire.

— Tant qu'à corrompre une personne, pourquoi pas deux ? intervint Orlando. Si c'était simplement pour porter atteinte à votre réputation, Sir Reginald, il est étrange qu'elle se soit présentée comme une de vos victimes, dès l'instant où nul n'ignore qu'elle ne vous porte pas dans son cœur.

— Ne me dites pas que vous gobez ces balivernes, monsieur Roland !

— Je ne dis rien du tout, Sir Reginald. Je manque d'informations pour me prononcer. Je me contente de penser à voix haute. »

Après quoi il les laissa débattre, pendant qu'une idée prenait forme dans son esprit. Même en tant que simple ébauche, elle était pour le moins singulière.

*

* *

Orlando avait disposé les exemplaires de divers journaux de voyage des membres du Cercle des globe-trotters – des cahiers reliés de cuir et écrits à la plume, pour être en harmonie avec la simulation du monde de Wodehouse – sur la table de bois qui lui servait de bureau pendant ses séjours à Fondcombe. Un an plus tôt, il avait intrigué pour faire adopter un article du règlement intérieur imposant à tous les membres du cercle de rédiger des comptes rendus de leurs voyages et de les mettre à la disposition de tous dans la bibliothèque du Club des Faux Bourdons. Il avait à présent tout lieu de s'en féliciter.

Car cela lui avait permis de relever un fait intéressant concernant de Limoux et ses accusatrices. Il venait d'établir un petit tableau de leurs déplacements et d'obtenir la confirmation de ses soupçons. Il regardait la feuille de papier en mâchonnant le bout de son crayon, sous le coup de la stupéfaction, lorsqu'il entendit murmurer à son oreille :

« *Patron ?*

— Laisse-moi deviner, Beezle. Tu es venu m'annoncer qu'une nouvelle adhérente du cercle a été engrossée et qu'il y a un autre désaveu de paternité. »

Après un silence, son compagnon informatique déclara :

« *Alors là, chapeau ! Comment avez-vous compris qu'il existait un rapport avec le cercle ?*

— Je commence à y voir un peu plus clair.

— *Savoir qui est concerné vous intéresse ?*

— Si j'ai vu juste, c'est sans grande importance. Accorde-moi le temps de terminer ce que j'ai entrepris, Beezle. Je te contacterai, quand j'aurai besoin de toi... Ce qui ne saurait probablement pas tarder.

— *Patron ?*

— Beezle, il faut absolument que je me concentre. Je te remercie de m'avoir apporté cette information, et maintenant du vent, d'accord ?

— *C'est important, patron.* »

Orlando soupira.

« De quoi s'agit-il ?

— *Eh bien, ça concerne les chatons N42 et N45... deux de mes sous-compagnons, si vous n'avez pas oublié ! Je pense qu'il faudrait leur offrir une petite gâterie. Une année de têtes de poissons, quelque chose de ce genre.*

— Une année de... Beezle, tu vas finir par me rendre fou ! De quoi parles-tu donc ?

— *D'une récompense. Bien méritée, puisqu'ils ont localisé votre petite amie.*

— Ils... (Orlando se leva d'un bond.) Tu en es certain ?

— *L'ombre d'Avialle, brune, cheveux frisottés, ventre rebondi de femme enceinte. Ouais, et même bien enceinte.*

— Je paie une tournée générale de têtes de poissons ! Non, des poissons entiers. Où ?

— *Elle vit dans un appart' du vieux Chicago. Depuis peu, sans doute. J'ai noté l'adresse, mais c'est facile à trouver. Juste au-dessus d'un night-club de la 37e Rue, dans le secteur de Giles.*

— J'y vais ! »

Et il y fut. Un ordre simplement articulé l'avait emporté au cœur du monde virtuel plus rapidement et sûrement qu'un tapis volant.

Être une sorte de dieu avait ses bons côtés.

La 37e Rue était bruyante et animée. Il n'y avait pas de gangsters de type Al Capone dans les parages, ces personnages qu'Orlando associait au Chicago de la prohibition, mais les trottoirs étaient bondés d'individus de toutes origines qui semblaient s'être mis sur leur trente et un pour assister à un événement important. Les hommes avaient des cravates et les femmes des robes du soir. L'appartement se trouvait au-dessus d'un night-club baptisé le Toothy's Free-For-All, signalé par une bouche en néon souriante qui bourdonnait à l'aplomb de l'entrée. Une demi-douzaine de blacks en costumes élégants à épaulettes se dressaient sous la marquise pour fumer, bavarder, lever les yeux vers un ciel chargé et bloquer par la même occasion l'escalier de l'immeuble. Orlando se demanda s'il avait affaire à des gangsters. Il ne savait même pas s'il y avait eu des Afro-Américains dans les bandes de cette époque, mais il ne souhaitait pas s'attirer des ennuis. Il regrettait de n'avoir à sa disposition qu'un seul simul pour ce monde, un personnage à la blancheur incontestable et, bien qu'assez grand et fort, destiné à passer inaperçu plus qu'à dissuader quiconque de se frotter à lui. Mais les individus qui traînaient devant la porte accordaient plus d'importance aux cigarettes qu'ils faisaient circuler qu'à sa personne, et ils le regardèrent à peine lorsqu'il se faufila entre eux puis entama l'ascension de l'étroite volée de marches.

« On di'ait que Missy va 'ecevoir de la visite, fit quelqu'un, en contrebas.

— Et il est pas le p'emier à aller voir cette fille », dit un autre.

Tous rirent doucement.

Le couloir avait de légers relents de moisi, et les tapis étaient si noirs de crasse qu'il ne pouvait discerner les motifs qui devaient certainement les orner. Il frappa à la porte dont le numéro correspondait à celui fourni par Beezle.

Elle s'ouvrit, sur une longueur de chaîne. La femme écarquilla les yeux puis le laissa entrer, un peu comme une somnambule. Il était évident qu'elle était terrifiée et déconcertée. Elle portait une robe de chambre bleu clair matelassée et ses cheveux défaits tombaient librement sur ses épaules.

« Qui êtes-vous ? » s'enquit-elle.

Si elle était déconcertée, il l'était plus encore.

« Et vous, qui êtes-vous ? »

Une question inutile. Il s'agissait de l'ombre d'Avialle Jongleur – les cheveux bruns bouclés, les grands yeux et surtout le timbre de sa voix avaient dissipé tous ses doutes. Et, comme Beezle l'avait affirmé, il était évident qu'elle attendait un heureux événement... et qu'elle n'était pas l'ombre d'Avialle Jongleur qu'il était censé avoir engrossée. Les différences n'avaient rien de subtil. À l'exception des cheveux et du regard, c'était une autre femme.

« Je... je m'appelle Violet Jergens, balbutia-t-elle, au bord des larmes. Que me voulez-vous ? J'ai l'impression de vous connaître. »

À court d'inspiration, il joua le tout pour le tout.

« Je suis Orlando Gardiner. »

Pendant un instant, le visage de la femme s'illumina comme celui d'un enfant saisi d'émerveillement et de joie le matin de Noël, avant que son sourire ne vacille et ne soit emporté par la stupéfaction et l'angoisse.

« Je... J'ai rêvé du jour où Orlando reviendrait vers moi, pour nous permettre de fonder une famille. Mais vous, je ne vous ai jamais vu. (Elle recula, en levant les mains.) Je vous en supplie, qui que vous soyez, ne me faites pas de mal ! »

Orlando secoua la tête. Sa théorie lui avait semblé prometteuse, mais il perdait de nouveau pied.

« Je suis désolé. Je ne vous veux aucun mal. »

Cela n'invalidait pas pour autant son idée de départ et il décida de lui poser la question qu'il avait préparée pour Livia Bard.

« Dites-moi une seule chose. À quoi ressemble l'Orlando Gardiner que vous connaissez ? »

Une demande qui parut la mettre en colère, avant que son expression ne se modifie rapidement.

« Je... Ma vie a été si pénible, ces derniers temps. Tout est... Je...

— Vous ne vous en souvenez pas ? »

Elle pleurait, à présent.

« J'ai été très malade. »

Il vit une opportunité de glaner une information.

« Vous devez absolument avoir confiance en moi. M'autorisez-vous à... toucher votre ventre ?

— Quoi ?

— Je vous jure que je ne vous veux aucun mal, ni à vous ni au bébé, mademoiselle Jergens. Je vous en prie. Je promets d'être très doux. »

Elle n'acquiesça pas, mais elle n'eut pas non plus un mouvement de recul lorsqu'il se rapprocha. Il tendit lentement la main pour l'appliquer sur la courbe d'un ventre qui distendait la robe de chambre comme si c'était une voile enflée par le vent. Il était ferme et, pour autant qu'il pouvait en juger, chaud et vivant.

Il ne fut cette fois aucunement surpris quand Violet Jergens disparut telle une bulle de savon qui éclate. Il ne se donna pas la peine de la chercher dans la 37e Rue ou ailleurs. Il n'en avait nul besoin. Il commençait à avoir des certitudes et se disait qu'il la reverrait, avec d'autres comme elle.

Kunohara, se dit-il. *Vous me devez des excuses.*

*

* *

« Je ne saisis pas, fit Sam. Il y aurait à présent une autre de ces Avialle qui pense que tu l'as engrossée ? »

Il l'avait jointe par téléphone, parce qu'elle avait débuté ses examens de fin d'études et qu'elle avait peu de temps à lui consacrer. S'entretenir avec elle à partir de mondes différents était pour lui agréable. C'était un peu comme s'il avait regagné la réalité, si ce n'est que son amie était en Virginie Occidentale et lui en Atlantide, ou plus exactement à l'aplomb de la cité engloutie pour régler un problème de mouvement ondulatoire avant que la ville ne remonte des flots pour entamer un nouveau cycle.

« Ça rime à quoi, tout ça ?

— Je suis retourné voir Kunohara. Nous pensons avoir finalement tout reconstitué. (Il ne put s'empêcher de préciser :) J'avais déjà pratiquement tout compris, mais il m'a donné raison et permis d'élucider un mystère dont la clé m'avait échappé. Ce sont les grossesses au sein du Cercle des globe-trotters qui m'ont mis la puce à l'oreille. On en dénombre près d'une demi-douzaine, à présent. Je me demande toujours comment redresser la situation, note bien. Les membres du club ne savent plus où donner de la tête avec toutes ces accusations, dénégations, réunions interrompues et gens qui se menacent d'intenter des actions en justice. Et, comme pour moi et pour l'ombre d'Avialle, le problème c'est que tous ont raison. »

Sam posa son livre.

« Pas si vite ! J'ai consacré la journée à me colleter à des propriétés colligatives pour mon exam de chimie, mais ce que tu racontes est encore plus tordu. Qu'est-ce que tu veux dire par : “tout le monde a raison” ? Tu m'as affirmé que tu n'avais jamais vu cette femme, et encore moins joué aux autos tamponneuses avec elle.

— Je n'ai fait ni l'un ni l'autre, répondit Orlando en secouant la tête. Pas plus qu'avec l'autre Avialle, et elles sont certainement bien plus nombreuses. Quant au président du cercle, je doute que Limoux se soit brusquement découvert une passion irrésistible pour Maisie Macapan et ait permis à son ennemie mortelle de connaître les joies de la maternité. Si ce n'est qu'il l'a fécondée, d'une certaine façon.

— Ça y est... Cette fois, tu disjonctes complètement, Gardiner. Tu aboies à la lune, tu reviens en jappant et tu fais un écart au moment de mordre. Tu m'as complètement larguée.

— C'est Kunohara qui m'a mis sur la voie en me reprochant de confondre illusions et réalité. Il a dit en substance : “Ne sous-estimez jamais le nombre de stratégies que la vie met en œuvre pour se perpétuer, monsieur Gardiner", sur ce ton si exaspérant qui est le sien. Enfin, moi, je ne le supporte pas. Et ça m'a rappelé la complexité de ce réseau. L'Autre, le système d'exploitation original, a véritablement créé la vie à partir de virus et d'antivirus. Il a façonné des imitations d'enfants à partir d'enfants réels. Ils n'étaient pas vivants au sens strict du terme, mais il ne s'agissait pas non plus de simples simuls.

— Malgré tout ce que les salopards du Graal lui ont infligé, l'Autre était une entité à part entière. Mais il a disparu, depuis.

— C'est incontestable. Cependant, le système a été façonné autour de son noyau et ses pulsions affectent encore ce qui se trouve à l'intérieur du réseau. Et tout particulièrement – c'est autour de cela que mon idée a pris forme –, son influence est très marquée sur l'ensemble des ombres, ces copies qu'il a constituées puis libérées.

— Comme les membres de ton cercle, ceux qui voyagent d'un monde à l'autre en empruntant les portes. Et les ombres d'Avialle.

— Qui n'ont pas besoin de gagner un point de passage même si elles peuvent les utiliser. Les ombres d'Avialle sont avec moi les uniques simuls capables de se déplacer à leur guise dans la totalité du réseau. Ce qui fait d'elles les plus perfectionnées de toutes les copies, même si bon nombre ont de légers problèmes psychiques. On peut en conclure que nous sommes ce qu'on trouve de plus perfectionné en Autremonde. Tu commences à saisir ? »

Sam fronça les sourcils.

« Ne joue pas au professeur Mysterioso. J'ai passé toute la nuit dernière à potasser *Chimie : science essentielle* et j'ai déjà une migraine carabinée.

— Eh bien, j'ai quant à moi consacré plusieurs nuits d'affilée à étudier la biologie, alors qui zoome le plus ?

— Contente-toi de m'expliquer tout ça.

— Et si je te disais qu'au lieu d'être perfectionnés, nous sommes, les ombres d'Avialle et moi, les êtres les mieux adaptés. Les plus aptes à survivre ?

— Tu veux parler d'une histoire d'évolution ?

— En quelque sorte. D'une certaine façon, même sans le système d'exploitation d'origine, ce réseau a toujours tendance à... se comporter comme s'il était vivant, même si ce n'est pas véritablement le cas. Il tient à se perpétuer. En fait, à présent que son cerveau d'origine a disparu, il est possible qu'il ressemble encore plus à un tel organisme. Il multiplie les essais et va toujours plus loin quand ce sont des réussites. D'une certaine manière les habitants du réseau, ou tout au moins les plus indépendants tels que moi et les membres du cercle, sont des individus à part entière. Nous avons des pensées et des sensations, nous faisons des projets. Mais le système nous considère comme les cellules d'un organisme unique... ou les divers composants d'un essaim. Le réseau est la ruche, et nous sommes les faux bourdons, les ouvrières et le reste. C'est l'exemple favori de Kunohara, en tout cas. Tout ceci le fascine, même s'il en découle qu'il a eu tort de dire que le réseau est mort.

— Il serait aux anges, si on y trouvait des essaims. Mais je n'ai pas tout saisi, Orlando. Serais-tu en train de me dire que le système a voulu t'accoupler aux ombres d'Avialle ? Tu oublies qu'elle était déjà enceinte lors de votre première rencontre. C'est une histoire à dormir debout !

— Elle tient la route si tu fais entrer en ligne de compte les déclarations de Kunohara. Il a dit que nous ne devons pas confondre apparence et réalité, qu'il existe de nombreuses stratégies de survie. Ce n'est pas parce que nous ressemblons à des humains et que les femmes semblent être enceintes que les méthodes de procréation sont les mêmes. Songe aux fleurs. Elles se reproduisent, elles aussi, mais les informations génétiques peuvent parcourir des kilomètres de distance... Les plantes n'ont pas d'autre contact que par la pollinisation. Quand des humaines ou des simuls humanoïdes attendent un enfant, qu'elles supposent avoir été fécondées selon les bons vieux procédés est logique. (Il fronça les sourcils.) Contrairement au mode de reproduction à l'ancienne, je dois dire que celui virtuel laisse à désirer sur le plan de la motivation... Tu sais, le "on fait ça pour prendre son pied".

— Pas si vite, Sherlock. Le système se contenterait de... combiner ton matériel génétique à celui d'autres entités présentes dans le réseau pour créer de nouveaux êtres ? Mais tu n'as aucun support génétique... »

Elle eut soudain une expression horrifiée.

« Désolée, Orlando. Je ne voulais pas...

— Ne te tracasse pas pour ça, il y a des jours que je réfléchis à ces choses. Ce qui a débuté est bizarre et différent du reste, et même un macchabée dans mon genre peut y participer. Il ne s'agit pas de support génétique au sens conventionnel du terme, mais de ce que Kunohara appelle la codification que le réseau a de chacun de nous – les plans de nos copies, ce qui s'apparente pour nous à des gènes. Il a simplement trouvé un moyen de les combiner. »

Elle paraissait toujours désolée, et il sourit.

« Il assemble tout ça, à quelque chose près, sans que ce soit pour autant au hasard. Tout bon système reproducteur a en lui des *battants qui sont plus aptes à se perpétuer que les autres*. C'est pour cela que mes "gènes" sont remontés les premiers à la surface et qu'ils ont été appariés à ceux de l'ombre d'Avialle – les géniteurs les plus performants du lot – et c'est aussi la raison pour laquelle plusieurs Avialle sont enceintes de moi. Notre mobilité est supérieure à celle des autres résidents d'Autremonde et, dans mon cas, je suis également plus puissant – même s'il n'est pas dit que ce critère entre en ligne de compte – et mon matériel génétique est plein d'intérêt. Entre parenthèses, il va falloir que je trouve un autre terme car "matériel" ne colle pas vraiment. Disons... mes informations. Je suis unique et il y a de nombreuses ombres d'Avialle qui voudront opter pour ce que je peux leur apporter si elles y ont accès.

— Mais comment ? Le réseau ne se contente-t-il pas de... les en imprégner ?

— Non. C'est une autre bizarrerie du processus. J'ai déniché les premiers éléments en étudiant les activités des membres du cercle. Deux femmes sont tombées enceintes et l'ombre de Jongleur a affirmé n'y être pour rien. Compte tenu de ce qui m'était arrivé, je me suis demandé si Limoux ne disait pas la vérité. J'ai donc consulté les journaux de voyage des trois personnes incriminées et j'ai découvert qu'elles ne s'étaient jamais trouvées simultanément dans la même simulation, et encore moins qu'elles avaient pu y avoir des rapports sexuels. En fait, elles ne se sont côtoyées que lors de nos réunions dans cette version du Londres de Wodehouse et l'ombre de Jongleur a regagné sa France d'origine sitôt après. Il en découlait que les possibilités pour qu'il y ait eu conception et grossesse classiques étaient pratiquement nulles. En revanche, tous avaient franchi à plusieurs reprises les mêmes portes séparant des mondes du réseau. Limoux le premier – le mâle – et ces dames ensuite.

— Les portes ? Tu veux dire qu'elles jouent un rôle dans tout ça ?

— C'est ce que nous pensons, oui. Comme le pollen se colle aux abeilles qui l'emporteront jusqu'à la fleur suivante, ou comme les poissons déposent leur laitance là où les femelles ont pondu leurs œufs, sans qu'il soit nécessaire que les deux éléments se trouvent en même temps au même endroit. Le système transforme l'information mâle – celle de gens tels que moi et Limoux – en éléments fécondateurs par des procédés qui lui sont propres, et les femelles réceptives en sont imprégnées lorsqu'elles franchissent à leur tour les portes en question. Nous devrons d'ailleurs réduire la fréquence de nos déplacements si nous ne voulons pas que toutes les femmes du cercle soient enceintes à longueur de temps. »

Sam se tordait les mains, comme toujours lorsqu'elle avait des problèmes.

« Tu veux dire que vous comptez laisser cela se perpétuer ? Mais... quel genre de bébés vont-elles avoir ? C'est scannant, Orlando ! Si c'est comme pour les poissons, les insectes et les autres bestioles, il risque d'y avoir... ouch !... des *essaims* de bébés. »

Pour la deuxième fois en quelques minutes, elle était atterrée.

« Auront-ils seulement une apparence humaine ?

— Nous en sommes presque certains. Même si la méthode employée fait penser à celle des insectes, le réseau se sert d'un modèle propre aux mammifères... Et il a été programmé en ce sens, si tu n'as pas oublié. Le développement du fœtus paraît avoir une durée normale et les médecins du monde de Wodehouse qui ont examiné ces femmes n'ont entendu qu'un seul battement de cœur supplémentaire. Il y a deux autres éléments conformes au modèle humain... ou aussi proches que possible quand les parents ne sont pas des originaux mais des doubles, pour certains imparfaits. Le premier, c'est qu'il serait illogique de se donner tant de mal pour employer des simuls humains en tant que sources d'informations – en tant que parents – si c'est pour s'écarter ensuite du modèle. Il serait plus simple d'utiliser les moules de parents et d'enfants dont le système dispose déjà. Mais l'autre raison découle de questions qui ont commencé à me tarabuster dès que j'ai compris de quoi il retournait. Je n'ai pas trouvé les réponses, mais Kunohara en a été capable.

— Accouche. Je me contente d'essayer d'assimiler tout ça. »

Sam semblait vraiment avoir reçu un coup sur la tête.

« Penser que des douzaines de femmes font la queue d'un bout à l'autre du réseau afin que tu leur fasses un môme me sidère, Gardiner. Tu dois figurer dans le Bottin des célébrités.

— Ce serait bien plus flatteur si ça se passait selon la bonne vieille méthode. Mais, pendant que nous étions occupés à reconstituer tout ça, j'ai posé à Kunohara deux questions qui me trottaient par la tête. La première, c'est pourquoi les ombres d'Avialle connaissent mon identité avant même notre rencontre. Kunohara estime que c'est un autre indice selon lequel ces bébés seront de type humain. Les mammifères supérieurs tels que les hommes ont une enfance prolongée et réclament énormément de soins parentaux. Pour que la stratégie reproductive du réseau soit une réussite, il convient d'offrir aux deux géniteurs la possibilité de se réunir pour élever leur progéniture. Voilà pourquoi les femelles reçoivent non seulement les codes génétiques du mâle mais aussi des données sur son identité et la capacité de le localiser, même si nul ne sait vraiment comment la fécondation a eu lieu. Voilà pourquoi les femmes du cercle ont su que le père était Limoux et comment les ombres d'Avialle ont eu conscience de porter mes enfants... car je présume que je dois les appeler ainsi, même si je n'ai pas joué un rôle actif dans tout ceci.

— C'est complètement absurde, Orlando ! Il est exact que tout colle, d'une certaine façon, mais si le réseau voulait que tu tiennes ton rôle de père les mères ne disparaîtraient pas juste après chacune de vos rencontres !

— Tu vois ? Même après t'être colletée pendant des heures aux connaissances requises pour obtenir une licence de chimie, Frederico, ton esprit est plus éveillé que tu ne le penses. C'est mon autre question, à laquelle Kunohara a également fourni une réponse. Assez embarrassante, je l'avoue.

— Chizz. Dis-moi tout.

— Eh bien, chez les mammifères supérieurs, et plus particulièrement ceux qui ont besoin d'être protégés par leurs deux parents, il existe une stratégie de séduction qui lie le père à la mère ainsi qu'à l'enfant à naître. Étant donné que cette stratégie reproductrice ne prévoit aucun préalable de ce genre... Eh bien, le système lui a trouvé un substitut. Une sorte de cour qui se déroule ensuite. Une parade ou vol nuptial, pour reprendre le terme employé par Kunohara lorsqu'il a parlé des abeilles.

— Hein ?

— Ça ne peut véritablement fonctionner qu'avec les ombres d'Avialle, parce qu'elles ont la capacité de se déplacer instantanément – et donc de disparaître en un clin d'œil – mais les autres femmes du cercle se sont éclipsées, elles aussi, bien que de façon plus conventionnelle. Cette Maisie Macapan, par exemple, ne quitte plus la Rome impériale. Tous ces départs sont censés éveiller l'intérêt du père qui se lance alors à leur recherche, tu vois ? (Il secoua la tête.) Bon sang, dans mon cas la technique a été sacrément efficace ! »

*

* *

Venait le plus difficile, et Orlando savait qu'il tentait de gagner du temps. Il pensa à ce que Sam lui avait dit avant de se déconnecter.

Je présume que c'est une bonne chose, parce que ça t'intéresse et te passionne. Je commençais vraiment à m'inquiéter pour toi... Tu m'as semblé si désespéré, pendant un temps. Mais qu'est-ce que ça signifie ? Comment vas-tu assumer ton rôle de père de toute cette marmaille, si vous avez vu juste ? Que vas-tu faire, Orlando ?

En vérité, il l'ignorait – il restait des centaines de questions sans réponse. Comment le système était-il arrivé à un stade où tout s'était précipité ? Avait-il procédé à des essais sur l'évolution sur un monde laboratoire dissimulé dans les recoins du réseau ? Était-il conscient comme le système d'exploitation précédent ou obéissait-il à des pulsions héritées de son prédécesseur ? Évoluait-il vraiment vers un nouveau type de conscience – Orlando et les autres simuls deviendraient-ils en fin de compte les cellules d'une entité démesurée ? Certaines de ces questions étaient terrifiantes. La joie qui avait accompagné la résolution du mystère ne s'était pas totalement dissipée, mais il savait que la situation était moins simple que les explications qu'il fournirait aux membres du Cercle des globe-trotters. Une tâche qui s'annonçait ardue... ne serait-ce qu'en raison de la cause de ses hésitations.

S'il y a des douzaines d'enfants dont je suis le père, je ne pourrai pas assumer mon rôle à plein temps. Nous devrons peut-être interrompre le processus après cette première fournée, ne serait-ce qu'en ce qui concerne mes informations personnelles. Que deviendrons-nous si le réseau a l'intention de remettre ça sans faire de pauses, une génération après l'autre ? Comme si j'étais la reine – ou le roi – d'une ruche, et que je me retrouve avec des milliers d'enfants ? Il avait eu le temps d'y réfléchir – ou tout au moins d'en débattre avec Kunohara – étant donné qu'il y avait un nombre limité de mères potentielles et que les grossesses paraissaient durer aussi longtemps que dans la réalité. Transporté de joie par ces rebondissements, l'entomologiste se hâtait de régler ses problèmes juridiques pour pouvoir se consacrer à fond à l'étude du nouveau paradigme.

C'est facile, pour lui... Ses codes n'ont pas été copiés dans le système. Il ne sera jamais le père d'une ribambelle d'enfants, il n'aura pas une telle responsabilité à porter. Mais s'il y avait un individu capable de protéger sa descendance, c'était bien Orlando Gardiner, le conservateur des mondes du réseau. *Après tout, comme le disaient autrefois les shérifs : La loi, c'est moi !*

Seigneur, je ne sais pas ! Je trouverai une réponse. J'ai des amis. Ce sera dingue, mais je suis mort et je dois aller rendre visite à mes parents, alors qu'y a-t-il de plus inconcevable ? Ce sera une grande aventure.

Je vais être papa ! Moi ! Il n'en revenait toujours pas. C'était à la fois terrifiant et fantastique. À quoi ressembleraient ces enfants ? Que deviendrait le réseau quand la première génération aurait grandi et se reproduirait à son tour, créant un patrimoine génétique encore plus complexe ? Nul n'avait jamais rien connu de tel, dans l'histoire de l'humanité. *C'est un continent inexploré. Non, il n'y a pas qu'un continent... Tout est à défricher, devant moi.*

« J'arrive, Beezle, annonça-t-il. Je ne veux pas qu'on me dérange pour quoi que ce soit de moins important que l'effondrement de l'univers, c'est compris ? Prends les messages.

— *Aucun 'blème, patron. Je vais rester ici, dans l'espace imaginaire, pour jouer avec les chats.* »

Orlando se connecta à la maison de ses parents. Cette fois, il était même impatient de se glisser dans cet horrible épouvantail en plastacier. Après tout le travail qu'avait dû réclamer l'organisation de cette fête d'anniversaire surréaliste et émouvante à Fondcombe, il se considérait redevable envers Conrad et Vivien. Plus important, il voulait qu'ils soient dans les meilleures dispositions d'esprit possibles lorsqu'il leur annoncerait que, contre toute logique, ils allaient devenir grands-parents.

Quarante ou cinquante fois, peut-être.

Les chroniques d'Alvin le Faiseur

Orson Scott Card

Dans *Les Chroniques d'Alvin le Faiseur*, une vision alternative de l'histoire des États-Unis tels qu'ils n'ont jamais existé, Orson Scott Card imagine un monde où la guerre d'Indépendance n'aurait jamais eu lieu, et où la magie populaire serait une réalité.

L'Amérique est divisée en plusieurs provinces, les Espagnols et les Français ayant conservé une présence forte dans le Nouveau Monde. La toute jeune révolution scientifique d'Europe a mené beaucoup de personnes possédant un « talent », c'est-à-dire un pouvoir magique, à émigrer vers l'Amérique du Nord, emportant leur magie avec eux. La série s'attache à suivre la vie d'Alvin, septième fils d'un septième fils, et donc un individu au pouvoir colossal. La destinée d'Alvin sera de devenir un Faiseur, un adepte comme le monde n'en a plus vu depuis mille ans. Mais pour chaque Faiseur, il existe un Défaiseur, un adversaire surnaturel et maléfique qui s'efforce d'utiliser Calvin, le frère d'Alvin, contre lui.

Au cours de ses aventures, Alvin explore le monde autour de lui et se heurte à des problèmes comme l'esclavage et l'hostilité persistante entre les colons et les Indiens qui contrôlent la moitié ouest du continent. La série paraît se diriger vers une confrontation ultime entre Alvin et le Défaiseur, qui déterminera le sort de tout le continent, voire du monde entier.

Sur le *Yazoo Queen*

Orson Scott CARD

Traduit de l'américain par Cédric Perdereau

Alvin regardait le capitaine Howard accueillir à son bord un nouveau groupe de passagers, une famille prospère avec cinq enfants et trois esclaves.

« C'est le Nil d'Amérique, dit le capitaine. Mais Cléopâtre elle-même n'a jamais navigué avec autant de faste que vous autres allez connaître sur le *Yazoo Queen*. »

La famille va en profiter, se dit Alvin. Sans doute pas les esclaves. Quoi que, en tant que serviteurs, ils seraient mieux lotis que les deux douzaines de fugitifs enchaînés en plein soleil tout l'après-midi, sur le pont.

Alvin les avait à l'œil depuis qu'Arthur Stuart et lui étaient arrivés au port fluvial de Carthage City, vers onze heures. Arthur Stuart avait une envie folle de partir explorer la ville, et Alvin l'avait laissé faire. La ville qui se targuait d'être la Phénice du Nord avait beaucoup de choses à révéler à un garçon de l'âge d'Arthur. Oui, même à un garçon à moitié noir. Puisqu'elle se trouvait sur la rive nord de l'Hio, on le soupçonnerait d'être un fugitif. Mais il y avait bien assez de noirs affranchis à Carthage City, et Arthur Stuart n'était pas idiot. Il ferait attention.

Il restait aussi beaucoup d'esclaves, à Carthage City. Par la loi, un esclave noir du sud restait un esclave même dans les États libres du nord. Et la plus grande honte de toutes, c'était ces fugitifs enchaînés, qui avaient réussi à atteindre la liberté de l'Hio et que des Pisteurs avaient retrouvés et enchaînés pour les ramener au fouet et aux autres horreurs de la servitude. Aux propriétaires courroucés qui en feraient des exemples. Pas étonnant qu'il y en ait tant qui essaient de se suicider, et parfois y parviennent.

Alvin vit des blessures sur plus d'un des vingt-cinq esclaves enchaînés là, dont beaucoup auto-infligées, *a priori*. Les Pisteurs endommageaient rarement la marchandise qu'on les payait pour ramener. Ces blessures aux poignets et au ventre indiquaient sans doute qu'ils préféraient la liberté à la vie.

Ce qu'Alvin se demandait surtout, c'était si on chargerait ces fugitifs sur ce bateau ou sur un autre. La plupart du temps, on passait les esclaves en bac sur l'autre rive, et on les faisait marcher. On racontait trop d'histoires de prisonniers qui avaient sauté par-dessus bord et coulé avec leurs chaînes aux pieds pour que les Pisteurs aient envie d'utiliser un transport fluvial.

Mais de temps en temps, Alvin avait surpris des bribes de conversation de la part des esclaves – pas grand-chose, puisque cela pouvait leur valoir un coup de fouet, et pas assez fort pour qu'il distingue les mots ; mais la musique du langage ne ressemblait pas à de l'anglais, voire à de l'anglais du nord ou de l'anglais du sud, ni même à de l'anglais d'esclave. Ce n'était sûrement pas une langue africaine ; les Britanniques menant une guerre à outrance contre l'esclavagisme, peu de livraisons traversaient l'Atlantique.

Alors c'était peut-être de l'espagnol, ou du français. De toute façon, ils allaient sans doute à Nueva Barcelona, que les Français appelaient encore La Nouvelle-Orléans.

Ce qui soulevait quelques questions, dans l'esprit d'Alvin. Surtout une : comment un groupe de fugitifs de Barcelona avait-il pu se retrouver dans l'État de l'Hio ? Ça aurait fait une longue marche, surtout s'ils ne parlaient pas anglais. La femme d'Alvin, Peggy, avait grandi dans une maison abolitionniste, où son papa, Horace Guester, faisait passer la rivière à des fugitifs. Alvin savait à quel point le Train Souterrain était valable. Il s'étendait jusqu'aux nouveaux duchés de Mizzippy et d'Alabam, mais Alvin n'avait jamais entendu parler d'esclaves parlant l'espagnol ou le français et qui auraient pu suivre cette longue route sombre vers la liberté.

« J'ai encore faim », annonça Arthur Stuart.

Alvin se tourna vers le garçon – non, le jeune homme, il grandissait et sa voix devenait grave – qui derrière lui, les mains dans les poches, regardait le *Yazoo Queen*.

« M'est avis, dit Alvin, qu'au lieu d'regarder ce bateau, on ferait mieux d'y embarquer et d'y passer une trotte.

— Pour où ? questionna Arthur Stuart.

— Tu d'mandes ça par rapport que t'espères un long voyage ou un petit ?

— Celui-là va tout droit à Barcy.

— Pour peu que l'brouillard du Mizzippy le laisse passer. »

Arthur Stuart fit une grimace contrite.

« Oh, c'est vrai, parce qu'autour de toi, le brouillard va forcément se serrer près.

— Bien possible, répondit Alvin. L'eau et moi, on s'est jamais entendus.

— Quand tu étais petit, peut-être, admit Arthur Stuart. Le brouillard fait ce que tu lui dis, maint'nant.

— Ça c'est c'que tu crois.

— C'est toi qui m'as fait voir.

— Je t'ai fait voir avec la fumée d'une bougie, corrigea Alvin. Et c'est pas parce que je peux le faire que toutes les brumes et toutes les fumées qu'on va croiser vont faire ce que j'leur demande.

— Ça veut pas dire le contraire non pus, insista Arthur Stuart avec un grand sourire.

— J'attends juste de savoir si ce bateau emmène des esclaves ou pas. »

Arthur Stuart se tourna vers l'endroit où Alvin regardait. Les fugitifs.

« Pourquoi tu les laisses pas simplement partir ?

— Où tu veux qu'ils aillent ? demanda Alvin. On les surveille.

— Pas de trop près. Les gardes, là, où ce qui passe pour tel, leurs outres sont pus trop pleines.

— Mais les Pisteurs ont encore leurs capsules. Il ne leur faudrait pas longtemps pour les retrouver tous, et ils auraient encore plusse d'ennuis.

— Alors tu vas rien faire du tout ?

— Arthur Stuart, je peux pas forcer toutes les chaînes de tous les esclaves du sud.

— Je t'ai vu fondre de l'acier comme si c'était du beurre.

— Alors quèques esclaves s'enfuient et laissent derrière eux des flaques d'acier qu'étaient aut'fois leurs chaînes. À ton avis, elles vont en penser quoi, les autorités ? Qu'un forgeron s'en est v'nu avec des petits soufflets et une tonne de charbon, qu'il a allumé un feu pour faire fondre toutes les chaînes ? Et qu'après il a filé en reprenant tout son charbon dans ses poches ? »

Arthur Stuart le regarda avec un air de défi.

« Alors tout ça, c'est pour te protéger ?

— Je crois bien. Tu connais à quel point je suis trouillard. »

L'année précédente, Arthur Stuart aurait cligné les yeux et dit qu'il était désolé, mais à présent que sa voix avait changé, le mot « désolé » ne lui venait plus aussi facilement aux lèvres.

« Tu peux pas non pus guérir tout le monde. Mais ça t'a pas empêché d'en soigner *quèques-uns*.

— Pas la peine de libérer ceusses qui peuvent pas rester libres. Et combien qu'y en aurait pour fuir, à ton avis ? Combien se noieraient dans la rivière ?

— Pourquoi ils feraient ça ?

— Parce que tu connais aussi bien que moi qu'y a pas de vraie liberté à Carthage City pour un esclave marron. Cette ville est p'têt' la pus grosse de l'Hio, mais elle est plusse au sud qu'au nord, pour ce qu'est d'l'esclavage. Y paraîtrait même qu'on achète et qu'on vend des esclaves icitte, des marchés cachés dans des greniers, et les autorités l'savent et font rien du tout, rapport qu'ça rapporte tant d'argent.

— Alors tu peux rien y faire.

— J'ai soigné leurs poignets et leurs chevilles là où les menottes ont trop mordu. J'les ai rafraîchis dans le soleil, et j'ai purifié l'eau qu'ils boivent pour qu'ils soyent pas malades. »

Et là, enfin, Arthur Stuart eut l'air un peu gêné – quoique encore crâne.

« J'ai jamais dit qu't'es pas gentil.

— Je peux rien être d'autre que gentil. À c't'heure, icitte. Ça, et l'fait que j'ai pas l'intention de donner mon argent à ce capitaine si les esclaves vont être chargés sus son bateau. J'ai pas envie d'aider un bateau à esclaves.

— Il remarquera même pas le prix de notre passage.

— Oh que si il va remarquer, tempéra Alvin. Le capitaine Howard, là, il peut te dire combien d'argent qu't'as dans la poche rien qu'à l'sentir.

— Même toi, tu peux pas faire ça.

— C'est l'argent, son talent, m'est avis. Il a un pilote pour guider son bateau, et un ingénieur pour son moteur à vapeur, et même bien un charpentier, pour s'occuper de sa roue à aubes et des dégâts qu'prend la coque quand il passe près de la rive gauche jusqu'au Mizzippy. Alors pourquoi il est capitaine, lui ? Question d'argent. Il sait qui en a, et il sait comment vous convaincre de l'dépenser.

— Et combien d'argent il va croire que t'as, toi ?

— Assez pour posséder un bon jeunot d'esclave, mais pas assez pour m'en payer un qui s'rait plusse taiseux. »

Arthur Stuart le regarda d'un air mauvais.

« J'suis pas à toi.

— Je t'ai dit, Arthur Stuart, je voulais pas que tu m'accompagnes pour ce voyage, et je pense encore de même à c't'heure. J'ai pas envie de t'emmener dans le sud, rapport que ça m'oblige à dire que t'es mon esclave. Et j'connais pas ce qui est pire, entre toi qui fais semblant d'être à moi, ou moi qui fais semblant d'être le genre de gars à avoir un esclave.

— Je m'en viens, et pis c'est tout.

— Tu me l'as assez répété.

— Et ça doit pas tant t'déranger, vu qu'tu pourrais me forcer à rester icitte sus c'quai si tu voulais.

— Dis pas "sus", ça rend Peggy folle de colère.

— Elle est pas là, et tu l'as dit toi-même.

— Oui, mais les jeunes générations devraient être meilleures que les anciennes.

— Alors toi t'es un échec bien cuisant, faut reconnaître, rapport que j'étudie la Faiserie avec toi depuis toutes ces années, et que j'peux à peine faire danser une bougie ou craquer une pierre.

— Moi je crois que tu t'en tires très bien, et que t'es meilleur que ça, quand l'idée te vient en tête.

— J'y mets toute ma tête, jusqu'à ce qu'elle m'lance comme si elle explosait.

— J'aurais dû dire "Si tu y mets du cœur". L'idée, c'est pas de leur *faire* faire ce que tu veux – aux bougies, aux pierres ou aux chaînes –, c'est de les *convaincre* de faire ce que tu veux.

— Je t'ai jamais vu *parler* au fer pour qu'il se torde, ni au bois mort pour qu'il lui pousse des bourgeons, mais ils le font.

— Peut-être que tu m'entends pas ou que tu me vois pas, mais je le fais bien quand même, à part qu'ils comprennent pas les mots, rien que le plan dans mon cœur.

— Pour moi, ce s'rait comme de faire des vœux, on dirait.

— Seulement parce que tu connais pas encore comment qu'on l'fait.

— Y m'semble que ça fait pas d'toi un bon maître.

— Peggy non pus, on dirait, vu la façon que t'as de causer.

— Mais au moins, je connais qu'y faut que j'cause bien quand elle est là pour m'entendre. Alors qu'à c't'heure, je suis toujours pas capable d'faire un trou dans du fer-blanc, qu'tu soyes là ou pas.

— Tu pourrais, si tu t'y intéressais un peu.

— Je veux monter sus c'bateau.

— Même s'y transporte des esclaves ?

— Il les transportera qu'on soye d'sus ou pas.

— Tu fais un bel idéaliste, toi, pour sûr.

— Si tu montes sur le *Yazoo Queen*, ô mon maître, tu pourras aider tous ces esclaves à bien viv' leur retour vers l'Enfer. »

Son ton moqueur était agaçant, mais pas tout à fait déplacé, décida Alvin.

« C'est ben vrai. Les p'tits bonheurs, c'est parfois énorme quand on n'a qu'ça...

— Alors achète ton billet, parce que c'bateau est censé partir à la première heure du matin, et qu'on f'rait mieux d'y être, tu crois pas ? »

Alvin n'aimait pas beaucoup le mélange de désinvolture et d'impatience dans la voix d'Arthur Stuart.

« Tu n'aurais pas à c't'heure pour plan de libérer ces pauvres âmes pendant l'voyage ? Parce que tu connais comme moi qu'ils sauteraient par-d'sus l'bord et qu'y en a aucun qu'est capable de nager, tu peux en être sûr. Alors ce serait comme un meurtre de les libérer.

— J'ai pas c'genre de plan.

— Y m'faut ta promesse que tu vas pas les libérer.

— Je lèverai pas le p'tit doigt pour les aider, promit Arthur Stuart. Je peux rendre mon cœur aussi dur que l'tien quand y a besoin.

— J'espère que c'est pas avec c'genre de paroles que tu comptes me réjouir de ta compagnie, dit Alvin. Surtout que m'est avis que tu connais que c'est pas mérité.

— Tu veux dire que tu te durcis pas le cœur, pour voir pareilles méchancetés sans réagir ?

— Si je pouvais me durcir le cœur, je serais un moins bon homme, mais j's'rais plusse heureux. »

Puis il alla vers la guérite où on vendait les billets pour le *Yazoo Queen*. Il se prit une cabine pas très chère jusqu'à Nueva Barcelona, et une place de serviteur pour son boy. Il était en colère d'avoir dû dire ce genre de paroles, mais il avait menti avec son visage et avec sa voix, et l'homme n'y avait vu que du feu. À moins que tous les propriétaires d'esclaves s'en veuillent autant, et qu'Alvin ne soit pas si différent des autres.

En vérité, Alvin était très content de faire ce voyage. Il adorait les machineries, tous ces gonds, pistons, joints et tout ce métal, chaud comme une forgerie. La vapeur qui montait dans les chaudières. Il adorait la grande roue à aubes, qui tournait comme celle qu'il avait connue enfant, dans le moulin de son père. À part qu'ici, c'était la roue qui poussait l'eau, au lieu du contraire. Il aimait sentir la tension dans l'acier – la pression, la torsion, la tension et le refroidissement. Il envoyait sa bestiole et se promenait dans les machines, pour les connaître comme il connaissait son propre corps.

L'ingénieur était un bon gars, qui prenait soin de ses machines, mais il y avait des choses qu'il ne pouvait pas connaître. Des petites fissures dans le métal, des endroits où la tension était trop grande, où l'huile n'était pas assez présente et où la friction s'accumulait. Dès qu'il eut compris comment les choses devaient être, Alvin commença à expliquer au métal comment se guérir, comment refermer les petites fractures, comment se lisser pour que la friction soit moins grande. Le bateau n'était pas parti de Carthage depuis deux heures que la machinerie avait atteint la perfection des moteurs à vapeur. Ensuite, Alvin n'eut plus qu'à se laisser porter. Son corps, comme tous les autres, suivait le pont oscillant, et sa bestiole se promenait dans les machines pour les sentir pousser et tirer.

Mais elles n'eurent bientôt plus besoin de son attention, et la machinerie recula dans son esprit tandis qu'il commençait à s'intéresser aux passagers.

Il y avait des gens fortunés dans les cabines de première classe, avec leurs serviteurs logés pas trop loin. Et puis des gens comme Alvin, avec à peine un sou, mais quand même assez pour les cabines de deuxième classe, qui accueillaient quatre passagers par cabine. Et leurs serviteurs, quand il y en avait, étaient forcés de dormir sous le pont avec l'équipage, bien qu'encore moins bien lotis. Pas parce qu'il manquait de la place, mais parce que l'équipage se serait rebiffé s'il avait dormi dans des conditions aussi mauvaises qu'un moricaud.

Et après, il y avait les autres, ceux qui n'avaient pas même de lit, rien que des bancs. Pour les gens qui allaient sur une petite distance, une journée ou guère plus, c'était une bonne idée de se prendre un banc. Mais pour beaucoup, il n'y avait que des pauvres qui allaient loin, comme Thebes, Corinth ou même Barcy. Et eux, s'ils avaient mal au derrière à force de rester sur des bancs, eh bien, ce ne serait ni la première ni la dernière fois que ça leur arriverait.

Malgré tout ça, Alvin se dit qu'il était de son devoir, rapport que ça lui demandait peu d'efforts, de plus ou moins façonner les bancs pour les postérieurs qui y siégeaient. Et il n'eut pas grand mal à pousser les poux et les tiques vers les cabines de première classe. Alvin vit ça comme un gentil projet éducatif. Les parasites avaient bien le droit de goûter au sang de riche avant que leur courte vie se termine. Après tout, un sang si noble devait avoir un goût exquis pour des puces.

Tout cela réclama l'attention d'Alvin un petit moment. Enfin, il n'y consacrait pas toute sa concentration – ce serait trop dangereux, dans leur monde où il avait des ennemis décidés à le tuer, et des étrangers qui se demanderaient ce qu'il avait dans son sac pour qu'il le tienne tout le temps près de lui. Alors il gardait à l'œil toutes les flammes de vie présentes sur le bateau, et s'il y en avait une pour venir vers lui avec de mauvaises pensées, il le saurait.

Mais ça ne marchait pas comme ça. Il ne sentait pas une âme près de lui, et quand une petite main se posa sur son épaule, il fut à deux doigts de se retrouver à l'eau tant il sursauta.

« Qui Diab' que vous... Arthur Stuart, on ne prend pas les genses par surprise comme ça.

— Pas bien difficile de prendre les genses par surprise, avec le moteur qui fait un tel vacarme », répondit Arthur.

Mais il avait un sourire comme un croissant de lune, comme le vieux Davy Crockett, tellement il était fier de lui.

« Pourquoi que le seul talent que tu t'occupes de maîtriser, c'est çui qui m'cause le plusse de tracas ? demanda Alvin.

— M'est avis qu'c'est une bonne chose de pouvoir cacher ma... flamme de vie. »

Il avait prononcé ces derniers mots tout bas, rapport qu'il n'était pas bon de parler de Faiserie quand il y avait des gens pas loin qui pourraient s'y intéresser.

Alvin enseignait son talent librement à ceux qui le prenaient au sérieux, mais il ne s'affichait pas pour les étrangers trop curieux, surtout parce que beaucoup se rappelleraient les histoires de l'apprenti forgeron qui s'était enfui en volant un soc de charrue magique en or. Bien sûr, le fait que l'histoire soit trois quarts fantaisie et neuf dixièmes menterie importait peu. Alvin pourrait s'en faire tuer ou cogner sur la tête et délester tout pareil, la seule partie vraie de tout ça était le soc vivant dans son paquetage. Il ne voulait pas le perdre, surtout pas après l'avoir trimbalé dans toute l'Amérique pendant la moitié de sa vie.

« Y a personne que moi sus ce bateau pour voir ta flamme de vie, dit Alvin. Alors la seule raison pour laquelle que t'apprends à te cacher, c'est t'cacher de la seule personne dont tu d'vrais pas te cacher.

— C'est bin bête, ça, rétorqua Arthur Stuart. Si y a une personne dont un esclave doit s'cacher, c'est ben d'son maître. »

Alvin le foudroya du regard. Arthur lui sourit.

Une voix éclata de l'autre côté du pont.

« J'aime voir un homme à l'aise avec ses serviteurs. »

Alvin se tourna et vit un petit homme au sourire ample et au visage qui suggérait une belle estime de soi.

« Je m'appelle Travis, dit l'homme. William Barret Travis, avocat, né et élevé dans les colonies de la Couronne, à présent en quête de gens qui ont besoin de travaux légaux, ici, aux frontières de la civilisation.

— Les genses des deux côtés de l'Hio, ils aiment bien se considérer comme plutôt civilisés, déclara Alvin. Mais sont jamais allés à Camelot pour voir le roi.

— Est-ce mon imagination, ou vous ai-je entendu appeler ce petit “Arthur Stuart” ?

— C’est quèqu’un d’autre qu’a fait la blague en nommant ce drôle, mais j’me dis qu’maintenant, c’est bien son nom. »

Et tout ce temps, Alvin se demandait ce que voulait l’homme, pour prendre la peine de parler à un gars comme lui, bruni par le soleil, costaud et pas l’air finaud.

Il sentait Arthur Stuart qui voulait discuter, mais Alvin n’avait aucune envie de se retrouver à s’occuper des bêtises que le garçon aurait en tête de dire. Il posa la main sur son épaule d’un air de rien, et la serra jusqu’à ce qu’Arthur puisse à peine respirer.

« J’ai remarqué que vous avez des épaules, dit l’homme.

— Comme la plupart des gens, une paire, une épaule par bras.

— Je me disais que vous étiez peut-être forgeron, à part que les forgerons ont souvent une grosse épaule et une autre plus normale.

— Sauf ceusses qu’utilisent leur bras gauche aussi souvent que leur droit, pour garder l’équilibre. »

Travis gloussa.

« Eh bien, voilà qui résout le mystère. Vous êtes bien forgeron.

— Quand j’ai un soufflet, du charbon, et du fer, et un bon creuset.

— J’imagine que vous ne portez pas ça dans ce petit paquetage.

— M’sieur, dit Alvin, j’me suis rendu à Camelot qu’une fois mais j’me souviens pas que ce soye des bonnes manières de parler des épaules ou du paquetage des genses juste en les rencontrant.

— Tout à fait, c’est mal élevé dans le monde entier, et je vous demande de m’en excuser. Je ne voulais pas vous manquer de respect. Mais je recrute, vous voyez, ceux qui ont des talents qui peuvent nous servir, et qui n'ont pas encore de place faite dans la vie. Des hommes errants, en quèque sorte.

— Y a beaucoup d'hommes qui errent, et y sont pas tous c'qu'y prétendent.

— Et c'est pour ça que je vous ai parlé, mon garçon, répondit Travis. Parce que vous ne prétendiez rien. Et sur la rivière, rencontrer un homme qui ne se vante de rien, c'est la meilleure recommandation.

— Alors vous v'nez pas souventes fois sur la rivière, dit Alvin, rapport que beaucoup d'hommes qui se taisent par icitte ont juste pas envie qu'on les reconnaisse.

— "Reconnaisse" et pas "reconnaît". Vous avez reçu une certaine éducation, on dirait.

— Pas autant qu'y faudrait pour faire un gentilhomme d'un forgeron.

— Je recrute, répéta Travis. Pour une expédition.

— Et vous avez besoin de forgerons ?

— D'hommes forts, adroits avec toutes sortes d'outils.

— Mais j'ai déjà du travail, dit Alvin. Et une commission à Barcy.

— Alors, ça ne vous intéresserait pas d'aller découvrir de nouvelles terres, qui sont à présent aux mains des sauvages, à attendre que les Chrétiens viennent laver leur terre des sacrifices impies qu'ils pratiquent ? »

Alvin sentit immédiatement la colère et la peur lui monter au front, et comme toujours quand une émotion aussi forte lui tombait dessus, il sourit davantage et s'efforça de rester aussi calme que possible.

« M'est avis qu'y faudrait s'aventurer dans le brouillard et passer sur la rive ouest pour ça, répondit Alvin. Et y m'paraît que les Rouges de ce côté-là d'la rivière ont des yeux et des oreilles assez fins, qui guettent les Blancs qui veulent amener la guerre dans des pays en paix.

— Oh, vous m'avez mal compris, mon ami, dit Travis. Je ne parle pas des prairies où les trappeurs s'aventuraient et où les Rouges ne laissent plus passer le moindre Blanc.

— Alors de quels sauvages vous parlez ?

— Du Sud, mon ami. Du Sud et de l'Ouest. Les malfaisantes tribus des Mexica, cette sale engeance qui arrache le cœur des hommes vivants au sommet de leurs ziggourats.

— Pour sûr, ça fait une longue trotte. Et bien bête. Ce que la puissance de l'Espagne a pas pu dominer, vous vous figurez que quèques Anglais avec un avocat pourraient le conquérir ? »

Travis s'était appuyé sur le bastingage à côté d'Alvin, le regard perdu sur l'eau.

« Les Mexica sont finis. Haïs par les autres Rouges qu'ils dominent, dépendants de l'Espagne pour le commerce d'armes de second ordre. Je vous dis qu'ils sont bons à conquérir. Et puis, quelle armée ils vont pouvoir nous opposer, après avoir sacrifié leurs hommes sur les autels pendant tous ces siècles ?

— L'est idiot, celui qui va chercher une guerre que personne le force à faire.

— Oui, idiot, et encore davantage en groupe. Le genre d'idiots qui veulent devenir aussi riches que Pizarro, qui a conquis les grands Incas avec une poignée d'hommes.

— Ou aussi morts que Cortés ?

— Ils sont tous morts, à présent, rétorqua Travis. Pourquoi, vous comptiez vivre éternellement ? »

Alvin était déchiré entre l'envie de dire à cet homme d'aller enquiquiner quelqu'un d'autre, et le faire parler pour en apprendre plus sur ce qu'il préparait. Mais au final, mieux valait ne pas devenir trop familier avec ce voyageur, décida Alvin.

« M'est avis qu'j'vous ai fait assez perdre votre temps, m'sieur Travis. Y en aura d'autres que ça intéressera plusse, rapport que ça m'intéresse pas du tout. »

Travis sourit encore, mais Alvin vit son cœur et sa flamme de vie s'emballer. L'homme n'aimait pas qu'on lui dise non, mais il le cachait derrière un sourire.

« Bah, c'est toujours agréable de se faire un ami, tempéra Travis en tendant la main.

— Sans rancune, dit Alvin. Et merci d'avoir pensé à moi comme quèqu'un qu'vous aimeriez avoir avec vous.

— Exactement, sans rancune. Et je ne reviendrai pas vous le proposer, mais si vous changez d'avis, je vous accueillerai à bras ouverts. »

Ils se serrèrent la main, se donnèrent une tape sur l'épaule, et Travis repartit sans un regard en arrière.

« Eh bien, dit Arthur Stuart. Tu veusses parier que c'est pas une invasion ou une guerre, mais rien qu'une expédition pour mettre la main sur l'or des Mexica ?

— Difficile à savoir. Mais y parle assez librement, pour un homme qui propose une action interdite par le roi et le Congrès. M'est avis qu'les colonies de la Couronne ou les États-Unis seraient pas très patients avec lui si on l'entendait parler d'la sorte.

— Oh, j'suis pas si sûr, protesta Arthur Stuart. La loi, c't'une chose, mais le roi Arthur pourrait bien s'être mis dans la tête qu'il lui faut plusse de terres et d'esclaves, et il a pas forcément envie de faire la guerre aux États-Unis pour ça...

— C'est une idée.

— Et plutôt maligne, m'est avis. »

Sans répondre, Alvin tira une lettre de sa poche et la montra au garçon.

« L'est de m'zelle Peggy, dit Arthur avant de la lire. Oh, tu vas pas me raconter que tu connaissais qu'ce type s'rait sur le bateau.

— J'en avais vraiment pas la moindre idée. J'pensais juste poser des questions à Nueva Barcelona. Mais maintenant, je vois à peu près qui surveiller quand on sera arrivés.

— Elle parle d'un certain Austin, rappela Arthur Stuart.

— Mais il doit avoir des hommes. Des hommes qui vont faire du r'crutement pour lui, s'il a envie de s'faire une armée.

— Et comme par hasard, il vient te voir.

— Il t'a entendu m'dire des misères, alors il a dû s'imaginer que si j'étais mauvais maître, j's'rais p'têt' un bon suiveur. »

Arthur Stuart replia la lettre et la rendit à Alvin.

« Alors, si le roi prépare vraiment une invasion du Mexico, on fait quoi ?

— Même s'il s'attaque au Mexico, à c't'heure, il va pas pouvoir s'battre contre les États lib'.

— Et du coup, les États esclavagisses auront pas trop envie de s'battre.

— Mais un jour, la guerre avec le Mexico va s'finir, dit Alvin. Au cas qu'y aurait une guerre, bien sûr. Et quand elle se finira, soit le roi aura perdu, et y s'ra colère et honteux et aura plein d'ennuis. Ou alors il aura gagné, et son trésor sera plein d'l'or des Mexica, assez pour s'acheter une toute nouvelle marine s'il a envie.

— M'zelle Peggy serait pas trop contente si elle t'entendait causer, à c't'heure.

— La guerre, c't'une mauvaise chose, on va chercher des noises aux ceusses qui vous ont rien fait.

— Mais ce s'rait p'têt' une bonne chose d'arrêter les sacrifices humains, non ?

— M'est avis que les Rouges qui prient pour qu'on les libère des Mexica pensaient pas vraiment être sauvés par des esclavagisses.

— Mais être esclave, c'est mieux qu'd'être mort, non ?

— Ta mère pensait le contraire, rappela Alvin. Et maintenant, assez discuté de tout ça. Ça m'rend triste.

— De penser aux sacrifices ? Ou aux esclaves ?

— Non. D't'entendre parler comme si l'un valait mieux qu'l'autre. »

Et avec cette sombre humeur sur le cœur, Alvin retourna à la chambre si éloignée qu'il avait pour lui seul, posa son soc d'or sur sa couchette, et se blottit autour pour réfléchir, dormir, rêver un peu et voir s'il comprenait ce que tout ça voulait dire. Ce Travis qui se montrait si ouvert avec son projet, et Arthur Stuart qui était si aveugle, alors que tant de personnes avaient sacrifié tant de choses pour qu'il reste libre.

Alvin demeura seul dans sa cabine jusqu'à ce que le bateau arrive à Thebes. Le jeune homme était descendu à terre pour voir la ville – que l'on vendait comme la plus grande du Nil américain – et quand il revint, il y avait un homme endormi sur la couchette même où Alvin avait pris ses habitudes.

Ce qui était irritant, mais compréhensible. C'était le meilleur lit, étant la couchette la plus basse du côté qui avait du soleil dans la fraîcheur du matin, et non dans la chaleur de l'après-midi. Et ce n'était pas comme si Alvin avait laissé la moindre possession dans la cabine pour marquer ce lit comme sien. Il portait son paquetage avec lui en quittant le bateau, et tous ses biens matériels s'y trouvaient. À moins de compter le bébé que sa femme portait en elle – et que, à bien y réfléchir, elle portait avec elle aussi invariablement qu'Alvin portait son soc.

Donc, Alvin ne réveilla pas l'homme. Il fit demi-tour et partit, à la recherche d'Arthur Stuart ou d'un endroit calme où manger le souper qu'il avait rapporté à bord. Arthur avait insisté pour rester sur le bateau, et cela convenait très bien à Alvin, mais il refusait de lui courir après avant de dîner. Le sifflet avait sonné pour rappeler tout le monde à bord. Arthur Stuart aurait dû guetter Alvin, et ce n'était pas le cas.

Alvin savait pourtant où il était. Il pouvait généralement se focaliser sur la flamme de vie d'Arthur, et il doutait que le garçon puisse se cacher de lui s'il se décidait vraiment à le trouver. Pour l'heure, il savait que le garçon était dans le quartier des esclaves, où personne ne risquait de lui demander ce qu'il fichait là ni qui était son maître. Ce qu'il faisait, c'était autre chose.

Presque aussitôt qu'Alvin eut ouvert son paquetage pour sortir le pain de maïs, le fromage et le cidre qu'il avait achetés en ville, il vit Arthur se mettre à gravir l'échelle qui menait au pont. Une nouvelle fois, Alvin se demanda ce que le garçon comprenait vraiment de la Faiserie.

Arthur Stuart n'était pas menteur par nature, mais il pouvait garder un secret, plus ou moins, et il était possible qu'il n'ait pas encore trouvé le moment pour lui dire qu'il avait réussi. Y avait-il la moindre chance que le garçon ait choisi ce moment parce qu'il *savait* qu'Alvin était revenu de la ville, et *savait* qu'il se préparait à manger ?

Et bien sûr, Alvin n'avait pas terminé sa première bouchée de sa première tranche de pain au fromage qu'Arthur se laissa tomber sur le banc à côté de lui. Alvin aurait pu dîner dans la salle à manger, mais il se serait senti mal de laisser son « serviteur » en arrière. Sur le pont, cela ne regardait personne. Cela pourrait lui donner un air populaire, aux yeux de certains propriétaires d'esclaves, mais Alvin se fichait bien de ce que ces gens-là pensaient de lui.

« Alors, c'était comment ? demanda Alvin.

— Le pain, ça a le goût de pain.

— Je parle pas du pain, bon sang !

— Le fromage est très bon, bien qu'il soit fait avec le lait des vaches les plusse maigres, mitées, maladives, osseuses, hâves, à moitié aveugles, souffreteuses, caractérielles et malheureuses. Et on doit les nourrir à la sciure.

— Donc, les laitages fins font pas partie des spécialités régionales.

— Si Thebes est censée être la pus grande ville du Nil américain, y d'vraient commencer par drainer le marais. Si l'Hio et le Mizzippy se r'trouvent icitte, c'est pasque le terrain est bas, et donc souvent inondé. Pas besoin d'être un érudit pour comprendre ça.

— J'ai jamais vu un érudit qui connaissait comment différencier un terrain bas d'un terrain élevé.

— Allons, les érudits ne sont pas forcément bêtes comme leurs pieds à propos de... ben, c'qu'il y a sous leurs pieds.

— Oh, j'connais bien. Quèqu'part, y doit bien y avoir un érudit qu'a à la fois de l'éducation *et* du bon sens. Mais l'est pas encore v'nu en Amérique, c'est tout.

— Et m'est avis qu'ça prouve bien qu'il a du sens, rapport que c'est l'genre de pays oùsqu'y construisent une ville au milieu du marécage. »

Ils ricanèrent ensemble puis se remplirent trop la bouche pour parler.

Quand la nourriture eut disparu (et Arthur en prit plus de la moitié, et n'avait pas encore l'air rassasié) Alvin lui demanda, apparemment désinvolte :

« Alors, qu'esse y a de si intéressant dans la cale des serviteurs ?

— Des esclaves, tu veux dire ?

— J'essaie d'parler comme le genre de personne qui pourrait en posséder un, dit Alvin tout bas. Et tu d'vrais parler comme le genre de personne qu'est possédée. Sinon, m'accompagne pas dans mes voyages au sud.

— J'essayais de découvrir quelle langue cette grosse vingtaine de fugitifs pouvait parler.

— Et ?

— C'est pas du français, rapport qu'y a un Cajun qui dit qu'non. Pas une âme qui connaisse leur langue.

— Eh ben au moins, on connaît quesse qu'y sont pas.

— J'en connais plusse que ça.

— Je t'écoute.

— Le Cubain, il me prend à part, et il dit : "'Coute moi bien, mon p'tit, j'crois qu'j'ai déjà entendu c'genre de parlance." Alors je lui d'mande ce que c'est qu'leur langue, et y m'répond qu'ce sont sans doute pas des fugitifs.

— Pourquoi il pense ça ? »

Mais Alvin, en lui-même, remarque la façon dont Arthur Stuart reprend exactement les paroles de son interlocuteur, et l'accent, et se rappelle l'époque où Arthur Stuart pouvait reproduire n'importe quelle voix, à la perfection. Et pas seulement les voix humaines, mais aussi les cris d'oiseaux et d'animaux, les pleurs d'un bébé, et le vent dans les arbres ou le grattement d'une chaussure sur la terre. Mais c'était avant qu'Alvin le change, à l'intérieur, modifie son odeur pour que les Pisteurs ne puissent plus le retrouver avec sa capsule. Il avait dû changer les plus petites parties de lui, les parties invisibles. Cela lui avait coûté une partie de son talent, oui, et c'était dur pour un enfant. Mais cela lui avait aussi donné sa liberté, et Alvin ne le regrettait pas. Mais il pouvait en regretter le prix.

« Il dit : "J'ai déjà entendu c'genre de jactance, y a un beau moment, quand qu'j'appartenais à un m'sieur parti à Mexico." »

Alvin opina, sans trop savoir ce que cela annonçait.

« Et moi j'lui réponds : "Pourquoi qu'des genses noirs de peau ils apprendraient l'parler des Mexica ?" Et lui m'répond : "Y a des noirs dans tout le Mexico, d'puis longtemps."

— Ce serait logique, commenta Alvin. Ça n'fait qu'-cinquante ans qu'les Mexica ont chassé les Espagnols. Ils ont dû y être inspirés par Tom Jefferson qu'a libéré les Cherrikys du roi. L'Espagne avait dû faire v'nir plein d'esclaves au Mexico, avant ça.

— Bien sûr, fit Arthur Stuart. Alors je me demandais, si les Mexica ils tuent autant de gens, pourquoi qu'ils ont pas d'abord utilisé ces esclaves africains ? Et lui il dit : “Le Noir est sale, les Mexica pas pouvoir cuisiner lui pour dieu de Mexica.” Et après, il a ri et ri.

— Ça a un avantage, que les genses vous croient impurs.

— J'ai entendu plein de prêcheurs en Amérique dire que Dieu trouve *tous* les hommes sales.

— Arthur Stuart, je connais qu'ça, c't'une menterie, parce que dans ta vie, t'as pas été assez près d'un prêcheur pour l'entendre dire pareille chose.

— Eh ben, j'ai entendu parler de prêcheurs qui l'disaient. Et c'est pour ça qu'not' Dieu, il veut pas de sacrifice humain. On est pas dignes, blancs ou noirs.

— Mais m'est avis qu'c'est pas la vraie opinion qu'Dieu a d'ses enfants, dit Alvin. Et j'connais qu'tu penses comme moi.

— Je pense c'que j'pense, répondit Arthur Stuart. Et c'est pas toujours comme c'que toi tu penses.

— Content que tu t'sois mis à penser.

— Juste en passe-temps. Je comptais pas en faire un métier ni rien... »

Alvin ricana, et Arthur Stuart se laissa aller à en profiter.

Alvin se mit à réfléchir tout haut.

« Alors, on a vingt-cinq esclaves qu'appartenaient aux Mexica. Mais maintenant, ils descendent le Mizzippy dans l'même bateau qu'un homme qui r'crute des soldats pour une expédition contre l'Mexico. Pour une coïncidence, elle est bien miraculeuse.

— Des guides ? demanda Arthur Stuart.

— J'me dis qu'c'est sans doute ça. P'têt' qu'ils portent des chaînes pour la même raison qu'tu fais semblant d'être un esclave. Pour qu'les genses les prennent pour une chose, alors qu'en fait c'en est une autre.

— À moins qu'quèqu'un soit assez bête pour penser qu'des esclaves enchaînés s'ront des bons guides dans une terre inconnue.

— Tu veux dire qu'y s'ront p'têt' pas fiables.

— J'dis qu'y s'disent tous qu'mourir dans le désert, c'est pas trop mal, s'ils peuvent emmener queques esclavagistes blancs avec eux. »

Alvin opina. Le garçon comprenait que les esclaves pouvaient préférer la mort, finalement.

« Eh bien, je ne parle pas l'mexica, et toi non plusse.

— Pour l'moment, tempéra Arthur.

— Je vois pas comment qu'tu vas l'apprendre. On laisse pas les genses les approcher.

— Pour l'moment.

— J'espère que t'as pas un plan idiot dans ta tête dont tu vas pas m'parler.

— Ça m'dérange pas d'en parler. J'ai déjà un tour à les nourrir et à ramasser leurs seaux. Le tour d'avant l'aube, rapport que personne est pressé d'le faire, çui-là.

— Ils sont surveillés jour et nuit. Comment tu comptes leur parler ?

— Allez, Alvin, tu connais qu'y doit bien y en avoir un qui parle anglais, sinon comment qu'y pourraient guider qui qu'ce soit ?

— Ou alors y en a un qui parle espagnol, comme un des esclavagisses, tu y as pensé ?

— C'est pour ça que j'ai d'mandé au gars de Cuba d'm'apprendre l'espagnol. »

Il se vantait forcément.

« Je suis resté en ville que six heures, Arthur Stuart.

— Oui, il m'a pas *tout* appris... »

Cela força Alvin à se demander une nouvelle fois si le talent d'Arthur Stuart était plus fécond qu'il ne le montrait. Apprendre une langue en six heures ? Bien sûr, rien ne garantissait que l'esclave cubain connaisse assez l'espagnol pour ça, ou même assez d'anglais. Mais Arthur Stuart avait peut-être un talent pour les langues. Et s'il n'était pas vraiment imitateur, mais plutôt un homme capable de s'exprimer dans n'importe quelle langue ? On parlait de ces sortes de gens, des hommes et des femmes qui pouvaient entendre une langue et la parler comme un indigène en quelques instants.

Arthur Stuart avait-il ce talent ? À présent que le garçon devenait homme, en prenait-il enfin le contrôle ? Alvin se surprit un instant à être jaloux. Puis cela le fit rire. Imaginez un homme avec *son* talent qui enviait quelqu'un d'autre. Je peux faire couler la roche comme l'eau, je peux rendre l'eau solide comme l'acier et transparente comme le verre, je peux transformer l'acier en or vivant, et je suis jaloux parce que je ne peux pas en plus apprendre les langues comme un chat apprend à retomber sur ses pattes ? Le péché d'ingratitude, l'un des nombreux qui vont m'envoyer en Enfer.

— Qu'esse qui te fait rire ? demanda Arthur Stuart.

— Je me rends juste compte que t'es pus un drôle. Si t'as b'soin de moi, par exemple si quèqu'un te surprend à parler aux esclaves mexica et commence à te fouetter, tu trouveras un moyen de me signaler que t'as besoin d'aide ?

— Pour sûr. Et si ce tueur au couteau qui dort dans ton lit devient un souci, tu trouveras un moyen de m'dire ce que tu veux comme épitaphe ? renvoya Arthur Stuart avec un sourire.

— Un tueur au couteau ?

— C'est ce qu'on prétend dans l'équipage. Mais tu vas sans doute lui demander toi-même, et il te racontera tout. C'est comme ça qu'tu procèdes, d'habitude, non ? »

Alvin acquiesça.

« C'est vrai que j'suis souvent direct, quand j'veux savoir quèque chose.

— Et pour l'instant, ça a pas eu l'air de t'tuyer trop souvent.

— Oui, j'ai une bonne moyenne.

— Mais t'as pas toujours appris ce que tu voulais, insista Arthur Stuart.

— Mais j'ai toujours découvert quèque chose d'utile. Par exemple, à quel point on met facilement les gens en boule.

— Si je connaissais pas qu't'en as un autre, j'dirais qu'c'est ça, ton talent.

— Agacer les gens.

— Il faut dire, y en a qui s'énervent juste quand tu leur dis bonjour.

— Alors que personne s'énerve jamais contre toi.

— Je suis adorable.

— Pas toujours, rappela Alvin. T'es une forte tête, et parfois c'est très agaçant.

— Pas pour mes amis, répondit Arthur avec un sourire.

— Non, reconnut Alvin. Mais ça rend tes parents fous de rage. »

Le temps qu'Alvin revienne à sa cabine, le « tueur au couteau » s'était réveillé de sa sieste et était parti. Alvin joua avec l'idée de se coucher dans le même lit, puisque ç'avait été le sien en premier lieu, après tout. Mais cela lancerait sans doute une dispute, et Alvin n'y était pas assez attaché. Il était content d'avoir un lit, déjà, et avec quatre couchettes pour deux, il n'avait aucune raison de provoquer l'autre.

En s'endormant, Alvin tendit son esprit comme il le faisait à chaque fois, pour chercher Peggy, pour s'assurer que sa flamme de vie se portait bien. Puis le bébé, qui grandissait bien en elle, et qui avait son propre battement de cœur. Ça ne se finirait pas comme la première grossesse, avec un bébé né si tôt qu'il ne pouvait pas respirer. Ils n'allaient pas le regarder suffoquer et laisser échapper sa vie en quelques minutes désespérées, devenir bleu et mourir dans ses bras pendant qu'il cherchait frénétiquement à l'intérieur un moyen de réparer le problème pour qu'il puisse vivre. À quoi bon être un septième fils de septième fils si la seule personne qu'on ne peut pas soigner est son premier-né ?

Alvin et Peggy étaient restés serrés l'un contre l'autre les premiers jours après cela, mais au cours des semaines qui avaient suivi, elle s'était écartée, avait commencé à l'éviter, jusqu'à ce qu'il comprenne enfin qu'elle se séparait de lui pour empêcher qu'il lui fasse un autre enfant. Il lui avait parlé, lui avait expliqué qu'on ne pouvait pas s'en cacher, que beaucoup de gens perdaient des bébés, et des enfants à moitié grandis, aussi, et qu'il fallait réessayer, en avoir un autre, et un autre, pour se réconforter quand on pensait au petit corps qui dormait dans la terre.

« J'ai grandi avec deux tombeaux sous les yeux, dit-elle, en sachant que mes parents me regardaient et voyaient mes sœurs mortes, qui portaient le même nom que moi.

— Eh ben, tu étais une torche, tu savais plusse de choses que les aut's enfants sur c'qui se passe dans les gens. Notre bébé ne sera sans doute pas une torche. Il saura simplement à quel point nous l'aimons et à quel point nous avions envie de lui. »

Il n'était pas sûr de l'avoir vraiment décidée à avoir un autre bébé, et se demandait si elle n'avait pas plutôt accepté pour lui faire plaisir. Et pendant cette grossesse, comme la fois précédente, elle avait battu la campagne, travaillant pour l'Abolition alors même qu'elle cherchait une façon pacifique d'apporter la liberté. Tandis qu'Alvin restait à Vigor Church ou Hatrack River, à enseigner à ceux qui voulaient les rudiments de la Faiserie.

Jusqu'à ce qu'elle ait un travail pour lui. L'envoyer en aval sur un bateau à vapeur, jusqu'à Nueva Barcelona, alors qu'en lui-même il aurait simplement aimé qu'elle reste avec lui et le laisse s'occuper d'elle.

Bien sûr, étant une torche, elle savait exactement ce qu'il voulait, ce n'était pas un secret. Elle devait donc avoir davantage besoin d'être loin de lui que lui d'être avec elle. Et il pouvait l'accepter.

Ça ne l'empêchait pas de venir la regarder juste avant le sommeil, et de s'endormir avec sa flamme de vie et celle du bébé qui illuminaient son esprit.

Il s'éveilla dans le noir, sachant qu'il y avait un problème. C'était une flamme de vie tout près de lui. Puis il entendit le souffle discret d'un homme caché. Avec sa bestiole, il entra dans l'homme et sentit ce qu'il faisait – il tendait la main au-dessus d'Alvin vers le paquetage qui reposait au creux de son coude.

Un vol ? À bord d'un bateau sur la rivière, c'était le moment le plus idiot pour accomplir une telle action, si c'était bien ce qu'il avait en tête. À moins qu'il soit très bon nageur et puisse atteindre la rive avec un lourd soc en or.

L'homme avait un couteau gainé à la hanche, mais sa main n'y était pas posée, donc il ne cherchait pas les ennuis.

Alvin parla donc aussi doucement que possible.

« Si vous cherchez à manger, la porte est de l'autre côté. »

Oh, comme l'autre sursauta en l'entendant ! Et son premier instinct fut de porter la main à son couteau – et il était rapide ; Alvin comprenait que sa main pouvait être n'importe où, sur le couteau ou pas, il était toujours prêt à sortir sa lame.

Mais le gars se ressaisit, et Alvin devina ce qu'il s'était dit. La nuit était simple, et à ce qu'en savait l'autre, Alvin n'y voyait pas mieux que lui.

« Vous étiez là à ronfler, expliqua l'homme. J'allais vous toucher pour vous faire vous tourner. »

Alvin savait que c'était un franc mensonge. Quand Peggy lui avait parlé de ses ronflements il y a des années, il avait étudié ce qui faisait ronfler les gens, et avait réparé son palais pour qu'il ne fasse plus de bruit. Il avait promis de ne pas utiliser son talent pour son propre avantage, mais il s'était dit que faire disparaître son ronflement était plutôt un présent pour les autres. Après tout, lui, ça ne l'avait jamais réveillé.

Mais il laissa passer ce mensonge.

« Merci bien. J'ai le sommeil assez léger, alors il suffit de m'dire "Tourne-toi" pour que je le fasse. Enfin, c'est ce que prétend ma femme. »

Puis, avec audace, l'homme avoua ce qu'il faisait.

« Étranger, je connais pas c'que vous avez dans vot' paquetage, mais vous l'serrez d'si près qu'ça éveille la curiosité. On s'demande c'que vous avez d'si précieux.

— J'ai appris que les genses sont tout aussi curieux quand je le serre de moins près, et qu'ils se sentent un peu plusse libres de tâtonner dans l'noir pour y r'garder d'pus près. »

L'homme gloussa.

« Donc, vous allez pas me dire grand-chose sur c'qu'y contient.

— Je réponds toujours aux questions polies.

— Mais pisque ce s'rait pas poli de vous d'mander c'qu'y a dans vot' sac, j'me dis qu'vous répondez pas du tout à c'genre de question.

— Content de rencontrer un homme qui connaît la politesse.

— La politesse et un couteau qui soupire pas à la tâche, voilà ce qui me permet d'avoir la paix dans c'monde.

— Moi, la politesse m'a toujours suffi, dit Alvin. Mais je reconnais qu'j'aurais préféré ce couteau quand c'était encore une râpe. »

Avec un saut, l'homme fut à la porte, la lame dégainée.

« Qui t'es ? Qu'esse tu sais d'moi ?

— Je connais rien de vous, m'sieur, répondit Alvin. Mais je suis forgeron, et je connais la tête d'une râpe qu'a été transformée en couteau. Enfin, plutôt en épée, à c't'heure.

— J'ai pas tiré mon couteau sus c'bateau.

— Content de l'apprendre. Mais quand je vous ai trouvé endormi, un peu pus tôt, il faisait encore assez jour pour voir la taille et la forme du fourreau. Personne ne fait des couteaux aussi épais à la base de la lame, mais il était bien proportionné pour une râpe.

— On peut pas savoir c'genre de chose juste à r'garder, dit l'homme. Vous avez entendu quèque chose. Quèqu'un qu'a parlé.

— Les gens parlent toujours, mais pas de vous, dit Alvin. Je connais mon métier, comme vous d'vez connaître le vôtre. Je m'appelle Alvin.

— Alvin Smith, hein ?

— J'ai la chance d'avoir un nom. Et j'suis sûr que vous aussi, vous en avez un. »

L'homme gloussa et rangea son arme.

« Jim Bowie.

— Ça r'semble pas à un nom d'métier, m'est avis.

— C'est un mot écossais. Ça veut dire qu'j'ai les ch'veux clairs.

— Ils sont bruns.

— Sans doute que l'premier Bowie d'vait être un Viking blond qui s'est plu en pillant l'Écosse, et du coup il est resté.

— Un de ses enfants a dû retrouver son esprit de Viking pour traverser une autre mer.

— J'suis Viking jusqu'aux os, dit Bowie. Vous avez ben vu pour c'couteau. J'étais témoin à un duel d'vant une forgerie, juste dehors de Natchez, y a une paire d'années. Les choses ont dégénéré quand ils ont raté tous les deux. Les gens v'naient voir du sang, y z'ont pas voulu être déçus. Un gars a réussi à m'mettre une balle dans la jambe, alors je pensais être hors jeu, mais j'ai vu le major Norris Wright s'attaquer à un drôle moitié moins grand et moitié moins vieux qu'lui. Ça m'a bien énervé. À tel point qu'j'ai sitôt oublié ma blessure, et l'sang qui m'coulait comme d'un porc en broche. J'suis d'venu fou, j'ai pris la râpe du forgeron et j'y ai planté dans l'cœur.

— Il faut être fort, pour une chose pareille.

— Oh, c'est plusse que ça. J'ai pas glissé entre les côtes. Je l'ai passée *dans* une côte. Nous les Vikings, on a une force de géant quand on s'énerve.

— Et j'ai raison de penser que c'couteau, c'est la fameuse râpe ?

— Un coutelier d'Philadelphie m'l'a r'façonnée.

— À la meule, pas à la forge.

— Exactement.

— Vot'couteau porte-bonheur.

— J'suis pas encore mort.

— J'imagine qu'il faut pas mal de chance pour ça, si vous avez l'habitude de prendre le paquetage des genses pendant qu'y dorment. »

Le sourire mourut sur les lèvres de Bowie.

« J'y peux rien si j'suis curieux.

— Oh, je connais bien, moi j'ai l'même défaut.

— Alors maintenant c'est vot' tour.

— Mon tour de quoi ?

— D'raconter votre histoire.

— Moi ? Oh, j'ai qu'un couteau à dépecer, moi, mais j'ai pas mal bourlingué dans les terres sauvages, et l'est bien pratique.

— Vous connaissez qu'c'est pas d'ça que j'parle.

— Mais c'est c'que j'dis.

— Je vous ai parlé de mon couteau, à vous d'me parler d'vot' sac.

— Vous parlez de votre couteau à tout le monde, et donc vous êtes pas obligé de l'utiliser beaucoup. Mais j'parle de mon paquetage à personne.

— Ça rend les genses curieux, ça. Et d'autres pourraient même avoir des soupçons, ajouta Bowie.

— Ça arrive de temps en temps. (Alvin s'assit et glissa les jambes hors de sa couchette pour se lever. Il avait déjà évalué son compagnon, et savait qu'il devait être au moins quatre pouces plus grand, avec des bras plus larges et les épaules massives d'un forgeron.) Mais dans ces cas, j'souris et leur méfiance s'envole. »

Bowie rit à cette réponse.

« T'es un grand gaillard, toi ! Et t'as peur d'personne.

— J'ai peur d'beaucoup d'genses, corrigea Alvin. Surtout s'ils peuvent planter un couteau dans les côtes et l'cœur de quèqu'un dans l'même geste. »

Bowie opina du chef.

« Ça dame, c'est pas banal. J'ai d'jà vu pas mal de genses qu'avaient peur de moi. Mais au plusse y z'avaient peur, au moinsse ils voulaient l'dire. T'es l'premier à m'dire vraiment que j'te fais peur. Alors à ton avis, ça veut dire que t'as *plusse* peur qu'eux, ou moinsse ?

— J'vais t'dire. Tu touches pas à mon paquetage, et on sera pas obligés d'le savoir. »

Bowie rit de nouveau, mais son rictus évoquait plutôt un puma qui grondait qu'un vrai sourire.

« Tu m'plais bien, Alvin Smith.

— Content de l'apprendre.

— Je connais un type qui cherche des gars comme toi. »

Ah ! Ce Bowie était donc avec Travis.

« Si tu parles de m'sieur Travis, lui et moi, on a déjà conclu qu'on irait chacun not' chemin.

— Ah.

— Tu viens de l'rejoindre à Thebes ?

— Je t'ai parlé de mon couteau, j'te parlerai pas d'mes affaires.

— J'vais t'parler des miennes, dit Alvin. Pour l'instant, mes affaires, c'est d'retourner m'coucher, et d'voir si j'peux r'trouver le rêve où j'étais avant qu'tu veuilles m'arrêter d'ronfler.

— Bonne idée. Et puisque j'ai pas encore pu dormir ce soir, rapport que tu ronflais, j'vais m'y mettre avant que l'soleil se lève. »

Alvin se rallongea et se recroquevilla autour de son paquetage. Il tournait le dos à Bowie, mais bien sûr il laissa sa bestiole dans l'homme, et savait exactement ce que l'homme faisait. L'homme resta un long moment à regarder Alvin, et à la façon dont son cœur battait et son sang filait dans ses veines, Alvin sentait que l'homme était troublé. Colère ? Peur ? Difficile à dire sans regarder le visage d'un homme, et encore cela ne suffisait pas toujours. Mais sa flamme de vie flamboyait, et Alvin se dit que l'homme était en train de prendre une décision à son sujet.

Il ne va pas s'endormir de sitôt, s'il continue de se mettre la rate au court-bouillon comme ça, songea Alvin. Alors depuis l'intérieur de l'homme, il le calma petit à petit, fit ralentir son cœur et sa respiration. La plupart des gens pensaient que c'étaient leurs émotions qui causaient toute l'agitation dans leur corps. Alvin savait que c'était le contraire. Le corps mène, et les émotions suivent.

En quelques minutes, Bowie était assez détendu pour bâiller. Et peu de temps après, il dormait. Toujours avec son couteau, qu'il gardait à portée de main.

Ce Travis s'était trouvé des amis intéressants.

Arthur Stuart se sentait beaucoup trop sûr de lui. Mais quand on *connaît* qu'on se sent trop sûr, et qu'on compense en étant très très prudent, alors ça ne fait pas de mal de se sentir sûr de soi, si ? Si ce n'est qu'on se sent peut-être plus en sécurité qu'on n'est.

C'était ce que M'zelle Peggy appelait le « raisonnement circulaire », et ça m'nait nulle part. Ça *ne* menait nulle part. Il oubliait toujours cette règle. Penser à M'zelle Peggy le forçait toujours à écouter la façon dont il parlait et à se corriger. À part que ça lui servait à rien de parler comme il faut. Il serait juste un demi-Noir qui aurait appris à parler comme un gentleman – une sorte de singe savant, voilà comment on le verrait. Un chien qui marchait sur les pattes arrière. Pas un vrai gentleman.

Et c'était sans doute pour ça qu'il était aussi sûr de lui. Il voulait toujours prouver quelque chose. Mais pas vraiment à Alvin.

Si, *surtout* à Alvin. Parce que c'était Alvin qui continuait de le traiter en drôle alors qu'il était devenu un homme. Il le traitait comme un fils, mais il n'était le fils de personne.

Bien sûr, toutes ces réflexions ne lui faisaient pas grand bien, alors que son travail était de récupérer le seau de chambre souillé. Il prenait son temps, pour trouver qui parlait espagnol ou anglais parmi les esclaves.

« *Quien me comprende ?* murmura-t-il. Qui me comprend ?

— *Todos te comprendemos, pero calle la boca*, chuchota le troisième homme. Nous te comprenons tous. Mais ferme-la. *Los blancos piensan que hay solo uno que hable un poco de ingles.* »

Qu'est-ce qu'il parlait vite, et avec un accent très différent de celui du Cubain ! Mais quand Arthur s'était mis une langue dans le crâne, le reste n'était pas très difficile. Ils parlaient tous anglais, en faisant semblant qu'un seul le baragouinait.

« *Quieren fugir de ser esclavos ?* Voulez-vous échapper à l'esclavage ?

— *La unica puerta es la muerta.* La seule sortie serait la mort.

— *Al otro lado del rio*, dit Arthur, *hay rojos que son amigos nuestros*. De l'autre côté de la rivière, il y a des Rouges qui sont nos amis.

— *Sus amigos no son nuestros*, répondit l'homme. Tes amis ne sont pas les nôtres. »

Un autre homme assez proche pour les entendre opina.

« *Y ya no puedo nadar.* Et de toute façon je ne sais pas nager.

— *Los blancos, que van a hacer ?* Que vont faire les Blancs ?

— *Piensan en ser conquistadores.* (Apparemment, ces hommes ne croyaient pas beaucoup au plan de leurs maîtres.) *Los Mexicos van a comer sus corazones.* Les Mexica vont leur manger le cœur. »

Un autre homme entra dans la conversation.

« *Tu hablas como cubano.* Tu parles comme un Cubain.

— *Soy americano. Soy libre. Soy...* (Il n'avait pas appris le mot pour "citoyen".) *Soy igual.* Je suis égal. »

Mais pas vraiment, se dit-il. Enfin, je suis plus égal que vous.

Plusieurs des Noirs mexica reniflèrent à ces mots.

« *Ya hé visto, tu dueño.* »

Arthur ne comprit que « *dueño* », propriétaire.

« *Es amigo, no dueño.* C'est mon ami, pas mon maître. »

Oh, ils trouvèrent cela désopilant. Bien sûr, leur rire était silencieux, et quelques-uns regardèrent le garde, qui somnolait appuyé contre le mur.

« *Me de promessa.* Promettez-moi. *Cuando el ferro quiebra, no se maten. No salguen sin ayuda.* Quand le fer se brisera, ne vous tuez pas. (À moins qu'il ait dit : "Vous faites pas tuer.") De toute façon, ne partez pas sans aide. »

C'était ce qu'Arthur pensait dire. Ils le regardèrent avec une incompréhension totale.

« *Voy quebrar el ferro* », répéta Arthur.

L'un d'eux tendit les mains, goguenard.

Les chaînes cliquetèrent, et plusieurs regardèrent de nouveau le garde.

« *No con la mano*, expliqua Arthur. *Con la cabeza.* »

Ils échangèrent des regards déçus. Arthur savait ce qu'ils pensaient. Ce garçon est fou. Il croit pouvoir briser le fer avec sa tête. Mais il ne savait pas comment l'expliquer mieux que cela.

« *Mañana.* »

Ils opinèrent, profonds. Aucun ne le croyait.

Au temps pour les heures qu'il avait passées à apprendre l'espagnol. Enfin, le problème était peut-être qu'ils n'avaient jamais entendu parler de Faiserie, et n'imaginaient pas un homme briser le fer avec son esprit.

Arthur Stuart savait qu'il pouvait le faire. C'était l'une des premières leçons d'Alvin, mais ce n'était que sur ce voyage qu'Arthur avait fini par comprendre ce que son maître avait voulu dire. Sur la façon de rentrer dans le métal. Tout ce temps, Arthur pensait qu'il pouvait y arriver en se concentrant très fort. Mais ce n'était pas cela. C'était facile. Une sorte de détour dans son esprit. Un peu comme le langage fonctionnait pour lui. Sentir le goût de la langue dans sa bouche, puis se sentir à l'aise dans cette sensation. Comme le fait de savoir que même si « *mano* » se terminait en « o », il lui fallait « *la* » devant, et non « *el* ». Il savait simplement comment les choses devaient être.

À Carthage City, il avait donné un *quarter* à un homme qui vendait du pain doux, et l'homme avait essayé de ne pas lui rendre de monnaie. Au lieu de lui crier dessus – à quoi bon, là sur le quai, un demi-Noir qui crierait sur un Blanc ? – Arthur pensa à la pièce qu'il avait tenue dans sa main toute la matinée, à sa *chaleur*, et à la sensation qu'il avait en la tenant. C'était comme s'il comprenait son métal, de la même façon qu'il comprenait la musique du langage. Et à penser à sa chaleur, il voyait dans son esprit qu'elle s'échauffait.

Il l'encouragea, l'imagina devenir de plus en plus chaude, et d'un coup l'homme cria et commença à taper sur la poche où il avait rangé la pièce.

Qui le brûlait.

Il essaya de la sortir de sa poche, mais se brûla les doigts et finit par enlever son manteau, rabattre ses bretelles, et descendre son pantalon, devant tout le monde. Il le retourna pour faire tomber la pièce sur le trottoir, où elle grésilla et fit fumer le bois.

Puis l'homme s'occupa de la douleur sur sa jambe, là où la pièce l'avait brûlé. Arthur Stuart le rejoignit, imaginant que la pièce avait refroidi. Il la ramassa.

« Vous d'vriez m'donner ma monnaie, dit-il.

— Fiche-moi le camp, sale djab tout nègre, hurla l'homme. T'es un sorcier, voilà c'que t'es. Maudire la pièce d'un homme, c'est comme du vol !

— C'est très drôle, v'nant de quèqu'un qui voulait me faire payer vingt-cinq cents pour une miche à cinq cents. »

Plusieurs passants s'en mêlèrent.

« Alors, on essaie de garder l'argent du petit ?

— Il y a des lois contre ça, même s'il est noir.

— Voler à ceux qui ne peuvent pas se défendre...

— Remets ton pantalon, imbécile. »

Un peu plus tard, Arthur Stuart fit de la monnaie et essaya de payer l'homme, mais il ne voulait pas le laisser s'approcher.

Au moins j'ai essayé, se dit Arthur. Je ne suis pas un voleur.

Je suis un Faiseur.

Pas un grand Faiseur comme Alvin, mais bon sang, j'ai imaginé qu'ma pièce chauffait et elle a failli brûler un trou dans l'pantalon du gars.

Si je peux faire ça, alors je peux apprendre à tout faire, voilà ce qu'il pensait, et voilà pourquoi il se sentait si sûr de lui. Parce qu'il s'entraînait tous les jours, sur tous les métaux qu'il avait pu trouver. Ça ne servirait à rien de faire fondre les fers, bien sûr. Ces esclaves ne le remercieraient pas s'il leur brûlait les poignets et les chevilles pour les libérer.

Non, il comptait ramollir le fer sans le chauffer. C'était beaucoup plus dur que de le chauffer. Souvent, il se surprenait à faire un effort, à nouveau, à essayer de faire entrer la mollesse de force dans le métal. Mais quand il se détendait et sentait le métal dans sa tête, comme une chanson, il retrouvait bientôt l'astuce. Il ramollit sa propre boucle de ceinture à tel point qu'il pouvait la malaxer comme il voulait. Mais après quelques minutes, il se rendit compte qu'il voulait surtout en faire une boucle de ceinture, puisqu'il en avait encore besoin pour retenir son pantalon.

Le cuivre était plus facile que le fer, puisqu'il était déjà plus mou. Et Arthur Stuart n'était pas rapide. Il avait vu Alvin ramollir un canon de revolver pendant qu'on lui tirait dessus. *Lui*, il était rapide. Mais Arthur Stuart devait d'abord réfléchir. Vingt-cinq esclaves, chacun avec un lien au poignet et un autre à la cheville. Il devait s'assurer qu'ils attendraient tous que le dernier soit libre pour partir. S'il y en avait un seul pour détaler en avance, ils seraient tous capturés.

Bien sûr, il pourrait demander l'aide d'Alvin. Mais il se doutait déjà de sa réponse. Les laisser en esclavage, voilà ce qu'Alvin avait décidé. Et Arthur s'y refusait. Ces hommes étaient entre ses mains. Il était Faiseur, à présent, à sa manière, et il lui incombait de décider pour lui-même quand il était bon d'agir, et quand il était meilleur de ne rien faire. Il ne pouvait pas faire les mêmes choses qu'Alvin, guérir les gens, se faire obéir des animaux et transformer l'eau en cristal. Mais il pouvait ramollir le fer, bon sang, et il allait libérer ces hommes.

Demain soir.

Le lendemain matin, ils passèrent de l'Hio dans le Mizzippy, et, pour la première fois depuis des années, Alvin vit le brouillard de Tenska Tawa sur la rivière.

On aurait cru avancer dans un mur. Le ciel était limpide, vide, et quand on regardait devant soi, ça n'était pas grand-chose, juste un peu de brume sur la rivière. Mais tout d'un coup, on ne voyait pas à plus de cent mètres, et encore, seulement si on remontait ou qu'on descendait la rivière. Si on voulait continuer vers la rive opposée, c'était comme devenir aveugle, on n'apercevait même plus l'avant du bateau. C'était la clôture que Tenska Tawa avait érigée pour protéger les Rouges qui étaient partis vers l'Ouest après l'échec de la guerre de Ta-Kumsaw. Tous les Rouges qui ne voulaient pas vivre sous le joug de l'homme blanc, tous les Rouges qui en avaient assez de la guerre, avaient traversé l'eau pour aller à l'Ouest, puis Tenska Tawa avait... refermé la porte.

Alvin avait entendu des histoires sur l'Ouest de la bouche de trappeurs qui y allaient, avant. Ils parlaient de montagnes si hérissées de pierres, si brutes et si hautes qu'elles portaient de la neige jusqu'en juin. D'endroits où le sol lui-même crachait l'eau à cinquante pieds de haut, ou plus. De troupeaux de bisons si grands qu'ils pouvaient défiler devant vous tout le jour et toute la nuit, et paraître encore aussi nombreux le lendemain. Des prairies et des déserts, des forêts de pins et des lacs comme des bijoux nichés dans des montagnes si hautes qu'on manquait d'air si l'on atteignait le sommet.

Et tout cela était devenu une terre rouge, où les Blancs ne poseraient plus jamais le pied. Voilà la raison d'être de ce brouillard.

À part Alvin. Il savait que si l'envie lui en prenait, il pouvait dissiper ce brouillard et traverser. Non seulement ça, mais il ne serait pas tué. Tenska Tawa l'avait dit, et aucun homme rouge ne serait allé à l'encontre de la loi du Prophète.

Une partie de lui voulait accoster, attendre que le bateau reparte, puis se trouver un canot et traverser la rivière pour partir à la recherche de son vieil ami et mentor. Qu'il serait bon de lui parler de tout ce qui se passait dans le monde ! Des rumeurs de guerre imminente entre les États-Unis et les Colonies de la Couronne. Ou entre les États esclavagistes et les États libres des États-Unis. Des rumeurs de guerre avec l'Espagne pour contrôler l'embouchure du Mizzippy, ou de la guerre entre les Colonies de la Couronne et l'Angleterre.

Et maintenant, cette rumeur de guerre avec les Mexica. Qu'en penserait Tenska Tawa ? Il avait peut-être aussi des problèmes de son côté. Il travaillait peut-être à l'heure actuelle à une alliance de Rouges pour descendre défendre leurs terres contre les hommes qui traînaient leurs prisonniers au sommet de leurs ziggourats pour arracher leur cœur afin d'apaiser leur dieu.

Quoi qu'il en soit, voilà ce qui passait par la tête d'Alvin tandis qu'il s'appuyait contre le bastingage à la droite du bateau. C'est-à-dire à tribord, bien qu'Alvin ne comprenne pas pourquoi les marins avaient besoin de mots différents pour gauche et droite. Il se tenait là, à regarder dans la brume sans voir plus qu'un autre homme, quand il remarqua quelque chose. Pas avec ses yeux, mais avec cette vision intérieure qui apercevait les flammes de vie.

Il y avait quelques hommes dans l'eau, au milieu, là où ils ne pouvaient pas distinguer le haut du bas. Ils tournaient en rond, effrayés. Il ne lui fallut qu'un instant pour comprendre. Deux hommes sur un radeau, si ce n'est qu'ils n'avaient rien mis sous le radeau, et avaient chargé l'avant plus que l'arrière. Ce n'étaient donc pas des navigateurs. Ce devait être un radeau de fortune et, faute d'adresse, ils n'avaient pas su maintenir le radeau face à l'aval. À la merci du courant, voilà, sans moyen de savoir ce qui se passait à cinq pieds d'eux.

Pourtant, le *Yazoo Queen* n'était pas silencieux. Mais le brouillard a une certaine façon de noyer les sons. Et même s'ils entendaient le bateau, reconnaîtraient-ils ce son ? Pour des hommes terrifiés, ç'aurait aussi bien pu être un monstre qui descendait la rivière.

Mais Alvin n'y pouvait rien, n'est-ce pas ? Il ne pouvait pas prétendre voir ce que personne n'aurait pu apercevoir. Et le cours de la rivière était trop fort et compliqué pour qu'il en prenne le contrôle, pour rapprocher l'embarcation.

Donc, il fallait mentir. Alvin se tourna et cria :

« Vous avez entendu ? Vous les avez vus ? Un radeau hors de contrôle sus la rivière ! Des hommes sus un radeau, qu'appelaient à l'aide et qui tournent en rond ! »

En un rien de temps, le pilote et le capitaine étaient tous les deux penchés sur le bastingage dans la cabine.

« Je ne vois rien, cria le pilote.

— Pus maintenant, mais j'les ai vus y a une seconde. Ils sont pas loin. »

Le capitaine Howard voyait le tournant que prenaient les choses, et il n'appréciait pas.

« Je ne ferai pas entrer le *Yazoo Queen* dans cette brume plus profondément que ça ! Non monsieur ! Ils vont s'échouer sur la rive en aval, ça ne nous regarde pas !

— La Loi de la rivière ! s'exclama Alvin. Des hommes en péril ! »

Le pilote resta pantois. C'était bien la loi. Il fallait porter secours.

« Je ne vois aucun homme en péril ! cria le capitaine Howard.

— Alors envoyez pas le gros bateau, dit Alvin. J'vais partir les chercher sus l'annexe. »

Le capitaine n'aimait pas ça non plus, mais le pilote était un homme bon, et bientôt Alvin était dans l'eau, les mains sur les rames.

Mais avant qu'il puisse s'éloigner, Arthur Stuart arriva, sauta par-dessus l'écart et s'étala dans le canot.

« Je t'ai jamais vu aussi maladroit, commenta Alvin.

— J'allais pas rater ça. »

Il y avait un autre homme au bastingage, qui criait dans sa direction.

« Soyez pas si pressé, monsieur Smith ! cria Jim Bowie. Deux hommes forts, ce sera mieux qu'un seul pour un travail pareil ! »

Puis lui aussi sauta. Avec élégance, pour un homme qui avait bien dix ans de plus qu'Alvin et vingt de plus qu'Arthur. Mais quand il atterrit, il n'y eut pas le moindre frémissement. Alvin se demanda quel pouvait être son talent. Il avait imaginé qu'il s'agissait de tuer, mais ce n'était peut-être qu'un à-côté. L'homme avait presque volé.

Ils étaient donc là, chacun à une rame, tandis qu'Arthur Stuart était assis à la proue, les yeux écarquillés.

« Où qu'y sont ? demandait-il sans cesse.

— Le courant a pu les emporter, répondit Alvin. Mais ils sont par icitte. »

Et quand Arthur commença à paraître plus que sceptique, Alvin le fixa avec un tel regard que le jeune homme finit par comprendre.

« Je crois que j'les vois, finit-il par dire pour accréditer le mensonge d'Alvin.

— Tu vas pas essayer de traverser c'te rivière pour nous faire tuer par les Rouges ? dit Jim Bowie.

— Non m'sieur, c'est pas mon intention. J'ai vu ces gars, comme je vous l'dis, et je veux pas d'leur mort sur ma conscience.

— Eh ben, où ils sont, maintenant ? »

Bien sûr, Alvin le savait, et il ramait vers eux de son mieux. Le problème, c'est que Jim Bowie ignorait où ils étaient, et il ramait aussi, mais pas exactement dans la même direction. Et puisqu'ils tournaient tous les deux le dos à la direction de l'annexe, Alvin ne pouvait même pas faire semblant de les voir. Il pouvait simplement essayer de ramer plus fort que Bowie pour les faire aller du bon côté.

Jusqu'à ce qu'Arthur roule les yeux et dise :

« Vous avez fini de faire semblant qu'vous vous croyez l'un l'autre, et vous allez ramer dans la bonne direction, maintenant ? »

Bowie rit. Alvin soupira.

« T'as rien vu, dit Bowie. Parce que je t'observais regarder dans la brume.

— Et c'est pour ça qu'vous êtes venu.

— Je voulais savoir ce que tu comptais faire avec ce bateau.

— Je veux sauver deux gars sus un radeau qui tourbillonne dans l'courant.

— Tu veux dire que c'est vrai ? »

Alvin opina, et Bowie rit de nouveau.

« Ah ben ça !

— C'est comme ça. Et donc, un peu plusse dans le courant, s'il vous plaît.

— Alors c'est quoi, ton talent ? insista Bowie. Voir dans la brume ?

— On dirait bien, non ?

— Je crois pas. Je pense qu'tu nous caches beaucoup de choses. »

Arthur Stuart regarda le corps massif d'Alvin des pieds à la tête.

« Pourtant, on en voit déjà beaucoup.

— Et toi, t'es pas un esclave », ajouta Bowie.

Personne ne rit à ces mots. Ça, c'était un savoir dangereux pour n'importe qui.

« Mais si, insista Arthur.

— Aucun esclave ne répondrait comme ça, idiot, déclara Bowie. T'as une si grande gueule, aucune chance qu'on t'ait fouetté un jour.

— Oh, quelle bonne idée que tu m'aies accompagné pour le voyage.

— T'inquiète pas, dit Bowie. Moi aussi j'ai des s'crets. J'peux bien garder le tien. »

Tu peux. Mais le feras-tu ?

« C'est pas un grand s'cret, assura Alvin. Je vais juste devoir le ramener dans le nord et redescendre sur un autre bateau.

— Tes bras et tes épaules montrent que t'es un vrai forgeron. Mais y a pas un seul forgeux qui pourrait voir un couteau dans l'fourreau et dire qu'c'était une râpe.

— J'suis bon.

— Alvin Smith. Tu d'vrais vraiment commencer à voyager sous un aut'nom.

— Pourquoi ?

— T'es l'forgeux qu'a tué deux Pisteurs, y a une paire d'années.

— Des Pisteurs qui ont tué la mère de ma femme.

— Oh, aucun jury n'te condamnerait. Pas plus que moi j'ai été condamné pour çui qu'j'ai tué. M'est avis qu'on a beaucoup en commun.

— Moinse que tu penserais.

— Le même Alvin Smith qu'a pris à son maître un certain objet.

— C'est des menteries. Et il le sait.

— Oh, j'suis sûr. Mais c'est c'qu'on dit, à c't'heure.

— Il ne faut pas croire ces histoires.

— Oh, je sais. Tu mollirais pas sur l'aviron, dis-moi ?

— Je suis pas sûr de vouloir rattraper le radeau pendant qu'on est en train d'causer d'tel.

— Je voulais juste te signaler, à ma façon bien calme, que je crois connaître c'que t'as dans ton paquetage. Un talent bien puissant qu'tu as, si c'qu'on dit est vrai.

— Qu'esse qu'on dit, que je peux voler ?

— Tu pourrais transformer le fer en or, y paraît.

— Ce serait bien, ça.

— Mais tu dis pas le contraire.

— Le fer, je peux en faire que des gonds et des fers à cheval.

— Maintenant. Mais tu l'as fait une fois, pourtant.

— Non, m'sieur. J'vous ai expliqué que ces histoires sont des menteries.

— J'te crois pas.

— Alors vous me traitez de menteur, m'sieur, dit Alvin.

— Oh, tu ne vas pas te vexer, quand même ? Parce que j'ai l'habitude de gagner tous mes duels. »

Alvin ne répondit rien, et Bowie regarda longuement Arthur Stuart.

« Ah. C'est comme ça.

— Quoi ? demanda Arthur Stuart.

— Toi, t'as pas peur de moi, répondit Bowie d'une voix encore plus gouailleuse que d'habitude.

— Mais si.

— T'as peur de c'que j'sais, mais t'as pas peur que j'tuye ton "maître" dans un duel.

— J'suis terrifié. »

Il n'y eut qu'une fraction de seconde, mais la rame de Bowie fut abandonnée, et son couteau sortit du fourreau pour se poser sur la gorge d'Alvin.

Mais ce n'était plus un couteau. Juste une poignée.

Le sourire quitta lentement le visage de Bowie quand il se rendit compte que son précieux couteau-fait-dans-une-râpe n'avait plus de fer.

« Qu'esse t'as fait ?

— Question amusante, dit Alvin, venant d'un homme qui voulait me tuer.

— Je voulais juste te faire peur, affirma Bowie. T'étais pas obligé de faire ça à mon couteau.

— J'ai pas le talent pour lire les intentions des genses, protesta Alvin. Maintenant, r'tourne-toi et rame. »

Bowie reprit son aviron.

« Ce couteau, c'était ma chance.

— M'est avis que t'as pus de chance, alors, commenta Alvin.

— Vous d'vriez faire plusse attention aux ceusses contre qui vous l'tirez, m'sieur Bowie, ajouta Arthur Stuart en secouant la tête.

— T'es l'homme qu'y nous faut, reprit Bowie. C'est tout c'que j'voulais dire. T'étais pas obligé de casser mon couteau.

— La prochaine fois qu'vous chercherez à r'cruter un homme, le menacez pas au couteau.

— Et menacez pas d'raconter ses s'crets. »

Et pour la première fois, Bowie parut plus inquiet que contrarié.

« Hé, j'ai jamais dit qu'j'connaissais tes s'crets. J'ai juste deviné, c'est tout.

— Eh bien, Arthur Stuart, m'sieur Bowie vient d'remarquer qu'il est au milieu d'la rivière, dans la brume, pour une dangereuse mission d'sauvetage, avec deux personnes dont il a menacé d'raconter les s'crets.

— Faut dire, ça fait réfléchir, reconnut Arthur Stuart.

— J'quitterai pas c'te barque sans m'battre, prévint Bowie.

— Je compte pas vous faire mal, assura Alvin. Parce qu'on est pas pareil, vous et moi. J'ai tué un homme, une fois, de rage et de chagrin, et je l'regrette encore.

— Moi aussi.

— C'est le moment l'pus fier de votre vie. Vous avez gardé l'arme, et vous dites qu'elle vous porte chance. On a rien de pareil.

— M'est avis qu'non, en effet.

— Et si je veux vous tuer, dit Alvin, je suis pas obligé de vous faire tomber à l'eau. »

Bowie opina. Puis il lâcha les avirons. Ses mains commencèrent à monter vers ses joues, sa bouche.

« On ne peut plus respirer, hein ? Personne vous étouffe, pourtant. Inspirez, expirez, vous faites ça depuis tout bébé. »

Bowie ne s'étranglait pas. Il n'arrivait simplement plus à se faire obéir de son corps.

Alvin ne continua pas jusqu'à ce que l'homme devienne bleu ou quoi que ce soit. Jusqu'à ce que

Bowie se sente vraiment impuissant. Puis il se rappela comment respirer, tout d'un coup, et avala l'air.

« Maintenant qu'on sait qu'vous n'risquez rien d'ma part sur c'te barque, allons sauver les deux gars qui s'sont faits un radeau sans quille. »

Et à ce moment, le blanc du brouillard se transforma en bateau plat à moins de cinq pieds d'eux. Un autre coup de rame, et ils le percutèrent. Avant cela, les deux occupants du radeau n'avaient pas la moindre idée que quelqu'un approchait.

Arthur Stuart tirait la corde bâbord et sautait sur le radeau pour solidariser les deux embarcations.

« Le seigneur soit loué, dit le plus petit des deux hommes.

— Vous arrivez au bon moment, ajouta le grand en aidant Arthur à attacher la corde. On a un radeau bien peu fiable et, dans cette brume, on ne voyait pas vraiment le paysage. Un pauvre voyage, il faut le dire. »

Alvin rit.

« Content de voir que vous avez encore du cœur.

— Oh, on priait et on chantait des hymnes, pensez-vous.

— Bon sang, vous êtes vraiment grand, vous ! s'étonna Arthur Stuart quand l'homme se pencha sur lui.

— Oui, une tête de plus que mes épaules, mais pas assez grand pour mes fixe-chaussettes. »

Ça oui, il savait y faire. On ne pouvait pas s'empêcher de le trouver sympathique.

Ce qui éveilla tout de suite la méfiance d'Alvin. Si c'était ça, le talent de cet homme, alors on ne pouvait pas lui faire confiance. Et pourtant, le pire, c'était que même en se méfiant de lui on l'aimait bien.

« Vous êtes quoi, avocat ? » demanda Alvin.

Ils avaient amené le canot devant le radeau, pour pouvoir le remorquer en retournant au bateau.

L'homme se redressa de toute sa taille puis s'inclina, et Alvin n'avait jamais vu mouvement moins gracieux. Il était tout en genoux et en coudes, tout en angles, même sur son visage. Rien chez lui de doux, tout d'osseux. Aucun doute, il était laid. Des sourcils de singe, qui dépassaient loin au-dessus de ses yeux. Et pourtant... il n'était pas déplaisant à regarder. On avait chaud au cœur, on se sentait accueilli, quand il souriait.

« Abraham Lincoln de Springfield, à votre service, messieurs, salua-t-il.

— Et je suis Couse Johnston de Springfield, ajouta l'autre.

— Couse pour Cousin. Tout le monde l'appelle comme ça, expliqua Abraham.

— *Maintenant*, on m'appelle comme ça.

— Le cousin de qui ? demanda Arthur Stuart.

— Pas le mien, répondit Abraham. Mais il a une tête de cousin, vous ne trouvez pas ? C'est l'épitomé du cousinage, la quintessence de la cousiniférosité. Alors quand j'ai commencé à l'appeler Couse, ce n'était qu'une mise en forme de l'évidence.

— En fait, je suis le fils du premier mari de la deuxième femme de son père, expliqua Couse.

— Ce qui fait de nous des étrangers par alliance.

— Je vous suis particulièrement reconnaissant de nous avoir récupérés, expliqua Couse. Vous empêchez ainsi Abe de terminer l'histoire la plus atroce que j'aie jamais entendue.

— Ce n'était pas une fantaisie. Je l'ai apprise d'un certain Mot-pour-Mot. Il l'avait dans son livre, et il n'y écrit jamais rien qui ne soit vrai. »

Le Vieil Abe – qui ne pouvait pas avoir plus de trente ans – avait l'œil vif. Il vit le regard qu'échangèrent Arthur Stuart et Alvin.

« Vous le connaissez donc ? demanda Abe.

— Un homme de vérité, c'est exact. Quelle histoire vous a-t-il racontée ?

— Celle d'un enfant né il y a bien des années. Une histoire tragique d'un frère tué par un tronc d'arbre emporté par une rivière en crue, qui le frappa tandis qu'il sauvait sa mère, dans un chariot pris au milieu de la rivière, à donner le jour. Mais tout condamné qu'il était, il resta en vie assez longtemps dans la rivière pour que le bébé naisse septième fils d'un septième fils.

— Noble histoire. Je l'ai vue aussi dans son livre, assura Alvin.

— Et vous la croyez ?

— Oui.

— Je n'ai jamais dit qu'elle n'était pas vraie, tempéra Couse. Simplement que ce n'est pas le genre d'histoire qu'on veut entendre en dérivant sur une coquille de noix au milieu de la brume du Mizzippy. »

Abe Lincoln ignora la réflexion de son compagnon. « J'expliquais donc à Couse que la rivière ne nous traitait pas si mal, par rapport à ce que ce ruisseau plus petit avait fait aux gens de cette histoire. Et à présent, vous voici, qui venez nous sauver. La rivière a été franchement généreuse pour nous, mauvais faiseurs de radeaux que nous sommes.

— Vous avez fait çui-ci vous-mêmes, alors ?

— Le gouvernail a cassé, expliqua Abe.

— Pas de rechange ?

— Je ne savais pas qu'il en faudrait une. Mais si nous étions arrivés à terre, j'aurais pu en faire un autre.

— Vous êtes adroit de vos mains ?

— Pas vraiment, reconnut Abe. Mais je suis prêt à recommencer jusqu'à ce que ce soit bien fait. »

Alvin rit.

« Eh bien, il est temps de recommencer ce radeau

— Je serais ravi si vous pouviez m'indiquer nos erreurs. Je ne vois rien ici qui ne soit pas fait comme il faut.

— C'est ce qu'il y a sous le radeau qui manque. Ou plutôt, ce qu'il devrait y avoir et qui n'y est pas. Vous avez besoin d'une dérive à l'arrière, pour que l'arrière reste l'arrière. Et en plusse, vous l'avez trop chargé à l'avant, et du coup il est forcé d'tourner.

— Alors ça... Bien, c'est ma faute. Je ne dois pas être fait pour la navigation.

— Comme tout le monde ou presque. À part mon ami, m'sieur Bowie. Dès qu'il voit un bateau où il a une chance de ramer, il se jette dedans. »

Bowie eut un sourire crispé et opina du chef pour Abe et son compagnon. Le radeau était planté dans l'eau, et Alvin et Bowie avaient du mal à le faire avancer.

« Peut-être, proposa Arthur Stuart, pourriez-vous vous tenir à l'arrière du radeau, pour qu'il se relève un peu et ne soit pas si dur à tirer. »

Gênés, Abe et Couse obtempérèrent aussitôt. Et dans la brume, cela les rendait presque invisibles et étouffait les bruits qu'ils faisaient. Toute conversation devenait impossible.

Il fallut un moment pour rattraper le bateau, mais le pilote, étant un homme bon, avait ralenti, malgré la colère du capitaine Howard pour le temps perdu. Tout d'un coup, le brouillard s'effilocha et ils entendirent à côté d'eux la roue à aubes du *Yazoo Queen*.

« Alors ça, par ma barbe, cria Abe. C'est un bien beau bateau à vapeur que vous avez là.

— L'est pas à nous », répondit Alvin.

Arthur Stuart remarqua le peu de temps qu'il fallut à Bowie pour quitter la barque et retourner sur le pont, repoussant de ses haussements d'épaules les mains qui le claquaient dans le dos comme si c'était un héros. Arthur le comprenait. Mais c'était certain, même si Alvin lui avait fait peur sur l'eau, Bowie restait un danger pour eux.

Une fois l'annexe amarrée au *Yazoo Queen* et le radeau attaché à côté, il y eut toutes sortes de bavardages parmi les passagers. Notamment, comment ils s'étaient retrouvés dans le fameux brouillard du Mizzippy.

« Comme je vous l'avais dit, ils étaient tout près, mais il a quand même fallu les chercher. »

Abe Lincoln entendit cette histoire avec un sourire, et ne dit rien pour contredire son sauveur, mais il n'était pas idiot, Arthur Stuart le voyait bien. Il savait que le radeau n'avait jamais approché le bateau. Il savait aussi qu'Alvin était allé droit sur le radeau, comme s'il avait pu le voir.

Mais cela ne lui importait pas. En un rien de temps, il racontait à tout le monde à quel point il avait été mauvais dans la fabrication du radeau, et comme tous ces tournoiements leur avaient donné le vertige.

« Ça m'a tout emmêlé, et il nous a fallu à tous les deux une demi-journée pour comprendre comment détacher mes bras de mes jambes et sortir ma tête de sous mon aisselle. »

Ce n'était pas vraiment drôle, mais la façon dont il le racontait était désopilante. Même si elle n'avait aucune chance de finir dans le livre de Mot-pour-Mot.

Cette nuit-là, ils accostèrent dans une ville de rivière récente, et il y eut tant d'allées et venues sur le *Yazoo Queen* qu'Arthur Stuart abandonna son plan de libérer les vingt-cinq esclaves mexica.

Au lieu de cela, Alvin et lui assistèrent à une conférence donnée dans la salle à manger du bateau. L'orateur n'était autre que Cassius Marcellus Clay, le fameux orateur antiesclavage, qui persistait dans sa folie militante en plein pays esclavagiste. Mais en l'écoutant, Arthur Stuart comprenait comment cet homme avait échappé à toutes représailles. Il ne dénonçait personne, ne qualifiait pas l'esclavage de péché immonde. Au lieu de cela, il parlait du mal que l'esclavage faisait aux propriétaires et à leur famille.

« Que gagne un homme à élever ses enfants en leur faisant croire qu'ils n'auront jamais à travailler ? Que se passera-t-il quand il sera vieux, et que ces enfants qui n'auront jamais appris à travailler dépenseront son argent sans penser au lendemain ?

» Et quand ces mêmes enfants auront vu leurs frères humains, aussi sombre que soit leur peau, traités avec dédain, leur travail méprisé et leur liberté refusée, hésiteront-ils à traiter leur père vieillissant comme une chose sans valeur, à jeter quand elle n'est plus utile ? Car, quand un être humain est traité comme un outil, pourquoi les enfants ne considéreraient-ils pas tous les humains selon leur utilité, à abandonner lorsqu'ils ne leur servent plus à rien ? »

Arthur Stuart avait entendu parler beaucoup d'abolitionnistes au fil des ans, mais celui-ci les surclassait tous. Au lieu de causer l'ire d'une foule d'esclavagistes qui auraient attendu de le plonger dans le goudron et les plumes, ou pire, il les avait tous fait réfléchir, et ils se regardaient les uns les autres, incertains, pensant sans doute à leurs propres enfants et au tas de parasites qu'ils étaient devenus.

Mais au final, Clay n'avait sans doute pas changé grand-chose. Que pourraient-ils faire, libérer leurs esclaves et déménager au nord ? Ce serait comme l'histoire dans la Bible, où Jésus avait dit au jeune riche : « Vends tout ce que tu as, donne-le aux pauvres et suis-moi. » La richesse de ces hommes se mesurait en esclaves. Les abandonner, ce serait devenir pauvre. Ou au moins rejoindre le troupeau des hommes qui doivent payer ceux qu'ils emploient. Louer le dos d'un homme, pour ainsi dire, au lieu de le posséder. Aucun n'aurait le courage de le faire, du moins aucun de ceux qu'Arthur Stuart voyait.

Mais il remarqua qu'Abe Lincoln paraissait écouter très attentivement ce que disait Clay, les yeux brillants. Notamment quand Clay parla de ceux qui voulaient renvoyer tous ces esclaves en Afrique.

« Combien de vous seraient heureux qu'on vous renvoie en Angleterre, en Écosse, en Allemagne ou là d'où vos ancêtres sont venus ? Riches ou pauvres, libres ou non, nous sommes Américains, et les esclaves dont les grands-parents sont nés sur ce sol ne peuvent pas être *renvoyés* en Afrique, car ils n'y seraient pas plus à leur place qu'en Chine ou en Inde. »

Abe opina, et Arthur Stuart eut l'impression que jusqu'à ce moment, ce grand échalas avait cru que la solution au problème noir aurait été exactement celle-là, de les expédier en Afrique.

« Et les mulâtres ? Le Noir à la peau claire, qui possède autant de sang européen qu'africain ? Ces gens-là seront-ils coupés en deux pour qu'une partie s'en aille vers chacun de ses continents d'origine ? Certainement pas. Que cela nous plaise ou non, nous sommes tous liés ici, dans cette terre, sous le même joug. Quand vous asservissez un homme noir, vous vous asservissez également, car vous lui êtes aussi lié qu'il vous est lié, et votre caractère est façonné par sa servitude aussi sûrement que le sien. Rendez l'homme noir servile, et dans le même moment vous vous rendez tyrannique. Faites trembler l'homme noir de peur devant vous, et vous devenez un monstre terrifiant. Pensez-vous que vos enfants ne vous craindront pas eux aussi, en vous voyant dans cet état ? Vous ne pouvez pas porter un visage pour l'esclave et un autre pour votre famille, en espérant qu'on croira les deux pareillement. »

Quand la conférence fut finie, et avant qu'Arthur et Alvin se séparent pour se rendre à leurs quartiers respectifs, ils passèrent un moment ensemble accoudés au bastingage, au-dessus du radeau.

« Comment peut-on entendre ce discours, demanda Arthur Stuart, et rentrer chez soi sans libérer ses esclaves ?

— Eh bien, déjà, moi je ne t'ai pas libéré.

— Parce que tu fais simplement semblant que je sois ton esclave.

— Alors je pourrais faire semblant de te libérer, pour donner l'exemple aux autres.

— Non, tu peux pas, protesta Arthur Stuart. Qu'esse que tu ferais de moi, après ? »

Alvin sourit et hocha la tête, et Arthur Stuart comprit.

« J'ai pas dit que ce serait facile, mais si tout l'monde le faisait..., insista le jeune homme.

— Mais tout le monde le f'ra pas, répondit Alvin. Alors ceux qui libèrent leurs esclaves deviennent soudain pauvres, tandis qu'les autres restent riches. Et qui a le pouvoir dans les États esclavagistes ? Ceux qui gardent les esclaves.

— Donc, c'est sans espoir.

— Il faut que ça arrive d'un coup, par décision de loi, et non petit à petit. Tant qu'y sera possible de posséder un esclave, les hommes méchants en tireront avantage. Il faut l'interdire tout à fait. C'est ça que j'arrive pas à expliquer à Peggy. En fin de compte, toute sa persuasion rime à rien, parce qu'au moment où quèqu'un arrête de posséder des esclaves, il perd tout poids auprès de ceux qui les ont gardés.

— Le congrès peut pas interdire l'esclavage dans les Colonies de la Couronne, et le Roi peut pas l'interdire aux États-Unis. Alors quoi qu'on fasse, il y aura un endroit avec des esclaves, et un endroit sans.

— Ça va être la guerre, dit Alvin. Tôt ou tard, les États libres en auront assez de l'esclavage, et les États esclavagistes en auront de plus en plus besoin, et donc y aura une révolution dans un camp ou dans l'autre. J'pense pas qu'y aura la liberté avant que le Roi tombe et que les Colonies de la Couronne soient devenues des États de l'Union.

— Ça peut pas arriver, soupira Arthur Stuart.

— Je pense que si. Mais ce s'ra un massacre. Pasque les gens combattent pus férocement que jamais quand ils cachent à tout le monde, y compris eux-mêmes, que leur cause est injuste. (Alvin cracha dans l'eau.) Va te coucher, Arthur Stuart. »

Mais Arthur n'arrivait pas à dormir. La présence de Cassius Clay sur le bateau avait mis les gens en émoi à la cale, et certains étaient en colère que Clay ait voulu culpabiliser les Blancs.

« Croyez-moi, commenta un gars du Kentucky. Quand ils se sentent *coupables*, la seule façon dont ils peuvent se rassurer, c'est de s'convaincre qu'on mérite d'être esclaves. Et si on mérite d'être esclaves, c'est qu'on est méchants, et donc qu'il faut nous punir tout le temps. »

Arthur Stuart trouvait tout cela un peu tarabiscoté, mais il n'était qu'un bébé quand sa mère l'avait emporté vers la liberté. Il ne pouvait pas vraiment argumenter quand on lui parlait de ce qu'était vraiment la servitude.

Même quand les choses se furent calmées, Arthur ne put s'endormir. Il finit par se lever et remonter en catimini jusqu'au pont.

La lune éclairait le paysage, sur la rive est, car le brouillard y était bas, et on voyait les étoiles.

Les vingt-cinq esclaves mexica dormaient sur le pont de poupe, et certains marmonnaient dans leur sommeil. Le garde aussi dormait.

Je voulais vous libérer ce soir, pensa Arthur. Mais ce serait trop long, maintenant. Je n'aurais jamais fini avant le matin.

Puis il se dit que ce n'était peut-être pas vrai. Il pouvait peut-être agir plus vite qu'il croyait.

Il s'assit donc dans une ombre et, après quelques faux départs, il fit entrer la chaîne de l'esclave le plus proche dans son esprit et commença à sentir le métal comme il l'avait fait pour la pièce. Il le ramollit comme il l'avait fait avec sa boucle de ceinture.

Le problème, c'est que le fer était plus épais et contenait plus de métal que la pièce ou la boucle. Le temps qu'il en ait ramolli un morceau, le précédent était redevenu dur, et ainsi de suite. Il se rappelait l'histoire que Peggy lui avait lue sur Sisyphe, qui en Hadès devait faire rouler une pierre au sommet d'une montagne. Mais pour chaque pas qu'il faisait en avant, il en reculait de deux tellement il glissait, et après toute une journée de travail, il était plus loin de la fin qu'à son début.

Puis il faillit se maudire tout haut d'être si bête.

Il n'avait pas besoin de tout ramollir. Ils n'allaient pas l'enlever comme une manche. Il suffisait de ramollir la charnière, là où le métal était plus fin et plus fragile.

Il essaya et vit que tout se passait bien, quand il comprit autre chose. L'axe avait disparu.

Il mit une chaîne après l'autre dans son esprit, et vit qu'elles étaient toutes pareilles. Les axes des charnières avaient tous disparu. Tous les esclaves étaient déjà libres.

Il se leva et alla se planter au milieu des esclaves.

Ils ne dormaient pas. Ils lui firent de petits signes pour lui dire de partir, de se cacher.

Alors il retourna dans l'ombre.

Comme sur un signal, ils ouvrirent tous leurs entraves et les posèrent délicatement sur le pont. Bien sûr, cela fit un peu de bruit, mais le garde ne bougea pas. Tout le bateau resta endormi.

Puis les Noirs se levèrent et passèrent par-dessus le bastingage opposé à la rive.

Ils vont se noyer. Personne ne leur a appris à nager ni laissé une occasion d'apprendre seuls. Ils allaient choisir la mort.

Si ce n'est qu'à la réflexion, Arthur n'entendit pas une seule éclaboussure.

Il se leva quand tous les esclaves eurent quitté le pont et alla regarder à un autre point du bastingage. Ils étaient bien passés par-dessus bord – tous regroupés sur le radeau. Et maintenant, ils chargeaient soigneusement les biens d'Abe Lincoln sur l'annexe. C'était une petite barque, mais c'était un petit chargement, aussi ne fallut-il pas longtemps.

Quelle différence, de ne pas voler les biens d'Abe ? Ils étaient de toutes façons des voleurs, puisqu'ils se volaient eux-mêmes en fuyant. En tout cas, c'était le principe légal. Comme si un homme, en étant libre, volait quelque chose à quelqu'un d'autre.

Ils s'allongèrent sur le radeau, tous les vingt-cinq, faisant une véritable pile humaine, et ceux des bords utilisèrent leurs bras comme pagaie pour s'éloigner dans le courant. Ils partaient dans la brume, vers le rivage de l'homme rouge.

Quelqu'un lui posa la main sur l'épaule, et il sursauta d'effroi.

C'était Alvin, bien sûr.

« Vaut mieux qu'on nous voye pas icitte. Descendons. »

Arthur Stuart le mena vers les quartiers des esclaves, et bientôt ils étaient en pleine conversation murmurée dans la cuisine, obscure à part la lanterne qu'Alvin faisait flamber au minimum.

« Je m'étais bien dit qu'tu trouverais un plan idiot comme çui-là.

— Et moi je pensais que tu les laisserais rester esclaves comme si ça ne te faisait rien, mais j'aurais dû savoir qu'non, répondit Arthur Stuart.

— J'pensais d'même, dit Alvin. Mais je connais pas si c'est les questions de Bowie, ou l'couteau qu'il a voulu me mettre dans la gorge – et non, Arthur Stuart, y s'était pas arrêté à temps. Pour un peu qu'y aurait eu une lame sur son couteau, il m'aurait égorgé. C'est peut-être la peur d'la mort qui m'a fait craindre de rencontrer Dieu en sachant que j'aurais pu libérer ces vingt-cinq esclaves et qu'j'avais décidé de pas le faire. Ou alors, c'était le sermon de M. Clay ce soir. Qui m'a converti tout d'un coup.

— Et converti m'sieur Lincoln, ajouta Arthur Stuart.

— Peut-être bien, dit Alvin. Mais on dirait pas que c'est l'genre d'homme à en posséder un autre.

— J'connais pourquoi t'étais obligé d'le faire.

— Et pourquoi ?

— Parce que tu connaissais qu'sans ça, j'le f'rais moi-même. »

Alvin haussa les épaules.

« Eh bien, j'connaissais que tu essaierais.

— J'aurais réussi.

— Très lentement.

— Ça marchait, une fois qu'j'ai eu compris qu'il fallait s'attaquer à la charnière.

— Sans doute. Mais la vraie raison pour laquelle j'ai choisi c'soir, c'est qu'on avait l'radeau. Un vrai présent du ciel, pas vrai ? Ç'aurait été dommage de pas l'utiliser.

— Qu'esse qui va leur arriver quand ils parviendront sur la rive de l'homme rouge ?

—Tenska Tawa s'occupera d'eux. J'leur ai donné un cadeau à r'mettre au premier Rouge qu'ils verront. Çui-là les escortera jusqu'au Prophète, où qu'y s'trouve à c't'heure. Et quand *lui* l'verra, il leur accordera le passage. Ou même il les laissera habiter là.

— Ou alors il aura besoin d'eux, pour combattre contre les Mexica, s'ils vont vers le nord.

— Peut-être.

— C'était quoi, c'cadeau ?

— Quèques objets comme celui-ci », dit Alvin.

Il montra un petit cube scintillant. On aurait cru la glace la plus pure au monde, ou du verre, mais le verre ne scintille pas.

Arthur Stuart prit l'objet en main et comprit de quoi il s'agissait.

« C'est de l'eau. Une boîte d'eau.

— Plutôt un cube d'eau. J'ai décidé de le faire aujourd'hui, sur la rivière, quand mon sang a failli y couler. C'est en partie comme ça que je les ai faits. Une petite partie de moi est entrée dans l'eau pour la rendre solide comme l'acier. Tu connais la loi : “Le Faiseur, c'est celui...

— Le Faiseur, c'est celui qui fait partie de ce qu'il crée”, acheva Arthur Stuart.

— Va dormir, dit Alvin. Personne doit savoir qu'on était d'bout ce soir. Je peux pas les faire dormir éternellement.

— J'peux l'garder ? J'ai l'impression que j'vois quèque chose dedans.

— On peut tout voir, dedans, si on regarde assez longtemps, confirma Alvin. Mais non, tu peux pas le garder. Si tu crois que ce que j'ai dans mon paquetage est précieux, imagine ce que donneraient des genses pour un cube d'eau qui leur procure des visions vraies de ce qui arrive ou qui arrivera, pour eux ou dans le monde. »

Arthur tendit la main et voulut rendre le cube à Alvin.

Mais au lieu de le prendre, Alvin sourit, et le cube redevint liquide, et s'écoula entre les doigts d'Arthur Stuart. Celui-ci regarda la petite flaque sur la table et se sentit plus abandonné que jamais.

« C'est que d'l'eau, le rassura Alvin.

— Et un peu d'sang.

— Nan, ça j'l'ai r'pris.

— Bonne nuit, dit Arthur Stuart. Et... merci d'les avoir libérés.

— Une fois qu'tu avais pris ta décision, j'avais pus l'choix. J'les ai r'gardés et j'me suis dit : Quèqu'un les a aimés autant qu'ta m'man t'a aimé. Elle est morte pour t'libérer. Moi, j'étais pas obligé d'en faire autant. Fallait juste que j'me fasse un peu violence, que j'me mette un peu en danger. Mais pas beaucoup.

— Mais t'as vu ce que j'ai fait, non ? Je l'ai amolli sans l'faire chauffer !

— T'as été bon, Arthur Stuart. On peut pas dire l'contraire, t'es un Faiseur.

— Pas un très bon.

— Chaque fois qu'on a deux Faiseurs, y en a toujours un qui l'est plusse que l'aut'. Mais pour éviter qu'y s'monte le bourrichon, faut toujours s'rappeler qu'on peut en trouver forcément un troisième qu'est meilleur qu'les deux premiers.

— Qui est meilleur que toi ? demanda Arthur Stuart.

— Toi. Parce qu'une once de compassion, ça vaudra toujours plusse qu'une livre de talent. Maintenant, va t'coucher. »

Alors, Arthur s'abandonna à la fatigue immense qui l'écrasait. Ce qui l'avait maintenu éveillé jusque-là avait disparu. Il arriva tout juste à sa couchette avant de s'endormir.

Oh, quel raffut il y eut, au matin ! Les soupçons allaient bon train. Certains pensaient qu'c'étaient les gars du radeau, sinon pourquoi les esclaves auraient laissé la cargaison ? Jusqu'à ce que quelqu'un fasse remarquer qu's'ils l'y avaient pas laissée, c'te cargaison, il n'y aurait pas eu de place pour tous les évadés.

Puis les soupçons tombèrent sur le garde qui avait dormi, mais la plupart des gens savaient que c'était une erreur, puisque, s'il avait fait ça, il aurait aussi bien fait de s'enfuir avec eux, au lieu de rester à dormir sur le pont jusqu'à ce qu'un marin remarque les chaînes sans les esclaves.

Ce n'était que maintenant, une fois les esclaves disparus, que la propriété des esclaves devenait évidente. Alvin aurait pensé que m'sieur Travis était leur maître, mais le plusse livide de tous, c'était le capitaine Howard en personne. C'était étonnant. Néanmoins, ça expliquait pourquoi les hommes partis pour Mexico avaient choisi c'bateau pour descendre la rivière.

Mais à la surprise d'Alvin, Travis et Howard n'arrêtaient pas d'regarder Arthur Stuart et lui-même, comme s'y s'doutaient d'la vérité. Rien d'étonnant, finit-il par se dire. Si Bowie leur avait raconté ce qui était arrivé à son couteau sur le fleuve, ils se d'mandaient forcément si un homme avec un tel pouvoir sus l'fer pourrait pas faire disparaître tous les axes des m'nottes.

Lentement, la foule se dispersa. Mais pas l'capitaine Howard, ni Travis. Et quand Alvin et Arthur firent mine de partir, Howard se dirigea droit sur eux.

« J'veux vous causer, dit Howard d'un ton qui n'avait rien d'amical.

— De quoi ? demanda Alvin.

— D'votre boy. J'ai vu comment qu'y f'sait leurs seaux le matin. J'ai vu leur causer. Ça m'a bien rendu méfiant, dame, vu qu'y en avait pas un pour parler anglais.

— *Pero todos hablaban español*, expliqua Arthur Stuart.

— Ils parlaient *tous* l'espagnol ? s'étonna Travis, qui paraissait chagriné. Ah ! les sales menteurs. »

Ben voyons. Comme si les esclaves devaient la moindre honnêteté à leur propriétaire.

« C't'une bonne confession, ça. Il a r'connu qu'y parlait leur langue et qu'y connaissait des choses que leur maître connaissait même pas. »

Alvin posa la main sur l'épaule d'Arthur en voyant que celui-ci allait protester, mais il ne l'empêcha pas de parler.

« Mon boy que v'là est tout juste après apprendre l'espagnol, expliqua Alvin. Alors pour sûr, l'a pris la première occasion qui passait pour pratiquer. À moinses que vous ayez une preuve qu'ces fers ont été ouverts avec un seau d'chambre, j'pense que vous pouvez l'oublier, c'garçon.

— Non, je ne pense pas qu'il ait ouvert les fers lui-même, concéda le capitaine Howard. M'est avis qu'y f'sait l'espion pour un autre, pour leur donner le plan pour les libérer.

— J'ai pas raconté d'plan », dit Arthur Stuart sur un ton courroucé.

Alvin resserra sa prise sur l'épaule du jeune homme. Aucun esclave noir n'aurait parlé de la sorte à un Blanc, et surtout pas à un capitaine de bateau.

Puis une autre voix s'éleva dans le dos de Travis et Howard.

« Allez, mon garçon, dit Bowie. Tu peux leur raconter. Plus la peine de faire des menteries. »

Et avec une sensation d'effroi, Alvin se demanda à quel feu d'artifice il devrait avoir recours pour détourner leur attention suffisamment longtemps pour qu'Arthur Stuart et lui puissent fuir.

Mais Bowie ne dit pas du tout ce à quoi Alvin s'était attendu.

« J'ai fait en sorte que l'gamin m'raconte c'que les esclaves lui avaient dit. Ils préparaient un terrib' rituel mexica. Ils voulaient arracher l'cœur d'quèqu'un une nuit, pendant qu'y f'raient semblant d'être nos guides. Bande de traîtres, ceux-là, alors j'ai décidé qu'on s'en passerait bien.

— *Vous* avez décidé ? s'indigna le capitaine Howard. De quel droit avez-*vous* décidé ?

— Par sécurité, répondit Bowie. C'est vous qui m'avez nommé responsable des éclaireurs, et c'est c'que ceux-là d'vaient être. Mais c'était une idée bougrement idiote depuis le début. Pourquoi vous pensez qu'les Mexica les avaient laissés en un seul morceau, au lieu d'leur arracher l'cœur ? C'était un piège, depuis l'début. Mais on est pas tombés d'dans.

— Vous *savez* ce qu'ils ont coûté ? insista le capitaine Howard.

— À vous, rien », rappela Travis.

Cette remarque fit perdre au capitaine beaucoup de sa superbe.

« C'est une question d'principe. Les libérer, comme ça...

— Mais j'les ai pas libérés. J'les ai envoyés d'l'aut' côté d'la rivière. À votre avis, qu'esse que les Rouges vont en faire ? Si même y passent le brouillard... »

Il y eut quelques autres grommellements, mais aussi des rires, et le sujet fut abandonné.

Dans sa cabine, Alvin attendit le retour de Bowie.

« Pourquoi ?

— Je t'avais bien dit que j'connaissais comment qu'on garde un s'cret, rappela Bowie. J'vous ai r'gardés faire, l'drôle et toi. J'dois dire, ça valait l'coup, d'voir comment vous les avez libérés sans même les toucher. J'pensais pas voir un jour un talent pareil. Ça, t'es bien un F'seur.

— Alors viens avez moi, dit Alvin. Quitte ces hommes. Tu connais donc pas l'danger qu'ils courent ? Les Mexica sont pas idiots. Tu voyages avec des morts.

— Possib'. Mais ils ont b'soin de c'que j'sais faire, et pas toi.

— Si. Parce que j'connais pas combien d'genses sont capab' de m'cacher leur flamme de vie. C'est ça, ton talent, hein ? Disparaître à la vue d'tous, quand tu veux. Parce que j't'ai pas vu nous r'garder, hier soir.

— Et pourtant, j't'ai réveillé rien qu'en tendant la main vers ton paquetage, l'autre nuit.

— En tendant la main ? Ou en l'remettant en place ? »

Bowie haussa les épaules.

« Je te remercie d'nous avoir protégés en portant l'chapeau. »

Bowie gloussa.

« C'était un tout p'tit chapeau. En fait, Travis commençait à en avoir assez de tout c'qui fallait faire pour prendre soin des moricauds. C'est Howard qu'insistait pour les garder, et y vient même pas avec nous, une fois qu'y nous pose sus la côte.

— J'pourrais t'apprendre. Comme Arthur Stuart apprend.

— J'pense pas, dit Bowie. Comme t'as dit, on est pas des hommes pareils.

— Pas si différents pour qu'tu puisses pas changer si l'envie t'prenait. »

Bowie secoua la tête.

« Bon. Alors j'vais t'remercier d'la seule façon qui t's'ras utile », proposa Alvin.

Bowie attendit.

« Eh ben ?

— J'viens d'le faire, expliqua Alvin. J'te l'ai r'mise. »

Bowie toucha le fourreau à son côté. Il n'était pas vide. Il tira son couteau. La lame était là, comme avant, tout à fait identique.

Bowie tenait son arme comme un enfant perdu depuis longtemps.

« Comment qu't'as r'mis la lame ? demanda-t-il. Tu y as même pas touché.

— Elle était là d'puis l'début. J'l'avais juste un peu étalée.

— Pour que j'puisse pas la voir ?

— Et qu'elle coupe pus.

— Mais maintenant, elle coupe ?

— M'est avis qu'tu vas mourir, quand tu t'battras contre les Mexica. Mais j'veux qu't'emmène des sacrifieurs avec toi avant ça.

— Promis. Sauf pour la partie où j'meurs.

— J'espère que t'as raison et qu'j'me trompe, m'sieur Bowie.

— Et j'espère que tu vivras pour toujours, Alvin le Faiseur », répondit le Tueur au couteau.

Ce matin-là, Alvin et Arthur Stuart débarquèrent, ainsi qu'Abe Lincoln et Couse, et ils descendirent ensemble vers Nueva Barcelona, tous les quatre, échangeant des anecdotes impossibles tout du long. Mais c'est une autre histoire...

American Gods

Neil Gaiman

American Gods met en scène un dénommé Ombre qui, lorsque l'histoire commence, achève de purger une peine de prison pour un crime qu'il n'a pas commis.

Ombre est impatient de sortir, de retrouver son emploi et son épouse. La mort tragique de cette dernière dans un accident de voiture remet ses projets en question ; il devient bientôt chauffeur et garde du corps d'un vieil escroc se faisant appeler M. Voyageur.

Ombre apprend que tous les peuples venus en Amérique ont apporté avec eux leurs dieux, dont certains ont prospéré, alors que d'autres tirent une maigre subsistance des lambeaux de foi qu'ils inspirent. Dans le cadre de son travail pour Voyageur, Ombre croise nombre d'entre eux : Czernobog, le dieu de la mort slave ; M. Nancy, alias Anansi, le dieu farceur africain ; ainsi que divers personnages et puissances mythiques, certains encore connus, beaucoup d'autres oubliés.

Voyageur, l'aspect américain du dieu nordique Odin, tente apparemment de déclencher une guerre entre les dieux anciens et ceux qui emplissent désormais le cœur et l'esprit des hommes – les dieux de la télévision, de la technologie, de l'argent.

Voyageur ne survivra pas. Ombre, lui, mourra attaché sur un arbre et ressuscitera. Il saura même mettre fin à la guerre. Ensuite, plus tout à fait humain, sans toutefois être un dieu, il quittera l'Amérique.

Neil Gaiman : « J'ai toujours considéré l'univers d'*American Gods* comme un décor permettant de raconter des histoires. Le roman suivant, que je suis en train d'écrire, s'appelle *Anansi Boys* et parle de M. Nancy et de ses fils, Spider et Fat Charley. Avant que Robert Silverberg ne m'appelle pour me demander une nouvelle située dans le monde d'*American Gods*, je ne pensais revenir au personnage d'Ombre que dans bien longtemps, et pour raconter une deuxième histoire concernant l'Amérique. Ensuite, un récit différent s'est mis à me tourner dans la tête : quelque chose qui mettrait Ombre en scène dans le nord de l'Écosse. De vieilles légendes et le contenu de livres d'archéologie que j'avais lus ont commencé à se tortiller en moi et à prendre forme.

» Après avoir écrit la nouvelle, j'ai pensé que bien d'autres épisodes du séjour d'Ombre au Royaume-Uni et de son retour aux États-Unis méritaient d'être racontés. J'ai alors compris ce que serait le volume suivant d'*American Gods*. »

Le Monarque de la vallée

*Un récit d'*American Gods

Neil GAIMAN

Traduit de l'anglais par Michel Pagel

Elle est elle-même une maison hantée. Elle ne se possède pas ; ses ancêtres viennent parfois regarder par les fenêtres de ses yeux, ce qui est très effrayant.

ANGELA CARTER
« La Dame de la Maison de l'Amour. »

CHAPITRE 1

« J'ai l'impression que vous êtes une espèce de monstre, dit le petit homme à Ombre. Je me trompe ? »

Ils étaient, en dehors de la serveuse, seuls dans un bar d'hôtel, au sein d'une ville située sur la côte nord de l'Écosse. Ombre buvait une bière blonde quand l'homme était venu s'asseoir à sa table. En cette fin d'été, tout lui paraissait étriqué, froid, humide. Un petit guide intitulé *LES BEAUX SENTIERS DE LA RÉGION* posé devant lui, il planifiait la promenade qu'il comptait faire le lendemain le long de la côte, en direction du Cap Wrath.

Il referma le livre.

« Je suis américain, déclara-t-il. Si c'est ce que vous voulez dire. »

Le petit homme inclina la tête de côté et lui adressa un clin d'œil théâtral. Avec ses cheveux gris acier, son visage gris et son pardessus gris, il évoquait un avocat de province.

« Oui, c'est peut-être bien ce que je veux dire. »

Arrivé de fraîche date, Ombre avait peine à comprendre les Écossais, leurs grasseyements, leurs mots étranges et leurs trilles, mais il comprenait aisément celui-là, à l'élocution posée, précise, prononçant chaque mot à la perfection, au point que lui-même avait l'impression de parler la bouche pleine de flocons d'avoine.

Le petit homme but une gorgée avant de reprendre.

« Alors, comme ça, vous êtes américain ? Sursexué, surpayé et sur nos terres. Pas vrai ? Vous bossez aux derricks ?

— Pardon ?

— Dans le pétrole ? Sur les grandes plate-formes métalliques. On a des gars du pétrole qui viennent ici, de temps en temps.

— Non. Je ne viens pas des derricks. »

Le petit homme sortit de sa poche une pipe et un canif, retira les cendres du fourneau, puis tapota ce dernier dans le cendrier.

« Il y a du pétrole, au Texas, vous savez, dit-il au bout d'un moment, avec l'air de révéler un grand secret. C'est en Amérique.

— Oui », confirma Ombre.

Il songea à mentionner le fait que, selon les Texans, le Texas se situait en fait au Texas, mais il soupçonna qu'il serait obligé de s'expliquer, aussi n'ajouta-t-il rien.

Il avait quitté l'Amérique depuis presque deux ans, si bien qu'il ne s'y trouvait pas lors de la chute des tours. Il se disait parfois qu'il se moquait d'y retourner ou non un jour – et parfois aussi, il parvenait presque à s'en convaincre. Ayant atteint l'Écosse continentale deux jours auparavant, débarqué à Thurso du ferry venu des Orcades, il avait gagné en bus la ville dans laquelle il séjournait.

Le petit homme parlait toujours.

« C'est un magnat du pétrole texan qui visite Aberdeen et qui discute avec un vieux qu'il rencontre dans un *pub*, un peu comme vous et moi en ce moment, et le Texan, il dit : "Moi, au Texas, je me lève le matin, je monte dans ma bagnole..." Vous me pardonnerez de ne pas imiter l'accent. "... je tourne la clef de contact, j'appuie sur l'accélérateur..." Ce que vous appelez la... la...

— La pédale des gaz, dit Ombre, serviable.

— Voilà. "J'appuie sur la pédale des gaz au petit déjeuner, et à midi, je n'ai pas encore atteint les limites de ma propriété." Alors, le vieux filou écossais, il hoche la tête et il dit juste : "Ah ben, oui, moi aussi, j'ai eu une bagnole comme ça." »

Le petit homme eut un rire gras pour signifier que la blague était terminée. Ombre sourit et approuva du chef pour signifier qu'il l'avait comprise.

« Qu'est-ce que vous buvez ? De la blonde ? Remets-nous ça, Jennie. Moi, c'est un Lagavulin. » L'Écossais bourra sa pipe à l'aide du tabac contenu dans une blague d'un autre genre. « Vous savez que l'Écosse est plus grande que l'Amérique ? »

Quand Ombre y était descendu, ce soir-là, le bar de l'hôtel n'abritait que la serveuse trop mince qui fumait une cigarette en lisant le journal. Venu s'installer près du feu de cheminée, car sa chambre était froide et les radiateurs métalliques posés contre les murs plus froids encore, l'Américain ne s'était pas attendu à avoir de la compagnie.

« Non, répondit-il, acceptant de jouer les naïfs. Je ne savais pas. Comment vous expliquez ça ?

— C'est tout du fractal, dit le petit homme. Plus on les voit de près, plus les choses se déplient. Si vous preniez le bon chemin, vous traverseriez l'Amérique aussi vite que l'Écosse. Par exemple, quand on les regarde sur une carte, les côtes ont l'air de lignes continues, mais quand on les suit à pied, elles partent dans tous les sens. J'ai vu toute une émission là-dessus à la télé, l'autre soir. Super.

— D'accord », dit Ombre.

L'autre fit jaillir la flamme de son briquet et aspira, souffla, aspira, souffla, jusqu'à ce que la pipe soit bien allumée. Il rangea ensuite briquet, blague à tabac et canif dans la poche de son pardessus.

« Enfin bref, dit-il. Je suppose que vous comptez passer le week-end ici.

— Oui, confirma Ombre. Est-ce que vous... vous travaillez à l'hôtel ?

— Non, non. Pour vous dire la vérité, j'étais dans le hall quand vous êtes arrivé. Je vous ai entendu causer avec Gordon à la réception. »

L'Américain hocha la tête. Il n'avait vu personne tandis qu'il s'inscrivait, mais le petit homme avait pu traverser le hall. Néanmoins... cette conversation avait quelque chose d'anormal. *Tout* avait quelque chose d'anormal.

Jennie, la serveuse, posa leurs verres sur le comptoir.

« Cinq livres vingt », annonça-t-elle, avant de ramasser son journal et de se remettre à lire.

L'Écossais alla payer et rapporta les consommations.

« Alors, vous êtes dans le pays pour combien de temps ? » demanda-t-il.

Ombre haussa les épaules.

« Je veux visiter un peu. Me promener à pied. Voir ce qu'il y a à voir. Peut-être une semaine. Peut-être un mois. »

Jennie abaissa son journal.

« Ici, c'est le trou du cul de nulle part, fit-elle avec chaleur. Vous devriez aller dans un endroit intéressant.

— Là, tu te trompes, protesta le petit homme. Ça n'est le trou du cul de nulle part que si on ne sait pas regarder. Vous voyez cette carte, jeune homme ? » Il désigna une carte du nord de l'Écosse, maculée de chiures de mouches, accrochée en face du comptoir. « Vous savez ce qui ne va pas, là-dessus ?

— Non.

— Elle est à l'envers, clama-t-il, triomphant. Le nord est tout en haut, comme pour dire qu'il n'y a rien au-delà. N'allez pas plus loin. Le monde s'achève ici. Mais ça ne reflète pas la réalité, voyez-vous. Ici, ça n'était pas le nord de l'Écosse, c'était la pointe sud du monde viking. Vous savez comment s'appelle le deuxième comté d'Écosse le plus au nord ? »

Ombre jeta un coup d'œil à la carte mais elle était trop loin pour qu'il pût lire. Il secoua la tête.

« Sutherland ! » s'exclama le petit homme. Il découvrit les dents. « Le Pays du Sud. Pour tous les autres peuples, ça ne l'était pas, mais ça l'était pour les Vikings. »

Jennie s'approcha d'eux.

« Je m'absente un tout petit moment, dit-elle. Si vous avez besoin de quoi que ce soit avant que je revienne, appelez la réception. »

Elle posa une bûche dans la cheminée puis gagna le hall.

« Vous êtes historien ? s'enquit Ombre.

— Elle est bien bonne, apprécia le petit homme. Vous êtes peut-être un monstre mais vous êtes rigolo. On ne peut pas vous retirer ça.

— Je ne suis pas un monstre.

— Ouais, c'est ce qu'ils prétendent tous. J'étais spécialiste, autrefois. À Saint Andrews. Maintenant, je suis généraliste. Enfin, j'étais. Je suis en semi-retraite. Je vais juste en chirurgie deux jours par semaine, histoire de garder la main.

— Pourquoi dites-vous que je suis un monstre ? demanda Ombre.

— Parce que j'en suis un peu un moi-même, confia l'Écossais en levant son verre avec l'air d'assener un argument imparable. Qui se ressemble s'assemble. On est tous des monstres, non ? De glorieux monstres qui pataugent dans les marécages de la déraison... » Il but une gorgée de whisky puis ajouta : « Dites donc, un costaud comme vous, vous n'avez jamais été videur ? Le genre “Désolé, mon pote, mais tu peux pas rentrer, c'est une soirée privée, alors tire-toi fissa”, et tout ça ?

— Non.

— Mais vous avez bien dû faire quelque chose dans ce genre-là ?

— Oui, répondit Ombre qui avait été le garde du corps d'un dieu âgé ; mais cela s'était passé dans un autre pays.

— Vous, euh... Pardonnez-moi de poser la question, ne le prenez pas mal, mais est-ce que vous avez besoin d'argent ?

— Tout le monde a besoin d'argent. Mais j'ai ce qu'il me faut. »

Ça n'était pas tout à fait vrai. En revanche, il était indéniable que, lorsqu'il en avait besoin, le monde semblait se mettre en quatre pour lui en procurer.

« Ça vous dirait de vous faire un peu d'argent de poche ? Comme videur ? C'est du gâteau. Du fric vite gagné.

— Dans une boîte ?

— Pas exactement. Une réception privée. Des gens qui louent une grande baraque, pas loin d'ici, et qui débarquent des quatre coins du pays à la fin de l'été. L'année dernière, pendant qu'ils s'amusaient, qu'ils buvaient le champagne dehors, tout ça, il y a eu des problèmes. Une bande de voyous qui a gâché le week-end.

— Des gens du coin ?

— Je ne crois pas.

— Est-ce que c'était politique ? demanda Ombre, peu soucieux de se retrouver mêlé aux intrigues locales.

— Pas le moins du monde. C'étaient juste des loubards, des chevelus, des petits cons. Bref. Ils ne reviendront sans doute pas cette année : ils doivent être en train de manifester dans un trou perdu contre le capitalisme international. Mais juste histoire d'être tranquilles, les locataires de la maison aimeraient que je trouve quelqu'un pour faire un peu d'intimidation. Ils veulent un costaud dans votre genre.

— Combien ? demanda l'Américain.

— Vous savez vous battre, si jamais les choses en arrivent là ? » interrogea l'homme.

Ombre ne répondit pas. Son interlocuteur le scruta de la tête aux pieds puis sourit à nouveau, dévoilant des dents tachées de nicotine.

« Mille cinq cents livres pour un long week-end de boulot. C'est bien payé. Et en liquide. Rien que vous deviez déclarer au percepteur.

— Le week-end qui vient ?

— À partir de vendredi matin. C'est une vieille maison, très grande. En partie construite sur les ruines d'un château. À l'ouest du Cap Wrath.

— Je ne sais pas, dit l'Américain.

— Si vous acceptez, vous passerez un week-end fantastique dans une demeure historique, insista le petit homme gris, et je vous garantis que vous rencontrerez un tas de gens intéressants. C'est un parfait travail de vacances. J'aimerais bien être plus jeune. Et, euh... nettement plus grand, aussi, en fait.

— D'accord, dit Ombre – et dès qu'il l'eut prononcé, il se demanda s'il allait le regretter.

— Bien parlé. Je vous donnerai plus de détails plus tard. »

Le petit homme se leva, lui tapota doucement l'épaule, puis s'éloigna et sortit, le laissant seul dans le bar.

CHAPITRE II

Ombre était sur la route depuis environ dix-huit mois. Il avait traîné son sac à dos à travers l'Europe et jusqu'en Afrique du Nord. Il avait cueilli des olives, pêché la sardine, conduit un poids lourd et vendu du vin au bord de la route. Finalement, quelques mois plus tôt, il était remonté en stop jusqu'en Norvège, à Oslo, où il était né trente-cinq ans plus tôt.

Il n'était pas sûr de ce qu'il y avait cherché, savait juste ne pas l'avoir découvert – quoique à certains moments, dans les hauteurs, parmi les rochers escarpés, les cascades, il eût été certain que ce dont il avait besoin, quoi que ce fût, se trouvait tout près de lui, derrière un piton de granit ou au milieu de la forêt de pins voisine.

Toutefois, ç'avait été une visite profondément frustrante, si bien que quand on lui avait proposé, à Bergen, de constituer la moitié de l'équipage d'un yacht à moteur partant rejoindre son propriétaire à Cannes, il avait dit oui.

Il avait navigué de Bergen jusqu'aux îles Shetland puis aux Orcades, où il avait passé la nuit dans un *bed-and-breakfast* de Stromness. Le lendemain matin, au sortir du port, le moteur avait connu une avarie définitive, irrévocable, et le bateau avait été remorqué à quai.

Bjorn, capitaine et deuxième moitié de l'équipage, était resté discuter avec les assureurs et répondre aux appels téléphoniques furieux du propriétaire. Ombre, lui, n'avait aucune raison de s'attarder : il avait pris le ferry pour Thurso, sur la côte nord de l'Écosse.

Il était d'une grande nervosité. La nuit, il rêvait d'autoroutes, de pénétrer dans une ville frangée de néon où l'on parlait anglais. Parfois, c'était dans le Midwest, parfois en Floride ; parfois sur la côte Est, parfois sur la côte Ouest.

Une fois descendu du ferry, il avait acheté un guide des promenades pittoresques, ramassé un horaire de bus et il s'était lancé dans le monde.

Jennie, la serveuse, revint et entreprit d'essuyer toutes les surfaces horizontales à l'aide d'un chiffon. Ses cheveux si blonds qu'ils étaient presque blancs formaient un chignon sur sa nuque.

« Que font les gens d'ici pour se distraire, dites-moi ? interrogea Ombre.

— Ils boivent. Ils attendent la mort, répondit-elle. Ou bien ils partent vers le Sud. Ça résume à peu près les possibilités.

— Vous êtes sûre ?

— Réfléchissez un peu. Il n'y a rien du tout, ici, à part des moutons et des collines. On vit sur les touristes, bien sûr, mais vous n'êtes jamais assez nombreux. C'est triste, hein ? » Comme il haussait les épaules, elle demanda : « Vous êtes de New York ?

— De Chicago, à l'origine. Mais là, j'arrive de Norvège.

— Vous parlez norvégien ?

— Un peu.

— Il faut que vous rencontriez quelqu'un, dit-elle soudain, avant de consulter sa montre. Quelqu'un qui est venu de Norvège il y a longtemps. Venez. »

Elle posa son chiffon, éteignit les lumières du bar et s'approcha de la porte.

« Venez, répéta-t-elle.

— Vous avez le droit de faire ça ? demanda Ombre.

— J'ai le droit de faire ce que je veux. On est dans un pays libre, non ?

— Sans doute, oui. »

Elle verrouilla la porte à l'aide d'une clef en laiton. Tous les deux entrèrent dans le hall de l'hôtel.

« Attendez ici », dit Jennie. Elle franchit une porte marquée PRIVÉ et réapparut plusieurs minutes plus tard, couverte d'un long manteau brun. « C'est bon. Suivez-moi. »

Ils sortirent dans la rue.

« Alors, est-ce que c'est un village ou une petite ville, ici ? demanda Ombre.

— C'est un cimetière de merde, répondit-elle. Prenons par ici. Venez. »

Ils remontèrent une rue étroite. La lune, gigantesque, était d'un brun jaunâtre. L'Américain, quoiqu'il ne pût encore la voir, entendait la mer.

« Vous vous appelez Jennie ? demanda-t-il.

— C'est ça. Et vous ?

— Ombre.

— C'est votre vrai nom ?

— C'est comme ça qu'on m'appelle.

— Alors, venez, Ombre », fit-elle.

Ils firent halte au sommet de la côte. Là, tout au bord du village, se dressait un *cottage* en pierres grises. Jennie ouvrit la grille et précéda son compagnon jusqu'à la porte d'entrée. Ombre frôla de la main un petit buisson, au bord de l'allée, et l'air s'emplit d'un doux parfum de lavande. Aucune lumière ne brillait dans la maison.

« Qui habite ici ? demanda-t-il. On dirait qu'il n'y a personne.

— Ne vous en faites pas, dit Jennie. Elle sera là dans une seconde. »

La jeune femme poussa un battant qui n'était pas verrouillé, et ils entrèrent. Elle manœuvra un interrupteur électrique près de la porte. L'essentiel du *cottage* consistait en une cuisine-salon. Un minuscule escalier menait à ce qu'Ombre supposa être une chambre mansardée. Un lecteur de CD reposait sur une tablette en pin.

« C'est chez vous, devina l'Américain.

— *Home sweet home*, admit-elle. Je vous offre un café ? Ou un verre ?

— Ni l'un ni l'autre », dit Ombre.

Il se demanda ce que lui voulait Jennie. Elle l'avait à peine regardé, ne lui avait même pas souri.

« Est-ce que j'ai bien entendu ? Le Dr Gaskell vous propose d'aider à organiser une réception ce week-end ?

— Il semblerait.

— Alors, qu'est-ce que vous comptez faire demain et vendredi ?

— Marcher. J'ai un guide. Il y a de très beaux chemins.

— Certains sont beaux, oui. Et certains sont traîtres. Il y a encore de la neige en été, ici, à l'ombre. Les choses se perpétuent très longtemps, à l'ombre.

— Je serai prudent, assura-t-il.

— C'est aussi ce que disaient les Vikings », dit-elle en souriant. Elle ôta son manteau et le jeta sur un canapé violet vif. « Je vous verrai peut-être. J'aime bien aller me promener. »

Jennie tira sur son chignon et libéra ses cheveux pâles, plus longs que ne l'aurait cru Ombre.

« Vous vivez seule ? »

Elle sortit une cigarette d'un paquet posé sur la tablette et craqua une allumette.

« Qu'est-ce que ça peut vous faire ? demanda-t-elle. Vous n'allez pas passer la nuit ici, hein ? » Il secoua la tête. « L'hôtel est en bas de la rue. Vous ne pouvez pas le rater. Merci de m'avoir raccompagnée. »

Ombre dit bonsoir et regagna la ruelle dans la nuit parfumée de lavande. Il demeura un instant à contempler la lune au-dessus de la mer, perplexe. Puis il redescendit la rue jusqu'à l'hôtel. Jennie avait raison : on ne pouvait pas le rater. Il monta l'escalier, ouvrit sa porte à l'aide d'une clef attachée à un bâtonnet, et entra. La chambre était plus froide que le couloir.

Ôtant ses chaussures, il s'étendit sur le lit dans l'obscurité.

CHAPITRE III

Le bateau fait d'ongles d'hommes morts filait dans la brume, tressautant et roulant furieusement, dangereusement, sur la mer agitée.

Des silhouettes sombres se tenaient sur le pont, aussi hautes que des collines ou des maisons. Comme Ombre s'approchait, il vit leurs visages : des hommes grands et fiers, tous jusqu'au dernier. Semblant ignorer les mouvements du navire, ils demeuraient immobiles, comme figés.

L'un d'eux s'avança pour empoigner la main d'Ombre dans la sienne, colossale, et le hisser sur le pont gris.

« Bien venu en cet endroit maudit, dit-il d'une voix profonde et rauque.

— Salut ! s'écrièrent les hommes. Salut, toi qui apportes le soleil ! Salut, Baldur ! »

Le nom qui figurait sur son bulletin de naissance était Balder Moon, mais Ombre secoua la tête.

« Ce n'est pas moi, déclara-t-il. Je ne suis pas celui que vous attendez.

— Nous mourons, ici », dit l'homme à la voix rauque, sans le lâcher.

Il faisait froid en ce lieu brumeux entre les mondes de l'éveil et la tombe. Des embruns salés fouettaient la proue du navire gris, et Ombre était trempé jusqu'aux os.

« Ramène-nous, reprit celui qui lui tenait la main. Ramène-nous ou laisse-nous partir.

— Je ne sais pas comment faire. »

À ces mots, les hommes se mirent à gémir et à hurler. Certains abattirent sur le pont la hampe de leur javelot, d'autres heurtèrent du plat de leur épée courte les disques de cuivre au centre de leur bouclier en cuir, créant un vacarme rythmique accompagné de cris qui, de plainte douloureuse, se firent vite ululement de berserker *poussé à pleine gorge...*

Une mouette hurlait dans le petit matin. La fenêtre de la chambre s'était ouverte pendant la nuit et claquait au vent. Ombre, allongé sur le lit de sa chambre exiguë, avait la peau humide, peut-être de transpiration.

Une nouvelle froide journée de fin d'été commençait.

L'hôtel lui fournit une boîte Tupperware garnie de plusieurs sandwichs au poulet, d'un œuf dur, d'un petit paquet de chips au fromage et à l'oignon, ainsi que d'une pomme. En la lui tendant, Gordon, le réceptionniste, lui demanda quand il comptait rentrer – s'il avait plus de deux heures de retard, on appellerait les services de secours – et s'enquit également de son numéro de téléphone portable.

Ombre ne possédait pas de téléphone portable.

Il entama sa marche en direction de la côte. La vue superbe était empreinte d'une beauté désolée qui entrait en résonance avec les vides au sein du promeneur et leur faisait écho. Il avait imaginé en l'Écosse un pays feutré, fait de douces collines jonchées de bruyère, mais ici, sur la côte nord, tout paraissait dur, aigu, jusqu'aux nuages gris qui filaient à travers le ciel bleu pâle.

Il suivit le chemin indiqué par son guide, traversant des prés broussailleux, dépassant des granges, gravissant et descendant des mamelons rocheux.

Parfois, il lui semblait se tenir immobile et sentir le monde se déplacer sous lui comme s'il l'avait juste fait défiler à l'aide de ses pieds.

La route s'avéra plus fatigante qu'il ne l'avait prévu. Dès midi, ses jambes épuisées lui donnèrent envie d'une pause, alors qu'il avait prévu de déjeuner à treize heures. Il poursuivit sa route jusqu'à un flanc de colline où un rocher fournissait un coupe-vent bienvenu, et il s'accroupit pour manger face à l'Atlantique qu'il discernait au loin.

Il s'était cru seul.

« Vous me donneriez votre pomme ? » demanda-t-elle.

C'était Jennie, la serveuse de l'hôtel. Ses cheveux trop blonds voltigeaient autour de sa tête.

« Bonjour, Jennie », dit Ombre.

Il lui tendit la pomme. Elle sortit un couteau pliant de la poche de son manteau brun et s'assit près de lui.

« Merci, dit-elle.

— D'après votre accent, vous avez dû arriver de Norvège quand vous étiez enfant, reprit-il. Je veux dire qu'à mes oreilles, vous parlez comme les gens d'ici.

— J'ai dit que je venais de Norvège ?

— Il me semble bien, non ? »

La jeune femme coupa une tranche de pomme, la ficha à la pointe du couteau et la mangea délicatement, ne la touchant qu'avec ses dents. Elle lui jeta un coup d'œil de côté.

« C'était il y a longtemps.

— De la famille ? »

Elle haussa les épaules, comme si la moindre réponse avait été indigne d'elle.

« Et vous vous plaisez, ici ? »

Elle tourna les yeux vers lui et secoua la tête.

« J'ai l'impression d'être une *hulder.* »

Ombre avait déjà entendu ce mot, en Norvège.

« Est-ce que ce n'est pas une espèce de troll ?

— Non. Ce sont des créatures des montagnes, comme les trolls, mais elles vivent dans les forêts et elles sont très belles. Comme moi. » Elle ajouta ces derniers mots en souriant, comme si elle s'était sue trop pâle, trop maussade et trop maigre pour être belle. « Elles tombent amoureuses de fermiers.

— Pourquoi ?

— Je n'en sais fichtre rien, répondit-elle, mais c'est le cas. Parfois, le fermier comprend qu'il s'adresse à une *hulder* parce qu'une queue de vache pend derrière elle – ou pire : parfois, vue de dos, elle paraît dépourvue de substance, creuse et vide, comme une coquille. Alors, le fermier dit une prière ou s'enfuit, il retourne chez sa mère ou à sa ferme.

» Il arrive cependant qu'il ne s'enfuie pas, qu'il jette un couteau par-dessus son épaule ou se contente de sourire, et qu'il épouse la *hulder*. Elle perd alors sa queue. Mais elle reste plus forte que n'importe quelle humaine. Et elle regrette toujours son foyer dans les forêts de montagne. Elle ne sera jamais vraiment heureuse. Elle ne sera jamais humaine.

— Qu'est-ce qui lui arrive, ensuite ? demanda Ombre. Est-ce qu'elle vieillit et meurt avec son fermier ? »

Jennie avait tranché la pomme jusqu'au cœur. D'un vif mouvement de poignet, elle jeta le trognon qui décrivit un arc de cercle sur le flanc de la colline.

« Quand son homme meurt... je crois qu'elle retourne dans la forêt. » Elle contemplait fixement la pente. « On raconte l'histoire d'une *hulder* mariée à un fermier qui la maltraitait. Il lui criait dessus, refusait de travailler, revenait du village ivre et en colère. Parfois, il la battait.

» Un matin, alors qu'elle était à la ferme, en train d'allumer un feu de cheminée, il est arrivé et il a commencé à la disputer parce que son repas n'était pas prêt, et il a continué comme ça, furieux : elle ne faisait rien de bien, il ne savait pas pourquoi il l'avait épousée... Elle l'a écouté un moment et ensuite, sans rien dire, elle a ramassé le tisonnier dans la cheminée. Un lourd tisonnier de fer noir. Sans effort, elle l'a tordu pour former un anneau parfait, identique à son alliance. Elle n'a pas ahané, pas transpiré, elle l'a tordu comme vous, vous tordriez un roseau. Quand son fermier a vu ça, il est devenu blanc comme un linge et il n'a pas ajouté un mot à propos de son petit déjeuner. En voyant ce qu'elle a fait au tisonnier, il a compris que durant les cinq dernières années elle aurait pu lui faire la même chose à n'importe quel moment. Et jusqu'à sa mort, il n'a plus porté la main sur elle, il ne lui a même plus fait un seul reproche. Alors, dites-moi une chose, monsieur on-vous-appelle-Ombre, si elle pouvait faire ça, pourquoi est-ce qu'elle s'est laissé tabasser, avant ? Pourquoi est-ce qu'elle a voulu vivre avec un type comme ça ? Vous pouvez me le dire ?

— Peut-être... Peut-être qu'elle se sentait seule. »

Jennie essuya la lame du couteau sur son jean.

« Le Dr Gaskell n'arrêtait pas de raconter que vous êtes un monstre, dit-elle. C'est vrai ?

— Je ne pense pas.

— Dommage, soupira-t-elle. Avec les monstres, on sait à quoi s'en tenir, non ?

— Ah bon ?

— Absolument. On sait qu'on finira croqué à la fin de la journée. En parlant de ça, je vais vous montrer quelque chose. » Elle se leva et le guida vers le haut de la pente. « Vous voyez ? Là-bas ? De l'autre côté de cette colline, là où elle descend vers la vallée, on aperçoit un petit bout de la maison où vous allez travailler ce week-end. Vous la voyez, là-bas ?

— Non.

— Regardez bien. Je vous la montre. Suivez mon doigt. » Se postant à son côté, elle tendit la main pour désigner le flanc d'une crête lointaine. Ombre vit le soleil se refléter sur ce qu'il supposa être un lac – ou un *loch*, corrigea-t-il ; après tout, il était en Écosse – et au-dessus, un affleurement gris qu'il avait pris pour un rocher mais qui se révélait trop régulier pour être autre chose qu'un bâtiment.

« C'est le château ?

— Je n'appellerai pas ça comme ça. C'est juste une grande maison dans la vallée.

— Vous êtes déjà allée à une fête, là-bas ?

— Ils n'invitent pas les gens du coin, dit-elle. Et ils ne m'inviteraient pas, moi. Vous ne devriez pas faire ça, en tout cas. Vous devriez dire non.

— C'est bien payé », précisa-t-il.

Elle le toucha alors pour la première fois, posant des doigts pâles sur le dos de sa main sombre.

« Un monstre a-t-il besoin d'argent ? » demanda-t-elle en souriant, et Ombre se surprit à songer qu'elle était peut-être belle, finalement.

Puis elle baissa la main et recula.

« Eh bien ? fit-elle. Vous ne devriez pas reprendre votre promenade ? Il ne vous reste plus très longtemps avant d'être obligé de rebrousser chemin, de toute façon. La nuit tombe vite, à cette période de l'année. »

Elle le regarda sans bouger soulever son sac à dos et commencer à redescendre la colline. Arrivé en bas, il se retourna, leva les yeux. Elle l'observait toujours. Il agita la main et elle lui répondit.

Lorsqu'il se retourna pour la deuxième fois, elle avait disparu.

Ombre monta dans le petit ferry traversant le détroit pour rejoindre le cap, puis marcha jusqu'au phare. Là, il trouva un minibus qui ramenait au ferry et il le prit.

Il rentra à l'hôtel vers vingt heures, ce soir-là, épuisé mais satisfait. Il y avait eu une averse, en fin d'après-midi, mais il s'était abrité dans un refuge en ruine, où il avait lu un journal vieux de cinq ans, tandis que la pluie martelait le toit. Quoiqu'elle eût cessé au bout d'une demi-heure, il s'était félicité de porter de bonnes bottes, car la terre s'était changée en boue.

Affamé, il se rendit au restaurant de l'hôtel, qu'il trouva désert.

« Il y a quelqu'un ? » lança-t-il.

Une vieille femme s'encadra dans la porte qui séparait la salle et la cuisine.

« Oui ?

— Vous servez encore ?

— Oui. » Elle le toisa de ses bottes crottées à ses cheveux ébouriffés, d'un air réprobateur. « Vous êtes client de l'hôtel ?

— Oui. Chambre onze.

— Eh bien... je suppose que vous voulez vous changer avant de manger, dit-elle. C'est plus courtois pour les autres.

— Donc, vous servez vraiment ?

— Oui. »

Il monta dans sa chambre, jeta son sac à dos sur le lit et ôta ses bottes. Ayant enfilé ses mocassins, il se passa un coup de peigne dans les cheveux et redescendit.

La salle à manger n'était plus déserte. Deux personnes qui semblaient aussi différentes qu'elles pouvaient l'être occupaient une table dans un angle : une petite femme aux allures d'oiseau qui paraissait frôler la soixantaine, courbée au-dessus de son assiette, et un gros jeune homme maladroit, parfaitement chauve. Ombre décida qu'ils étaient mère et fils.

Il s'installa à une table au centre de la salle.

La vieille serveuse arriva porteuse d'un plateau et déposa un bol devant chacun des autres dîneurs. L'homme souffla sur sa soupe pour la refroidir. Sa mère lui donna un violent coup de cuiller sur le dos de la main.

« Fais pas ça ! » lui enjoignit-elle.

Elle commença à manger le potage, l'aspirant bruyamment.

Le chauve laissa errer dans la salle un regard triste. Ses yeux croisèrent ceux d'Ombre qui le salua d'un signe de tête, puis il soupira et retourna à sa soupe fumante.

L'Américain consulta le menu sans enthousiasme. Il était prêt à commander, mais la serveuse avait de nouveau disparu.

Un éclair gris. Le Dr Gaskell venait d'apparaître à la porte du restaurant. Il entra et s'approcha de la table d'Ombre.

« Ça vous ennuie si je me joins à vous ?

— Pas du tout. Je vous en prie. Asseyez-vous. »

Il prit place en face de l'Américain.

« Vous avez passé une bonne journée ?

— Excellente. J'ai marché.

— C'est le meilleur moyen de s'ouvrir l'appétit. Bien : demain matin, très tôt, une voiture passera vous chercher. Prenez vos affaires. On vous emmènera à la maison et on vous expliquera ce que vous devrez faire.

— Et l'argent ?

— Ça sera réglé. La moitié au début, la moitié à la fin. Vous voulez savoir autre chose ? »

La serveuse, au bord de la salle, les observait sans faire mine d'approcher.

« Oui. Qu'est-ce que je dois faire pour avoir à manger, ici ?

— Vous voulez quoi ? Je recommande les côtelettes d'agneau. C'est la viande de la région.

— Ça m'a l'air très bien.

— Excusez-moi, Maura, lança Gaskell d'une voix forte. Désolé de vous embêter, mais est-ce qu'on pourrait avoir des côtelettes d'agneau pour deux ? »

La serveuse plissa les lèvres et rentra dans la cuisine.

« Merci, dit Ombre.

— Je vous en prie. Je peux faire autre chose pour vous ?

— Oui. Ces gens qui font la fête. Pourquoi est-ce qu'ils n'engagent pas leurs propres agents de sécurité ? Pourquoi m'engager, moi ?

— Ils le feront aussi, je n'en doute pas, répondit Gaskell. Amener leurs propres agents. Mais il est bon de disposer de talents locaux.

— Même si le talent local est un touriste étranger ?

— Exactement. »

Maura apporta deux bols de soupe qu'elle déposa devant Ombre et le docteur.

« C'est compris dans le menu », lâcha-t-elle.

La soupe, trop chaude, avait un vague goût de tomates reconstituées et de vinaigre. L'Américain était tellement affamé qu'il l'eut presque terminée avant de s'apercevoir qu'il la trouvait mauvaise.

« Vous disiez que j'étais un monstre, déclara-t-il à l'homme gris acier.

— Vraiment ?

— Oui.

— Ma foi, il y en a beaucoup dans cette région. »

Il désigna de la tête le couple attablé dans l'angle. La petite femme, ayant trempé sa serviette dans son verre d'eau, s'en servait pour effacer avec vigueur les taches de soupe cramoisies sur la bouche et le menton de son fils, lequel paraissait gêné.

« Elle est isolée. On ne parle de nous aux infos que si un randonneur ou un grimpeur se perd ou meurt de faim. La plupart des gens oublient qu'on existe. »

Leur viande arriva sur une assiette garnie de pommes de terre trop cuites, de carottes trop crues et d'un amas brun flasque qui, selon Ombre, avait dû démarrer son existence sous forme d'épinards. Il entreprit de découper une côtelette à l'aide de son couteau. Le docteur, lui, en prit une avec les doigts et y mordit à belles dents.

« Vous avez été enfermé, dit-il.

— Enfermé ?

— En prison. Vous avez fait de la prison. »

Ça n'était pas une question.

« Oui.

— Alors, vous savez vous battre. Vous pourriez blesser quelqu'un en cas de besoin.

— Si c'est ce que vous voulez, je ne suis probablement pas le type qu'il vous faut », annonça Ombre.

Le petit homme sourit de ses lèvres grises et grasses.

« Je suis sûr que vous ferez l'affaire. C'était juste une question. On ne peut pas en vouloir à quelqu'un pour une question. En tout cas, lui, c'est un monstre. » Il désigna à l'aide d'une côtelette en grande partie dévorée le jeune homme chauve qui mangeait une espèce de boudin blanc à la cuiller. « Et sa mère aussi.

— Ils ne m'ont pas l'air de monstres, dit Ombre.

— Je vous taquine, j'en ai peur. C'est le sens de l'humour local. Il faudrait mettre les gens en garde contre le mien quand ils arrivent au village. Attention, vieux docteur cinglé au travail. Histoires de monstres. Pardonnez à un vieil homme et ne croyez pas un mot de ce que je dis. » Un éclair de dents tachées par la nicotine. Gaskell s'essuya la bouche et les mains sur sa serviette. « Maura, il nous faudrait l'addition. Le dîner de ce monsieur est sur ma note.

— Bien, Dr Gaskell.

— Rappelez-vous, dit le docteur à l'Américain. Demain matin, huit heures et quart, dans le hall. Pas plus tard. Ces gens-là sont très occupés. Si vous n'êtes pas là, ils repartiront et vous aurez raté mille cinq cents livres pour un week-end de travail. Plus une prime s'ils sont contents de vous. »

Ombre décida de prendre le café au bar où brûlait en fin de compte un feu de cheminée. Il espéra que cela suffirait à réchauffer ses os.

Gordon, le réceptionniste, évoluait derrière le comptoir.

« C'est le jour de congé de Jennie ?

— Comment ? Non, elle donnait juste un coup de main. Ça lui arrive, quand on a du monde.

— Je peux rajouter une bûche dans la cheminée ?

— Je vous en prie. »

Si c'est ainsi que les Écossais traitent leurs étés, songea Ombre en se rappelant les paroles d'Oscar Wilde, *ils ne méritent pas d'en avoir*[1].

Le jeune chauve entra et salua d'un signe de tête nerveux l'Américain qui lui répondit de la même manière. Il n'avait pas le moindre poil visible : ni cils ni sourcils. Cela lui donnait l'air poupin, informe. Peut-être s'agissait-il d'une maladie, voire d'un effet secon-

---

1. « Si l'Angleterre traite ses criminel comme elle m'a traité, elle ne mérite pas d'en avoir », disait en fait Oscar Wilde. *(N.d.T.)*

daire de la chimiothérapie. Un parfum humide flottait autour de lui.

« J'ai entendu ce qu'il a dit, balbutia le chauve. Il a dit que j'étais un monstre. Il a dit que ma maman en était un aussi. J'ai de bonnes oreilles. Y a pas grand-chose qui m'échappe. »

Il avait bel et bien de bonnes oreilles. D'un rose translucide, elles s'étendaient de chaque côté de sa tête telles les nageoires de quelque poisson gigantesque.

« Vous avez d'excellentes oreilles, approuva Ombre.

— Vous vous payez ma fiole ? »

Le chauve s'exprimait sur un ton contrarié, paraissant prêt à se battre. Il n'était qu'à peine plus petit que son interlocuteur, lequel était un colosse.

« Si ça signifie ce que je crois, pas du tout.

— Alors, ça va », dit-il en hochant la tête. Il déglutit, hésita. Ombre se demandait s'il devait faire une remarque diplomatique lorsque l'autre continua. « C'est pas ma faute. Il y a tellement de bruit. Je veux dire : on vient ici pour échapper au bruit. Et les gens. Il y a trop de gens, par ici, de toute façon, bordel. Retournez donc là d'où vous venez et arrêtez de faire tout ce boucan. »

Sa mère s'encadra dans la porte. Adressant un sourire nerveux à l'Américain, elle s'approcha vivement de son fils et le tira par la manche.

« Allons, dit-elle, ne t'énerve pas comme ça pour un rien. Tout va bien. » Évoquant toujours un oiseau, elle se tourna vers Ombre, conciliante. « Je suis désolée. Je suis sûre qu'il ne le pensait pas. »

Elle avait une feuille de papier toilette collée à sa semelle et ne s'en était pas encore rendu compte.

« Pas de mal, assura Ombre. C'est agréable de rencontrer des gens. »

Elle hocha la tête.

« C'est parfait, en ce cas », affirma-t-elle.

Son fils parut soulagé. *Il a peur d'elle,* songea l'Américain.

« Viens, mon chéri », dit-elle à son fils.

Comme elle le tirait encore par la manche, il la suivit jusqu'à la porte. Puis il s'arrêta, obstiné, et se retourna.

« Dites-leur de faire moins de bruit, enjoignit-il.

— Je le leur dirai.

— C'est juste que j'entends tout.

— Ne vous en faites pas.

— C'est un brave garçon, vraiment », insista la vieille femme avant de l'escorter hors du bar, la feuille de papier toilette traînant derrière elle.

Ombre sortit à son tour dans le hall.

« Excusez-moi », fit-il. Mère et fils se retournèrent. « Vous avez quelque chose sous la semelle. »

La femme baissa les yeux. Coinçant le papier sous son autre chaussure, elle leva le pied pour s'en débarrasser puis adressa à l'Américain un signe de tête approbateur, et s'éloigna.

Il s'approcha de la réception.

« Vous auriez une bonne carte des environs, Gordon ?

— Genre une carte d'état-major ? Absolument. Je vous apporte ça. »

Ombre retourna au bar et termina son café. La carte que lui fournit Gordon l'impressionna par ses détails : elle semblait indiquer le moindre sentier de chèvres. L'étudiant avec soin, il retrouva l'itinéraire de sa randonnée et localisa la colline où il s'était arrêté déjeuner. Fit glisser son doigt vers le sud-ouest.

« Il n'y a pas de château dans le coin, hein ?

— J'ai peur que non. Il y en a quelques-uns plus à l'est. J'ai un guide des châteaux d'Écosse que je peux vous...

— Non, non, pas la peine. Est-ce qu'il y a des grandes maisons, par ici ? Assez grandes pour que les gens les qualifient de châteaux ? Ou bien des propriétés importantes ?

— Eh bien, il y a l'hôtel du Cap Wrath, juste là. » Le réceptionniste posa le doigt sur la carte. « Mais on est dans une zone assez peu peuplée. Techniquement, en termes d'occupation d'humaine... comment ça s'appelle ? De densité de population, c'est un désert, ici. Il n'y a même pas de ruines intéressantes, je le crains. Rien qu'on puisse aller voir à pied. »

L'Américain le remercia puis demanda à être réveillé tôt le lendemain matin. Il regrettait de n'avoir pu repérer sur la carte la maison vue depuis la colline, mais peut-être avait-il cherché au mauvais endroit. Ça n'aurait pas été la première fois.

Ombre ignorait si le couple occupant la chambre voisine se disputait ou faisait l'amour, mais chaque fois qu'il commençait à dériver vers le sommeil, des exclamations ou des cris le réveillaient en sursaut.

Plus tard, il fut incapable de dire avec certitude si cela s'était vraiment produit, si elle était vraiment venue le rejoindre, ou si cela n'avait constitué que le premier rêve de cette nuit-là : quoi qu'il en fût, en vérité ou en songe, peu avant minuit – d'après le radio-réveil de la table de chevet –, on frappa à sa porte. Il se leva.

« Qui est là ? lança-t-il.

— Jennie. »

Il ouvrit la porte et plissa les yeux sous l'assaut des lumières du couloir.

La jeune femme, enveloppée dans son manteau brun, lui jetait un regard nerveux.

« Oui ? dit-il.

— Vous partez pour la maison demain ?

— Oui.

— Je suis venue vous dire adieu. Au cas où je n'aurais pas l'occasion de vous revoir. Des fois que vous ne reveniez pas à l'hôtel. Que vous passiez juste votre chemin. Et que je ne vous revoie plus jamais.

— Eh bien, adieu », fit Ombre.

Elle l'observa de la tête aux pieds, examinant le T-shirt et le caleçon qu'il portait pour dormir, ses pieds nus puis son visage. Elle paraissait inquiète.

« Vous savez où j'habite, prononça-t-elle enfin. Appelez-moi si vous avez besoin de moi. »

Tendant la main, elle lui posa légèrement sur les lèvres un index glacé. Elle recula ensuite d'un pas et s'immobilisa face à lui, sans faire mine de s'en aller.

Quand Ombre eut refermé sa porte, il entendit les pas de Jennie s'éloigner dans le couloir. Il se remit au lit.

Le second rêve, en revanche, fut bien un rêve, il n'en douta pas. C'était sa vie, confuse et déformée : à un moment, il se trouvait en prison, à apprendre des tours de magie avec des pièces de monnaie et à se dire que son amour pour sa femme l'aiderait à surmonter l'épreuve. Puis Laura était morte et lui, sorti de prison, travaillait comme garde du corps d'un vieil escroc lui ayant dit de l'appeler Voyageur. Le rêve était ensuite empli de dieux : des dieux anciens, oubliés, privés d'amour et abandonnés, ainsi que des dieux nouveaux, éphémères créatures effrayées, dupées, désorientées. C'était un enchevêtrement d'improbabilités, un Berceau du Chat qui devenait une toile d'araignée qui devenait un filet – qui devenait un écheveau aussi grand qu'un monde...

Dans son rêve, il mourait sur l'arbre.

Dans son rêve, il revenait d'entre les morts.

Puis il y avait les ténèbres.

CHAPITRE IV

Le téléphone posé près du lit émit une sonnerie aiguë à sept heures. Ombre se doucha, se rasa, s'habilla, emballa son univers dans son sac à dos, puis il descendit prendre le petit déjeuner au restaurant : porridge salé, bacon trop mou et œufs au plat huileux. Le café, toutefois, se révéla étonnamment bon.

À huit heures dix, il commença à attendre dans le hall.

À huit heures quatorze, un homme vêtu d'un manteau en peau de mouton entra, tirant sur une cigarette roulée à la main. Il tendit la main, chaleureux.

« Vous devez être M. Moon, dit-il. Je m'appelle Smith. C'est moi qui dois vous emmener dans la grande maison. » Sa poignée de main était ferme. « Vous êtes un vrai costaud, hein ? »

Quoique le *Mais je pourrais vous battre* demeurât muet, Ombre en devina la présence.

« C'est ce que tout le monde me dit, répondit-il. Vous n'êtes pas écossais.

— Non, mon pote. Moi, je suis juste là pour le week-end, histoire de m'assurer que tout se passe sans accroc. Je suis de Londres. » Un éclair de dents dans un visage en lame de couteau. Ombre donnait à l'homme entre quarante et cinquante ans. « Venez à la voiture. Je vous mettrai au parfum en route. C'est votre sac, ça ? »

L'Américain porta son sac jusqu'à la voiture, une Land Rover boueuse dont le moteur tournait. Il le déposa à l'arrière et monta sur le siège du passager. Smith tira une dernière bouffée de sa cigarette, désormais guère plus qu'un lambeau de papier blanc roulé, et la jeta sur la route par sa vitre.

Ils sortirent du village.

« Comment se prononce votre nom ? demanda Smith. Balder ou Borlder, ou quoi ? Comme Cholmondeley qui se prononce en fait Chumley.

— Ombre. On m'appelle Ombre.

— D'accord. Eh bien, Ombre, je ne sais pas ce que le vieux Gaskell vous a dit à propos de la réception de ce week-end...

— Pas grand-chose.

— Bon. Le plus important, c'est ça : quoi qu'il arrive, vous fermez votre gueule, d'accord ? Quoi qu'il arrive pendant que les invités s'amusent, vous ne dites rien à personne, même si vous reconnaissez quelqu'un, vous voyez ce que je veux dire ?

— Je ne reconnais pas les gens, déclara Ombre.

— C'est l'esprit. On est juste là pour veiller à ce que tous prennent du bon temps sans être dérangés. Ils font un long voyage pour passer un week-end agréable.

— Compris. »

Ils atteignirent le ferry menant au cap. Smith gara la voiture au bord de la route et en verrouilla les portières après s'être chargé de leurs sacs.

Une Land Rover identique attendait de l'autre côté du détroit. Il l'ouvrit, jeta les sacs à l'arrière et démarra, prenant un chemin de terre.

Ils le quittèrent avant d'avoir atteint le phare et roulèrent un certain temps en silence sur un autre chemin qui se changea vite en sentier de chèvres. À plusieurs reprises, le passager dut sortir ouvrir des grilles, attendre que la voiture les franchisse et les refermer derrière elle.

Les champs et les murets de pierre accueillaient des corbeaux, de gigantesques oiseaux noirs qui contemplaient Ombre de leurs yeux implacables.

« Alors, vous avez fait du mitard ?

— Pardon ?

— De la prison. De la taule. De la cabane. De tous ces mots qui impliquent mauvaise bouffe, vie nocturne inexistante, toilettes rudimentaires et occasions de voyages limitées.

— Ouais.

— Vous n'êtes pas très causant, hein ?

— Je croyais que c'était une qualité.

— Bien reçu. C'était juste histoire de parler. Le silence me rend nerveux. La région vous plaît ?

— Je crois. Je ne suis là que depuis quelques jours.

— Moi, ça me fout les jetons. Trop isolé. J'ai visité des coins de Sibérie qui étaient plus accueillants. Vous êtes déjà allé à Londres ? Non ? Quand vous viendrez dans le Sud, je vous ferai visiter. Des super *pubs*. De la vraie bouffe. Et puis tous les trucs touristiques que vous aimez, vous autres, les Américains. Par contre, y a une circulation d'enfer. Au moins, ici, on peut rouler. Pas de feux à la con. Il y en a un, en bas de Regent Street, sans déconner, on reste coincé cinq minutes au rouge, et ensuite, on a environ dix secondes pour passer au vert. Deux bagnoles max. C'est complètement ridicule. Mais il paraît que c'est le prix du progrès, hein ?

— Ouais. Sans doute. »

Ayant désormais quitté le chemin, ils roulaient en cahotant au milieu d'une vallée broussailleuse nichée entre deux hautes collines.

« Vos invités, ils viennent en Land Rover ? demanda Ombre.

— Non. En hélicoptère. Ils seront là ce soir, à l'heure du dîner. Et ils repartiront en hélico lundi matin.

— C'est comme vivre sur une île.

— J'aimerais bien que ce soit une île. On n'aurait pas ces crétins d'autochtones pour créer des problèmes. Personne ne se plaint du bruit qui vient de l'île d'à côté.

— Vous faites beaucoup de bruit, pendant vos fêtes ?

— C'est pas ma fête, mon pote. Moi, je suis juste un employé. Je m'assure que tout se passe bien. Mais si j'ai bien compris, oui, ils peuvent faire pas mal de bruit quand ils s'y mettent. »

La vallée herbue devint un sentier de chèvres, le sentier de chèvres un chemin qui faisait presque en droite ligne l'ascension d'une colline. Une courbe, un tournant soudain, et apparut une maison qu'Ombre reconnut. Jennie la lui avait désignée la veille, pendant le déjeuner.

Elle était ancienne, cela se voyait au premier coup d'œil. Certaines portions semblaient plus vieilles que d'autres : un des murs, fait de pierres grises, lourdes et dures, se fondait en un autre, de briques brunes. Un toit d'ardoises gris sombre couvrait les deux ailes. Le bâtiment donnait sur une allée de gravillons puis sur une pente menant à un *loch*. Ombre descendit de la Land Rover. Devant la maison, il se sentit tout petit et eut l'impression de rentrer chez lui – ce qui n'avait rien d'agréable.

Plusieurs autres 4 × 4 étaient garés sur les gravillons.

« Si vous avez besoin de prendre une bagnole, les clefs sont pendues à l'office. Je vous montrerai ça quand on passera devant. »

Après avoir franchi une grande porte en bois, ils pénétrèrent dans une cour intérieure, en partie pavée. Une petite fontaine en occupait le centre, cerclée d'une bande de terre vipérine herbue, d'un vert inégal, elle-même entourée de dalles grises.

« C'est ici qu'aura lieu l'action samedi soir, dit Smith. Je vais vous montrer votre chambre. »

Ils gagnèrent l'aile la plus étroite de la maison par une porte peu imposante, dépassèrent une pièce tapissée de clefs pendues à des crochets, chacune munie d'une étiquette en papier, puis une autre emplie d'étagères vides. Ayant traversé un hall miteux, ils montèrent un escalier. Nul tapis ne couvrait les marches et les murs n'étaient que chaulés. (« Ben, c'est les quartiers des domestiques, hein. On n'y fait jamais de frais. ») Il y régnait un froid qu'Ombre commençait à juger familier : plus intense à l'intérieur du bâtiment que dehors. Il se demanda comment on parvenait à ce résultat, s'il s'agissait d'un secret de construction britannique.

Smith le conduisit au dernier étage et le fit pénétrer dans une pièce sombre renfermant une antique penderie, un lit individuel à cadre métallique que l'Américain sut au premier coup d'œil moins long que lui, un très vieux lavabo et une petite fenêtre qui donnait sur la cour intérieure.

« Les chiottes sont au bout du couloir. La salle de bains des employés à l'étage en dessous. Deux baignoires, une pour les hommes, une pour les femmes, pas de douche. Les réserves d'eau chaude sont terriblement limitées dans cette aile de la maison, j'en ai peur. Votre costume de pingouin est dans la penderie. Essayez-le tout de suite, voyez s'il vous va, puis laissez-le où il est jusqu'à ce soir, pour l'arrivée des invités. Les possibilités de nettoyage à sec sont limitées aussi. On pourrait aussi bien être sur Mars. Si vous avez besoin de moi, je serai à la cuisine. Il fait moins froid, en bas, quand l'Aga est en marche. Vous descendez l'escalier, vous prenez à gauche, puis à droite, et si vous vous perdez, vous criez. N'entrez pas dans l'autre aile sans en avoir reçu l'instruction. »

Sur ces mots, Smith laissa Ombre seul.

L'Américain enfila une veste de smoking noire, une chemise blanche de cérémonie et noua une cravate noire. On lui avait aussi réservé des souliers noirs impeccablement cirés. Tous ces habits lui allaient comme s'ils avaient été coupés pour lui. Il les rependit dans le meuble.

Il retrouva Smith au bas des marches, en train de pianoter avec colère sur un petit téléphone portable argenté.

« Pas de ligne, bordel. Ça a sonné, j'essaie de rappeler et ça ne me donne pas de signal. C'est carrément l'Âge de pierre, ici. Comment ça va, le costume ? Correct ?

— Parfait.

— Voilà un garçon comme je les aime. Ne jamais utiliser cinq mots quand un seul suffit, hein ? J'ai connu des morts plus loquaces que vous.

— Vraiment ?

— Non. Façon de parler. Venez. Vous voulez déjeuner ?

— Oui. Merci.

— Bien. Suivez-moi. C'est un vrai labyrinthe mais vous vous y retrouverez vite. »

Ils mangèrent dans l'immense cuisine déserte, garnissant des assiettes en fer-blanc émaillé de saumon fumé orange translucide, posé sur du pain blanc croustillant, et de tranches de fromage fort, le tout accompagné de tasses d'un thé corsé et parfumé. L'Aga, Ombre le découvrit, était une grande boîte métallique, mi-four mi-chauffe-eau. Smith, ouvrant l'un des nombreux panneaux qui en perçaient le flanc, y jeta d'énormes pelletées de charbon.

« Où est le reste des provisions ? demanda Ombre. Et les serveurs, les cuisiniers ? Il ne peut pas y avoir que nous.

— Bien vu. Tout arrive d'Édimbourg. Ça va rouler à la perfection. La bouffe et les loufiats seront là à trois heures pour avoir le temps de se préparer. Les invités arriveront à six. Le buffet sera servi à huit. Ça va beaucoup causer, rigoler un peu, rien de trop fatigant. Demain, on sert le petit déjeuner de sept heures à midi. Les invités se promènent et jouent les touristes l'après-midi. Pendant ce temps-là, on bâtit des feux de camp dans la cour. Le soir, on les allume, et tout le monde passe une bonne soirée, idéalement sans être emmerdé par les voisins. Dimanche matin, on marche sur la pointe des pieds, par respect pour la gueule de bois de tout le monde. Dimanche après-midi, les hélicos reviennent, on souhaite bon voyage à la compagnie, vous touchez votre paie et je vous dépose à l'hôtel, ou bien je vous emmène vers le Sud en bagnole, si vous avez envie de changer d'air. Ça vous convient ?

— Ça m'a l'air impeccable, dit Ombre. Et les types qui risquent de se pointer le samedi soir ?

— Des rabat-joie. Des gens du coin qui veulent gâcher le plaisir des autres.

— Quels gens du coin ? demanda Ombre. Il n'y a que des moutons à des kilomètres à la ronde.

— Les gens du coin. Il y en a partout. C'est juste qu'on ne les voit pas. Ils se planquent comme Sawney Beane et sa famille.

— Je crois que j'en ai entendu parler. Le nom me dit quelque chose.

— C'est un personnage historique. » Smith but une gorgée de thé et s'appuya au dossier de sa chaise. « Ça se passait il y a quoi ? Six cents ans ? Après que les Vikings sont retournés en Scandinavie ou bien se sont mariés sur place et convertis pour devenir de vrais Écossais, mais avant la mort de la reine Elizabeth et le retour de Jacques pour gouverner les deux pays. Dans ces eaux-là. » Il but une autre gorgée de thé. « Donc, en Écosse, il y avait des voyageurs qui disparaissaient. Ça n'avait rien d'anormal. Je veux dire qu'à l'époque, quand vous partiez pour un long voyage, vous ne rentriez pas toujours chez vous. Parfois, il s'écoulait des mois avant que quelqu'un s'aperçoive que vous n'arriviez pas, et on accusait les loups ou le froid, si bien que les gens finissaient par ne plus se déplacer qu'à plusieurs, et seulement en été.

» Un jour, il y a un voyageur qui traverse une vallée avec un groupe de compagnons, et voilà brusquement que surgit un essaim, un troupeau, une meute d'enfants armés de poignards, de couteaux, de gourdins en os et de solides bâtons, qui dévalent la colline, qui sautent des arbres, qui jaillissent du sol, qui tombent sur les voyageurs, les jettent à bas de leurs chevaux et les achèvent. Tous, sauf ce gars-là qui chevauchait un peu en retrait et qui réussit à s'en aller. Il est tout seul, mais il en suffit d'un, pas vrai ? Comme il parvient à atteindre la première ville et à donner l'alarme, on assemble un groupe de villageois et de soldats qui reviennent ici, avec des chiens.

» Il leur faut des jours et des jours pour trouver la cachette. Ils sont sur le point d'abandonner quand, à l'entrée d'une caverne, sur la côte, les chiens se mettent à hurler. Du coup, tout le monde descend.

» Il s'avère qu'il y a des grottes souterraines. Dans la plus grande et la plus profonde, se planquent le vieux Sawney Beane et ses rejetons, et puis des carcasses fumées et rôties qui pendent à des crochets. Des jambes, des bras, des cuisses, des mains et des pieds d'hommes, de femmes et d'enfants sont suspendus en rang d'oignons, comme du porc séché. Il y a des membres conservés dans la saumure, comme du bœuf salé. Des piles de fric, de l'or et de l'argent, et aussi des montres, des bagues, des épées, des pistolets, des richesses inimaginables dont personne ne dépense jamais le moindre penny. Tout ce petit monde reste dans ses cavernes, à bouffer, à se reproduire et à haïr.

» Il vit là depuis des années, le vieux Sawney, roi de son propre royaume. Lui, sa bonne femme, leurs enfants et leurs petits-enfants, dont certains sont aussi leurs enfants. Une belle bande incestueuse.

— C'est vraiment arrivé ?

— À ce qu'on raconte, oui. D'après les actes du tribunal. On a jugé la famille à Leith. Le verdict a été intéressant : on a décidé que Sawney Beane, par ses actes, s'était exclu de la race humaine. On l'a donc puni comme un animal. On ne l'a ni pendu ni décapité. On a juste allumé un grand feu et on a balancé les Beane dedans pour les brûler vifs.

— Toute la famille ?

— Je ne me rappelle pas si on a brûlé les petits-enfants, mais sans doute que oui. On a tendance à traiter les monstres de manière très efficace, dans la région. »

Smith lava assiettes et tasses dans l'évier, les laissa sécher sur un égouttoir. Les deux hommes sortirent dans la cour. Le Londonien se roula une cigarette en expert, lécha le papier, le lissa et alluma le produit fini à l'aide d'un Zippo.

« Voyons. Qu'avez-vous besoin de savoir, pour ce soir ? La base est simple : ne parlez que si on vous adresse la parole. Mais ça, ça ne devrait pas vous poser de problème, hein ? » Ombre ne répondit pas. « Bien. Si un invité vous demande quelque chose, faites votre possible pour le satisfaire. En cas de doute, venez me trouver, mais sinon, faites ce que les invités vous demandent tant que ça ne vous distrait pas de votre travail et que ça ne viole pas la directive numéro un.

— Qui est ?

— Interdiction. De baiser. Les gonzesses de la haute. Il y aura à coup sûr de jeunes dames qui, après une demi-bouteille de vin, se mettront dans la tête que ce qu'il leur faut, c'est s'envoyer un prolo. Si ça arrive, vous la jouez *Sunday People*.

— Je ne vois absolument pas de quoi vous parlez.

— *Notre reporter a présenté ses excuses et s'est éclipsé.* On regarde mais on ne touche pas. Pigé ?

— Pigé.

— Vous êtes un malin. »

Ombre se surprit à trouver Smith sympathique. Ce qui, estima-t-il, n'était pas très avisé. Il avait déjà rencontré des gens comme lui, sans conscience, sans scrupules, sans cœur, et ils étaient uniformément aussi dangereux que charmants.

En début d'après-midi, les domestiques arrivèrent, emmenés par un hélicoptère évoquant un transport de troupes. Ils déballèrent des caisses de vin et de nourriture, des paniers et ainsi de suite, avec une étonnante efficacité. Il y avait des boîtes emplies de serviettes et de nappes. Il y avait des cuisiniers et des serveurs, des serveuses et des femmes de chambre.

Les premiers à descendre de l'hélicoptère, toutefois, furent les agents de sécurité : grands et solides, munis d'oreillettes et de ce que l'Américain identifia comme la bosse d'un pistolet sous la veste. Un par un, ils se présentèrent à Smith qui les envoya inspecter la maison et le terrain alentour.

Ombre donna un coup de main, transportant des caisses de légumes entre l'hélico et la cuisine. Il était capable d'en soulever deux fois plus que n'importe qui. Lorsqu'il repassa à côté de Smith, il s'arrêta.

« Si vous avez déjà tous ces agents de sécurité, à quoi je sers, moi ? » demanda-t-il.

L'autre eut un sourire affable.

« Écoutez, fiston. Certaines des personnes qui vont venir ici ont plus d'argent que vous et moi n'en verrons de toute notre vie. Elles ont besoin de se savoir protégées. Les kidnappings, ça existe. Ces gens-là ont des ennemis. Un tas de choses peuvent arriver. Avec mes gars dans le coin, elles n'arriveront pas, bien sûr. Mais les envoyer discuter avec des autochtones grincheux, ça serait un peu comme poser des mines pour protéger une propriété privée, non ?

— D'accord », dit Ombre.

Il retourna à l'hélicoptère, souleva un carton étiqueté JEUNES AUBERGINES, effectivement empli de petites aubergines noires, le posa sur une caisse de choux et emporta le tout à la cuisine, certain à présent qu'on lui mentait. La réponse de Smith était raisonnable. Convaincante, même. Elle n'en était pas moins mensongère. Il n'avait aucune raison de se trouver ici. Ou bien, s'il en avait une, ça n'était pas celle qu'on lui avait donnée.

Il médita la question, tentant de deviner pourquoi il se tenait dans cette maison et espérant ne rien laisser paraître. Ombre conservait tout à l'intérieur de lui-même. L'endroit était plus sûr.

CHAPITRE V

D'autres hélicoptères arrivèrent en début de soirée, alors que le ciel rosissait, et plus d'une vingtaine d'individus élégants en descendirent maladroitement. Plusieurs souriaient, voire riaient. La plupart avaient la trentaine ou la quarantaine. Ombre n'en reconnut aucun.

Smith, sûr de lui, accueillit chaque invité avec naturel et aisance.

« Vous n'avez qu'à entrer par là, tourner à droite et attendre dans le grand hall. Il y a un superbe feu de bois. Quelqu'un vous escortera à votre chambre. Vos bagages doivent vous y attendre. S'ils n'y sont pas, appelez-moi, mais ils y seront. Bonjour, mylady, vous faites plaisir à voir... dois-je appeler quelqu'un pour porter votre sac à main ? Vous aimeriez qu'on soit déjà demain ? Nous en sommes tous là. »

Ombre, fasciné, l'observait traiter tous les invités avec un mélange expert de familiarité et de déférence, d'amabilité et de charme cockney : la manière dont il prononçait les « h », les consonnes et les voyelles se modifiait en fonction de la personne à qui il s'adressait.

Une très jolie femme aux courts cheveux bruns sourit à l'Américain lorsqu'il porta ses bagages à l'intérieur.

« Gonzesse de la haute, marmonna Smith lorsqu'ils passèrent devant lui. Bas les pattes. »

Le dernier passager à descendre des hélicoptères fut un homme corpulent auquel on pouvait donner un peu plus de soixante ans. Il s'approcha de Smith, s'aidant d'une canne en bois bon marché, et lui dit quelque chose à voix basse. L'autre répondit sur le même ton.

C'est lui qui commande, songea Ombre. C'était inscrit dans le langage corporel. Le Londonien ne souriait plus, ne cajolait plus. Il faisait son rapport, efficace et posé, apprenant au vieil homme tout ce qu'il avait besoin de savoir.

Il appela d'un geste l'Américain qui les rejoignit vivement.

« Ombre, voici M. Alice », dit-il.

M. Alice serra la grande main brune d'Ombre dans la sienne, rose et grassouillette.

« Très heureux de vous connaître, déclara-t-il. On m'a dit beaucoup de bien de vous.

— Ravi de vous connaître aussi.

— Eh bien, bonne continuation. »

Smith congédia d'un signe de tête son employé.

« Si ça ne vous dérange pas, j'aimerais bien jeter un coup d'œil dans les environs pendant qu'il fait jour. Essayer de deviner par où les intrus risquent d'arriver.

— Ne vous éloignez pas trop. »

Le Londonien se chargea du porte-documents de M. Alice et précéda le vieil homme à l'intérieur du bâtiment.

Ombre explora le périmètre de la propriété. On lui tendait un piège. Il ne savait pas pourquoi, mais il était sûr de ne pas se tromper : il y avait trop de détails insolites. Pourquoi engager un vagabond pour assurer la sécurité alors qu'on disposait d'un authentique service d'ordre ? Ça n'avait aucun sens. Pas plus que Smith prenant la peine de le présenter à M. Alice après que deux douzaines d'autres personnes l'avaient traité comme aussi humain qu'un élément de décoration.

Derrière la maison, se dressait une colline, presque une petite montagne ; devant, au-delà d'un muret de pierre, une pente douce descendait jusqu'au *loch*. Sur un des flancs, s'étendait le chemin par lequel Ombre était arrivé dans la matinée ; de l'autre côté, une espèce de potager, séparé de la nature sauvage alentour par un haut mur de pierre. L'Américain s'approcha de ce dernier pour l'examiner.

« Vous faites une reconnaissance ? » demanda un des agents de sécurité en smoking.

Ombre ne l'avait pas remarqué, ce qui signifiait sans doute qu'il faisait bien son travail. Comme la plupart des employés, il avait l'accent écossais.

« Je jette juste un coup d'œil.

— S'informer de la topographie des lieux, c'est la sagesse même. Ne vous inquiétez pas de ce côté-là de la maison. À cent mètres d'ici, il y a une rivière qui se jette dans le *loch*, et ensuite, des rochers humides sur environ trente mètres, à pic. C'est extrêmement traître.

— Ah ? Alors, les voisins, ceux qui viennent se plaindre, ils arrivent par où ?

— Je n'en ai pas la moindre idée.

— Il faudrait que j'aille faire un tour par là. Que j'arrive à comprendre comment on passe, dans un sens ou dans l'autre.

— Je m'en abstiendrais, si j'étais vous. C'est vraiment dangereux. Au moindre faux pas, vous dégringolerez le long des rochers jusqu'au *loch*. Si vous allez par là-bas, on ne retrouvera jamais votre cadavre.

— Je vois », dit Ombre – qui voyait, en effet.

Il acheva de contourner la propriété. À présent qu'il les cherchait, il repéra cinq agents de sécurité. Il ne doutait pas d'en avoir manqué plusieurs autres.

À travers une porte-fenêtre, il découvrit dans l'aile principale de la maison une immense salle à manger lambrissée où les invités, assis autour d'une table, discutaient avec bonne humeur.

Il regagna l'aile des employés. Une fois chaque plat servi, les restes étaient déposés sur une desserte et le personnel se servait, entassant la nourriture sur des assiettes en papier. Smith était assis à la table en bois de la cuisine, devant un assortiment de salade et de rosbif saignant.

« Il y a du caviar, dit-il à Ombre. C'est du Golden Osetra, de la qualité supérieure. Autrefois, les organisateurs de la réception gardaient ça pour eux. Moi, je ne suis pas fan, mais ne vous gênez pas. »

L'Américain, pour être poli, déposa un peu de caviar sur le bord de son assiette. Il prit aussi quelques minuscules œufs durs, des pâtes et du poulet. S'asseyant près de Smith, il commença à manger.

« Je vois pas d'où ils peuvent venir, vos gens du coin, glissa-t-il. Vos hommes bloquent l'allée. Pour arriver ici, il faudrait traverser le *loch*.

— Vous avez bien exploré les environs ?

— Oui.

— Vous avez croisé certains de mes gars ?

— Oui.

— Qu'est-ce que vous en pensez ?

— Je n'aurais pas envie de m'y frotter. »

Smith eut un sourire suffisant.

« Un grand costaud comme vous ? Vous vous en tireriez sans problème.

— Ce sont des tueurs, dit simplement Ombre.

— Seulement quand ils y sont obligés, conclut le Londonien – qui ne souriait plus. Si vous montiez dans votre chambre ? Je vous appellerai quand j'aurai besoin de vous.

— D'accord. Et si jamais vous n'avez pas besoin de moi, ça sera un week-end de tout repos. »

Smith riva son regard dans le sien.

« Vous gagnerez votre argent », assura-t-il.

Ombre monta l'escalier menant au long couloir du dernier étage. Il entra dans sa chambre. Intrigué par des bruits de réjouissances, il jeta un coup d'œil par la petite fenêtre. La porte vitrée qui lui faisait face était grande ouverte ; les invités, bien couverts et gantés, un verre de vin à la main, avaient envahi la cour intérieure. Il entendait des fragments de conversations brouillés, déformés ; les sons étaient clairs mais les mots et leur sens se perdaient. Une phrase surgissait parfois du brouhaha. Un homme disait : « Alors, je lui ai lancé : les juges comme vous, je ne les achète pas, je les vends... » Ombre entendit une femme s'exclamer : « C'est un monstre, ma chérie, un vrai monstre. Qu'est-ce que tu veux y faire ? » et une autre qui répondait : « Si seulement je pouvais en dire autant de celle de mon copain ! », puis un grand éclat de rire.

Il n'avait que deux possibilités : rester ou tenter de s'en aller.

« Je reste », dit-il à haute voix.

CHAPITRE VI

Ce fut une nuit de rêves dangereux.

Au sein du premier, Ombre se retrouva en Amérique, dans la rue, debout sous un lampadaire. Faisant quelques pas, il poussa une porte vitrée et pénétra dans une cafétéria, le genre qui avait été naguère un wagon-restaurant. Il entendit un vieil homme chanter d'une voix profonde et rauque sur l'air de *My Bonnie lies over the ocean*.

Papy vend des capotes aux marins
Des capotes percées au poinçon
Mamie fait avorter les putains
Ah, qu'est-ce qu'on peut s'faire comme pognon.

Ombre remonta toute la longueur du wagon-restaurant. À la table du fond, un homme grisonnant, une canette de bière à la main, chantait : *« Pognon, oh, pognon. Ah, qu'est-ce qu'on peut s'faire comme pognon. »* Quand il aperçut l'arrivant, son visage se fendit d'un large sourire de singe, et il agita sa bouteille.

« Asseyez-vous, asseyez-vous », dit-il.

Ombre s'installa face à l'homme qu'il avait connu sous le nom de Voyageur.

« Alors, qu'est-ce qui ne va pas ? demanda ce dernier, mort depuis deux ans – ou du moins aussi mort que pouvaient l'être les créatures telles que lui. Je vous offrirais bien une bière, mais le service est nul, ici. »

Le rêveur affirma que ça n'était pas grave. Qu'il n'avait pas envie d'une bière.

« Eh bien ? fit Voyageur en se grattant la barbe.

— Je suis dans une grande maison, en Écosse, avec un paquet de richards, et ils ont une idée derrière la tête. Je suis en danger, je ne sais pas de quoi, mais j'ai l'impression que c'est plutôt grave. »

Le vieil homme but une gorgée de bière.

« Les riches sont différents, mon garçon, dit-il au bout d'un moment.

— Ça veut dire quoi, ça ?

— Eh bien, déjà, la plupart sont probablement mortels. Ça n'est pas une chose dont vous, vous ayez à vous préoccuper.

— Ne me racontez pas de conneries.

— Vous n'êtes pas mortel, c'est indéniable. Vous êtes mort sur l'arbre, Ombre. Vous êtes mort et vous êtes revenu.

— Et alors ? Je ne me rappelle même pas comment j'ai fait. S'ils me tuent, cette fois-ci, je mourrai quand même. »

Voyageur acheva sa bière, puis il agita sa canette comme s'il s'en était servi pour diriger un orchestre invisible, et il chanta un autre couplet.

Mon frère garde les gens du péché
Les filles perdues, c'est sa mission
Il t'en garde une rousse pour cinq billets
Ah, qu'est-ce qu'on peut s'faire comme pognon.

« Vous ne m'aidez pas », dit Ombre.

La cafétéria s'était changée en un wagon de train qui cahotait bruyamment à travers une nuit enneigée.

Voyageur posa sa canette et fixa son interlocuteur de son œil véritable, celui qui n'était pas en verre.

« C'est une question de schémas prédéterminés, affirma-t-il. S'ils vous prennent pour un héros, ils se trompent. Une fois que vous êtes mort, vous n'êtes plus Beowulf, Persée ou Rama. Les règles changent complètement. Les échecs, pas les dames. Le go, pas les échecs. Vous comprenez ?

— Strictement rien », avoua Ombre, frustré.

Des gens, dans le couloir, se déplaçaient bruyamment, tels des ivrognes, s'adressant les uns aux autres de grands « chut ! », tandis qu'il descendaient vers le hall en titubant et en riant.

Ombre se demanda s'il s'agissait d'employés ou d'égarés de l'autre aile qui s'encanaillaient. Puis les rêves le reprirent...

À présent, il était de retour dans le refuge où il s'était abrité de la pluie la veille. Un cadavre reposait par terre : un garçonnet de cinq ans tout au plus. Nu, allongé sur le dos, les membres écartés. Il y eut un éclair lumineux intense, puis quelqu'un passa à travers Ombre comme s'il n'avait pas été là, pour redisposer les bras du garçon. Un autre éclair.

L'Américain connaissait l'homme qui prenait les photos. C'était le Dr Gaskell, le petit homme aux cheveux gris acier rencontré au bar de l'hôtel.

Gaskell sortit de sa poche un sac en papier blanc et y pêcha quelque chose qu'il fourra dans sa bouche.

« Un assortiment de bonbons Haribo, dit-il à l'enfant qui gisait sur le sol de pierre. Miam, miam. Tes préférés. »

Il sourit et s'accroupit pour prendre une autre photo du mort.

Ombre traversa le mur du refuge, s'insérant tel le vent dans les fissures des pierres. Il se laissa couler jusqu'à la côte. Tandis que la tempête martelait les rochers, il continua d'avancer dans la mer grise, soulevé puis redéposé par les vagues, en direction du vaisseau fait d'ongles d'hommes morts.

Le vaisseau se trouvait très loin, en pleine mer, et Ombre passait sur la surface de l'eau telle l'ombre d'un nuage.

C'était un navire gigantesque, bien plus que ne l'avait perçu auparavant le rêveur. Une main se tendit, empoigna la sienne, et le tira hors de l'élément liquide pour le déposer sur le pont.

« Ramène-nous, dit une voix aussi forte que le vacarme des flots, impatiente et farouche. Ramène-nous ou laisse-nous partir. »

Un œil unique brillait dans ce visage barbu.

« Je ne vous retiens pas ici. »

Les occupants du bateau étaient des géants, des colosses faits d'ombres et d'embruns figés, des créatures de rêve et d'écume.

L'un d'eux, encore plus grand que les autres et doté d'une barbe rousse, s'avança.

« On ne peut pas débarquer, cria-t-il d'une voix de stentor. On ne peut pas partir.

— Rentrez chez vous, dit Ombre.

— Nous sommes venus avec nos fidèles dans ce pays du Sud, déclara le borgne, mais ils nous ont quittés. Ils ont cherché d'autres dieux, plus accommodants, ils ont renoncé à nous dans leur cœur et nous ont abandonnés.

— Rentrez chez vous, répéta Ombre.

— Trop de temps a passé, expliqua l'homme à la barbe rousse, qu'il reconnut au marteau pendu à son côté. Trop de sang a été répandu. Tu es de notre sang, Baldur. Libère-nous. »

Ombre voulut dire qu'il ne leur appartenait pas, qu'il n'appartenait à personne, mais sa mince couverture avait glissé, ses pieds dépassaient du lit, et un pâle clair de lune emplissait la chambre mansardée.

La grande maison était à présent silencieuse. Quelque chose hurla dans les collines, et Ombre frissonna.

Allongé sur un lit trop petit pour lui, il imaginait le temps sous forme de flaques et de mares, se demandait s'il existait des endroits lourds de temps, où ce dernier se voyait entassé, retenu – les villes, songea-t-il, devaient en être emplies ; tous les lieux où les gens se rassemblaient, apportant leur temps avec eux.

Et si c'était vrai, raisonna-t-il, il pouvait exister d'autres lieux, peu peuplés, où le pays attendait, amer et granitique, et où mille ans ne représentaient qu'un clin d'œil pour les collines – un défilé de nuages, une ondulation de roseaux, rien de plus, dans les endroits où le temps était aussi rare que les hommes...

« Ils vont vous tuer », murmura Jennie, la serveuse.

Ombre était à présent assis près d'elle sur la colline, au clair de lune.

« Pourquoi voudraient-ils faire ça ? demanda-t-il. Je ne compte pas.

— C'est ce qu'ils font aux monstres, dit-elle. C'est ce qu'ils doivent faire. Ce qu'ils ont toujours fait. »

Il tendit la main pour la toucher mais elle se détourna. Vue de dos, elle était vide et creuse.

« Accompagnez-moi loin d'ici, chuchota-t-elle en lui faisant de nouveau face.

— Vous pouvez venir à moi.

— Je ne peux pas. Il y a des obstacles. Le chemin est rude et il est gardé. Mais vous pouvez m'appeler. Si vous m'appelez, je viendrai. »

Puis l'aube arriva, et avec elle une nuée de moucherons venus du marécage au pied de la colline. Jennie les chassa à coups de queue mais c'était inutile : ils descendirent sur Ombre tel un nuage jusqu'à ce qu'il les respire, son nez et sa bouche s'emplissant des minuscules insectes qui rampaient, piquaient, jusqu'à ce qu'il s'étouffe d'obscurité...

Il s'arracha au rêve le cœur battant, le souffle court, pour retrouver son lit et son corps et sa vie – l'éveil.

CHAPITRE VII

Le petit déjeuner se composait de harengs fumés, de tomates grillées, d'œufs brouillés, de toasts, de deux courtes saucisses semblables à des pouces, et de tranches rondes d'une substance foncée qu'Ombre ne reconnut pas.

« Qu'est-ce que c'est que ça ? demanda-t-il.

— Du boudin », répondit l'homme assis près de lui – un des agents de sécurité qui lisait le *Sun* de la veille tout en mangeant. « Du sang et des herbes. On les fait cuire jusqu'à ce que ça donne une espèce de croûte sombre, aromatique. » Il déposa une fourchettée d'œufs sur son toast et le mangea avec les doigts. « Je ne sais pas. Qu'est-ce qu'on dit, déjà ? Qu'il ne faudrait jamais voir fabriquer les saucisses ni les lois ? Quelque chose comme ça. »

Ombre déjeuna mais ne toucha pas au boudin.

Une cafetière de vrai café, noir et brûlant, était arrivée. Il en but une grande tasse pour se réveiller et s'éclaircir les idées.

Smith entra.

« Hé, l'ami Ombre. Je peux vous emprunter cinq minutes ?

— C'est vous qui payez. »

Ils sortirent dans le couloir.

« C'est M. Alice, précisa Smith. Il veut vous dire un petit mot. »

Ils quittèrent la sinistre aile chaulée des domestiques pour la vaste demeure lambrissée et montèrent un imposant escalier de bois, avant de pénétrer dans une grande bibliothèque. Nul ne s'y trouvait.

« Il en a pour une minute, assura le Londonien. Je vais le prévenir que vous l'attendez. »

Les livres étaient protégés des souris, de la poussière et des curieux par des portes fermées à clef, vitrées et grillagées. Un tableau représentant un cerf pendait à un mur. Ombre l'observa de près. L'animal paraissait hautain et supérieur : derrière lui, s'étendait une vallée emplie de brume.

« *Le Monarque de la vallée*, annonça M. Alice en entrant à petits pas, appuyé sur sa canne. Le tableau le plus reproduit de l'ère victorienne. Ce n'est pas l'original, mais il a été peint par Landseer à la fin des années 1850 – une copie de son propre tableau. Je suis sûr que je ne devrais pas, mais je l'adore. C'est le même Landseer qui a fait les lions de Trafalgar Square. »

Ombre l'accompagna tandis qu'il s'approchait de la baie vitrée. En contrebas, dans la cour, des employés installaient tables et chaises. Près de la fontaine centrale, d'autres personnes – des invités – bâtissaient des feux de bois.

« Pourquoi est-ce qu'ils ne laissent pas les domestiques s'en occuper ? demanda l'Américain.

— Pourquoi est-ce que ça serait eux qui s'amuseraient ? répondit M. Alice. Ça serait comme envoyer votre valet sur la lande, l'après-midi, pour tirer des faisans à votre place. On éprouve un plaisir très particulier à bâtir un feu, quand on a porté soi-même le bois et qu'on l'a disposé à la perfection. Du moins, c'est ce qu'on m'a dit, je n'ai pas essayé. » Il se détourna de la fenêtre. « Prenez un siège. Je vais me donner un torticolis si je dois lever les yeux vers vous. »

Ombre s'assit.

« J'ai beaucoup entendu parler de vous, reprit M. Alice. Ça fait un moment que j'ai envie de vous rencontrer. On dit que vous êtes un jeune homme intelligent qui voyage. C'est ce qu'on dit.

— Alors, vous n'avez pas juste engagé un touriste pour tenir les voisins à l'écart de votre réception ?

— À dire vrai, oui et non. Nous envisagions quelques autres candidats, bien sûr, mais vous aviez tout à fait le profil de l'emploi. Et quand j'ai compris qui vous étiez... Eh bien, vous étiez un vrai cadeau des dieux, non ?

— Je ne sais pas.

— Mais si, mais si. Cette fête remonte à très longtemps, voyez-vous. Il y a presque mille ans qu'on la célèbre. Sans jamais manquer une seule année. Tous les ans, il y a un combat entre notre champion et le leur. Et le nôtre gagne. Cette année, notre champion, c'est vous.

— Qui..., commença Ombre. Qui sont-*ils* ? Et qui êtes-*vous* ?

— Je suis l'organisateur, dit M. Alice. Je suppose... » Il s'interrompit un instant, tapota de sa canne sur le plancher. « *Eux*, ce sont ceux qui ont perdu, jadis. *Nous* avons gagné. Nous étions les chevaliers, eux les dragons, nous étions les tueurs de géants, eux les ogres. Nous étions les hommes, eux les monstres. Et *nous avons gagné*. Ils connaissent leur place, à présent. L'important est de ne pas les laisser l'oublier. C'est pour l'humanité que vous vous battrez, cette nuit. On ne peut pas les laisser prendre l'avantage. Pas même un tout petit peu. C'est nous contre eux.

— Le Dr Gaskell a dit que j'étais un monstre, commenta Ombre.

— Le Dr Gaskell ? répéta M. Alice. Un ami à vous ?

— Non. Il travaille pour vous. Ou pour les gens qui travaillent pour vous. Je crois qu'il tue des enfants et qu'il les prend en photo. »

Le vieil homme lâcha sa canne. Il se pencha maladroitement pour la ramasser.

« Eh bien, je ne pense pas que vous soyez un monstre, fit-il ensuite. Je pense que vous êtes un héros. »

Non, songea Ombre. *Vous pensez que je suis un monstre, mais vous pensez que je suis* votre *monstre*.

« Si vous vous comportez bien ce soir, reprit M. Alice, et je sais que ce sera le cas, votre prix sera le mien. Vous vous êtes déjà demandé pourquoi certaines personnes sont des stars de cinéma, ou célèbres, ou riches ? Je parie que ça vous arrive de vous dire : *Il n'a aucun talent. Qu'est-ce qu'il a de plus que moi ?* Eh bien, parfois, la réponse est : *Il a quelqu'un comme moi à son côté*.

— Vous êtes un dieu ? » interrogea Ombre.

Le vieil homme éclata d'un profond rire de gorge.

« Elle est bien bonne, monsieur Moon. Pas du tout. Je suis juste un gars de Streatham qui a réussi.

— Alors, qui dois-je affronter ?

— Vous ferez sa connaissance ce soir. Pour l'instant, il faut descendre un certain nombre de choses du grenier. Si vous donniez un coup de main à Smithie ? Pour un costaud comme vous, ça sera une partie de plaisir. »

L'audience était achevée et, comme en réponse à un signal, le Londonien entra.

« J'étais justement en train de dire que notre ami allait vous aider à descendre tous les trucs du grenier.

— Super, dit Smith. Venez, Ombre. Partons en exploration dans les hauteurs. »

Ils gagnèrent le sommet de la maison par un escalier en bois sombre, jusqu'à une porte cadenassée que Smith ouvrit, révélant un grenier poussiéreux où s'entassaient ce qui ressemblait à....

« Des tambours ? fit Ombre.

— Des tambours. » Faits de bois et de peau, ils étaient tous de tailles différentes. « Allez, descendons-les. »

Ils les emportèrent au rez-de-chaussée. Smith n'en portait qu'un à la fois, le tenant comme un objet précieux. Ombre en portait deux.

« Qu'est-ce qui va vraiment se passer, ce soir ? demanda-t-il durant leur troisième aller-retour, ou peut-être le quatrième.

— Ma foi, si j'ai bien saisi, il vaut mieux que vous compreniez l'essentiel de vous-même. Sur le moment.

— Et vous et M. Alice ? Quel rôle jouez-vous là-dedans ? »

Smith lui lança un regard acéré. Ils déposèrent les tambours au pied des marches, dans le grand hall. Il y avait là plusieurs hommes qui discutaient devant la cheminée.

Lorsqu'ils eurent remonté l'escalier et se trouvèrent hors de portée d'oreille des invités, le Londonien reprit la parole.

« M. Alice nous quittera en fin d'après-midi. Moi, je resterai un peu plus.

— Il s'en va ? Il ne participe pas ? »

Smith parut offensé.

« C'est l'organisateur, dit-il. Ni plus, ni moins... »

Il s'interrompit. Ombre comprit : il ne parlait pas de son employeur. Tous les deux se remirent à transporter les tambours. Lorsqu'ils les eurent tous descendus, ce fut au tour de lourds sacs en cuir.

« Qu'est-ce qu'il y a, là-dedans ? demanda l'Américain.

— Des baguettes, répondit Smith, avant d'enchaîner : Ce sont de vieilles familles. Tous ces gens, en bas. De très vieilles fortunes. Ils savent qui est le patron, mais ça ne fait pas de lui l'un d'entre eux. Vous voyez ? Ils seront les seuls à assister à la fête de ce soir. Ils ne veulent pas de M. Alice. Vous voyez ? »

Ombre voyait. Et il aurait préféré qu'on ne lui parle pas de M. Alice : il estimait qu'on n'aurait rien révélé à quelqu'un qu'on jugeait susceptible de vivre pour le répéter.

« Elles sont lourdes, ces baguettes », fut néanmoins sa seule remarque.

CHAPITRE VIII

Un petit hélicoptère emporta M. Alice en fin d'après-midi. Un peu plus tard, le personnel fut évacué dans des Land Rover, la dernière conduite par Smith. Ombre demeura seul avec les invités, élégants et souriants.

Ils le contemplaient comme un lion en cage amené là pour leur amusement, mais ils ne lui parlaient pas.

La femme brune, celle qui lui avait souri à son arrivée, lui apporta à manger : un steak, presque saignant. Elle le lui servit sur une assiette, sans couverts, comme si elle s'était attendue à ce qu'il mange avec les doigts et les dents – et puisqu'il avait faim, il le fit.

« Je ne suis pas votre héros », leur dit-il, mais ils refusèrent de croiser son regard.

Nul ne lui parlait directement. Il se sentait comme un animal.

Puis le crépuscule arriva. Ayant conduit Ombre dans la cour intérieure, près de la fontaine poussiéreuse, ils le déshabillèrent en le menaçant d'une arme. Les femmes enduisirent son corps d'une graisse jaune épaisse, frottant pour la faire pénétrer.

Dans l'herbe, devant lui, fut déposé un poignard. Agitant un pistolet, quelqu'un lui fit signe de ramasser l'arme. La garde de métal noir rugueux tenait bien en main. La lame semblait acérée.

La grande porte qui séparait la cour du monde extérieur fut ensuite ouverte à la volée, et deux des hommes allumèrent les grands feux de joie qui flamboyèrent en crépitant.

Chacun des invités tira des sacs de cuir une baguette noire sculptée évoquant un gourdin, lourde, semée de nœuds. Ombre se surprit à songer aux enfants de Sawney Beane, jaillissant en bande de l'obscurité, armés de fémurs humains en guise de triques...

Tous prirent alors place sur le périmètre de la cour et se mirent à taper sur les peaux tendues à l'aide des baguettes.

Ils commencèrent lentement et en douceur, par un profond martèlement, une palpitation semblable à un battement de cœur. Puis ils en vinrent à frapper sans retenue, adoptant des rythmes étranges, des staccatos qui ondulaient et s'entrelaçaient, de plus en plus fort, jusqu'à emplir l'esprit et l'univers d'Ombre, auquel il semblait que la lumière des feux vacillait au gré des tambours.

Soudain, des hurlements inhumains s'élevèrent à l'extérieur de la maison.

La souffrance et l'angoisse vibraient dans cette voix dont l'écho résonnait à travers les collines, au-dessus du battement des tambours, plainte de douleur, de défaite et de haine.

La silhouette qui s'encadra dans la porte en titubant se tenait la tête à deux mains, se couvrait les oreilles comme pour se garder du vacarme.

La lumière des feux l'illumina.

La chose était colossale, plus imposante que l'Américain, et nue. Parfaitement glabre. Ruisselante d'humidité.

Elle abaissa les mains de ses oreilles et regarda alentour, le visage tordu en une grimace démente.

« Arrêtez ! cria-t-elle. Arrêtez tout ce bruit ! »

Alors, les gens en beaux habits frappèrent plus fort sur leurs tambours, frappèrent plus vite. Le son emplit la tête et la poitrine d'Ombre.

Le monstre s'avança au centre de la cour et contempla son adversaire désigné.

« Toi, dit-il. Je t'en ai parlé. Je t'ai parlé du bruit. »

Il hurla à nouveau, un profond hurlement de gorge chargé de haine et de défi.

« Affronte-moi ! cria-t-il. Affronte-moi loyalement. Pas avec du fer ! Affronte-moi !

— Je n'ai pas envie de t'affronter, affirma Ombre en jetant le poignard dans l'herbe, avant de lever les mains pour montrer qu'elles étaient vides.

— Trop tard, répondit la chose chauve qui n'était pas un homme. Trop tard pour ça. »

Et elle se jeta sur lui.

Plus tard, lorsqu'il évoquerait ce combat, il ne se rappellerait que des fragments : il se rappellerait avoir été jeté à terre et s'être écarté vivement du chemin. Il se rappellerait le battement des tambours et l'expression gourmande sur le visage des musiciens tandis qu'ils contemplaient entre les feux de joie les deux hommes illuminés par les flammes.

Ils combattirent, luttant et se frappant mutuellement.

Des larmes salées dévalaient le visage du monstre. Ils étaient de force égale, sembla-t-il à l'Américain.

La créature percuta du bras le visage d'Ombre qui sentit le goût de son propre sang – et sentit aussi sa colère commencer à gonfler, tel un mur de haine rouge.

La jambe tendue, il crocheta derrière le genou son adversaire, lequel tituba en arrière et reçut alors au creux du ventre un coup de poing qui lui arracha un hurlement, un rugissement de colère et de douleur.

Un coup d'œil aux invités : la soif de sang se lisait sur le visage de ceux qui martelaient les tambours.

Un vent froid venu du large s'était levé. L'Américain crut voir des ombres colossales emplir le ciel, de puissantes silhouettes qu'il avait aperçues sur un navire fait d'ongles d'hommes morts. Il lui sembla qu'elles baissaient les yeux vers lui, que cet affrontement était ce qui les gardait figées sur leur bateau, incapables de débarquer comme de s'en aller.

Le combat était ancien, songea Ombre, encore plus que ne le soupçonnait M. Alice lui-même – et il songea cela alors même que des griffes lui lacéraient la poitrine. C'était le combat de l'homme contre le monstre, aussi vieux que le temps : Thésée face au Minotaure, Beowulf face à Grendel, tous les héros s'étant jamais tenus entre la lumière et l'obscurité en essuyant sur leur épée le sang d'un être inhumain.

Les feux flamboyaient, les tambours palpitaient et gonflaient tel le battement d'un millier de cœurs.

Ombre glissa dans l'herbe humide alors que son adversaire se précipitait sur lui, et il s'effondra. Des doigts se nouèrent autour de sa gorge, serrèrent. Il sentit tout son univers s'effiler, devenir lointain.

Sa main se referma sur une touffe d'herbe. Il s'y cramponna et planta les doigts dans le sol pour rapporter une poignée d'herbe mêlée de terre mouillée qu'il écrasa sur le visage du monstre afin de l'aveugler momentanément.

Se redressant à la force des bras, il se retrouva allongé sur la créature, à qui il propulsa son genou dans le bas-ventre. Elle se plia en position fœtale, hurla, sanglota.

Ombre se rendit compte que les tambours s'étaient tus et leva les yeux.

Les invités avaient abaissé leurs baguettes.

Hommes et femmes venaient vers lui, formant un cercle, tenant toujours les baguettes mais à la manière de gourdins. Toutefois, ce n'était pas lui qu'ils regardaient : tandis qu'ils levaient leurs noires massues et s'approchaient à la lueur des feux jumeaux, ils contemplaient le monstre à terre.

« Arrêtez ! » cria-t-il.

Le premier coup s'abattit sur la tête de la créature qui gémit et se tordit, levant le bras pour détourner le suivant.

Ombre se jeta sur elle, lui faisant un rempart de son corps. La femme qui lui avait souri lui abattit son bâton sur l'épaule, sans passion. Un autre bâton – celui d'un homme, cette fois – le frappa à la jambe, l'engourdissant. Un troisième l'atteignit au flanc.

Ils vont nous tuer tous les deux, songea-t-il. *Lui d'abord, moi ensuite. C'est ce qu'ils font. C'est ce qu'ils ont toujours fait.* Puis : *Elle a dit qu'elle viendrait. Si je l'appelais.*

« Jennie ? » chuchota Ombre.

Il n'y eut pas de réponse. Tout se déroulait avec une telle lenteur. Un nouveau gourdin s'abaissait – dirigé vers son crâne, celui-là. Ombre roula maladroitement sur lui-même pour éviter le coup, vit le lourd morceau de bois s'écraser sur le gazon.

« Jennie, répéta-t-il, visualisant les cheveux trop clairs de la jeune femme, son visage fin, son sourire. Je vous appelle. Venez tout de suite. *S'il vous plaît.* »

Une rafale de vent froid.

La femme brune avait levé sa massue au-dessus de sa tête et était en train de l'abattre, vite, fort, visant le visage d'Ombre.

Le coup n'atteignit pas sa cible. Une petite main intercepta le gourdin comme s'il s'était agi d'une brindille.

Les cheveux blonds de Jennie voltigeaient autour de sa tête dans le vent glacial. Ombre aurait été incapable de dire ce que portait l'arrivante.

Elle le regarda. Il lui sembla qu'elle avait l'air déçu.

L'un des hommes voulut abattre son gourdin sur la nuque de la jeune femme, mais il n'y parvint pas. Elle se retourna...

Un bruit de déchirure, comme si quelque chose s'était brutalement mis en pièces.

Et soudain, les foyers ardents explosèrent. Telle fut en tout cas l'impression que cela donna. Il y eut du bois embrasé dans toute la cour et même dans la maison. Et des hurlements dans le vent amer.

Ombre se remit péniblement sur ses pieds.

Le monstre gisait sur le sol, tordu et ensanglanté. Sans savoir s'il vivait toujours, l'Américain le souleva, le hissa sur ses épaules et l'emporta hors de la cour en titubant.

Il s'avança d'un pas mal assuré sur les graviers, tandis que les massives portes en bois claquaient derrière eux. Personne d'autre ne sortirait. Ombre descendit la pente pas à pas, en direction du *loch*.

Lorsqu'il atteignit le bord de l'eau, il se laissa tomber à genoux et déposa son fardeau dans l'herbe, aussi délicatement qu'il le put.

Entendant un bruit d'effondrement, il releva les yeux vers le haut de la colline.

La maison était en flammes.

« Comment va-t-il ? » interrogea une voix de femme.

Il tourna la tête. La mère de la créature, de l'eau jusqu'aux genoux, pataugeait vers la berge.

« Je ne sais pas, dit-il. Il est blessé.

— Vous l'êtes tous les deux. Vous êtes couvert de plaies et de bosses.

— Oui.

— Cependant, il n'est pas mort. Et c'est un agréable changement. »

Elle avait atteint la rive. S'asseyant, elle posa la tête de son fils sur ses genoux puis sortit un paquet de mouchoirs de son sac à main, en prit un, cracha dessus et frotta vigoureusement le visage poupin pour effacer les taches de sang.

La maison sur la colline, à présent, rugissait. Ombre n'aurait pas imaginé qu'une maison incendiée pût faire autant de bruit.

La vieille femme leva les yeux vers le ciel. Elle émit un son de gorge, un caquètement, puis elle secoua la tête.

« Vous les avez laissés entrer, vous savez, dit-elle. Eux qui ont été enfermés si longtemps, vous les avez laissés entrer.

— Est-ce que c'est une bonne chose ? demanda l'Américain.

— Je n'en sais rien du tout », avoua-t-elle.

Chantonnant pour son fils comme pour un bébé, elle continua d'en nettoyer les blessures à l'aide de sa salive.

Ombre était nu au bord du *loch*, mais la chaleur du bâtiment en feu le gardait du froid. Il observa les flammes se refléter dans l'eau vitreuse. Une lune jaune se levait.

Il commençait à avoir mal. Le lendemain, il le savait, ce serait pire.

Des pas dans l'herbe, derrière lui. Il releva la tête.

« Salut, Smithie », dit-il.

Smith les contemplait tous les trois.

« Ombre, fit-il en secouant la tête. Ah, Ombre, Ombre, Ombre, Ombre, Ombre. Les choses n'étaient pas censées se dérouler comme ça.

— Désolé.

— M. Alice va se retrouver dans une situation très inconfortable, dit Smith. Ces gens étaient ses invités.

— C'étaient des animaux.

— Peut-être, mais des animaux riches et puissants. Ils vont laisser des veuves, des orphelins et Dieu sait quoi d'autre, dont il faudra s'occuper. M. Alice ne sera pas satisfait. »

Il avait dit cela sur le ton d'un juge prononçant une sentence de mort.

« Est-ce que c'est une menace ? demanda la vieille femme.

— Je ne menace jamais », répondit-il platement.

Elle sourit.

« Ah bon ? dit-elle. Eh bien, moi, si. Et si vous ou le gros salopard qui vous emploie faites du mal à ce jeune homme, vous vous en repentirez tous les deux. » Elle sourit à nouveau, dévoilant des dents aiguisées. Ombre sentit se dresser ses cheveux sur sa nuque. « Il y a de pires sorts que la mort, et je sais infliger la plupart d'entre eux. Je ne suis plus toute jeune et je ne parle jamais en vain. Alors, si j'étais vous, ajouta-t-elle en reniflant, je prendrais soin de ce garçon. »

Elle souleva son fils d'un bras, comme une poupée, serra son sac contre elle de l'autre, puis adressa un signe de tête à Ombre, avant de s'éloigner au sein de l'eau noire vitreuse. Bientôt, elle eut disparu sous la surface du *loch*.

« Et merde », marmonna Smith.

Comme l'Américain ne disait rien, il fouilla dans sa poche, en sortit son paquet de tabac et se roula une cigarette. L'alluma.

« Bon, dit-il.

— Bon ? répéta Ombre.

— On ferait mieux de vous laver et de vous trouver des vêtements, sinon vous allez attraper la mort. Vous avez entendu ce qu'elle a dit ? »

CHAPITRE IX

Cette nuit-là, on avait réservé à Ombre la meilleure chambre de l'hôtel. Moins d'une heure après son retour, le réceptionniste Gordon lui monta un nouveau sac à dos, un carton de vêtements neufs et des bottes tout aussi neuves. Il ne formula aucune question.

Une grande enveloppe était posée sur les habits.

L'Américain la déchira. Elle contenait son passeport, un peu roussi, son portefeuille et de l'argent : plusieurs liasses de billets de cinquante livres non usagés, attachés à l'aide d'élastiques.

Ah, qu'est-ce qu'on peut s'faire comme pognon, songea-t-il sans joie. Il tenta en vain de se rappeler où il avait entendu cette chanson, puis il prit un long bain pour noyer la douleur.

Ensuite, il dormit.

Au matin, il s'habilla et remonta la ruelle voisine de l'hôtel jusqu'à la sortie du village. Un cottage s'était élevé en haut de la colline, il en était sûr, avec de la lavande dans le jardin, une tablette en pin et un canapé violet, mais il eut beau regarder, il ne vit aucun bâtiment ni le moindre signe qu'il y eût jamais eu là autre chose que de l'herbe et un buisson d'aubépine.

Il appela mais n'obtint aucune réponse, n'entendit que le bruit du vent qui soufflait de la mer, portant en son sein les premières promesses de l'hiver.

Toutefois, elle l'attendait lorsqu'il retourna à sa chambre. Assise sur le lit, revêtue de son vieux manteau brun, inspectant ses ongles, elle ne leva pas les yeux quand il entra.

« Salut, Jennie.

— Salut. »

La jeune femme parlait d'une voix très calme.

« Merci, dit Ombre. Vous m'avez sauvé la vie.

— Vous avez appelé. Je suis venue, prononça-t-elle, monocorde.

— Qu'est-ce qui ne va pas ? » demanda-t-il.

À cet instant, elle le regarda.

« J'aurais pu être à vous, répondit-elle, les larmes aux yeux. Je pensais que vous m'aimeriez. Peut-être. Un jour.

— Eh bien, on pourrait essayer de s'en rendre compte. On pourrait faire une promenade ensemble, demain. Pas très longue : j'ai peur d'être un peu abîmé physiquement. »

Elle secoua la tête.

Le plus étrange, se dit-il, c'était qu'elle n'avait plus l'air humaine. Elle avait désormais l'air de ce qu'elle était : un être sauvage, une créature de la forêt. Sa queue tressautait sur le lit, sous son manteau. Elle était très belle, et Ombre se rendit compte qu'il avait envie d'elle. Très envie.

« Le plus dur, quand on est une *hulder,* dit Jennie, même une *hulder* très loin de son foyer, c'est que si on ne veut pas être seule, il faut aimer un homme.

— Eh bien aimez-moi. Restez avec moi. S'il vous plaît.

— Vous n'êtes pas un homme », soupira-t-elle, tristement et d'un ton sans réplique. Elle se leva. « Mais tout est en train de changer. Je puis peut-être rentrer chez moi, maintenant. Après mille ans, je ne suis même pas sûre de me rappeler un seul mot de *norsk.* »

Elle lui tint les mains entre les siennes – ces petites mains capables de tordre des barres de fer, d'écraser des rochers pour en faire du sable – et elle lui pressa les doigts avec une grande douceur. Puis elle disparut.

L'Américain demeura encore une journée à l'hôtel. Ensuite, il prit le bus pour Thurso et, de là, le train pour Inverness.

Dans le compartiment, il somnola. Mais il ne rêva pas.

À son réveil, un homme occupait le siège voisin du sien. Un homme au visage en lame de couteau, plongé dans un livre de poche qu'il referma en le voyant conscient. Ombre regarda la couverture du livre : *La difficulté d'être,* Jean Cocteau.

« C'est bien ? demanda-t-il.

— Oui, pas mal, dit Smith. Ce sont des essais. Ils sont censés être personnels, mais on sent que chaque fois qu'il vous regarde innocemment en disant "C'est moi", il se livre à une espèce de bluff. J'aime bien *La Belle et la Bête,* cela dit. Je me sens plus proche de lui en voyant ça qu'en lisant n'importe lequel de ses essais.

— Tout est sur la couverture, affirma Ombre.

— Qu'est-ce que vous voulez dire ?

— La difficulté d'être Jean Cocteau. »

Smith se gratta le nez.

« Tenez, dit-il en passant à son compagnon un exemplaire du *Scotsman.* Page neuf. »

Au bas de la page, figurait un petit article. Un médecin à la retraite se suicide. Le cadavre de Gaskell avait été retrouvé dans sa voiture, garée sur une aire de pique-nique au bord du front de mer. Il avait avalé un impressionnant cocktail d'analgésiques et l'avait fait passer avec l'essentiel d'une bouteille de Lagavulin.

« M. Alice déteste qu'on lui mente, déclara Smith. Particulièrement ses employés.

— Est-ce qu'il y a quelque chose à propos de l'incendie, là-dedans ? demanda Ombre.

— Quel incendie ?

— Ah, d'accord.

— Je ne serais pas surpris que la bonne société traverse une terrible période de malchance dans les deux mois à venir, cela dit. Des accidents de voiture. Des accidents de train. Peut-être une catastrophe aérienne. Il y aura des veuves, des orphelins et des petits copains éplorés. C'est bien triste. »

Ombre hocha la tête.

« Vous savez, reprit Smith. M. Alice s'intéresse de très près à votre santé. Il s'inquiète. Et je m'inquiète, moi aussi.

— Ah, oui ?

— Absolument. S'il vous arrive quoi que ce soit pendant votre séjour, même si c'est juste que vous regardez du mauvais côté en traversant la route ou que vous agitez une liasse de billets dans un *pub* mal famé, que sais-je ?, si vous êtes blessé d'une manière ou d'une autre, Machine, je ne sais plus son nom, la mère de Grendel, risque de le prendre mal.

— Et alors ?

— Alors, on se dit que vous devriez quitter le Royaume-Uni. Ça serait plus sûr pour tout le monde, non ? »

Ombre, un temps, demeura silencieux, tandis que le train commençait à ralentir.

« D'accord, acquiesça-t-il enfin.

— C'est ma gare, signala Smith. Je descends ici. On vous fournira un billet pour n'importe où – en première classe, bien sûr. Un aller simple. Vous n'avez qu'à me dire où vous voulez aller. »

L'Américain frotta l'ecchymose qui marquait sa joue. La douleur avait quelque chose de presque réconfortant.

Le train s'arrêta dans une petite gare, apparemment située au milieu de nulle part. Une grande voiture noire était stationnée à proximité, dans un maigre rayon de soleil. Les vitres en étant fumées, Ombre ne put voir à l'intérieur.

Smith baissa la vitre de la portière et passa la main à l'extérieur pour manœuvrer la poignée. Descendu sur le quai, il se retourna.

« Eh bien ?

— Je crois que je vais consacrer une semaine ou deux à visiter le Royaume-Uni. Vous n'aurez qu'à prier que je regarde du bon côté quand je traverserai vos routes.

— Et ensuite ? »

Ombre, alors, sut. Peut-être avait-il toujours su.

« Chicago », dit-il à Smith, tandis que le train s'ébranlait.

En le disant, il se sentit vieillir. Mais il ne pouvait reculer éternellement.

Puis il ajouta, si bas que lui seul put l'entendre :

« Je crois que je rentre chez moi. »

Peu après, il se mit à pleuvoir : de grosses gouttes serrées qui martelèrent les vitres et firent du monde un assemblage flou de taches vertes et grises. De grands roulements de tonnerre accompagnèrent l'Américain dans son voyage vers le Sud : l'orage grondait, le vent hurlait, la foudre suscitait des ombres colossales à travers le ciel et, en leur compagnie, peu à peu, Ombre commença à se sentir moins seul.

Les chroniques de Krondor

Raymond E. Feist

Le cycle de fantasy de Raymond E. Feist, *La Guerre de la Faille*, raconte les aventures de Pug et Tomas, deux jeunes garçons qui cherchent à s'élever au-dessus de leur humble condition. Pug souhaite devenir magicien et Tomas rêve d'être un grand guerrier. Chacun parviendra à réaliser son rêve grâce à l'intervention d'éléments extérieurs mais aussi grâce à ses propres talents. Après s'être fait capturer, Pug découvre qu'il possède des pouvoirs magiques ; il subit alors une initiation destinée à faire de lui un grand sorcier. Tomas, quant à lui, rencontre par hasard un dragon mourant. Ce dernier lui fait cadeau d'une armure imprégnée d'une magie très ancienne qui va métamorphoser le jeune garçon en un guerrier d'une puissance légendaire.

Tandis que Pug et Tomas entreprennent leur transformation et apprennent à maîtriser les pouvoirs qu'ils ont reçus, la saga prend de l'ampleur et dévoile un peu plus les deux mondes sur lesquels se déroule la guerre de la Faille : Midkemia et Kelewan. Le premier est un monde jeune, vibrant et en proie à de nombreux conflits ; le second est plus ancien et gouverné par les traditions, mais n'en connaît pas moins la même violence. Les Tsurani, un peuple militariste originaire de Kelewan, ont envahi le royaume des Isles, situé sur Midkemia, afin d'étendre leur empire et de s'emparer des métaux qui abondent sur cet autre monde alors qu'ils sont si rares chez eux. Seule une faille ouverte par magie permet de passer d'un monde à l'autre : c'est grâce à ce portail dans l'espace-temps que les envahisseurs ont pu prendre pied dans le royaume. Peu à peu, Tomas découvre qu'il a été investi du pouvoir d'un Valheru, l'une de ces créatures mythiques qui peuplaient autrefois Midkemia. Les Seigneurs Dragons étaient des êtres presque divins qui firent la guerre aux dieux en personne. *Ténèbres sur Sethanon* clôt le premier cycle et voit s'achever la guerre entre le royaume et les envahisseurs tsurani. Tomas parvient à prendre le contrôle de cette magie ancienne qui cherchait à le dominer et Pug revient sur son monde natal.

La Trilogie de l'Empire se déroule quant à elle sur le monde de Kelewan et relate dans ses deux premiers tomes comment la Guerre de la Faille a été vécue côté Tsurani. Dame Mara des Acoma, une jeune fille de dix-sept ans, se retrouve propulsée au cœur d'un jeu où se mêlent politique et traditions et dont l'enjeu n'est rien de moins que sa propre survie. Seuls son génie et sa capacité d'improvisation lui permettent de repousser les attaques incessantes qu'elle subit de toutes parts. Secondée par un groupe de fidèles conseillers, parmi lesquels un esclave du royaume prénommé Kevin dont elle est éperdument amoureuse, Mara s'élève jusqu'à dominer l'empire de Tsuranuanni. Elle va même jusqu'à s'opposer aux Très-Puissants, ces magiciens qui sont au-dessus des lois.

La Guerre des Serpents, en cours de parution en France, raconte l'histoire d'Erik, le fils bâtard d'un noble, et de son meilleur ami Roo, un gamin qui vit quasiment dans la rue. Le royaume s'apprête à faire face à de nouveaux envahisseurs, venus cette fois de l'autre côté de la mer. Les deux jeunes héros font partie de ceux qui vont tenter de résister à cette immense armée rassemblée sous la bannière de la reine Émeraude, une femme manipulée par une puissance maléfique qui cherche à établir sa domination sur Midkemia. On en apprendra davantage sur la nature cosmique de la lutte entre le bien et le mal alors même que Pug et Tomas devront de nouveau prendre part à ce combat.

L'Héritage de la Guerre de la Faille est un cycle inédit en France de trois romans dont l'action se déroule quelques années après *Ténèbres sur Sethanon*. On y suit les nouvelles aventures de Jimmy Locklear, et du prince Arutha ainsi que de quelques autres héros du cycle originel.

Les *Légendes de la Guerre de la Faille*, inédites en France, se déroulent à la même époque que le cycle originel mais ont pour héros des personnages différents dans des lieux différents, ce qui permet au lecteur de découvrir d'autres facettes de ce conflit épique.

Raymond E. Feist voit Midkemia comme un monde virtuel et objectif, bien que fictif. Il considère toutes les histoires qui se déroulent sur ce monde comme des romans historiques et des contes issus de ce royaume fantastique. *Le messager* prend place durant les années intermédiaires de la Guerre de la Faille, au moment où le conflit s'enlise.

Le messager

Raymond E. FEIST

Traduit de l'américain par Isabelle Pernot[1]

Le vent fouettait les arbres.

Leurs branches oscillaient et craquaient, protestant contre les rafales qui envoyaient voler au loin les dernières feuilles brunes de l'automne. Les pins et les sapins agitaient eux aussi leurs ramures chargées d'aiguilles, produisant un son étouffé et désolé, annonciateur des longues nuits d'hiver et des jours froids qui approchaient à grands pas.

À l'extérieur des tentes de commandement, les soldats se blottissaient autour de leurs feux de camp. La neige n'aurait pas dû tomber avant plusieurs semaines, mais les natifs des environs sentaient qu'ils allaient avoir un hiver précoce. Le froid s'insinuait tel un couteau de glace à travers la veste matelassée qu'ils portaient par-dessus leur uniforme. Des soldats qui avaient enfilé tous leurs sous-vêtements de rechange ainsi que deux ou trois paires de chaussettes – ce qui les avait obligés à forcer pour entrer dans leurs bottes – se plaignaient encore d'avoir les orteils engourdis s'ils se mouillaient les pieds. Les gens du coin savaient que l'hiver allait être rude.

Beaucoup tournaient leur regard vers le ciel dans l'attente des premiers flocons qui ne tarderaient sûrement pas à tomber. Cette année, la saison froide arriverait de bonne heure, serait extrêmement rigoureuse et s'attarderait trop longtemps.

Les contreforts des Tours Grises se montraient rarement cléments envers les imprudents qui se faisaient surprendre par un brusque changement de temps. Les soldats du royaume des Isles étaient équipés pour faire face à tout sauf à la plus terrible des saisons. Lorsque l'hiver se déchaînerait, ils espéraient être de retour dans les cités de la province de Yabon, cantonnés dans leur baraquement ou leur foyer, bien au chaud devant la cheminée et abrités de la neige qui s'entasserait sous leurs fenêtres. Mais les vétérans les plus aguerris savaient qu'à moins que le climat ne se radoucisse, les colonnes de soldats qui ne tarderaient pas à quitter le front marcheraient avec de la neige jusqu'aux cuisses avant d'arriver à LaMut, Ylith et Yabon. Certains blessés qui auraient réussi à rentrer chez eux en temps normal ne survivraient sans doute pas à un tel voyage.

Partout dans le camp, on sentait monter un certain sentiment d'attente, car les ducs qui menaient cette guerre n'allaient sûrement pas tarder à s'apercevoir qu'un hiver rude et précoce menaçait de s'abattre sur eux. Les combats cesseraient bientôt. L'intendant en chef, ses cuisiniers et ses aides, ainsi que l'intendant militaire et les garçons qui faisaient l'inventaire du peu d'armes et de vêtements encore disponibles s'arrêtaient tous régulièrement pour regarder le ciel et évaluer le temps qu'il allait faire. Tous se posaient la même question : *Est-ce qu'il est temps de rentrer à la maison ?* L'armurier souleva un plastron de cavalier tout cabossé pour l'examiner et déterminer les réparations à y apporter, tandis que son apprenti remettait du charbon dans la forge. Tous deux se demandaient si l'on aurait besoin de cette armure, car il était sûrement temps de rentrer à la maison. Les soldats qui récupéraient de leurs blessures à l'infirmerie, les cavaliers dans leur tente et les mercenaires dans leur sac de couchage, obligés de dormir à la belle étoile au milieu de leurs affaires s'ils n'avaient pas pu trouver d'abri, tous s'interrogeaient : *Est-ce qu'il est temps de rentrer à la maison ?*

À l'intérieur de la tente de commandement, Vandros, comte de LaMut, relut les ordres qui venaient juste d'arriver et hocha la tête d'un air approbateur.

« On rentre chez nous pour l'hiver, annonça-t-il en se tournant vers le premier de ses capitaines, Petir Leyman. Ce sont les ordres des ducs Borric et Brucal.

— C'est pas trop tôt », commenta l'officier, grand et élancé.

Il souffla sur ses doigts pour mieux souligner ses propos, même si ses gantelets bien rembourrés protégeaient très bien ses mains du froid. Brusquement, il sourit.

« Quand je serai de retour au château, messire, je veillerai à ce que nous ayons des réserves de bois suffisantes. (Il perdit son sourire.) J'ai l'impression qu'on va avoir droit à un hiver bien rude. »

Le comte de LaMut regarda par le pan de la tente demeuré ouvert, au-delà du brasero qui lui permettait plus ou moins de se réchauffer.

« Il y aura plein de neige à dégager lorsque le moment sera venu pour moi de me rendre à la réunion des commandants à Yabon. (Il poussa un soupir presque inaudible, qui n'en restait pas moins un signe de son humeur.) En supposant que je puisse y aller. Effectivement, on dirait qu'on va avoir droit à un hiver rigoureux. »

Leyman acquiesça.

« Il va falloir envoyer un messager à nos positions les plus avancées, ajouta Vandros en se levant. (Il se plaça devant la carte déroulée sur sa table de commandement.) Ce sont celles de Gruder ici, de Moncrief là et de Summerville là-bas, continua-t-il en désignant chaque endroit avec l'index. Il faut qu'ils puissent se retirer dans le calme. Vu le froid qu'il fait, les Tsurani doivent s'apprêter à regagner leurs propres cantonnements d'hiver.

— C'est une présomption risquée, messire.

— Je suis d'accord, mais ils ne nous ont jamais attaqués passées les premières chutes de neige. Ils ont aussi froid que nous, là dehors, et ils ont passé suffisamment de temps dans la région pour savoir que les premiers flocons ne sont pas loin. Ils vont se replier dans leurs propres campements pour l'hiver.

— Si vous voulez mon avis, messire, ils devraient nous faire une faveur à tous et y rester une fois le printemps revenu. »

Vandros acquiesça.

« Faites prévenir le maître d'armes Argent que nous commençons la retraite. Je suivrai d'ici un jour ou deux avec l'arrière-garde. Mais dites au soldat que vous enverrez là-bas d'être prudent, ajouta-t-il. On m'a rapporté la présence d'une patrouille minwanabi qui a dévié de sa route et s'est perdue à l'est de la route du Roi, au nord de LaMut. Personne ne sait vraiment où ils sont, mais il est probable qu'ils réapparaissent au moment le plus inopportun.

— Bien, messire, répondit Leyman.

— Et n'oubliez pas de m'envoyer le messager », ajouta Vandros comme le capitaine quittait la tente.

Le comte se mit à réfléchir en attendant l'arrivée de l'estafette. Lorsque cette guerre avait commencé, il n'était qu'un jeune officier à la cour de son père, un capitaine appartenant à la cavalerie légère, la compagnie de soldats la plus fringante de Yabon. Mais les Tsurani s'étaient révélés d'âpres adversaires au combat et lui avaient ôté toutes ses illusions quant au côté glorieux de la guerre. Après des années de conflit sanglant, Vandros avait désormais l'impression d'être beaucoup plus vieux qu'il ne l'était en réalité.

Les Tsurani venaient d'un autre monde – un fait que plus d'un noble du royaume avait mis longtemps à accepter. Ils avaient atteint le monde de Midkemia grâce à une faille, un portail magique à travers l'espace qui les avait amenés au royaume des Isles. Le destin avait voulu qu'ils débarquent dans une vallée située très haut dans les monts des Tours Grises. Le côté positif de la chose, c'est qu'il était difficile pour les Tsurani d'attaquer rapidement en dehors de cette vallée. Mais les forces du royaume s'étaient vite rendu compte qu'il leur était pratiquement impossible de déloger les envahisseurs de leur bastion dans les sommets.

Les Tsurani étaient des guerriers robustes et tenaces, vêtus d'armures de couleurs vives fabriquées à partir d'un matériau étrange, semblable à de l'os ou à du cuir, mais qu'on ne trouvait pas sur Midkemia. On ne savait par quels moyens leurs artisans parvenaient à façonner ce matériau pour lui donner une dureté proche de celle du métal. Sept ans plus tôt, au printemps, les envahisseurs étaient descendus des montagnes et avaient attaqué sans prévenir, réussissant à s'emparer de nombreux territoires appartenant au royaume des Isles et aux Cités libres du Natal.

Mais depuis cette première campagne, la guerre se trouvait dans une véritable impasse, même si elle durait depuis des années. Vandros secoua légèrement la tête en songeant à cet interminable conflit. Voilà cinq ans qu'il était devenu comte, mais la situation, déjà mauvaise, n'avait cessé d'empirer. Trois ans plus tôt, les Tsurani étaient descendus de leur bastion situé le plus au nord pour lancer une grande offensive contre Crydee, à l'ouest, dans l'espoir d'arracher toute la Côte sauvage au royaume. Mais le siège avait échoué. Depuis, plus rien.

Les forces du royaume parvenaient à résister d'un point de vue militaire, mais cette guerre leur coûtait extrêmement cher. Chaque année, les impôts ne cessaient d'augmenter et il y avait de moins en moins de soldats à recruter. L'année dernière, la situation s'était révélée catastrophique, au point que Vandros avait été obligé d'engager des mercenaires pour fournir davantage de troupes au duc de Yabon. Parmi ces derniers, certains avaient prouvé leur valeur, mais la plupart n'étaient guère plus que des cadavres à jeter en pâture aux épées tsurani.

À cela s'ajoutait la question du climat. Le comte avait vécu ici toute sa vie et savait que l'hiver allait être impitoyable cette année. Il n'était pas rare dans la région que des blizzards surviennent lors des mois les plus froids, et ce jour-là, on sentait dans l'air qu'une tempête pouvait s'abattre à tout moment. Vandros partageait l'avis de son capitaine. Les ducs avaient donné l'ordre de se replier pour l'hiver, et ce n'était pas trop tôt.

Le messager apparut à l'entrée de la tente.

« Messire ? dit-il pour s'annoncer.

— Entre, Terrance. »

Le jeune homme avança et se mit au garde-à-vous devant le comte. Il portait l'uniforme traditionnel du Corps des messagers de LaMut. Le bonnet rond, en fourrure, plat sur le dessus et orné sur le côté de l'insigne doré étincelant du régiment, était crânement incliné au-dessus de l'oreille. La veste vert foncé, qui s'arrêtait à la taille, s'ornait de tresses dorées aux épaules et aux poignets ainsi que d'une double rangée de six boutons, dorés également, sur le devant. Les messagers portaient aussi une culotte d'équitation de couleur grise, renforcée par un fond en cuir, qu'ils rentraient dans leurs bottes en cuir noir montant jusqu'à mi-mollet. Ils n'avaient pour seules armes qu'un sabre de cavalerie et un couteau à la ceinture. Vandros savait qu'ils possédaient également un lourd manteau qu'ils portaient par-dessus leur uniforme lorsqu'ils se trouvaient sur la route. En dehors de ça, ils n'avaient droit qu'à une ration d'avoine pour leur cheval et une gourde d'eau, car la rapidité était le maître mot du Corps des messagers.

Vandros dévisagea le messager en question avec une certaine irritation. Il s'agissait d'un lointain cousin, le petit-neveu de son grand-père, qui s'était servi de son lien de parenté avec le comte pour entrer dans l'armée à un âge que Vandros considérait encore comme trop tendre, et ce en dépit des objections de sa mère. Le gamin était tout simplement trop jeune et inexpérimenté. Cependant, il était bel et bien là et le comte ne pouvait rien y faire sans porter atteinte à l'honneur de la famille. Terrance avait à peine seize ans, car il faisait partie de ces enfants nés à peine quelques semaines avant le solstice d'été, jour où l'on célébrait leur premier anniversaire. Il n'avait pas encore besoin de se raser.

Mais des garçons plus jeunes encore servaient déjà dans l'armée, se rappela Vandros. De plus, les messagers n'appartenaient pas à un régiment aussi exposé que les membres de la cavalerie légère ou les lanciers lourds. Le gamin savait manier une épée, que ce soit à pied ou sur le dos d'un cheval, si bien qu'on aurait facilement pu l'intégrer dans une compagnie se battant sur le front. S'il n'avait pas été exceptionnellement doué pour l'équitation, il n'aurait jamais quitté la cavalerie, car seuls les meilleurs cavaliers de Yabon servaient dans le Corps des messagers du duc.

« C'est ton tour, Terrance ?

— En effet, messire. Le capitaine Leyman avait besoin de deux messagers. Williamson Denik était le premier sur la liste, alors on l'a envoyé à LaMut, et je venais en deuxième, alors me voici. »

Les messagers servaient à tour de rôle et aucun capitaine ni même aucun noble ne pouvait changer ce système de rotation sans s'attirer les foudres de ces soldats. Chaque régiment au sein de l'armée possédait ses propres traditions. Celle-là paraissait logique car, sans elle, certains messagers plus âgés se contenteraient d'effectuer les courses les plus faciles sur les routes les plus sûres, laissant les missions plus hasardeuses aux cavaliers récemment recrutés.

Vandros ne souffla mot pendant quelques instants. Si seulement il avait su que son jeune et lointain cousin se trouvait ainsi en tête de liste, il aurait demandé à Petir de lui envoyer Williamson et d'expédier Terrance à LaMut, en sécurité.

Le comte écarta ces pensées et désigna la carte. Terrance connaissait cette dernière aussi bien que lui : elle montrait toute la région où se déroulait la campagne militaire ainsi qu'une partie des terres environnantes.

Personne ne connaissait le véritable motif de l'invasion tsurani. Toutes les tentatives de pourparlers avaient été repoussées, si bien que les raisons avancées pour expliquer cette guerre n'étaient que des hypothèses. Celle qui prétendait que les Tsurani étaient à la recherche de métaux recueillait le plus de suffrages parmi les nobles du royaume. En effet, d'après le peu d'informations récoltées auprès des esclaves tsurani capturés – les soldats mouraient au combat ou tuaient leurs blessés avant de se replier –, les métaux étaient extrêmement rares sur leur monde natal. Malgré tout, Vandros trouvait qu'il manquait quelque chose à cette explication. Trop d'hommes étaient morts sans aucun gain stratégique pour que ces combats soient simplement livrés pour quelque chose d'aussi simple que des métaux. Il devait exister une autre raison ; seulement les forces du royaume ignoraient laquelle.

Terrance observa la carte dont il avait déjà mémorisé le moindre repère, la moindre ligne. La région qu'elle représentait était bordée à l'ouest par les monts des Tours Grises, au-delà desquels s'étendaient le duché de Crydee et les rivages de la Mer sans Fin. Mais cette partie du royaume se trouvait sous le commandement du prince Arutha et des barons de

Carse et de Tulan, si bien que le comte Vandros n'avait pas à s'en soucier. Sa zone d'opération se limitait à la bordure entre le duché de Yabon, le long de l'ancienne frontière des Cités libres, et les contreforts des Tours Grises.

L'index de Vandros désigna trois points sur la carte, l'un au sud-ouest de leur position, l'autre au sud et le dernier légèrement au sud-ouest du second. Ces trois camps, ajoutés au quartier général de Vandros, représentaient les fondations sur lesquelles s'appuyaient les lignes de défense du royaume dans la région. Des unités appartenant à chacun des quatre camps pouvaient rapidement réagir en cas d'attaque tsurani.

Mais il était impossible de continuer à ravitailler ces positions durant l'hiver, toujours très rigoureux dans cette partie du royaume, ce qui obligeait ses défenseurs à se replier tous les ans dès les premières chutes de neige.

« Tu vas délivrer un message aux barons Gruder, Moncrief et Summerville. Dis-leur qu'il est temps de se replier. »

Le comte poursuivit en donnant des instructions plus spécifiques : qui devait se retirer le premier, quel devait être l'ordre de marche, et quand les barons étaient censés atteindre leur destination pour s'y cantonner durant l'hiver.

Terrance étudia la carte pour apprendre par cœur le trajet qu'il allait effectuer.

« Bien, messire. J'ai tout retenu. »

Vandros savait qu'il était inutile de lui demander de répéter ses ordres de mission, car il savait que le garçon les lui restituerait au mot près. En plus d'être bon cavalier, il fallait avoir une bonne mémoire pour entrer dans le Corps des messagers. Ces derniers transportaient parfois certains rapports, mais tous les ordres militaires leur étaient confiés oralement, afin d'éviter que de précieux documents ne tombent aux mains de l'ennemi au cas où un cavalier viendrait à se faire tuer.

« Le retrait des troupes doit s'effectuer dans le calme et la discipline, insista le comte. Combat défensif uniquement. »

Cela signifiait que les commandants des différentes compagnies avaient ordre d'éviter si possible d'entrer en conflit avec des unités tsurani au cours de leur retraite vers l'est. Tout cela reposait sur la présomption que les Tsurani ne chercheraient pas à étendre leur territoire si tard dans la saison et qu'ils préféreraient au contraire se chercher un abri pour passer l'hiver au chaud.

« Le retrait des troupes doit s'effectuer dans le calme et la discipline. Combat défensif uniquement, répéta le messager.

— Tu m'as l'air un peu enroué, fit remarquer Vandros. Tu es sûr que tu es en état de chevaucher ?

— C'est juste un début de rhume, messire, rien de bien inquiétant.

— Dans ce cas, tu peux partir, le congédia Vandros. Euh, Terry ?

— Oui, messire ? répondit le jeune homme en se retournant au seuil de la tente.

— Reviens-nous sain et sauf. Je n'ai aucune envie d'expliquer à ta mère comment j'ai réussi à te faire tuer.

— Je ferai de mon mieux, messire », rétorqua Terrance avec un sourire enfantin.

Puis il sortit.

Vandros se demanda s'il avait bien fait d'envoyer un être aussi jeune au-devant du danger. Puis il se résigna à l'idée que c'était là l'essence même du commandement et qu'il avait envoyé de nombreux garçons et jeunes hommes au-devant du danger ces cinq dernières années, depuis qu'il était devenu comte. Il aurait préféré expédier Terrance à LaMut, mais il était peu probable que son cousin ait à subir une attaque ennemie si tard dans la saison. Les Tsurani s'efforçaient sans doute de rester au chaud, tout comme ses propres hommes. Vandros cessa de s'inquiéter au sujet de Terrance et commença à élaborer l'ordre de marche des nombreux soldats qui campaient juste à l'extérieur de cette tente.

Ces mêmes soldats qu'il entendait rire et bavarder tandis qu'il prenait place derrière sa table de travail.

Comme d'habitude, Terrance essuya les railleries et les rires sarcastiques des membres de l'armée régulière tandis qu'il traversait le camp en direction de sa tente.

« Est-il pas chou, celui-là ! s'exclama un vétéran grisonnant. J'crois bien que j'vais le garder pour en faire mon mignon ! »

Les hommes réunis autour du feu de camp éclatèrent de rire. Terrance résista à l'impulsion qui le poussait à répliquer. Les messagers plus âgés l'avaient averti lorsqu'il avait rejoint leurs rangs le printemps précédent que de telles railleries étaient fréquentes. En général, les soldats estimaient que les messagers avaient un boulot « pépère » car souvent, pendant des jours, ils restaient assis près de leur tente en attendant qu'on leur donne l'ordre de partir. Bien sûr, il arrivait lors des batailles qu'ils passent des journées entières en selle, mangeant très peu et dormant peu ou pas du tout, se frayant un chemin au cœur des combats pour porter leurs messages aux commandants sur le terrain. Mais dans ces moments-là, les autres soldats étaient trop occupés à rester en vie pour prêter attention aux allées et venues des messagers.

Terrance était grand pour son âge, car il mesurait déjà un peu plus d'un mètre quatre-vingts. Ses épaules et son dos commençaient tout juste à s'élargir, si bien qu'il ne possédait pas encore sa stature d'adulte. Il avait les yeux bleus et les cheveux blonds et sa barbe refusait de pousser, couvrant à peine ses lèvres et son menton d'un fin duvet blond. Cela l'irritait grandement car la tradition du Corps des messagers voulait qu'il se laisse pousser la moustache et ce que l'on appelait le bouc. Terrance s'y était essayé mais avait dû recommencer à se raser au bout d'un mois tant il avait l'air ridicule. Ses camarades n'avaient pas manqué de se moquer de lui mais plusieurs lui avaient confié en privé que cela finirait par venir et qu'il ne devait pas s'inquiéter. Certains lui avaient même suggéré de continuer à se raser, prétendant qu'ainsi son bouc et sa moustache pousseraient plus vite.

Terrance s'était aperçu que garder le silence et une expression impassible lui réussissaient plutôt bien, car il détestait l'idée que quiconque puisse se rendre compte à quel point il se sentait parfois peu sûr de lui. Dès la fin de son premier mois de service, il avait compris qu'il avait eu les yeux plus grands que le ventre, mais depuis sept mois qu'il faisait partie des messagers, il s'était rarement trouvé dans une situation de danger réel. Malgré tout, il ne pouvait venir à bout de cette peur constante qu'il avait de craquer sous la pression ou d'échouer d'une manière ou d'une autre, donnant ainsi raison à sa famille qui estimait qu'il s'était engagé trop tôt et jetant le déshonneur sur elle ainsi que sur le comte. À l'époque, il n'avait tout simplement pas songé aux responsabilités qui l'attendaient et regrettait à présent d'avoir agi de manière aussi irréfléchie.

Peut-être qu'à l'issue d'un hiver passé en compagnie de sa famille dans leur propriété aux environs de LaMut, avec derrière lui une année réussie, le garçon parviendrait à éprouver la confiance qu'il se contentait pour le moment d'afficher. Au moins, s'il rentrait chez lui sain et sauf, sa mère arrêterait peut-être de lui écrire tous les jours pour exiger son retour immédiat.

Terrance atteignit la tente qu'il partageait avec Charles McEvoy, de Tyr-Sog, et trouva son compagnon allongé sur sa couverture, à même le sol glacé, et occupé à lire un message.

« Ça vient de Clarise ? demanda-t-il en entrant.

— Oui, répondit l'autre jeune homme, de quatre ans son aîné. Tu es sur le départ ?

— Oui, c'est mon tour.

— Où tu vas, Terry ? »

Le garçon se pencha en souriant jusqu'aux oreilles.

« Les trois positions avancées. Je dois porter aux barons l'ordre de rentrer chez eux. D'ici deux semaines, tu seras dans les bras de Clarise. On se replie pour l'hiver. »

Le cavalier plus âgé s'assit sur sa couverture.

« C'est pas trop tôt. Il fait si froid que mon membre viril pourrait geler ! Si ça arrivait, je me demande bien à quoi je lui servirais, la pauvre ! »

Terrance éclata de rire. Charles s'était marié l'hiver précédent et n'avait pas revu son épouse depuis le dernier dégel du printemps.

« La question est plutôt de savoir à quoi tu lui sers maintenant !

— Sors d'ici ! riposta le cavalier en faisant semblant de lui donner une claque.

— Je suis juste venu prendre mon manteau avant de partir, expliqua Terrance.

— Puisses-tu chevaucher sans danger, Terry, déclara Charles en répétant la formule qu'employaient traditionnellement les messagers pour se dire au revoir.

— Toi aussi, Charlie », répondit le garçon en quittant la tente.

Il se hâta de gagner l'endroit où était attachée sa jument baie. Âgée de neuf ans, elle avait le pied sûr et réagissait rapidement aux exigences de son cavalier. Elle n'était pas la monture la plus rapide du Corps des messagers, mais Terrance adorait son caractère placide et son endurance. S'il le lui demandait, elle galoperait une journée entière et s'effondrerait sans se plaindre. Il l'appelait Bella.

Elle souleva la tête en le voyant arriver. Deux autres montures hennirent doucement d'un air interrogateur, mais elle savait que c'était son cavalier qui approchait et que ce serait son tour de sortir ce jour-là.

« Il est temps de se mettre en route, ma fille », lui dit Terrance en lui flattant l'encolure.

Il se rendit jusqu'à l'endroit où l'on rangeait les selles, sous un toit soutenu par quatre piliers, à quelques mètres à peine du lieu où étaient attachées les montures. Puis il sella rapidement sa jument et s'assura qu'il possédait une gourde pleine et un sac d'avoine. La mission ne devrait lui prendre que deux journées : une pour parvenir au premier poste avancé, où il passerait la nuit et mangerait ce que le camp aurait à lui offrir, et une deuxième pour le retour en décrivant un cercle en direction du sud-ouest, puis du sud-est, afin de s'arrêter aux deux autres positions défensives. Il jeta un coup d'œil en direction du ciel. Le soleil n'était levé que depuis deux heures, si bien que la promenade devrait s'avérer aisée s'il ne rencontrait pas de problème en cours de route. Il devrait pouvoir rentrer le lendemain au coucher du soleil.

Il détacha sa monture, se mit en selle et prit la direction de l'ouest. Lorsqu'il fut sorti du camp, après que Bella se fut échauffée, le jeune messager lança la jument au petit galop et se balança à son rythme, la laissant faire tout le travail.

*
* *

Le vent perçait son manteau et engourdissait son visage. Son nez ne cessait de couler, mais Terrance avait fini par renoncer à l'essuyer du revers de sa manche. À présent, ses narines étaient complètement bouchées, l'obligeant à respirer par la bouche, ce qui commençait à irriter ses poumons. Sa poitrine lui paraissait plus douloureuse qu'en début de journée. Il savait qu'il aurait pu se faire excuser pour cette mission en cas de maladie sérieuse, mais il n'imaginait pas un instant renoncer à cette chevauchée pour un problème aussi trivial qu'un rhume. Cependant, il ne pouvait s'empêcher de se demander s'il aurait dû dire au capitaine des messagers qu'il était trop malade pour prendre la route et qu'il valait mieux qu'il reste dans sa tente.

Terrance s'était arrêté à deux reprises depuis la mi-journée pour s'abriter pendant qu'il permettait à Bella de se reposer. À présent, il se tenait tremblant derrière un bosquet de bouleaux qui le protégeaient légèrement du vent pendant que la jument récupérait. Au vu des conditions climatiques, mieux valait ne pas trop s'attarder, car elle pourrait s'ankyloser, ce qui augmenterait le risque qu'elle devienne boiteuse.

Malgré tout, Bella n'en restait pas moins un bon cheval, pondéré et digne de confiance, la monture parfaite pour un messager. Elle obéissait toujours à ses ordres et réagissait rapidement. De plus, elle savait garder son calme. L'été précédent, alors qu'il faisait une halte, Terrance avait baissé les yeux et vu une vipère ondulant vers la jument. De nombreuses bêtes auraient paniqué, mais Bella s'était contentée, calmement, de lever un sabot et d'écraser le serpent avant que celui-ci ait le temps de réagir.

Lorsque sa monture fut suffisamment reposée, le cavalier se remit en selle et reprit la route vers sa première destination. Levant les yeux vers le ciel, il s'aperçut qu'il avait pris du retard sur l'horaire prévu. Cependant, il résista à l'impulsion de partir au galop. Il arriverait au camp quelques heures plus tard qu'il ne l'aurait voulu, mais son message serait quand même délivré à temps et lui-même pourrait prendre un repas chaud et passer la nuit relativement à l'abri du froid. Terrance savait que, si le vent ne se calmait pas, la chevauchée du lendemain serait plus éprouvante encore, car il devait s'arrêter dans deux autres camps, situés plus haut dans les contreforts des montagnes et plus près des lignes ennemies.

Il se concentra sur la tâche qu'il avait à accomplir pour le moment, à savoir traverser les bois en évitant les quelques patrouilles tsurani qui inspectaient la frontière avant les neiges hivernales et épargner sa monture. Si Terrance se retrouvait à pied, il courait le risque de mourir de froid pendant la nuit, car alors il n'atteindrait pas la première position avancée avant le lendemain midi.

Après avoir chevauché pendant deux heures à une allure régulière, il décida de soulager de nouveau Bella. Cette dernière s'ébroua, protestant contre l'obligation de devoir le suivre tandis qu'il la menait par la bride, car elle savait que de l'avoine, du foin et une certaine chaleur sous un abri occupé par d'autres chevaux l'attendaient à la fin de cette journée.

Une demi-heure de marche plus tard, Terrance se remit en selle. Il poussa Bella à adopter un petit galop régulier sans jamais cesser de balayer son environnement du regard. Il était si facile de se laisser aller à rêvasser ou de fixer son regard sur un détail particulier du paysage. Les messagers étaient pratiquement les membres les plus vulnérables de l'armée ducale, juste derrière les gamins qui voyageaient dans le train de l'intendance. Il suffisait d'une embuscade montée par deux ou trois hommes armés et les ordres du comte n'arriveraient jamais à destination auprès des barons.

Trois heures avant le coucher du soleil, Terrance repéra un mouvement au nord de sa position. Ce ne fut qu'un éclair coloré sous le couvert des arbres, rien de plus, mais c'était déjà suffisant. Il s'agissait sans le moindre doute d'une patrouille tsurani, car les plantes permettant d'obtenir la teinture orange qu'utilisaient les envahisseurs du nom de Minwanabi pour border leurs armures noires ne poussaient pas dans ces forêts, tout comme celles qui donnaient l'écarlate et le jaune de ceux qu'on appelait les Anasati. Terrance poussa Bella à accélérer le pas et garda l'œil ouvert à la recherche d'autres traces des envahisseurs, mais les bois ne révélèrent rien de plus.

Le messager demeura vigilant pendant tout le restant de la journée et ne se détendit qu'à quelques minutes d'atteindre son premier objectif.

Tandis qu'il approchait du premier camp, il huma la fumée des feux de camp que le vent lui rabattait au visage. Le jeune homme savoura l'âcreté piquante de ces odeurs, devinant qu'il pourrait bientôt se reposer.

Il entendit une sentinelle s'écrier :

« Cavalier en approche ! »

S'il avait été à pied, Terrance aurait sûrement été arrêté plus d'une demi-douzaine de fois depuis qu'il avait quitté les bois et qu'il était entré sur le territoire qu'occupaient les forces du royaume. Mais les Tsurani ne possédaient pas de chevaux, si bien qu'on ne posait jamais de questions à un cavalier. Terrance se demanda pourquoi au fil des ans les envahisseurs n'avaient jamais entraîné de cavaliers pour monter les chevaux capturés. Cependant, comme personne de sa connaissance n'avait eu l'occasion de parler à un Tsurani vivant, il ne pouvait que se perdre en conjectures.

Terrance connaissait l'emplacement de la tente de commandement et s'y rendit directement. La frontière était tenue par des soldats originaires de la province de Yabon, soutenus par des troupes levées jusque dans les marches du Sud. Le commandant qui dirigeait ce camp était le baron Gruder, un vassal du duc Sutherland détaché auprès du comte de LaMut. Terrance l'avait rencontré à trois reprises depuis qu'il était entré chez les messagers et savait qu'il s'agissait d'un homme plein de bon sens, extrêmement direct et totalement dépourvu de sociabilité.

Un garde le fit entrer sous la tente, tandis qu'un autre conduisait Bella à l'abri où étaient rassemblées les montures de rechange. Les lanciers de LaMut étaient cantonnés dans ce camp, ainsi qu'une compagnie de cavalerie légère originaire de Zûn. Deux compagnies de fantassins lourds venues d'Ylith et de Tyr-Sog complétaient cette armée. Pour eux, l'année avait été longue et difficile car ils avaient dû combattre à de nombreuses reprises les Tsurani et leurs alliés cho-ja, les « Insectes » comme les appelaient les hommes originaires du Sud.

Terrance se mit au garde-à-vous devant le baron.

« J'ai pour vous des ordres venant du comte, messire.

— Eh bien, allons-nous enfin nous retirer ? demanda Gruder, un individu corpulent dont le visage montrait qu'il s'attendait à un tel ordre.

— Oui, messire. Vous devez vous replier par étapes, dans la discipline et le calme, sur les cantonnements qui vous ont été assignés par le duc pour l'hiver. »

La politique du royaume de l'Ouest rendait les nobles jaloux de leurs prérogatives, et Gruder n'avait pas manqué de protester de manière volubile contre son détachement auprès d'un comte « étranger ». C'est pourquoi les messagers avaient appris à se référer aux ordres des ducs Borric et Brucal aussi souvent que possible, pour éviter que le baron ne se lance dans une autre diatribe. Terrance était pratiquement gelé et mourait de faim, si bien qu'il tenait à éviter un nouveau long discours sur l'inconscience de Vandros qui laissait Gruder dans ce trou perdu alors qu'il manquait d'hommes, de provisions, d'armes et d'or, ainsi que toutes ces choses qu'il jugeait nécessaires pour lui permettre de mener à bien sa mission.

« Combat défensif uniquement, ajouta le jeune homme.

— Rien d'autre ?

— Il y a environ trois heures, j'ai surpris un mouvement sous les arbres au nord de la piste qui vient de l'est. Les couleurs que j'ai vues étaient tsurani.

— Avez-vous pu les identifier ?

— Minwanabi et Anasati, messire. »

Gruder médita cette information en silence pendant quelques instants.

« D'après nos informations, ces deux maisons ne s'apprécient pas beaucoup. Elles doivent avoir une idée derrière la tête pour marcher ainsi ensemble. Il faudra que j'ouvre l'œil.

— Tout à fait, messire », répondit Terrance d'un ton aussi neutre que possible.

Il se demanda comment les forces du royaume étaient parvenues à apprendre quoi que ce fût au sujet des Tsurani, puisque ces derniers préféraient mourir plutôt que de se laisser capturer. Cependant, il garda pour lui sa curiosité. Il était là pour porter des messages, pas pour les comprendre ou les interpréter.

Le baron regarda le messager comme s'il venait juste de s'apercevoir que ce dernier était encore là.

« Très bien. Mangez donc un morceau et reposez-vous. On commencera la retraite dès l'aube. »

En sortant de la tente de commandement, Terrance entendit le baron annoncer l'évacuation dans le calme. Un page allait porter la nouvelle aux officiers le long de la ligne dans les prochaines minutes. Le messager leva les yeux vers le ciel tandis que la lumière déclinait. Des nuages s'amoncelaient rapidement à l'ouest. Le soleil commençait à peine à se coucher, mais l'obscurité tombait rapidement.

Cela signifiait que les nuages étaient chargés d'humidité. À en juger par le froid qui régnait, ce ne serait pas de la pluie qui tomberait cette nuit-là, mais de la neige. Terrance ne désirait rien tant qu'un bon repas chaud et du repos, mais il avait d'abord l'intention d'aller voir les montures de rechange pour s'assurer que Bella était bien traitée. Après seulement, il prendrait soin de lui.

Tandis qu'il se dirigeait vers l'endroit où se trouvaient les chevaux, il sentit quelque chose d'humide effleurer sa joue. De nouveau, il regarda vers le ciel. Quelques flocons épars commençaient à tomber. Le garçon s'arrêta un moment tandis que des soldats passaient en courant à côté de lui et que l'agitation montait dans le camp à mesure que la nouvelle de la retraite se répandait.

Alors que s'améliorait l'humeur des hommes autour de lui, car nombre d'entre eux seraient de retour chez eux dans quelques jours, Terrance sentit une sombre inquiétude monter en lui. Si la neige tombait abondamment cette nuit, cela risquait de rendre difficile sa deuxième journée de mission. Peut-être même serait-il obligé de faire étape au troisième poste avancé avant de retourner au camp du comte. Il adressa une prière silencieuse à Killian, la déesse de la Nature, pour lui demander de retarder la chute des premiers flocons d'au moins une journée. Puis, jetant un coup d'œil aux visages des hommes impatients de rentrer dans leurs foyers, il modifia légèrement sa demande ; une semaine serait encore mieux.

Il sortit de sa rêverie et partit à la recherche de sa jument.

Le palefrenier avait bien pris soin de Bella qui s'ébroua pour saluer son cavalier, sortant la tête d'une pile de foin. Terrance prit malgré tout la peine de l'examiner afin de s'assurer que sa robe était bien sèche. Il se réjouit qu'on lui ait trouvé un endroit relativement chaud derrière le brise-vent, plutôt que de l'attacher à l'autre bout de la ligne, en dehors de l'abri.

Terrance s'aperçut alors qu'il y avait bien moins de chevaux qu'il ne l'aurait dû. Il se tourna vers le palefrenier.

« Une grosse patrouille est de sortie ?

— Non, répondit le soldat plus âgé. On a juste perdu beaucoup de gars cette année. (D'un geste du menton, il désigna l'autre bout de la ligne.) On a perdu beaucoup de chevaux aussi. »

Terrance acquiesça et flatta l'encolure de Bella.

« Merci d'avoir pris soin d'elle.

— C'est mon boulot », répondit le palefrenier en s'éloignant.

Le messager sourit et tourna les talons. Il se hâta de gagner la tente sous laquelle se trouvait la cantine et se plaça dans la file d'attente derrière un jeune officier de cavalerie. Un marmiton lui tendit une écuelle en bois et un gobelet en métal, car son uniforme montrait que Terrance ne faisait pas partie du camp. La plupart des soldats dans la file possédaient leurs propres écuelle et gobelet qu'ils gardaient avec leurs affaires sous leur tente.

Le plat qu'on lui servit n'avait rien de remarquable mais il était chaud et nourrissant. Le thé avait un goût amer mais il fumait. Terrance mangea seul, assis à même le sol, à l'extérieur de la tente, du côté abrité du vent. Comme toujours, la plupart des soldats l'ignorèrent. Lorsqu'il eut terminé, il rendit l'écuelle et le gobelet au marmiton dans la cantine, puis entreprit de dénicher un endroit où dormir.

En tant que messager, on attendait de lui qu'il trouve à loger où il pouvait, ce qui signifiait souvent qu'il dormait à même le sol avec sa selle pour oreiller et son manteau en guise de couverture. La plupart du temps, c'était tout à fait acceptable, mais le froid ce soir-là rendait la chose impossible.

Alors même qu'il approchait de la rangée de tentes occupées par les membres de la cavalerie, Terrance se mit à tousser et fut pris d'une quinte déchirante. Il tendit la main et agrippa le tronc d'un arbre. À moitié plié en deux, il s'obligea à inspirer profondément puis ramena de son arrière-gorge une grosse quantité de mucosités verdâtres qu'il recracha. Cette quinte de toux lui laissa un goût de soufre amer dans l'arrière-gorge, ce qui lui arracha une grimace. La démangeaison se transforma en douleur brûlante.

« Merde », murmura le garçon.

Il devenait bien plus malade qu'il ne l'aurait cru alors qu'il avait encore une journée de chevauchée devant lui, peut-être davantage si le climat empirait, avant de pouvoir rentrer au camp du comte et de se faire prescrire un remède par l'apothicaire qui travaillait à l'infirmerie. Cependant, il ne pouvait rien faire sinon persévérer dans sa mission.

Il s'avança vers les premières tentes et commença à demander si leurs occupants avaient encore de la place pour lui. Les six premières tentatives se soldèrent par des réponses négatives, mais dans la septième tente, il tomba sur un cavalier solitaire qui le dévisagea pendant un moment avant de hocher la tête pour l'inviter à entrer.

Terrance s'exécuta et regarda la couche vide, séparée du cavalier déjà allongé par le poteau qui soutenait la tente.

« Tu peux y aller, l'encouragea le cavalier en haussant légèrement les épaules. Il n'en aura plus besoin maintenant. »

Terrance ne demanda pas à qui ce « il » faisait référence, car il s'agissait de toute évidence d'un camarade tombé au combat. Il s'assit et échangea un regard avec le cavalier. Ce dernier avait au moins dix ans de plus que lui, mais paraissait deux fois plus âgé. Il avait les yeux enfoncés et bordés de rouge comme s'il n'avait pas dormi depuis des jours et ses cernes noirs accentuaient l'impression que l'on avait affaire à un homme extrêmement fatigué.

« Vous venez juste de rentrer ? lui demanda Terrance.

— Hier. On a surpris une patrouille tsurani à découvert... (Sa voix s'éteignit tandis qu'il se rallongeait sur sa couche.) Notre capitaine ne s'est pas rendu compte qu'on avait chargé leur avant-garde, jusqu'au moment où le reste de la compagnie nous est tombée dessus en surgissant des arbres. Ça ne s'est pas joué à grand-chose.

— Il s'agissait de forces alliées ? Il y avait plus d'une maison impliquée ? »

Le cavalier acquiesça.

« On était trente contre cent. Ça n'a pas été beau à voir. (Il soupira.) Ne va pas croire que je suis impoli, mais j'ai besoin de sommeil. On effectue une nouvelle sortie demain. »

Terrance résista à l'impulsion de lui dire qu'il recevrait de nouveaux ordres le lendemain matin, car ce n'était pas à lui de lui annoncer la nouvelle.

« Dormez bien », se contenta-t-il de dire, mais le soldat respirait déjà d'une façon profonde et régulière.

Terrance défit la corde qui retenait la portière de la tente ouverte. Puis il enroula l'épaisse couverture autour de son corps en s'allongeant sur le mince tapis de couchage. La couverture sentait la sueur aigre et la saleté d'un autre homme, et le sol était froid et inégal, mais Terrance avait déjà été obligé de dormir dans de pires conditions. De plus, il était jeune et fatigué. Il eut deux quintes de toux et se redressa chaque fois pour voir s'il avait dérangé son compagnon. Mais ce n'était pas le cas. Comme la plupart des soldats, le cavalier avait appris à dormir profondément quel que soit le bruit à proximité.

Terrance ferma les yeux et essaya de se détendre. Il sentait la transpiration dégouliner dans son cou et dans son dos en dépit du froid et resserra la couverture autour de lui. Des images de sa maison et de sa famille se bousculaient dans son esprit sans aucune cohérence. Au bout de quelques minutes agitées, le sommeil survint.

Le jour se leva sur des rafales de neige. Terrance remarqua en se dirigeant vers la cantine que l'activité dans le camp augmentait à mesure que chacun apprenait qu'il avait ordre de quitter le front et de se replier pour l'hiver. Des hommes qui s'attendaient d'un air sombre à ce que cette journée amène une nouvelle bataille respiraient à présent à pleins poumons et avaient du mal à contenir un sourire ou des larmes de soulagement, car ils étaient presque certains à présent de vivre jusqu'au printemps suivant.

Terrance avait le corps douloureux et l'impression de ne pas s'être reposé du tout. Cependant, il avait une mission à terminer, si bien qu'il déjeuna rapidement de pain frais, tout juste sorti du four, accompagné de miel, de beurre, de fruits secs et d'une longue lanière de bœuf cuit la veille. Le cuisinier distribuait des portions généreuses car plus les soldats mangeraient ce matin-là et moins il aurait de provisions à empaqueter et à remmener à LaMut.

Terrance finissait son petit déjeuner lorsqu'un sergent couvert de cicatrices et à l'œil gauche recouvert d'un bandeau vint le trouver.

« Le baron veut te voir », déclara-t-il.

Sur ce, il tourna les talons, sans vérifier si Terrance le suivait bien.

Le jeune homme s'arrêta à l'entrée de la tente de commandement et s'annonça. Le baron lui donna l'ordre d'entrer dans le pavillon et lui tendit un paquet de messages.

« Mets ça dans tes affaires, mon garçon. C'est pour le comte. Les barons Moncrief et Summerville auront sûrement des rapports à te confier eux aussi.

— À vos ordres, messire, acquiesça Terrance.

— Combat défensif, tu parles, marmonna Gruder pour lui-même. Mais à quoi peut bien penser Vandros ! (Comme s'il avait besoin de quelqu'un pour exprimer son opinion, il ajouta :) J'ai appris que les Tsurani s'étaient emparés d'un nouvel avant-poste il y a quatre jours ! Ils ne se contentent pas d'envoyer des patrouilles, ils déplacent leurs hommes en grand nombre ; ils nous préparent quelque chose.

» Si nous voulons gagner cette guerre un jour, il faut que nous les attaquions les premiers au lieu de continuer à attendre. (Il baissa la tête pour examiner une carte sur une table située à sa droite. Ses yeux passèrent rapidement d'un repère à un autre comme s'il essayait de lire l'avenir sur le papier.) Certains de mes gars sont tombés sur une patrouille tsurani avant-hier, reprit-il en relevant la tête. Il ne s'agit pas de celle que tu as vue hier, alors ouvre l'œil. Je crois que nos camarades de jeu de l'autre côté du front songent à se glisser derrière nous pendant que nous nous retirons. Ils s'enterreront dans des tranchées et élèveront des fortifications, si bien qu'en revenant au printemps, on découvrira qu'ils ont agrandi leur territoire. Répète aux autres barons ce que je viens de te dire, je te prie, et préviens-les que je vais me replier par étapes successives et que je serai prêt à faire demi-tour et à me battre s'il le faut. Combat défensif, ben voyons ! (D'un geste de la main, il désigna le paquet que tenait Terrance.) Veille à ce que le comte Vandros reçoive bien mes messages, mon garçon. »

Ce dernier acquiesça, gravant toutes les remarques du baron dans sa mémoire. Puis il attendit, se demandant si Gruder avait quelque chose à ajouter. Finalement, celui-ci se rendit compte que le messager attendait qu'il le congédie, ce qu'il fit d'un geste de la main.

Le garçon salua le baron, tourna les talons et quitta la tente. Il se dirigea tout droit vers l'endroit où se trouvaient les chevaux. Moins de quinze minutes plus tard, après avoir sellé Bella, il s'en allait, traversant la foule de soldats agités qui levaient le camp. Il se déplaçait d'un pas décidé mais lent pour laisser le temps à sa monture de s'échauffer avant de prendre de la vitesse.

Le sol n'était pas gelé, si bien que la neige tombée pendant la nuit se transformait rapidement en boue sous les pieds des soldats. Terrance savait qu'il lui faudrait s'arrêter plusieurs fois pour nettoyer les sabots de sa jument. Mais au moins, il n'aurait pas à patauger dans cette gadoue épaisse et profonde, capable d'aspirer le fer d'un cheval ou la botte d'un cavalier, qui recouvrait les chemins au printemps, lors du dégel.

S'estimant chanceux de ce point de vue-là, il prit la direction du sud-ouest et poussa sa monture au trot. Il la sentit se contracter lorsqu'une quinte de toux le prit, mais il lui tapota l'encolure quand la crise fut passée, si bien que la jument se détendit. Puis il la lança au petit galop et regarda défiler le paysage en accumulant les kilomètres.

Terrance tira sur les rênes pour ordonner à Bella de s'arrêter. L'air était immobile, comme si le temps retenait son souffle dans l'attente du prochain assaut. Les rafales de neige avaient cessé une heure après que le messager eut quitté le camp du baron Gruder. Mais Terrance savait qu'il y en aurait bientôt de nouvelles. Un soleil brumeux éclairait le visage du garçon, torturant ce dernier en lui promettant une chaleur qui ne viendrait pas. L'air était glacial et le sol commençait à geler, si bien que les sabots de Bella ne cessaient de broyer davantage de cristaux de glace à chaque minute qui passait. Le froid mordait Terrance à travers son manteau tandis que le souffle de Bella formait un nuage de vapeur. De gros cumulus arrivaient en provenance de l'ouest.

Depuis son départ du camp, Terrance n'avait rien vu qui sorte de l'ordinaire, mais il restait constamment sur ses gardes, par nécessité. La fièvre qui le dévorait l'empêchait de se concentrer autant qu'il l'aurait voulu, mais il parvenait à ignorer en grande partie la douleur qui s'étendait désormais à chacun des os de son corps.

Il laissa Bella se reposer quelques instants tandis qu'il observait le paysage. Il se trouvait sur une piste qui longeait une rangée d'arbres s'étendant vers le sud. Au nord, le terrain descendait en pente et se terminait en une grande prairie. Terrance passa en revue les différents points de repère dans le lointain, car il n'avait pas emporté de carte, au cas où il se ferait capturer par l'ennemi. Comme tous les messagers, il avait appris par cœur les cartes de la région et savait reconnaître les détails significatifs qu'il pourrait utiliser comme points de repère.

Quelque chose attira son attention à l'autre bout de la prairie. Un groupe de silhouettes surgit, se dirigeant lentement dans sa direction. Au début, il pensa à une patrouille tsurani, mais élimina rapidement cette hypothèse. Le groupe comprenait une vingtaine de personnes à la démarche épuisée, qui semblaient n'avoir d'autre but que d'aller vers le sud le plus rapidement possible. Aucune d'elles n'était vêtue de l'armure colorée des Tsurani.

Terrance attendit. Le temps qu'il passerait à enquêter sur ce groupe se révélerait précieux si ces gens possédaient la moindre information valable concernant les déplacements des Tsurani au nord ou à l'ouest. À mesure qu'elles se rapprochaient, les silhouettes se précisèrent et devinrent des villageois – des fermiers ou des bûcherons, à en juger par leurs habits. Il y avait là des hommes, des femmes et quelques enfants. Tous portaient des baluchons.

L'un des hommes aperçut Terrance et le montra du doigt. Les autres commencèrent à crier en agitant les bras. Le garçon fit faire volte-face à sa monture et lui fit descendre la pente dans leur direction. Il rejoignit les villageois visiblement épuisés au milieu de la prairie. Les enfants s'accrochaient aux adultes et tout le monde était essoufflé.

« Bonjour ! s'écria l'un des hommes lorsque Terrance arriva à portée de voix. Vous êtes un soldat ? »

Il s'exprimait en natalais, la langue des Cités libres. Originaire de Yabon, le jeune messager en comprenait la majeure partie, car le dialecte yabonais était très proche du natalais même si, dans sa maison, l'on s'exprimait principalement dans la langue du roi.

« Oui, j'appartiens à l'armée du royaume, répondit-il. Et vous, qui êtes-vous ?

— Nous sommes du village de Ralinda, situé à onze kilomètres au nord d'ici. »

Terrance acquiesça, car il connaissait l'emplacement de ce village.

« Je croyais qu'il était aux mains des Tsurani.

— Ils sont partis hier, jusqu'au dernier d'entre eux, expliqua la femme qui se tenait à côté de l'homme qui avait interpellé le messager. L'année dernière, ils ont laissé quelques soldats pour nous faire travailler, mais pas cette année. Alors on s'est enfuis. »

Terrance hocha la tête. Il se retourna et désigna le sommet de la pente.

« Une fois arrivés là-haut, prenez la direction du nord-est et suivez la crête. Vous verrez une piste dans les bois qui vous emmènera à l'endroit où le baron Gruder lève le camp pour retourner à LaMut. Vous pourrez accompagner les soldats et trouver un refuge pour l'hiver. (Il se tourna vers l'homme qui l'avait hélé.) Quelle direction les Tsurani ont-ils prise ?

— Sud-ouest. »

Terrance effectua un bref calcul mental, puis remercia le villageois.

« Merci et bonne chance. »

Éprouvant un brusque sentiment d'urgence, il fit virevolter Bella et l'éperonna pour la pousser à remonter la pente. Si la garnison tout entière cantonnée dans ce village n'était pas retournée à son point de ravitaillement, au nord-ouest des Tours Grises, cela signifiait qu'elle devait rejoindre d'autres compagnies pour un ultime assaut. Or, à en juger par la direction qu'elle avait prise, son objectif ne pouvait être que la position du baron Moncrief. L'espace d'un instant, Terrance envisagea de faire demi-tour pour demander aux villageois d'apporter la nouvelle au baron Gruder. Mais, même s'ils atteignaient le camp de Gruder avant la tombée de la nuit, l'issue de la bataille au camp de Moncrief serait décidée bien avant que le premier baron puisse envoyer des renforts.

De plus, songea le messager, ce n'étaient que des suppositions. Il pouvait très bien avoir tort.

Mais au fond de lui, il savait que ce n'était pas le cas.

Il lança Bella au petit galop en espérant qu'il pourrait rejoindre Moncrief avant les Tsurani.

Bella faisait de son mieux pour continuer à galoper. Terrance avait essayé de conserver une allure aussi rapide que possible sans tuer sa jument, alternant des périodes de galop avec des périodes de trot. Mais il ne l'avait pas laissée se reposer depuis qu'il avait appris que les Tsurani avaient abandonné le village de Ralinda. Il avait beau adorer Bella, il savait que son devoir était de la sacrifier pour pouvoir avertir le baron Moncrief.

La jument cherchait son souffle mais ne réussissait plus qu'à produire un râle grinçant et rauque qui fit comprendre à son cavalier qu'elle était proche de la fin. Mais elle avait du cœur et continuerait à courir jusqu'à s'effondrer sous lui, Terrance le savait. Il se retrouvait face à un terrible dilemme, car il lui fallait sans cesse contrebalancer la nécessité de faire au plus vite avec celle de garder Bella en vie. Il n'aurait pratiquement aucune chance d'arriver au camp de Moncrief avant les Tsurani s'il devait parcourir ne serait-ce que les trois derniers kilomètres à pied.

Il tira sur les rênes et laissa la jument ralentir jusqu'à marcher au pas. Au bout de cinq minutes de ce régime, ses halètements diminuèrent peu à peu. Terrance s'essuya le front du revers de sa main droite gantée. Il sentait la sueur dégouliner le long de sa nuque à l'intérieur de sa veste. Il s'aperçut avec un étrange détachement qu'en dépit du froid glacial, il était trempé sous son manteau. Il avait également la gorge sèche malgré les grandes quantités d'eau qu'il avalait et les poumons contractés, ce qui le gênait et l'empêchait de respirer profondément. Des quintes de toux l'avaient déjà forcé à s'arrêter trois fois, le temps de se pencher par-dessus la selle pour recracher des glaires. Sa cage thoracique lui faisait mal.

Ignorant son propre inconfort, il regarda autour de lui à la recherche de repères. Il s'aperçut qu'il était sur le point d'entrer dans une vallée longue de cinq ou six kilomètres, qui allait en s'étrécissant et qui se terminait en pointe au sud-ouest, à l'entrée du dernier col qu'il aurait à franchir avant d'atteindre la position du baron Moncrief.

Un mouvement à l'orée d'un bosquet au nord attira l'attention du messager qui s'arrêta quelques instants. Il se souleva sur ses étriers en fer et étudia les arbres. Derrière la première rangée de troncs, il aperçut d'autres mouvements et de faibles taches de couleur bleue, verte et rouge parmi les ombres du sous-bois.

Il savait qu'il s'agissait des Tsurani, et de plusieurs compagnies réunies sous un même commandement, à en juger par la diversité des couleurs. Gruder avait raison ; leurs ennemis s'apprêtaient à se glisser derrière les forces du royaume à mesure qu'elles se retiraient, afin d'élargir les zones qu'ils contrôlaient déjà.

Les Tsurani avaient cessé d'étendre leurs territoires depuis la première année de la guerre, laissant un front stable se développer au cours des six dernières années, à deux exceptions près : le siège de Crydee et la tentative d'atteindre Port-Natal et la Triste Mer.

Mais cela ne signifiait pas qu'ils avaient définitivement renoncé à agrandir la liste de leurs possessions.

Terrance poussa sa jument fatiguée à se remettre en route.

Il savait comme la plupart des gens que les Tsurani possédaient l'une des meilleures infanteries que les Midkemians aient jamais vues. Ils étaient capables de marcher sur une distance de quatre-vingts kilomètres, jour et nuit, et de se battre en arrivant à destination. Trente kilomètres par jour représentaient pour eux une simple promenade.

Il calcula la distance qui séparait les arbres de l'entrée du col et comprit qu'il lui faudrait se dépêcher pour l'atteindre en premier, précédant l'avant-garde des envahisseurs. Il donna un violent coup de pied dans les flancs de sa monture épuisée qui répondit vaillamment.

Au début, Bella galopa presque aussi vite qu'elle l'aurait fait en temps ordinaire, lorsqu'elle était reposée. Mais Terrance sentait son énergie décroître à chaque seconde. Lorsque la jument et son cavalier eurent parcouru la moitié de la distance qui les séparait du col, la pauvre bête avait peine à maintenir un faible galop. À l'approche des arbres, son allure se réduisit à un pas vacillant.

Terrance sauta à terre et ôta rapidement son manteau, trop encombrant pour lui permettre de courir à son aise. Tandis que le froid s'engouffrait sous sa veste mince, provoquant un frisson renforcé par la sueur qui lui couvrait la peau, le garçon attacha la sacoche contenant les rapports du baron Gruder en travers de sa poitrine. Puis, en silence, il fit ses adieux à Bella. Il tourna la tête de la jument en direction de la route qu'ils avaient parcourue ensemble, adressa une prière silencieuse à la déesse de la Chance et donna une grande claque sur la croupe de l'animal. Bella s'éloigna puis s'arrêta, haletante, cherchant à reprendre son souffle. Elle se tourna pour regarder son cavalier qui lui dit :

« Rentre à la maison, Bella ! »

On aurait presque dit qu'elle acquiesçait lorsqu'elle se détourna et commença lentement à marcher sur le chemin par lequel ils étaient venus.

Terrance, quant à lui, fixa son regard sur le col, situé à environ trois kilomètres devant lui. Puis il s'élança au trot, maintenant une allure régulière. Le sol était suffisamment gelé pour que la moindre tentative de courir plus vite se révèle désastreuse. Il ne pouvait prendre le risque de récolter une blessure qui l'empêcherait d'achever la mission qu'on lui avait confiée. De plus, s'il tombait maintenant, il serait certainement capturé ou tué par les Tsurani.

À plusieurs reprises, il sentit ses bottes glisser légèrement, mais pendant la majeure partie du trajet, son allure lui permit de se déplacer rapidement vers son objectif tout en lui donnant une certaine stabilité. Il venait d'atteindre une petite clairière, juste avant d'entrer dans les sous-bois qui le mèneraient à l'entrée du col, lorsque des cris dans le lointain lui apprirent que les Tsurani l'avaient repéré. Sans plus se soucier du sol gelé, Terrance se mit à courir pour de bon.

Il jeta un coup d'œil sur sa droite et aperçut une demi-douzaine de soldats tsurani, vêtus des couleurs noire et orange de la maison Minwanabi. Ils semblaient bien déterminés à lui barrer la route. Le messager calcula l'angle de leur trajectoire et conclut qu'il était capable d'atteindre les arbres avant que ses ennemis le rejoignent. Il espérait que ses poursuivants ne connaissaient pas aussi bien la région que lui, car il avait déjà repéré deux endroits où il pourrait gagner un peu de temps. Si les Tsurani les connaissaient aussi, il allait sûrement mourir.

Il baissa la tête et accéléra.

Une centaine de mètres avant la première rangée d'arbres, Terrance entendit le son des sandales tsurani broyant le sol glacé tandis que leurs propriétaires redoublaient de vitesse pour le rattraper. Cinquante mètres plus loin, il entendit leur souffle haletant alors qu'ils se rapprochaient. À vingt-cinq mètres, une flèche passa à côté de sa tête, le manquant de moins d'un mètre. Terrance plongea et atteignit l'orée du sous-bois au moment où une deuxième flèche se plantait dans le tronc derrière lequel il venait juste de sauter.

Il dévia sur sa droite et dévala un étroit sentier entre une demi-douzaine de gros troncs. Ses poumons le brûlaient et ses jambes commençaient à trembler, mais Terrance se concentra sur une seule tâche : distancer les Tsurani. Le cœur battant, il sentait que la peur était sur le point de le submerger et il battit des paupières pour refouler ses larmes, refusant de quitter le sentier des yeux. Il s'agissait d'une piste qu'empruntait le gibier pour aller boire à une mare quelque deux cents mètres plus loin. Cinquante mètres avant d'atteindre l'eau, il tourna de nouveau sur sa droite pour escalader une petite hauteur. Il savait que, si les Tsurani perdaient sa trace, ils continueraient sûrement à suivre le sentier en direction de la mare, ce qui lui permettrait de gagner de précieuses minutes.

Cependant, même s'il réussissait à semer les six ennemis qui le poursuivaient, il n'en restait pas moins le gros des troupes tsurani qui se dirigeait vers la même destination que lui. S'il n'arrivait pas au camp au moins cinq minutes avant eux, le risque que l'un de leurs archers l'abatte serait très élevé, car juste avant le col se trouvait un espace dégagé qui n'offrait aucune protection à un coureur.

Pour la première fois depuis qu'il était entré chez les messagers, Terrance maudit la nécessité qui oblige les cavaliers à porter des talons hauts. À plusieurs reprises, il sentit ses chevilles trembler et presque céder sous son poids tandis qu'il traversait les bois telle une flèche. Distraitement, il songea qu'il pourrait peut-être demander à un bottier de découper le cuir sur le devant des chevilles et d'ajouter des œillets et des lacets afin qu'il puisse resserrer ses bottes. Puis il s'aperçut que le mieux était encore d'éviter d'avoir à courir.

Il déboucha à pleine vitesse dans la petite clairière et choisit de courir aussi vite que possible plutôt que de zigzaguer. Il espérait atteindre les rochers non loin de là avant qu'un archer tsurani ait le temps de s'arrêter, d'encocher une flèche, de le mettre en joue et de lui tirer dessus.

Quelque chose – peut-être le son d'une corde que l'on relâche, ou un bruit de pas manquant, ou tout simplement son intuition – le poussa à plonger sur sa gauche au dernier moment. Une flèche noire passa à côté de lui et ne rata son dos qu'à une quinzaine de centimètres près. Terrance courut ensuite sur la droite puis entra dans le col, entre les rochers, en longeant la paroi de gauche.

Le passage était suffisamment étroit pour que seuls deux cavaliers puissent y chevaucher de front. Terrance savait qu'il s'agissait d'une position d'étranglement logique pour les défenseurs situés au sud-ouest. Il devait donc y avoir au moins une petite escouade de soldats du royaume à l'autre bout du défilé ; le messager s'en sortirait sain et sauf s'il arrivait à franchir les mille six cents mètres de piste rocailleuse avant que les Tsurani le rattrapent.

Il espérait qu'ils feraient preuve de prudence et ralentiraient en entrant dans le col, peut-être dans la crainte que leur proie ait fait demi-tour pour leur tendre une embuscade. Mais quelques instants plus tard, il entendit l'écho d'une course derrière lui et comprit que les Tsurani étaient tout sauf prudents. Ils avaient vu qu'ils avaient affaire à un homme seul, uniquement armé d'une épée, qui courait pour sauver sa peau.

Les jambes du messager le brûlaient en raison de la fatigue et ses poumons ne semblaient pas réussir à se remplir d'air. Terrance se força à respirer aussi profondément que possible, expirant tout l'air de sa poitrine avant de se remettre à respirer normalement. Il sentit une nouvelle quinte de toux monter dans sa gorge et exhala brusquement pour repousser cette menace. Il avait l'impression de perdre des forces à chaque seconde et redoutait de s'effondrer avant d'être en sécurité. Il combattit la panique car il savait qu'elle le tuerait plus rapidement que tout le reste. Il était malade et fatigué, mais il demeura concentré et continua à courir aussi vite que possible, sachant que la mort n'était qu'à cinquante mètres derrière lui.

Le col formait plusieurs tournants, ce qui empêcha les Tsurani de tirer à nouveau sur leur proie. Terrance savait également que la piste redevenait droite sur cent cinquante mètres et s'élargissait à son embouchure, au sud-ouest. Il espérait que les archers du royaume sauraient reconnaître son uniforme et celui de ses poursuivants.

Puis, au détour d'un virage, il se retrouva face à cette ligne droite de cent cinquante mètres qui menait à une barricade ne pouvant appartenir qu'au royaume. Une redoute qui s'élevait à hauteur de poitrine avait été édifiée en travers du col depuis le dernier passage de Terrance. Des cris s'élevèrent derrière la fortification. Le messager comprit qu'on l'avait vu et agita la main pour saluer ses camarades tout en continuant à courir.

Il savait qu'il ne ressemblait en rien à un Tsurani, mais espérait que c'était tout aussi évident pour les archers qui lui faisaient face. Alors qu'il approchait de la redoute, il les vit lever leurs arcs et décocher plusieurs flèches.

Ces dernières passèrent au-dessus de la tête de Terrance qui entendit un cri de douleur s'élever derrière lui. Il comprit que les Tsurani étaient visibles eux aussi. Cependant, il ne prit pas le risque de jeter un coup d'œil par-dessus son épaule, au cas où ses ennemis le poursuivraient encore, au mépris des flèches que tiraient les soldats du royaume pour le couvrir.

En arrivant au pied de la redoute, il bondit dans les airs et atterrit au sommet de la barricade haute d'un mètre trente. Il laissa son corps se relâcher tandis que les soldats du royaume l'attrapaient par la veste et le tiraient par-dessus le rempart.

L'homme qui le remit debout était un sergent grisonnant affligé d'une vilaine cicatrice sur le visage. Il l'avait récoltée depuis moins d'une semaine mais elle avait été mal recousue, à en juger par son aspect.

« Il s'en est fallu de peu, pas vrai, gamin ?

— J'avais pas... le choix, expliqua Terrance entre deux halètements et une soudaine et violente quinte de toux. Ma jument... n'en pouvait plus... et il fallait que... j'apporte mes messages... au baron Moncrief.

— Je veux bien, répliqua un soldat accroupi non loin de là à l'abri du parapet. Mais t'étais pas obligé de les ramener avec toi ! »

Il désigna les archers tsurani occupés à échanger des tirs avec ceux du royaume.

« Ce n'était pas mon idée », répliqua Terrance qui se releva tout en veillant à garder la tête baissée.

Brusquement, il fut pris d'une nouvelle quinte de toux qui lui secoua tout le corps et lui laissa les côtes douloureuses. Il fit remonter les mucosités de ses poumons, tourna la tête et recracha le tout.

« Tu es sûr que tu vas vivre ? s'inquiéta le sergent.

— Mais oui, répondit Terrance. Ce n'est rien qu'une vilaine angine de poitrine. Pas de quoi en faire un plat. (Il se reposa un moment, les mains sur les genoux, puis se redressa.) J'ai besoin d'un cheval, sergent.

— Prends-en un dans les réserves. On a perdu quelques gars au cours de la dernière semaine.

Qu'est-ce qui risque de nous tomber dessus aujourd'hui ?

— Un grand nombre de Tsurani, visiblement, répondit Terrance. Je dois avertir le baron. On dirait que nos ennemis ont prévu un assaut de dernière minute pour s'emparer de la région tout entière.

— Merveilleux, commenta le sergent en tirant son épée. Tenez-vous prêts, les gars ! » cria-t-il tandis que Terrance s'éloignait de la barricade.

Une douzaine de petites tentes étaient plantées à une centaine de mètres au sud de la fortification. Les soldats qui s'y reposaient jusque-là couraient déjà vers la redoute. Le sergent avait dû les appeler dès qu'il avait vu Terrance sortir du col en courant. Le garçon effectua un rapide calcul et estima qu'il devait y avoir une centaine de soldats prêts à défendre la barricade. Grâce à leurs archers, ils seraient capables de retenir les Tsurani pendant une heure, peut-être deux. Cela devrait être suffisant pour permettre au jeune homme d'atteindre le camp et d'envoyer des renforts au secours du sergent.

Le messager examina en hâte les chevaux et choisit un hongre gris doté d'un large poitrail, après s'être assuré que ses quatre pattes étaient parfaitement saines. L'animal paraissait fort et endurant, deux qualités dont Terrance avait plus besoin que la rapidité que devaient posséder les autres chevaux.

Juste histoire d'être sûr, il vérifia rapidement les sabots de l'animal. Mais on avait bien pris soin de lui et il n'avait aucun problème d'échauffement ou autre. Terrance passa ensuite en revue les selles à sa disposition et en prit une qui paraissait presque aussi légère que celle qu'il avait laissée sur Bella. À deux reprises, il dut s'arrêter le temps de tousser, mais après avoir de nouveau craché ses miasmes, il se sentit mieux et parvint à respirer un peu plus facilement. Peut-être l'angine allait-elle disparaître d'elle-même, songea-t-il. Il regarda la selle qu'il avait choisie. Elle appartenait probablement à un éclaireur, car les autres étaient bien plus massives et faites pour ceux qui se battaient à dos de cheval. La compagnie qui campait là relevait de l'infanterie montée, mais servait aussi parfois de renforts à la cavalerie, comme l'indiquaient les selles.

Terrance harnacha le hongre et se mit en selle, concentré sur sa mission. Il évita de repenser à la terreur qu'il avait éprouvée lors de sa course et détourna son esprit de cette peur, car s'ouvrir à elle ne ferait que le handicaper et l'empêcherait de mener à bien la tâche qu'on lui avait confiée. Il ne pouvait supporter l'idée d'un tel déshonneur.

L'animal s'ébroua puis s'engagea sur le sentier et s'éloigna de la bataille imminente. Pendant quelques minutes, Terrance le laissa avancer au trot rapide pour s'échauffer, puis l'éperonna et le lança au galop.

Le camp du baron se trouvait à six kilomètres de là, si bien que le messager n'eut besoin que de quelques minutes à couvrir cette distance. Sans un mot, il mit pied à terre et lança les rênes de sa monture au soldat qui montait la garde devant la tente de commandement.

« J'ai des ordres à remettre au baron de la part du comte ! annonça-t-il au garde qui se tenait de l'autre côté de l'entrée. »

Ce dernier acquiesça et passa la tête à l'intérieur. Il prononça quelques mots puis, quelques instants plus tard, recula en tenant la portière ouverte.

« J'ai pour vous des messages venant du comte Vandros et du baron Gruder, messire », annonça Terrance en entrant sous le pavillon.

Moncrief était un homme âgé qui approchait les soixante-dix ans, mais la guerre le faisait paraître plus vieux encore. Ses cheveux gris lui arrivaient aux épaules et des cernes noirs encerclaient ses yeux profondément enfoncés dans leur orbite.

« Poursuivez, ordonna-t-il d'une voix douce.

— De la part du comte : vous devez vous replier sur vos quartiers d'hiver. Combat défensif uniquement.

» De la part du baron Gruder : il s'attend à un assaut tsurani massif pour s'emparer de ces territoires pendant que l'armée du royaume se retire. Il pense que nos ennemis veulent étendre leur domaine.

» De plus, messire, lorsque je suis arrivé, la barricade en travers du col septentrional subissait l'attaque de plusieurs compagnies ennemies, rassemblant des membres d'au moins deux grandes maisons, celles des Minwanabi et des Anasati. »

Le baron battit des paupières.

« Pardon ?

— L'ennemi assaille votre barricade en ce moment même et le sergent qui commande sur place vous demande respectueusement d'envoyer des renforts.

— Pourquoi ne pas l'avoir dit plus tôt ? » protesta Moncrief.

Sans attendre la réponse, il donna l'ordre à ses soldats de se préparer à se déplacer vers le nord pour riposter à l'attaque tsurani.

Terrance attendait, car on ne l'avait pas encore congédié. Quand le baron eut fini de distribuer ses ordres, il se tourna vers le messager.

« Rien d'autre ?

— Messire, j'ai perdu mon cheval en venant ici et j'en ai pris un autre parmi les chevaux de la réserve, sur la barricade. Ai-je la permission de le garder pour pouvoir poursuivre ma mission ?

— Oui, répondit le baron en balayant la question d'un geste de la main.

— Avez-vous des messages que vous aimeriez me confier, messire ?

— En temps ordinaire, j'aurais rédigé un rapport pour le duc, mais compte tenu des circonstances, je vais être trop occupé. (Son ordonnance entra sous la tente, suivi de deux autres serviteurs qui portaient l'armure du baron. Le vieil homme avait visiblement l'intention de mener les renforts lui-même jusqu'à la barricade.) Je présenterai moi-même mon rapport au comte Vandros quand je rentrerai à LaMut. Dites simplement au baron Summerville ce qui se passe ici et demandez-lui de bien réfléchir à la meilleure manière de se replier tout en protégeant le flanc de son armée.

— À vos ordres, messire.

— Vous pouvez partir », ajouta Moncrief.

Terrance sortit de la tente et reprit les rênes de sa monture. Il était malade, affamé, épuisé et surtout, il mourait de soif. Il se fraya un chemin à travers le camp en plein tumulte, car des centaines de soldats couraient pour rejoindre leur compagnie et se préparer à prendre la route du Nord. Même les réserves qui resteraient pour protéger le camp ou se porter au secours d'autres positions le long du front se rassemblaient.

Le messager atteignit la tente de l'intendance et trouva les cuisiniers et leurs marmitons occupés à préparer frénétiquement de quoi nourrir les soldats sur le front. Terrance attrapa un gamin qui se hâtait de porter un panier de pain encore chaud jusqu'à un chariot.

« Où est-ce que je peux trouver une gourde ? »

Le gamin repoussa sa main.

« On n'en a plus. Demandez à l'intendant. »

Terrance attrapa une miche de pain au sommet du panier en dépit des protestations du garçon. Puis il poursuivit son chemin, bousculant au passage deux autres gamins qui portaient un tonneau à moitié rempli de pommes. Il en prit une sans qu'ils le remarquent. Le fruit commençait déjà à s'abîmer mais Terrance mordit dedans sans tenir compte des taches brunes.

Il alla trouver l'intendant qui supervisait le chargement des provisions.

« Je suis le messager du comte. J'ai besoin d'une gourde d'eau et d'un manteau si c'est possible. »

L'intendant jeta un coup d'œil à Terrance et vit sa veste et les tresses qui la décoraient.

« Vous avez perdu les vôtres ?

— Avec mon cheval.

— Ce n'était pas très malin, vous ne croyez pas ? »

Terrance ignora cette remarque.

« Vous en avez ou pas ? »

L'homme désigna une pile de vêtements à l'autre bout de la zone réservée à l'intendance, dans un endroit vers lequel deux gamins se dirigeaient à bord d'un chariot vide.

« Vous trouverez sûrement une cape ou un manteau là-dedans, si le sang ne vous dérange pas. (Il se retourna et fouilla dans un tas de sacs en toile.) Et voilà une gourde. (Avant que Terrance ait le temps de poser la question, il ajouta :) Vous verrez les tonneaux d'eau par là-bas. (Il désigna le centre du camp où les soldats remplissaient leur gourde en prévision de la marche qu'ils allaient devoir effectuer.) Je me dépêcherais si j'étais vous. »

Le garçon comprit ce qu'il voulait dire par là : compte tenu du conflit qui venait d'éclater sur la barricade, l'intendance allait être déplacée elle aussi pour pouvoir soutenir les renforts. Les gamins se hâtaient donc de charger les chariots et d'atteler les chevaux afin d'apporter les provisions et l'équipement sur les lieux de la bataille le plus rapidement possible.

Terrance engloutit plusieurs bouchées de pomme et de pain en conduisant son cheval près du tas de vêtements qui attendaient d'être triés. Si la situation n'avait pas viré au chaos, les gamins de l'intendance auraient passé en revue tous les habits récupérés sur les cadavres afin de mettre de côté tout ce qui était récupérable, pour les nettoyer et les rendre à l'intendant. Les manteaux, capes, vestes et pantalons trop abîmés pour être recousus auraient fini brûlés.

Mais pour le moment, les deux gamins qui avaient amené le chariot jusque-là lançaient avec énergie tous les vêtements à l'arrière du véhicule.

« Attendez un peu ! » s'écria Terrance.

Ils s'arrêtèrent.

« Quoi ? demanda l'un d'eux.

— J'ai besoin d'un manteau. J'ai perdu le mien à cause des Tsurani.

— Faites vite, recommanda le deuxième gamin, un adolescent de petite taille mais large d'épaules qui rentrerait sûrement dans l'armée l'année suivante. On nous a dit qu'on devait remmener tout ça à LaMut et qu'on trierait sur place. »

Terrance ignora la puanteur du sang séché, de la sueur, de l'urine et des matières fécales qui caractérisait les vêtements récupérés sur un champ de bataille. Il écarta rapidement une demi-douzaine de capes et de manteaux jusqu'à ce qu'il repère un tissu gris familier.

Il tira un manteau de messager de sous une pile de pantalons inondés de sang et l'examina. À l'exception d'un trou qui indiquait que le cavalier avait été atteint d'une flèche entre les omoplates, le vêtement était indemne.

« Je prends celui-ci », déclara Terrance en le pliant sur son bras.

Les garçons ne répondirent pas et retournèrent à leur travail.

Terrance s'éloigna des habits déchirés qui étaient tout ce qui restait des soldats perdus au combat. D'un pas lent, il conduisit le hongre à l'extrémité méridionale du camp et remplit sa gourde à un tonneau. Il s'apprêtait à se remettre en selle lorsqu'une demi-douzaine de porteurs s'avancèrent, prirent le tonneau et le renversèrent. Il existait de nombreuses rivières dans cette région, si bien qu'il était inutile de ramener de l'eau à LaMut.

Le messager fit deux pas et se retrouva brusquement plié en deux. De terribles quintes de toux l'obligèrent à inspirer profondément et à faire remonter les mucosités rugueuses qui l'encombraient pour les recracher. Il recommença l'opération jusqu'à en avoir mal aux côtes, mais finit par respirer un peu plus librement. Il se redressa et sentit la tête lui tourner pendant quelques instants. Puis il recouvra ses esprits.

Il prit lentement une profonde inspiration et sentit sa gorge le chatouiller, sans qu'il éprouvât pour autant le besoin de tousser. Il inspira une deuxième fois, puis poussa un lent soupir. Il se donna alors le temps de finir son pain et sa pomme et d'enfiler son nouveau manteau. Il essaya d'ignorer l'odeur qui s'en dégageait, sachant très bien qu'il finirait par ne plus la remarquer. Cependant, il ne put s'empêcher de se demander à qui le vêtement avait bien pu appartenir. Trois messagers avaient trouvé la mort au cours des six derniers mois et chacun d'eux avait très bien pu porter ce manteau. Il réfléchit quelques instants. Jack Macklin chevauchait dans la direction du camp de Moncrief lorsqu'il avait été tué. Il était possible que le manteau fût le sien.

Terrance se demanda s'il le saurait jamais. Il se mit en selle et fit avancer le hongre dans la direction du camp du baron Summerville. Jetant un coup d'œil vers le ciel, il comprit qu'il avait perdu une demi-journée et qu'il lui faudrait de nouveau dormir par terre avant de pouvoir regagner le campement du comte.

Sans y penser, il porta la main à la sacoche qui reposait sur sa hanche pour s'assurer que les messages du baron Gruder étaient bien là. Puis il inspira profondément et pressa l'allure de sa monture, car il n'avait aucune envie d'être encore sur la route après la tombée de la nuit.

Le hongre ne valait pas Bella mais il savait obéir et possédait un sens inné de la piste. Il répondait gentiment aux commandes de son cavalier. Ce dernier songea que, finalement, il allait peut-être réussir à voir la fin de cette interminable journée. Il savait qu'il n'avait quitté le camp de Gruder que depuis huit heures, mais il avait l'impression que des jours entiers s'étaient écoulés. Fatigué jusqu'aux os, il avait mal partout car il ne s'était pas assez reposé à l'issue d'une chevauchée harassante et de sa course pour échapper aux Tsurani.

L'après-midi s'écoula lentement. À deux reprises, Terrance sentit une vague de chaleur remonter le long de son corps et le faire transpirer. La sueur qui dégoulinait sur son visage devenait un masque de gel sous l'effet du vent froid. Le garçon lutta pour rester concentré sur sa mission et non sur son état de détresse. Au coucher du soleil, il arriva en vue du camp du baron Summerville. Sans un mot, les soldats de garde lui firent signe de passer ; le messager atteignit la tente de commandement alors que l'obscurité s'installait.

L'un des gardes du baron annonça l'arrivée de Terrance et prit les rênes de sa monture tandis que le jeune messager entrait faire son rapport.

Le baron Summerville était le seul, sur les trois commandants auquel il avait rendu visite, que Terrance connaissait bien. Il était le fils d'un autre lointain cousin qui officiait comme baron à la cour de Krondor.

« Terry ! s'exclama Summerville, content de revoir un parent, bien qu'éloigné. Quelles nouvelles ?

— Messire, le duc vous envoie l'ordre de rentrer chez vous pour l'hiver.

— Merveilleux, commenta le baron en faisant signe à Terrance de prendre un siège. Mais tu as une mine épouvantable, ajouta-t-il en remarquant soudain l'état du garçon. Serais-tu malade ?

— Juste une angine de poitrine, messire. Rien de bien grave.

— Veux-tu du vin ?

— Un petit peu, messire. »

Terrance avait mal à la gorge et se dit que le vin apaiserait peut-être un peu la douleur.

Sur un geste du baron, son valet leur versa un verre à chacun. Terrance savoura la boisson généreuse qui l'aida à se réchauffer. Puis il énonça ses messages :

« Voici les ordres du comte : vous devez vous retirer dans le calme ; combat défensif uniquement.

» De la part du baron Gruder : il pense que les Tsurani vont se glisser derrière nos lignes pendant la retraite et s'emparer de nouveaux territoires pour les tenir jusqu'au printemps.

» De la part du baron Moncrief : les Tsurani sont venus du nord pour attaquer sa position. »

Le baron Summerville se leva et se rendit près d'une carte qu'il étudia pendant un moment.

« Je pense que Gruder a raison. Ces bâtards essaient de déloger Moncrief et de le repousser au sud-est. Cela nous couperait de Gruder qui n'aurait plus alors pour seule possibilité que de se replier directement sur LaMut. (Il se frotta le menton, orné d'une barbe blonde resplendissante qu'il prenait grand soin de toujours tailler avec précision, même en pleine campagne militaire.) Ici, nous n'avons eu aucun ennui et nos éclaireurs n'ont vu aucune trace des Tsurani. Je pense pouvoir suivre les instructions du comte tout en me portant au secours de Moncrief. Si nous nous replions ensemble, de façon tout à fait ordonnée bien sûr, nous pourrons repousser les Tsurani derrière leurs propres positions, puis tourner vers l'est pendant que Gruder tient bon, et enfin repartir tous ensemble. (Il hocha la tête.) Oui, ça devrait faire l'affaire. Il fera bien trop froid et mauvais temps pour que nos ennemis tentent un nouvel assaut d'ici quelques semaines ; or il leur faudra bien tout ce temps pour se regrouper et revenir en force, ce qu'ils seront obligés de faire au cas où nous laisserions toute une garnison derrière nous. Oui, décidément, c'est ce que je vais faire.

» J'ai bien peur de devoir te demander de faire le grand tour pour repartir auprès du comte, Terry, ajouta-t-il en se tournant vers le jeune messager.

— Comment ça, messire ?

— Demain matin, dès l'aube, je veux que tu rejoignes Moncrief pour lui dire que je me "replie" sur sa position. Le plus gros de mes troupes devrait venir soutenir les siennes d'ici demain midi au plus tard. Les autres serviront d'arrière-garde pour harasser les Tsurani au cas où d'autres essaieraient de se glisser derrière nous pour nous submerger.

— À vos ordres, messire. »

En souriant, le baron Summerville changea complètement de sujet.

« Comment va ta famille, Terry ?

— Très bien, messire. J'ai reçu une lettre de ma mère il y a un mois. Tout est calme chez nous, dieux merci. Mon père sert toujours aux côtés du duc Brucal dans le nord du duché de Yabon, mais aux dernières nouvelles, juste avant que mère m'écrive, il allait bien. Mon frère Gerald commande toujours un escadron de cavalerie originaire de Tyr-Sog et ce sous les ordres de notre père.

— Mieux vaut présumer que tout se passe bien jusqu'à ce que tu apprennes le contraire, lui recommanda le baron Summerville. Sinon, tu auras du mal à garder tes repas, tu vois ce que je veux dire ?

— Oui, messire.

— En parlant de repas, je t'aurais bien invité à rester dîner en ma compagnie, cher parent, mais puisque nous allons partir dès l'aube, j'ai beaucoup à faire. Va trouver l'intendant et prends ce dont tu as besoin. Inutile de revenir me voir avant ton départ. Tu seras sur la piste aux premières lueurs du jour, je peux compter sur toi ?

— Oui, messire. »

Comprenant qu'il venait d'être congédié, Terrance s'inclina puis tourna les talons. Au moment où il arrivait à la portière de la tente, le baron le rappela.

« Oh, euh, Terry ?

— Oui, messire ?

— Sois un bon garçon et évite de te faire tuer.

— Oui, messire », répondit le messager en souriant.

Il sortit et reprit son cheval auquel il fit traverser le camp, en direction de la tente de l'intendance. Avant même d'y parvenir, il sentit l'atmosphère du camp se modifier. De nouveau, il vit l'activité augmenter à mesure que les soldats apprenaient qu'ils partaient tôt le lendemain matin pour soutenir Moncrief avant de rentrer chez eux.

Terrance dénicha la cantine, se fit servir un repas et s'assit derrière la tente, aussi près que possible du feu qu'utilisait le cuisinier de l'autre côté de la paroi de toile. Celle-ci laissait passer la chaleur qui vint soulager le dos du messager. La nourriture qu'il engloutit lui fit également beaucoup de bien. Il eut même droit à un fond de bouteille qui restait du dîner du baron la veille. Par gentillesse, le cuisinier l'avait offert au garçon visiblement épuisé. Ce dernier avait à moitié terminé son repas lorsqu'il fut pris d'une nouvelle quinte qui l'obligea à cracher jusqu'à ce que son corps lui fasse mal. Il avait les côtes en bouillie comme s'il avait affronté le champion du duc à mains nues et que ce dernier l'avait serré très fort contre lui. Il pouvait à peine respirer sans avoir mal. Il se redressa et prit de lentes et petites inspirations. Il ressentait la fatigue jusque dans ses articulations et ferma les yeux un moment pour les reposer.

Brusquement, il sentit la pointe d'une botte lui secouer gentiment la jambe.

« Réveille-toi, mon garçon. Tu vas mourir gelé si tu restes là toute la nuit. »

Le messager leva les yeux et vit le cuisinier. Ce dernier avait fait le tour de la cantine pour jeter les restes et l'avait découvert endormi, son assiette sur les genoux et sa cuillère en bois dans la main droite.

« T'as un endroit où dormir ? demanda le cuisinier.

— J'en ai pas encore trouvé un, avoua Terrance.

— Et je parie que t'en trouveras pas. Il n'y a pas eu beaucoup de combats par ici depuis l'arrivée des derniers renforts, alors aucune tente n'est vide. (Le vieux cuisinier se frotta le menton.) L'intendant ne t'en voudra pas si tu dors près des feux, tant que ça ne te dérange pas de te lever avant l'aube – c'est l'heure à laquelle il faudra qu'on prépare le dernier repas avant de vider les lieux.

— Ça ne me dérange pas. De toute façon, il faut que je reprenne la route avant l'aube.

— Bien, alors suis-moi. »

Terrance le suivit jusqu'à l'autre extrémité de la tente de l'intendance, où les gamins couvaient les feux pour pouvoir les réutiliser au matin. Deux d'entre eux soulevaient de larges pelletées de cendres avec lesquelles ils recouvraient le bois et le charbon qui brûlaient. Le jeune messager s'aperçut qu'il n'avait encore jamais remarqué que l'on se servait des deux combustibles. Il prit alors conscience qu'il ne prêtait pas vraiment attention à de nombreux détails de l'intendance.

Des bocaux et des pots en terre cuite, de toutes les tailles et de toutes les formes, étaient entassés à côté d'une tente. Près d'une autre se trouvaient des piles d'assiettes et de plateaux, dont certaines étaient aussi hautes qu'un homme.

Une douzaine de fours en brique se dressaient non loin de là. Quelques gamins utilisaient de larges palettes en bois pour sortir des fournées de miches de pain fumantes. L'odeur du pain frais chatouilla les narines de Terrance et le fit saliver, bien qu'il eût dîné peu de temps auparavant.

« Est-ce que vous ramenez les fours à LaMut ? demanda-t-il.

— On pourrait, répondit le cuisinier. On aurait besoin d'un chariot et d'un attelage par four, mais on peut les soulever au moyen d'une poulie et les déposer à l'arrière d'un véhicule robuste. Seulement, pourquoi s'embêter ? On les laisse ici et on les retrouvera au printemps. La neige ne les abîme pas. On est juste obligé de faire peur aux animaux ou aux oiseaux qui ont décidé d'y faire leur nid. Ensuite, avec un peu de nettoyage, ils sont de nouveau prêts à fonctionner. S'il faut délocaliser le camp, il suffira d'en transporter un ou deux par jour jusqu'au nouvel emplacement.

» Nous y voilà, ajouta-t-il en désignant les deux douzaines de chariots qui formaient le train de l'intendance. Fraie-toi un passage et attrape une couverture. Les gamins vont tous ramper là-dessous comme des insectes dès qu'ils auront fini de faire cuire le pain du matin. Ce sont de petits bâtards couverts de poux, mais ils ne t'embêteront pas. En plus, tu t'apercevras vite qu'en avoir quelques-uns autour de soi, ça tient chaud. On te lèvera une heure avant l'aube. »

Terrance remercia le cuisinier et se glissa sous le premier chariot. Il lui fallut alors parcourir un véritable labyrinthe de roues, de vaisselle contenant des effets personnels et de paquets de linge sale, ainsi que se glisser entre quelques garçons endormis qui paraissaient malades. Il trouva un endroit où s'allonger, sur une couverture sale entre des piles d'autres couvertures à la propreté tout aussi douteuse. Il s'enroula dans l'une d'entre elles.

Puis il songea à la vie que menaient les garçons de l'intendance. La nuit était déjà tombée depuis un moment et la plupart des soldats dormaient, mais ces garçons étaient encore occupés à empaqueter l'équipement supplémentaire : armes, vêtements, bandages et autres. Ils travaillaient aussi sous les tentes qui servaient de cuisines, pour faire le pain, cuire la viande et préparer le reste des provisions afin de nourrir les hommes avant que ces derniers commencent leur marche vers le nord-est, tôt le lendemain. Terrance savait que ces enfants faisaient la sieste le matin et au début de l'après-midi, mais ils n'en avaient pas moins un emploi du temps éreintant.

Le jeune messager sentait la sueur dégouliner sur sa peau. Des frissons ne cessaient de le secouer, en dépit de la couverture et de la proximité du feu. Il repoussa une quinte de toux, succomba à une deuxième et parvint finalement à se détendre suffisamment pour essayer de s'endormir.

Il se souvint de ce que lui avait dit un soldat lors de sa première semaine au camp du comte : « Apprends à dormir dès que tu le peux, gamin. Tu ne sais jamais combien de temps s'écoulera avant que tu en aies à nouveau la possibilité. »

Comprenant la sagesse de ce conseil, Terrance s'endormit rapidement.

Il ne savait plus où il était. Autour de lui, des gamins rechignaient à se lever, protestant qu'ils avaient trop peu dormi. Lui-même était si fatigué qu'il se sentait désorienté. Il s'assit et se cogna durement la tête contre le dessous d'un chariot.

Il faisait encore nuit.

« Hé doucement, dit un gamin à côté de lui. Fais attention, sinon tu vas t'assommer.

— Merci, je serai plus prudent la prochaine fois », répondit Terrance en massant son crâne douloureux.

Les gamins sortirent à quatre pattes de sous les chariots et coururent prendre leurs différents postes. Terrance attendit que cet exode se termine, puis sortit à son tour de sous les véhicules. Il avait le dos raide d'avoir dormi par terre, plus que d'ordinaire en de pareilles circonstances. Il se sentait également fatigué et mal en point en dépit de sa nuit de sommeil. Une autre quinte de toux le surprit et le fit cracher encore et encore, jusqu'à ce que ses côtes protestent et que la douleur lui fasse venir les larmes aux yeux.

Pendant un long moment, il n'eut plus envie que d'une seule chose : s'asseoir par terre et se mettre à pleurer. Il ne s'était jamais senti aussi fatigué ou misérable de toute sa vie. Son corps semblait lutter contre lui autant que les éléments et la pensée de la chevauchée qui l'attendait était presque plus que Terrance n'en pouvait supporter.

Il connaissait un apothicaire au camp du comte qui préparait une mixture à base de plantes et de racines pour hâter la guérison des toux, des angines de poitrine et même de maladies bien plus pénibles encore. Si tout s'était déroulé comme prévu, Terrance aurait été de retour l'après-midi même et serait parti à la recherche de l'apothicaire qui se serait occupé de son état. Mais puisque le destin voulait qu'il reprenne le même chemin qu'à l'aller et qu'une armée tsurani se dressait sûrement entre les camps de Moncrief et de Gruder, cela signifiait que Terrance allait devoir passer une nuit et une journée supplémentaires sur la route.

Il admit que le temps de rentrer, il serait au bord de la pneumonie si la malchance continuait à le poursuivre ainsi. Il faillit céder au désespoir avant de s'apercevoir qu'il n'avait pas le choix. Il devait simplement se concentrer sur sa tâche et prendre les choses comme elles venaient, l'une après l'autre. Il était déterminé à ne pas s'appesantir sur l'effort qu'il allait devoir fournir pour en terminer avec cette mission.

Il erra entre les garçons agités qui préparaient le dernier repas du camp et ceux qui finissaient d'empaqueter les fournitures, afin que l'intendance puisse suivre rapidement l'armée. Le jeune messager vit de l'ordre émerger au sein de cette apparente confusion et admira la façon dont chaque garçon semblait savoir ce que l'on attendait de lui. Cela impliquait bien sûr un certain nombre de coups et de bousculades, mais après tout c'étaient des enfants et ça ne réussissait pas pour autant à les distraire de leurs tâches.

Les garçons des camps menaient une vie rude, songea Terrance, mais pas plus difficile que celle des gamins des rues dans les cités du royaume. Au moins, ici, ils avaient droit à un ou deux repas par jour et à un endroit où dormir tranquille. Dans d'autres armées, les jeunes garçons se faisaient peut-être violer par les soldats ivres, mais Terrance n'était pas encore né que le viol et le passage à tabac étaient déjà des crimes passibles de pendaison dans l'armée du royaume.

En grandissant, certains de ces enfants devenaient soldats tandis que d'autres trouvaient un emploi comme aides-cuisiniers, charretiers ou surveillants dans l'intendance. Terrance aperçut deux adolescents appartenant à cette dernière catégorie. Ils avaient presque atteint l'âge adulte et ne devaient avoir que deux ou trois ans de moins que lui. Ils se déplaçaient au sein de la foule, donnant des instructions et motivant certains gamins à l'aide d'une taloche sur la nuque ou sur l'oreille.

En arrivant à la cantine, le jeune messager s'aperçut que la cuisine avait déjà été démantelée. Les âtres en brique attendraient le retour de l'armée au printemps, mais les réchauds en métal étaient démontés et préparés pour le transport.

La nourriture s'étalait sur des tables en bois en travers de la zone. Terrance se hâta d'attraper quelque chose à manger avant que les trompettes sonnent le rassemblement. Il aperçut quelques soldats qui venaient de finir leur garde et qui faisaient la queue pour pouvoir manger. Il se plaça derrière un grand fantassin maigre qui portait le tabard de Questor-les-Terrasses et le suivit. Il venait d'atteindre l'extrémité de la première table lorsque les trompettes sonnèrent et qu'il entendit des hommes épuisés jurer dans les tentes les plus proches en se levant pour répondre à l'appel.

Terrance attrapa un peu de pain frais, une poire qui ne paraissait pas trop abîmée et une tranche de fromage dur. Il fourra le fruit dans sa poche pour le manger en chemin. Puis il chercha en vain une gourde d'eau et se prit à espérer que celle qu'il avait laissée accrochée au pommeau de sa selle s'y trouverait encore lorsqu'il récupérerait son cheval.

Il ne prit pas la peine de s'asseoir parmi les soldats pour manger et engloutit son repas en se dirigeant vers l'endroit où étaient les chevaux. Il y découvrit des cavaliers occupés à examiner leur monture avant d'aller manger, car ils savaient que leur vie dépendait de la santé de leur cheval. Les palefreniers étaient trop affairés pour aider Terrance, aussi ce dernier plaça-t-il ce qui restait de son repas à l'intérieur de sa veste déboutonnée avant de se mettre à la recherche de sa monture. La pauvre bête n'avait pas été très bien soignée. Le messager prit quelques minutes pour lui nettoyer les sabots. Puis il alla chercher sa selle. Comme il le craignait, la gourde n'était plus là.

Il se rendit à l'endroit où l'on rangeait les fournitures et dénicha une musette ainsi qu'un sac d'avoine presque vide. La ration qui restait était néanmoins suffisante pour le hongre de Terrance. Le garçon remplit la musette et retourna la passer autour des naseaux de l'animal, comptant le laisser manger pendant que lui-même partait à la recherche d'une gourde.

Il lui fallut presque un quart d'heure pour en trouver une et la remplir. Retournant près du hongre, Terrance tomba sur un palefrenier corpulent qui s'apprêtait à retirer la musette.

« Hé, qu'est-ce que vous faites ? » protesta le messager.

Le palefrenier, un homme jeune et large d'épaules au nez aplati par de nombreuses bagarres, se tourna vers lui en disant :

« Je récupère ce sac que vous voyez là. Personne m'a demandé de nourrir c'te bête et c'est moi qui m'occupe de c'te partie de la ligne.

— C'est mon cheval et il a besoin d'être nourri.

— Comme toutes les bêtes qui vont se battre aujourd'hui, mon joli, alors tu peux attendre qu'ils aient fini, pas vrai ? »

Terrance savait reconnaître une brute quand il en voyait une et comprit que cet idiot recherchait la bagarre. Sans hésiter, il avança d'un pas et donna un coup de pied aussi violent que possible dans le bas-ventre du palefrenier. Ce dernier tomba à genoux en se tenant l'entrejambe et en poussant un gémissement de douleur. Les yeux écarquillés, il tenta de reprendre son souffle.

Terrance fut bien obligé de reconnaître qu'il avait affaire à un costaud car le palefrenier se remit en quelques secondes là où bien d'autres auraient été incapables de bouger. Mais alors qu'il reprenait ses esprits, il s'aperçut que Terrance avait dégainé son sabre et le pointait sur sa gorge.

« Maintenant, écoute-moi, espèce de bouffon. Tu vas laisser cette musette tranquille jusqu'à ce que mon cheval ait fini de manger. Ensuite, tu vas aller là-bas, me ramener la selle d'éclaireur et la bride et seller mon cheval. Si tu penses avoir un problème avec ça, imagine la réaction qu'aura le baron lorsqu'il découvrira que tu interfères avec les ordres qu'il a donnés. Je suis censé partir maintenant ! Alors, qu'est-ce que tu choisis de faire ?

— Je vais seller votre cheval... monsieur. »

Terrance rangea son épée. Le palefrenier se remit debout, péniblement, car visiblement il souffrait encore du coup qu'il avait reçu. Puis il alla chercher la selle en clopinant.

Le jeune messager se retourna et s'aperçut qu'un cavalier l'observait.

« Dis-moi, qu'aurais-tu fait si tu n'avais pas eu de sabre ? demanda le grand soldat.

— J'aurais perdu un bon moment, le temps de trouver un officier pour obliger cet idiot à m'obéir. Ce n'est certainement pas moi qui allais lui faire peur. »

Le cavalier dévisagea Terrance un moment puis sourit.

« Un homme qui connaît ses limites. C'est bien. »

Le jeune messager se mit à tousser.

« Tu es malade ? s'inquiéta le soldat.

— Rien de grave, répondit Terrance en haletant, juste avant de retrouver son calme. »

Le cavalier haussa les épaules.

« Bonne chevauchée », lui souhaita-t-il.

Sans attendre de réponse, il termina d'examiner sa propre monture puis s'en alla prendre son petit déjeuner.

Le palefrenier sella le hongre de Terrance sous le regard vigilant de son propriétaire qui s'assura qu'il n'y aurait ni sous-ventrière détendue ni éléments inconfortables pour sa monture. Puis il finit de manger, se mit en selle, accrocha la gourde au pommeau et s'en alla.

Sa poitrine ne cessait de se creuser davantage, il avait mal partout et, malgré cela il allait devoir chevaucher à vive allure pour prévenir le baron Moncrief que le baron Summerville allait venir à son aide. De plus, le petit effort que Terrance avait dû fournir pour mater le palefrenier l'avait laissé inondé de sueur.

Il se mit alors à neiger.

« Par tous les dieux, marmonna le jeune messager dans sa barbe, quelle fichue matinée ! »

L'espace d'un instant, il envisagea de retourner auprès du baron. Il pourrait se rendre à l'infirmerie et s'y reposer un jour ou deux avant de voyager en chariot derrière l'armée. De toute évidence, il était malade. Summerville était son parent, même éloigné. Il ferait savoir à la famille que Terrance avait fait de son mieux. *Mais est-ce que ça serait la vérité ?* se demanda le garçon.

Pendant une longue minute, il demeura immobile, assis sur sa selle, réfléchissant aux choix qui s'offraient à lui. Reconnaissant qu'il n'en avait pas vraiment, il talonna son cheval pour le faire avancer.

Il était presque midi lorsqu'il arriva en vue du camp du baron Moncrief. Les soldats de garde étaient sur le qui-vive, car il ne restait qu'une petite troupe pour protéger les tentes, l'équipement et les animaux. Ils firent signe à Terrance de passer et le garçon se rendit jusqu'à la tente de commandement.

« Le baron est sur la barricade, lui cria le garde comme il s'approchait. Il a décidé de diriger lui-même la défense.

— Comment ça se passe ?

— On tient, mais c'est juste », se contenta de répondre le soldat.

Terrance poursuivit sa route, regrettant de ne pouvoir prendre le temps de reposer son cheval. Il avait fini par s'attacher au petit hongre si endurant. Il n'était pas aussi vigoureux que Bella, mais n'en restait pas moins volontaire et obéissant.

Terrance, pour sa part, se sentait très mal. Son corps douloureux protestait à chacun des pas de sa monture. Il savait qu'il était en proie à la fièvre car il transpirait sous son lourd manteau, en dépit de l'air glacial. Tantôt il avait chaud, tantôt des frissons lui parcouraient l'échine. Il s'arrêta le temps de remplir à nouveau sa gourde et de se soulager. Il savait que la seule solution pour lui était de boire autant d'eau que possible jusqu'à ce qu'il revienne au camp du comte et aille voir l'apothicaire.

Les six kilomètres qui séparaient le camp du champ de bataille étaient marqués par quelques traces de combat, comme le cadavre d'un cheval et de son cavalier, sur le bas-côté de la route, ou la vue de deux soldats blessés marchant bras dessus, bras dessous, d'un pas lent, pour rejoindre l'infirmerie. À moins de mille cinq cents mètres de la barricade, Terrance entendit les bruits de la bataille.

Lorsqu'il arriva en vue du rempart, celui-ci grouillait de centaines d'hommes. Ce ne fut qu'en se rapprochant que Terrance s'aperçut qu'un certain ordre régnait au sein de ce chaos. Des compagnies se tenaient prêtes à foncer en avant pour venir renforcer le rempart, tandis que les ingénieurs rechargeaient frénétiquement les trébuchets avant de tirer leur mortelle cargaison sur les assaillants. Les sons des combats se répercutaient sur les parois rocheuses en une cacophonie assourdissante si bien qu'il était impossible d'entendre quiconque si l'on se tenait éloigné de plus de quelques mètres.

D'autres hommes se déployaient afin de protéger les flancs de l'armée contre des éléments tsurani qui auraient réussi à se frayer un chemin dans les rochers, au-dessus de leurs têtes, dans l'espoir de déborder les soldats du royaume. Partout où Terrance posait les yeux, il voyait des cadavres et de malheureux blessés trop mal en point pour pouvoir bouger.

D'un côté de la route, plus de trois douzaines de soldats avaient été alignées en rang tandis que, de l'autre côté, les garçons de l'intendance et de l'infirmerie emportaient les cadavres loin du front.

Terrance atteignit l'arrière de la barricade et s'adressa à un sergent debout sur le rempart :

« Où est le baron ? »

Ce simple effort lui arracha une quinte de toux.

« Parmi les cadavres, répondit le sergent en baissant les yeux. Quelles sont les nouvelles ? »

Terrance avala sa salive et s'obligea à respirer aussi profondément que possible.

« Le baron Summerville arrive au plus vite, murmura-t-il d'une toute petite voix étranglée. »

Malgré tout, le soldat l'entendit.

« Il sera là dans combien de temps ?

— Une heure, deux tout au plus.

— On peut tenir, répliqua le sergent d'une voix forte pour être entendu par-dessus ce tumulte. Mais ce sera juste.

— Dois-je retourner voir le baron ?

— Seulement s'il faut lui dire de se presser davantage.

— C'est inutile, rétorqua le messager. Il a expliqué qu'il arriverait aussi vite que les circonstances le lui permettraient.

— Dans ce cas, je n'ai pas de mission à vous confier, messager, à part annoncer au comte que le baron Moncrief est mort avec bravoure en repoussant les assaillants pour refermer une brèche. Il a donné sa vie pour son roi et sa patrie.

— Je le lui dirai, sergent. Les dieux puissent-ils vous sauver.

— Les dieux puissent-ils nous sauver tous », répliqua l'officier en tournant de nouveau son attention sur le commandement de la défense de la barricade.

Terrance fit faire volte-face à son cheval et reprit la route par laquelle il était venu. Il se remit en mémoire le plan de la région et comprit qu'il lui faudrait faire un détour de plusieurs kilomètres à l'est pour retrouver un petit sentier qui s'élevait à plus de trois cents mètres au-dessus de la route et qui lui permettrait de franchir les montagnes. Ensuite, il pourrait contourner les envahisseurs et retourner auprès du comte.

La neige continuait à tomber. Terrance espérait que le col ne serait pas complètement bloqué le temps qu'il y parvienne. Il flatta l'encolure de son cheval en lui disant :

« J'ai bien peur qu'aucun de nous ne puisse se reposer avant que l'on atteigne le camp sain et sauf. »

Le jeune messager faillit succomber à la pression à l'idée des heures de chevauchée qui l'attendaient.

Des larmes se rassemblèrent sous ses paupières, mais il les refoula.

Tremblant désormais de froid et de fièvre, Terrance essaya de se renfoncer dans son manteau en prenant la direction de l'est. Son cœur battait la chamade et sa gorge ne lui avait jamais fait aussi mal. Il ne parvenait plus à respirer par le nez, si bien que l'air froid lui déchirait la gorge chaque fois qu'il inhalait. Mais il savait qu'il n'avait pas le choix. Derrière lui, une bataille faisait rage et il n'aurait nulle part où se reposer. S'il devait lutter, mieux valait que ce fût pour finir sa mission.

Il poursuivit son chemin.

Le hongre escaladait péniblement le col en glissant parfois sur la roche gelée. Terrance luttait pour rester concentré, ce qui devenait de plus en plus difficile à mesure que sa fièvre empirait. Il savait qu'ici, la moindre erreur le tuerait, car il lui serait impossible de redescendre à pied de ces hauteurs glacées. Cependant, alors que de telles pensées lui inspiraient une profonde terreur encore quelques heures auparavant, il se sentait à présent détaché de tout, comme si l'issue de cette aventure, quelle qu'elle puisse être, n'avait aucune importance. De toute façon, il n'avait d'autre choix que de continuer à avancer.

Le col où les forces des barons Moncrief et Summerville se battaient contre les Tsurani s'élevait à un peu plus de neuf cents mètres, mais celui que s'apprêtait à franchir Terrance culminait à plus de mille cinq cents mètres et la neige y tombait régulièrement depuis des jours. Cependant, elle ne s'était pas encore accumulée sous forme de congères, si bien que le jeune messager avait l'espoir de bientôt atteindre le sommet. Malgré tout, un accident restait toujours possible.

Si le vent dans la vallée faisait penser à des lames de couteau sur son visage, dans ces hauteurs il se transformait en lames de rasoir qui tailladaient chaque centimètre de peau à découvert. Ce n'était pas la première fois qu'il regrettait de ne pas porter davantage de vêtements, comme un pantalon épais, un bon gros cache-nez et des gants plus rembourrés. Mais cette fois-ci, ses regrets se faisaient encore plus vivaces. Il comprenait la nécessité de faire porter le moins de poids possible à son cheval, mais en ce moment, il aurait bien échangé deux heures de route supplémentaires contre une paire de gants doublés de fourrure.

Le fait d'atteindre le sommet lui procura un brusque soulagement, même si le vent se jeta sur lui toutes griffes dehors à la manière d'un prédateur. Songeant que chaque seconde le rapprochait de la sécurité, le garçon encouragea sa monture à descendre, moitié marchant, moitié titubant, le long de la piste gelée.

Une heure plus tard, il dénicha une fissure au sein de la paroi rocheuse qui semblait relativement abritée du vent. Il s'y arrêta pour laisser son cheval se reposer. Puis il mit pied à terre et se glissa entre l'encolure du hongre et les rochers, afin de laisser la chaleur de l'animal le protéger quelques instants du froid brutal. Il fouilla dans ses poches et y trouva la poire qu'il donna à sa monture. Ce n'était pas grand-chose, mais le fruit parut revigorer la pauvre bête, ce dont Terrance se réjouit.

Après s'être reposé une demi-heure à l'abri des rochers, il se dit que son cheval souffrait à présent du froid et qu'il valait mieux qu'il se remette à bouger. Le garçon se mit donc en selle et entreprit de descendre à nouveau de la montagne.

Il faisait presque nuit quand il atteignit les contreforts et le sentier légèrement boisé qui lui permettrait de retrouver la route principale qui menait au camp du comte. À présent, il avait le choix entre continuer à voyager de nuit ou s'arrêter et allumer un feu.

Ce n'était pas une décision facile à prendre, car le sentier pouvait être semé d'embûches dans l'obscurité et le cheval risquait de se blesser. Mais il était tout aussi dangereux d'allumer un feu, car les Tsurani avaient peut-être déployé des unités sur les flancs de leur armée à la recherche de cols comme celui qu'il venait de franchir.

Terrance décida de continuer et de ne s'arrêter que s'il trouvait un site réellement sûr pour y camper. Il traversait un bosquet clairsemé lorsqu'il remarqua un petit chemin qui s'éloignait de celui qu'il suivait jusque-là. Il ne s'agissait peut-être que d'une piste utilisée par les animaux, mais il pouvait très bien s'agir également d'un sentier emprunté par les forestiers, auquel cas il menait à un abri. Le jeune messager décida que cela ne coûtait rien de vérifier et s'engagea d'un pas lent sur ce nouveau chemin.

Huit cents mètres plus loin, il aperçut une forme allongée dans la pénombre. Les lunes dissimulées derrière des nuages ne donnaient presque pas de lumière. Seule la présence simultanée dans le ciel de la grande lune et de la lune médiane lui fournissait un mince éclairage.

Il identifia la silhouette comme étant celle d'une hutte allongée, bâtie dans le flanc d'un monticule de terre. Elle devait appartenir à un charbonnier ou à un forestier, se dit Terrance.

Il mit pied à terre et inspecta les lieux. La hutte était à l'abandon mais possédait un âtre en pierre, si bien que le garçon entreprit rapidement d'allumer un feu. Si les Tsurani s'éloignaient à ce point de la piste principale et le trouvaient, cela signifierait que les dieux voulaient sa mort et qu'il ferait mieux de s'y résigner.

Il prit sa pierre à briquet dans la sacoche à sa ceinture et trouva près de l'âtre du bois très sec qui s'enflamma aisément. Terrance ressortit alors de la hutte et ramena quelques bûches humides qu'il déposa avec soin sur le feu. Des nuages de vapeur et de fumée s'élevèrent tandis que le bois humide résistait aux flammes.

Enfin, lorsqu'il fut convaincu que le feu ne s'éteindrait pas, le garçon ressortit pour s'occuper de son cheval. Il tenta de le bouchonner avec une poignée de foin défraîchi ramassé sur le sol de la hutte. Puis il versa de l'eau au creux de sa main et fit boire le hongre. Au matin, il ferait le tour de la clairière pour voir s'il n'y avait pas de quoi nourrir la pauvre bête. Mais il craignait que son cheval et lui n'arrivent au camp du comte l'estomac vide.

Lorsqu'il eut fini de s'occuper de sa monture, il retourna à l'intérieur de la hutte et se laissa tomber sur les pierres devant le feu. La chaleur sur son visage lui fit un bien fou. Il s'empara d'une couverture déchirée, abandonnée dans un coin, et la roula en boule pour s'en faire un oreiller, gardant son manteau comme seule protection.

Il avait le souffle rauque et ne pouvait inspirer profondément sans se mettre à tousser. Tout son corps lui faisait mal, depuis la racine des cheveux jusqu'à l'extrémité de ses orteils. Mais il était fatigué au point d'en être hébété, si bien qu'il sombra rapidement dans un sommeil troublé et fiévreux.

Terrance pouvait à peine bouger lorsqu'il se réveilla. Le feu se réduisait à présent à des braises rougeoyantes et le peu de chaleur qu'il produisait ne parvenait pas à lutter contre le froid douloureux qui avait envahi le corps du messager du côté qui n'était pas orienté vers l'âtre. Non sans effort, il roula sur le flanc et laissa son corps gelé absorber avidement la chaleur.

La tête lui tourna lorsqu'il essaya de se lever. Ses jambes tremblaient et son cœur battait la chamade. Il avait également l'estomac noué et l'impression qu'il allait se mettre à vomir. Il avala sa salive pour combattre ses nausées. Tendant la main, il s'accrocha au montant de la porte, gardant la tête baissée et les yeux clos quelques instants pour permettre à son corps de retrouver son équilibre. Puis il prit une profonde inspiration, lentement, et rouvrit les yeux.

Jetant un coup d'œil dans l'entrebâillement de la porte, il se dit qu'on devait être en milieu de matinée. Il savait que sa maladie avait atteint un stade dangereux et que sa seule chance de survie consistait à regagner le camp du comte avant de ne plus être capable de chevaucher.

Il sortit de la hutte en chancelant et trouva le hongre qui l'attendait patiemment à l'endroit où il l'avait attaché, sur le côté, à l'abri du vent. Pour seller son cheval, Terrance dut faire un effort de concentration au point que la sueur inonda son front.

Il estima qu'il restait assez d'eau dans sa gourde et qu'il n'avait pas besoin d'en chercher davantage. De plus, il savait qu'il traverserait une rivière à mi-chemin entre ces bois et le camp. Il pourrait y remplir sa gourde si nécessaire.

Le jeune messager faillit perdre conscience en montant sur le dos de son cheval. Il était si épuisé que la tête lui tourna pendant presque une minute entière. Nul besoin d'un prêtre guérisseur ou d'un chirurgien pour lui dire qu'une terrible fièvre s'était emparée de lui. De plus, ses poumons gargouillaient chaque fois qu'il inspirait profondément : il avait attrapé une pneumonie et ne survivrait pas à une nouvelle journée sans soins.

Il ramena sa monture sur la piste et reprit la route du camp.

Cette chevauchée matinale se déroula dans un brouillard rempli de délires et d'hallucinations. Par instants, il se sentait bien, mais il se réveillait invariablement en sursaut, sur le point de tomber de sa selle, et comprenait alors qu'il n'avait fait que rêver de l'amélioration de son état. Il trouvait étrange de ne plus éprouver aucune peur. Il était simplement conscient qu'il n'avait d'autre alternative que de mourir sur la route ou de retrouver la sécurité du camp. Mais cela ne le gênait plus désormais.

Le cheval marchait d'un pas aussi lent que son cavalier le lui permettait, si bien que ce dernier devait sans cesse le talonner pour accélérer l'allure. Mais il se rendait compte quelques mètres plus loin qu'il avait de nouveau perdu sa concentration et que le hongre avait ralenti le pas.

Plus d'une fois, en reprenant ses esprits, Terrance découvrit que l'animal s'était aventuré en dehors de la piste pour grignoter le peu de feuillage qui restait encore. Lorsque survint midi, le jeune messager était à peine capable de se tenir en selle.

Mais il savait qu'il mourrait s'il s'arrêtait, tout comme s'il tombait de cheval, car alors il perdrait conscience et le froid le tuerait. Il défit la lanière de la sacoche contenant les messages et la noua autour de sa taille avant de la passer au travers de deux boucles en métal sur sa selle, à laquelle il s'attacha ainsi de manière efficace. La sacoche se mit à rebondir derrière lui à chaque pas que faisait sa monture.

Il avait les tempes battantes et la gorge brûlante et enflée. Ses poumons protestaient chaque fois qu'il respirait et il ne sentait plus ni ses mains ni ses pieds.

À deux reprises durant la journée, il retrouva assez de lucidité pour s'apercevoir qu'il avait dévié de sa trajectoire. Il parvint tout juste à reprendre ses esprits et à revenir sur le petit sentier.

À un moment donné au cours de ces heures apparemment interminables qu'il passa accroché à la selle, il remarqua qu'il avait quitté le petit sentier venant des montagnes et récupéré la route principale conduisant au camp du comte. Cette découverte le ragaillardit un peu, si bien qu'au cours de l'heure qui suivit, il fut bien plus conscient de ce qui l'entourait.

Il parcourut ainsi le paysage pendant de longues minutes, somnolant parfois avant de se réveiller en sursaut. Puis un brusque sentiment d'alarme l'envahit. Le cheval s'était raidi et s'ébroua. Cette brutale impression de danger permit à Terrance de retrouver pleinement conscience.

Il se tenait à plus d'une centaine de mètres au sud de la route qu'il avait de nouveau quittée. En dépit de la fièvre et de son corps douloureux, le garçon se souleva sur ses étriers. La sacoche qu'il avait attachée autour de sa taille le tirait en arrière mais cela ne l'empêcha pas de balayer l'horizon du regard, dans toutes les directions, afin de découvrir ce qui avait bien pu inquiéter sa monture.

Puis il les vit, une file de silhouettes à moins de cent mètres au sud, qui avançaient rapidement, courbées en deux. L'éclair de couleur verte qu'il entr'aperçut suffit à lui faire comprendre tout ce qu'il avait besoin de savoir : c'étaient des Tsurani.

Il ne savait pas s'il s'agissait d'un détachement envoyé loin au sud afin de venir soutenir ceux qui attaquaient la position de Moncrief, ou si ce n'était qu'une unité qui s'était enfoncée très loin derrière les lignes et tentait à présent de regagner son propre camp avant l'arrivée de la première tempête de neige.

Incapable de trancher, il fit faire volte-face à sa monture et l'éperonna violemment. Mais le hongre n'avait guère besoin d'encouragement, percevant le danger que représentaient ces hommes. Il bondit en avant, en direction de la route. Moins de dix secondes plus tard, il l'atteignit et partit au grand galop.

Terrance s'aplatit contre l'encolure de l'animal, les fesses en l'air, au-dessus de la selle, en position de course, ses orteils effleurant à peine le fer des étriers. Luttant contre la peur et la fièvre, il maintint sa monture sur la route en priant qu'une autre troupe tsurani ne l'attende pas plus loin.

Ceux qui, jusque-là, se dirigeaient vers lui se mirent à crier. D'autres soldats apparurent le long de la trajectoire du cavalier, mais aucun n'était assez proche pour pouvoir l'intercepter. Il passa près de l'ennemi le plus proche, lequel lui décocha une flèche, plus par frustration que dans l'espoir de l'atteindre.

Puisant dans ses dernières forces, le hongre étendit ses foulées, avalant la route sur près de cinq kilomètres. Puis la fatigue s'abattit sur le cheval et sur son cavalier. Ce dernier laissa sa monture ralentir.

Luttant pour maintenir l'allure au petit galop, Terrance prit brusquement conscience de l'endroit où il se tenait : dès qu'il aurait franchi la hauteur qui s'élevait à moins de huit cents mètres, il serait en vue du premier poste de garde édifié en travers de la route.

Terrance retrouva alors l'état d'esprit qu'il avait ressenti un jour lors d'une course chez lui, pendant la fête du solstice d'été. Il comptait parmi les plus jeunes participants de la course et avait eu bien du mal à la terminer, sans parler de figurer parmi les gagnants. À la fin du parcours long de huit kilomètres environ, il avait aperçu la ligne d'arrivée dans le lointain. Un autre garçon, plus âgé, filait à quelques mètres devant lui. Terrance s'était alors juré de ne pas finir dernier. Par un effort de pure volonté et de concentration intense, il avait tenu et pressé son allure jusqu'à franchir la ligne juste un pas devant l'autre garçon. Ensuite, il s'était évanoui et il avait fallu le porter jusqu'à la maison de son père.

Le jeune messager alla chercher au fond de lui cette même détermination. À force de volonté, il obligea son cheval à suivre la route au petit galop. Dans le lointain, il aperçut les premières sentinelles. Lorsqu'il approcha, elles lui firent signe de passer.

Il parcourut encore quatre cents mètres avant de voir apparaître les premières tentes sous forme de silhouettes blanches entre les troncs des arbres qui s'alignaient le long de la route. Puis, brusquement, Terrance se retrouva dans la clairière qui abritait le camp du comte.

Il tira sur les rênes de sa monture qui ralentit en approchant de l'endroit où étaient parqués ses congénères. Un palefrenier arriva et cria, après avoir jeté un coup d'œil à Terrance :

« Venez m'aider ! »

Deux soldats tout proches se hâtèrent de venir voir quel était le problème. Au même moment, le jeune messager relâcha son emprise sur sa propre conscience et commença à glisser de la selle. Seule la lanière de la sacoche l'empêcha de tomber. Puis il sentit des mains se poser sur lui. Quelqu'un le soutint pendant qu'une autre personne défaisait la lanière.

Le garçon comprit alors qu'on l'emportait et se demanda pourquoi il n'avait plus froid désormais.

Puis les ténèbres l'engloutirent.

Brusquement survint la douleur.

Il avait l'impression qu'on lui arrachait la peau, centimètre par centimètre, depuis le sommet de son crâne jusqu'à ses orteils.

Terrance s'assit en hurlant.

Des mains puissantes le retinrent alors qu'il essayait de bondir hors du lit de camp sur lequel il était allongé jusque-là. Puis il sentit ses forces l'abandonner et il laissa les mains le repousser sur le lit.

« Il s'en sortira », dit une voix.

Terrance avait la tête qui tournait. La sueur qui lui inondait la peau puait les humeurs nocives que son corps évacuait. Sa peau le brûlait comme si cette transpiration contenait de l'acide et allait le laisser couvert de cloques. Puis, brusquement, le garçon reprit ses esprits et la douleur disparut. Il se sentait faible mais bien. Il battit des paupières et aperçut nettement la pièce. Il se passa la main sur le front ; lorsqu'il la retira, il constata qu'elle était sèche. Levant les yeux, il vit un cercle de visages inquiets au-dessus de lui.

« Je vais bien », les rassura-t-il.

Terrance s'assit, lentement, et se tourna pour poser les pieds sur le sol en terre battue. Regardant autour de lui, il remarqua qu'il se trouvait sous la tente de l'infirmerie et qu'à ses côtés se tenaient deux ordonnances ainsi que l'apothicaire et un prêtre guérisseur. Ce dernier hocha la tête tandis que l'apothicaire répliquait :

« Il s'en est fallu de peu, mon garçon. Encore une heure ou deux et on n'avait plus qu'à te déposer sur le bûcher funéraire. »

Terrance prit une profonde inspiration. Il se sentait encore faible, mais en bien meilleur état que ces derniers jours.

« Que s'est-il passé ?

— Tu es arrivé au camp au coucher du soleil, et puis tu es tombé de cheval et on t'a transporté jusqu'ici. On a travaillé sur toi toute la nuit. Je t'ai donné un peu de cette potion, ajouta-t-il en levant une flasque, et le père William a dit une prière et ça a marché. La fièvre est tombée et tu es à nouveau en bonne santé.

— Je mangerais bien un morceau, avoua Terrance en se levant. (Il s'attendait à avoir la tête qui tourne légèrement, mais ce ne fut pas le cas.) J'aurais bien besoin d'un bain, ajouta-t-il en se reniflant.

— C'est à cause des humeurs nocives qui t'empoisonnaient le corps, mon garçon, expliqua le prêtre. Mon sortilège a aidé l'esprit qui réside dans ta chair tandis que le remède de l'apothicaire a purgé ton corps de sa maladie.

— Ton corps a besoin de nourriture, approuva son compagnon. La magie contenue dans ma potion n'a fait que le guérir, elle ne lui a pas redonné de forces.

— Merci de m'avoir soigné, dit Terrance.

— Je n'avais pas le choix, répliqua l'apothicaire. Visiblement, le comte m'en aurait tenu rigueur si j'avais laissé mourir son cousin.

— Je ne suis qu'un cousin éloigné.

— Tu n'en restes pas moins un parent. Dans tous les cas, je fais toujours mon possible, qui que soit le malade. (Il regarda autour de lui en direction des mourants qui ne reverraient jamais leur foyer.) Souvent, ce n'est pas suffisant. »

Terrance acquiesça. Il fit signe à un petit infirmier de lui apporter une bassine et un linge. L'air était glacial et donna la chair de poule au jeune messager lorsque celui-ci se passa le linge humide sur la peau. Puis il s'habilla.

« Il faut que je me présente au rapport, expliqua-t-il à l'apothicaire.

— Dans ce cas, n'oublie pas de manger et de dormir, l'avertit ce dernier. Je ne voudrais pas avoir à te sauver la vie deux fois en deux jours.

— Je ferai attention », promit Terrance.

Il aperçut la sacoche contenant ses messages par terre à côté du lit de camp et se pencha pour la ramasser.

Puis il sortit de la tente et regarda autour de lui. Il ne vit son cheval nulle part, mais l'un des palefreniers avait dû l'emmener à l'endroit où l'on parquait les montures de rechange. Terrance se demanda si Bella avait réussi à rentrer.

Il s'éloigna d'un pas mesuré, car il était encore faible et ne voulait pas avoir l'air maladroit devant les autres soldats. Il s'émerveillait d'être toujours en vie. La veille, il avait eu si peur. Il comprenait à présent qu'il risquait de mourir à chacune de ses missions. C'était un fait qu'il avait enfin intégré dans sa conscience, alors que jusque-là il en avait simplement été averti. Le jeune messager avait affronté ses propres faiblesses et avait réussi à les surmonter. Ce fut donc d'un air plein d'entrain qu'il se présenta devant la tente de commandement.

« J'ai des messages pour le comte Vandros », expliqua-t-il à l'intention du garde.

On ne le fit attendre que quelques instants avant de l'inviter à entrer.

« Ah, Terry ! s'exclama le comte en interrompant la discussion qu'il avait avec l'un de ses capitaines. Je m'attendais à ce que tu rentres il y a deux jours déjà.

— J'ai été légèrement retardé, messire.

— As-tu des messages pour moi ? »

Terrance remit la sacoche à une ordonnance.

« Oui, je ramène le rapport du baron Gruder.

— Autre chose ?

— Les Tsurani ont attaqué le baron Moncrief en force. Il les a tenus en échec une journée, le temps que le baron Summerville vienne à son aide avec des renforts. (Il finit de réciter son rapport, puis ajouta :) Le baron Moncrief est mort au cours de la bataille.

— C'est triste, c'était un homme bien, commenta Vandros. Cela va mettre le duc de Bas-Tyra de mauvaise humeur car Moncrief était l'un de ses barons. Rien d'autre ?

— Hier, au sud du camp, j'ai aperçu une unité tsurani qui se dirigeait vers l'ouest.

— Je vais envoyer une patrouille voir ce qu'ils mijotent.

— C'est tout ce que j'avais à vous rapporter, messire. »

Vandros dévisagea Terrance et prit note de la saleté de son uniforme gris et du sang sur son manteau.

« As-tu rencontré des difficultés en cours de route ?

— Rien qui vaille la peine d'être mentionné, messire.

— Dans ce cas, tu peux aller manger et dormir aussi. Mais n'oublie pas de m'envoyer un autre messager. Ce sera tout. »

Terrance sortit de la tente. Vandros se tourna vers le capitaine.

« Je suis content d'avoir laissé ce gamin parmi les messagers. Il y est bien plus en sécurité. »

Terrance finit d'engloutir avec avidité une tranche de pain chaud tout en agrippant d'une main la moitié d'une petite meule de fromage et une bouteille de vin qu'il avait dérobées à l'intendance en sortant de chez le comte. Il se sentait bien mais mourait de faim. En entrant dans la tente réservée aux messagers, il aperçut un camarade plus âgé que lui, allongé sur une paillasse, un bras en travers des yeux.

« Bonjour, William, le salua Terrance.

— Qu'est-ce qu'il y a, Terry ?

— C'est ton tour. »

Le messager hocha la tête et enfila ses bottes pendant que le garçon s'asseyait pour finir son repas.

« T'as pas eu trop d'ennuis ? demanda William.

— Rien qui vaille la peine d'en parler », répondit Terrance en souriant et en hochant la tête à son tour.

Son camarade lui rendit son sourire.

« Je comprends. On se revoit bientôt.

— Puisses-tu chevaucher sans danger, William.

— Toi aussi, Terry. »

William sortit de la tente. Le jeune messager termina son repas en espérant qu'il aurait droit à une bonne nuit de sommeil avant de devoir retrouver la route. Mais il savait qu'avec ou sans repos, si c'était son tour, il partirait.

8571

Composition Nord Compo
Achevé d'imprimer en France (La Flèche)
par Brodard et Taupin
le 8 janvier 2008. 45287
Dépôt légal janvier 2008 EAN 9782290357125

Éditions J'ai lu
87, quai Panhard-et-Levassor, 75013 Paris
Diffusion France et étranger : Flammarion